U0827049

千寻
文化

Qianxun-Culture

—图书·影视—

曾是年少时

Ceng Shi Nianshao Shi

♪ 青浼——著

百花洲文艺出版社
BAIHUAZHOU LITERATURE AND ART PRESS

图书在版编目（CIP）数据

曾是年少时 / 青逸著. --南昌：百花洲文艺出版社, 2021.1

ISBN 978-7-5500-3913-1

Ⅰ. ①曾… Ⅱ. ①青… Ⅲ. ①长篇小说-中国-当代 Ⅳ. ①I247.5

中国版本图书馆CIP数据核字（2020）第219884号

曾是年少时

青逸 著

责任编辑	蔡央扬
特约编辑	眸 眸 林水兽
封面设计	小西设计 Miniqian
出版发行	百花洲文艺出版社
社　　址	南昌市红谷滩新区世贸路898号博能中心A座20楼
邮　　编	330038
经　　销	全国新华书店
印　　刷	长沙鸿发印务实业有限公司
开　　本	710mm × 1000mm 1/16 印张 23
版　　次	2021 年 1 月第 1 版第 1 次印刷
字　　数	453千字
书　　号	ISBN 978-7-5500-3913-1
定　　价	45.80元

赣版权登字：05-2020-226

网址 http://www.bhzwy.com

图书若有印装错误，影响阅读，可向承印厂联系调换。

目录

Contents

001 第一章

巷子里的女财神

025 第二章

隔壁的英语老师

058 第三章

SADFISH，加油！

083 第四章

职业联赛，我们来了

111 第五章

艾佳是你什么人

153 第六章 以后赚钱了还你

204 第七章 心有猛虎，细嗅蔷薇

248 第八章 英雄不问出处

295 第九章 YQNB-AICO

325 第十章 YQNB 战队中单

第一章

巷 子 里 的 女 财 神

盛夏九月，窗外的蝉鸣声令人烦躁，正是今年新生刚刚入学，T大校园里最有活力的时候。校园之中，负责军训操练的教官们喝声阵阵，而对大二的学生而言，暑假已经结束，新的一个学期开始了。

教室里的风扇“吱吱”转着，让人抬头看着它时，就不禁脑补出它转着转着就掉下来，然后底下血肉横飞的景象……

大二英语专业的精读课教室中，教室前排两名女生正在讨论八卦。

“大一新生入学军训几天了……”

“怪不得这几天我看见好多穿迷彩服的，这大热天的，可怜哦……”

“今年‘小狼狗’质量杠杠的。你知道隔壁T大附中有一个颜值‘牌面’叫艾佳的不？他也进来了，还进的土木工程。”

“嘻嘻嘻，知道呀。我今天跑去大一那边看了一圈，看到他了，相比高中时又长高了些，也比以前更帅了。”

“你见到他啦？哎呀，你怎么不带我去？”

“去厕所的时候顺便去看了眼……”

“你上厕所上到大一军训操场那边哦？八百里开外的厕所能给你的屁股开光？”

艾佳？谁啊？

陈今阳的眼皮子在打架，脑海之中只剩下这个名字，老师的声音听上去比催眠曲还诱人入眠。她坐在教室最后一排，头发松散地扎成一个小鬏鬏，脑袋砸到了自己的胳膊上，闭上了眼。这成堆的书后面，就是最好的睡眠场所。

“又发卷子，还一次三张，昨天那张我还留着一半没做，我读的真的是大学？！”

“这还只是六级的卷子，后面还有专四、专八的呢，这才是开始……我听说有个学姐考专八两次没过，差点跳楼自杀呢——”

“早知道大学是这样的，高三暑假的时候我就应该撒了欢地玩儿。”

在“嗡嗡”的抱怨声中，一张张雪花似的试卷从前面传递下来，落在趴在桌子上的女生头上，将她埋了起来。陈今阳一动不动，安静地睡着，宛如一具尸体。

“陈今阳又睡了？”

“睡了睡了。”

试卷下面听见自己名字的少女睫毛条件反射似的颤抖了下。

“她怎么又睡了？上节课不是才睡醒吗？”

“黑板上出完三道翻译题，她写完就睡了。可能是认为接下来的讲题也没什么好听的吧，看老师把写在纸上的东西又在黑板上颠过来倒过去地讲，有什么意思？”

“刚才讲的不是去年专四真题吗？她做出来了？”

“做出来了。”

趴在试卷下的少女依然动也不动，哪怕她听见了这些人在讨论自己——她闭着眼，鼻息之间都是试卷散发出的油墨气息。那些以为她睡着了在旁边大肆讨论的人，并没有发现课桌之下少女的制服鞋正轻轻地点着地板。

她压根就没有睡着。

她原本是真的有点困，但是在趴下来决定安心睡后，她又突然精神了，于是饶有兴致地听着周围的人在八卦她以及她身上的一切装备。

“陈今阳是不是又换书包了？”

“哪个哪个？这个粉色的双肩包？有来历？”

“Prada 啊！”

“普拉达？”

“这双肩包，一万好几。”

“多少钱？你再说一遍。”

“一万多块啊！”

“我的天，今天早上我还顺嘴说了句‘咋换了个这么丑的包’。”

“还有她的鞋，Coach（蔻驰）的，两千多。”

“这种制服鞋不是淘宝一百多一双吗？”

伏在试卷下的人睁开了眼，假装自己刚刚睡醒似的动了动，在周围的骚动声中，她抬起手拂走盖在身上的试卷，与此同时，下课铃响了。

这是今天的最后一节课，此时此刻，教室外夕阳西下，天空被夕阳烧成了火红的一片。

少女微微眯起眼，将那三张作为家庭作业的卷子整理好放进书包里，背上书包后整理了下身上的裙子，跟周围的同学说：“这双肩包尼龙的，挺结实的。”说完，她背上书包，离开了教室。

陈今阳已经习惯了独来独往。

按理说，有钱人家的小孩偶尔在夏天请喝杯冰饮，冬天请喝杯奶茶，朋友总是很多的。但不幸的是，陈今阳学习太好，除了有钱还天生自带学霸的高冷气质，所以和别的有钱人家小孩不一样，他们周围总聚集着一群狐朋狗友，而她更习惯独自行动。

比如现在。

下午放学到晚自习这段时间，别的女生三五成群凑一起商量晚上吃啥或者干脆减肥不吃，陈今阳就拎着书包，在学校附近满大街闲逛，结果逛着逛着，就被三个人堵在了小巷子里。

陈今阳冷眼看着面前的三个小孩，身上还穿着迷彩服，大概是隔壁哪个高中的高一新生——他们身上的迷彩服是绿色的，而T大和T大附属中学的迷彩服是蓝色的，所以他们应该是隔壁私立高中里的小孩。

陈今阳抓了抓手上的书包带子，微微蹙眉："有事儿？"

"没事儿不能找你聊聊天啊？"为首的那个迷彩服小鬼靠近她，看了眼她胸前的校牌，"咦，隔壁T大的姐姐哦，啧啧，想不到还是个乖乖女，那身上应该有很多零用钱吧。说真的，我兄弟昨天突然犯胃病进医院，医药费还欠着……"说到一半，他突然笑了起来。

陈今阳的眉毛皱得更紧了：这是遇见抢钱的了？

没办法，对方哪怕是小鬼，也是三个人，这巷子又挺深的，看他们轻车熟路，应该不是第一回了。陈今阳想冷静地分析下现在的情况，但是——算了算了，分析个屁啊。老爸说了，多少钱都不如我一根头发值钱。

陈今阳叹了口气，从书包里掏出钱包，打开来，抽出一沓人民币，看着眼前这些瞬间惊呆的小鬼，把钱递出去，腹诽道：便宜你们三个小崽子了。

为首的那个小男生知道今天宰了个肥羊，心花怒放地接过钱，目光不经意地扫过陈今阳敞开的衬衫领口，看到那白皙皮肤和锁骨，他的呼吸微微一顿，目光停留在她领口露出来的钻石项链上。

"你这项链是钻石的吗？"

沙哑的声音响起，陈今阳愣了下，下意识地捂住衣服领口，眼睁睁地看着对方的手伸了过来，手还没碰到她，巷子外有人打了个喷嚏，随即一道懒洋洋的声音从那边传来："李元启，你暑假时没被我揍服是吧？上高中第一天就来抢我学姐的钱，胆子不小啊！"

陈今阳一愣，随即看见逆着阳光站在巷子口的人——他身上穿着军训专用的迷彩服外套，衣领解开两颗扣子，露出里面的白色T恤，身材相比起一般的同龄人来说高大得多，鼻梁高挺，头发微卷，就像一头小羔羊。

他走过来，陈今阳一眼就看到了他迷彩服上T大的校徽，再一抬头，意外地看见了一张娃娃脸。

那抢完钱还想要抢她项链的家伙“咕嘟”吞了口口水，咬牙切齿地道：“艾佳！”

艾佳？这名字有点耳熟。

“让开。”少年的声音迅速靠近，陈今阳柔软的手臂被人毫不怜惜地拉了一把，然后整个人被推向巷子口——不容陈今阳多想，下一秒，这两伙人就剑拔弩张地对峙着，感觉大战一触即发。

陈今阳的脸微微抽搐，她连连后退了几步。按照常理来说，这时候有人横空降临救自己于危难，她应该头也不回地拔腿就跑，但当她的余光扫见那个叫艾佳的少年跳到墙上，然后借力向对方冲去时，她整个人都惊呆了：像她妈看的武侠片里的英雄一样，简直无敌！

跟在艾佳身后的两个小跟班只需要站在后面虚张声势就可以了，因为他的气场看上去一个人就能打三个。

“艾佳！你不是毕业走了吗？”

“走？走去哪？我叉腰往宿舍阳台一站就能看到高三时候坐过的桌子！平移几百米也算走？”

李元启不禁骂了句脏话。

“你骂也没用！”

李元启自知实力不如艾佳，他目光停留在了一根木棍上——大概是附近哪户人家装修留下的装修废料，木棍上还带着几颗钉子。他眼神一狠，踉跄着向着那木棍走去。陈今阳看着毫不知情的艾佳，低低尖叫一声，然后在艾佳的眼皮子底下，抬起价值两千块钱的小皮鞋狠狠踢向那个男孩儿的双腿之间。那人猝不及防，应声倒下，带倒一大排垃圾桶，发出“轰隆”巨响！

陈今阳面无表情地将飘落在头顶的垃圾袋拿下来，用脚拨弄开那些垃圾，然后弯下腰，将厚厚一沓人民币从那个躺在地上呻吟的小混混手里抽出来。

艾佳站起来，只见那个少女低下头，从书包里掏出一包纸巾，丹顶鹤似的单脚勾起，原地小幅度跳着，用一张纸巾认认真真地擦了擦她的皮鞋。

那项链从她敞开的领口滑落出来，细腻的白金链勾勒着锁骨线条，夕阳之下，金属的光泽有些晃眼。

少年微微眯起眼，直到意识到不好再继续盯着看下去，他才别开脸，皱起眉，语气恶劣且不耐烦：“你怎么还在？”

听到脑袋顶上语气不太好的提问，陈今阳微微一愣，抬起头看了他一眼，然后把纸巾规规矩矩扔进已经翻倒在地的垃圾桶里，理直气壮道：“你救了我，我要是跑了，多不义气。”

她的声音四平八稳，冷淡而又清脆。

陈今阳见少年站着不动，看了看自己手里那一沓人民币，一脸冷静加真诚地说：“谢谢你，你来得很及时，作为酬谢，这些钱都给你。”

艾佳："什么？"

他一下子没反应过来，呆呆地愣在原地，而少女却已经淡定地将钱塞进他迷彩裤口袋里，白皙的小手很满意地拍了拍那鼓鼓囊囊的口袋，扔下了一句"拜拜"，头也不回地飘然离去。

陈今阳与艾佳擦身而过时，艾佳似乎闻到了一丝清新的柑橘味，他一愣：居然不是垃圾桶的味道，明明都差点埋在里面了。

艾佳木着脸转过身，看着那挺直离去的背影，愣了好一会儿，而他身后的小跟班们已经开始骚动了。

"佳哥，好多钱啊！"

"那个妞，财神爷下凡哦？"

"见者有份，今晚网吧包间！耶！"

"老大，我们班主任今天要我们交五百块英语资料费啦……"

"我呸！你当佳哥是你爹啊！还英语资料费！"

在身后兄弟们七嘴八舌的讨论声中，艾佳抬起手，用略微粗糙的拇指指腹擦了擦破裂的嘴角，冷淡地说："都闭嘴。"

骚动停止，只留下少女扬长而去的背影，腰杆笔直而骄傲。

这是艾佳第一次见到陈今阳，一个刚从垃圾堆里爬出来还要装高冷的有钱女疯子。

半个小时后。

陈今阳啃着冰棍回到宿舍，路上收到了学校礼仪队学姐的短信，说是周末有个什么网吧举办的电竞活动，想让她去试试当主持。

一看到"网吧"这个字眼儿，她就想象出那满是烟味的屋子、油腻的网瘾少年的头发、掉得到处都是的烟灰和键盘缝隙里不明成分的污垢。

网吧从来就不是淑女该去的地方，于是，陈今阳短信都没看完便直接退出了短信界面。

宿舍里老大在看韩剧，看得津津有味；老二抱着电脑在打游戏，一口一个"小哥哥"；老三在看日漫，一双眼睛都成了星星眼；老五在看日剧，不时发出"咯咯"的阴笑声；老六是个小姑娘，也是宿舍里唯一的一个正常人，她在写今天的卷子。

陈今阳排第四。

大一时她在宿舍住了一年，今年开学后果断搬去了学校附近的奶奶家住。她受不了大热天半夜要把伞打开挂在电风扇上取风，才能平安过夜的原始人生活——这是前辈发明的保命大法，伞撑开挂在电风扇上，电风扇的风就能顺着撑开的伞送到床上。

陈今阳把晚餐放在桌子上，正想礼貌性地问下正常人小姑娘吃饭了没有，这时候手机响了，接起来一听，原来是学生会大三的学姐打电话给她，让她立刻去二号楼顶楼的宣传部办公室开会，制订一下和隔壁附属高中联合举办的迎新晚会要用的宣传海报的内容。

陈今阳："可是我还没……"

学姐："就这样愉快地决定了，别迟到哦，记入考勤的。"

陈今阳拎起还没动过的饭，扬起微笑把饭放在老六的手边："还没吃吧，我学生会开会，来不及吃了，你要不要？"

好学如老六，省去了上楼下楼打饭这一段够她多背三十个单词的时间，兴高采烈地接受了。

"你今晚回来睡吗？"老六接过饭盒，问。

"明天第一节课十点的，我回奶奶家吧。"陈今阳想了想，说，"东西还没收拾完呢。"

老六"哦"了一声："真羡慕你还能住外面，这边十二点断电断网，想多看会儿书都不行。有钱真好，买了车可以出去住。"

"我没买车，我家有司机啊。"

"啊！司机？专属的那种吗？！有钱真好。"

陈今阳还没来得及回答，此时老二在床上突然响亮地嗤笑一声，接了句"又不是她自己的钱"，此话目的与情绪不明。

陈今阳笑了下，没说什么，只当自己耳聋，随便收拾了下，换了条短裤，然后扔了包，拿着手机匆忙往二号教学楼赶。

她赶到的时候，同一时期入学生会的干事们都差不多到齐了，学姐们站在一旁，一边指挥他们热火朝天地拼贴海报，一边跟他们说这次迎新晚会的主要内容。

"这次的迎新晚会我们是全校一起办的，地点是T大礼堂，时间是九月二十八号……这是我们T大多院系第一次联合举办迎新晚会，你们海报的主要内容必须体现这一点，现在贴完纸分别想一下应该怎么弄，然后赶紧搞完，争取今晚下晚自习关门之前，把海报贴到各个院系的布告栏去。"

陈今阳想象了下自己举着一米宽、三米长的巨型海报板在一群大一"小鲜肉"中横行的画面，觉得有点尴尬，然而自己选的部门，哭着也要认。

学生会的通知海报一般分两种，一种是巨型手绘海报，包括标题、时间、地点等简单内容；另一种是有事说事，书面通知形式的小海报。学生会学姐对陈今阳还算喜欢，主要就是因为在同一批干事里，她的POP（卖点广告）手绘海报字体学得最快、写得最好，练了两天就像那么回事。

一年之后的今天，她成了宣传部的POP字体"牌面"。

于是，在别人热火朝天地设计巨型海报时，陈今阳走到一旁，打开破烂的柜子，从里面的笔筒里选了一支马克笔，打开笔盖，问："学姐，文字版海报还做吗？"

学姐："做，你拿张纸写一下试试？"

陈今阳"哦"了一声，转身拿着迎新晚会书面通知的内容，找了张小海报走到角落写字去了，没写两行，学姐就跟着凑过来看了看，并点头表示满意。

“就用这张，一会儿你多写几张先贴到院系去，别等大海报了，小海报贴好你就可以提前回去。”

陈今阳愣了下，抬起头：“我一个人？”

学姐点点头：“你拿学生会工作证就能去院系布告栏贴东西了，他们的人知道我们校学生会今天要过去放宣传海报的。”她说着又笑了，“这么小张海报你还想几个人去啊？管布告栏的都是一堆大一的实习干事，一个个都是小屁孩儿，你怕什么？”

陈今阳想说她今天刚被小屁孩抢钱……虽然未遂，转念想想这事好像并不光荣，于是她闭了嘴。

陈今阳写完海报，拎起来看了眼，整洁好看，她自己也颇为满意。在小海报右下角落款“T 大校学生会”几个字后，她卷了卷海报，将透明胶塞进口袋里，转身杀向各个院系。

此时夜幕已经降临，意外的是，T 大土木水利学院的操场上还是挺热闹的。

刚刚结束一天的训练，还没来得及解散的新生们三三两两聚集在一起，男生一身臭汗，女生则顶着一头凌乱的头发，且都被晒得有点黑，但是她们坐在操场旁边的石阶上说说笑笑，声似黄鹂，活力十足。

陈今阳尴尬地用中指压了压自己刚补了下口红的嘴唇，忽然觉得自己进院系大门前还补了个妆的行为颇为神经质，心想：还是赶紧贴了海报闪人吧。

她并没有逛校园这种爱好，入学之后活动范围也仅限于外语系院内，所以这会儿来到别人的地盘，有些抓瞎，不知道布告栏在哪儿。东张西望了一会儿，她往热闹的学生那边靠了靠，正准备随便抓个小姑娘问下路，结果刚靠近操场边的短发小姑娘，还没来得及伸手拍对方，就听见对方尖叫一声：“艾佳！”

陈今阳的手哆嗦了下，“嗖”地缩了回去。

此时操场边一群人都有些骚动，顺着她们的目光看去，陈今阳一眼就看见操场中间一群在夜幕之中打篮球的少年，个个身形高大，动如脱兔。他们中间最高、蹦跶得最厉害的那个，正高高跃起，长臂一伸将对方投入篮筐又弹出来的球稳稳捞入手中，双手抱着球“啪”地落地，再一个灵活转身，过人，运球。

他轻易地连过三人，其间撞飞一人，在陈今阳面无表情地心想“带球撞人犯规”时，少年长腿迈开，两步跨过大半个半场，已经将手中那颗球运至她面前的篮筐下，最后身体一侧，手轻轻一勾，三步上篮，篮球准确地在陈今阳眼皮子底下被投进篮筐里。

周围爆开一阵欢呼和尖叫，男生“啪啦啪啦”鼓掌，女生叫着“艾佳”，氛围热烈，然而陈今阳只注意到自己嗅到了少年落地时空气之中的汗臭味。

她微微蹙眉，后退了一步，强忍着才没有抬起手去捂鼻子，毕竟她认出来了眼前大汗淋漓的少年还真的就是今天她的救命恩人，那个小羔羊。

在陈今阳连续后退时，只见那颗篮球"啪啪"弹跳着滚到她的脚边，她低下头看了眼碰撞到她的小牛皮鞋并停在脚边的篮球，抬起头，对上一双亮得惊人的黑色眸子，夜幕之下，那双黑色的眼睛含着笑意看着她。

"傻站着干什么？"袖子高高挽至手肘的少年叉着腰，站在篮球场旁看着呆愣的陈今阳，"递下球啊，大姐。"

大姐？！

陈今阳茫然地转头看着周围那群不施粉黛的小姑娘，她们一个个都转过头呆滞地看着自己，一张张无辜稚嫩的小脸尤为碍眼，就好像"大姐"这词出现的一瞬间，周围只有她能与之挂钩。

今天所有人都诚心和她作对是吧？

怀中抱着的几卷海报因为主人收紧手臂发出"咔嚓"的声音，少女红唇一抿，嘴角弯出了愤怒的弧度，耳边柔软的发丝飞扬，她转身就走。

周围嘈杂的声音中，只有距离她最近的艾佳听见了从那小巧的鼻尖底下冒出的一声"哼"，声音小小的，像是夏天里刚从冰箱里端出来，表面结着一层薄冰的绿豆汤在被戳碎薄冰的那一刹那发出的声响，甚是悦耳。

"老大，球！"

"来了。"

艾佳笑了声，上前一步，弯腰单手捡起篮球，回到球场上。

"老大，咋了你，干吗笑得像个地痞流氓？"

"哦，我就是啊。"

土木水利学院是T大的王牌学院。

陈今阳在土木水利学院里绕了好多圈，终于找到了布告栏，最后气愤地发现这玩意居然就在田径场那边的水池边上。此时第一节晚自习上课的铃声响了，学生们正三三两两往教学楼走。

陈今阳来到布告栏前，微微弯腰，眯着眼看了下布告栏上的内容，准备撕掉一些过期的内容，再把海报贴上去，结果看来看去，居然在角落里发现了一份还算新的检讨书：

> 我检讨，我刚刚踏入大学，在这一人生的重要时刻——我不该荒废学业、乐不思蜀，搞"及时行乐"主义，在晚自习时间翻墙去网吧打游戏；也不该以"游戏要五人组队才有趣"为借口带着本班其他同学打游戏，一次带走十五个人，造成非常不好的影响；更不应该打完游戏翻墙回来，被本系黄主任抓住后不知悔改，顾左右而言他，人身攻击他的头发比我入学那天看见时似乎又少了三分之一。人至中年，掉发什么的都是正常的生理现象，更何况黄主任每天还要教育我们这种令他糟心的学生。

这不对！

对不起，黄主任！

对不起，T大土木水利学院！

我错了！

从今往后，我一定好好学习，天天向上！以弘扬我院威名为目标努力奋斗——今日我以土木水利为荣，希望明日，土木水利为我而骄傲！

此致

敬礼！

土木水利学院土木工程（3）班艾佳

9月1日

陈今阳："噗。"

哪来的小浑蛋，黄主任怕不是要被他气死。

站在布告栏前面乐了一会儿，陈今阳用指尖戳着那张被风吹得已经翘起一个角的检讨书——晚风吹过，外加几日太阳暴晒，检讨书有些发脆，她指尖一勾将整张检讨书"刺啦"一下拽下来，团成一团扔进旁边的垃圾桶里。

此时，陈今阳听见自己的身后传来"砰砰"的篮球撞击地面的声音，伴随着一阵有些毛毛躁躁的脚步声。汗味钻入鼻中时，陈今阳没回头，只是余光扫到一颗篮球被粗鲁地扔进了水池里，紧接着一个高大人影慢吞吞地晃到了水池旁，并拧开了水龙头。

"哗哗"的流水声响起，那人开始"咕噜咕噜"地喝生水，顺便洗了把脸。他动作幅度很大，飞溅的水花有几滴甚至飞到了陈今阳的手臂上，那冰凉的触感让她手臂上起了一小片鸡皮疙瘩。

她不动声色地往旁边挪了挪，展开手中的海报在原本检讨书的位置比画了下，然后将海报夹在腋下，从口袋里掏出胶带。她瞪着手中的胶带，意识到自己没带剪刀。

"啧啧啧，我这什么狗脑子？"

陈今阳无奈地将胶带放回口袋里，正想随便找个人借把剪刀，就在这时忽然感觉到一股灼热的气息喷洒在自己的脖子上，她猛地蹙眉转身，目光猝不及防地对上一个好看的下巴。

此时那下巴还在往下滴水，扑面而来的汗水气息瞬间将她包围。

"你把我检讨书撕了？"少年目光沉静，嗓音带着一丝丝大声吼叫过后的沙哑，"明天'黄氏地中海'觉得是我干的怎么办？"

陈今阳："啊？"

她瞪大了眼，好不容易才看清楚站在她跟前的居然是那个叫艾佳的少年。此时他正皱眉，非常认真地瞪着布告栏空空如也的那一片。

陈今阳眨眨眼，看着横在自己面前像门板一样的家伙，大脑有些放空地打量着他。

少年离她很近，也很高，她一米七二的身高在他面前好像不值一提，哪怕此时他双手叉着腰，微微弯腰，还是比她高出一截，这种身高哪怕是在体校也算非常惊人了。他手臂上结实的肌肉凸起，迷彩服搭在手臂上，里面的短袖T恤前襟湿了一大片，微卷的头发也因为被打湿，正往下滴着水。他薄唇轻轻抿着，鼻梁笔挺，一双单眼皮眼睛看着有点儿凶。

陈今阳看得有些走神，这时候忽然听见面前的人认真地问："好看吗？看得这么入迷。"

陈今阳愣了愣，说："还成。"

说完，她有些尴尬地收回打量的目光，强装淡定而不乏尴尬地清了清嗓子，点点头："同学，你好。"

艾佳微微眯起眼，直起腰，他所带来的那让人有些难受的压迫力也瞬间减少了些。

陈今阳冷静了下，并挺了挺腰杆试图找回场子："同学你好，我是T大学生会宣传部干事，过来贴各院系联合迎新晚会通知。请问你有剪刀吗？我忘记带了……"——或者你告诉我最近的教师办公室在哪，我去借一把剪刀也行。

然而还没等陈今阳把话说完，艾佳的目光在她的脸上转了一圈，笑了："你腰老挺这么直，不累啊？"

陈今阳深吸一口气，强忍着没有说出"关你屁事"四个字，重申了一下："剪刀。"

艾佳扯了下领口，笑得更加灿烂了："有切西瓜的大砍刀，你要吗？"

陈今阳意识到眼前的人就是个小无赖，她放弃沟通，用手中的海报将那张笑得十分灿烂的俊脸推开，准备径直从他身边走过，可下一秒，她被一只大手像捉小鸡仔似的一把捉住，往回拖了拖。

陈今阳猛地抬头，语气变得不那么友善："干什么？光天化日之下，别动手动……"

"啧，对着个大姐我还能干什么？你看你眼珠子都瞪出来了……要什么剪刀啊……"艾佳收起笑容，稍显正常地冲她摊开手道，"胶带呢？拿来。"

陈今阳警惕地后退两步，瞪着那只在自己面前摊开的大手，不明所以地掏出胶带，放到那只大手上。只见少年飞快地拉开胶带，再放到唇边，尖锐的小虎牙从唇瓣后露出来，在胶带上一划拉，利落地将胶带撕下来一截。

艾佳："喏。"

少年"啪"地把胶带往她胳膊上一贴，手上没轻没重，差点把她的胳膊打断。

陈今阳低头看看胳膊上一端迎风飞舞的胶带，这种神奇的操作过于震撼，以至于她都没来得及想起自己其实有轻微洁癖这件事，就这么用沾染了陌生人口水的胶带贴完了海报。

她拿着剩下的胶带想要跟少年道谢，却发现功成身退的他迈着懒散的步伐走向水池边，弯腰捡起那颗湿漉漉的篮球。

陈今阳："啊，同学……"

少年离去的步伐一顿，缓缓回过头。就在这时，远处跑来一名身着短袖衬衣的中年秃顶大叔，一边跑一边骂："艾佳！又是你！晚自习铃响多久了，你没听见啊，还在这里磨磨蹭蹭……"

"知道啦，知道啦，这就回去了，着什么急！上吊还要喘口气呢！"少年抱着篮球，边走边吊儿郎当地回答。

夜色之中，陈今阳站在原地，远远地看着少年迈开长腿，像矫健的小鹿，跳上通往教学楼的台阶。跳上第二级台阶时，他忽然身影一顿，把手中的篮球在食指转了几个圈，回过头，冲着陈今阳的方向挥了挥手，风风火火的，像只蚂蚱。

晚风拂面而来，少年只剩下一个活力四射的剪影，当身后中年秃顶大叔赶上来，撑着膝盖站在陈今阳身后不远处喘气时，陈今阳甚至有些分不清那只小羔羊到底是在跟谁挥手致意。

陈今阳站在原地出了一会儿神，然后笑了："哎呀，小崽子。"

陈今阳回到宣传部办公室时，第一节晚自习已经过了一半。其他干事正趴在地上拼命折腾挂在学校主教学楼的那幅巨型海报，看他们那么努力的样子，陈今阳那一句"众卿家平身，朕还有事，这就先走了"到了嘴边愣是没敢说出来，只好抱着膝盖蹲在旁边，看他们折腾那海报折腾了一晚上，顺便负责洗笔、换水，以及清洗颜料盘等杂活。

"今阳，真羡慕你，会写POP海报字，不用在这跪到地老天荒，你人聪明，那字体学得又快又好。"

"聪明个屁啊。"陈今阳一只手拎着支排笔调颜料，头也不抬，"刚学那两天，我记课堂笔记都用的POP海报字，能不练得快吗？"

"什么？！"搭话的小干事震惊地抬起头，"这不是大学吗，你们还有课堂笔记？！"

陈今阳一本正经地说："是的，我们下课还要排着队去老师面前背课文呢，你怕不怕？"

一切结束的时候已经接近十点半了，还有半个小时宿舍楼就要关门了，大海报还没搞出来，学姐们不太满意，但也只能吆喝着让大家先回宿舍休息。

T大作为国家重点大学，院系多，占地广，所以坐落的位置不在市区……荒郊野岭、黑灯瞎火的，这个时候再想离开学校回到距离学校比较远的出租屋去，对陈今阳这样惜命的富二代来说简直是天方夜谭，所以没有办法，她只能夹在同学之中灰溜溜地回了宿舍。

"吭哧吭哧"爬宿舍楼的时候，她气哼哼地掏出手机给自己的闺密，一个名叫童谣的网瘾少女发了条消息。

陈小姑娘：学生会跪地式画海报跪到现在，这只是刚开学的迎新活动！接下来还有校园十大歌手、美食节、文艺会演、校园招聘会……再这么下去，我很怕就这样长跪不起了，奶奶家房间收拾出来怕是给鬼住的。

咸鱼少女谣大大：大半夜你就跟个高二备考生说这个？

陈小姑娘：不然说啥？大学生活和高中生活没有太大区别，什么上了大学就解放了都是老师骗你们的——绝望吧，备考生！

咸鱼少女谣大大：所以你准备怎么办？

陈小姑娘：赶紧去买车，然后自己开车。

咸鱼少女谣大大：可以，这辈子能不能坐上玛莎拉蒂就看你了——我要趴在车盖上自拍一百张。

陈小姑娘：……

咸鱼少女谣大大：我在做题，来都来了，做道题再走吧——为了监控某种零件的一条生产线的生产过程，检验员每天从该生产线上随机抽取 16 个零件，并测量其尺寸（单位：cm）。根据长期生产经验，可以认为这条生产线正常状态下生产的零件的尺寸服从正态分布 $N(\mu, \sigma^2)$。假设生产状态正常，记 X 表示一天内抽取的 16 个零件中尺寸在 $(\mu-3\sigma, \mu+3\sigma)$ 之外的零件数，求 $P(X \geqslant 1)$ 及 X 的数学期望。

陈小姑娘：我刚跪了一晚上，现在脑充血，你居然让我给你做数学题！自己滚去看答案！

咸鱼少女谣大大：答案说“本题答案略”。你赶紧的，我必须让你知道半夜用无聊的话题骚扰高中生是要付出代价的。

陈今阳无法反驳，毕竟是自己先打扰人家的。就这样，她充分利用从一楼爬楼梯到五楼的这段时间，做完了一道概率相关的高考数学真题，在踏入宿舍门的那一瞬间，她把答案发给了讨人厌的高中生闺密。

然后她一脚踏入宿舍门，迎来了新的风暴。

刚刚做完数学题，满脑子还是正态分布的陈今阳进入宿舍，第一眼就发现自己的椅子上坐了个人，定睛一看发现是宿舍老二正坐在自己的桌子前面摆弄自己的口红——一支新的 Chanel（香奈尔）长管，她今天离开宿舍之前，它还是包装都还没拆的状态，现在不仅被拆了包装，膏体也已经在老二的嘴巴上打了几个滚。

老六：“咦，今阳，你今晚不是回奶奶家……”

陈今阳：“学生会忙，工作到现在。”

她回答的时候，嗓音有些低沉，宿舍里其他人好像意识到有什么事就要发生，整个宿舍忽然安静得可怕。

陈今阳听见脑子里有什么玩意“啪啪”作响，仿佛是紧绷一天的神经都拧成了一团。她三步并作两步走上前，深吸一口气，强压着怒火，屈指敲着桌子，问屁股还粘在自己座位上的人：“老二，你动我东西做什么？”

老二很淡定地“哦”了一声：“我明晚有个网吧电竞活动主持人的面试，我那支正红色的口红用完了，其他的颜色不够正，正好看你这有一支，就想打开试试……”

“你口红没了，自己不知道买？”陈今阳一把抢过那支自己都没看一眼就已经被玷污的口红，看也不看，顺手扔进垃圾桶里，“你动之前问过我吗？”

大概是她这个扔垃圾桶的动作过于理所当然，老二先是愣了愣，接着脸上的淡定没有了，那张脸由白转红再泛青，也“噌”的一下站起来了：“陈今阳，你什么意思啊？我就是口红没了，借你的抹一下怎么了？就用一下，没偷没抢的。”

陈今阳眉毛都快飞脑门上去了：“要用你自己买啊。”

老二：“买什么买！我一个月生活费才五百，我买支两百多的口红，剩下半个月喝西北风去啊？你以为都像你是个富二代，花爹妈的钱不心疼，死劲儿‘作’？！”

老二嗓门大，隔壁宿舍都听见了，隔着墙传来的说笑声现在明显小了一些。

陈今阳被眼前的人活生生给气笑了：“哦，你还挺有理。”

老二：“我是有理，这么贵的东西你看都不看一眼就往垃圾桶里扔，埋汰谁呢？我不就抹了一下吗？我有艾滋病啊？有钱了不起啊？不就几个臭钱，有本事你自己挣。你问问同龄人里，谁想买点什么好东西不是自己做兼职赚钱？”

“我富二代招谁惹谁了？你也不想想，我能投胎成富二代，不就因为投胎的时候特别卖命跑在前面才有得选？什么时候的努力还不是努力啦，非得要分个高低贵贱啊？”

陈今阳懒洋洋说完，听见老六没憋住“噗”了声，她瞥了眼老二那张被气得涨红的脸，瞬间又舒坦了。

她这个人，向来不太刻薄，喜欢点到为止，于是这会儿拉开椅子，往自己的座位上一坐，一副“保持胜利战果，拒绝继续往下说”的姿态。

在她翻找卸妆水、化妆棉时，老二还在她身后絮叨：“你知道明天的面试对我多重要吗？我玩《征战联盟》半年了，确认了我的人生目标就是电竞行业，我要加入他们，我必须加入他们！后天那个悲鱼网吧赛是职业联赛城市联赛的预选赛，我真的非常想要参与主持，认识一些参赛选手，好为今后进入这一行建立基本的人脉……”

陈今阳淡定卸妆，表示自己一个字都听不懂。

打游戏还能打出人生目标来？

陈今阳时不时哼哼两句，表示自己有在听身后那人声泪俱下的解释。她原本想着老二说够了就消停了，然后熄灯还大家一个清净，没想到，老二见她完全没反应，又凶神恶煞了起来。

“我知道跟你说这么多你也不明白，你这样的人含着金勺子出生，事事家里都安排好了，还谈什么人生理想？我就想告诉你，你也别得意，你的一切都是你爸妈给的，你有什么好得意的？钱这破玩意经过努力我也能有，谁知道你爹妈能不能富一辈子供着你？今后咱俩还不一定谁是谁呢！”

陈今阳放下刚卸完眼妆的化妆棉，回头面无表情地看着老二，那直愣愣的眼神让老二安静了一下。

陈今阳："说完了？"

老二："你什么也不懂，我的梦想，我的人生目标。"

陈今阳点点头，扔了化妆棉，说："我是什么也不懂，人生目标什么的，贫穷什么的……"她一边说着一边拿起手机，打开今天下午礼仪队学姐发来的短信又看了一眼——

亲爱的今阳宝宝，下周一学校门口的悲鱼网吧有一个《征战联盟》职业联赛，是城市联赛的预选赛，届时需要一个主持人，网吧那边托我找人呢，我这就找你了。我见过你在学生会面试时的情况，这活儿你肯定做得来。你要是有空的话跟我说一声，这位置就是你的。另：最好别错过，《征战联盟》在国内运营了两年多，正是上升期，你别看它现在不咋样，今后搞不好能成气候，多少人削尖脑袋往里钻呢！

"你看看，时刻准备着又如何，机会总是给运气好的人。"陈今阳云淡风轻地说，"悲鱼网吧，《征战联盟》是吧？"

老二有些警惕地瞪眼，狐疑地看向陈今阳手中的手机："你在说什么东西？"

陈今阳手指在手机上飞舞，飞快地回了个"好啊，才看到短信，谢谢学姐"，然后放下手机，站起来，拍了拍满脸莫名其妙还不知道发生了什么的老二的肩膀："老二教训得是，我这人就是讨人嫌的富二代，没什么人生目标，现在一想，这样确实不太好。所以我决定虚心向你学习，首先实现第一步：看看你的人生目标长啥样。"

接完了活儿，陈今阳看着老二瞪大了眼，像见鬼似的瞪着自己，然后猛地转身，心急火燎地跑出去打电话，那样子着实可笑。但回过神来，陈今阳又有点后悔——打游戏这项运动在她的认知里，是和网吧一样让人不能理解的存在。

她不懂为什么会有人对着一堆虚拟数据一蹦三尺高；不懂为什么会有人对着几个彩色小人喊打喊杀；也不懂为什么会有人为了一个装备饭都不吃，往里头砸生活费；更不懂为了打一个怪，几十个人聚在一起像邪教组织似的彻夜不眠地咆哮，这样做的意义在哪里。

在她看来：有那闲工夫打游戏，不如多做一套专四或专八真题，操心一下自己能不能顺利毕业；有那闲钱去购买一堆虚拟数据，不如去买一双 Jimmy Choo（一个奢侈品牌）的高跟鞋，好歹在老爸公司年会上还能穿着走红地毯玩。

陈今阳对着手机上学姐兴高采烈的回复叹了口气，今日内第二次感慨自己大概是真的老了。她抬起手摸摸脸，然后打开 QQ，展开与年轻人的对话。

陈小姑娘：《征战联盟》晓得吧？

咸鱼少女谣大大：我只晓得某人又想做题了。

陈小姑娘：你好好说话。

陈小姑娘：我刚才接了个兼职的活儿，网吧的，就是主持这个游戏的职业预选赛。这是啥游戏啊？听都没听过，奔着职业道德去做主持，我还不得提前了解了解？

咸鱼少女谣大大：兼职？你？游戏？网吧？你这个操作让人眼花缭乱了朋友！

陈小姑娘：我是让你奚落我来的吗？

咸鱼少女谣大大：你看，听了大实话还恼羞成怒。

陈小姑娘：去去去！

咸鱼少女谣大大：你问对人了，《征战联盟》我还真的晓得。《征战联盟》是一款英雄对战MOBA（多人在线战术竞技游戏）竞技网游，最近两年流行起来的，主要玩法传承传统MOBA游戏特点，发育，推塔，抢资源，推基地。至于《征战联盟》的职业联赛，这游戏根据天梯分来区别游戏的高手和菜鸟，在天梯局里，每赢一场系统给一些天梯分奖励，输了倒扣天梯分。我家隔壁的臭小子天梯分两千，听说有了这个天梯分数，就已经是这个游戏职业选手的水平了。不过听说今年天梯积分制度改成青铜、白银之类的奖牌制了，虽然我相信你并不在意。

陈小姑娘：很棒棒，一个字也看不懂。

咸鱼少女谣大大：*DOTA*（一款MOBA游戏）晓得吧？

陈小姑娘：不晓得。

咸鱼少女谣大大：那你把这活推了，把机会留给有梦想的人。

陈小姑娘：我不，有梦想的人偷用我的Chanel，还诅咒我家破产。

咸鱼少女谣大大：什么情况？听着像是有目的的打击报复行为而非一时兴起？好吧，那你去玩两把就明白咋回事了。

陈小姑娘：我电脑在家里。

咸鱼少女谣大大：网吧啊！你自己折腾估计半个小时都折腾不明白怎么走路呢，去网吧随便找个人教你呗。网吧里面一群简阳那样的傻小子，你这样的往那儿一坐，他们就“嗷嗷”扑过来闹着要带小姐姐上分了。

陈小姑娘：有道理。老娘不会打游戏，但老娘还有大长腿和脸蛋啊。

陈今阳此时得到损友的指点，觉得自己茅塞顿开，找到了出路，于是不再叨扰好友，抢在她抓自己做高考题之前，心满意足地扔了手机去洗澡、敷面膜了。

半夜。

老六睡到一半听见窸窸窣窣的声音，像是老鼠在翻垃圾桶。她迷迷糊糊地抬起头，看见一个黑影在晃动，吓得一个激灵：“谁？”

“我。”黑影淡定道，“我尿尿，睡你的。”

第二天。

中午下了课，陈今阳滚回宿舍化了个妆。

老六正好从床上爬下来，看了眼陈今阳手里的黑色长管口红，瞪圆了眼：“你这个……”

“昨晚半夜爬下来捡回来的。”陈今阳头也不回，“用纸巾擦擦又是一支新口红，谁真扔啊。”

二十分钟后。

戴着墨镜、穿着衬衫小短裙的陈今阳在悲鱼连锁网咖门口站了十分钟，又犹豫了十分钟，然后打开手机下单了一台笔记本电脑，再一看配送时间：明日上午十点前。

陈今阳叹了口气，伸手推开门的时候，她很想冲着里面所有人大吼一句：看啊，本仙女下凡来了！

可惜此时此刻，网吧内所有人都盯着他们面前的电脑屏幕，如痴如醉，附带傻笑、愤怒、紧张、柔情等各种表情，迷醉程度仿佛大型醉酒现场，让人分分钟想报警。

陈小姑娘：我想问个问题，现在谁还没台电脑啊，实在想玩游戏，坐在家里安安静静玩多好，非往网吧挤，什么毛病？

咸鱼少女谣大大：气氛吧。

陈小姑娘：现在的年轻人啊……

咸鱼少女谣大大：代表现代年轻人回一句——老古董，你懂个屁。

陈今阳一脸无语的表情。

不过话说回来，网吧的环境还是比她想象中好一些。

她一边东张西望一边走到吧台，伸手取下墨镜，屈指敲了敲桌面：“老板，你们这有《征战联盟》吗？”

吧台后面的小哥笑了：“小姐姐，现在哪个网吧没有这个啊！你要上网吗？玩游戏？还是来抓谎称自己在图书馆写卷子，其实是在打《征战联盟》的男朋友的？”

陈今阳：“我……上网。”

“哦！”吧台小哥上下打量了她一圈，手一伸，“身份证登记下。”

陈今阳挑眉，有些警惕：“你要我身份证干吗？”

吧台小哥一脸茫然：“小姐姐你不知道现在网吧上网都实名制啦？响应国家号召，如果是未成年，不能进网吧的……”

陈今阳心里想：这孩子真会说话，居然说我看着像未成年！

她心中一愉快，顿时也不追究人家要她身份证是不是图谋不轨了，掏出钱包大方地把身份证递给吧台小哥登记，顺利拿到了一个账号，就转身找机子去了。

好不容易找了个位置，陈今阳先弯腰研究了下电脑桌上的灰尘、键盘上的灰尘、鼠标上的灰尘，确认一切比想象中好得多，又掏出湿纸巾认认真真擦了一遍，最后才开了电脑。

打开电脑，面对桌面上一大堆游戏图标，她有些蒙，又东张西望了一番，随后发现旁边的座位都是空的，只有身后有个看着像大三大四的大哥在打游戏。

她得找个打《征战联盟》的，虽然她并不知道这游戏长啥样。

自尊心让陈今阳决定先自己捣鼓一会儿，找了好一会儿才在桌面上找到那写着“征战联盟”四个字的图标，打开之后，认认真真按照要求填了账号、密码，然后登入游戏。

在她端坐于电脑前，耐心等待载入游戏时，在她身后，有一堆身穿迷彩服、活力四射的小屁孩正对着电脑屏幕大呼小叫。

“老大，我来了！弄他！弄他！”

“你来个鬼来，对面满血时你不来，技能交完了要死了，你才来捡击杀数是吧？野怪还不够你吃，当我中路提款机啊？”

“嘻嘻嘻，让一个头，让一个头，你又不差这一个头，天梯两千一百分，最强王者段位大佬，有没有这三百金都能单杀对面……”

“天梯两千一百分不是我一分一分用血汗打出来的啊？你知道我这赛季打了多少天才到最强王者吗？你滚远点，又抢我击杀！王磊，你是不是想死？！”

“我不想死，我还想多活几年，在你的腿上牢牢占据挂件的位置！哇，老大你看对面投降了哇，哈哈，老大万岁！”

“我打排位赛去了，你们自己打匹配吧。”

“别别别，来匹配啊，排位多没意思，你也说了这是五个人一起玩才能感受到乐趣的游戏，匹配娱乐嘛。”

“哄黄氏地中海的话你也信啊，跟你们这群菜鸟匹配，我丝毫感觉不到娱乐……滚远点儿，别抱着我胳膊，滚啊！”

如此这般，嘻嘻哈哈，闹成一团。

吵死了。

还这么有劲儿，军训怎么没把你们累死？

陈今阳刻薄地腹诽，总觉得身后那群叽叽喳喳的小麻雀里，那个语气很狂的“老大”声音听着还有点耳熟。然而此时她也没多想，抬起手揉了揉耳朵，面无表情地瞪着自己面前那个站在屏幕中央纹丝不动的小人。

这游戏怎么玩来着？

刚才新手教程说了什么？

身后的小孩太吵了，吵得陈今阳心烦意乱，顺手把刚才的新手教程给按掉了。

这什么东西？

这框框干吗的？

这个箭头老在那跳啊跳的干啥？我也想过去啊，不用那么大的箭头提醒我过去，我要是知道怎么过去我早就过去了。

破游戏！

陈今阳在心中把游戏开发商问候了一百遍，然后转头看了眼身后那位大哥的游戏屏幕，再回头看自己的游戏屏幕，如此反复十几次，她终于确定身后的大哥玩的也是《征战联盟》。

一分钟后，当网吧里大一的小鬼们正挂在他们那满脸不耐烦的老大的左膀右臂、左腿右腿上撒泼时，陈今阳满脸洋溢着和蔼谦虚的笑容，伸出手拍了拍身后大哥的肩膀："学长，您好学长，打扰一下，不好意思，请问，这个游戏里的小人怎么走路啊？新手教程我不小心跳过了，点了好多下鼠标左键，它都不理我。"

被宿友小弟们折磨得有点不耐烦，艾佳想站起来躲厕所里冷静一下，谁知道刚往外走了几步，就听见周围的人在窃窃私语，好像是在讨论什么人。

"是仙女啊！是仙女本人没错了！"

"从四十年前穿越过来的仙女在打《征战联盟》，美，且菜。"

"她连怎么操作英雄走路都不会。"

"但是我要是她的对手，光看一眼她摁在键盘上的手，都想点投降，生怕小姐姐摸键盘摸太久，手指尖在粗糙的键盘上磨出茧。"

艾佳微微眯起眼，满心以为是哪个小姑娘迷路跑网吧这雄性聚集地来了，转身正欲离开，这时候忽然耳朵里传入一句"她腿真长，到我腰"。

脑海里不由自主地浮现出某个模糊的身影，虽然艾佳记不太清楚那个腰杆子总挺得很直的疯婆子长什么样子了。

站在原地的少年在"管闲事"与"看一眼"之间纠结半天，最后还是鬼使神差地转身，伸手拨开人群，看了眼此时此刻坐在人群里的"仙女本尊"——小短裙、小皮鞋，大夏天的穿着过膝袜和衬衫，桌子上放着一副刚摘下来的墨镜。

陈今阳："老板！我屏幕坏了，黑白色！"

"吃瓜群众"："不，是你操作的英雄死了。"

陈今阳："为什么死了啊？"

"吃瓜群众"："被对面英雄杀，就会死。"

艾佳：还真是她，那个疯婆子，女财神。

此时陈今阳并不知道身后有个"熟人"出现，她专心致志地坐在电脑前面，刚刚学会如何操纵自己的英雄走路，结果走着走着，不知道怎么电脑屏幕就黑了，然后身后看热闹的人告诉她，她的英雄死了。

整个游戏的过程充满了莫名其妙的味道，她什么都还没干呢，怎么就死了呢？

"这游戏体验不好，没有新手模式吗？"陈今阳头也不回地问，几个小屁孩都抢着回答她。

"人机对练就是新手模式，你该找的是智障模式吧？"

带着轻微嘲笑意味的声音在陈今阳耳边响起，声音有点耳熟也有点好听，就是内容不够友善。陈今阳挑了挑眉回过头，结果只看见一个人影从她身后飘过，然后在她旁边坐下来，弯腰，开机，一气呵成。

那人抬起头来时，陈今阳发现这人还挺眼熟，是那个小崽子。

这人怎么阴魂不散，走哪都能看见？

"同学，是你啊。"陈今阳不怎么热情地道。

“是我。”艾佳皮笑肉不笑地冲着陈今阳假笑了下，目光越过她的肩膀，面无表情地朝她身后那一群勾肩搭背的“吃瓜群众”扫了一眼。原本一脸高兴看热闹的人群立刻作鸟兽散。

“散了啊，散了啊！”

“啊，这不是之前的女财神吗？”

“啧啧，艾佳撒尿圈地盘来了……”

“你不满你跟他打一架啊！”

“那不行，你以为我傻啊，你去跟他打啊，算了，也不求你打架了，你去跟他说声‘王八蛋’然后活着回来，我给你一百块。”

“我给你三百，你去吧。”

窸窸窣窣的讨论声中，陈今阳回过头，发现自己身后层层叠叠的人都走了，她挑了挑眉，又把脑袋转回来，屈指敲了敲身边那凶神恶煞的小崽子的电脑桌：“你把教我打游戏的人都吓走了。”

“嗯。”艾佳头也不抬地点开游戏客户端，暗想这女人是不是傻，“他们那是笑话你，谁认真教你打游戏了？”

艾佳看着身边和网吧环境格格不入的姑娘，似笑非笑道：“想学《征战联盟》是不是？我会，我教你啊。”

陈今阳认真想了下奶奶家门口电线杆子上新东方学校的广告词，然后点点头，强行让自己听起来十分“社会”：“行，包学包会吗？多少钱？”

艾佳：这姑娘怎么活到今天还没被人打死？

艾佳让陈今阳先退了游戏，坐在旁边看自己的玩，为了让教学模式变得友好一点，他看了眼陈今阳所在的区服，管在那区有账号的小弟借了个低段位的号，又点开了八百年都没玩过的人机模式，游戏就这么开始了。

艾佳随手选了英雄，一边操作英雄往外走，一边说：“这是一个推塔游戏，推塔游戏知道吗？”

“和《魔塔》一样的吗？英文电子词典上面那个？我通关了好多次。”

艾佳直接切出游戏，搜索“推塔游戏”，然后不幸地发现就连百度都不屑对这个词进行一下专门的解释，他只好关了百度，自行解释：“不是所有有‘塔’字的都叫推塔游戏。《星际争霸》知道吗？*DOTA*？算了，推塔游戏，就是你把对方的防御塔类建筑物推完打爆，就算赢。”

陈今阳：“哦。”

艾佳：“《征战联盟》游戏地图一共分为上、中、下三条路……”

“老大在给那个女的科普游戏。”

“笑死我了，看人家女财神一脸茫然的样子……”

“直接说怎么打就完事儿了，还介绍峡谷地图，电竞导游吗？”

身后一阵窸窸窣窣的笑声响起，艾佳顺手抄起桌子上的空瓶砸过去，看热闹的小弟们嘻嘻哈哈一哄而散。

艾佳转过头面不改色地继续自己的游戏讲解："这游戏，一般五个人一起，蓝色名字的是你的队友，红色名字的是敌人。走上面的队友叫'上单'，就是'上路单人'的意思，'上单'选手选择的游戏英雄多为坦克型英雄，就是肉盾，皮糙肉厚；中间的队友叫'中单'，一般是法师，是队伍的法术伤害提供者；下路则是两个人，一个叫'ADC'，简称'AD'，'AD'就是物理伤害，'C'是carry（携带，引申为控制大局）的意思，'ADC'通常是一个队伍的核心输出点，而下路的另外一人是辅助，主要照看'ADC'选手的前期发育；最后一名玩家叫'打野'，看见地图上这么多野区怪物了吗，打野就是游走在地图上击杀这些怪物，帮助队伍发育，偶尔来到三路中的某一路帮助队友形成多对一的形势，击杀敌方线上玩家，是队伍的节奏点。"

艾佳指了指陈今阳的屏幕："一会儿你打辅助，我打AD带你一把。"

陈今阳："听上去打野好玩些，我喜欢节奏掌握在自己的手里。"

艾佳："那也要有节奏给你掌握才行，一人带崩三路的死亡奏鸣曲也算节奏吗？"

陈今阳："虽然听不懂你在说什么，但是总觉得你在埋汰我。"

艾佳："你看，多好，你听不懂我说话也一点不影响我们交流。"

陈今阳："不要你教了，你走！"

艾佳正色道："不行，昨天你给了我三千块学费呢，你非学不可。"

陈今阳觉得自己上了一条贼船。

她被迫又看了一会儿艾佳操作着游戏角色打排成一条直线的小兵，知道了这操作叫"补兵"——游戏每隔一段时间就会往三条路出一些兵，这些兵有个专业名词叫"兵线"，击杀这些兵后可以获得经验和钱。

击杀小兵、升级、赚钱、买装备，获得能力加成后，杀掉对方的英雄，推掉对方的防御塔，上对方基地，推掉基地三座塔，再推掉对方的基地大水晶前最后两座门牙塔，最后推掉基地大水晶，就算游戏胜利。

一局游戏结束。

陈今阳看见自己的游戏客户端下面跳出来一个小框——玩家"魔法少女艾佳"邀请你玩一局游戏。

艾佳咳嗽一声："小弟的号，乱搞的。"

陈今阳点点头，点了同意，但是艾佳并没有马上开始游戏，而是让她去看看辅助那一栏的英雄喜欢哪个，然后一会儿进游戏直接选。陈今阳听话地去看了，艾佳则去调整号上的符文。符文是对于玩家属性额外加成的一种道具，不同的加成让玩家在一局游戏里从出生开始就有不同风格，使游戏玩法更加多样化。

艾佳一直都是打中单的，为了带这疯婆子，只能委屈一下打ADC去，只是物理伤害和魔法伤害符文不同，所以需要调整。

艾佳调整了半天，发现旁边的人居然还在看英雄，他讽刺道："外国友人不认识中文？辅助就这几个，至于看这么久？"

陈今阳："我老家在北方最靠近俄罗斯的那个地方，往上数八代搞不好真的有俄罗斯血统。"

艾佳觉得自己头很痛。

陈今阳："这个琴师好看，我玩这个。"

小姑娘都爱玩琴师这类奶妈英雄，没毛病。

艾佳伸脑袋看了眼，点点头："那就玩这个，一会儿进游戏，你就在我后面……"

陈今阳又乱戳了一下，惊喜道："你看，还能换衣裳！"

"这叫英雄皮肤。"艾佳耐心解释。

"这套红色的古装好看。"陈今阳兴高采烈。

"这是琴师龙年限定皮肤，去年的，现在没卖了。"

艾佳开始丧失耐心，并质疑自己不老实去上厕所，屁颠屁颠跑到这儿坐着到底是为了什么，上一秒还在说服自己，就当是行善积德，下一秒就看见疯婆子点开了淘宝。

艾佳："你打开淘宝干吗？"

陈今阳："我不信有什么东西是淘宝没卖的。"一边说着一边飞快地在搜索栏输入"琴师龙年限定皮肤"，随便找了家卖"皮肤激活码"的，一千二百八十八元，眼睛都不眨一下，一秒下单，两秒兑换，三秒好评。

这一顿操作，跟刚才那个游戏白痴判若两人，快得连艾佳都来不及阻止。

陈今阳欢快地兑换了死贵的琴师龙年限定皮肤，一边琢磨还有哪个皮肤好看，一边嘀咕着能直接买还是又得上淘宝。

艾佳："你来打游戏的还是来购物的？"

陈今阳一脸高兴："你不懂，我觉得我终于找到这个游戏的乐趣所在了。"

以前艾佳总不信人们说的什么"有些人天生就是不适合玩竞技游戏"，觉得这绝对是歧视，直到他亲眼见识到身边这位把《征战联盟》当换装游戏玩，这一秒，空气之中仿佛响起了"啪啪"打脸的声音。

在艾佳强烈谴责的目光下，陈今阳换上了价值一千多块钱的限定皮肤，终于美滋滋地跟着艾佳进了游戏。

新建的号只能打人机，难度系数为零，陈今阳进了游戏，跟着艾佳迷迷糊糊地走到下路，然后看着艾佳补兵。

她记得艾佳说过，只有击杀小兵和大炮车才会有金钱和经验，所以当艾佳操作着英雄勤勤恳恳补刀，把所有小兵的血线压得极低时，陈今阳手忙脚乱地摁下Q键，一个技能收割了一片小兵。

艾佳："嘶！"倒吸了一口凉气。

陈今阳："好多钱，谢谢。"

谢个鬼啊！血可流，头可断，兵线不能乱，被抢了资源的艾佳恨不得砸了鼠标：“别抢我小兵，我谢谢你。”

陈今阳：“你自己说的，不补小兵没有经验和钱，现在又不让我碰小兵，你想饿死我吗？”

艾佳：“饿得死吗？我打小怪，你也有经验的，辅助站那儿不动就行了！”

陈今阳露出一个半信半疑的表情，过了良久才“哦”了一声。

艾佳看着她放在Q键上的手：“不行，我不放心，你把你的手从Q键上拿开。”

陈今阳不情不愿地把手拿开：“小气鬼，下次不跟你走一条路。”

天梯两千一百分，一区最强王者，职业水平选手，纡尊降贵到小区服陪人打人机，吃不到兵线就算了，还要被人骂小气鬼，要不是此时心中尚存一丝善念，艾佳真的想砸了电脑一走了之。

奈何身边的人还问他：“你干吗不动了？又有小兵来了，你不打，我又按Q了哦？”

Q你个大头鬼！

生怕她真的又瞎按Q，艾佳赶紧把脑袋转了回去：“站草里老实点，别动。”

扔下这句话，艾佳就认真补刀去了。到底是大神，除了第一轮兵被坑爹的辅助吃掉之外，接下来的补刀基本上一刀不漏，而且因为对面是电脑敌人，笨得要命，艾佳杀他们就像是切菜似的，到四级的时候，已经杀了对面六次！

游戏公共聊天框里，队友已经开始疯狂打字。

我为公主上王者：6666666（厉害），下路哪路大神微服出巡了？

黯然销魂一巴掌：带妹的吧，大神都六个头了，琴师一个助攻都没有，估计不会玩。

我为公主上王者：还琴师龙年限定皮肤，看来不仅是女玩家，还是土豪女玩家？

艾佳感觉头很痛。

游戏中，玩家击杀敌方，其间如果队友也给予敌方伤害，就可以得到助攻，也就是说在艾佳刚才击杀电脑的六次当中，旁边的那人哪怕随便按下Q都能蹭到一个助攻。

被队友这么一提醒，艾佳这才发现旁边这人的数据是零击杀、零死亡、零助攻，而且她似乎站在自己身后塔下的某个位置已经很久没有动过了。

艾佳：“喂，你——”他伸脑袋一看，发现旁边的这位仙女在刷微博，正对着一个猫咪的视频傻狍子似的直乐。

艾佳想打人了。

“怎么了？”陈今阳转过脑袋，“打完了？”

艾佳磨了磨后槽牙：“你干吗呢？”

“我发现光站在那儿不动也有经验和钱，也不会死，特别安全，所以就让那小人儿站在那儿，我腾出眼睛来看微博了啊。”陈今阳说，“要不你也来吧，又不差兵线那点钱，累个半死补兵图什么啊！”

艾佳抬起手揉了揉眉心，感觉自己的头真的很疼。

现在他才发现，擅自抛弃自己的小弟们跑来带妹原来是真的会遭报应的，比如现在，他觉得自己快要被气死了。再给他一次机会，三十分钟前，他从自己的位置站起来的那一刻，他一定会选择夺门而出。

“你怎么了？”

“没事。”

陈今阳指了指艾佳的屏幕：“哦，红色名字的小人在打你，这样也没事吗？”

顺着今阳的手指，艾佳回过头才发现自己分神的这一瞬间，对面电脑英雄已经清了兵冲上来围着自己一顿殴打，在他回过头时，血线已经见底，他的屏幕正好变成了黑白色。

“啊。”女疯婆子的声音里充满了遗憾，“你也死了。”

一个“也”字，用得相当精妙，感谢中华语言博大精深。

之后过了二十分钟。

在身后跟着个啥也不懂的小尾巴的情况下，艾佳结束了这把人机。推掉敌方水晶的那一刻，艾佳觉得自己似乎瞬间苍老了十岁，然后更加确定了自己是一个不太有爱心的人。

“好了，打了这一局，你应该也差不多会玩了，我要回宿舍了，一会儿辅导员查寝。”艾佳飞快地关掉游戏，“我先走了，以后有空再一起玩，呵呵。”

他刻意加重了“呵呵”的语气，以表示前半句话的虚假程度。

没想到陈今阳摇摇头：“我就是随便了解一下这个游戏，以后估计不怎么玩，挺没意思的，稀里糊涂就赢了，没难度啊。”

现在无论眼前这个疯婆子说什么，艾佳都不惊讶了，他就想找个地方扶着，默默大吐几口血压压惊。

“连连看比较适合你。”

他保持着最后的礼貌，却换来了陈今阳一脸鄙夷的表情：“那个更没意思，连换衣服都不行，那是小学生玩的东西。”

艾佳的脸抽搐了下，他生怕自己张口就只剩下脏话，只好和眼前这疯婆子摆摆手，准备落荒而逃，结果又被叫住了。

“同学，你叫艾佳是吧？谢谢你教我打游戏啊。我叫陈今阳，英语系大二的。”陈今阳转过身，脑袋搁在座椅靠背上，冲艾佳笑了下，“再见。”

艾佳盯着网吧靠背椅上多出来的那颗脑袋，见她丝毫没感觉到自己对她的嫌弃，相反还笑得一脸真诚。

少年愣了下，那张平日里有些凶相的脸难得呆滞了一下，几秒后，他含糊地“嗯”了一声，算是应了，然后一脚重一脚轻地回到之前的位置给小弟们一人后脑勺一巴掌，最后在他们的簇拥下跑去吧台结账，一群人热热闹闹走出网吧。

身边的人在叽叽喳喳地讨论游戏和女财神以及打游戏的女财神真的好菜，艾佳则有些走神。过了良久，在小弟们争论刚才偷听到的女财神的名字是“天津”的“津”还是“北京”的“京”时，走在最前面的少年忽然停了下来，回头看了他们一眼。

“哎，你们觉得，刚才我教那女财神打游戏的时候，态度怎么样？”

“要听实话吗？”

“废话。”

“老凶了。”

第二章

隔壁的英语老师

从网吧出来以后，陈今阳跑回宿舍，开始搬东西。

大二课少了不少，没有大一时候那么“丧心病狂”，今天下午破天荒地没有课，所以她忙着把宿舍里的东西搬回奶奶家。其实也没太多重要的东西，主要是一堆书，还有一些护肤品，但是加起来也有两大箱子了。

陈今阳花了个把小时整理好了东西，打了个电话叫司机在学校门外等，自己抱着一箱书吭哧吭哧往学校大门走。巨大的箱子挡住了她的脑袋，从远处看就像是箱子长了两条腿在自己走路一样。

从外语学院通往学校大门要经过土木水利学院，陈今阳抱着第一个箱子往外走的时候，艾佳他们班正在靠近学院大门的一处阴凉处踢正步，一群人固定在高高抬起一条腿的分解动作那里，一个个都东倒西歪的。

冷不丁看到一个穿小裙子和过膝袜的纸箱子从面前飘过去，这几天天天眼睛里都是迷彩蓝，搞得眼睛都有些发蓝的众人未免都有些激动。艾佳因为个子高站在队伍后面，这会儿面无表情地抬着胳膊和腿，完全没注意前方有什么神奇物种出现，那副样子大概是恐龙从他面前走过他都不会有太多反应。

直到他身边一个名叫王磊的小弟肩膀一斜靠在他身上：“老大，老大，你看，女财神！我认识她的过膝袜和腿！”

艾佳抬起眼睛的时候，正好看见不远处抱着一大箱子书的姑娘踢到一块大石头，“嗷”的一下跳了起来，她手里的箱子脱手，里面的书天女散花似的飞了出去，然后她站在那一堆乱七八糟的书跟前，发了几秒呆，大概是以为周围没有人，她有些娇气地跺了跺脚，拨弄了下头发，蹲下来开始捡书。

站在队伍中，身着迷彩服的少年目光闪烁了下，嗤笑了一声。

陈今阳好不容易把散落一地的书重新装进纸箱子里，刚把纸箱子重新抱起来走两步，口袋里的手机便开始疯狂振动。她拿出手机，看到来电显示是“奶奶”，长长叹了口气后，将手机夹在肩膀和耳朵中间，继续吭哧吭哧地走。

“喂，奶奶……我现在准备出校门了啊……是是是，耽搁了一下，刚才书撒了一地，我捡来着……没被绑架！好着呢！”

电话那头，陈今阳那八十往上的奶奶声音还精神得很，劈头盖脸一阵数落：“滨文说还没接到你，发短信你又不回，还以为你怎么了！你怎么不喊他到宿舍楼下面接你啊？”

“到宿舍楼下多招摇。”

“你怕什么招摇？学校里头人很多的，而且还有坏学生，我和你爸说了，应该给你配两个保镖……哎哟，你个小丫头不要笑啦，现在女大学生被人绑架的事情还少是不是啊？”

陈今阳夹着手机、抱着箱子，还要忍着笑安抚她这个过度紧张的奶奶：“就宿舍楼到校门口的距离，还是学校里面呢，光天化日的，谁会绑架我啊？况且这是重点大学，里面都是好学……”

她的话还没说完，手里的箱子摇晃了下，眼看着就要落地。

陈今阳“啊”了一声，这时候，从身后伸出来的一只大手及时托住了箱子底部，拯救了即将发生的悲剧。

“打电话的时候就把东西放下，这么急着下凡去啊？”

少年的声音在身后响起，陈今阳双手突然变轻，放着书的大纸箱直接被人拿走了。

陈今阳愣了下，从耳边抓下手机转过身，一眼就看见身后身着迷彩服、抱着她的大纸箱的少年。烈日之下，他脑袋上的帽子戴得歪歪斜斜的，身上原本的浅蓝色的迷彩服被汗水湿了大半，变成深蓝色，还被强行扯开露出了里面白色的背心。

出现了，奶奶嘴里的坏学生！

“谁啊？”陈今阳的奶奶在电话里问，“怎么有男孩子讲话的声音？”

“我同学。”陈今阳看了艾佳一眼，用口型说了句“谢了”，连忙握着手机背过身去，很认真地跟电话那边的老太太解释，“他看我拿的东西多，就帮我拿了一下。我就说了我们学校的同学都很友善。现在我出校门了，你让滨文再等我五分钟。”

陈今阳打电话时声音轻轻柔柔的，很有礼貌，和以往那副不太容易亲近的样子不一样，还带着一点点鼻音，像小猫的爪子一样挠得人心里痒痒的。她并不知道有人在身后研究自己打电话，挂了电话后，她把手机重新揣兜里，转过身，发现身后的人还抱着箱子站在原地。

陈今阳张开双臂，艾佳笑着往后退了一小步：“我一身是汗，就不抱了。”

烈日当头，她没心思跟这小崽子在这儿演戏：“谢谢你帮我拿箱子，现在可以把箱子给我了，我着急出去呢。”

艾佳看了一眼面前站着的人，上下打量了一圈她那细胳膊细腿，想了想，迈开步子，说：“到校门口是吧？我送你。”

说话的时候，他已经走到陈今阳前面去了。

陈今阳连忙追上去，想要抢箱子，然而少年稍微一举双臂，那箱子便到了一个她绷紧了手指头都够不到的高度。这箱子在他手里像没重量似的。

“你不用军训了啊？”

“中场休息。”艾佳说，“都晕了两三个了，太阳这么大，再训下去会死人的。”

陈今阳“哦”了声，想了想，又说了一次：“那谢谢你啊，挺沉的。”

艾佳看上去有些漫不经心：“我小弟说，今天中午带你打游戏的时候我好像太凶了，所以现在补偿一下你，应该的。”

陈今阳努力回想着今天在网吧他都说什么了，然后说：“还行吧，其实也不算特别凶。”

艾佳满意地微笑起来，自我感觉良好：“我也觉得，我第一次带人玩游戏，换了他们这么菜还让我带，我早揍他们了。”

陈今阳：“是你强行坐在我旁边，轰走教我玩的那个人，主动要求带我的。”

艾佳转过头看着她：“那些人站在你后面都快半个小时了吧，你走路都没学利索，那也叫教你啊？我带你十分钟不到，你都知道挂在游戏里蹭经验切出去刷微博了，自己对比对比。”

陈今阳：这小崽子怎么嘴这么欠啊？

生怕他再说出什么欠揍的话来，陈今阳索性不搭话了，埋头跟着他。毕竟抱着纸箱子走在前面的人健步如飞，仗着腿长、力气大，蹦跶得那叫一个欢快，她还得小跑才跟得上他，她觉得自己双脚都快离地了，背后的汗水都冒了出来，衬衫贴在背上，有些难受。

陈今阳抬起手扇了扇，好在这个时候已经看到了学校大门。

“刚才听你打电话，意思有人接你啊？在哪呢？你要不要再给他打个电话？”

艾佳走在前面，视力极好的他远远就看见学校大门外停着的一辆黑色的轿车——那轿车远看就知道不是什么便宜货，走近了一看更不得了，一个“B”旁边有一对小翅膀，宾利。

艾佳吹了声口哨，正想说哪个有钱人家的公子哥开豪车来大学里撩妹，就听见陈今阳在身后说：“不用打电话，我看到他了。”

艾佳回头看了她一眼，然后又看了看那辆宾利。

此时那辆宾利里的人也看见了陈今阳，把车子开进学校，在他们身边停了下来。驾驶窗被打开，里面的人探脑袋叫了声：“陈今阳。”

陈今阳稍稍弯下腰对驾驶座上的人说：“滨文，你给我奶奶打电话干什么啊？她总是大惊小怪的你又不是不知道！”

驾驶座里坐着的是一个身穿西装的男人，大约三十岁，长着一张看着莫名严肃的脸，看上去也就一米七八左右，和艾佳那小山似的身材不能比。

“我给你发短信你不回，我有什么办法？”名叫滨文的人一脸无奈地回答，“你有没有东西要放后面？”

“有，你把后备厢打开。”

陈今阳一边说着，一边伸手抱走了艾佳手里抱着的纸箱子，绕到了车后面。

此时后备厢缓缓打开，陈今阳伸手把里面原本放着的矿泉水以及别人送给老爸的茶叶和酒的礼盒挪了下，才小心翼翼地把自己的书箱放进去。

箱子摆好后，一只大手从身后伸过来，撑在尚保持开启状态的后备厢车盖上：“你男朋友啊？”

少年声音沙哑，听上去有些漫不经心。

“不是啊。”陈今阳转身，“我家司机。”

艾佳松开手，后退一步，惊呼：“你家司机直呼你大名啊？”

“不然叫什么？‘小姐’吗？你电视剧看多了吧。”陈今阳嗤笑一声，“而且滨文还是我表哥来着。”

艾佳面无表情地“哦”了一声。

陈今阳想了下，顺手从后备厢里拎了个五粮液的礼盒，塞到面前的少年手里：“给你，不能让你白跑一趟。”

艾佳：“我不……”

陈今阳：“谢谢你帮我扛书哦，拜拜！”她说着，一溜小跑坐到车子后座，“啪”地关上门，车子启动，开走。

上次是三千块钱。

这次是五粮液。

这女人莫非真的是疯子？

艾佳抱着白酒礼盒站在原地愣了半天，想了一下，掏出手机在淘宝上搜了下关键字，然后发现自己怀中这玩意居然要卖一千零九十九元，到底没舍得直接把东西扔进垃圾桶。

他转身往回走，刚踏入学院大门，迎面就撞上了背着手、哼着小曲儿、一脸美滋滋溜达过来的系主任黄氏地中海。一时间，两人狭路相逢。

黄氏地中海哼小曲儿的声音戛然而止，目光下移，停在艾佳怀里抱着的东西上，然后沉默了三秒。

“艾佳！你是要造反啊！光天化日拎着五粮液往学校里走！你给我过来！”

艾佳又在教务处被训得不似人形，别人下午五点就结束军训了，艾佳被黄氏地中海拎到操场中央多站了半个小时军姿，供人围观。

真的很多人围观，连大二、大三的小姐姐都凑过来了，因为人人都听说大一有个小孩往学校里偷运五粮液，被教务处老黄逮个正着。

下午落山之前的太阳还很猛烈，艾佳站了十几分钟，像是被人从水里捞出来的一样，浑身都是汗。

半个小时后，他人都快蔫了，在周围人嘻嘻哈哈的笑声中，他一路小跑到水龙头旁边冲了个痛快，刚缓过劲儿来，家里的电话就打过来了。

黄氏地中海不知道从哪搞到了艾佳他老爸的电话号码，他老爸一听儿子抱着五粮液在学校里晃荡，整个都爆炸了。

“我让你上大学，让你住校，就是为了让你和你那些狐朋狗友喝酒去的？还五粮液！你老爸我三百年前就戒酒了，你个小犊子凭什么喝五粮液！刚上大学几天，你就这样没规矩了？这样就别住校了，给我滚回家里住！”

艾佳坐在操场旁边，一只手堵着耳朵，把手机拿得远远的。

在他周围，以王磊为首的一群“狐朋狗友”嘴角都快咧到后脑勺去了，一个个都在幸灾乐祸。其中有个叫航琪的，外号“小结巴”，听了这话，一脸紧张，要抢手机：“快……快告……告诉叔叔，这……这锅我我们不不……不背！”

又是一阵爆笑，王磊带头“嘎嘎”在那儿笑，艾佳无语至极。

“爸，这五粮液真不是我的，我就替人家拿一下。你别管了，咱能别把大学读得和高三似的吗？你都是大学生的爹了，沉稳一点。”

“沉稳个屁！你明天就给我回家住，正好你陈奶奶家的孙女回来了，听说也是你们学校的，英语特别好。”

隔壁陈奶奶，八十几岁小老太太，特别接地气，逢年过节就喜欢给艾佳塞吃的，艾佳挺喜欢她的。但是她孙女，就免了吧。

“哦。”艾佳面无表情道，“我不和英语好的人谈恋爱，沟通不来。”

“谈个屁恋爱！看你那臭德行，谁看得上你？我意思是你回来住还能跟人家学习一下英语，瞅瞅你高考那英语的分数，你还上大学，你好意思吗你？”

艾佳高考分数，理综二百九十六，数学一百五，语文六十，英语三十七，总分五百四十三，凭借本地人优势以偏科之王的姿态考上T大。

“我凭自己本事考上的大学，我怎么不好意思了？”

“你还顶嘴！大学英语四级不过不给学位证，你这样的上了大学也是浪费学费！”

“船到桥头自然直。”

“快拉倒吧，你这破船早沉了！能考上大学就是浮木吐了几个泡泡而已！”

艾佳懒得跟他老爸在电话里瞎扯英语的问题，都大学生了，还天天回家补课，说出去会让人家笑掉大牙。他皱了皱眉，不管他老爸还在电话那边咆哮，直接挂了电话，为了防止短信轰炸，还顺手把手机关机了，往口袋里一塞，世界清静了。

艾佳长叹一口气。

王磊跳下台阶，顺手接过旁边篮球场里扔过来的球，转身看伸长了腿瘫在台阶上的少年："来两把？3对3斗牛，五十块一把。"

"不来了。"艾佳正心烦着，敷衍地回答。

"你……你说你，没事搞……搞什么五粮液。"小结巴坐在他旁边。

"我没搞，那个女财神给我的。我不是帮她扛书过去吗，她那宾利车，后车厢盖一掀，百宝箱似的，全是宝贝。"艾佳"啧啧"两声，"你说她就不能给我盒茶叶啊？"

"你……你也不像喝……喝茶的。"

"也是。"

"要……要不，你打……打个电话给她，让……让她来跟黄……黄氏地中海解释一下？"

"解释什么？"

"五粮液。"

艾佳"哦"了声，觉得好像有道理，因为乐于助人最后落得个被迫回家补习英语的结果，这好像也太不美好、太不励志了。

艾佳觉得小结巴说得有道理，又从口袋里掏出手机，重新开机，进入拨打电话界面。几秒后，他的手指悬在手机屏幕上，双眼开始放空。

小结巴："又……又怎么了？"

艾佳面无表情地转过头："我没她电话号码。"

小结巴沉默了，然后拍拍他家一脸严肃的老大的肩膀，过了半天才憋出一句完整的话："老大，你……你怕不是个傻子哦。"

夜晚，宿舍里。

挂在宿舍电风扇下方撑开的伞胡乱摇晃，顺着伞送到床铺上的风吹走一丝丝燥热，艾佳双手枕在脑袋底下，瞪着天花板发呆。

他脑子里乱糟糟的。一会儿想到那天巷子里，小姑娘从面前走过时飘过的柑橘香；一会儿想到网吧里，身边的小姑娘兴高采烈地打开淘宝买英雄皮肤，转过头看着自己说找到了游戏的乐趣，一双眼亮晶晶的；一会儿又想到她打翻了书箱，以为四下无人，生气地跺脚；一会儿又想到她弯腰钻在汽车后备厢里，捣鼓半天，最后拎出一盒五粮液，五粮液挺沉的，把她白皙的手指勒出一道红痕。

艾佳伸出舌尖舔了舔有些干燥的下嘴唇，翻了个身，面朝墙。

隔壁床，王磊也翻了个身，骂道："热死了。"

对面床，小结巴幽幽道："那……那说点凉快的，我……我听说，室内撑……撑伞，招鬼。"

王磊骂了声，翻身坐起来，一个枕头飞到小结巴脸上，宿舍里乱哄哄地笑起来。

艾佳又翻了个身，脸朝外，没吱声，然后感觉床被人踹了两脚，地动山摇，王磊的声音突然在耳边响起："老大，佳哥，我听小结巴说，你还没搞到那个女财神的电话号码？”

艾佳的思绪猝不及防地被打断，睁开眼就看见头顶的蚊帐里伸出来一张人脸，吓了一跳，条件反射般抬手隔着蚊帐就是一巴掌。

王磊“哎哟”一声，猛地把脑袋缩回去：“我就问问，你也不能恼羞成怒吧？小结巴说你像个傻子，你也没打他！”

对面床上小结巴笑得像个傻子。

和王磊还有小结巴一样，宿舍里的人基本是艾佳在T大附中读高中时就与他混在一起的，同学三年看着他们老大活得像个唐僧一样，多少狐狸精惦记着也吃不上这口唐僧肉。这会儿眼瞅着他好不容易跟哪个姑娘说上话了，都像担心儿子娶不着媳妇儿的老妈子一样兴奋得不行，七嘴八舌讨论开来。

“女财神挺好看的。”

“刚开始觉得吧，啧啧，高冷。然后今天在网吧看她打游戏，我又觉得她有点傻，还挺可爱。”

“关键是腿长，这要和咱们老大有了爱情结晶，那孩子不得生下来就像踩高跷一样啊？”

“嘿嘿……”

“打听了一下，听说是咱们学校英语系有名的学霸，我觉得可以，还能弥补咱们老大智商上的不足。”

一群人觉也不睡了，在那儿絮絮叨叨安排艾佳的婚事。

等王磊那边连艾佳的儿子上哪个小学都安排好了，原本躺在床上的家伙这才“哐”的一下坐起来，拉扯了下盖在腿上的薄毯子，嗓音低沉地说：“明早五点半就要起来跑操，你们不困是吧？”

王磊：“困，但再困也要关爱一下你再睡。”

“放屁！”艾佳面无表情道，“别胡说八道，我对那女财神没兴趣。”

艾佳这一句话捅了马蜂窝。

王磊：“没兴趣你开学第一天就跟李元启干一架？”

小结巴：“没……没兴趣，你……你还不……不把三千……三千块还给人家！”

王磊：“没兴趣你还教她打游戏！”

小结巴：“我……我给你打辅助，天……天天挨骂！”

王磊：“没兴趣你眼巴巴给人抱着一箱书送到学校门口！”

小结巴：“有……有说有笑！”

王磊：“小结巴你掰手指数数，高中三年咱老大对几个小姑娘笑过！”

小结巴：“没有！”

两人一唱一和。

直到被攻击的人恼羞成怒：“说够了没？再话多，信不信我把你俩从阳台扔下去？”

王磊、小结巴闭嘴了，宿舍里重新回归夜晚该有的寂静，艾佳长吁一口气，又“哐”的一下倒回床上，翻了个身，有些烦躁地闭上眼。

小结巴：“下……下次记得要电话号码。”

艾佳闭着眼，大手一伸，拿起枕头往对面床砸过去，听见一声闷响外加“嗷”的一声惨叫后，才满意地翻了个身，睡觉！

第二天是周末，上午训了半天，下午放假，艾佳跑了一趟教务处去认领他的五粮液。从教务处走出来之前，他还想留一瓶五粮液给老黄，结果被义正词严地拒绝了：人民教师不该收受贿赂。

这么好的老师上哪找！艾佳决定，等到了教师节，以顺丰到付的形式送他一瓶霸王防脱洗发液，寄件人就留名：雷锋小同志。

艾佳拎着两瓶五粮液回家了。他家就在T大附近，是T大附中的教职员工宿舍，院子里住满了T大和T大附中的老师。这么个严肃的环境里出了他这么个“活泼”的孩子，所以从小到大，他在院子里和他那个在T大附中以严格出名的重点班数学老师老妈一样出名。

回到家，艾佳经过客厅，客厅里坐了几个穿T大附中校服的学生，正围着他妈听他妈讲题。每个周末，都有不回家的刻苦书虫拿着一刻都不能等的难题跑到家里来，他都习惯了。

艾佳往门边儿一靠，吊儿郎当道：“妈，我回来了。”

语音刚落，就看见坐在沙发上，身穿居家服、烫着卷发的中年女教师推了推鼻梁上的黑框眼镜，抬起头看了他一眼：“怎么晒这么黑？站直了你，站没站相，没腰啊？”

艾佳叹了口气，摇摇晃晃地站直了，一眼扫过去，发现围绕在老妈旁边的几个小姑娘都抬起头眼巴巴地看着自己，估计也是天气挺热，每张小脸蛋都微微泛红，眼睛忽闪忽闪的。

艾佳双手塞进裤口袋里，冷冷地瞥了她们一眼，转身到厨房一阵翻箱倒柜，然后又绕出来：“午饭呢？”

“你爸今天就一台小手术，下午难得休假，使唤他去买了。你怎么就知道吃？”

“我肚子饿了也有错？”

艾佳在客厅里找了个空的沙发坐下来，长腿一伸，瘫着玩手机，耳边听着他妈的学生在旁边叽叽喳喳地讨论数学题，这个坐标轴该怎么画，那个公式怎么化简，XYZ轴往哪儿摆。

艾佳瞥了一眼她们争论了半天也没争出什么结果来的题目，心想：笨死得了。

他翻了个身，面朝沙发背继续玩游戏，身后飘来他妈的声音：“你在那没事干的话就去教教你学妹，正好我一个人讲不过来，别让人家干等着。”

身后小姑娘们一阵小骚动。

“不会。”艾佳背对着她们，毫不犹豫道，“高考结束铃声响起的那一瞬间，我已经成弱智了。”

“臭小子。”

过了大概二十分钟，在艾佳饿得手机都快玩不动的时候，他老爸终于把午餐买回来了，手里还拎着一大捆书，艾佳伸脑袋看了一眼：“什么东西？”

艾佳爸一边往餐厅走一边说：“我问了隔壁陈奶奶，人家说了孙女儿回来以后，只要有空你都可以去她家跟她孙女学英语，大家这么多年街坊邻居的，也不要你学费，她还把她孙女以前初中和高中用的英语书拿给我了，真客气。对了，说起来你以前可能还见过那个小姐姐呢。”

他们怎么还没忘记这件事？！艾佳腹诽。

艾佳：“我都考上大学了，能不能放过我？说好的考上大学就不管我了呢？”

“不管你，你要上天啊！现在这社会，走哪儿不需要英语？就你那水平，还不如你小学六年级的侄女，你说你不赶紧抓住这个机会恶补一下——哪来的五粮液？你真买五粮液了？”

“哎，爸你别动，人家的，要还给人家的。”

艾佳从沙发上翻身爬起来，三两步冲到厨房，顺手抄起桌子上放着的英语教材，打开厨房窗户扔了出去，书噼里啪啦一阵乱响飞了出去。

厨房里响起他老爸雷鸣般的咆哮声：“艾佳！小王八犊子，给老子滚去捡回来！”

这惊天动地的咆哮声中，艾佳原本想转身逃窜，结果却突然听见窗口隐约传来一声“哎呀”的痛呼，他愣是把迈出去的脚收回来，扒着厨房窗户伸脑袋一看，这才发现楼下窗户下面站着个穿背心、短裤和拖鞋的姑娘，英语书在她身边散落一地，她手里原本端着的一碗豆腐花打翻了，油汤泼了一身。

“谁啊，乱扔东西，有没有素质！”

陈今阳一身狼狈，带着午餐被人打翻的愤怒抬起头看上去，正好和一脸茫然的少年对视上。

楼上的脑袋“嗖”的一下缩了回去。

陈今阳内心似有一万只羊驼飞奔而过。

楼上，艾佳猛地转头看着他老爸：“隔壁陈奶奶？”

艾佳爸一脸警惕：“干什么？”

艾佳顺手拿起餐桌上还没来得及扔的英语书，翻到最前面，看了一眼第一页的签名，龙飞凤舞特霸气：陈今阳。

艾佳：“爸，学英语这事，我们从长计议，也不是不能商量……”艾佳“啪”地合上书，顺手抓过厨房洗手池边的擦手巾，一边往外冲一边说，“我这么听话，你要给我涨生活费啊！”

艾佳爸没反应过来他这一百八十度转变是什么情况：“臭小子你去哪儿？”

随后，他只听见自家儿子的声音从走廊传来，那叫一个活力四射。

“捡书！”

楼下。

呆立在原地的陈今阳盯着三楼那已经变得空荡荡连鬼影都没有的厨房窗户，还以为自己一瞬间出现了幻觉。她微微眯起了眼，看着散落在自己周围、刚才结结实实砸她身上的那些书。

陈今阳有一点点近视，只从封面颜色判断出这些书是中学的英语书，其中有一本包着白色碎花的书皮，看着有点眼熟。

“谁啊？不想要书烧了啊，扔个屁啊！”

她低头看了一眼自己满是油渍的衣服前襟和拖鞋——焦糖色的H型拖鞋上全是碎掉的豆花儿。这拖鞋她刚买没多久，从冬天开始排队等调货，好不容易等到自己喜欢的颜色和尺码，这还没穿两回，就废了。

香油混着葱花的味儿扑鼻而来，陈今阳深吸一口气，蹲下去把被打翻的白碗和碗盖捡起来。吃的没了，穿的脏了，右脚大拇指还被碗结结实实砸了一下，疼得要命。

上去找人理论的台词已经在舌尖滚了一道，陈今阳捡起碗，盖好盖子，刚站起来就看到一个人影从楼道里风风火火地杀出来，然后在自己的面前急刹车。少年的呼吸里仿佛还带着头顶烈阳的灼热气息，瞬间将她包围起来。

在陈今阳还沉默着的时候，艾佳已经重新调整好了呼吸方式，认认真真打量了一下面前的人——她身上穿着浅色的背心，一双又白又长的胳膊暴露在阳光下，几乎和她端在手里的白碗一样白；脖子上挂着一条钻石项链，小巧精致，不长不短刚刚好；她的手因为端着东西微微侧着，手腕上又细又淡的青色血管隐约可见。

艾佳伸出舌尖舔了下有些干燥的唇瓣，吸了吸鼻子，伸手把陈今阳手里的白瓷碗接了过来，面不改色地道：“不好意思，刚才跟我爸吵架，他不知道楼下有人，一生气就把我的书扔下来了。”

陈今阳目露狐疑。

艾佳：“回去我说他，为老不尊！”

陈今阳低下头，发现自己手里的碗已经不见了，取而代之的是一条干净的擦手巾。看着面前的少年一只大手轻轻松松地端着她一双手才端得动的白碗，她面无表情，丝毫不留情面地道：“我看你才比较像扔书的那个人。”

艾佳露出了尴尬而不失礼貌的微笑。

陈今阳拿出纸巾擦擦裤子上食物的残渣，头也不抬地问：“你怎么在这儿？放假了？怎么哪哪都是你？”

这三连问要多嫌弃有多嫌弃。

艾佳也不生气，低下头，结果一不小心目光就探进了正弯着腰的少女的领口里，阳光之下钻石项链璀璨耀眼，滑入衣襟……他脑子里不禁联想到那天在巷子里，她单脚跳着擦鞋时，上衣和裙子之间隐约露出的一小块腰际皮肤。

艾佳咳了一声，连忙收回目光，把视线固定在她那挺翘的鼻尖上，换上了严肃的语气："这话我问你才是吧，怎么哪哪都是你？"

"这是我奶奶家，以后我就住这儿。"陈今阳直起腰，瞥了艾佳一眼。

艾佳点点头："这是我家，过去十八年，未来若干年，我都住这儿。"

陈今阳：这叫什么孽缘？

"大一不是规定一定要住校吗？"

"是的，然而我被赶回来了啊。"

陈今阳伸手想把自己的碗抢回来，艾佳却快得像是条件反射似的往后躲了下，还幼稚地把手中的碗高高举起。

陈今阳白了他一眼，只好弯腰去捡周围艾佳的书。她飞快地将散落在地上的四本英语书捡了起来，正想问他"你还要不要"，却看到了其中一本的第一页上写着她的名字。

陈今阳："这不是我的英语书吗？我英语书怎么在你那儿？"

"隔壁陈奶奶给的，让我和她孙女学英语。"艾佳一脸真诚地惊叹，"啊，难道你就是……"

陈今阳才懒得看他演戏，一心一意翻着自己几年前的书，检查有没有坏的地方，还心疼地拍拍书封面上的灰尘："不想学就把书还给我，扔什么扔，书都被你扔坏了。"

她的声音里带着一丝丝不经意的埋怨，和平时拒人千里的冷漠完全不一样，与其说是在抱怨艾佳，更像是在自言自语。

那声音在艾佳听来，就像踩在棉花上，软绵绵的，他立在原地大脑放空了几秒。

"说的是，我爸太不像话了。"他用另外一只手把四本英语书拿回来，手里抱满了东西，"你这豆腐花是午饭？还要不要？我给你重新买。"

陈今阳看了他一眼，他身上还穿着之前军训的迷彩服，新生好不容易休息一天，她懒得再跟他计较。

陈今阳一句"不用了"刚到嘴边，身边的少年已经飞快地把碗放在英语书上，一只手耍杂技似的捧着四本英语书加一个巨大的白碗，另外一只手掏出手机："喂？王磊，你去学校门口石记给我打份豆腐花送我家，要咸的，放葱花，不要辣……什么我随便使唤你，我不是一向都随便使唤你吗？"

陈今阳想，谁要是敢这么跟她说话，准被她骂得狗血淋头。

一个小时后。

洗完澡，陈今阳换了身白色T恤和牛仔短裤。她坐在桌边，手里捏着个白色的小勺子舀碗里白嫩的豆腐花，勺子一碰，整碗豆腐花都在颤抖，她玩得挺开心。

坐在她对面的少年盯着她，看得也很开心。

从厨房里走出来的小老太太端着一杯柠檬水放在艾佳面前：“佳佳，喝水。”

艾佳点点头，乖得像只猫：“谢谢陈奶奶。”

陈今阳抬起头：“我也要，加蜂蜜！”

陈奶奶：“吃饭的时候不许喝水。”

陈今阳把面前吃了大半的豆腐花推开，看了一眼坐在自己对面，一点要走的意思都没有的少年，突然开口：“Why did you suddenly want to learn English？（你为什么突然想学英语？）”

艾佳猛地回过神，抬起头：“什么？”

陈今阳微微蹙眉，把问题重复了一遍。

艾佳：“‘必考死’……什么东西来着？”

陈今阳：“没听懂？”

艾佳：“听懂了，你问我‘歪’，所以我回答‘必考死’。”

陈今阳：“你这英语说得，怎么跟嘴里勾芡了似的？”她稍稍坐直了身体，“你怎么考上T大的？”

艾佳把自己的高考分数一一报了出来，陈今阳听着，眼睛瞪圆了，说：“语文六十分……”

艾佳：“因为我是中国人，有语言优势。”

陈今阳瞥了一眼面前的豆腐花，问：“英语三十七又是什么操作啊？”

艾佳：“抛掉作文分，英语全是选择题，在我这样的人眼中，英语是随缘得分项。”

还随缘得分项。陈今阳低下头，看着面前还冒着腾腾热气的白瓷碗，有点想把它端起来全部扣在面前这小崽子的裤裆上，让他知道何为残忍。

陈今阳：“我突然想到一个问题。”

艾佳：“什么啊？”

“那天在网吧一起打游戏的时候，你是不是其实挺想掐死我的？”

艾佳一下子没反应过来：“什么？”

陈今阳盯着坐在自己对面的小崽子那张写满茫然的秀气脸蛋，面无表情地说：“因为我现在也是这么想的。”

艾佳：“哎，女财……呃，同学，商量个事？”

陈今阳提高了警惕。

艾佳手指在桌面上划拉了一下，假装语气自然：“你电话号码给我下，以后我学英语有不会的地方就……”

陈今阳：“不给。”

她拒绝得如此干脆，让艾佳幼小的心灵受到了重挫。他像只大型犬似的趴在桌边看陈今阳把他赔偿的那碗豆腐花吃完，然后自己一口气把陈奶奶给他倒的柠檬水喝完，酸得他龇牙咧嘴，站起来拍拍屁股：“走了。”

陈今阳顺嘴一问："去哪儿？"

艾佳拿起放在桌边的英语书，拍拍上面的灰尘，小心翼翼地压了下翘起来的书角后抱住，说："去网吧训练，周日比赛赚点外快……呃，算了，和你说你也不懂。走了啊，下周找你学英语。"

"你这样的水平，我还是建议你找个幼儿英语培训班。"陈今阳客观地说。

艾佳想象了下自己坐在一群穿开裆裤的小孩中间的画面，扔下一句"我就找你"，没等陈今阳回答，他转身抱着人家初中和高中时候的英语书，一溜烟儿就蹿进隔壁敞开的门里去了。

陈今阳瞪着门口发了一会儿呆，然后叹了口气，站起来喊："奶奶！"

"做什么哟？"

"我小学的英语书还留着吗？"

"小姑奶奶，那个东西多少年前的了，我上哪给你翻去？你要来干什么啊？隔壁艾叔叔要中学课本，我都翻箱倒柜找半天才找出来……"

"还能干什么，教隔壁艾叔叔家的小学生啊。"

陈今阳一边回答一边端起碗扔进水池，站在水池前犹豫了下，回头看了一眼正在捣鼓遥控器准备看电视的老太太，然后抓起洗洁精往碗里挤了一大坨，正准备开水冲刷，手背就被后面冲上来的老太太打了一下。

"放那么多洗洁精干什么，够我洗一池子碗了！讲人家是小学生，我看你也好不到哪儿去！"

隔天是周日。

陈今阳早上爬起来洗了个澡，坐在镜子前，想了想之前去的网吧里的环境好像还蛮昏暗的，于是化了个稍浓一点的妆，然后就拎着包出门了。

还没走到悲鱼网吧，陈今阳远远就看见上次邀请自己的学姐站在门口。见了她，学姐眉开眼笑，招手迎上来："我老远就看见你了，哪怕走在人群里，你也像自己能发光似的。"

陈今阳认真地抬起头看了一眼天上的太阳，心想这艳阳高照的，得多少瓦的灯泡才能走在人群里也被看见。

学姐挽着陈今阳的胳膊，一边领着她往里走，一边兴高采烈地说："我之前还怕你不来了，真是的，你不知道你回我短信之前，已经有好几个礼仪队的主动联系我，问我能不能做这个主持，我都给你压下来了，就等你回复我！你一回复我，我就赶紧拒绝她们了，那些人不知道多失望来着！"

"这么抢手的吗？"陈今阳随口搭话，"工资很高啊？"

"哎哟我跟你讲，这不是工资不工资的问题，是实在很有发展前景。我短信里也跟你说了，《征战联盟》这游戏的职业联赛这两年在国内刚起步，关注度却是翻着倍地逐年上升，像今年，都开放现场观赛了！”学姐加重了语气，“现场观赛，主持人很重要，所以这位置是个肥活儿，以后如果电竞被国家纳入正式的运动项目，整个圈子都能跟着飞升！”

陈今阳听得迷迷糊糊的，其实不怎么心动，也没好意思说自己今天跑来，完全就是自己给自己挖了个坑而已。

在学姐的喋喋不休中，她多少了解到，宿舍老二之所以那么上蹿下跳想要来做今天的比赛主持，是因为要是能在预选赛主持得出彩，或许能被主办方给瞧上，真这么幸运的话，到时候可就一飞冲天，变成真正的职业电竞主持人了！

陈今阳：“哦，那还不错。”这话听着虽然礼貌，但并没有多少热情。她撩了下头发，一脚踏入悲鱼网吧。

进了网吧，陈今阳发现，整个网吧的布置也大改了一轮，电子竞技专区的电脑被搬走了很多，空下来了一大片区域，稍高一级的台阶上布置得像一个小型舞台，左右两边各放着五台一字排开的电脑，舞台中间还挂着红底金字的横幅：热烈庆祝悲鱼网吧T大分店成为《征战联盟》城市争霸赛指定赛点！

舞台前面是一排桌子，桌子上铺着块烂红布，上面放着几瓶矿泉水。

整个环境和想象中热闹的气氛不太一样，只有七八个大学生打扮的年轻人围在观赛席后面指指点点。

“看到那边没有，CK战队的经理！”

“第一次这么近距离看到真人！旁边那个胖子是谁？”

“YQNB战队的，好像是教练来着？”

“一个城市预选赛而已，YQNB战队的都来了？气派啊！”

“这有什么，听说ZGDX战队的人原本也要来的，只是时间没排开……”

“啧啧啧，要是来了就好了，职业联赛三大巨头到齐，这是最有地位的预选赛了。”

陈今阳看着这着实冷清的环境，对“有地位”这三个字产生了严重的怀疑。

她转过头看了一眼学姐，学姐尴尬地对她笑了笑：“所以说刚起步，现在连职业联赛现场都没几个人看，更何况城市争霸赛，以后会好的。”

陈今阳也跟着尴尬地笑，准备到后台补妆，结果刚走了两步，迎面差点撞上一个人。

那人“哎呀”一声后退两步，一抬头和陈今阳打了个照面，两人沉默着互瞪了三秒，然后那人像是见了女鬼似的，一边往后退，一边结结巴巴地叫：“老老……老大！你你……你看看，这……这是谁！女……女财神来了！”

是艾佳身边的小结巴。

陈今阳走进后台休息室，一眼就看见瘫坐在沙发上跷着二郎腿打游戏的小崽子。听见高跟鞋的声音，他懒洋洋地掀起眼皮子看了一眼，结果就和站在门边的陈今阳对视上了。

陈今阳：“原来你说的周末打比赛就是这个？”

艾佳一下子翻身坐起来，问：“你怎么来了？”他看着站在门口的少女，颇为惊讶。

“今天比赛的主持人是我。”陈今阳上下打量了一下艾佳，“不然你以为我之前跑到网吧来打游戏是真的想打游戏啊？”

艾佳正想要回答，这时候，旁边有个染着黄毛、穿破洞裤的陌生面孔吹了声口哨，用肩膀撞了下艾佳：“哦，美女啊！佳哥，你认识啊？”

艾佳放下手机，冷冷地看了他一眼，没说话。

“裙子真短。”

“T大大学生啊，啧啧，女大学生都长这样，明年我就好好学习考大学！”

“哈哈哈哈哈，就你这样还考大学，你以为你是佳哥？是不是啊，佳哥？给介绍介绍？”

旁边还有一些看着像高中生的小屁孩儿嘻嘻哈哈地笑了起来，上上下下地打量着站在休息室入口的陈今阳，那眼神，看着让人怪不舒服的，让陈今阳想到了那天在小巷子里抢钱的小子们。

此时，气氛有些尴尬，艾佳踹了距离他最近的那个小孩一脚，皱眉冷漠道：“别看了，我学姐，再看眼珠子给你挖下来。”

那小孩被踹了一脚，也知道艾佳不好惹，只好强撑着尴尬地笑了一声，坐回去看手机。

艾佳抬起头看向陈今阳，说：“里面有主持人用的化妆间，你进去。”

陈今阳想说什么，可腰后面被人捅了下，一回头发现是学姐一脸紧张地在后面看着，陈今阳只好作罢，省下了把高跟鞋脱下来塞进那个小子嘴里的步骤，转身往化妆间里面走，走的时候还听见身后叽叽喳喳，好像是那几个小子又说了什么。

然后只听到一道重物砸在人身上的声音，紧接着是少年低沉沙哑的警告：“再话多，信不信老子押着你去马桶里洗嘴？”

化妆间的门被关上的同时，外面休息室也陷入短暂的寂静。

“吓死我了！吓死我了！”确认房间的门关好之后，学姐拍了拍胸口，拉着陈今阳坐下，真诚地说，“对不起啊今阳，我没想到那些打比赛的人也在休息室里，不然肯定不这么着急带你来休息室了。那些人……唉。”

学姐一声叹息。

陈今阳拍拍她说“没事”，她脸上这才稍微恢复一点血色：“对了，你认识那个叫艾佳的？”

“不太熟。”陈今阳也不完全否认，“我奶奶家隔壁邻居的儿子。”

“哦，你奶奶也是T大或者T大附中的老师吗？我就说他为什么护着你，你又怎么会认识那种人。”学姐认真地点点头，“你大概不知道，当年艾佳在T大附中可是出了名地浑。”

"浑他还考得上T大啊？"

"聪明呗。他妈是重点班的班主任兼数学老师，听说他高三时就开始看高数了，那时候高三重点班的理综老师恨不得把他供起来插三炷香拜拜，祈求他散播一点理综学神之气给班里其他人。"

"而且他长得也挺'人畜无害'的。"学姐意味深长地说着，又拉了下陈今阳，"不过，我还是提醒你一句，做电竞主持可以，这是正经事，至于那群打电竞的小孩，咱们还是离他们远点，并不是一路人啊！"

都是两只眼睛、一个鼻子、一张嘴巴的，怎么就不是一路人了？

陈今阳勾了勾嘴角，被学姐那煞有介事的样子逗笑了："怎么了？"

"你不知道吗？电竞这玩意，门槛低，又不看学历的，游戏打得好就行。那什么人游戏打得好啊？还不就是不上学，天天泡网吧的社会渣滓！"

陈今阳闻言，觉得这样背地里评价别人好像不太好，于是皱了下眉，听着学姐自顾自地继续道："艾佳那种算是幸运的，老天爷都生怕他饿着，赏口饭吃，剩下的你刚才都看见了，喏，都什么人啊，说话下流得很。"

"那我不清楚，我就见过这么几个人，也不能因为几个不懂事的小孩就对他们一概而论。"

陈今阳一边说一边拉扯了下学姐，示意她不要这么大声。学姐不管不顾地继续道："这算什么一概而论，你还怕误伤啊？电竞圈里那些选手，'三观'都没成型就出来混，能有什么好货？你看，就连那个艾佳不也是一进我们学校就写检讨贴布告栏上吗？真是的，不想学就别占那些想学的人的位置……"

学姐喋喋不休，陈今阳见劝不动，只能放开她让她说，然后默默往旁边挪了挪，心想一会儿被人家破门而入打一顿时千万别被波及。

她正这么想着，门口传来"咔嚓"一声脆响，那门把手几乎直接被拧断了！

坐在门边沙发上的陈今阳差点儿跳起来，一转脑袋，就看见那小崽子探进来半张面无表情的脸，冷冷地扫视了一圈屋内，那眼神，凶得跟狼似的，成功把刚才还在喋喋不休的学姐逼得闭了嘴。他一脚踢开门，大大咧咧地走进来，"啪啪"两下将两瓶矿泉水放在桌子上。陈今阳瞥了一眼被拧得变形的矿泉水瓶，只觉得自己的脖子也一阵疼。

"喝水。"艾佳低沉的声音在鸦雀无声的房间里响起，"你们猜我下毒没？"

说完，也不等人回答，他便转身离开了，走的时候还顺手带上了门，"哐"的一声，发出很有情绪的巨响。

陈今阳缩了缩脖子，然后眼睁睁看着那被蹂躏了两次的门把手直接从门上掉了下来，门上老大一个黑漆漆的圆洞。

陈今阳：这人手得有多大劲啊？

艾佳来过之后，学姐彻底熄火了，哑巴似的一个字都不敢说。

比赛开始之前，陈今阳补好妆借口去上洗手间。出了化妆间，她立刻钻进工作人员专用的厕所“采访”她的网瘾少女小姐妹去了。

陈小姑娘：采访一下，对于“游戏打得好的人都是社会残渣”这个说法，你有什么想反驳的吗？

咸鱼少女谣大大：无。

陈小姑娘：嗯？

咸鱼少女谣大大：我隔壁的简某人打了一个暑假的《征战联盟》，作业一个字没动……现在连人带学费一起被老师扔出来。那么问题来了，你猜我现在在干吗？

陈小姑娘：干吗呢？

咸鱼少女谣大大：我正在复习我的暑假作业，方式是把它们再写一遍。

陈小姑娘：……

咸鱼少女谣大大：我不指望那些游戏少年能有多大出息成为精英，我只希望他们有一点点良知，别再天天折磨无辜的少女了。

陈小姑娘：我怎么看无辜的少女还挺乐在其中啊？

咸鱼少女谣大大：滚。

陈小姑娘：我在那个什么城市预选赛的现场了，除了现场有点冷清，打游戏的小孩有点下流之外，没有什么不适应。

咸鱼少女谣大大：他们说什么下流话，把你吓得躲厕所瑟瑟发抖地给我发信息？

陈小姑娘：你怎么知道我在厕所？哎呀，没说什么，其实……就是我旁边的学姐反应有点大，我被她念叨得有点烦。

咸鱼少女谣大大：以偏概全是不对的，你懂我的意思吧？你那重点大学里不也有小混混一样的人吗？那你看不起他们吗？

陈小姑娘：老娘看不起他们干啥，也没碍着路。

陈今阳想了想，这事儿一时半会儿讨论不出什么结果，反正一会儿比赛也快开始了，可以不用继续和学姐聊这话题。正想放下手机真的去上厕所，她忽然感觉到身后一股温热的鼻息喷洒在她的颈部：“我觉得你朋友说得对。”

低沉的男声响起，陈今阳被吓得一哆嗦，猛地转过身，一眼就看见一只手撑在水池边，一脸严肃地看着自己手机聊天记录的家伙。

陈今阳瞪大了眼：“你干吗？”她惊魂未定，“鬼似的无声无息，吓唬谁呢？”

“我看你进来了，旁边那个聒噪女人又不在，就跟过来了。”艾佳微微蹙眉，语气比较随意，“她谁啊？”

“咱们学校礼仪队的学姐。”

“哦。”艾佳点点头，面无表情道，“话多，真想给她脑袋拧下来……其实吧，刚才那几个小孩就是嘴巴上厉害一点，他们也不敢真的干什么，何况有我在。你别害怕啊，他们没恶意的。”

陈今阳本来也没觉得有什么大不了的，这会儿被艾佳特意说了下反而觉得尴尬，于是点点头：“没事，我多大人了，不至于和几个小孩子过不去。”

艾佳“嗯”了一声，然后盯着她。

陈今阳被他盯得浑身发毛，于是眨眨眼问：“怎么了？”

艾佳想了想：“刚才你那个学姐说我的时候，你怎么不反驳她？你是不是也这么想我的？不学无术，翘课泡妞，社会残渣，垃圾桶里捡来的……”

陈今阳不知道他怎么还较上劲儿了，一下子呆住了，就听眼前这小崽子自顾自地说上了，还越说越生气和委屈。

陈今阳一句“我没觉得你这么差劲”到了嘴边，压根没机会插嘴。那小崽子说够了，忽然换了淡淡的语气总结：“你知道吗？其实我刚才在门外听见你们说，还挺生气的。”

陈今阳：这还用你提醒？要不你去看看那两个矿泉水瓶被你拧成什么样了？

“呃，你别气啊。估计学姐也不是故意这么说的，只是吓着了……”

“那你觉得我好吗？”

陈今阳觉得这又是另一个问题，“我觉得你是好人”和“我觉得你很好”，好像是两个不一样的回答啊。

在她绞尽脑汁琢磨这问题的时候，半天没等到答案的小崽子又不高兴了，沉下脸，嘟囔了一句“算了，你和她一样”，然后双手塞进上衣口袋里，转身走了。

陈今阳：什么情况？这就生气了？

她愣在原地半天，忽然反应过来自己还站在厕所里。最里面那个隔间的门被人打开了，从里面走出来个一脸茫然、瑟瑟发抖的“路人甲”妹子。妹子来到洗手台前打开水龙头，眼睛疯狂地从镜子里偷瞥她。

陈今阳：小崽子一言不合擅闯女厕所，还闹着要当什么好人？！

陈今阳从洗手间出来的时候，外面的活动已经快开始了。现场的人数从刚才的七八个变成了五六十个，其中一半的人都一脸茫然，大概只是听说这里有什么活动过来围观的。

而比赛台前，之前那个空桌子后面坐了几个戴着不同颜色工作牌的人，他们友好交谈着。陈今阳猜测他们就是之前“路人甲”和“路人乙”口中的“国内知名电竞俱乐部工作人员”。

她走到后台，跟网吧的老板紧急核对了一下流程。她的工作很简单。今天两队比赛是三局两胜制，而作为主持人的她，只需在比赛开始之前，先把赞助商和裁判组成员念一遍，第一局结束之后，出来活跃下现场气氛，然后抽个奖就算圆满完成。

因为是城市预选赛，所以连现场游戏解说都没有配一个，就只有她一个主持人。

陈今阳接过工作人员递过来的写好了赞助商和裁判组成员名单的手卡，匆匆扫了两眼，记下了，然后放回了口袋里。

“哦对了，还有比赛全部结束以后采访一下今天局内表现最佳的队员。”网吧老板提醒，“如果是我们网吧赞助的那支队伍获胜，可能需要多问几个问题。”

“嗯，行。”陈今阳正低头看着手里的奖品单，一等奖才给两百元网费，真的抠，“采访提问的问题管谁要？”

“你自己想。”

“嗯，行……嗯？”她猛地抬起头，“我自己想？！”

“都是自己想的。”网吧老板上下打量着她，“你没玩过这游戏的话，就随便问问吧，觉得今天发挥怎么样啊，对未来战队的发展有什么规划呀之类的。”

陈今阳找旁边的人借了笔和纸埋头一顿猛记，然后抬起头问网吧老板：“还有吗？”

网吧老板无语了，说：“自己想，是你主持还是我主持？”

于是，在还没准备好的情况下，陈金阳就被人推上了比赛舞台。她往聚光灯下一站，挺直腰杆，嘴角上扬，微笑起来。

此时陈今阳意外地发现自己并不紧张，因为往台上一站，灯光一打，台子下面黑压压一片啥也看不见。台下有多少人看着她，对她满不满意，她通通不知道。

她偏了偏脑袋，正好看见了坐在右手边那一排电脑中间位置的艾佳。此时那小崽子跷着二郎腿，一只手支着下巴，歪着脑袋懒洋洋地看着她。但在她与他对视的一瞬间，他又很有脾气地把脸别开了，转过头假装什么也没发生，跟坐在自己旁边那个位置的小结巴说话。

此时，站在不远处拐角的网吧老板打了个手势，陈今阳清了清嗓子，略带磁性的嗓音在网吧内响起。

“喂？喂？嗯，咯……下午好，欢迎大家来到 2013 年《征战联盟》职业联赛城市争霸赛小组预选赛 SADFISH（悲鱼）战队对战 KP 战队的比赛现场，我是今天的主持人陈今阳。我们很荣幸，请来了国内各知名电竞俱乐部的负责人作为本次比赛的裁判，他们分别是——CK 战队经理余耀辉，YQNB 战队领队侯一鸣，YQNB 战队数据分析师耳西，YQNB 战队教练木光……”

陈今阳说着，内心嘀咕道：这个 YQNB 战队干吗啊？说好的国内一线大牌电竞俱乐部呢？举家迁徙来看最低端的城市争霸赛？

“同时，感谢本次比赛场地提供商悲鱼网吧，感谢‘一秒手速，十年功夫’的绝速电竞外设，感谢‘饿了你就吃一点’的一点点食品，感谢‘一滴来自天上的眼泪，喝完不再流泪’的一泪矿泉水……”

陈今阳一口气干净利落地念完刚才记下的所有信息，台下稀稀拉拉的掌声响起，她的任务也暂时告一段落。

灯光给到了此时坐在台上准备开始比赛的十名少年，陈今阳看了一眼已经伸手戴上耳机的艾佳，然后从比赛台一侧跳了下去。

舞台下，学姐和网吧老板已经在侧面等待。

学姐看上去一脸骄傲加兴奋，疯狂冲她比大拇指："厉害了我的姐姐！那么长的赞助商名单，你看一眼就记得清清楚楚！不愧是外语系学霸，听说读写样样精通，你来T大可惜了，去个中戏、北影当明星，不知道现在得多红呢！"

网吧老板也一改之前的态度："你不是第一次做电竞主持吧，挺溜的啊。"

陈今阳掏出之前放在口袋里的手卡，扔进垃圾桶，笑了一下："是第一次，还怕念错呢……有水吗？有点渴。"

学姐闻言，赶紧放她到后面休息室喝水去了。

陈今阳一进休息室，脸上的淡定一瞬间消失得无影无踪，连忙掏出手机求助。

陈小姑娘：江湖救急！

咸鱼少女谣大大：干啥？！干啥？！

陈小姑娘：你陪简阳看《征战联盟》职业联赛不？那些赛后采访怎么做？人家都提什么问题啊？

咸鱼少女谣大大：你看看你，让你别去非不听，这下好啦，火烧屁股了吧？

陈小姑娘：我呸，你先告诉我再奚落我！

咸鱼少女谣大大：等一下，我去问问简阳。

三十秒后。

咸鱼少女谣大大：简阳讲，没什么好问的，你就问选手觉得自己今天发挥怎么样、队友发挥怎么样之类的，如果想高端一点，显得问的问题没那么弱智，你就问他们某一轮精彩操作的细节是怎么回事。

咸鱼少女谣大大：但是我个人建议你就不要往高端人士靠拢了……弄巧成拙太丢人了。

陈小姑娘：所以……怎么才算精彩操作？

咸鱼少女谣大大：你听观众开始骚动，就打起十二万分精神！听见观众欢呼，就瞪大你的眼睛！看见屏幕上出现击败的提示了，甭管谁击败谁，总之那就是精彩操作！

陈今阳把手机往兜里一揣，急急忙忙出去看观众反应去了。于是，场上出现了这样一幅画面——台下的观众瞪大了眼看台上的大屏幕，陈今阳则站在人群后瞪大了眼看台下的观众。

等啊等，等到陈今阳眼珠子都快瞪出眼眶了，终于等到了童谣说的那种情况。

游戏进行到大概六分钟，蓝色方的艾佳到达六级之后收了一轮兵线，趁着对方中单回城，开始往下路游走，成功蹲到了对方的下路二人组，和己方的下路二人配合，形成三打二局面。然而奇怪的是，这一轮进攻并没有让对方下路二人组贡献出击杀数，对方在且战且退时，一轮兵线进入视野，同时赶到的还有对方的打野。

红色方打野跳过河道围墙，绕到艾佳他们后面，此时他们已经没有多少血，连忙撤退，然而对方并不给他们撤退的机会，利用控制技能留人反打，把他们围在了自家防御塔下，最后，主动出击的蓝色方反而贡献了“一血”（游戏中产生的第一次击杀）！

这一连串的操作，陈今阳看得云里雾里，只知道艾佳主动去下路搞事情，但偷鸡不成蚀把米。她隐约猜测到，应该是艾佳和队友沟通配合失误导致的。

陈今阳默默在脑海里过了一遍刚才发生的事情，然后忽然想起，在这三打二却被对方夹击反打的过程中，除了中单和ADC，还有个跟在后面一直不知道在干啥的辅助。

陈今阳赶紧拿出手机开始“百度”，对照着大屏幕上蓝色方辅助的头像查找了一下，发现艾佳他们这边的辅助使用的英雄叫风灵。这个英雄被动技能可以给身边的队友提升移动速度，Q技能可以把敌人吹起来，W技能可以使敌人减速，E技能可以给友方一个护盾，R技能可以给友方加血，且击退敌人。

根据陈今阳的回忆，刚才风灵用了很多护盾、减速技能，唯独没有用R技能，如果她最后在塔下用了R技能，给友军加血然后击退敌人，结果就不一样了。

两个小时后，比赛结束了。

虽然艾佳他们第一局丢了一血，但是后期凭借着艾佳个人稳定的发挥弥补了队伍的劣势，最终他以五击杀、一死亡、十助攻的成绩拿下比赛。

第二局也是，艾佳不知道用了个什么英雄，飞来飞去，走到哪都像是击杀数收割机，最终以十三个击杀、零死亡、三助攻的战绩干净利落地打崩了对面，结束比赛。

而MVP（表现最佳者），当然是艾佳。

在台下的欢呼声中，陈今阳上台了，边走边说：“恭喜SADFISH战队，以二比零的巨大优势战胜选手。来，艾佳选手，介绍一下自己！”

艾佳看了陈今阳一眼，接过话筒：“大家好，我是SADFISH中单艾佳。”

台下一堆大老爷们“嗷嗷”地欢呼，为艾佳疯狂鼓掌。

陈今阳嘴角抽了下，说：“说一下，觉得自己的表现怎么样？”

“还行，就是第一局的第一次抓人没成功，不过还好我们的兵线也到了，打野也来了，守住了下路一塔，所以也没太大问题。”

陈今阳一个字没听懂，不过她觉得这问题不大。

“看来我们的艾佳选手心态非常好了，那评价一下队友的表现？”

“我们是刚成立的队伍，配合上可能没那么好，以后会做得好一些。”艾佳说话的时候，全程看着比赛台下边，“大家一起进步吧。”

“那战队最终目标是什么呢？”

“暂时没有，先打着再说。”

陈今阳抛出了她最后一个问题：“还有最后一个问题要问艾佳选手，你之前说第一次去下路三夹二击杀失败，我们都有注意到当时辅助风灵没有来得及放出R技能，导致输出位被击杀，请问当时的情况是怎么样的呢？是计算失误还是怎么样？”

陈今阳笑眯眯地问出最后一个“高端”问题，然后她发现现场气氛好像变得有点不对。

之前的骚动忽然消失，人群变得鸦雀无声，从刚才开始一直没有看陈今阳的小崽子忽然猛地把脑袋转了过来，一脸震惊地瞪着她。

正当陈今阳莫名其妙的时候，忽然听见台下黑压压的人群里传来一声嗤笑：“这主持人搞什么，还放R技能，风灵当时都没六级，哪来的R技能啊！”

童谣的那张乌鸦嘴预言成真，陈今阳内心慌乱：什么鬼，六级才有R技能吗？百度没说啊！

这一刻，她真的觉得尴尬，聚光灯的光打在头上，好像要把她的头顶烧着了。

她眨眨眼，恨不得遁地而走。

这时候，艾佳转过头，伸手接过了她的话筒，用淡定的嗓音说：“当时我已经到六级一段时间了，下路组合还是五级，其实我的计算是下去之后，一轮兵线推过来，下路组合顺利收掉那轮兵线就到六级，风灵就有R技能，正好可以打……谁知道对面打野来得蛮快的，兵线没来得及收，所以风灵没到六级，没有大招可以放。这确实是我计算失误，不是辅助的问题。”

少年接过话筒时，温暖干燥的指尖不经意地碰到陈今阳因为紧张而汗湿的手掌心，他的声音响起，掷地有声，台下嘲笑的声音终于消失了。

“哦，主持人是在问这个啊，我就说怎么可能那么不专业。”

陈今阳有了一种死里逃生的错觉。

陈今阳不知道自己是怎么走下台的，明明站上去的时候，她一点都没感觉到尴尬，下面那群黑压压的人也被她视为没有感情的背景板、纸片人，但是当嘲笑她的那个声音响起来的时候，那些人忽然变成了无数个生动立体的大活人，就像是一群妖怪，他们有声音、有图像，明明应该长得各不相同，却又好像都长着同一张讥讽的脸。

他们看着她，就像是在看着一个自作聪明的大傻子。

陈今阳一直都是完美小姐，这突如其来的不完美，就像是有把火在她心头烧。

她几乎是落荒而逃，下台的时候话筒都忘记关了，话筒发出“哔”的电波音，夹杂着她高跟鞋踩在台阶上发出的“嗒嗒”声响。她手忙脚乱地弯下腰躲进黑暗里，双手握着话筒将它关掉，还给了网吧老板，然后埋头冲进化妆间里，关上了门。

坐在化妆镜跟前，陈今阳凑近了镜子，目光呆滞，几秒之后，才发现眼线好像有一点点糊了。她拿起棉签擦了两下，总觉得越擦越脏，于是暴躁地把棉签撅断，坐在镜子跟前发了一会儿呆。

外面响起零零碎碎的脚步声和说笑声，然后是“啪”的一声关门声。陈今阳想，大概是刚才打完比赛的队员已经全部回到了休息室里。

果不其然，只听到一个吊儿郎当的声音通过化妆间那个破了个大洞的门清晰地传入陈今阳耳朵里：“哎，佳哥，你刚才干吗帮那个女的啊？哪怕认识，我觉得也没什么必要吧！小结巴好好一个风灵也没犯什么错，莫名其妙说他五级不放大，超好笑，哈哈哈……搞不好能上个贴吧什么的！”

听声音像那个小黄毛在说话，然后传来了艾佳的声音：“你无聊不无聊？”

“不是我说，那位女主持人明显就是看不起我们，不会打游戏就算了，老老实实问些没技术含量的问题就算了呗，非要装聪明提游戏问题。”小黄毛不服气地说，“你打比赛时那么投入，肯定没注意到，她比赛开始五六分钟后才从化妆间出来，一看就是没当回事儿。”

艾佳的声音响起来：“我累得命都快没了，你们居然还有空去看她？”

“不是，这件事另说，关键在于我就是气啊！”小黄毛不服气地嚷嚷，“佳哥，不要因为你认识她你就偏袒她，你自己说她那是什么态度嘛。我就是看不起这种人，别以为我不知道她怎么看我们的——不学无术，打游戏，翘课，社会渣滓，没出路了才跑来打电竞！他们自己高高在上的，搞得像个社会精英，纡尊降贵来主持个网吧的比赛，以为随随便便就能够得到别人的夸奖。”

外面安静了一下。

“仙洋，你够了啊！”艾佳警告道，“别像个娘们似的叽叽歪歪！你不想被人家看不起，不如先撒泡尿照照，看看你自己是什么德行。一来就盯着人家大腿看，八辈子没见过女人一样，人家凭什么看得起你？”

在艾佳的警告下，那个小黄毛不说话了，也不知道在干吗，然后突然响起“哐”的一声，好像是键盘重重砸在玻璃茶几上的声音。一通噼里啪啦的乱响之后，艾佳拔高了声音问：“怎么，说你还不服气是吧？”

砸东西的声音小了一点。

叫仙洋的小黄毛含糊地应了声：“没有。”听上去好像还是略不服气。

短暂的对话后，外面陷入沉寂。

而化妆间里，陈今阳面无表情地端坐在化妆镜跟前，双眼有些放空，就像是一座雕像似的，直到她手里那根被撅断的棉签扎入她的掌心，她才“唰”的一下站起来。

她三步并作两步迈到门前，猛的一下拉开那扇破烂的门。

外面一屋子少年目瞪口呆。小结巴正在喝水，被吓得呛到了，把水又吐回了矿泉水瓶里；艾佳正在把数据线缠绕在键盘上；小黄毛仙洋手里握着手机，抬着头一脸痴呆……他们几个人，用表情完美地诠释了“我们不知道化妆间里有人”。

陈今阳的目光停留在小黄毛身上，那孩子被吓了一跳，下意识地向后靠了靠，还没来得及做出反应，就听见她说：“对不起。”

众人又一愣。

“我之前是以为随随便便就可以把这件事做好，觉得打游戏这事儿是有智商的人都能打，也是真的认为你们小流氓没正经——”

她停顿了一下。

“你道歉就好好道歉，”艾佳在旁边幽幽插了一句，“骂人干吗？”

陈今阳转过脑袋看他，他吹了声口哨，心虚地别过头。

陈今阳看着休息室里的所有人，郑重其事地说：“对不起，是我自大加臭不要脸，仔细想想，换作是我，我都烦我自己。”

她的话掷地有声，伴随着一个小幅度却很明显的欠身。说完之后，她直起身子，抬起手来有些不自在地拨弄了一下脸旁边的头发，然后转身匆忙回到化妆间，“哐”地关上了门。

陈今阳回到化妆间里，抓起口红抹了两下，却因为用力太大直接把口红给撅断了，一截鲜红的膏状物掉在桌子上，一抹鲜红挂在唇边。

她暴躁地将口红扔进垃圾桶，这时候，她听见身后的门被打开了，有人走了进来。她以为是学姐，结果发现是艾佳，他斜靠在门边，抱着手臂，懒洋洋地看着她。

陈今阳有种无脸面对江东父老的感觉，但是这感觉又不好意思直接说，所以她转身，假装淡定地说：“有事？”

“我没事。”艾佳站直了身体，懒洋洋地道，“所以来看看好像有事的你。”

当少年充满磁性的声音在空荡荡的化妆间响起，陈今阳有种被雷神之锤击中心灵的感觉，一瞬间眼泪差点涌出来。她赶紧背过身，故意提高声调：“我能有什么事？别来找碴啊你，我道过歉了。”

陈今阳说这话的时候恨不得掐死自己，因为她自己都觉得听上去特心虚。

艾佳走到她身后，伸出手把她摁在椅子上，说：“仙洋就是个小孩，口无遮拦，你干吗往心里去？你今天主持做得挺好的，我下台的时候，他们还在美滋滋地夸你漂亮呢。”

“骗人。”

“骗你干吗？”

“他们肯定笑我是个傻子。”

“没有。”

“就有！”

“好好好，有有有……”

艾佳看着面前这疯婆子瞪大了眼猛地抬头，她唇边那口红，就像吃了红心火龙果还没来得及擦嘴巴似的。他忍不住嗤笑一声，靠在旁边的化妆桌上：“其实你用不着愧疚，国内大环境就是这样，你看看仙洋那造型，就是个网瘾少年代表形象。再说我，不是你把我的检讨书从布告栏上撕下来，现在还贴上面呢。”

陈今阳眼皮子跳了跳，抬起头看向艾佳：“以前我做什么都做得特别好，读书、健身、学习、学生会写海报字，我总是稍微努力一下，就能比别人做得好。在别人眼里，我是完美小姐陈今阳。”

还真是自信啊……艾佳嘴角抽搐了一下："所以你以为这一次也是？"

陈今阳没说话。

艾佳笑了一下："可惜，电竞这玩意，貌似比你以为的复杂一点。不过没关系，人总要走进各种各样的圈子，在进入圈子之前，他们对这个圈子一无所知，这一点并不可耻。"他一边说，一边帮她擦口红印。

"无知就是可耻。"陈今阳转过头，拿起纸巾，使劲儿擦了擦脸。

将唇边的口红印擦掉了之后，她转过身，眼睛亮晶晶地盯着身边的少年认真地问："他们真的夸我漂亮了？"

"嗯。"靠在化妆台边的少年搓搓沾上了口红的大拇指，"比真金还真，漂亮死了啊。"

"哦。"陈今阳终于露出一点笑容。

陈今阳离开化妆间，和老板结了薪水，拿着二百五十块钱，看来看去，有点爱不释手——自己赚来的钱好像格外值钱啊，要不要去银行开个户存起来？

——不不不，光存起来多没意思，还是花掉吧，一会儿用五十块钱买奶茶喝，买一杯给自己，买一杯给学姐，买一杯给网吧老板，再买一杯给……

"小姐姐，我们下周还有比赛，你来不来？"网吧老板看陈今阳兴高采烈的样子，也忍不住跟着笑，心想这姑娘长得也是真的讨喜。

"不来了，下周我考试呢。"陈今阳小心翼翼地把五十块钱放口袋里，把剩下的二百块钱放到价值三千元的 LV（路易·威登）钱包夹层，然后把钱包往三万多元的 Chanel 包包里一塞，抬起头说，"今天多谢大家了，我去买奶茶犒劳你们，等下回来。"

"你犒劳我们干啥？"网吧老板乐呵呵地靠着柜台，"你要谢去谢我们佳哥啊，刚才要不是佳哥反应快，你今儿可要丢人了。"

陈今阳笑着应了声，背着包一溜小跑去奶茶店，拎了几杯奶茶回来分给大家。

陈今阳想再感谢一下艾佳，可没看见他人，只看到小结巴。小结巴乐呵呵地道："老……老大回去了，估……估摸着还……还没走远，你快……快追！"

陈今阳点点头，转身追出去，最后在网吧后面的巷子口找到了艾佳。他骑自行车来的，自行车已经开了锁靠在墙边，这会儿他被之前坐在台下那破椅子上的某家电竞俱乐部的负责人拦下了，具体是谁陈今阳认不出来，两个人在说什么，她隔得远也听不见。

从那个电竞俱乐部负责人脸上有些失望的表情来看，想必是他说了些什么，被艾佳婉言拒绝了。

那个负责人走的时候，还说了句"你再考虑下"。

这句话陈今阳听见了，然后那人就走了。

艾佳一抬头，就看见一只手拎着一杯奶茶，另一只手还端着一杯的陈今阳。看着那高挑的轮廓在巷子口投下的剪影，他一眼就认了出来。他眼睛亮了一下，表面上却不动声色，长腿一跨骑上单车，蹬了两脚，刺溜一下就到了她面前，然后抬起头像是才看见她似的，懒洋洋地道：“好狗不挡道啊。”

陈今阳正咬着吸管，绞尽脑汁想怎么跟他道谢呢，闻言“嗤”地笑了，晃了晃手里的奶茶，问：“要不要？”

艾佳面无表情：“不要。”

陈今阳堵在巷子口，把去路堵得死死的，抬脚踩在艾佳单车前轮上，又问了一遍：“要不要？”

艾佳：“流氓啊你？”

陈今阳笑着将奶茶挂在艾佳单车的把手上：“同学，今天谢谢你啊。”

艾佳眯眯眼说：“准备谢八百次啊你，两嘴皮子一碰就算谢了啊？”

“买奶茶了。”陈今阳指指艾佳单车把手上的袋子，“加了料，你的最贵。”

“十几块就打发我了？”艾佳取下奶茶，直接掀开盖子，三两口喝掉，扔了空杯子，然后看着她道，“没了。”

陈今阳目瞪口呆。

艾佳弯腰伸出手，像个小学生似的拉了一下她耳边的一缕卷发：“喂，完美小姐陈今阳，教我英语。”

艾佳手劲儿大，陈今阳吃痛，身子歪了歪：“教教教，快撒手！”

艾佳满意地放开手：“电话号码也给一下。”

陈今阳捏了捏手中的奶茶杯子：“给给给。”

艾佳在单车上坐稳，扬扬下巴：“我好吗？”

陈今阳：“能别得寸进尺吗？”

艾佳：“小气鬼。”

骑着单车的少年蹬着脚踏冲出巷子，阳光透过树叶的间隙照在他的身上，让他看上去好像就要融进阳光里了。

晚上，陈今阳还是抱着小学英语教科书敲响了艾佳家的门。

来开门的是艾佳他妈，看着就是重点高中重点班数学老师的样子。得知陈今阳是来给艾佳补习英语的，她笑着说：“你叔叔今晚有手术值班，不在家，一会儿上课的时候，艾佳要不听话，你就告诉我，我让他爸回来教训他……”

“好呀，阿姨您这么说，我就放心了。”

爸爸是医生，妈妈是老师，怎么就得到这么个放飞自我的劳动果实？

“艾佳这个小浑蛋，人聪明，高中的时候数理化老师喜欢他喜欢得不得了……”

“妈，你不就是数学老师吗？”房间里传来艾佳的声音，“你果然还是爱我的！”

艾佳妈假装没有听见里面艾佳的说话声，自顾自地继续道：“但是艾佳的英语就真的差到不行，我和他爸爸那个年代的人，英语都比他好不知道多少。以前艾佳在班上，英语老师年年惦记着怎么把他赶出去，他一个人能拉低班上平均分两三分的！”

陈今阳算了下一个人拉低平均分两三分是什么水平，然后默默点点头：“好的，阿姨，我知道了。”

和艾佳他妈聊完，陈今阳走进艾佳房间。这家伙的房间和所有男生的房间一样，脏衣服到处都是，有姑娘要来，也不说稍微收拾下，裤衩就大大方方地扔懒人沙发上，丝毫不害臊。

陈今阳抱着书进房间的时候，艾佳换了件黑色的长袖卫衣，这会儿正撅着屁股捣鼓电脑，听见开门声，他头也不回地说：“坐，我弄完这个就来。”

陈今阳没坐，走过去站在他身后，看着他把一个摄像头接在电脑上，问：“这是什么？”

“摄像头，接了以后准备上网开直播打游戏，网吧的键盘太次了，看上一款键盘，千把来块，但是不敢跟我爸妈讲。”

“直播是什么？”

“就是上一个专门的网站，每个主播有个专门的房间，开个摄像头，聊聊天、打打游戏什么的，别人就会来看你。看得开心了，别人就给你打赏小礼物，小礼物再和直播平台换钱。”

身后陷入一片死寂。

艾佳感觉到不对，回过头看着陈今阳，强调：“是正常的看，不用脱裤子的那种。”

陈今阳“哦”了一声，伸手拽拽艾佳卫衣的帽子：“上课了，上完课再捣鼓。”

艾佳也捣鼓得差不多了，应了一声就拍拍手站起来，两人一人一张椅子，就在书桌边坐下了。

看见了陈今阳手里的小学生课本，艾佳说：“我英语虽然烂，但是肯定不止小学生水平，你看不起人？”

陈今阳看着艾佳，有点不信，于是把小学英语教材往桌上一拍：“好吧，那我试试你水平？我说一句，你跟着用英语翻译。”

艾佳一摊手：“好啊。”

陈今阳盯着艾佳的眼睛：“你好。”

艾佳嗤之以鼻，翻了翻眼睛：“Hello.”

陈今阳：“最近好吗？”

艾佳：“How are you?”

陈今阳：“我很好，谢谢，你呢？”

艾佳：“Fine，thank you，and you? 你怎么不从盘古开天辟地、女娲造人、美洲大陆融合开始教起？”

陈今阳：“刚刚这里发生了什么？”

艾佳愣了愣，说：“What is here happen?”

陈今阳：“你凭什么不服气？”

“我只是用事实告诉你，高考的三十七分我是凭实力拿到的！”艾佳说着，大概也觉得自己像个弱智，于是话锋一转，“而且这难度跳跃太大了，直接从盘古开天辟地到神舟五号成功升天，你觉得像话吗？”

一句“What happened just now”怎么就堪比神舟五号升天了？

觉得自己很像话的陈今阳暴躁地翻开手里小学六年级的英语书，看到一句“Hey，Jimmy，how do you come to school?”都觉得是在为难人，于是她也为难得不行。

她正纠结着，旁边的小崽子又有了新点子。他伸出一只手摁住她手里的书，脑袋凑过来：“要不放弃英语，我教你打游戏？”

陈今阳“啧”了一声，推开他的脑袋：“我来教你英语的，不是来和你同流合污的，打游戏干什么，我又不喜欢玩那个。”

“唉，身在福中不知福。你知道不，今天，YQNB 邀请我去他们俱乐部打职业，那可是 YQNB，国内《征战联盟》职业联赛三幻神之一！”艾佳整个人放松地靠在桌边，一只手撑着脑袋，眼睛里满满的都是得意，“这么厉害的我教你打游戏你都不要。”

“原来你们今天在巷子里就说这个？”

“就这个。”

“后来呢？”

“拒绝了。平时打着玩我妈已经很不顺眼了，打职业？那可是要休学的，我怕我妈先杀了我再去上吊。”艾佳懒洋洋地说。

“哦。”陈今阳点点头，“那你自己呢？”

“什么？”

“想打职业不？”

“我啊。”艾佳垂下眼，沉思了几秒，“别说我了，我还以为你今天受到深刻的教训后痛改前非了呢，怎么死猪不怕开水烫啊？！还不好好学打游戏，以后怎么继续做主持啊？天天问人家觉得自己今天发挥怎么样、队友发挥怎么样？你今天在台上还不够丢人啊？我都替你尴尬。要不是我反应快，你这样的薄脸皮怎么下台……”

提到下午的事儿，陈今阳耳根微微泛红，心想：今天下午你在网吧安慰我那会儿，可不是这么说的，小崽子！

她尴尬地皱眉：“我就主持这一场，又不是以后常驻……”

艾佳闻言愣了下，盯着她，意识到她不是在开玩笑，憋了半天才含糊地说：“你挺适合主持的，不去可惜了。”

“我学英语的，去做主持白瞎了这么多年背的单词。”陈今阳趴在桌子上，“还没想好以后到底干吗去呢。你觉得进外交部怎么样啊？还是联合国？联合国外交部？”

艾佳：“哎哟，什么完美小姐……女疯子吧？”

陈今阳被他那烦恼的语气逗笑了，歪着脑袋看着他笑。艾佳冷不丁地对视上她那双亮晶晶的眼睛，语文不好的人，瞬间脑子里就能想到这么一句狗屁不通的话：像天上的星星似的，照进心坎里了。

房间内陷入短暂的安静，坐在桌边的少年半天才憋出一句话："真的不考虑继续主持吗？我……想和你同流合污。"

"啪"的一声，陈今阳把厚重的英语书拍在了他的脸上。

艾佳捂着鼻子到处找纸巾擦眼泪的时候，听见她轻飘飘的声音响起："小崽子，还要流氓，要不要脸啊你！"

两人就今天下午比赛的事儿瞎扯了一会儿才重新拿起课本开始学习。经过测试，陈今阳发现艾佳的英语在小学五六年级的水平，她一边翻出小学英语的课本，一边感慨："你初中英语老师怎么没杀了你啊？"

"数理化老师拦着。"

"听说高中英语老师也恨你入骨？"

"我妈也不能让人杀了我啊，她就我这么一个儿子，全年级也就我这么一个数学满分。"艾佳一脸理所当然的表情，"难道不是宝贝疙瘩？"

陈今阳板着脸，给艾佳讲了两节课的内容，然后发现他虽然英语很烂，但也是真的聪明，只要他愿意坐下来学就学得很快，一晚上能讲好多内容——除非他学一半就开始耍赖。

"我就背得了这么多了。"艾佳说，"贪多嚼不烂，我们要循序渐进。"

"你歪理论怎么那么多？"

陈今阳看了下手表，差不多十点了，要准备回家洗个澡睡觉了，所以也没继续勉强艾佳。她把书都码好放到一旁，又把笔盒收拾好，然后拿好自己的东西准备和小崽子告别，结果手臂却被一把捉住了。她低下头一看，发现台灯之下，坐在桌边的小崽子那双眼睛亮得和灯泡似的，他说："我开直播，你要不要看看？"

陈今阳看着他那双眼睛，鬼使神差地放下东西重新坐下，看他捣鼓电脑，听他说："网吧老板说了，只要我开直播，就去给我申请推荐，一个月固定发八百块钱，如果有人送礼物就和平台平分……"艾佳打开了摄像头，将摄像头调整了下位置，"我就说试试。"

"签合同了啊？"陈今阳问。

"没有，本来就是好玩的，我们战队和悲鱼网吧连合同都没签，就现在比赛赢一场，拿个一两百块钱，这我得攒多久才能攒一个像样的键盘啊？"艾佳回头看了她一眼，"不然你以为YQNB战队的负责人为什么敢堂而皇之地挖墙脚，找我谈打职业的事？"

接下来，陈今阳又围观了艾佳注册账号，申请主播，建立主播房间。

房间名字：教练我想打职业。

主播名字：中路小霸王艾佳。

开好了房间，艾佳开了禁音后就不管直播房间了，反正现在是试播，没有推广，根本没几个观众，只有几个误打误撞点进来的。

陈今阳看到屏幕上飘过几行字——

新主播？打《征战联盟》的？什么段位？

这主播长得挺帅啊？

天梯多少分？

什么分段啊？有一区钻一吗？正好想学中单技术，没有一区钻一我不看。

——哇，这些人谁啊，说话语气比我还狂。

陈今阳坐在摄像头拍不到的地方，伸手戳了下艾佳的胳膊：“你屏幕上有几行字飞过去了。”

艾佳头也不回，登录游戏，说：“这叫弹幕。”

她微微蹙眉，问：“这些人谁啊？语气那么狂！”

“一群路人，我未来的‘金主‘爸爸，以后能不能给点打赏让我攒出一个机械键盘，就看他们给不给面子了……”

别看艾佳平日里凶神恶煞的，在金钱这玩意面前他可以轻易屈服，面对那些观众的质疑，他也不生气。他点进《征战联盟》，然后把他游戏账号的段位页面调整出来——最强王者。

这个游戏现在的分数段位由低至高分为青铜、白银、黄金、白金、钻石，每个分段分别有五个小段位，而当玩家打过钻石晋级赛后，再往上不再细分小段位，玩家自动进入一个新的段位，那就是代表着服务器巅峰荣耀的“最强王者”，这样的玩家就已经完全具备职业玩家的水平了。

艾佳露出自己的分段之后，弹幕内容立刻变了，从“主播到底啥分段”变成了一大堆的吹捧。

陈今阳：“口风转得真快，这些人怎么没脸没皮的？”

艾佳：“网上人不都这样，完美小姐，你第一天上网冲浪？”

陈今阳被噎到了。

艾佳试播了一会儿，打了一局游戏，整盘游戏不到三十分钟，对面就投降了，效果相当不错，因为他技术好，疯狂屠杀对面的中单，得到了很多观众的夸奖。

一局游戏打完，在没有得到直播平台推广的情况下，他居然也获得了不少观众，直播间人数居然有一千多个人！

弹幕刷得挺快，都在猜测艾佳的来历。

“猜个屁啊，我何方神圣关他们屁事，看高兴了给钱就完事了！”艾佳仗着关了声音，别人听不见他说什么，凑到电脑屏幕跟前碎碎念，“给钱给钱，怎么没人送礼物？这个人说他是我的粉丝了，是我的粉丝怎么不送礼物啊？”

陈今阳犹如看智障似的看着这个掉钱眼里的小崽子，踢了下他的椅子，说：“我前几天不是给了你三千多块吗，小巷子那次，钱呢？花完啦？”

“那个，哦对，你不说我都忘记了。”正好是游戏等待匹配对手的空当，艾佳从椅子上蹦跶起来，“噔噔噔”跑到书桌旁边把抽屉拉开，抽出一个红包，“还你。我这种有实力的人只接受劳动换来的果实。上次抢你钱的小崽子，我早想揍他了，不收你费用。”

陈今阳捏了下手里的红包：“你还拿红包装起来。”

艾佳：“嗯哪，贴心不？”

她发自肺腑地评价：“和小学生似的。”

艾佳：“还有你那天给我的五粮液也提回去，为了你这五粮液，我被黄氏地中海抓着活生生在太阳底下多站了半个小时军姿！”艾佳一边抱怨一边往电脑前面走，陈今阳在他身后哧哧地笑。

笑够了，她又想了想，这才站起来，收拾好东西，跟艾佳道晚安准备回家。而这会儿他像是被吸铁石吸引的金属似的，屁股粘在电脑椅上，被打赏的礼物所吸引，只是背对着她，十分敷衍地挥挥手：“拜拜，回去早点睡啊！”

然后，陈今阳就回家了。

艾佳坐在电脑跟前，一边打游戏一边念叨着他的礼物，这把游戏整整打了四十多分钟，打完切出来看直播间，发现所有人都在发“好厉害呀”之类的，艾佳还有点疑惑，这一把他的表现不是特别出彩啊。

他眼神一闪，忽然看见一行金光闪闪的字从直播间最上方飘过——系统：观众小粽子毛给主播中路小霸王艾佳装备了一把大宝剑。

艾佳：“妈！我发财了！等我成亿万富翁了一定孝敬你啊！”

在鸡飞狗跳的主持小风波之后，陈今阳重新回归到了正常的完美小姐的生活中，要说有什么不好的，那大概就是宿舍老二对她的意见更大了，有时候下午有课，中午回宿舍，无论她坐着还是躺着，老二都能找到点毛病来挑剔她。

老二名叫谢苗，陈今阳知道谢苗是恨自己抢了她的工作，于是干脆送她去了网吧，把她介绍给老板，也让她主持几次接下来的城市争霸赛常规赛。

谢苗刚开始兴高采烈的，去了三四次，耀武扬威的，天天说她做主持的时候遇见了什么选手，和哪个选手吃了饭、加了微信，遇见了什么电竞俱乐部的大人物，陈今阳听到耳朵都起茧了。

然后忽然有一天，谢苗安静了，再也没提她做主持人那点破事。对此，陈今阳有点疑惑，直到某天上课的时候，她想起这事，问了下艾佳，才知道原来是队伍里玩输出位置的玩家最近水平下降得厉害，训练赛不是迟到就是早退，直到有一次比赛完，被网吧老板抓着和谢苗在休息室里亲嘴儿。

那个玩家被扣了工资，谢苗则直接被辞退了。

陈今阳在心中海豹式鼓掌，欢欣鼓舞全部写在脸上。

“我还以为你真那么好心给她介绍工作呢！”艾佳看她乐呵呵的，相当无语。

话音刚落，他就遭到了一阵嘲笑，转头一看，身边坐着的姑娘白眼都快翻上天了，只听到她说：“想什么呢！我给她介绍工作的那天，就在等这一刻了。别人说你不行，你肯定心里憋着一股气不服输，但要是自己发现自己真的不行，那才知道什么叫脸疼……”

艾佳：“对，这事你最有经验了。”

哪壶不开提哪壶！

陈今阳瞬间收起脸上兴奋的表情，然后拍拍面前的小学六年级英语书：“明天我来听写第二单元的所有单词，错了三个以上，我就跟阿姨告状你不好好学，还开直播，整天跟江湖卖艺似的吆喝，就为了买几千块的键盘专门用来打游戏。”

陈今阳一句话，正中艾佳的死穴。

艾佳：“我错了。”

陈今阳满意地拍拍头：“这才乖。我主持好不？”

艾佳闻言立刻坐直了些，这一次有些真诚地说：“反正比你介绍的那人好，我听着她说话都烦。马上季后赛了，你要不要考虑下回来主持啊？”

陈今阳兴趣不大：“算了吧，我又不懂游戏，也不缺钱。”

艾佳：“我缺，要不你来主持，薪水捐给我……”

他话音还没落，背上就挨了一巴掌。

陈今阳：“你不是在直播吗？攒到钱了吗？”

说到直播，艾佳骄傲地扬了扬下巴：“直播那个啊，你不知道，我现在也是有粉丝的人了。有一个叫‘小粽子毛’的土豪，特别有钱，一个月内给我扔了四把大宝剑。大宝剑你知道吗？一个六百六十六块人民币呢！”

陈今阳闻言，忍不住微微眯起眼，嘴角上翘：“哦，然后呢？”

艾佳竖起四根手指，想了想，放下来，认真地看着她说：“你来主持季后赛吧，至少来一场。下个月平台结账发薪水了，用直播卖艺的血汗钱请你吃饭。”

陈今阳脸上的笑容变得更清晰了，轻飘飘地说：“你打你的比赛，这事儿我考虑考虑。”

“这事我不和你开玩笑，什么考虑考虑，你别笑眯眯地敷衍我。”艾佳认真地说，“我不管，我就当你答应了。”

“就主持一场的话应该可以吧，反正也不算太浪费时间。”

“应该？”艾佳不满地哼了一声。

“小崽子这么执着干吗？再说了季后赛那么多场比赛，想要我主持哪场啊？”

提出这个问题后，陈今阳发现原本老老实实坐在自己身边写题的小崽子眼睛一亮，扔了笔，自信满满地说：“当然是季后赛总决赛！”

哦，这是他一定会进决赛的意思？

陈今阳：“赢了总决赛能有什么奖励？”

艾佳：“赢了总决赛，咱们队伍就能打甲级联赛！”

陈今阳：“一个甲级联赛你兴奋成这样，当初那个什么 YQNB 战队不是职业联赛的三巨头之一吗，他们邀请你怎么反而不去？”

艾佳：“当然了，直接去的话就是打职业，把打游戏当饭吃了，但是自己从城市争霸赛一路打上去，那感觉又不一样了，那是成就！”

陈今阳：“不是很懂你们年轻人。”

艾佳扔下写了一半的英语习题，转过头跟她说，他们最近的比赛成绩很好，队友之间的配合越来越默契，队伍氛围也还不错，目前队伍只要不出大问题，职业联赛暂时不敢想，但至少甲级联赛肯定有戏！

“甲级联赛的话，我们就要和网吧老板签合同了，我准备开一千五百块一个月。”艾佳说得挺来劲儿，“然后让网吧老板给仙洋和小结巴他们也开直播，如果他们也能像我一样有个土豪粉丝，仙洋他妹每个月生活费就有着落了！”

陈今阳：“你粉丝怎么那么可怜，养一个小崽子就算了，现在这小崽子还企图拖家带口让人家养全队？”

艾佳嘿嘿地笑。

“大一课不是很多吗？”陈今阳用手中的笔戳戳艾佳，“你又是打比赛又是搞直播，忙得过来吗你？攒到键盘钱见好就收啊，别本末倒置，网瘾少年。”

“你去学生会趴在地上画海报不也一趴就一整天。”艾佳瞅她，“和直播有什么区别？”

第三章

SADFISH，加油！

其实关于直播这件事，陈今阳也是有点故事可以讲的，事情还要从艾佳开直播的第一天说起。

陈今阳从隔壁落荒而逃回到奶奶家，洗漱完钻进被窝，翻来覆去睡不着，于是拿手机下了个悲鱼直播 App（手机应用），然后点进了《征战联盟》直播专区，终于在大海里捞着一个房间号名叫“教练我想打职业”的小虾米。

陈今阳小心翼翼地翻了个身，这才发现，她离开之后，隔壁的小崽子就把麦克风打开了，这会儿正跟房间里的观众说某个英雄的特性。

“刀客这个英雄，前期要求比较激进，支援能力很强，操作不难，但是意识和走位一定要有。喜欢在线上尿着的选手不要选它，你们看像我这样的……”艾佳说着，做了一番错误示范，一局游戏打了四十多分钟：从第五分钟开始被下路玩家一通骂；第十二分钟，打野加入了谩骂的队伍；第二十分钟，上单开始疯狂打问号；第二十五分钟，一直沉默的小辅助也忍不住问候他的家人了。

四十分钟结束游戏的时候，艾佳死了十二次，直播间弹幕的画风瞬息万变，从“大神万岁”变成了“哪来的菜鸟也好意思开直播”。

艾佳对此并没多大反应，然而这个时候的陈今阳却在想：这孩子被骂得也太惨了，我今天被骂的时候他安慰我来着，所以这一次，我也来安慰安慰他。

于是就有了“小粽子毛”，也有了“小粽子毛”送给“中路小霸王艾佳”的第一把大宝剑。

送完大宝剑，陈今阳隔着墙都能听到隔壁少年激动的咆哮声，她蜷缩在被窝里，抱着手机哧哧地笑了起来。

这一天，陈今阳找到了《征战联盟》这个游戏于她来说的第二个乐趣，那就是打开直播，看小崽子直播，给他扔小礼物和大宝剑，听他碎碎念：“谢谢财神爷爷。”

之后一个多月，陈今阳把看艾佳的直播当成了一种日常习惯，洗澡也看，写作业也看，背单词还看，活生生地把艾佳的声音当作自己生活的背景音乐。

这一天，陈今阳下午还有一节专业课，所以中午午休的时候没回家，坐在宿舍里习惯性地又打开了直播，边看边吃午饭。

进直播间一分钟后，陈今阳发觉好像哪里不太对。在悲鱼直播平台，粉丝给主播砸礼物会有一个等级显示和土豪榜，每次高等级的粉丝或者直播间管理员进入主播房间都会有特殊的效果提示，以往她进艾佳直播间，艾佳都是欢欣鼓舞举着双手喊“欢迎财神爷爷下凡”，但是今天，他居然没理她。

陈今阳放下了手中的午餐，叼着筷子微微眯起眼去看面前摆着的手机，这才发现，大概是艾佳拿到了传说中的推荐位置，他的直播间观看人数一下子就多了起来，从昨天的几千人变成了十几万观众，弹幕刷得很快，根本看不到她进房间的通知。

但是面对忽然多起来的观众和随之多起来的礼物，艾佳表现得还蛮淡定的，就坐在那儿自己播自己的，大多数时间依然是自言自语的，很开心。

看背景，这会儿艾佳好像也坐在学校宿舍，还能听见他身后有人聊天。

小结巴：“老……老大，下……下午英……英语课，你去……去不去了？”

艾佳“嗯”了一声，回头看了一眼身后洗完衣服正晾裤衩的小结巴：“去什么去，我又听不懂，就不去浪费教室座位了吧，贡献一份爱心，把机会与资源让给听得懂的人，让社会变得更美好。”

王磊：“头一次听见有人把翘课说得这么清新脱俗。”

艾佳不理他，把脑袋转了回来，一脸严肃地跟直播间的“吃瓜群众”说：“嗯，下午是有课，但是主播一心挂念粉丝，就不去了。今天直播一天啊，直播到地老天荒，房间号8384，请记住这个数字，点击订阅，陪你度过枯燥的上班、上课时光！你不下课，我不收工；你不下班，我不敢走！来，礼物刷一轮……”

陈今阳将电脑声音调小，然后拿出手机，拨通某个号码。在她这边等待电话接通的声音响起的瞬间，面前的电脑直播间里，少年放在手边的手机也开始疯狂地振动。

直播间里，艾佳听见手机铃声，先是有些不耐烦地皱皱眉，嘴里碎碎念：“哪个不要命的打扰主播和主播的粉丝约会。”说着，他伸脑袋看了一眼来电显示，脸上的表情发生了变化，飞快地把手机拿起来，摁下了接通。

陈今阳听见电话那边传来低沉又有磁性的声音，相较于直播时的咋呼，显得沉稳不少：“喂，有事？”

“喂，我啊，你之前不说请我吃饭吗？”陈今阳微微眯起眼，盯着面前电脑里直播间直播打电话的少年，“你下午有课吗？我在第二教学楼有专业课，下课了我在二教楼梯下面等你，咱们一起吃饭去？”

“什么，吃饭？好啊！”

电话那边少年答应得干脆利落，同时飞跳起来踹了一脚对面床的小结巴，捂着手机跟他说：“课表，课表，我看看课表！”

小结巴一脸茫然地把课表拿出来，艾佳一把抢过去，随后说：“我下午有节英语课也在二教，正好下课去找你。不对，你几点上课啊，要不我们上课一起过去？”

看着自家老大，王磊在旁边做出呕吐的样子。电话这边，成功“套路”到“小学生”的陈今阳说：“好啊，那我下午两点宿舍楼下等你。”

艾佳挂了电话，扑回电脑跟前。

陈今阳把电脑声音开大，就听见直播间里主播大人满脸严肃地说：“主播决定还是去上课，毕竟作为主播，我要起到一个健康向上的带头作用。”

“主播你这样很容易没有粉丝的！注意这句话不是在威胁！”

艾佳才不管那么多，乐颠颠地把压在电脑下面当桌垫的英语书拿出来，找王磊要了支笔，端端正正地在第一页写好他的名字。

王磊“啧啧”两声：“还写名字，你小学生啊？”

艾佳：“假装自己天天在用的样子。”

小结巴：“用……用来拉屎，擦……擦屁股？”

电脑这边围观了全程的陈今阳正跟着乐呵呵地笑，然而这时候，谢苗回来了。她一进屋就看见陈今阳坐在电脑跟前，叼着筷子笑得像个傻子一样。

“哟，看什么这么高兴啊？”谢苗放下午餐，走到陈今阳身后，看了一眼屏幕，惊讶地瞪大眼，“啊，你还知道看《征战联盟》游戏直播，你不是不打游戏吗？”

听着谢苗的声音，陈今阳觉得耳朵发胀，脸上的笑意稍稍收敛：“就随便看看。”

谢苗弯下腰，又看了一眼陈今阳的电脑屏幕：“哎呀，这不是佳哥吗！你怎么在看他直播？你认识他啊？”

佳哥，叫得还挺亲切。

谢苗这一惊一乍的，让陈今阳完全没了继续看直播的心情，她伸手把电脑直接扣上，端起吃饭的盆儿，说：“没有，就随便看看。”

谢苗咯咯地笑起来：“对了，你也就主持过一次比赛，人家怎么可能认识你。哎，你现在知道职业电竞好了吧，可惜现在是个人都知道佳哥他们很有可能要上甲级联赛，今非昔比，你现在是上赶着凑上去，人家也不会理了。”

“嗯嗯嗯，你说得对。”

陈今阳不理她，低头扒饭，顺便掏出手机，给一个备注叫“小崽子”的人发了一条微信。

陈小姑娘：下午一点五十，我在十七号女生宿舍楼，见到我时，请假装我们很熟的样子。

小崽子：要怎么假装？

小崽子：把你抱起来转圈圈，空气之中响起你银铃般的笑声？

陈小姑娘：那画风，好像又太过了。

小崽子：你这牛高马大的，换个矮十厘米的男的都做不到，你还不知道珍惜。

陈今阳"嗤"了声，又放下手机，嘴角勾起。

事实证明，宿舍内部关系再怎么差，只要全宿舍都是同一专业同一个班，那上课的时候还是要一起出门走去教室的。

陈今阳等人一下楼，就看见站在宿舍楼下面打打闹闹的一群大一小崽子。

天知道水利土木学院男生宿舍楼到外语学院女生宿舍楼有多远，反正眼下这么一群活力四射的小崽子出现在眼皮子底下，跟红花花海里掉了几片烂叶子似的，还挺引人注意的。

正好又是上课高峰，每个路过的女生都忍不住转头看一眼，引起了骚动。

"那不是艾佳吗？"

"谁？"

"就那个，T大附中的，追着隔壁学校的小混混揍了三条街，然后被T大附中政教处主任追着揍了三条街的T大附中街头小霸王。"

"啥玩意？"

"小霸王其乐无穷啊！"

"就他啊，他怎么考进来啦？"

"人家是数理化生奥赛随便得奖的全国领先偏科水平。"

陈今阳拎了拎手里的包，看着在不远处作为八卦中心却丝毫没有男主角自觉的家伙身穿牛仔裤外加黑T恤，一只脚随意踩在宿舍楼门口的垃圾桶上。少年脸上带着漫不经心的表情，他微微侧着脸，阳光之下，半张脸被藏在阴影之中，整个人看上去暖洋洋的。

陈今阳总觉得他好像浑身都被笼罩在午后的阳光中一样，耀眼得很，于是微微眯起眼，正想叫他，谢苗惊喜的声音在身后响起："咦，佳哥，你怎么来了？"

陈今阳闭上嘴，不远处听见了叫声的少年抬起头，目光从谢苗的脸上一扫而过，然后定格在了陈今阳脸上。

陈今阳拎着书包走向艾佳，艾佳把踩在垃圾桶上的脚放下来，掏出手机看了一眼时间，对一步步走向他的人说："不是说好一点五十吗？你迟到了。"

陈今阳："啊，两点了吗？"

她佯装惊讶地凑过去，扒着艾佳的手稍稍踮起脚看他的手机，他甚至没反应过来这是干吗，只感觉有两根又软又暖的手指压在他硬邦邦的手腕上，紧接着那股熟悉的橘子香传入鼻中。他愣了一下，听见陈今阳娇嗔道："哎呀，还真两点了啊！"

艾佳：好恶心的语气，这疯婆子今天又吃错什么药了？

艾佳用僵硬的表情看了她一眼，手也没闲着，顺手接过她手里的书包，拎了下，嘟囔道："怎么这么沉？你上一节课还背书包，怕不是有病吧。"随后他感觉短袖袖子被一股小小的力道轻轻拽了一下。

他顺势弯了弯腰，听见陈今阳在他耳边说："我们宿舍老二又作妖，说我上赶着倒贴你，气死我了，来配合我演一下戏啊影帝。"

她那带着湿热的气息从艾佳耳边吹拂而过，他脑海里都是捏着自己衣袖的那只手，过了好久才反应过来旁边这女人说了什么。

——上赶着倒贴我？天天见面不是"滚"就是"你走"，一言不合就翻白眼，上赶着倒贴我？你这舍友怕不是眼睛有毛病？

艾佳觉得十分好笑，默默在心中评价了一句"幼稚"，紧接着就比她更幼稚地轻哼一声，压低了声音问："什么，大老远叫我跑来你们这破外语学院，就为了利用我？"

"是啊。"陈今阳理直气壮地回答。

"好处呢？"

"阿姨暂时不会知道她儿子准备买的键盘要四千七百九十八，还不包邮。"

艾佳感觉自己屁颠屁颠跑来赴了场鸿门宴，低下头对陈今阳怒目而视。两人正窃窃私语争论"键盘到底是不是刚需"这个问题，这时，陈今阳宿舍老二赶了上来，硬是在"深情对望"的两人中间插了一脚。

"佳哥，今阳，你们俩还真认识啊。"谢苗看似心理素质过硬，笑眯眯地歪着脑袋对艾佳道，"今天中午在宿舍看见今阳在看佳哥你的直播，然后她说你们认识，我还不信呢！"

陈今阳被谢苗挤开了一些，在旁边凉飕飕地道："什么佳哥，一把年纪了，管小自己一岁的小崽子叫'哥'，你不别扭啊？"

"这有什么别扭的，大家都这么叫啊。"谢苗转过头，一双眼忽闪忽闪地看着艾佳，也想伸手去扯艾佳的袖子。

艾佳下意识地往旁边躲了一下，谢苗的手落了个空，脸上的笑容有点儿挂不住了。

艾佳直接无视了横在他和陈今阳中间的人，看向另外一边个子高还穿有跟的鞋子，导致直接高出宿舍舍友半个脑袋的家伙，问："你看我直播？"

陈今阳在心里骂了句脏话，恨不得把谢苗的皮给扒了。她含糊地"嗯"了一声，抬起手将耳边的发别至耳后，说："中午吃饭时随便看看，不行吗？"

艾佳视线定格在她的耳垂上，嘴角挑了挑："就着我的直播下饭啊？"

陈今阳隔着谢苗的脑袋瞪了他一眼。

艾佳笑容变得更灿烂了："早说你看我直播，你ID（账号）是什么啊，我给你发个房管——不对，你那么笨，连弹幕是什么都不知道，肯定连怎么注册ID都不会。"

"我就今天中午看了一下！"

"我不信，你看着像惯犯，你耳朵都红了。"

两人一唱一和，直接把卡在两人中间的谢苗当成了空气。这种时候谁插不上话谁尴尬，谢苗只好放慢脚步，往后退了退。艾佳见状，迅速往旁边蹭了蹭，挂在肩膀上的书包撞了一下陈今阳的肩膀："我就说我怎么前脚要翘课，你后脚就打电话来了，原来你还监视我，好变态。你怎么和我妈似的，我翘课你都要管？"

"大一新生翘什么课，你怎么都不学好？嘶，别撞我！"

"帮你拿书包还那么凶。"

两人走在前面，声音由大变小，最后也不知道说了什么，看着不仅认识，完完全全就是"认识得不能再认识"的模样。

陈今阳笑容很自然，艾佳侧着头跟她说话的时候，那张平日里凶神恶煞的脸上也难得露出一丝丝笑意，气氛和谐，羡煞旁人。

谢苗落在了后面，手里抓着的教科书封面都被抓皱了。这时候，宿舍老六赶了上来，幽幽地道："你天天跟今阳争个什么劲儿啊，一次都没赢过她，还上赶着凑上去。"

老六搁下这么一句杀人诛心的话，抱着书加快步伐，翩然离去，只留下一脸菜色的谢苗呆立在原地，久久没动。

十分钟后。

艾佳把陈今阳送到她教室，她满意地点点头，接过艾佳递过来的书包，踮起脚抬手拍拍他的肩膀："劳烦您老人家辛苦跑一趟。"

艾佳挥了挥手，转身就要离开，可刚迈开一步就被人从后面扯住衣袖，他回过头，问："还要干吗？"

陈今阳："这就回宿舍打游戏了？"

艾佳："这你都知道？"

陈今阳叹了一口气，说："上课吧，来都来了。"

艾佳"啊"了一声，看上去兴致实在不是很高。他很有自知之明，大学英语他听不懂，纯粹是浪费时间，还不如回去直播赚钱。两人僵持了一会儿，教室里，老六催促着陈今阳，她面无表情地拍了拍旁边的空位，示意陈今阳赶紧滚进去。

陈今阳给她打了个手势，然后松开艾佳的袖子："你们几号打总决赛啊？"

"九月二十八号。"艾佳眼睛一亮，"你来吗？"

陈今阳点点头："感动吗？就是这么知恩图报，不让你今天白跑一趟。今天下课我就去问网吧老板还要不要主持人。"

艾佳闻言，稍稍弯了下腰，认认真真地在她的脸上扫视一圈，确认她没有在开玩笑，才满意地站直了，说："我和你一起去问。"

"我下课还要等你从宿舍走过来，那多麻烦，要不你还是去上课吧，来都来了。"

"行。"

这小崽子！陈今阳抬起手摆了摆，道："去吧，一会儿见。"说完便转身进了教室。

艾佳看她在座位上坐好了，这才转身走向身后正在等他的兄弟们。

在后面围观了好久的几个人满脸牙都酸倒的表情，小结巴嘲笑道：“老大，你双……双脚都快蹦……蹦跶离地了！”

“你懂什么？”艾佳瞥了小结巴一眼，用手里砖头似的英语书拍了下他的后脑勺，“我们总决赛有主持人了，高兴不？”

小结巴：“我……我看你才高兴。”

王磊：“她不来，你们也会有主持人。”

艾佳：好像也是。

小结巴也用手里的砖头书拍了下王磊的后脑勺：“放……放屁！别……别的女……女人，在老大眼里，不……不是人。”

艾佳别开脸：“说得我多稀罕她一样。”

话语一落，周围四五个人齐刷刷转过脑袋默默地看着他，每个人脸上都清清楚楚地写着：又在睁眼说瞎话。

艾佳眼一瞪：“看什么看？”

王磊沉默了一下，然后回道：“看脸学成语。”

小结巴接上：“恼羞成怒。”

艾佳：一方被呛有难，众人纷纷点赞，反了天了。

下午，陈今阳到了网吧，网吧老板一口就答应让她主持这次城市争霸赛的总决赛。

“我就琢磨你什么时候回来再给我们主持一次。”网吧老板笑眯眯地说，“这次好好准备，可别犯错了啊！”

晚上，陈今阳回宿舍拿书准备回家，发现这个消息不知道怎么就传到了谢苗的耳朵里。她收东西的时候，谢苗在吃饭，突然放下了筷子，转过身：“听说你要去主持总决赛？”

陈今阳放下手里正往包里塞的书，头也不回地“嗯”了一声，想了想又问：“你听筷子说的啊？”

筷子就是艾佳他们队里和谢苗交往的那个队员。

谢苗没有否认，只是看着陈今阳的背影说：“这次比赛对他们来说挺重要的。他们队里那个打野小黄毛你知道吧，叫仙洋的，高一的时候他父母车祸去世，然后他就辍学了，家里还有个在念初一的妹妹，平时就靠他打比赛赚点零钱养着。”

陈今阳想到艾佳之前好像是提过一嘴仙洋的生活费，于是转过身，问：“然后呢？”

“打进甲级联赛他们就能签约拿工资了，这种工资都是看队员名气给的，一个队伍里可能工资都不一样。”谢苗说，“你要做主持就好好做，总决赛的赛后采访什么的把队员都照顾一下。”

陈今阳“哦”了一声：“还有呢？”

谢苗转回去，拿起筷子：“没了。”

她拎起书包往外走时，谢苗又补充了一句：“我就告诉你一声，谁都不容易，你要吃饭就好好端着碗。”

陈今阳知道谢苗早就已经和那个筷子分手了，因为下午在网吧时，她还遇见那个筷子了，他一边在打训练赛一边骂骂咧咧，说谢苗真现实，一定要让他打进甲级联赛才和他复合。

此时，陈今阳完全不知道谢苗脑子里在想什么，也懒得去琢磨。

回到家，陈今阳坐在书桌前做了一套六级真题，做完已经十点了，她对了一下完形填空的答案，发现好像错得有点多，这时候才反应过来，今晚不知道为什么，她有些心浮气躁。

谢苗的话一直在她脑子里嗡嗡作响，她真的烦。

她拿起手机看了一眼，屏幕上有两个小时前悲鱼直播平台推送的消息：中路小霸王艾佳开直播了。

陈今阳点进去，发现艾佳果然还在直播，而且他今天看上去心情不错，很有耐心地给观众讲解自己正在使用的英雄的打法。她想了想，从手边的书柜里抽出一个酒红色皮质的 Hermes（爱马仕）笔记本，艾佳说一句，她就往上面写一句。笔尖落在纸张上面发出的沙沙声，成了少年讲解的伴奏曲。

其实陈今阳也不知道自己在记什么，总之之前有些浮躁的心情这会儿平静了下来。

打完一局，艾佳说要去上厕所。

直播间安静下来，陈今阳切出去，百度搜索了一下《征战联盟》英雄的技能，毕竟要去主持总决赛了，各个英雄的技能都需要了解一下。

《征战联盟》全英雄有一百来个，每个英雄至少四个技能，要全部记下也不是一件容易事儿。

陈今阳先记下一个中单英雄的技能，又结合刚才游戏里艾佳的操作，认真想了想他哪个操作看着像哪个技能，然后又在本子最下方自己用语言试图复述一遍，写得正高兴，身后忽然传来了声音。

“中路那次单杀我放的是 E 技能，一个球在敌人和自己之间弹动五次，不是 Q 技能。”一只手从陈今阳身后伸出来，点了点她的本子。

陈今阳“哦”了一声，认认真真把“Q 技能”改成“E 技能”，改好之后顺嘴说了声“谢谢”，然后将头发别至耳后准备继续写，忽然动作一僵，猛地反应过来，双手往本子上一盖，猛地回过头去。

口口声声说要上厕所的人，就站在她身后。

陈今阳：“你怎么来了？！”

“看都看完了，还捂什么捂？”艾佳嘟囔着后退一步，双手塞在口袋里，“来看看你回来没有。”

陈今阳把本子盖上，眼睛都瞪圆了：“还进我房间！”

艾佳："我说拿英语资料，陈奶奶就放我进来了。"

陈今阳如临大敌般瞪着他。

艾佳笑了："你记那些东西干什么啊？"

陈今阳："采访用。"

艾佳："一百多个英雄，五百多个技能，你一个个记，记到什么时候？"

陈今阳："三天。"

艾佳哭笑不得："就一个甲级联赛，你以为你去主持世界总决赛啊？至于吗？"

"你管我。"陈今阳咬住下唇，"丢脸的事不能发生第二次。"

艾佳笑着伸手要拿陈今阳的本子："来，我看看你都记了什么……"

"不给！你走！"

"我就看看，就看一眼，万一你记错了呢？哎……"

"不给看，你出去，别抢！我叫救命了啊！"

"我劫你财还是劫你色了！"

刺啦——

艾佳："先申明，我不是故意的，这纸不经撕。"

"臭流氓！滚出去！"

某天晚上。

陈今阳洗完澡，正坐在窗台边吹头，忽然听见自己的窗户框被石头砸了一下。

陈今阳放下吹风机伸脑袋一看，发现是艾佳叉腰站在楼下，月光之下，小崽子仰着脸仰望楼上，脸上的得意劲儿掩都掩不住："同学，我们进决赛啦！"

陈今阳趴在窗户边，看他恨不得高兴得蹦起来，于是不知道怎么的，嘴角也忍不住跟着微微挑起："是吗？恭喜恭喜，厉害哦！拿了几把 MVP 啊……"

那个"啊"字说到一半，突然就变了调——因为在她说话的时候，站在楼下那个小崽子居然一言不合就跳上了一楼的防盗网，然后长臂一伸、脚一蹬，猴儿似的蹿到了二楼的防盗网上！

陈今阳的尖叫卡在喉咙里，生怕自己动静大了吓着艾佳，害他摔下去，一口气不上不下，差点没把她憋死。当她回过神来的时候，艾佳已经麻利地翻上二楼那家的遮雨棚，双手扒在了三楼她房间的窗沿上，脚下踩着遮雨棚，他轻轻一撑，鼻尖几乎就要撞到她的脸了。

少年的汗水气息猝不及防钻入鼻中，陈今阳一愣。

"喂！"

少年富有磁性的声音在她耳边响起。

陈今阳看着少年那双比星星还璀璨的眼睛，心猛地漏跳一拍，整个人向后仰了仰，有些狼狈地拉开了和他的距离，顺手抄起手边的一沓六级真题，"啪"的一下无情地拍在那张从窗边弹出来的俊脸上："小崽子！你是不是疯了？！这里是三楼！"

"啧。"艾佳被冷不丁地拍了一下，却破天荒地一点也不生气，他翻身坐在陈今阳的窗户上，也说不出来干吗脑子一热就像猴子一样爬上来了。

今天他赢了半决赛，连网吧老板请大家的庆功宴都没吃，随便找了个借口就乐颠颠地一路狂奔回家。到了家楼下，他还没想明白自己着急回来干吗，结果好巧不巧一抬头发现陈今阳的房间亮着灯，便用石头打了她的窗户框。看到她从窗口探出半边身子，他笑了。

大概是刚洗完澡，她的长卷发还有一丝丝的湿润和凌乱，夜风吹过，发丝轻拂，月色浮动，她睡裙外的两条白皙的胳膊像是抹上了一层淡蓝色月霜，变成了月牙白。

他弓着背坐在窗台上，凑近陈今阳嗅了嗅，嗓音微微沙哑："你用的什么牌子的洗发水啊？"

"资生……你别是个傻子吧！"陈今阳反应过来后伸手拽艾佳，"你赶紧进来！坐在那被邻居看着了是想吓死谁？！"

艾佳顺着陈今阳的窗户爬进来，其间还爬过了她的书桌，看见她书桌上摆着一沓做了一半的六级真题，旁边放着那个记着《征战联盟》相关笔记的笔记本，手机搁置在一个随时可以拿起来的地方。

"你在等我直播啊？"

艾佳两条大长腿从陈今阳的书桌上垂下来，然后稳稳落地："这两天都集训，一鼓作气打完决赛冲进甲级联赛再直播。"

"做题呢，你以为都像你那么闲，还等你直播，脸比今晚上月亮还大！"陈今阳打开抽屉，把笔记本连带着手机一起塞进去，关上抽屉后，她揪着艾佳的袖子将他往外推，"你快回去，出门的时候小点儿声，我奶奶在洗澡，别让她听见了。大半夜往人家姑娘房间里爬，我怎么感觉你越来越像个臭流氓！"

艾佳被她推着往外走，还不死心地回头："你真没在等我直播啊？"

"没有！"陈今阳压低嗓音道，"你有那么好看？我还得天天巴望着看？"

"我是挺好看的。"

今晚的艾佳自信心爆棚，一路笑嘻嘻地被陈今阳推出门，到了走廊，对面就是他家门口。陈今阳在他背上拍了一巴掌示意他赶紧滚蛋，说了句"晚安"就要转身关门。就在这时候，她忽然被人从后面一把揪住头发。

陈今阳皱着眉回过头，却发现这时候艾佳正一只手撑着门框，斜靠在门框上。小崽子稍微收敛了之前脸上嬉皮笑脸的表情，微微俯身凑近陈今阳，认真地道："我说，要不你房间装个防盗网吧，那么好爬，不防贼，进贼怎么办？"

陈今阳一把把头发抢回来。

陈今阳："方圆十里之内，你最像贼。"

艾佳被骂个猝不及防，正想说她怎么好心还当驴肝肺呢，还没来得及开口就看着那扇门眼睁睁地拍在他脸上，他叹着气，骂道："无情。"

至于防盗网，第二天晚上路过陈今阳窗户楼下时，艾佳特意抬头看了一眼，防盗网自然是没有装上的。

防贼意识太差，艾佳面无表情地想，迟早要吃亏。

过了两日。

在艾佳的极度兴奋状态中，九月二十八日终于来到。这一天艾佳起得前所未有地早，早到他能在家门口偶遇赶去上早读的陈今阳。

陈今阳："去学校看升国旗？"

此时艾佳正叼着一盒牛奶，蹲在家门口系鞋带，听到陈今阳的声音，他抬起头："去网吧热身，准备比赛。"

陈今阳还以为自己的耳朵出了什么毛病，问："比赛不是下午七点开始吗？"

"是啊。"

"现在不是早上七点？"

"是啊。"

"你热身十二个小时？"

"是啊。"

"翘课一整天？"

"是啊。"

陈今阳从来不知道，原来她有小学生们最讨厌的告状婆潜质，但是此时此刻，她是真的很想跟隔壁阿姨告状他又不干好事。

然而还没等她想好要不要威胁一下这个"小学生"，艾佳穿好鞋站起来，扔下一句"晚上见"，就像是一阵风似的跑下楼。陈今阳发了一会儿呆，随后回过神来，站在楼梯边趴栏杆上伸脑袋一看，就看见上一秒还在家门口跟她说话的少年，这会儿已经一路狂奔出了院子大门。

下午下了第一节课，陈今阳补了下妆，在五点半的时候赶到了悲鱼网吧。这一次，她发现，悲鱼网吧的气氛和她上次来的时候明显不太一样，虽然打的是职业联赛中最低级别的、最没有关注度的BGA，但是今天另外一支参赛队伍是甲级联赛的垫底队伍，过来打保级赛的，相比起BGA，甲级联赛的曝光度不知道高了多少倍，最差的队伍也是有一些粉丝的。

再加上SADFISH是东道主，两支队伍的粉丝凑一凑，也够挤满这小破网吧的了。

陈今阳在非观赛区的人群里看见了谢苗，她坐在角落不起眼的某台电脑后面，特别低调地低头玩手机。仿佛是感觉到了陈今阳的目光，她抬起头，两人隔着人群对视了三秒，然后都假装不认识对方般扭开了脑袋。

陈今阳走向休息室，这时候还能听见耳边的人在讨论：

“怎么样，SADFISH 到底行不行？”

“看好他们冲进甲级联赛，LED 明显不是他们的对手，龙神这个赛季掉 BGA 就好笑了……”

“唉，好歹也是当初打过职业联赛的顶尖上单，不知道状态怎么下滑得那么快！”

“不知道，甲级联赛本来就是职业联赛的储备军诞生地，换点新鲜血液也好。SADFISH 这队伍太虎了，一路打上来都没怎么输过小分！”

“对，我听说悲鱼这队的中单很强，稳得很——BGA 中路第三座防御塔什么的，怎么抓都抓不死……那天 YQNB 的经理直播时说了，他们专门从 S 市跑来一趟 T 市，就是为了邀请他去打青训，被一口拒绝了。”

“真的吗，YQNB？他们中单不是有杀千吗？老杀这赛季状态还可以啊，怎么想着给他找替补了？而且我听说悲鱼的中单是上了大学的，还是 T 大的啊，职业联赛的队伍一般队员也就两千五百块一个月，人家重点大学大学生了，估计根本不想打职业比赛！”

“谁知道啊！”

陈今阳从他们身边路过。

原本还在热烈讨论队员和战队情况的人群稍微安静了一会儿，然后讨论的话题瞬间变成：“哪来的妞？！”

这个年代，哪怕是职业联赛的女粉丝都是稀缺生物，BGA 比赛现场按照道理来说应该是一只母蚊子都没有，于是众人激动地站了起来，目送陈今阳进了员工休息室。

“哦，今天的女主持。”

一群人重新坐下了。

这边，打开门，关上门，将一网吧的喧闹关在门外，陈今阳走进了休息室里，一眼就看见了七零八落坐在休息室里的 SADFISH 队员们，还有站在饮水机旁边的艾佳。

“你来了。”艾佳抬起头，看了陈今阳一眼，然后从饮水机上方拿下一个纸杯，看上去特别淡定，“外面人挺多的啊？”

“是挺多的。”陈今阳找了个空位坐下来，随口问道，“你们准备得怎么样了？这都热身十二个小时了，不紧张吧？”

“不紧张，一点不紧张。”

“谁有打火机！”悲鱼网吧的老板拿着一把香着急忙慌地走进来，“快快，谁有打火机？我打火机丢了，给我打火机，我给关公大爷上把香。”

“我这有，我这有！”筷子站起来，从口袋里摸出打火机，“老板你香怎么倒着拿？不吉利！暗示兵败如山倒！快扔了！”

网吧老板手一哆嗦，扔了香，拿了打火机重新跑去拿了三根香。

“三根够不够？都点上算了。”仙洋说。

筷子掀起衣服："我今天还贴了个文身贴，你们看，关公！"

众人转头，看到老大一个关公像贴在筷子背上，纷纷发出赞叹："关公请上身，瞬间变杀神。"

陈今阳也看了一眼，然后轻飘飘来了句："可是这关公闭着眼，不是说闭眼关公不杀人吗？"

筷子顿时面如菜色，小结巴蹦跶起来："给……给我搓……搓掉！"

说着，他和仙洋一拥而上，对着筷子背上的文身贴一阵猛搓。

陈今阳默默地看着这群人耍杂技似的，一阵鸡飞狗跳，最后香点上了，关公拜过了，文身也搓掉了，香烟袅袅之间，口口声声说着"不紧张"的少年们终于成功地把休息室里的紧张气氛推向巅峰。

陈今阳抬起头看向始终站在饮水机旁边的艾佳，发现他从头到尾都没什么动静，只是在兵荒马乱之间冷着脸骂了声："你们能不能淡定点啊？一群没见过世面的。"然后又弯下腰，拿起了放在饮水机下面的纸杯，喝了一口水。

陈今阳站了起来，走到饮水机旁边，"啪"的一巴掌把那个空空如也的矿泉水桶拍得"哐哐"乱摇，然后抬起头看着举着一个空杯子喝得一脸认真的小崽子，问："空气好喝不？"

艾佳故作镇定。

"夸张也要有个限度，你这紧张得没边儿了吧！不知道的还以为你是来现场客串的喜剧演员。你再这样，小结巴他们该笑话你了。"

"水是刚被我喝完了好吗！"艾佳面无表情地把手中的空杯子捏成一团，把它塞进陈今阳的手心，"劳驾，去给我倒杯水。"

陈今阳低下头看着手掌心那一团废纸，说："别喝了，一会儿打一半想上厕所怎么办？比赛中间上厕所给暂停吗？"

"不给。"艾佳说着，忽然脸色苍白，"那怎么办？我早上喝了瓶牛奶！"

"兄弟，那已经是十二个小时以前的事了。"陈今阳看着他一惊一乍的，总觉得自己好像还是不要说话比较好，但是又忍不住嘴贱补充了一句，"又不是喝了泻药，你没有乳糖不耐受症就行。"

现在艾佳看上去要晕过去了似的，飘到沙发上坐下来，祥林嫂式碎碎念道："我也不知道我有没有乳糖不耐受症，以前从来没有体检过这个东西，但是被你这么一说，我现在觉得自己有点肚子痛了……"

坐在他旁边的小结巴如惊弓之鸟："啊！老……老大！你你……你肚子痛？！"

剩下三个人齐刷刷地转过头瞪着艾佳，一副天快塌下来的样子。

陈今阳站在两米开外的地方，面无表情，心里想的是：一群智障。

这时候网吧老板又绕回来了，打开门，外头的音乐声和交谈的声音流淌而入，网吧老板叫了声陈今阳，告诉她准备一下差不多就可以开始了。

陈今阳回过身还没来得及说“好”，就发现一休息室的男孩们呼啦啦地全部站了起来。

陈今阳忍无可忍：“都给老娘坐下！叫我呢！没叫你们！”

陈今阳在镜子跟前整理了下头发就上台了。俗话说得好，一回生，二回熟，三回谁都是好朋友，和上次站在台子上俯视下面这群宅男的感觉有所不同，今天陈今阳再看他们不再是黑压压的一片路人，相反地，她觉得每个人脸都长得不一样，而且大家的表情都挺生动的。

她拿起话筒，拍了拍。

“现场的战队粉丝和工作人员们，晚上好！欢迎来到2013年BGA夏季赛总决赛的比赛现场，我是今天的主持人陈今阳。

“今天对战的队伍分别是来自BGA联赛的主场队伍SADFISH战队和来自甲级联赛联盟的客场队伍LED战队。感谢本次比赛场地提供商悲鱼网吧，感谢‘一秒手速，十年功夫’的绝速电竞外设，感谢‘饿了你就吃一点’的一点点食品，感谢‘一滴来自天上的眼泪，喝完不再流泪’的一泪矿泉水！现在让我们以热烈的掌声欢迎双方战队登场！”

陈今阳说着，感觉到集中在自己脑袋顶上的光挪开了，她微微眯起眼退到了一边。比赛台上的光打在了选手入场通道口，首先走出来的就是来自甲级联赛的LED战队，出场顺序是ADC、辅助、中单、打野，最后是上单。

陈今阳注意到这个队伍上单出来的时候，掌声和欢呼声尤其响亮，现场居然还有人拉了横幅，上面写着“龙神加油！LED重返辉煌！”的字样。

而相比起休息室那群慌乱的小崽子，这支来自甲级联赛的战队的队员们明显淡定很多，上台的时候还有说有笑，旁若无人的样子，看着挺乐观，一点不像是沦落到打保级赛的模样……这些人，是太自信还是没脸没皮不知道羞耻啊？

保级赛哎，难道不是甲级联赛垫底的队伍才会落入这种田地？

“现在LED战队的队员已经登场，可以看到队员们的脸上都洋溢着……放松的笑容，想来是对今天的比赛信心十足。确实，相对于SADFISH战队来说，LED战队作为一支甲级联赛的老牌战队，拥有更丰富的比赛经验和磨炼机会，队员之间的配合肯定也更默契……”

LED战队的五人坐了下来，座位顺序按照他们在队伍中的位置，从左到右分别是上单、打野、中单、ADC和辅助。陈今阳通过这几天的刻苦努力，发现职业比赛大家都是按照这个顺序坐的。

等LED战队众人坐稳，接下来就到SADFISH的队员入场了，陈今阳清了清嗓子：“接下来让我们有请SADFISH战队！”

灯光再一次投射在选手通道，率先走出来的是作为ADC的筷子。之前在休息室灯光暗，看不出来，此时此刻在聚光灯的照射下，筷子那张脸白得如同一张纸，而跟在他身后的四个人面色也如此，整个场面惨烈得就像是比赛台上飘进来了五只鬼，他们甚至忘记给台下的观众挥手打招呼。

陈今阳在旁边看着艾佳那双目光呆滞的眼也只能干着急，恨不得上去让他说两句话，好歹跟台下的粉丝挥手致意一下啊！

现场气氛有点冷，情急之中，陈今阳拿起话筒开始自己加词："作为主场战队，在此之前，SADFISH战队一直为大家带来精彩的比赛与表演，今日，他们终于站在这里，无论他们前途如何、晋级与否……大家把掌声送给这支队伍的成员好不好？"

比赛台下，观众终于稍微被带动起来，掌声响起，在人群的最后排，有人叫了声"悲鱼"，角落里一群人就跟上一句"加油"。

如此重复两个回合，在电脑后面，艾佳像是终于被叫醒一样，终于伸出一只手在电脑后面跟台下的人挥了挥，下面的人立刻"嗷嗷"叫着他的名字！

至此，陈今阳总算松了一口气："让我们期待今天两支队伍各自发挥出真正的实力，为我们带来精彩的对抗！"

念完最后一段台词，陈今阳的任务就算暂时告一段落。她关了话筒，回头看了一眼艾佳，后者此时已经戴上了隔音耳机，低着头不知道在捣鼓什么。

陈今阳只好转身走下台，网吧老板隔着人群老远给她做了个双手合十的手势，示意"阿弥陀佛，谢谢谢谢"。

陈今阳放了话筒就进后台了，只不过她这一次没有转身去化妆间，而是来到了比赛的后台靠近选手的位置。在那个地方有个小小的空地，通常有裁判组的人员和工作人员站在那儿看着，以免比赛中发生意外情况。

当陈今阳走到台下站稳时，场上的比赛已经进入"ban&pick"环节。"ban&pick"环节指游戏开始前，参赛双方队伍对英雄进行选择和禁用，"ban"为禁用英雄，"pick"为选择英雄。

按照游戏规则，每个队伍有三个禁用英雄的位置可以自由选择，队伍里全体成员在队伍语音频道之中对想要禁用的英雄进行讨论之后，再由每个队伍的三、四、五楼进行操作。被禁用的英雄类型没有具体的规定，一般为版本强势的英雄，或者对手特别拿手的英雄。

而此时，场上 LED 战队和 SADFISH 战队已经各自做出了第一个 ban 位选择。LED 上来禁掉了艾佳的中单英雄劫难者，而 SADFISH 战队则禁掉了上单英雄奥夫。

陈今阳靠近的时候，LED 战队的队员正嘻嘻哈哈地讨论阵容，看见 SADFISH 战队禁掉他们这边的上单英雄，他们发出一阵爆笑。

打野："龙神，对面的人很怕你哦。"

ADC："讲不定人家还觉得我们很怕他们那边的中单，搞事情了。我听说这个中单很强，YQNB 还想来挖他呢。"

打野不屑道：“当年我龙神还在职业联赛的时候，YQNB 的上单还不是被我龙神摁在地板上摩擦——是不是，龙神？”

打野和 ADC 一唱一和之中，LED 战队的上单笑了声：“不知道啊，谁去研究 BGA 战队啊！他们中单会不会选扑克大师啊？”

“你问我不如摘了耳机自己去问他咯。”ADC 笑嘻嘻地说，正好到自己 ban 位时顺手把扑克大师这个英雄给禁了，“算了，禁用就完事了。”

“都严肃点。”叫龙神的人说，“翻车就不好了，输给 BGA 的队伍，丢脸丢到姥姥家去了。”

“怕什么啊！”LED 的 ADC 懒洋洋地说，“就算他们最后赢了比赛，之后他们也会发现——”

LED 战队内众人暧昧地笑，那个 ADC 并没有把接下来的话说完。

此时，LED 战队众人自顾自地说得十分开心，殊不知有个一开始就对他们印象不太好的主持人小姐姐在他们身后听他们的对话听得直皱眉——对这个游戏的职业联赛规矩始终一知半解的陈今阳没闹明白他们这话是什么意思，只知道此时此刻恨不得用手里的话筒敲爆他们的狗头！

这些人也太膨胀了吧，搞得他们好像是来打直升职业联赛的升级赛，而不是俯冲 BGA 的降级赛似的！

看不起谁啊，太气人了！

生怕自己一个冲动就上台制造社会新闻，陈今阳深吸一口气，完全没反应过来自己的心都偏到姥姥家去了。她捏了捏手中话筒，毫不犹豫地往 SADFISH 那边走。

结果等陈今阳走到艾佳身后，她几乎立刻就发现，SADFISH 他们这边的气氛和另外一边完全不同。SADFISH 上单是个叫阿鱼的，这会儿正在哀号：“啊！兄弟们我紧张！我看着龙神的比赛长大的，现在让我跟他对线——上路已崩，勿惦记！”

此时，艾佳正“咔嚓咔嚓”地点着鼠标，按照自己的习惯对游戏界面、功能键调整设置，听了队友的哀号，懒洋洋道：“职业联赛一共才开始两年，看着他比赛长大的，你今天三岁啊？”

小结巴：“老……老大，我……我也贼紧张，手……手都在抖！禁……禁……禁他们的兰博士，我我看资料，那个龙神，兰……兰博士巨猛，胜……胜率百分之八……八十几！”

“听你说话我都要断气了。”筷子听小结巴的话，把上单英雄兰博士禁掉了，“说话都说不利索还要狂吹对手，要不给你在他们的粉丝区加把椅子，你去下面坐着得了！”

艾佳：“靠疯狂吹对手调节气氛，可以，这个气氛调节可以说很成功了。”

仙洋：“你别当小结巴了，当小哑巴可能讨人喜欢一点。”

艾佳：“下去给他买点耗子药，死人不会说话。”

筷子：“别说些有的没的了，接下来禁哪个？佳哥，你看了一中午LED的比赛录像，给点思路啊……啊，对面把我们刀客禁了！”

对方禁掉刀客，不仅下面的观众发出一阵戏谑的声音，就连艾佳都瞬间没声了。

站在他们身后，陈今阳忍不住翻了个白眼，不小心回忆起艾佳开直播的第一天晚上，她捂在被窝里用自己的双眼见证了艾佳的刀客到底玩得有多烂，烂到他的路人队友在游戏里从第五分钟开始骂到游戏结束，完了还不过瘾，打完一局游戏退出去后，还要加他游戏好友，加完好友弹小窗继续骂。

而自那之后，至今一个多月，艾佳无论是在比赛场上还是在直播间里，都再也没有玩过刀客。艾佳：“禁掉刀客，让我感觉到自己貌似没有得到应有的尊重。”

筷子：“一个ban位都没得到，被对方视为空气的我们四个人怎么办，去上吊吗？”

艾佳：“他们不看BGA的啊？”

小结巴：“谁……谁没事干，看……看BGA这……这种下等人……人类的比赛！”

艾佳：“真的想给你喂耗子药。”

在一大堆的屁话当中，禁用英雄环节结束，双方又进入选择英雄环节，位于蓝色方的LED有一楼优先选择权，直接把冰晶鸟这个英雄抢掉了——根据陈今阳的脑内记忆库资料，冰晶鸟这个英雄是这个版本里绝对的第一梯队的中单英雄，拥有死后变成一颗蛋，如果短时间内不能被敌人打碎则原地重生的特殊被动技能。

这种英雄在艾佳手里，配合号称“BGA第三座中路防御塔”的他本来就很保守的打法，至少从前期来说是相当难以被击杀的。对手这一手抢选，歪打正着！

艾佳：“警告，对方智商上线，我的冰晶鸟没了。”

众人顿时一阵唉声叹气，可以说气势脆如薄纸，宛如一群臭鱼烂虾，就仿佛他们要赢这场比赛，全部的希望都寄托于对方智商掉线。

智商掉线有什么用，不如网吧老板替你们把他们的网线拔了，岂不是更快？在陈今阳面无表情地在心里默默吐槽的时候，游戏的pick环节也在顺利往下进行。

此时，在冰晶鸟被人拿掉后，pick权回到SADFISH这边。没有了冰晶鸟的艾佳他们拿走了精灵璐璐和矿工，精灵璐璐用来做辅助，而矿工在这个游戏版本中是个多功能英雄，可以走上单，也可以打野，算是用来当作迷惑对手的摇摆位。接下来双方又针对阵容和对手选用的英雄进行了一番选择，这就不是站在后台的陈今阳能够看懂的了。

过了八分钟左右，双方ban&pick环节结束。LED蓝色方ban：劫难者、扑克大师、刀客。pick：冰晶鸟、炼金王、伊则、捶丸、王子。

SADFISH红色方ban：奥夫、兰博士、琴师。

pick：精灵璐璐、矿工、死神、花螳螂、疫鼠。

ban&pick环节就这样在SADFISH自行加戏强行博弈、LED全程随随便便的情况下，顺利结束。

游戏进入载入前倒数三十秒，双方队员在游戏界面内调整英雄使用人，等相应位置的英雄确认调换至对应位置的选手手中，游戏画面一黑，正式进入载入画面。

此时，现场的气氛被推向一轮小高潮。

“SADFISH！加油！”

“艾佳加油！”

“冲入甲级联赛！”

“LED！ LED！龙神永垂不朽！”

观众轮流为自己喜爱的队伍加油，陈今阳从后台溜走，到了比赛台的下面，选择了 SADFISH 粉丝集中的区域，坐下。

在她屁股落在椅子上的一瞬间，前方大屏幕上，游戏载入画面结束，比赛正式开始了！

台下气氛很热烈，台上气氛也很热烈。

仙洋：“开始了，开始了，啊啊啊啊！蓝 buff（蓝色石像封印，野区资源的一种，击杀后增益法术加成、法力回复效果，减少技能冷却时间）开？还是上线抓一次‘一级团’？”

小结巴：“团……团个屁！前……前二十分钟，谁……谁也别想哄……哄我过河道线（游戏地图中央有一条将两个阵营对半分开的河道，俗称河道线）！要去你们自己去！”

阿鱼：“我已经快窒息了，你们看到对面的‘LED-GODKILL（杀神）’这个 ID 了吗？龙神了解一下。本宝宝要和他对线了，我也不过河道线。”

艾佳：“那太好了，都尿着，尿着尿着说不定就赢了。”

筷子：“我同意，尿着，尿到他们憋尿憋得点投降？”

“说到憋尿，我有点口渴——”艾佳拽了下耳机，“老板听得到吗？麻烦给我拿杯水。”

小结巴：“你……你不是让女……女财神给你倒水了吗？”

艾佳一脸茫然：“她给我倒了吗？”

小结巴：“倒了吧。”

艾佳舔舔唇，仔细回想了一下，想不起来自己到底喝没喝水，又问：“女财神呢？”

仙洋：“下面坐着，我看见了。”

艾佳：“坐哪？”

仙洋：“我们粉丝坐的那一块儿。”

比赛开始，双方十名队员的英雄“砰砰砰”分别出现在地图两角的复活泉水里时，坐在台下的观众发现，SADFISH 中单忽然莫名其妙地伸长脖子，从电脑后面探出了半个脑袋。

与此同时，SADFISH 队伍语音频道传来了网吧老板忍无可忍的咆哮声：“看什么看！坐下！忍你们很久了！能不能专心打比赛？！”

艾佳：“没看到！没看到！坐下了，坐下了！”

网吧老板：“怎么，你还挺遗憾？”

裁判：“兄弟，别在语音里吵架，录音要上交审核的。”

陈今阳坐在下面，抬头看着大屏幕，和上次相比，经过这么多天的磨炼，她也是能看懂比赛的人了……呃，也不是完全懂，至少不用再“百度”他们选的英雄叫什么，是干啥的，技能是啥。

比赛刚刚开始，SADFISH 战队的小崽子们还不知道鸡飞狗跳地在闹什么，那边 LED 战队的中、野、辅三个人已经蹲在了河道草丛里。

正好艾佳打法沉稳，没看见对面的人，他就直接在河道右边草丛里插个眼（眼：视野，可以看到附近隐藏的敌人）。

结果刚晃悠过去，好像能嗅到空气里气氛不太对头似的，他插眼的动作明显顿了一下，就在他停顿的这一秒，从草丛里飞出捶丸的钩子！

艾佳被吓了一跳，小蛮腰一扭躲过了这一钩，随后便看见草丛里疯狗似的冲出三个人！

艾佳手一哆嗦，毫不犹豫扭头就交出闪现（闪现：召唤师技能，立刻向指定方向瞬移一小段距离，一般用来开团战或者脱离战场），连让对面反应过来给他套个技能的机会都不给！

台下的众人一阵爆笑加掌声，陈今阳旁边坐着的大兄弟一边笑一边鼓掌：“乖乖，艾佳反应是真的快！”

而台上，在顺利逃脱了对方的一轮一级抓之后，艾佳被惊出了一身的汗：“我的娘啊，吓死我了！这要是被捶丸钩住，我就凉了！这次中路居然三个人，这些人懂不懂基本礼仪啊！”

仙洋：“稳住啊兄弟。”

艾佳：“闪现没了，等下他们还会来中路你信不信？”

仙洋：“你都猜到他们会来中路了，他们还会来？”

艾佳：“什么叫‘你都猜到’？”

两个人说话的时候，比赛进入正常对线期，每一条路的选手都回到各自的位置清理兵线，安心发育。三分钟的时候，打野仙洋回了一趟泉水补充装备，却不小心站在了对方眼位的可视范围内，于是对方打野王子趁着仙洋补充装备的空当，入侵到 SADFISH 的野区偷蓝 buff。此时对方打野王子升到四级，压了仙洋一级。

仙洋赶到蓝buff处，想等对方压低蓝buff血线后拼惩戒抢buff（惩戒：召唤师技能，对野区怪物造成大量伤害，打野携带），但也不知道是太紧张还是怎么的，惩戒没拼成功，还被对方反手打掉半管血！

好在艾佳听见了他的呼唤，连忙放弃了一轮兵线转头往下走，形成二夹一的局势，这才逼退了对方的打野。此时，游戏进行到第四分钟，LED战队领先两个野区怪物和补刀数（补刀：指抢最后一次攻击杀死小兵，有额外收入），加起来领先SADFISH战队快四百金币。

艾佳正想让队友们稳住，千万别冲动，这时候只有半血的仙洋走到野区河道的地方，遭遇对方的辅助和ADC！

仙洋："啊啊啊啊啊啊啊！"

艾佳："哎哟。"

小结巴："哎哟。"

筷子："哎哟。"

阿鱼："咋回事？咋走人脸上了？"

对方捶丸钩中了仙洋，触发二段技能飞到仙洋的脸上，再加上一个控制技能，再次一个短钩钩起仙洋，在仙洋落地的时候，配合ADC疯狂地输出，仙洋被捶丸控制在半空的时候就直接被击杀了，他甚至连技能都没来得及放一个，游戏里就响起了冰冷的系统提示音：First blood（第一滴血）！

台下，如雷的欢呼声和掌声响起！

这一局的节奏自此开始被对方掌握。

本来前三级被对方抢了两个野怪，仙洋就落后了半级的经验值，中途回了个城，他三级的时候对面打野皇子已经四级，如果说此时还能勉强撑住，那这刚出家没多久又被对方下路二人组在河道击杀一次，仙洋的野区节奏彻底乱了套。等他复活，再到野区，已经整整落后对方打野一级！

无论是哪个版本，打野永远是一局游戏节奏的发动机——在野区发育后，先发制人到线上gank（游戏术语，指对敌人进行偷袭、包夹），为队友争取线上优势，是一个打野应该做到的。

而这一局，在线上对线三条路都五五开的情况下，SADFISH的野区不幸沦陷，这就导致对方打野在SADFISH的野区来去自如，对方的视野遍布SADFISH的野区，经济差因此越拉越大！

开场二十分钟，作为一名伟大的中单，艾佳一个蓝buff都没拿到，非常憋屈。而死神这个英雄恰巧是个前期比较弱的英雄，资源上的匮乏使得艾佳基本不敢走出自己的防御塔范围，没办法去支援队友。

游戏进行到第二十一分钟，对方下路双人组和打野收割下路河道资源小龙，然后转中路，配合自家打野越塔（越塔：进入防御塔攻击范围强行击杀对手）挑起艾佳！

“老……老大，我来……来了！”

小结巴的精灵璐璐及时赶到，给艾佳套了个护盾，再将敌方伊则沉默（沉默：使对方无法施法），此时再将艾佳变大，弹飞对方的中单和打野。艾佳给对方一个印记，再直接开启持续伤害技能，配合防御塔攻击打残了对方打野王子，在王子残血插旗准备撤退时果断开启一个无视距离、会对敌方所有英雄造成伤害的技能，击杀了王子！

开局二十二分钟，SADFISH 终于拿到了本场第一个击杀！

观众席上掌声雷动，然而，这并没有什么用！

二十二分钟才一个击杀！

而野区的失守，让 SADFISH 的经济已经落后了整整三千金币！

此时艾佳也是残血状态，兵线也没有从基地出发，他并不具备追击反打能力或者反抢资源能力，只能回城，中路一时空下来，对方兵线推到，虽然损失一人，但还是趁着中单回城推掉了中路的第二座防御塔！

“真的难受。”阿鱼感慨，“一轮团战赢了还掉资源。”

“这把我的。”仙洋说，“前面就不该直接从河道走过去，现在想着都觉得自己脑子不好使。”

阿鱼：“兄弟，不要这么说，我也被单杀两次！”

艾佳：“你俩干吗，比拼这把贡献的反向功绩？下路两位干吗不说话？”

小结巴：“说……说啥？”

艾佳：“检讨啊，检讨发表一下。”

小结巴：“干……干啥？我……我觉得我打……打得挺好，刚……刚要不是我，你都死了！我检讨什么啊？”

艾佳：“第一次对方下路双人组不见了，你怎么不提示？你要说一声他俩不在了，仙洋至于走人家脸上送一血？”

小结巴：“筷……筷子！检讨！”

筷子保持沉默。

小结巴：“我……我结巴！这种报失踪的活，难……难道不都应该是你……你来？”

筷子：“我一边补兵一边还要给你们报点，那要你干啥？”

小结巴：“恩……恩断义绝了。”

筷子：“下把你去上路，你和阿鱼上路双人组。”

阿鱼：“干我什么事？我不要他！”

小结巴一脸委屈。

在五人疯狂互相甩锅之中，SADFISH 最后一轮团战不敌对手，被“团灭”，游戏仅进行到第二十五分钟就被对方推掉了基地！

基地被推爆的一瞬间，五个人还在泉水里等复活，此时相顾无言，纷纷放开鼠标，取下耳机，喘口气准备下一局。就在这时，众人在队伍语音频道听见阿鱼在感慨：“咦，我怎么忽然觉得龙神好像也不太强啊，操作好像都有点变形了……”

艾佳：“现在被推爆的难道不是我们的基地？”

小结巴：“不……不太强你还被单杀两次？”

阿鱼：“那不是因为我更菜嘛！”

艾佳内心：从未见过如此厚颜无耻之人。

第一局游戏被人家 LED 战队吊起来捶，众人虽然有些沮丧，但心态似乎还保持得不错，毕竟第一局开局有点紧张，有点不适应，沟通也有问题。

但是很快地，第二局，他们也输掉了。

所有的职业联赛季后赛都是 BO5（best of 5，五盘三胜制），也就是说，前面两局被打了二比零，此时 SADFISH 战队已经一只脚站在悬崖边上，再过去一点，就是失败的万丈深渊。

此时暂且不考虑队员们心里怎么想，总之坐在 SADFISH 粉丝中间，陈今阳是感觉到了粉丝们的沮丧的。第二局打完之后，周围都没人说话。只是队员摘下耳机站起来的时候，更后面的地方忽然有一个女声响起：“SADFISH！加油！”

周围的人稍稍有些骚动，陈今阳猛地回头，看见了戴着鸭舌帽站在人群里的谢苗，她这声“加油”在此时显得有些突兀。

陈今阳再回过头的时候，看见低头拿纸杯准备下去的筷子动作明显停顿了一下，然后抬起头看向她们这边。

此时，现场有此起彼伏的“加油”“艾佳”“筷子”等声音，最开始这些声音是比较零散的，但是很快地，它们逐渐融合成了一体：

“SADFISH——加油！

“SADFISH——加油！

“SADFISH——加油！”

陈今阳悄无声息地暂时离开了观众席，小跑到奶茶店买了七八杯奶茶和咖啡，又顶着狂风，拎着一大袋奶茶和咖啡一路狂奔回网吧。休息室里，气氛理所当然有点低迷。

陈今阳放下咖啡和奶茶：“困的喝咖啡，饿的喝奶茶，这还没输呢，别个个哭丧着脸……”

网吧老板在旁边插嘴：“需要兴奋起来的喝什么？”

陈今阳面无表情地说：“那种听上去不是很合法的东西，奶茶店不卖。”她看了看四周，然后问小结巴，“你老大呢？”

小结巴拿过一杯奶茶，乖乖喝了两口，然后捧着杯子，眼睛忽闪忽闪地道：“厕……厕所。”

陈今阳转身走出休息室，在走廊上看见艾佳了，同时发现这小崽子并没有去上厕所，而是靠在厕所门边沉思——昏暗的走廊里，只能看见他目光微沉。

陈今阳走过去，拍了下他的手背，然后看着他。

艾佳猛地嗅到了熟悉的气息靠近，紧接着手背被轻轻拍了一下，他保持着靠在墙边的姿势没动，只是略微抬起头，皱着眉看了一眼身边的人。

陈今阳微笑着刚想安慰他，忽然听见旁边的厕所里传来两个人的对话声："龙神，你说啊，我原本只知道 BGA 那群臭鱼烂虾技术菜，没想到居然这么菜，被我们吊起来打啊！"

另外一个人过了良久才不屑地嗤笑了一声："不好吗？三比零早点打完，早点回基地吃饭。"

"来之前一直听说他们的中单挺猛的，什么'BGA 第三座防御塔'，前二十分钟一塔健在率高达百分之九十，啧啧，'世界第一吹'吧……"

"那个中单还可以，其他人差了点，特别是打野，没节奏，操作水平差，要是我的队友，早捶死他了，他们队伍能走到 BGA 决赛都是奇迹吧。"

"是啊是啊，第一局那个走到我和小杰脸上的'一血'笑死我了，我们都蒙了当时，哈哈哈哈哈哈哈！"

厕所里面的对话声和笑声越来越大。

厕所外面，陈今阳感觉到周围气压急剧下降，紧接着，只看见站在门边少年忽然咧了下嘴，骂了声脏话。

在艾佳一只脚踏进去之前，他忽然感觉到一双极软的手拽住了他的胳膊。

艾佳回过头，正想呵斥身后的人让她放开，却在回过头的一瞬间看见一道黑影从自己的跟前迈步上前，男厕所的门就被陈今阳一脚踹开了！

"你们这么厉害，嫌弃这嫌弃那，来打什么 BGA 升降级赛！你们今天是因为什么才窝在这小破网吧打比赛，心里都没点数吗？还搁这儿装大尾巴狼！"

犀利又刻薄的女声响起，男厕所中一片混乱，上一秒还在侃侃而谈的两人急忙背过身去拉裤子拉链。

"谁啊？"那个叫龙神的怒骂。

"你姑奶奶！"陈今阳扬起下巴，"尿完赶紧滚，这马桶都是 SADFISH 的，你用之前打报告了吗？"

靠在墙边的艾佳有些震惊。

那两个上一秒还在厕所里嬉笑的家伙手都没来得及洗，拎着裤子就骂骂咧咧地落荒而逃。

陈今阳转过身，上下打量着面前的家伙："比赛都还没打完就想打架，小崽子是不是脑子不好使？不怕被禁赛啊？"

艾佳直直地盯着面前的少女，看她趾高气扬，眉眼之间全是霸道。

那双眼睛黑得发亮，叫人一眼望进去，就挪不开视线了。

过了良久，艾佳眼中的阴霾消逝，上一秒还萦绕周身的乖张气息烟消云散，他低下头发出一阵短暂的笑声，嗓音低沉，带着一丝丝磁性：“陈今阳同学，擅闯男厕，佩服。”

反应过来的陈今阳：我在干吗？啊，真是要疯了！

一时上头的火气迅速退去，陈今阳嘴角抽搐了一下，深吸一口气，不自然地抬起手将耳边垂落的发别至耳后：“小崽子，我可警告你，这件事除了那两个人，只有你知我知，否则……”

陈今阳做了个抹脖子的动作，然后没好气地推开横在自己面前的少年，有些匆忙地想要逃离“犯罪现场”，然而没想到刚走了两步，身子就失去平衡，向前踉跄了一下，差点儿摔倒，好在身后及时伸出来一只大手拎住了她的胳膊。

“你小心点。”少年带着淡淡笑意的声音在耳后响起，陈今阳无端端地觉得自己耳根子迅速升温，回过头恶狠狠地瞪了他一眼，甩开他的手，扶着墙站稳。

她抬脚一看，发现是刚才踢门用力过猛，把右脚高跟鞋鞋跟踢断了。

陈今阳脱下鞋子，随手一掰将鞋跟掰下来，默默地盯着断掉的鞋跟发了一会儿呆，然后认命了似的弯腰，穿上鞋，一脚深一脚浅地往外走了两步，又无奈地停下来，站在墙边，一下子不知道该怎么办。

这时候，艾佳绕到了她的跟前，蹲下来轻轻拍拍她的左脚：“抬脚。”

陈今阳下意识地抬起脚，只见艾佳以迅雷不及掩耳之势取下了她左脚那只还完好的高跟鞋，“啪”的一下直接将鞋跟也给掰了下来，然后在她目瞪口呆的注视下，又迅速将这只鞋套回了她的脚上！

“当当，恭喜你现在有了一双新的平底鞋。”陈今阳听见蹲在她面前的少年说。

还“当当”，听起来他还挺得意。

“怎么样？”

“想用‘新的平底鞋’敲爆你的脑袋。”陈今阳在艾佳站起来的一瞬间将他手里的鞋跟抢过来，直接扔进旁边的垃圾桶里，又伸手推了他一把，“走，回去了，马上第三场比赛开始了。”

艾佳看了她一眼，目光在那张满是傲慢的精致脸蛋上转了一圈，微微眯起眼，笑着应了一声，两人转身并肩往回走。

“哎，刚才你都不怕人家打你吗？”

“他们怎么可能敢打我？打我他们也禁赛，他们敢动手吗？还有，你烦不烦啊？再多嘴你赔我鞋子！”

“赔，以后打进甲级联赛，用工资赔。”

“六千五。”

艾佳瞪大了眼睛。

“你打进甲级联赛一个月多少钱工资？”

艾佳眼神开始躲闪。

"一千五有吗？"

艾佳继续沉默。

"没事，大家这么熟了，支持分期付款的呀。你干吗不说话？"

"你不是说不多嘴就不用赔吗？所以，我选择不多嘴。"

第四章

职 业 联 赛， 我 们 来 了

第三场比赛开始之前，艾佳回到休息室里，面无表情地把在厕所外边听来的话给队友重复了一遍。

陈今阳有些吃惊地看着艾佳，因为她觉得那两个人说话真的很难听，要是她，肯定不能告诉队友，打击他们的积极性，但是他偏不。

“仙洋，人家说你操作水、意识差，全场梦游无存在感，像一枚野区的移动眼位，最多也就用来照照亮。”

他不仅说，还板着脸在那儿一本正经地添油加醋。

陈今阳在他身后扯他衣袖，他无动于衷，眼看着仙洋脸色由白转青再泛绿，最后火冒三丈，“嗷”的一声跳起来。

第三场比赛，仙洋拿到了孤僧。

一级蓝buff开，刷完蓝buff直接去找被称为“F4”的另外一组野怪，再刷个红buff（猩红石像，击杀后可以获得特殊效果增益），孤僧到达三级，去中路gank，将对方中单打回城，帮助艾佳确认中路优势。

之后六级，仙洋正式开始了他的表演——

仙洋先去下路支援，趁着敌方专注于推塔突进到筷子身上给两人套上了护盾，再连续攻击敌方两次，在Q技能打中对方时，预判对方ADC闪现落脚点直接在他前方，他顺势扔下一个饰品眼！

在对方ADC闪现交出的一瞬间，他直接W技能摸饰品眼，一脚将已经走出本方ADC射程的对方ADC踢回去，踢到小结巴脸上。小结巴狞笑着又一个捶丸二段Q技能钩住半空中的ADC，反手一个E技能倒钩配合筷子输出，顺利拿下第三局第一个击杀！

“这操作还水不水？！给你整得明明白白，让你知道什么叫BGA的孤僧！”

台上的黄毛激动得大吼一声，像是这开场的一血顺利拿下为自己打开了新世界的大门，仙洋化身“绝食型打野”，野怪都不刷了，疯狂gank，三路搞事！

比赛进行到第十五分钟，场上击杀七比零，现场观众激动得鼓掌声一浪高过一浪！

第十六分钟，可以看出至今零击杀、零塔、零小龙资源的LED战队已经有点急躁。上单龙神拿了炼金王正在塔下找机会击杀阿鱼的兰博士，这时候身后“哐”的一声，凭空出现一个饰品眼！

他心中“咯噔”一下，立刻知道事情不妙，然而此时再回头已经来不及了！

从阴影处又飞出一个孤僧，仙洋他又来了！

只见直播大屏幕上，孤僧摸眼，像空中飞人一样干净利落地将本来可以安全撤离的龙神一脚踢回SADFISH战队防御塔下，与此同时，上单阿鱼兰博士配合一个Q技能收割小兵，防御塔失去了目标之后立刻转攻龙神。成了！

第八个击杀！

“我击杀龙神了，哈哈哈哈！”阿鱼激动地说，“有生之年，我也能击杀龙神了！他在打职业联赛的时候，我刚在游戏里建号！青出于蓝！青出于蓝！是我了！”

而此时，仙洋已经红了眼。

接下来的一整场比赛，都是他在不停地主动带动节奏，疯狂找机会扩大优势。和第一场比赛一方被人压着打，二十五分钟就结束比赛的情形十分相似，比赛进行到第二十二分钟，中路的一轮团战SADFISH就打出了个“一换五”，牺牲冲得太猛的仙洋一人，换来了剩下四个人直接上了高地的机会！

比赛于二十七分钟左右结束，推爆对方基地的那一瞬间，仙洋摘下耳机，嘴角都快咧到耳根子，转过身瞪着一双星星眼，像是大金毛犬似的看着艾佳。

艾佳：“打得不错。”

仙洋举起手。

艾佳：“这就不必了吧？”

仙洋的手执着地举高了些，艾佳一脸无奈地跟他击掌。

大概是艾佳脸上无奈的表情过于生动，小结巴站在他们身后笑得像个傻子。

众人站起来往休息室走，仙洋得意扬扬地看了一眼脸色并不是那么好的LED战队五个人，然后屁颠屁颠跟在艾佳身后叨叨：“佳哥，看见我六级那次灵性gank了吗？预判插眼回旋踢，看见了吗？他们的ADC被我一脚踢到小结巴脸上QQE三连，人都傻了，你看见了吗？”

艾佳：“看见了，看见了。”

仙洋：“谁还敢说我操作水！见过这么敏捷的孤僧吗？一般人的孤僧迈着两条腿干跑，我这是飞龙在天！飞龙在天！”

艾佳：“知道了，知道了。”

仙洋：“你真的看到了吗？那一次我那个插眼预判，正好就在他们ADC的眼前，他一闪现直接闪现在我的眼上——”

艾佳崩溃：“啊啊啊，看到了啊祥林嫂！做得好！打得妙！”

身后，小结巴等队友咧着嘴跟着笑。回到休息室的时候，他们发现里头已经青烟缭绕，和仙境似的，网吧供着关公的神龛里插满了香，还有两根不晓得网吧老板从哪里搞来的红蜡烛。

网吧老板坐在沙发上，一脸慈祥的笑容：“很好，很好！就这样，就这样再赢两局，今晚无论你们要吃什么鲍鱼、龙虾，我把网吧拿去抵押贷款也让你们吃个饱！”

仙洋搓了搓手：“这把MVP肯定是我，MVP加钱不？”

网吧老板：“加加加！”

休息室中，一改之前那两局过后透着的沮丧的气息，此时欢声笑语，一片和睦。

这一局的胜利，看上去意义远不止“赢了一局游戏”这么简单，接下来的两局游戏里，陈今阳坐在观众席，听着旁边老哥每隔五分钟就感慨一句“这么打就对了”。

“啊，SADFISH战队这是睡醒了？”

“嗯，就是这么打，我看这个甲级联赛的名额啊，稳了。”

第五场比赛，第四十二分钟，一次大龙团战的胜利之后，SADFISH五人呐喊着“推他们基地”冲上LED战队的高地，此时已经接近晚上十一点。

平日里，陈今阳这时候已经洗漱完毕打着呵欠上床了，然而这一天的这一秒，她却瞪大了眼睛，眼睛眨都不敢眨地瞪着台上那个简陋的幻灯片大屏幕。

当对方泉水里LED战队的ADC复活，冲出来秒杀掉了残血的仙洋和筷子时，陈今阳的心都提到了嗓子眼。她手里握着手机，手掌心全是汗。

“别管他，别管他，我扛住！”阿鱼的声音从台子上传来，紧绷而急促，“佳哥推，佳哥推，推基地！别管他，推基地！对面打野还有五秒复活，推完，推完——”

大屏幕中，被艾佳操纵的小狐狸不断地闪躲走位，躲避了对方ADC好几个技能，小狐狸手中的宝石一下下地打在对方红色水晶之上！

那宝石每次打在红色基地上，都仿佛打在所有人的心头，当最后一丝血终于被打掉，屏幕上出现红色方水晶炸裂的动画！

陈今阳长长呼出一口气，“轰”地倒在自己的座椅靠背上，这才反应过来刚才居然从他们推基地开始就憋着气，差点没把自己给憋死！

赢了！

艾佳他们赢了！

整个网吧现场陷入片刻的沉寂，然后陈今阳旁边的老哥率先“嗷”的一声跳起来，振臂高呼：“甲级联赛，有了！SADFISH，牛啊！”

“SADFISH！有了有了！甲级联赛！甲级联赛！”

台下，人们欢呼、尖叫，甚至“嗷嗷”叫着胡乱扯过旁边不认识的人相互拥抱！

台上，仙洋跳了起来，“嗷”的一下蹿进艾佳怀里，老大一个小伙子顶着一头乱糟糟的黄毛，抱着他家老大泣不成声！

“行了，行了……哎哟，行了啊！”

艾佳也高兴得忍不住扬起嘴角，又有点尴尬地拍着在自己怀里抽搭的仙洋的背，下意识地转过头看向观众席，然后一眼就看见了站在观众席中央，狂热挥舞双臂的糙汉子们中央，满脸笑容的陈今阳。

刚才伸头怎么没看见她呢，难不成是我瞎？艾佳心想，这也太显眼了。

艾佳默默地看着陈今阳从工作人员手里接过话筒，走上台来，和自己肩并肩在聚光灯下站稳。最后一局，艾佳的小狐狸以十七击杀、三死亡、二助攻的战绩拿下了MVP，理所当然是他接受采访。

“恭喜 SADFISH，恭喜艾佳。”陈今阳转向艾佳，“请问现在的心情如何？”

“心情很好，因为让二追三还是有点难度的。”艾佳接过话筒，同时瞥了一眼身后那些低着头收拾键盘外设的 LED 战队队员，“第二局打完之后大家情绪很低落，但是意外地受到了激励，第三局顺利赢了下来。”

艾佳说完，满意地看见正在收东西的 LED 战队队员动作明显停顿了一下，看过来瞪了他一眼。他不屑地冲他们撇了下嘴角，又低头看了一眼陈今阳的鞋子。

陈今阳瞪了他一眼，继续说：“评价一下今天自己的表现。”

艾佳：“还行吧，其实我不是很擅长玩刺客英雄。”

台下嘘声一片，因为艾佳最后一局的小狐狸就是刺客英雄，而且他还是拿到了十七个击杀的 MVP。

艾佳嗤笑：“真的玩得不太好的。”

陈今阳：“看来我们的艾佳选手也是非常谦虚了，那我们同时也可以看到今天 SADFISH 战队队友们的发挥也是十分优秀，特别是第三局，打野孤僧的摸眼回旋踢配合辅助捶丸的 Q 触发二段 Q 接 E 倒钩，配合得非常默契，请问当时队伍语音里大家是怎么沟通的呢？”

这回轮到艾佳颇为惊讶地看了一眼陈今阳：哟，可以啊，脱胎换骨？

这表情稍微取悦到陈今阳，她勾起嘴角，向他扬扬下巴。

这小表情，看得艾佳也跟着不自觉抿唇笑：今天的主持有点专业啊！

台下的人也配合地笑起来，“是还可以”“有点东西”之类的讨论声响起。

艾佳这才慢吞吞回答：“当时第一局和第二局，我们打野有点紧张，发挥不是很好，所以第三局给他拿了孤僧。因为基本操作都有，所以他的孤僧是可以秀起来的，训练赛经常打爆对面，所以我们就让他拿了孤僧。那一次摸眼回旋踢配合捶丸也不用太多的沟通，因为我们的辅助讲话不利索，但是反应还是快，迎面看着个东西飞过来，就下意识知道要钩了。”

陈今阳：“看来我们艾佳选手的意思是，队友的操作都不错？”

艾佳："那是，其实两个联赛，要在升降级赛相遇的话，本身实力差距也不大。"

台下 SADFISH 的粉丝邪恶地笑了起来，这时候收拾外设正准备离开的 LED 战队 ADC 猛的一个甩包动作就要冲过来，艾佳冷冷地看了他一眼，看着他又被队友架住。整个过程，明明听见了身后的骚动，陈今阳却全程微笑看着艾佳，头都没回过。

她将话筒递给艾佳："好不容易打进了甲级联赛，面对更广阔、更正规，也更残酷的比赛舞台，说一下对于未来的展望？"

未来啊？会怎么样？

在艾佳大脑有些放空之时，原本还在休息室通道等着的小结巴、仙洋、阿鱼和筷子忽然满脸笑容地一拥而上。仙洋一把抢过艾佳手里的话筒，冲着台下的人们挥手，大笑道："未来，当然是进职业联赛了！"

"我们打进甲级联赛啦！"

"我们是甲级联赛职业选手啦！"

"我们可以拿工资啦！"

"再也没有人敢看不起我们啦！"

"职业联赛，等着，下个赛季，我们来啦！"

这一夜的悲鱼网吧热闹非凡。

三五个经过网吧门前的人，忍不住驻足伸脑袋看一眼，而后其中一人一脸茫然地问："怎么了，这网吧里在举办什么活动？"

话语刚落，就看见一个长卷发的高挑姑娘从网吧隔壁的奶茶店拎着七八杯饮料走出来，她穿着一双平底的尖头鞋，身上还是类似小礼服的裙子——看上去和身后的网吧格格不入。偏偏听到了这个"路人甲"的话，她脚下忽地一顿，转过头看了他一眼，莞尔一笑："是这个网吧的《征战联盟》职业战队，打进甲级职业联赛了。"

"路人甲"惊讶地沉默了一下，然后道："这么厉害，山沟沟里飞出金凤凰了啊？"

他的话让那姑娘唇边的笑容变得更清晰了。对话结束，她抬脚往热闹的中心走去。

这是陈今阳第一次这么近地站在《征战联盟》电竞职业比赛台的旁边，也是这一晚，她觉得自己似乎终于懂了一点点职业电竞的魅力所在，仿佛站在圈外的人稍微伸出手试图触碰它的时候，就能确切地感觉到它的温热。就像是按部就班的生活中的一抹彩色，聚光灯之下，比赛台之上，那些平凡的少年如此耀眼。

陈今阳拎着奶茶回到休息室，原本那小破烂似的茶几上已经摆满了网吧老板叫来的夜宵，烧烤和海鲜还有炒饭什么的，应有尽有。

小结巴"嗷"的一声冲上去拿起一串烤鱿鱼："我我……我紧……紧张得，晚饭都没吃两口！饿……饿死了！"

"我也没吃两口晚饭，打的时候都没觉得饿，全靠女财神第二局结束后给买的奶茶撑着一口气，否则非死在键盘上不可。”

阿鱼笑着附和，他也跟着小结巴他们叫陈今阳女财神。

陈今阳抬手把新买的奶茶递给他们：“不能喝酒的喝奶茶，别刚赢了比赛出去撒酒疯。听说甲级职业联赛就开始正规管理了，别说打架生事，放个屁也要写报告的。”

正低头吃烤生蚝的小结巴闻言，惊恐地瞪大眼：“真的啊？放……放屁都管？！”

陈今阳一脸怜爱地看着他：“当然是假的。”

茶几另一边，仙洋正捧着一碗饭，一边扒饭一边跟网吧老板问甲级联赛的工资能给多少、有没有合同、五险一金能不能交之类的问题。

艾佳坐在旁边，长腿搭在沙发边上，坐得很放松，手里还拎着个啤酒瓶子，正笑着听仙洋把网吧老板逼得快要跳楼。

“老哥，这些不是我能决定的啊！你们的正式合同要等悲鱼俱乐部统一做好发给你们，工资多少、怎么给，直播间分成什么的，都是俱乐部说了算！”

“一个月一千五总有吧？嗯？你看我今天表现多亮眼，激动起来把几个甲级联赛打野摁在地上摩擦不是问题，至于激动不激动、什么时候激动，关键是看钱到不到位。”

在网吧老板的无奈叹息之间，艾佳看见刚刚发完奶茶的陈今阳站在旁边，放下了手中的酒瓶，稍微坐起来，拍了拍自己身边的空位：“坐。”

陈今阳不知道自己来之前艾佳喝了多少，只知道他身边已经摆了几个空啤酒瓶，而他那双眼睛，明亮且清醒。

他嘴角微微勾起，少见地露出了心情很好的模样。

陈今阳和他对视了几秒，然后抬起手看了看手表，已经十二点半，而家里问她什么时候回家的电话已经来了六通，于是她想了想，摇摇头：“不坐了，这都十二点半了，我得回去了，明天还有早……”

“黑灯瞎火的，你自己回去？”艾佳盯着她，“不怕流氓啊？”

流氓，陈今阳还是有点怕的。

片刻的沉默后，小结巴转过来，上下打量了一下自家老大，在桌子底下踢了他一脚：“老……老大，实不相瞒，现……现在方……方圆百里之内，你……你最像流……流氓。”

艾佳转过头，卷起袖子，摁了一下小结巴的脑袋：“吃你的饭！生蚝还堵不住你的嘴！”

不过小结巴的几句打岔的时间，陈今阳已经走过去在艾佳旁边坐下了。满屋子烧烤的味道，艾佳愣是从空气之中嗅到了一股淡淡的橘子味……他吸吸鼻子，捏着啤酒瓶的手紧了紧，不动声色地摇晃了下：“你今天采访问题，请场外救援了？”

陈今阳转过头，看了他一眼，然后摇摇头。

艾佳：“真把一百多个英雄四百多个技能背下来了？”

陈今阳点点头。

艾佳："几天？"

陈今阳："三天。"

艾佳沉默半晌，心里由衷地佩服，因为他都不能把其他位置的冷门英雄的技能全部说出来。

震惊之中，他听见在他旁边的陈今阳慢吞吞道："也下了点功夫，没那么简单的，看到你们选完英雄以后，拿本子再复习下对应英雄的技能和基本操作方式就行了。"

确实没那么简单，其实那三天她一个单词都没背，课前听写头一次没拿到满分。

而且至今，陈今阳也只是能看懂他们用什么英雄在干吗，至于哪个英雄克制哪个英雄，打团战的时候谁走位失误，谁又爆炸 carry，她也根本看不懂。

艾佳听她认真的语气，忍不住吊儿郎当地笑起来："啧，那么认真，网吧老板给你发多少薪水啊……"

"不是钱不钱的问题。"陈今阳扭过脑袋看着艾佳，莫名其妙地反问，"你打游戏的时候不也很认真吗？"

艾佳一愣，笑容微微收敛。

"更何况是你让我来的，这比赛不是对你挺重要吗？你这上蹿下跳的，就差把'期待死了'四个字写在脑门上。"陈今阳又说，"我总不能给你搞砸了吧！"

"而且今晚挺开心的。"陈今阳自顾自地说，"以前我都没发现，原来在网吧看人打游戏还挺有气氛。刚才你们赢的时候，我旁边的大哥都快激动哭了，整得我也跟着感动了。"

陈今阳说的都是老实话，她歪着脑袋看着艾佳，只见少年突然举起酒瓶一阵猛灌，然后转过头认真地看着身边的人。过了良久，他伸出舌尖舔舔下唇，目光微沉，再开口说话时嗓音有些沙哑："同学，有话好好说，你干什么一言不合撩我？"

陈今阳一脸嫌弃地往小结巴那边挪了挪。

小结巴："咋……咋了？"

陈今阳："你老大喝多了，我怕他吐我一身。"

小结巴闻言，连忙转过头看了一眼艾佳，然后发现对方的眼睛比下水道里老鼠的眼睛还亮，离"喝多了"起码还有半打啤酒的距离。

小结巴："没……没有啊！"

陈今阳："有啊，都喝出幻觉了。"

小结巴："啥……啥幻觉？"

陈今阳有点说不出口。

旁边艾佳拽着她的胳膊把她从小结巴身边拖回自己旁边的位置，然后淡淡地替她回答了小结巴的问题："我说她不好好说话，非得撩我。"

小结巴转向陈今阳："看……看来是真喝多了。我们老……老大平时还挺正常的，喝……喝多就容易说……说点疯话，见……见笑！"

这天晚上艾佳喝得有点多。

晚上散伙要回去的时候，接近半夜一点半，他脚一踢，旁边十几个酒瓶子哗啦啦倒一地。陈今阳看着靠在沙发上已经烂醉如泥的家伙，用纤细的指尖戳了一下他的脑门："这是谁送谁回去？"

艾佳伸手准确地捉住她的手指，然后还用大拇指指腹在她指尖搓了搓。

陈今阳面无表情地把手指拔出来。

此时旁边能回答她的只剩下一个还勉强拥有清醒意识的网吧老板，只是这会儿他也脸红脖子粗，成了小结巴："要……要不你们在……在VIP包间睡一晚？"

陈今阳想着这么睡一晚上，不说明早脏兮兮怎么去学校，大清早她奶奶起床看不见她，非直接去报警不可。

陈今阳摇摇头，叹了一口气："没事，我叫司机来接吧。"

她说着拎起包，抬头一看艾佳已经靠在门边，扬起下巴看着她，手里拿着一串钥匙："走吧，叫什么司机，司机在这呢！"说完站不稳，往旁边歪了歪。

陈今阳："你喝多了能开车？"

艾佳微微眯起眼上下打量她一圈："为什么不能？就两步路。"

陈今阳见艾佳说得真真的，犹豫了一下，背好包告别了网吧老板和沙发上一众东倒西歪的人，跟着艾佳走出去。

三分钟后。

站在网吧巷子里的一辆自行车跟前，一阵寒风吹过，陈今阳面无表情道："小崽子，老娘真是信了你的邪。"

"你看不上自行车？"艾佳站在她身后很委屈地小声说，"可我只有这个。"

要不是知道后面的人喝醉了，陈今阳已经一巴掌拍死他了。

她转过身，看着站在自己面前的家伙，一米八几，真正的牛高马大，门板似的，这会儿垂着头相当可怜地看着她，像被主人抛弃的阿拉斯加巨型犬——耳朵耷拉在脑门上那种。

陈今阳长长地叹了一口气，心想自己这是作了什么孽："这怎么回去？"

艾佳伸手拍拍自行车后面的座板。

陈今阳：行吧。

十分钟后。

大半夜，空无一人的非机动车道上，一辆自行车上，细胳膊细腿的少女"呼哧""呼哧"地蹬着脚踏车，在她身后自行车座板上，双手放在她腰上的少年背着个女士双肩包，青蛙似的高高抬着腿，才勉强不让自己的脚撑在地上，自行车在车道上拧出了"S"形。

"小崽子你这什么破自行车，光蹬不走的——老娘尿都快蹬出来了！"

空无一人的车道上，彻底放飞自我的陈今阳很不淑女地爆粗口，特后悔今晚没吃两口夜宵，就算胖十斤这会儿也瘦回来了。

艾佳听见她说话的声音，昏昏沉沉地抬起头，脑袋撞在她的背上，她的发丝就在他的鼻子跟前，他嗅了嗅，挺满意。

“蹬不动都是你不够努力，站起来蹬不就完事了？”

听着身后那理直气壮的指责，陈今阳恨不得在路边找个井盖，撬开后把他头朝下塞进去，让他下去冷静冷静……她自顾自专心踩单车，踩着踩着，忽然感觉肩膀上蹭上来一个大脑袋，带着一点点酒味的灼热气息就在她耳边：“累吗？要不我来骑？”

他嗓音低沉，带着一点点笑意。

“我怕你把我带马路牙子上去，没……没听过骑自行车自己把自己磕死的啊？”陈今阳冷酷地说，“脑袋拿开，别和我说话，都喘不上气了！”

肩膀上的重量“嗖”地消失了。

随后陈今阳感觉一条钢铁似的胳膊缠上自己的腰。

她僵了一下，但是也没甩开他，她本来就骑得不稳，不让他扶着还真怕他一脑袋栽地上去。

两人陷入短暂的沉默，一时间只有陈今阳因为踩自行车发出的粗重的喘息声。平日里骑自行车只需要五分钟的路程，这一晚两人磨磨蹭蹭愣是踩了十几分钟，等到了奶奶家院子楼下，抬头看着熟悉的建筑物，陈今阳想哭的心都有了，这一刻她觉得自己简直无所不能！

把自行车停好后，陈今阳一边捶着酸痛的腰一边转身，然后一眼就看见抱臂斜靠在自行车棚栏杆上的小崽子这会儿闭着眼，不知道是不是睡着了。

她上前毫不留情地给了他手背一巴掌：“醒醒，到了，要睡回家睡。”

艾佳睁开眼，借着脑袋顶上的月光，看着面前那张脸——出来的时候陈今阳没有补妆，此时此刻她面容姣好，唇瓣接近自然的肉粉色，唇形是那种哪怕她不笑的时候嘴角也微微翘起的模样，看上去很软的样子。

在艾佳反应过来之前，他已经喷出一股温热的气息，抬手摸了下她的唇。

陈今阳微微瞪大眼，看着面前的少年。他慢吞吞地缩回手，搓了搓，然后认真地点点头，点评：“软。”

陈今阳转身就走。

艾佳站直了，颠儿颠儿地跟在她身后——借着腿长的优势，即使她走得急，他也显得特别从容。他手里还拎着她的小双肩包，盯着前面“噔噔”上楼梯的人的背影，看着她的卷发发梢在腰间跳跃，不紧不慢道：“明早我送你上早读啊？”

陈今阳没吭声。

艾佳想了想，又问：“生气？”

陈今阳还是没理他。

艾佳“哦”了一声：“那就是害羞。”

前面的人猛地停下来，伸手要抢自己的包，艾佳被陈今阳突然的动作吓得一仰，差点四脚朝天摔下去，正好把包举到陈今阳面前，陈今阳眼明手快一把抢过去。

黑暗的楼梯间，陈今阳看着站在几级台阶之下的少年傻乎乎地瞪大眼，一副上当受骗的模样，终于绷不住脸开始笑，笑着笑着抬起脚轻轻踢了他一下：“我回去了。”

艾佳满脑子都是她低低的笑声，心不在焉地“嗯”了一声。

陈今阳转身就要拐进楼道，这时候，她听见身后的人三两步赶上来，一只大手扣住她的手腕。她回过头，看着半个身子隐藏在楼梯间阴影中的少年。

“今晚，特别开心。”艾佳稍稍弯腰，让自己的脸完全露在月光下，他拉扯了一下她的手，“谢谢。”

陈今阳看着他这张难得认真的脸，勾了勾嘴角，还没来得及回答，又听见他说：“按照电视剧的发展，此处应该有女主踮起脚亲吻男主的剧情。”

话音刚落，他的脸就被包砸了一下，包上的金属配件正好磕在他高挺的鼻尖。

艾佳痛呼一声，当场捂着鼻子蹲下去，同时听见她轻描淡写地骂他“小流氓”，掏出钥匙打开门，进屋后迅速关上门。

“啪”的关门声在耳边响起，艾佳在走廊蹲了一会儿，也不知道想到了什么，又低声笑了起来。

他靠着她家门边的那堵墙坐下来，此时月亮从云层后冒出来，月光之下，少年的眼睛明亮，像是喝醉了，又透着半分清醒。

第二天早上七点，艾佳准时站在了陈奶奶家的大门口，敲响了面前的铁门。

面前的门没一会儿就被人从里面打开了，穿着拖鞋的姑娘脑袋上还戴着发夹和发贴，透过门缝看见站在外面的小崽子，她丝毫不惊讶：“干吗你？”

“送你上早读。”艾佳说，“开门。”

“昨晚不是喝醉了吗，胡言乱语记得还挺清楚。我有手有脚的，要你送什么？”

陈今阳嘟囔着，还是打开了门，艾佳抬脚走进去，就闻到了食物的香味。他看了看四周，最后看见餐桌上放着一壶刚打好的豆浆和几根油条，食物的香味就是从那里冒出来的。

除此之外，桌上还放了一碗粥和一碗咸菜，咸菜碗边放着一个 iPad（平板电脑），里面正叽里呱啦地播放着“鸟语”，艾佳绕过去伸脑袋看了一眼：乖乖，某人正在看英语新闻。

等陈今阳重新坐到桌子边，艾佳也挨着她坐下来：“陈奶奶呢？”

“买完早餐放下就去买菜顺便溜达了。”陈今阳看了艾佳一眼，然后拿了个杯子给他倒了杯热腾腾的豆浆，“你头不疼啊？”

艾佳摇摇头：“不疼。”

陈今阳“哦”了一声，又递给他一根油条，自己捏着另外一根咬了一口——早晨刚炸出来的油条还很香脆，在她齿间发出“咔嚓”一声脆响，金色的表皮碎屑有一点沾在她唇瓣上，她咬了下唇，将碎屑抿掉，除此之外没有发出一点咀嚼的声音。

艾佳捏着那根还热腾腾的油条有些出神，直到陈今阳吃完小半根油条，他才慢慢缓过神来，在桌子底下踢了她一脚：“哎！”

陈今阳转过头面无表情地看着他。

艾佳指指 iPad 里正在播放的新闻，说：“给你学生下马威呢，一副当真听得懂的样子，人家说什么了？”

陈今阳没吱声，放下油条拍拍手，然后侧耳倾听了一会儿，等新闻说了一大段英文，终于停下来开始播放画面，她才慢吞吞地开口：“伊朗新总统鲁哈尼在上任后，一改前任内贾德的强硬姿态，提倡用和平的方式来解决伊朗与外界的矛盾……今年九月的联合国大会后，他与美国总统奥巴马进行历史性的电话会谈，就伊朗核问题进行沟通……”

在艾佳震惊的目光中，陈今阳终于停了下来，转过头看着他，挑挑眉：“就说这些。能继续吃早餐了吗？”

艾佳：“您请用。”

陈今阳见艾佳一副“大佬您有话好好说”的模样，终于忍不住白了他一眼：“你怕不是个傻子，没事找事呢，我要是瞎掰，你能知道我是不是瞎掰的啊？”

艾佳愣了一下，然后才反应慢半拍地发现：她说得也是啊！

他顿时捶胸顿足，认为自己被欺骗感情，奈何面前的女人却丝毫没有愧疚感地继续喝豆浆、吃油条，在他试图反抗的时候还冷嘲热讽：“是我让你这么傻的吗？”

艾佳这时候才意识到，搞不好，还真是。

他在陈今阳面前，智商经常习惯性下线。

早餐之后，陈今阳转身进房间拆了发贴和发夹，换好衬衫、牛仔裤，拿起放了厚重课本和一大沓试卷的包。艾佳耐心地等着，看着她往包里塞各种东西，最后终于忍无可忍，阻止了她试图继续往里塞一本厚重辞典的举动。

“你包都要炸了！”

艾佳跟在陈今阳屁股后面下楼，从停车棚里推出了他的那辆自行车。

陈今阳回想起昨天晚上的情形，对自行车生出了一种恐惧感。

艾佳推着车来到陈今阳面前，问：“怎么了？”

陈今阳：“我有点想走路去。”

艾佳看了下表：“七点四十了小姐，你走过去铁定迟到。”

陈今阳：“我今天得了自行车过敏症，哎，别拉我！”

最后，陈今阳被艾佳强行拎上自行车后座。和她昨晚累死累活地蹬自行车才往前移动一厘米的情形完全不同，少年长腿一跨坐上单车，脚一蹬，车瞬间往前蹿出一两米远！

陈今阳在车上摇晃了一下，脑袋撞到少年的结实背部，“嗷”了一声，揉揉脑袋，鼻息之间是他衣服上残留的洗衣液香味儿。

陈今阳从包里掏出耳机戴上，前面骑车的少年听见她翻包的动静，回过头看她一脸淡定地戴上耳机，于是心头一动：“听什么啊？我也要，分我，分我一半！”

陈今阳抬起手把耳机塞进他的耳朵里。

“We hold these truths to be self-evident，that all men are created equal，that…”

艾佳：“什么东西啊？”

陈今阳面无表情：“奥巴马就职演讲，泛听训练材料。”

艾佳：“拿走，辣耳朵。”

艾佳：“你天天早上这么搞，不累啊？”

陈今阳：“你当我期末成绩单上的成绩是大风刮来的啊？”

她抬起手拍了下他的背：“打游戏比赛之前你还知道要训练，想要爬得高，不努力怎么行？”

“你别见缝插针给我用‘毒鸡汤’洗脑，世界上还有小结巴那种中文都说不利索的人，我比他好多了！”

在少年看不见的角度，陈今阳嘴角微微翘起，又伸手把挂在少年耳朵上的耳机取下来。

院子里的桂花开了，初秋时节，金色的小花沐浴在金色的阳光之中。

又是一个好天气。

艾佳一路将陈今阳送到外语学院门口，大清早的，学院门口的学生还挺多的，骑自行车的倒只有他们俩，于是他们吸引了不少目光。

“怎么是他啊？”

“那个艾佳，怎么和陈今阳混一块了？”

“他俩不会在谈恋爱吧！”

“颜值还是配的。”

“‘年下’（指恋爱双方中男性年龄较小）啊？”

“我觉得更像《小姐与流浪汉》，迪士尼动画里面那个。”

周围的窃窃私语之中，艾佳“嘎吱”停下自行车，目光冷漠地扫了一眼那些个窃窃私语的人。被那冰冷的视线一扫，他们缩缩脖子，如鸟兽散去。

回过头，看着陈今阳稍微一跳从他自行车后座跳下来，他这才发现她手上拿着耳机线，她不知道什么时候已经把耳机取下来了。

艾佳一只脚踩在地上，另外一只脚踩在自行车脚踏板上，半天没憋出一句话。

此时，外语学院里，早读的第一道铃声响起，少年觉得自己仿佛得到了救赎，眨眨眼，清了清嗓子，说：“你进去吧，我这还有……”

之后一个“事”字还没来得及说出口，只见陈今阳在外套口袋里掏了掏，然后打断他道：“伸手。”

艾佳伸出手，然后一个还带着少女掌心余温，巴掌大小的，装着琥珀色黏稠物的小玻璃罐落入他的掌心。

艾佳：“什么东西啊？”

少年举起那琥珀色的东西，对准了阳光，看了半天，最后又被一把夺走，陈今阳将小罐子正面翻过来给他看，上面写着硕大的四个字：蜂蜜试吃。

“到网吧叫网吧老板弄点儿温水冲开给你喝了。”陈今阳把罐子塞回给他，“以后少喝酒，年纪轻轻尽作死……行了，滚吧。”

艾佳一下子没反应过来，陈今阳背好包抬起头又看了他一眼，目光在他脸上扫了下，然后真情实感道：“你表情好恶心，能不能收敛一下啊？”

艾佳眼神变得坚硬一点，然后成功地恢复成了那张凶神恶煞的脸。

陈今阳满意了，跟他挥挥手，转身迈开步子，在艾佳的目送中走进学院。

陈今阳自顾自地走路，完全无视周围人投过来的目光，没一会儿，身后赶上来两三个女生，其中一个用肩膀撞了下陈今阳，压低了声音：“可以啊，学神大人，那个是艾佳吗？”

陈今阳转过头，发现是隔壁班的女生，手里拎着个煎饼果子，估计是刚出来买早餐的。

“你怎么跟艾佳混一起了？”另外一个女生出现在她另一边，说，“我刚才可在学院门口看见老徐（精读课老师兼系主任）了啊，她看见你和艾佳在一起，脸都绿了——那个艾佳，你不是T大附中的不知道，他高中的时候就名声在外了，啧啧……”

她停顿了一下，又说：“虽然帅是蛮帅的。”

另一个女生伸手拍了那个女生一下：“发什么春……哎，陈今阳，我刚才可是听见老徐拉了个人打听你们班今天的课表了，嘻嘻嘻，你等着她找你谈心吧！”

两个女生说着，幸灾乐祸地笑成一团。

平日里陈今阳独来独往，不怎么愿意搭理人，但是因为话少，所以同时也不怎么得罪人，学习好、长得漂亮的学霸总是受欢迎的，所以有机会和她说话，旁边的人也愿意往上凑。

而此时，陈今阳闻言，稍稍皱眉撩了下头发：“又不是高中生，我和谁一起来上学还要管吗？老徐是不是太闲了啊？”

“谁知道呢，你可是老徐眼中的重点保护对象，形象好、气质佳、实力强，我听说她都准备给你安排CATTI（全国翻译专业资格考试）的二级考试了……”

陈今阳闻言挑眉，考那玩意干吗？

“那玩意读硕士翻译专业才要的吧，我都没想好以后……”

“那她也不乐意看见你和艾佳天天混一起。和他那种人能学什么好啊，整天就知道打游戏。我听说昨晚他们有个什么比赛，搞到凌晨才回去……然后跟他一个宿舍的翻墙又被他们的系主任抓了，估计又要写检讨书挂墙头。”

听着隔壁班的两个小姑娘一顿数落，陈今阳心中没来由地一阵烦躁，扔下一句“我愿意和谁玩和谁玩”，紧接着迈开步子匆忙往教室走去，留下隔壁班两个女生站在原地，有些惊讶地大眼瞪小眼。

陈今阳一口气冲到教室，刚坐下，手机就振动了，低头一看，是微信。

老六：“大清早的，业务繁忙啊，恋爱了啊？”

陈今阳：“忙得和陀螺似的，和谁恋去！”

陈今阳一边说着一边摁亮了手机屏幕。

小崽子：到教室了？

身上那暴躁气息收敛了一点儿，陈今阳勾了勾嘴角，又迅速放平。

陈小姑娘：不然还能去哪？

小崽子：被绑架。

陈小姑娘：你怎么和我奶奶一样？

小崽子：刚才那俩女的跟你说我什么？

陈小姑娘：这你都知道，顺风耳啊？

小崽子：你让她别边说话边回头看着我笑。

陈小姑娘：……

小崽子：说我什么？

陈小姑娘：长得帅呗。

小崽子：当我三岁小孩吗？

陈小姑娘：T 大附中出名，是吧？

小崽子：……

陈小姑娘：就说这些。玻璃心还不学好，好好学习整个国家奖学金，还怕什么人家说你坏话？滚蛋。

小崽子：……

小崽子：哼！

中午下课的时候，陈今阳和小闺密童谣约好了一起去图书市场买参考书和卷子。

下午第二节课一下课，陈今阳收了包就急匆匆地跑路了，一路做贼似的杀出外语学院，生怕被老徐抓住了进行一番素质教育——从小到大，好学生、乖乖女形象的她还没像今天这么怕过老师。

到隔壁 T 大附中门口时是下午六点，中学生也刚下课，小鸟似的扑着翅膀从学校里跑出来。陈今阳看着一群穿着丑得要死的红白相间校服的小姑娘，个个齐耳短发，一脸青春，下意识转过身，在金属学校牌匾上照了照自己——

牛仔裤、衬衫，外加一件卫衣外套，长卷发散落在肩头，口红红艳，颜色正好。

陈今阳都想管自己叫阿姨。

她正纳闷自己也没比人家大几岁，怎么就成这样了，这时候后背就被拍了一下，回头一看，是自家小闺密来了，也是齐耳的短发、丑陋的校服，只到她肩膀的身高……

童谣大概是下了课怕陈今阳久等一路跑来的，此时那张白皙的小脸上还有淡淡的红晕，一双眼睛十分亮明。

陈今阳："沉重的课业为什么没有让你的眼神变得麻木又灰暗？"

童谣翻了个白眼。

陈今阳："青春无敌的样子真讨厌。"

童谣："看你嫉妒得脸都扭曲了。"

陈今阳面不改色："下次和我见面不许穿校服，又丑又青春，站你旁边我跟你妈似的，令人心生不快。"

陈今阳一边说着一边伸手拍了下童谣的肩，两人并肩往外走。图书市场就在T大附中旁边，出了校门过个马路，再拐个弯就到。这时候学生都去吃饭了，里面人不是很多，陈今阳给童谣挑拣了几本自己上高中时用过的参考书，然后就跑去初中部那边找初一的英语卷子去了。

童谣跟着凑过去："你选好，我还能给隔壁简某人也带一套。"

童谣家隔壁住的那小子跟她同年级，在她隔壁班。陈今阳抬起头看了一眼童谣："这世界上的男人，难道都是只会打游戏的傻子？"

童谣冷笑一声，一切尽在不言中。

陈今阳低下头继续挑挑拣拣，每拿起来一本，翻两下就放下，挑到后面童谣都看不下去了："你别选了，你那英语水平看这些卷子当然觉得简单到不适合正常智商的高中学……"

"不是，我是觉得这些都太难。"陈今阳放下卷子，"小学参考书类在哪儿？要不我们去那边看看？"

两人正说话，忽然从书架后面传来一个不耐烦的少年声："我说你挑挑拣拣到什么时候？一会儿我还有事呢，你赶紧挑完了结账走人……说带你去吃好吃的不干，非要买什么参考书，人家小姑娘都是要娃娃、要口红、要擦脸的面霜，哪有你这样的？"

陈今阳抬起头和童谣对视一眼，不约而同地在对方眼中看见震惊：哪来的渣男？

陈今阳听着这声音还有点耳熟，绕过书架子就看见了一个熟悉面孔，对方穿着破洞牛仔裤、牛仔外套，顶着一头嚣张的黄毛，一脸不耐烦地站在那儿。在他跟前，初二理科参考书架前，是一个穿T大附中初中部校服的小姑娘，这会儿她憋红了脸，抬起手不自然地摸了一下头发上都带着锈迹的发卡，小声道："你能不能小点儿声？你问我想要什么的，我不想要娃娃、口红和面霜，我就想要参考书。"

黄毛啐了声，一脸不爽："我辛辛苦苦挣那点钱就给你买这些没用的东西。"

小姑娘脸上露出不高兴的表情。

黄毛见她不高兴了，停顿了一下，翻了个白眼："行行行，好好好，买买买，买八套，数理化、史地生、语文、英语各来一套。"

"不用。"那小姑娘小声道，"我就挑两套同学说好用的就行，买那么多干吗，贵得很。"

"几套书能有多贵，能别抠抠搜搜的吗？你哥我签了正式职业合同以后就有钱了，以后你想买天天都能买……哎你快点，一会儿我还要去训练。"

陈今阳：居然，是仙洋。

此时，陈今阳正藏在书架后面看一个不良少年如何被妹妹征服的过程，这时候感觉到自己胸前一个毛茸茸的脑袋拱了拱，随即一个疑惑的声音响起："这小姑娘怎么从垃圾桶里找男朋友？"

话音刚落，童谣脑门子上就被拍了拍，她吃痛地捂住了头。

"什么男朋友，是他妹妹。"陈今阳"啧啧"两声，转头没去打扰人家兄妹，"是我奶奶家隔壁那个小崽子打《征战联盟》职业联赛的战队队友。"

童谣瞪圆了眼："哇，你家隔壁小崽子打职业啊？"

陈今阳看了她一眼，"嗯"了一声："叫艾佳，你认识不？"

童谣的眼从圆变成了牛铃铛："艾佳？！你家隔壁小崽子是艾佳？！"

童谣："等等！那你的英语试卷……"

陈今阳无言地看着她。

童谣："妈妈！艾佳要学英语！那个艾佳！我现在就想拿着个喇叭在学校操场上跑两圈，一边跑一边播放这个八卦……我们英语老师估计今晚要睡不着觉！"

陈今阳："看来你不仅认识他，还认识得挺深刻……"

"是咯。"童谣淡定地点点头，"数理化生的学神，语英政史地的学渣，打架届的扛把子，政教处的VIP。"

陈今阳觉得有点窒息。

童谣用手肘捅了捅陈今阳："给我要个签名呗，数学一直卡在一百一十分死活上不去，我把艾佳名字贴数学书上，看看能不能开个光……"

陈今阳："能别像个傻子似的吗？"

童谣："你这种女学神，不就爱我这样的小傻子？别装……看看看，还巴巴给人买初中英语试卷，啧啧啧。"

买完参考书走出来，陈今阳把童谣送回学校上晚自习。

目送小朋友乖乖往回走，陈今阳心生感慨：都是小孩，怎么差那么远！

她掏出手机给小崽子打了个电话，电话响了两声被人接起来，她"喂"了一声，问艾佳在哪。

“网吧。”电话那头艾佳说，“一会儿网吧老板拿合同过来给我们，我拿了合同去吃饭，然后上晚自习……你吃了吗？”

陈今阳低头看了一眼手里拎着的试卷：“没有，下课就给你买东西去了。”

“给我买东西？”电话那头声音变高了点，“那你过来，一会儿一起吃啊！”

陈今阳应声挂了电话。

她五分钟后走到网吧，这才发现艾佳他们全队都到了，包括仙洋——这会儿黄毛看着有些坐立不安，倒是艾佳坐在电脑前面在调整英雄符文。

听见小结巴跟陈今阳打招呼，他站了起来，转过身，脸上有一点点压制不住的期待：“给我的东西呢？”

陈今阳把一沓初中英语试卷扔给他，他拆开塑料袋低头看了一眼，看见“中学生英语单元测试（初一上）”几个大字，如同一朵迅速怒放然后瞬间凋谢的花，愤怒道：“你就给我买这个？！”

小结巴凑过来看了一眼他手里的塑料袋，开始狂笑。

陈今阳不忍心了：“那我一会儿再给你买根棒棒糖？”

艾佳不理她，转身举起了手里的试卷，想顺手扔开，想想又觉得好像哪里不对，回过头看了一眼陈今阳，最后还是老老实实塞回自己的背包里：“我下周买键盘，你别跟我妈告状。”

陈今阳想了想：“那你从下周开始一天写一张试卷？”

旁边小结巴笑得更大声了，艾佳嘴角抽搐了一下，正想骂人，这个时候，忽然从外面热热闹闹走进来几个人，艾佳定睛一看，发现居然是LED战队那几个人，除了之前那个中单之外，剩下的四个人都在。

艾佳停顿了一下，脸上的轻松稍稍收敛，他面无表情的时候还挺吓人的……这会儿瞥了一眼正笑吟吟走进来的四个人，他扔了手里的书包，冷漠地坐回原本的位置。

陈今阳站在原地没动弹，伸脑袋看到了跟在那四个人身后满脸郁闷的网吧老板。

她正纳闷这是什么情况，忽然感觉一道目光在自己的身上扫了下，下意识地回过头，对上艾佳有些淡漠的眼神。

“过来。”他言简意赅道。

陈今阳见他脸色不好，猜他是看到LED战队这几个人烦的，此时也不跟他争论他没大没小这个问题，“嗒嗒”地往他那边靠了靠，才贴过去，就被拽着手腕直接拉到了椅子后面。

“你们来干什么？”

艾佳坐在椅子上问LED战队的ADC。

那个ADC吊儿郎当地笑了笑：“别这么不友善嘛，一会儿就知道了啊……哎，美女，你怎么也在这儿啊？T大的学生吗？”

陈今阳看着他，没搭话，在椅子扶手后面拧了艾佳一把。艾佳“哎”了一声，眉毛皱起来了，等所有人都看向他，他停顿了一下，反应慢了一拍似的站起来，那门板似的身子挡在陈今阳前面，盯着那个 ADC 皱眉道：“你有病吧，谁在不在这跟你有关系？少说不三不四的话招人烦……”

“哟，你挺牛啊？”

“就牛怎么了？”艾佳脸上露出不耐烦的表情，直接伸手推了那个 ADC 一把，“撒泼也不看看谁的地盘！”

那个 ADC 被他推得一个踉跄，撞得后面的椅子发出“嘎吱”一声巨响，他身后三个人一下子围了上来！

此时气氛有些紧张，正好这时候网吧老板上来劝住双方：“别别别，有话好好说，都坐下，都坐下，以后大家都还要相处的！”

此时场面有点儿混乱，网吧老板这话谁也没往心里去，艾佳还踹了一脚椅子，骂了句“谁要和他们相处”，完了用力拖过另外一把椅子大摇大摆地坐下，催促老板快点把合同拿来，一会儿他还有事。

陈今阳站在他身后没说话，只是看着网吧老板往外掏了几份已经写好对应名字的合同，分给在场的所有人。艾佳那份到手上，和之前对方承诺的没太大区别，每个月两千块钱，加直播保底八百块，粉丝送的直播间礼物和平台五五分。

艾佳粗略扫了一眼合同，也不着急签字，收进包里，站起来，顺便拽了一把陈今阳，正想说“没事我先走了”，这时候就看见网吧老板往 LED 战队那些人手里也每人塞了一份合同。

他微微一愣，停下要往外走的步子，刚站稳，就听见身后仙洋用特别干涩的嗓音问：“怎么是我打替补？一个月才一千块？”

艾佳猛地转过身看向仙洋，这才发现此时仙洋、小结巴、阿鱼，还有筷子脸上的表情都不太好看，仙洋的脸色尤其差，简直可以用惨白来形容。

小结巴捏着那合同站起来：“替……替补就算了，一千块，打……打发要饭的啊？”

小结巴语落，旁边 LED 战队那些人开始笑。艾佳的火气一下子就蹿上来了，他直接用手中的包砸了一下距离他最近的那个人：“你笑什么？”

“你有病吧？”那人一愣，脸上的笑容收敛起来，抬起头看见站在自己面前凶神恶煞的人，又不敢跟他正面冲突，只能嘴硬骂骂咧咧道，“我们俱乐部给的钱买的你们战队甲级联赛名额，你在这儿嚷嚷什么！有本事你让悲鱼俱乐部别卖啊！”

“带你们几个打替补还给了个中单首发位置，不错了……”一直没说话的龙神皱起眉，“别惹事啊，以后还一起打比赛——”

“谁要和你们一起打比赛，我……”艾佳瞬间提高了声音，算是整明白了怎么回事。按照规定，只要是打过甲级联赛或者顶级职业联赛的职业选手，是不允许去打 BGA 的。

所以无论是甲级联赛还是顶级职业联赛，战队一旦保级失败，面临降级，有钱一点的俱乐部就会跑去直接把升上来的那个队伍整支队买过来，然后换个战队名字，把原来降级的战队队员原封不动放回去，到下个赛季，就用新战队的名字继续在联赛打比赛。

电竞圈子内，经常有队伍打上甲级联赛或者职业联赛，结果新赛季一开赛，整个队伍五个位置全部换人的情况。对这种现象，圈内还有个戏称，叫“秽土转生”（日本动漫《火影忍者》中的一种禁术，该术可将早已死亡的忍者灵魂召唤回人世，并以实体的形式复活）。

此时现场安静了几秒。

艾佳猛地转过头去，死死地瞪着网吧老板。网吧老板一脸歉意：“对不起啊，我真的不知道会这样，都是俱乐部管理层做的决定，我也没想到，今天去拿合同的时候就已经这样了……”

艾佳怒骂一声，网吧老板一下子噎住似的住了嘴。

此时，仙洋几个人已经可以用面无血色来形容，看上去受到的打击特别大。

“你们要不要脸了还？！”艾佳一把将已经揣包里的合同扔地上，“老子只认悲鱼战队的四个队友！闹了半天这俱乐部就是拿我们拼来的甲级联赛名额卖钱的，把我们当猴耍啊？！滚！”

艾佳的嗓门够大，这会儿整个网吧上网的人都纷纷看了过来，有些人还摘下耳机站起来，伸着脑袋往这边看：“怎么啦？”

“怎么吵起来了？”

“那不是佳哥吗？怎么，对悲鱼俱乐部开的合同不满意？”

“LED 战队那些人在这儿干啥啊？”

在众人乱七八糟的猜测声中，网吧老板尴尬地对那些人挥舞着手说：“没事没事，你们继续上网！没事啊！”一边说着又想来拉艾佳的手，想让他冷静一下。

然而这会儿艾佳正在气头上，就像是准备喷发的火山似的，哪可能听他三言两语就消火，冷着脸一把甩开他的手。网吧老板只能尴尬地缩了缩脖子，往后退了两步。T 大附中附近谁不知道，这个艾佳虽然平常挺好说话的，但是生起气来也是野狗一样，拉都拉不住。

现场气氛有些凝固，LED 战队那几个也是血气方刚的年轻人，尤其那个 ADC 打职业之前也是在社会上闲散了两年的，刚才看艾佳那副样子还有些怯，这会儿看了看周围，忽然意识到自己好像被人家骑头上来了，于是道：“你有病啊，不就一个破合同吗，在这儿叫什么？他们的合同跟你有什么关系？”他啐了一口，“拿好你自己的合同滚蛋就完事了，还在这儿嚷嚷什么？”

“砰”的一声，伴随着一声惨叫，说话的人猝不及防被艾佳推倒，直接撞到身后没有人的座位，椅子翻了，键盘掉了，整个电脑液晶屏砸到地上摔了个粉碎！那人倒在一堆乱七八糟的东西旁边，半天起不来，周围的人都傻眼了！

网吧老板哀号一声“你们这时候干什么哦”，等到LED战队的人反应过来要往上扑时，仙洋他们也动了，三两下把他们拉住，不让他们碰到艾佳。

艾佳正在气头上，还想冲上去，这时候衣服下摆却被人从后面一把抓住，不大的力道，却执着地将他往后拽了拽。艾佳红着眼暴怒地回过头，然后猛地对上一双明亮沉静的眼，他愣了愣。

“之前人家说你是小混混你还不高兴，你找个镜子看看你现在和小混混有什么区别！合同的事是你把他们揍一顿就能解决的？”陈今阳面无表情道，“那不够，我建议你把他们的手给砍了。”

陈今阳的话把那些人吓得面色发白。

话虽然这么说，但如果他们稍微注意一下就会发现，她死死地拽着艾佳的衣服下摆，可一点儿没有要撒手的意思。

此时此刻，陈今阳特有的清冷外带一丝丝嘲讽的嗓音，让艾佳快被怒火烧沸腾的脑子稍微冷静下来。他转过身，冷冷地瞥了一眼LED战队的所有人，那冰冷又凌厉的眼神看得在场所有人都觉得自己好像被掐住了喉咙一般，只剩下窒息。

现场一片死寂，连一根针掉在地上都能听见。陈今阳这才放开艾佳，将他刚才扔地上的合同捡起来，在旁边的桌子上整了整，重新递到他手边。

见他不肯接，她还推了推。

在众人的注视中，艾佳这才慢吞吞接过合同，看了一眼，只觉得上面每一个字都好像变成了黑洞洞的大嘴，发出扭曲的嘲笑。

“有话好好说。”陈今阳的声音在他耳边响起，“冷静一点。”

艾佳捏紧了手里的合同，然后将十几页零零散散的合同举起来，最后在众人的目瞪口呆之中，一把将合同天女散花般扔到LED队员的脸上，声音仿佛能结出冰霜：“行，那就这么着，我不打了……啧，真的脏。”

说完，他冷着脸一把拽过陈今阳，以几乎把她手腕拧断的力道将她往门口拽！

陈今阳被他拽得踉跄了一下，回头看了一眼地上破碎的显示屏，急急忙忙从包里抽出一千多块钱扔桌子上，还没来得及放稳又被拽了一把。

几张粉色的钞票掉在地上，和那些散落一地的白色合同纸堆叠在一起。

在周围人的沉默中，两人一边拉扯着越走越远，一边争论：“你还给钱！你是不是有病？！”

“你打碎东西了能不赔钱？哪有你这样霸道的！这钱你记得还给我，自己的锅自己背！”

“你掏完钱还让我买单！我财神下凡还是你财神下凡？那屏幕买来最多八百，你放了几千块？！”

“不知道，一千五吧……问题是你迁怒人家网吧老板干什么，人家也不想的。”

“话多！”

网吧里，只剩下一地狼藉，众人尴尬地站在原地，最后，小结巴摇摇头叹了口气，也放下手中的合同，一边往外走一边慢吞吞道："也……也不都是为……为了钱才打……打比赛，搞成这样，就……就没意思了。"

走出网吧后，陈今阳没再说艾佳什么，转身去小卖部给他买了根棒棒糖，塞进他手里，叮嘱了一声"你别又转头回去打架啊"就扭头走了。

艾佳捏着棒棒糖站在原地，看着她潇洒离去的背影，愣了一下："你怎么不安慰我一下？"

陈今阳听他声音委屈巴巴的，回过头看了他一眼："我不会安慰人，这时候难道你不想一个人静静吗？"

艾佳点点头："有点想。"

陈今阳："那去吧。"

晚自习的时间，陈今阳从学生会办公室画完海报出来，正好是晚自习第一节课上课没多久，她犹豫了一下，溜达到隔壁水利土木工程学院去看了一眼，找了四五个教室后，看见了猫在最后一排弯腰玩手机的小崽子。他还穿着下午那身衣服，脸上也没有打架闹出来的新伤。

陈今阳松了一口气，满意地转身离开，走出人家学院门老远才反应过来：我这是在干吗？

意识到自己完全是操碎了心的养儿子状态，她觉得自己不能这样。说实在的，她最近和这个小崽子好像走得太近了。

陈今阳有些烦躁，于是戴上耳机。

"Today's edition of CNN 10 begins by explaining why a dinner gathering in North Korea is...（今天的美国有线电视新闻网第 10 期内容，首先解释了为什么在朝鲜的晚餐聚会是……）"

夜晚空旷的校园里，少女跟读英语阅读材料的阅读声成了唯一的声音，偶尔有所停顿或者语速凌乱，她也会跟着停下脚步，懊恼地按下暂停，然后回播一段，重新来过。

走走停停之间，她之前有些浮躁的心思终于安宁下来。

走出校园，在回去上晚自习、去图书馆，还是回家间犹豫了几秒，陈今阳意识到继续在学校里瞎晃搞不好会碰到下班回家的老徐，于是选择脚底抹油，溜回家了。

这一晚陈今阳房间的窗户开着。

不过到半夜也没有听见熟悉的自行车铃声或者隔壁开门关门的声音。

她半夜一点睡醒来上厕所时，迷迷糊糊看见手机里有一条未读短信。

小崽子：和小结巴他们在学校门口吃烧烤，你来不？

小崽子：如果你已经睡了，且第二天早上才看到本条短信，请直接无视。

短信发送于一个小时前。陈今阳打了个呵欠，选择无视。

与此同时。

学校烧烤摊前，一张脏兮兮的小桌子旁，艾佳、阿鱼、小结巴、仙洋、筷子，还有网吧老板围坐在一起吃烧烤。网吧老板请客，用的是今天陈今阳给的那一千多块钱。

此时，几个人脚边放着整整两箱啤酒，已经喝空了一半……桌子上的食物有些冷了，却没动几口，坐在桌子边的人都有些喝高了。

“我说，你们叫了吃的赶紧吃，别以为真是浪费老板的，那屏幕是我出的钱。”拎着一瓶啤酒的艾佳说，“我要还女财神的！”

“你有什么委屈的！打碎屏幕的不是你吗？”

网吧老板丝毫没有同情心地嘲笑道，这让桌子周围其他人都“嘎嘎”笑了起来。仙洋也跟着笑，很快，笑容又在脸上消失得无影无踪。他举起酒瓶子不要命似的猛喝了半瓶，然后像是呛着了开始剧烈咳嗽。

小结巴伸手拍他的背。

仙洋俯着身，呛得鼻涕和眼泪一起往外流：“你们知道我今天多糗吗？我还跟我妹说，以后我打职业了，有的是钱！”

仙洋一阵猛咳，抬起头拽过纸巾，把鼻涕止住了，只是忘记擦眼睛，于是眼泪还在往外淌，淌得满脸都是。

“我是真的丢人，这辈子……呃。”

他打了个嗝。

“兄弟，你这一辈子还长着，现在说这话……”网吧老板伸手揽过他的肩膀，“说……说句实在话，悲鱼俱乐部这次这么搞，我也十分看不上。那个合同你们还签不签？”

桌子边，七零八落的“不签”已经响起来。

网吧老板笑了，拍拍仙洋的肩膀：“做这行这么多年，我能搞到BGA总决赛的举办权，在圈子里还有些人脉，你放心，你们不签合同就是自由人，只要你们还想打职业，我……我肯定给你们在甲级联赛找到个能继续打的地方！”

老板把自己的胸拍得“砰砰”响。

仙洋笑了一下，抹了把眼泪，然后拿起一串冷掉的牛肉，咬了一口，味同嚼蜡，食不知味……他举起手臂：“老板，肉冷了，给热热啊！”

烧烤摊老板应了一声，收拾着准备过来给他们热串儿。

一阵热闹之中，小结巴忽然说：“可……可是，我觉得吧，不不……不和你们打，没……没啥意思。”

“你和佳哥，重点大学学生，就滚回去读书得了。”筷子喝了口酒，“别让那些人，用这千把块钱埋汰你们……艾佳之前说得对，是，脏得很！”

“我们不脏。”小结巴纠正，“是……是他们！”

筷子和阿鱼一起笑了起来。

“唉，这样随便就‘秽土转生’，以后谁还愿意好好打低级联赛……”

“谁知道呢，这世上，哪能什么事都有人来回答个为什么。”

片刻沉默之后，网吧老板则当着仙洋的面儿，给他联系了几个甲级联赛战队的经理，甚至是顶级职业联赛战队的青训负责人。难为这大半夜的，电竞这行从上到下全是夜猫子，居然真被他找到几个立刻就回应的。那“叮叮咚咚”QQ 的消息提示，让人听着心情愉悦。

而从头到尾，艾佳都没有说话。他低着头在摆弄自己的手机，点进一个程序又心不在焉地退出来，点进去又退出来。

等话题岔开，小结巴又说起了以前他们训练时搞笑的事：“刚……刚开始一起打比赛，筷……筷子天天让我去……去游走！”

“你光吃经验不干活，垫刀（辅助帮助 ADC 压低兵线的血量）都不帮我垫，我这是客气叫你去游走，换了不是队友的，我已经在游戏里表演‘一秒五喷’了！”

“那你就叫他来上路？我不要过日子的啊？”

“哎你别说，有一次小结巴和筷子吵架，训练赛开局就在上路，还帮你拿了几个击杀，哈哈哈哈哈哈哈，对面人都给你们打蒙了……游戏结束的时候还在公共聊天框打字：‘你们队，打上双？’”

仙洋回忆着，自己开始笑，然后桌子边的人也跟着笑。仙洋笑着笑着，身子一歪撞到旁边的艾佳，艾佳抬起头，伸手扶正他：“真去甲级联赛以后，好好打啊，别当 BGA 第一孤僧，要当，就先当个甲级联赛的……别丢我们 SADFISH 的面子。”

“嘻嘻嘻。”仙洋笑着说，“没有你偷吃我的野区怪，逼我做‘绝食型打野’，我肯定比现在强！”

艾佳哧哧笑：“臭不要脸。”

然后话题就岔开了，之后越扯越远，都不知道扯到哪去了。

六个人坐在那张油腻腻的小破桌子跟前，天南海北瞎吹牛，吹到天蒙蒙亮，扫大街的都出来了。

他们喝醉了又醒，醒了又醉。最后六个人肩并肩，并排在路边小草丛里撒了泡尿，尿完了神清气爽。

小结巴：“宿……宿舍开门了，我……我回宿舍了啊！”

筷子：“我也回去了，电话十几个未接，谢苗又该发飙了。”

阿鱼：“早餐铺开门了吧，我去吃碗馄饨，一肚子酒没法睡，谁一起啊？”

仙洋：“我啊我啊，顺便给我妹带一碗，免得她又在学校门口买糯米饭，那玩意一点不消化！”

网吧老板：“哦，那我也回去了。”

大家说完分别提上裤子准备离开，整齐的队形瞬间松散，或形影单只，或勾肩搭背，摇摇晃晃，向着不同的方向走去。

他们分开的时候还嘻嘻哈哈地说“再见”，今后在街上、在教室，或者在网吧，确实还会再次遇到，但是艾佳知道，从这一刻起，他们再一次肩并肩坐在赛场上，为了一个目标拼搏奋斗，彼此欢呼、拥抱的日子……以后大概是不会有了。

天下没有不散的筵席，SADFISH 还在，也已经不在了。

陈今阳叼着个面包坐在门口穿鞋的时候，正好和双手插兜上楼的艾佳打了个照面，目光相对的一瞬间，颇有些“狭路相逢勇者胜”的味道。

除此之外，艾佳还有一种彻夜不归被他妈抓到的感觉。

陈今阳挑起眉摘下耳机：“你下了晚自习一晚上没回家？”

果然有这句话。艾佳翻了翻白眼，“嗯”了一声算是回答，然后也不着急进门，就往旁边一站，靠在墙边低头看陈今阳穿鞋，等她穿好鞋站起来，目光又在她脸上转了一圈，一副欲言又止的样子，搞得她忽然有点紧张。

然而就在这时候，艾佳他们家的门“嘎吱”一声被人从里面拉开了，艾佳一抬头，这回遇见的真的是自己的妈。

艾佳妈背着包走出来，看样子正要去 T 大附中负责学生早自习，刚关上门一转身就看见自家儿子身上穿的还是昨天出门那身衣服，黑眼圈重得像是熊猫，头发凌乱，下巴上胡子也没打理，于是问：“你昨晚一晚上没回来？”

艾佳咧了下嘴：“你是今早第二个这么问我的人。”

艾佳妈听着这话，本来就山雨欲来，这下子直接变妖风大作，上来就拍了艾佳的胳膊一巴掌：“你看看你！像什么样子！考上大学也吊儿郎当不好好学习，尽糟蹋自己那点儿小聪明……”

艾佳“哎”了一声，往屋里躲，他妈朝着他的背又是“啪啪”两巴掌：“彻夜不归！通宵上网！搞得自己人不人、鬼不鬼！看看，看看你的黑眼圈和胡子，像清朝那些抽鸦片的鸦片鬼！”

陈今阳听着那清脆的响声，感觉自己的背都跟着疼了。

“行了行了啊！”艾佳扒着门，嗓音因为一夜没睡有些沙哑，“人家隔壁小姐姐看着呢，你怎么都不给我留点脸——”

“你还知道丢脸！”艾佳妈说着又是一巴掌拍在少年脑袋上，“你还知道丢脸！作妖的时候怎么没想到丢脸？”

艾佳被揍得头昏眼花，一下子接不上来话……反而是他妈揍累了，稍微站在一旁平静了一会儿，嫌弃地上下打量他：“吃饭了吗？”

艾佳：“没有。”

艾佳妈“哦”了一声，面无表情道：“家里也没吃的。”

艾佳："那你问个……问个什么劲？我爸呢？"

艾佳妈："昨晚半夜接了通电话，现在还没下手术。"

艾佳："那他也彻夜不归，回头你记得也揍他，一碗水端平。"

陈今阳静静地看着艾佳作死，拎着包，不仅不走，还直接把手机在播放的泛听资料都按了暂停，完全舍不得错过这场大戏。果不其然，艾佳妈爆发了小宇宙："你脑子进水了吧！你爸通宵不回家那是救死扶伤，你去干吗了？大晚上的，除了医生，剩下在外夜不归宿的都是毛贼！"

艾佳妈精辟的"地图炮"让站在一旁的陈今阳直接"噗"地乐出声。看够了热闹，她这会儿终于开口道："阿姨，我家还有没吃完的粥和面包，搁着也是浪费，您赶紧先去学校，我拿给他得了。"

艾佳妈闻言转过头，和颜悦色地跟陈今阳点点头道谢，丝毫没有芥蒂地把儿子交给了陈今阳，走的时候还用手指隔空指了指艾佳的鼻子，示意：你等着，晚上回来再收拾你！

艾佳默默靠在门边，安静地等他妈下了楼，又恢复成之前懒散又有些冷漠的模样，看着陈今阳转身掏钥匙开门，说："不用了，我又不饿，你赶紧上课去。"

那略微沙哑的声音让陈今阳动作一顿，她低下头，咬了咬唇，还是执着地打开了门："你昨晚喝酒了吧？"

"不然喝可乐？"

"一身酒气，喝点粥垫肚子。"

陈今阳走进门，直接找了个干净的碗，把桌子上的白粥全部装进去，又拿了两个咸鸭蛋和面包，转身走出来，来到隔壁家堵在门口的少年面前，递给他。

艾佳没接。

陈今阳抬起头，两人面无表情地互相瞪了一下，陈今阳开口："要我喂到你嘴边？"

艾佳："我刚尿尿，没洗手，你要喂我也……"

陈今阳挤开他，直接走入他家里，脱了鞋进去放下吃的，然后转身走出来，弯下腰穿鞋。

艾佳低着头看她光脚站在自家玄关的地板上，问："地上不凉啊？"

陈今阳没理他。

艾佳想了想，又用像是自言自语的语气说："后来我们都没签那个合同，筷子和仙洋都找到了甲级联赛的队准备试训，阿鱼想先回一趟老家，小结巴决定回归校园好好学习，我嘛……"

艾佳看见陈今阳穿鞋的动作停顿了一下，然后抬起头看他。今天的天气不是很好，阴天，家里没开灯，玄关还有些暗，黑暗之中，艾佳却看见她的眼睛格外清亮。

从刚开始，一直有些烦躁和阴郁的心稍微平静了一些，艾佳想了想，认真道："只能勉强和你学习一下英语。"

陈今阳穿好鞋站起来："勉强个屁！你想学，我还不一定乐意教呢。废话怎么那么多？吃你的饭去。"

艾佳嗤笑一声，盯着陈今阳，只是那笑意并未到达那双黑色的眼睛眼底。

他像是一具行尸走肉。

这个想法蹦进脑子里的时候，陈今阳自己都被吓了一跳。

艾佳走进屋子，洗手，拉开餐桌椅子在桌边坐了下来，拿起一个咸鸭蛋在桌子边敲，"啪"的一声脆响，把陈今阳的思绪拉回来，她犹豫了一下，说："吃完饭睡觉吧。"

艾佳头也不回地摆摆手。

陈今阳一步三回头地出了玄关，想了想，又说："睡醒了做点让自己开心的事？"

艾佳头也没回地说："以前打游戏挺开心的，现在好像不太想打了，所以也不知道怎么开心。"

望着少年宽阔的背，陈今阳捏了捏他家的门框，强忍下了走过去摸摸他脑袋的冲动，犹豫地关上门离开。

到了学校，陈今阳下巴压在桌子上，两只手攥着英语书，双眼发直地盯着前方发呆。

旁边的老六叫了她八次都没有得到回应，后面的谢苗走上来，屈指敲敲她的桌子："你干吗呢？"

自从 SADFISH 决赛之后，陈今阳和谢苗关系缓和不少，缓和到谢苗还重新给陈今阳买了支口红。

"我今天出门的时候遇见了隔壁家小崽子。"陈今阳眨巴了一下眼睛，"那副孬兮兮的样子，觉得有点可怜。"

谢苗："筷子今早回来的时候抱着我大哭了一顿呢，号得隔壁以为我家家暴。"

陈今阳："太惨了，太惨了。"

谢苗："没事，你操这个心干吗？这些人都是植物啊，蔫巴了扔那儿晒晒太阳，自己就能活过来。大不了鼓励他干点喜欢干的事呗！"

陈今阳："我怎么知道他喜欢干吗？"

谢苗耸耸肩："我也不知道，但是我知道筷子喜欢干吗。"

陈今阳想了半天，也不知道艾佳那小崽子除了打游戏还喜欢干吗。

晚上陈今阳去艾佳家教他英语，小崽子刚起床，学了一会儿英语，好像真的很专心一样，一会儿就学好了今天要学的内容。下课之后，他坐在电脑前面用鼠标左点右点，不知道在点什么，陈今阳拿了书坐在他书桌前面准备明天的学习资料。

"咔嚓咔嚓"的点击鼠标声中，早上谢苗说的话在脑中响起，于是陈今阳头也不抬地说："那么想打游戏就打呗。"

"一个人打没意思。"艾佳哼了一声。

"开直播啊。"陈今阳想也不想地说，"你那些观众粉丝陪你唠唠嗑儿，几百上千人，还不够热闹吗？”

陈今阳的话简直是乌云里的一缕阳光，艾佳想了想好像也对，人生在世，总要找点乐子。

于是他开了直播。陈今阳坐在他斜后方摄像头照不到的位置，刚开始是一边抄书一边偶尔抬头看他直播，后来干脆放下手里在做的事，认真看他直播。他和观众聊天为主，打游戏为辅。

“打甲级联赛？不打了，战队从 BGA 打上去就被悲鱼俱乐部卖了……我们之前都不懂，也没签合同。对，战队是俱乐部的，不是队员的。”

艾佳一边打游戏一边看弹幕，一边回答问题。

“其实是给了我首发位置，但是我觉得这种行为非常恶心，所以就当着面把合同扔了。”

听到主播这样惨，不少人给艾佳送礼物，这下子艾佳直接把键盘钱赚了回来。

游戏外，艾佳把直播间的所有观众当作了自己的“树洞”；游戏里，艾佳把对手中单当成了悲鱼俱乐部管理层，一顿疯狂屠杀，第二十分钟拿到了八个击杀，从第二十一分钟开始，那个中单再也没出现过，大概是心态崩溃，跑回复活泉水“挂机”去了。

艾佳这边五打四赢得轻松，一边还和观众们吐槽悲鱼，相聊正欢，忽然直播间闪过一句话：欢迎超级管理员－兔子进入直播间。

“超管来了。”艾佳原本不那么抑郁的声音瞬间又低落回去，“超管来我直播间干吗？”

超级管理员－兔子：主播，看下微信，关于之前你说的事，俱乐部这边认为事情还能再协商一下。

“协商什么啊？”

游戏里，艾佳懒洋洋点掉对面基地大水晶，然后退出游戏。

“别协商了，超管来都来了，一首好听的音乐送给你。”

艾佳一边说一边点了下播放器，话语一落，整个直播间里就响起了熟悉的旋律：“儿子啊，儿子啊，我是你爸爸……”

坐在摄像头前，少年往后靠了靠，懒洋洋地笑着，黑色的瞳眸闪烁着鄙夷和肆无忌惮的光芒，将桀骜不驯四个字写在脸上。

超级管理员－兔子：……

几秒后，直播间“啪”的一声，被强行关了。

直播画面忽然消失，一行字出现在直播间正中央：因涉嫌播放不良信息，本直播间封禁 7 日，于 2013 年 10 月 11 日解除封禁。

陈今阳：“看，你最后的乐趣也被你‘作’没了。”

“没了就没了呗。”

艾佳退出直播间，关掉直播软件，关了电脑，靠在座椅靠背上看着自己斜右后方的陈今阳，歪了歪脑袋，道：“哎，你还记得个把月前你第一次去网吧主持比赛那天，我跟你说的什么吗？这个圈子刚刚起步，很多人都不了解这个圈子，对圈子里的人、事、物误解很正常……”

“记得。”陈今阳点点头，“你是说过，地点是女厕所。”

艾佳嗤笑了一声。

“结果现在我忽然发现，就连站在里面，或者说是我以为站在里面的我，似乎也不了解。真没意思。和我想象的不一样啊，所以嘛……”少年微笑着说，笑容无懈可击，“以后都不想玩了。”

第五章

艾 佳 是 你 什 么 人

陈小姑娘：情况很紧急！

陈小姑娘：网瘾少年宣布自己不想打游戏了，这算不算是病入膏肓？

咸鱼少女谣大大：这不是正好吗？我做梦都想让我家隔壁的不想打游戏，但是要从他嘴巴里听到这句话，大概只有愚人节才有这个荣幸吧。

接着陈今阳什么也没说，直接照了一张艾佳的照片给童谣看。只见照片里，少年整个人仰面瘫在椅子上，双手自然垂落，一双眼直愣愣瞪着天花板，嘴里叼着一支笔，面前的桌子上放着一张写了一半的英语试卷。

咸鱼少女谣大大：灵魂出窍啊？

陈今阳把事情的来龙去脉都跟童谣说了，还好童谣本来就懂游戏，所以说起什么BGA或者甲级联赛都不费劲儿，陈今阳很快就把事情说明白了，简单来说就是涉世未深，心有梦想与友谊的少年面对灰暗现实心灰意冷。

咸鱼少女谣大大：我跟简某人讨论了下，这事情确实是SADFISH做得不地道，但是吧，你要知道这种情况真的很常见，你想想那些BGA的战队和甲级联赛的战队，都靠什么赚钱呢！谁都不是做慈善的。升班马到了新赛季，只剩下一名或者两名原战队队员甚至一名不剩，这是常态。因为战队名额是属于俱乐部的，人家有权利那么做。

咸鱼少女谣大大：这还算好的，甲级联赛升上顶级职业联赛的更加难以保持原阵容，听说一个战队名额几千万。

陈今阳心想：道理我都懂，问题是这小崽子不懂啊。

陈小姑娘：问问你家简某人，这种情况该怎么对症下药？

咸鱼少女谣大大：他不是我家的！

咸鱼少女谣大大：话说回来，你这么心急火燎的干吗……你和艾佳到底什么关系？

陈小姑娘：来自上级对下属的关心，学姐对学弟的关爱，邻居与邻居的纽带……

咸鱼少女谣大大：恋人对恋人的爱情?

陈小姑娘：你讲相声?

咸鱼少女谣大大：你先开始的。

最后，在对话结束的时候，童谣抛出了一个有创造性的建议：根据常年观察，网瘾少年们哪怕口口声声说对这个电竞世界失望，但只要给他听到一点游戏的声音，看见一点犀利的操作，他就能从棺材里坐起来，发出呐喊，高呼一声“nice（好）”。

至于这个游戏的声音、犀利的操作去哪找，那也是很简单的。来得早不如来得巧，这一届《征战联盟》全球总决赛（简称“S3”）就在今晚八点，于X国开赛了。

“《征战联盟》全球总决赛是什么啊？”陈今阳看着手机，头也不抬地伸脚踢了艾佳一下。

“《征战联盟》最高级别的赛事，类似于足球的世界杯，传统体育的奥运会，只不过是每年一次。”

艾佳叼着笔，笔头一翘一翘的，懒洋洋道：“一共六大赛区，有中国大陆职业联赛赛区、东南亚赛区、北美赛区BCS-NA、欧洲赛区BCS-EU、X国赛区BCK，和外卡赛区……呃，今年咱们顶级职业联赛赛区有两个战队吧，CK和YQNB。CK因为是种子战队直接进的八强。”

陈今阳歪了歪脑袋：“童谣说网上有直播哎。”

艾佳一脸疑惑。

陈今阳：“别问我童谣是谁，也是一个隔壁家里住了个网瘾少年并深受其害的可怜人，和我一样。总之你想看就赶紧打开电脑。”

艾佳坐直了身体：“我好不容易想好好学习了！”

好好学习?

陈今阳眼睛眨也不眨地伸手抽走了艾佳面前的试卷，飞快地扫了一眼他做完的部分完形填空，十五个选择题错了九个，而根据以前的情况，当天学好的内容做完形填空，他至少能对十二个。

“你可拉倒吧，心不在焉，不如不学。”陈今阳弯下腰摁了艾佳的电脑开关，“想看比赛就看，哪怕是再也不想打游戏了，看一场电竞界奥运会的揭幕赛也不会让人难受到死去的。”

艾佳坐在那儿没动。

只是陈今阳打开百度，试图“百度”一下这玩意在哪儿直播时，听见身后的小崽子提醒说：“游戏客户端就有自带直播系统，打开就完事了。等你‘百度’出来，闭幕式的歌都唱起来了。”

陈今阳头也不回地拍了他大腿一下，让他把握鼠标的主控权。

听见身后少年“哧哧”的笑，她转过头看了一眼，台灯之下，他笑起来时眼睛弯弯的，眼角有一点点笑纹——是真的在笑，而不是早上那种皮笑肉不笑的模样，看着让人觉得舒服多了。

“观众朋友你们好，这里是2013年《征战联盟》全球总决赛开幕式现场，我是今日的解说小A……现在我们位于××体育中心。”

“我是今日的解说小B。现在我们看到的是，在主持人的主持下，来自各个赛区的战队陆续登场——现在正在登场的是来自东道主X国赛区的种子战队，TAT战队！”

等所有的队员入场完毕，除了揭幕赛的两个战队，其他战队都下去了——这次的揭幕赛在来自中国大陆联赛的YQNB战队和来自北美的BIHER战队之间展开。

而YQNB在最开始就展现出了最佳的状态，五分钟，中单英雄扑克大师到达六级，马上飞下路，帮助下路组合将敌方ADC击杀，将辅助逼退回城！

打退敌人后，YQNB中单再配合打野拿下第一条小龙，同时让下路二人组拆掉对方下路一塔。

本局比赛就此打开局面。

“其实刚才，杀千落地不应该抽黄牌打ADC，要是抽的蓝牌，等打野赶到，这个辅助也跑不了。”

扑克大师，W技能拥有三种效果：蓝牌可以对目标造成魔法伤害并可恢复自己的法力值；红牌是对目标造成范围性伤害附带减速；黄牌是对目标造成单体伤害附带晕眩效果。玩家起手W，二次激活技能时，需要极快的手速，在三种牌中选择自己最需要的颜色。

这时候，陈今阳坐在一旁，已经懒得听背景解说在说什么了，光是坐在那儿听艾佳做中单第一视角的解说好像也很有趣。

比赛进行到第二十分钟，中路的一次团战，在陈今阳看来就是一大堆五颜六色的魔法烟花炸开的混乱中，艾佳能够清楚地看见每一个位置的人都干了什么。他说的时候，电脑屏幕的光映在他的脸上，照在他的眼睛里，仿佛在他的眼中点了一盏灯，有了一抹光。

陈今阳趁着他看比赛看得投入，微微勾起嘴角，手机对准他的侧脸“咔嚓”拍了一张。

陈小姑娘把照片发给了童谣。

咸鱼少女谣大大：可以。

咸鱼少女谣大大：棺材里的人果然坐起来喊“nice”了。电子竞技，起死回生，魅力无穷。

这天晚上以后，为了给灵魂出窍的少年续命，陈今阳每天晚上要做的事从“教他英语”变成了“教他英语，然后陪他看比赛”。

《征战联盟》世界总决赛的小组循环赛采用BO1形式，即一盘定胜负，赢一场BO1计一分，输了计零分。除东南亚、北美、X国和中国大陆四个赛区各有一支种子队直接晋级八强外，剩下的十支队伍对半分成两个小组，每个小组五支队伍，每个小组积分靠前的两支队伍进入八强。

看到第五天晚上，小组循环赛已经进行到第二轮。

艾佳异常关注的YQNB战队成绩斐然，以七比零全胜的优秀战绩稳居小组第一，直接确定出线名额。陈今阳看了下微博，无论是没能获得资格去参加世界总决赛的《征战联盟》职业选手还是国内的解说，又或者是俱乐部管理人员，只要是关注了这个比赛的“吃瓜群众”，上下鼓舞欢欣一片！

人们纷纷表示：这是我们赛区最有希望的一年！

而这一天晚上，YQNB的最后一场小组赛晚上十一点才开始，因为无论输赢YQNB都已经确认了小组第一出线，所以这场比赛相当于表演赛，让人提不起劲儿。

晚上十一点十五分，选手在电脑后面各就各位，ban&pick的时候，陈今阳已经开始打呵欠，等一个小时后，YQNB推掉了对手的基地时，陈今阳一只手撑在桌边，已经快要睡着。

此时是半夜十二点二十五分。

伴随着艾佳的一声“nice”，陈今阳迷迷糊糊地顺手抹了把嘴角，问：“打完了？”

“打完了！你看到刚才最后那一手YQNB上单容容TP（召唤师技能，传送，可传送至整个地图任何一个有视野的地方）‘偷家’了吗？太精彩了！简直灵性！四个人牵扯对方五人在龙坑开团，辅助书生不让对方回家，容容就把基地拆了，nice啊！”

看着眼前兴奋地抓着自己的手臂一阵摇晃的少年，陈今阳面无表情地说：“好好好，nice，nice……我快困死了，兄弟。”她又打了个呵欠，站起来，“明天比赛再这么晚，你自己看，你知道因为熬夜长出来的一条眼底细纹要用多少昂贵的眼霜和精华以及多久的时间才能抚平吗？”

“眼底细纹是什么东西？”

“你看见我奶奶脸上那些褶子了吗？就是因为年轻时熬夜。眼底细纹就是长大以后会变成褶子的褶子幼崽。”

艾佳看上去真的信了陈今阳的胡说八道，在她面无表情地说“晚安”并转身要闪人时，一把捉住她的手腕。陈今阳条件反射般地问了句“干吗”，回过头，便看见一个小山似的黑影压下来。少年那张朝气蓬勃的俊脸凑近时，陈今阳微微瞪圆了眼，大气都不敢出。

台灯之下，陈今阳看见自己映在少年眼中的脸不断放大，最后，他终于在一个近得他们可以呼吸到彼此气息的距离停了下来，属于少年身上的气息完全将她笼罩，他盯着她，直到她觉得毛骨悚然。

陈今阳：“看……看什么？”

艾佳眨眨眼："你没有眼底细纹啊？"

陈今阳气得差点晕厥过去。

艾佳："真的，青春痘也没有哎，这算肤质好吗？"

他说话的时候，嗓音低沉，呼出的气息就喷洒在陈今阳的鼻子上，湿热湿热的。房间里光线昏暗，他看不见此时她脸上因升温而泛起的红晕。

陈今阳一把推开了他！

艾佳被推了个猝不及防，一屁股跌坐回椅子上："推我干吗？"

"凑太近。"陈今阳僵着脸说。

"你害羞啊？"

"我是害羞，你害臊不害臊？"

"哎，你看你，说两句毛就立起来了……"艾佳试图跟她讲道理，"看比赛两个人一起看，边看边讨论才有意思。"

"你跟我能讨论出什么东西啊？我只能告诉你这支队伍的选手颜值能打几分。"陈今阳叉腰，想了想，退而求其次，"YQNB 啥时候打 TAT 你再叫我，我要看帅哥。"

"他们又没我帅。"

"……"

两人你一言，我一语，谁也不让谁。艾佳气得抓过垫在腰后面的皮卡丘靠垫捏了一下，就好像此时此刻被他拧得脸都变形的皮卡丘是陈今阳；陈今阳背着书包叉腰站在那，看着他被自己气得快要跳起来又要强行克制自己的样子，微微眯起眼，心想：哎呀，还挺可爱。

艾佳抬着头，看着面前的陈今阳脸色阴晴不定，微微眯起眼的样子也不知道在琢磨什么坏事儿。

艾佳："你那一肚子坏水都快从脸上毛孔里溢出来了。"

陈今阳："今晚看比赛的时候，你妈进来了三次，脸上的表情一次比一次担忧。"

艾佳："怎么了？"

陈今阳："我是来教你学英语的，不是来被你带坏的。"

过了一会儿，陈今阳指了指挡在桌子旁边做了一半的初中英语试卷："要不这样吧，一人退一步，以后你每晚写一张试卷，九十分以上我就留下来陪你看比赛。"

"这什么意思？做完家庭作业才让看动画片？当我小学生啊？"

"是啊。写不？"

"写。"

"有没有英文直播比赛的台？要不我们看英文台？"

"差不多得了啊，活生生要把人最喜欢的东西和最讨厌的东西糅在一起是吧！屎味巧克力还是巧克力味的屎，你想逼死谁？"

陈今阳面无表情地抬起手，"啪啪"鼓掌后，满意地转身回家。

第二天早上。

陈今阳一开门就看见蹲在自家门口的大型人形类犬科动物。

陈今阳把手里早就准备好的馒头和豆浆塞给他。两人肩并肩往楼下走的时候，陈今阳想了想，问："你知道哪怕是天天送我去学校，卷子该写也还是要写的这件事吧？"

艾佳正抱着个馒头啃得开心，闻言说："大清早的，别煞风景。"

他嘴巴里塞了东西，声音含混，还有一点儿碎屑飞溅出来。陈今阳嫌弃地往旁边躲了躲，然后戴上耳机。

等到快要到学校的时候，陈今阳两边耳机已经取下了左边那个，而在她的左边，少年正眉飞色舞地说着这几天的比赛："比赛开始之前，他们都说 YQNB 的中单杀神是个'神经刀'，要么菜得 BGA 都不如，要么强得像顶级职业联赛顶尖的选手。我看他最近的状态挺好的，那一手扑克，都被外网的人夸翻天了——"

"你还看得懂外网的人在说什么？"陈今阳惊喜地一把拽下了右边的耳机，转过头看着艾佳说，"可以啊！"

"哦，看不懂，'搬运'的人一般都会负责翻译。"

脸上的惊喜迅速消失，陈今阳继续面无表情地戴上耳机。

"YQNB 的状态太好了，七连胜，这么虎，接下来肯定能顺利进个四强。要是 CK 不行的话，搞不好 YQNB 能进决赛拿个冠军……"

陈今阳听着艾佳在自己旁边絮叨，转眼就到了外语学院门口，两人停了下来，陈今阳摘下耳机正想跟艾佳道别，一转身却看见了站在艾佳身后的老徐。

此时站在陈今阳面前，背对着徐老师的艾佳还浑然不知，伸出手顺手给陈今阳整理了一下因为拽下耳机而翘起来的一丝头发："YQNB 要是能拿冠军就好了，以前是欧洲、北美，然后是 X 国，咱们职业联赛被叫了好多年的万年老二呢，就等着谁来为国争光……你怎么了？"

艾佳发现陈今阳的表情不太对，顺着她的视线回过头，就发现一个长得像猫头鹰似的女人站在自己身后，浓眉大眼，穿着职业套装。

陈今阳清了清嗓子，叫了声："徐老师。"

艾佳反应过来："你老师啊？"

陈今阳瞪了他一眼，示意他闭上狗嘴。

只见那中年女教师很有气势地走上来："陈今阳，见到你正好，我还想问问你，下周有个市里面的英语演讲口语大赛，你想不想参加，参加的话，我给你弄一个推荐名额。我昨天打电话和你家里人聊了下，他们的意思是在你大四的时候送你出国深造一年，那这个比赛说大不大，说小不小，如果今后你要出国深造的话，也能让履历表稍微好看一些……"

艾佳一愣，看向身边比自己矮了大半个脑袋的人："你要出国？"

陈今阳看向艾佳，表示：你看我这一脸茫然的样子像是知道我要出国吗？

而此时，徐老师已经走到了陈今阳的面前，拉过陈今阳的手："徐老师觉得，你家里人的打算很好。像你这样底子这么好的学生，专四、专八肯定不在话下，大三努力一把把 CATTI 二级考掉，大四出国深造一年，等你归国，就可以随便选个好学校去读专门的翻译了。我们 T 大英语专业好多年没有出过哪怕一个翻译届人才，老师看你有这方面的潜力，你可要好好珍惜自己的天赋。"

艾佳此时听着"天赋"二字，也不知道想到了什么，在旁边笑了一声，看向陈今阳手里听英语资料用的耳机。

在艾佳半调侃的眼神中，陈今阳有些窘迫地将耳机收起来，然而没想到这个时候，老徐忽然转了个身："同学，你不是我们外语学院的吧？"

见话题猝不及防转向自己，艾佳愣了一下，脸上的笑容稍稍收敛，"嗯"了一声。

"我倒是有听过你的尊姓大名。"老徐上下打量了一下艾佳，"你们这些学生，也是二十来岁几年后要出社会的人了，在交友方面，也该有一些方向性的选择。你们俩怎么认识的啊？"

陈今阳："啊，在那个图……"

艾佳："网吧。"

老徐："这位同学，我不是很清楚你们水利土木工程学院的规矩，作为王牌专业，你们可能有你们自己别具一格的教学方式，但是陈今阳是我们外语学院的优秀人才，老师们和院领导对她寄予厚望，真的不是很希望她每天跟人讨论那些奇奇怪怪的东西。我刚才听到你们说什么为国争光，这个打游戏，怎么可能为国争光？"

陈今阳微微蹙眉，没来由地有些烦躁："老师，我觉得跟谁交朋友，这是……"

老徐："你们听懂了吗？"

艾佳默默地瞪着老徐，淡淡地道："听懂了。"

陈今阳拉他衣袖，他头也不回地甩开她的手。

老徐看着艾佳的脸，换了个站姿："但是老师觉得你心里不是这么想的。"

艾佳依然瞪着老徐，过了良久，他板着一张面瘫脸，冷漠道："老师，你说对了。"

在老徐冲上来用手里的包包拍在艾佳的脸上之前，陈今阳扔下一句"徐老师，这事儿我们以后再说啊"，一个箭步上前拉着艾佳落荒而逃。

早读的铃声早就响过了，陈今阳脚下的步子也没有丝毫要停下的意思，等她实在跑不动了停下脚步，回过神看看周围，她已经跑出了外语学院三条街，来到了学校后门的菜市场。

此时，周围卖菜的小摊贩一脸茫然地抬头看着从天而降的年轻男女，有点犹豫要不要招呼他们来买菜——毕竟从他们的穿着来看，实在不像是来买菜的。

在卖菜小摊贩诡异的目光中，陈今阳低下头，这才发现自己手里还拽着另外一个人的手腕，她回头对视上身后少年那双黑色的眼。

他就这么沉默着，跟着她跑了三条街。

陈今阳尴尬地放开了艾佳的手，看着他的手垂落下去，目光有点儿飘。想了一会儿，她第一次觉得底气不是很足地说：“那个，早读好像要错过了。”

艾佳盯着她，半晌后轻笑一声：“你跟我说这干吗？全校也就你一个人雷打不动地天天上早读。”

陈今阳想说才不是，但是话到了嘴边又说不出来。她低下头，鞋底蹭了蹭地面。这时候，蒙着塑料布卖水产的三轮车晃晃悠悠靠近，一路滴着水带着泥泞，里面鲜活的鱼蹦跶起来，带着鱼腥的水飞溅起来。陈今阳回过神时，就被一只有力的胳膊拽向人行道。

等她在人行道偏里面的位置站稳，卖鱼佬在路边一堆被水溅了一脸的卖蔬菜的小贩的骂声中晃晃悠悠骑车走了。陈今阳垂眼，看见以遮挡的方式拦在她身前的手臂很快收回，还没等她说一句“谢谢”，少年特有的沙哑嗓音在耳边响起：“你是不是有话想跟我说啊？”

陈今阳猛地抬起头，对视上艾佳没多少情绪的眼睛，清晨阳光之下，那眼睛黑得吓人。

心没来由地漏跳了一拍，她又想低下头掩饰去眼中瞬间的失神。但是这一次，站在她对面的少年没能让她如愿，他及时地伸出手托住她的下巴，将她的脑袋往上扳，强迫她跟自己对视了十几秒，才缩回手，然后直接将双手塞回裤子口袋里。

艾佳往路边的树上一靠，懒洋洋地笑了一下，道：“说啊。”

陈今阳皱起眉。

“你不说，我替你说？和我在一起是不是特丢人？”艾佳看着陈今阳张口，抢在她之前开口，“我知道我那些个名声，什么学渣啊，小混混啊，政教处 VIP 啊，政教处那把椅子的皮都是被我坐破的什么的……啧。”

气氛沉重。

眼前的少年看上去有些烦躁的样子，说到一半自己抬起手扒了下头发，眼中闪过一丝不屑和嘲弄，看着好像是有点生气。

这副模样看得陈今阳眉头皱得更紧了。她看着艾佳，过了良久才张口，有些迟疑：“你生气了？干吗突然生气？”

“你干吗想跟你那老师说我们在图书馆认识的？”

突如其来的发问让陈今阳有些愣怔，只说她当时也没多想啊，就想着多一事不如少一事，等到她反应过来的时候，已经把这话说出来了。

她看见艾佳挑了挑眉，那个样子，像准备张口吃人似的。

少年微微弯下腰，凑近了陈今阳：“什么叫多一事不如少一事？”

陈今阳绷着脸：“字面意思。”

艾佳沉默了一下，盯着陈今阳，说：“多一事不如少一事，离我远点儿就彻底没事了。”

陈今阳垂在身侧的手动了动，她必须承认现在站在她面前的小崽子气场有些吓人，颇有一些外头传闻的样子——

鬼见愁。

陈今阳嘴角翘了翘，这时候也不知道哪来的勇气，伸出一根手指顶住少年压过来的脑门：“我让你走你就走了？那你走。”

面前站着的少年一动不动，陈今阳瞥了他一眼，丢下一句“你不走，老娘走”，正要绕过他，擦肩而过的一瞬间，她被身边那雕像似的立在那儿的人一把抓住胳膊，拎小鸡似的拎回他的面前站稳。

陈今阳拍掉他的手，语气不太好：“我刚才想和老徐说，我和谁交朋友，和谁去哪里，是我的自由。”她深吸一口气，“你自己非要插嘴，完了受一肚子气，怪我？”

艾佳眨眨眼，脸上凶神恶煞的表情稍有收敛：“现在都走远了，你才说好听的吧？”

陈今阳气笑了：“是，我马后炮，但我怎么跑的时候还没忘记带上你？”

艾佳哑口无言。

陈今阳：“回答不上来了？滚蛋。”她鼻子一皱，抬脚给了面前少年的膝盖一下。趁着他吃痛跳着闪躲开，她再次绕开他，这一次成功地走到了五米开外，然后被身后一瘸一拐地追上来的小崽子一把拽住手。

“从来没有‘多一事不如少一事’。”

陈今阳回过头，面无表情地看着他。

少年没脸没皮地笑着说：“有关我的事，都是大事，一件事都不能少。”

打从在校门口遇见老徐开始，陈今阳发现艾佳越发肆无忌惮，完全贯彻了“一件事都不能少”的宗旨，当她反应过来的时候，每天早上两人一起去上课已经成为一种习惯。

后来也在学校门口遇见过老徐，小崽子偏要和老徐对着干，站在校门口替陈今阳把被风吹进嘴巴里的头发拨弄下来。老徐看得脸越绿，小崽子就笑得越开心。

陈今阳晓得这小崽子那些个幼稚的小心思，但是鉴于她那点儿藏了二十年的叛逆心理也被艾佳勾了出来，于是干脆睁一只眼，闭一只眼，随他去了。

转眼就到了十月三十日，这一日，是2013年《征战联盟》世界总决赛日。

在此之前，中国大陆赛区种子战队CK战队于四强赛被来自同赛区的YQNB打败，遗憾止步四强。这一天，《征战联盟》最受瞩目的世界总决赛，将在一路过五关斩六将的中国大陆联赛赛区代表队YQNB和BCK赛区种子战队TAT战队之间展开！

比赛采取BO5形式，于北京时间晚上九点半闭幕式之后准时开打。

陈今阳在八点的时候烤了一些巧克力曲奇，艾佳下楼买了薯片、可乐、啤酒，还有烧烤……他这准备决战到天明的架势让陈今阳非常害怕：“这是准备打满BO5？

不是最有希望的一年吗？”

“最有希望和X国人打满BO5的一年啊。”艾佳理所当然道，“不然三比零被带走。”

听了这话，八点之后连水都不喝一口的陈今阳默默拿起了一块巧克力曲奇塞进嘴巴里，挨着艾佳在电脑跟前坐下。这一天，TAT战队的首发阵容里，担任ADC位置的居然是中国选手陆思诚，是一个大帅哥。

“中国选手中的招牌来了。”陈今阳指着屏幕里冷着脸坐在电脑前面，掰手指并调试耳机跟队友说话的男人，“他还是不笑，真的酷。”

“那以后我也不和你笑。”

“人家不笑是酷，你那是装大象。”陈今阳看都没看艾佳一眼，“拉倒吧你。”

两人对话之间，第一局游戏开始了。

YQNB首发阵容：

TOP（上单）：RONG（容容）

JUG（打野）：RUITA（瑞塔）

MID（中单）：KILLTHOUSAND（杀千）

ADC：NUAN（小暖）

SUP（辅助）：STUDENT（书生）

TAT首发阵容：

TOP：BOBO（波波）

JUG：THEBEST（最佳）

MID：CATMOON（猫月）

ADC：CHESSMAN（棋子）

SUP：KOKO（阿扣）

第一局，硝烟味十足，战争一触即发！

陆思诚不愧是传说中把BCK第一ADC教皇摁在饮水机旁的男人，在这个ADC位真的可以carry整场比赛的游戏版本里，他体现出了自己惊人的主宰能力，第一局在线上就直接把YQNB的下路组合打得崩盘，比赛进行到第十分钟，两支队伍相差一千五金币，几乎全部来自下路的击杀和补刀。

以至于电脑里，两名负责担任今日赛事解说的解说员都从一开始的激情四射变得有气无力：“这个，我们有一说一啊，YQNB的下路，说实话是有点崩了。”

“好像有点没得打了，现在我们看下其他路，也是基本五五开的情况……但是这个CHESSMAN太肥了，装备都快领先一个大件了，怎么打？你告诉我怎么打——完全没得破啊！”

“诚哥回国可破，所以诚哥什么时候回国？”

“我听之前诚哥做采访，好像暂时没有考虑下个赛季要不要回国……不过他总要回国过年吧，到时候请告诉我航班号，我先去机场把他打一顿？”

“诚哥，回国吧！”

两位解说絮絮叨叨之中，第一局因TAT战队下路绝对的优势，从第二十分钟开始，胜利的天平向着TAT战队倾斜。在第三十七分钟，陆思诚使用的黑夜猎手恩，已经手握十三个击杀的优势，坐在电脑前面的人们只需要一脸冷漠地看着他在地图的每一个角落滚来滚去、射来射去，所到之处，尸横遍野。

比赛大概被YQNB强撑到第三十九分钟，终于结束。

结束的时候，YQNB下路二人组的脸色都不是很好看，取下耳机在原地坐了一会儿，才站起来往休息室走。

第二局，YQNB似乎商量好了对策，打野从开始比赛就十分照顾下路，三路保持平稳对线进入游戏中期，由辅助书生的牛头勇士在中路灵性开团，打破僵局，YQNB顺势将雪球滚大，拿下本局。

第三局，TAT战队换上了教皇，赢。

第四局，TAT战队教皇下路狗改不了吃屎，孟浪越塔，又被YQNB辅助书生一手捶丸一钩再钩……输。

比赛就这样，在晚上十二点半，进入第五局。

此时，无论是选手还是坐在电脑前面的观众都有一些疲惫，艾佳买的零食被他吃得差不多了，面前剩下一些零食的包装袋。他打了个嗝儿，打开一罐啤酒，猛灌一口提神。

第五局，就连解说都喊不动了。也许连带着TAT战队教练组也跟着脑子不太清醒，以至于他们第五局ban&pick的时候，居然又把YQNB辅助书生最拿手也是上把正手热的英雄——捶丸，给放了出来。

第五场比赛开始，这是决胜局。

S3那沉重又华丽的奖杯，就摆在离两支队伍不远的中央舞台上。谁才能成为最终举起奖杯的那支队伍?

因为双方都提高了警惕，也不敢轻举妄动，所以比赛的前二十分钟，场上居然没有爆发一个击杀……双方经济上，TAT战队因为占据线上补刀优势稍稍领先，比赛眼看着就要拖进大后期。

“说实话，这对我们赛区的队伍来说，被X国队伍拖住了，打运营，这是不利的——每个赛区有每个赛区的风格。”解说A说，“像我们赛区，就是打架厉害，你就跟他们打架，拿击杀拿资源……”

“X国队伍则是会运营。”解说B叹了一口气，“有时候跟他们打，你会发现打着打着，双方都没怎么见过面，再开团的时候，就打不过了，然后游戏就输掉了……说实话我是不知道YQNB现在在想什么。”

在两名解说的叹息之中，比赛被TAT战队成功拖延到第二十七分钟。

坐在电脑前面的艾佳也有诸多意见："刚才三分钟前，那次野区相遇，其实杀千可以上的，打野就在身后，上单有传送，辅助的眼位都做好了，杀了对面的打野，直接拿大龙。"

大龙，即游戏进行到第二十分钟会在上半野区河道刷新的怪物，是最重要的地图资源。

击杀大龙的队伍全体队员都可以获得大龙 buff，即三百金币、四十点攻击力和法术强度（随游戏时间增加），还可以用以增幅队员附近的小兵，让它们清兵推塔更厉害，并且在召唤师使用 B（回城技能）时时间缩短到四秒，效果在英雄死后消失。

大龙 buff，通常象征着打破游戏僵局，翻盘，或者直接结束比赛。

而此时，两队当然也明白这个道理，辅助不停地围绕着大龙做视野，或者是清理对方的视野。直到比赛至第二十九分钟。

YQNB 的上单容容走位失误，被 TAT 战队抓住机会，围攻带走，在 YQNB 只剩下四个人的情况下，TAT 战队果断开始打大龙！

"完了完了，这下不好了，我仿佛看见了熟悉的 X 国队节奏，打着打着忽然就天大的优势！"

"YQNB！ YQNB！别放弃啊！"

在解说的咆哮声中，坐在电脑前面的陈今阳和艾佳也跟着精神为之一振，他们死死地盯着电脑，只见比赛中，YQNB 的队长兼辅助书生，从未有一刻停止指挥说话。艾佳蹲在椅子上，捏了捏啤酒易拉罐，盯着书生的嘴巴看了几秒，面无表情道："YQNB 要强打了。"

还没等陈今阳问"你会读唇语吗"，这时候，她忽然看见，YQNB 真的开团了！

只见他们先在大龙坑上方晃来晃去，等到大龙血几乎要见底，中单冰晶鸟在龙坑里下了个冰墙，分隔 TAT 战队打野、上单与其他三人；辅助捶丸 W 扔下灯笼，同时 Q 钩住上单；ADC 在辅助触发二段 Q 技能飞下龙坑的一瞬间点灯笼，被辅助一起带下龙坑；与此同时，打野孤僧龙坑插眼，摸眼，下龙坑，惩戒！

四个动作，几乎同时进行，用时不超过两秒。

观赛现场忽然一片欢呼！

"啊——抢到了！"

"我的天！你看到没有？！刚才 YQNB 的操作，行云流水！行云流水！"

"现在 TAT 战队的打野和上单孤立无援，被抢了大龙之后，他们有些蒙。小暖的输出很够，小暖秀起来了，对面打野死了！"

"TAT 教皇！搞他！教皇！死了！教皇也死了！"

"YQNB 绝地反击！抢龙，四打五，关键时刻切死对面两个输出位！现在对方只剩下一名中单，无济于事。比赛进行到第三十一分钟，由于 TAT 战队一次自信开龙，YQNB 打破了僵局，获得优势。还能不能杀？我们可以看见小暖的伊则秀起来了，追着 TAT 中单。不要让他活，杀人拿龙再拿塔！”

“这次有了，YQNB，我们仿佛看见 YQNB 身披国旗，站在……”解说的呐喊声戛然而止。

就在电脑中间，忽然出现一个提示框。

陈今阳指着提示框：“这上面说啥？”

“不知道。”艾佳说，“我只知道游戏暂停了。”

陈今阳：“什么玩意？不是要赢了？还带暂停的？”

艾佳摇摇头，微微蹙眉。

而此时此刻，现场的观众也有些躁动，两名解说也一脸茫然。直播镜头扫向 YQNB 的众人，每个人脸上虽然带点莫名其妙的神情但是都比较轻松，看上去好像是对刚才那一次抢龙杀人非常满意；而反观另外一边，TAT 战队的打野身后忽然一拥而上站了一堆人，他指着自己的电脑屏幕，在跟那些人说什么。

没有人知道发生了什么。

当部分裁判组的人回到后台，所有人以为游戏即将继续时，直播画面一转，直接进入广告环节。

此时是半夜一点。

陈今阳强忍着砸了电脑的冲动，撑着眼皮子强行等过了广告，当直播画面回到现场时，却听见两名解说讨论，说广告插播期间，后台给了明确的答复，原来游戏暂停是因为刚才开龙的那一瞬间，X 国打野选手 THEBEST 的电脑屏幕右上角忽然出现了花屏现象，这导致他没能及时看到 YQNB 战队冰晶鸟的走位，这才让对方成功地落下冰墙，将自己和上单与队友分隔开来。

丢了龙，输了团战，却说屏幕坏了！

“不是，他被抢龙和电脑有什么关系？！”陈今阳抓住艾佳的领子，“他们上单被书生捶丸钩到和打野电脑又有什么关系？！”

“淡定点，楼下都听见了。”艾佳拍拍拎住自己衣领，因为过度使劲儿而青筋凸起的手，“是没什么关系，但是这不是起因吗？”

“他横竖都要被抢龙！屏幕花了的时候不叫暂停，被抢完龙杀得只剩两个人的时候知道叫暂停了？！Excuse me？！（开玩笑？！）”

“人家东道主啊。”

“东道主就可以不要脸？！输不起办什么国际比赛？！”

在两名解说带着遗憾的语气开始讨论接下来这把游戏将会怎么处理的时候，陈今阳泄气地坐回了椅子上，双眼发直地嘟囔：“我要是 YQNB 的人，现在大概已经操起我的四十米大刀……”

“干吗？”

“架在裁判组脖子上，希望他们心里有点儿数。”

十分钟过去了。

二十分钟过去了。

暂停期间禁止队员相互交谈的情况下，YQNB 队员们玩手指、喝咖啡，脸上之前的轻松表情逐渐消失……

三十分钟过去了。

第三十五分钟，此时半夜一点半，陈今阳实在顶不住了，就抱着腿，眯着眼靠在椅子上想趁机打个盹儿，睡之前还打着呵欠拉了拉艾佳的衣袖，跟他说：“开始了记得叫我。”

艾佳叼着一片巧克力曲奇，“嗯”了一声，说：“看着还有一会儿，要不你去床上睡？”

“不用。”

陈今阳嘟囔着闭上眼，睡梦中好像还伴随着少年嘎吱嘎吱啃饼干的声音。

睡了一会儿，陈今阳迷迷糊糊中感觉被人推了推，睁开眼，看见少年那张俊脸近在咫尺。

“开始了。”

陈今阳翻身坐起来，然后发现自己在床上，抬起手一看表，三点半，她睡了两个小时。

YQNB 五个人就在那破椅子上干坐了俩小时？！

陈今阳揉揉眼。

“你把我拖上床的啊？”

“别讲得我那么像地痞流氓。”艾佳说，“是抱。”

陈今阳掀开身上盖着的毯子，爬起来凑到电脑前，然后发现，电脑屏幕画面上，正在进行的是 ban&pick 环节，她凑过去时，双方刚禁了两个英雄。

陈今阳：“这是干什么？我穿越了？”

“不是。”在他旁边，少年的声音平静而冷淡，“重赛了。”

这还不算最无耻的，最无耻的是，新开的比赛中，TAT 战队一开始就直接禁掉了书生的捶丸。

坐在电脑前面，陈今阳快被气出心肌梗死。

“有没有搞错，上一局的 ban&pick 失误，就砸了屏幕强行重赛，重新 ban&pick？这公平？电脑屏幕坏了跟 ban&pick 有什么关系？！”

被这么一气，困是真的不困了，然而比赛都没心情看了，陈今阳掏出手机，看了一眼微博，果然，重赛且重新 ban&pick 的决定让整个圈子发生了一次巨大的地震！

所有人都不敢相信，两个小时的等待后，他们等到的就是这样一个让所有人都不服气的结果！

首先是来自解说圈的。

解说A：知道重赛的那一刻，是蒙的，非常难以平复心情，感觉就像马上就要获得的梦想被人活生生夺走。后台好多一起来的工作人员妹子都哭了，大家还不敢大声地哭，怕影响到还要继续比赛的队员。毕竟此时最难过的应该是他们吧？要说现在是什么心情，我只能告诉你们，是绝望。

解说B：有生之年，作为官方解说，再也不想踏上这片有失公道的土地。

解说C：无论如何，我们还需要安静地等待赛事方给予我们一个合理的解释。什么时候屏幕坏的？为什么是被抢了大龙，团战打输之后才点下暂停？我不能以恶意揣测赛事主办方，但我，以及我们赛区，此刻只等待一个合理的解释。无论此次比赛结果如何，你们已经是我们心中的冠军，YQNB加油！

解说D：气炸！还好没去解说这次S3，否则我怕是要表演“解说当场暴毙于解说台”的大戏给你们看。

然后是职业选手以及各个俱乐部的教练组人员。

DQ-法儿：唉，心疼YQNB，心疼我们凉生@YQNB-书生（@，网络上呼叫他人的方式）一手捶丸上天下地，顶不过某赛事主办方黑透了的心。

DQ-假发发：等下哦，重赛还能重新ban&pick？这说得过去吗？

ZGDX-明：一脸茫然，至今不敢相信发生了什么……

ZGDX-猫：我服了，内心毫无波动甚至有点想笑。胖子说得对，某国就不该再有权利举办任何国际赛事。

ZGDX-小瑞：电子竞技一直都是作为预备体育项目的存在，而传统体育项目的基本原则是公平、公正、公开。如果因为我国电子竞技行业刚刚起步，一切还在混沌期，就意味着我们在国际赛事上要遭受这种“奇妙”的待遇，那这显然是违背体育精神的。我们一直希望，电子竞技有朝一日能够走进更多人的眼中，为人们所接受，但是有些人却致力于成为我们前进路上的绊脚石。输比赛没关系，怕的是输掉了电竞的精神。这条道路之上，我们一直负重前行。

CK-小花：心疼兄弟队@YQNB电子竞技俱乐部，加油，加油啊！

2013年10月30日。

在X国首都竞技体育中心，代表中国大陆赛区的YQNB战队在与对手鏖战数小时，打满BO5，在决胜局拥有巨大优势的情况下被迫重赛，重赛之后在上一局明显是X国方ban&pick失误放出来的辅助英雄被禁，第五局下路组合，尤其是辅助位遭到刻意的针对之后，陷入劣势。

而可贵的是，YQNB战队直到最后一秒都展现了他们的电竞精神，顽强作战五十五分钟，终于于最后一次团战，因为中单杀千一个走位靠前被对方抓住机会，四人被击杀，YQNB战队的水晶还是遗憾告破。

他们输了，输掉了那曾经距离他们只有一步之遥的，所有赛区的战队、粉丝们梦想中的世界总决赛奖杯。

那一秒，队员摘下耳机，眼中只有疲惫和茫然，他们甚至来不及觉得遗憾和伤心，抬起头看向摄像机时，他们的眼中一片空洞。转播台里，解说也一字未语。

在他们大约十米外，X国战队跳起来相互拥抱，奔向奖杯；在他们数十米外，是现场解说兴奋的模样；在他们百米开外，观众站了起来，作为东道主观众，他们鼓掌，每个人脸上都挂着笑容。

就像是光与影。

也像是烈日与黑夜。

当YQNB的队员们站起来，安静等待胜利的TAT战队成员过来握手的时候，在观众台，忽然有印有“YQNB加油，你们是冠军”字样的横幅展开！

很神奇的是，当时那么吵闹的环境，周围都是X国人欢呼的声音，但是横幅之下，那一声中文却如此清晰：“YQNB，我们没有输！”

最开始是一个男人歇斯底里的咆哮，很快地，不同的声调，不同的性别，不同的语速，同一句话在整个体育场的四面八方响了起来！

“YQNB，加油！”

“我们没有输！”

“YQNB，加油！加油！”

那声音很快交织成了一片，熟悉的语言在异国的天空压过了异国的语言。在X国战队跑上前拥抱那座S3奖杯时，在他们的身后，YQNB战队五人，也默默地来到他们比赛使用的电脑跟前，一字排开，然后在那些熟悉的语言中，深深鞠躬。

最终，在解说台上安静了很久之后，解说A，一个说话总带着一点儿东北腔的大老爷们带着哽咽的声音终于响起：“是的，S3结束了，我们不是冠军，但是我们也没有输。”

这一夜对国内《征战联盟》电竞圈来说，就仿佛是漫长的、等不到黎明的长夜。

就如同YQNB官方微博最后发布的公告那样：

> 很遗憾，带着希望和梦想，带着同赛区的战友以及粉丝们寄予的厚望，来到这片土地之上，在鏖战十余小时后，我们输掉了比赛。
>
> 发蒙，震惊，愤怒，不甘，自责，冷静，在第五局宣布重赛的时候，我们整个俱乐部上下经历了这一系列的心态变化。
>
> 杀千说：“要不算了，不打了，冠军给他们，我们回家。”
>
> 实不相瞒，当时的俱乐部管理层自责得快要想去上吊：我们怎么可以这样，让自己的队员委屈至此！
>
> 但是我们真的没有一点办法。用尽一切努力，动用一切关系，穷尽所有的可能，花了两个小时向赛事举办方申请调查和询问，最终我们得到的答复是：

一、裁判组说，在TAT战队开大龙之前，他们的打野选手已经在电脑屏幕上发现了坏点并在语音里通知裁判，没有立刻暂停是因为裁判需要继续观察这个坏点会不会影响比赛的继续；

二、根据《征战联盟》职业比赛规定，9.4.3重新开始条例，在比赛期间的任何时候，如果游戏出现了严重的bug，导致游戏数据或者游戏机制出现了显著的变化，或者外部环境变得不利于游戏再继续下去，那么比赛可以重新开始；

三、根据9.4.5可控的环境条例，如果需要重新开始的游戏没有达到GOR（有意义的游戏记录时间节点）状态，某些条件将可以被保留下来，包括但不限于选择/禁用结果或召唤师技能。

当时的录像和语音，我们这边也将进一步申请调查，后续情况，将会在官方微博持续向大家汇报。我们距离梦想曾经只有一步之遥。

我们的梦在今晚破碎了。

对不起，我们输了。

这一路走来，如负重前行，而今后的路还长，我们希望在冰冷寒夜之后，有朝一日，终可见黎明后的光明。

这一晚，除了对YQNB俱乐部的人来说是个不眠夜，对于所有支持他们的战队粉丝，甚至是整个职业联赛的粉丝来说，都是难以平静的夜晚。

等着看比赛后续采访什么的，已经接近凌晨四点，陈今阳第二天早上除了早读就是一节思修课，她干脆决定翘课，不睡了，坚持把TAT战队的赛后采访看完，主要是想看看对于这次重赛，他们有没有一点什么特别的看法。

然而除了两名ADC选手坐在角落里没说话，其他选手的神色照常。但是要知道，哪怕放眼整个BCK，教皇和CHESSMAN的人气也是最高的，所以媒体不得不对他们主动抛出问题。

“听说第五局重赛后，决胜局开始前，教皇选手曾经主动提出休息，让CHESSMAN选手上，却遭到了CHESSMAN选手的拒绝，请问这件事是真的吗？”

问题一出，台下所有人都看向一直坐在一旁沉默着，下巴和嘴都藏进高高拉起的衣领里的男人。

听到这个问题，他稍稍抬起脸，没有急着回答，而是转过头看了一眼身边的教皇。教皇不冷不热地嗤笑了一声，抬起手拍拍他的肩膀。

男人长腿一撑，坐直了身体，想了想后，凑近了话筒回答：“是拒绝了，我和教皇是轮换关系，并不是他不想打的比赛我就要替他去打的保姆关系，与其说是拒绝了，不如说如果第五场比赛队伍里还有第三个人可以打ADC位置，你甚至不会看到我们两人中任何一个人。至于原因，自己想。”

陆思诚全程是用流畅的外语回答的。

语落之后，除了闪光灯之外，现场有几秒的寂静。

女记者显然不会因为现场气氛凝重就放弃继续采访BCK唯一外援选手的机会，只见她唇边勾起一抹笑容，耳朵上耳环轻轻摇动：“请问CHESSMAN选手，现在外界媒体都说，你因为中国那边的电子竞技行业不够成熟，暂时没有考虑要归国，而是留在X国，这件事是真的吗？”

女记者话语一落，那边TAT战队的教练原本笑吟吟的脸就变了脸色。

陆思诚为什么不愿意打第五场比赛，其实大家心知肚明，只是碍于面子，谁都没有点破，而此时此刻，用脚丫子想都知道陆思诚这会儿估计正心里头有火。

教练直接拿过了话筒：“关于这个问题，我们赛后会在俱乐部纪录片中提及，那么现场的提问请围绕这一次S3世界总决赛……”

“回啊。”

淡定的声音打断了教练有些仓促的话语。

一瞬间，整个采访现场像是炸开了锅。

采访席上，TAT战队五人，包括教皇在内，统一转过头看向坐在最边缘的男人。只见他抬起手，拉开身上的队服拉链，脱下了TAT战队的队服，轻轻放在桌子上，然后站起来，双手撑在桌子边淡淡道：“离开祖国一年半，我想念家人，也想念从小长大的故土。你说得没错，且提醒了我，中国的电竞行业刚刚起步，正是需要电竞人去添砖加瓦的时候，此时我不回去，还要等到什么时候呢？”

一个小时后。

“X国没有竞技精神”“YQNB与S3总冠军失之交臂”“CHESSMAN陆思诚宣布下赛季归国”三个标题占据了微博、贴吧、QQ空间的全部版块。无数中学生在下面呐喊：天啊，三个素材凑一凑，就是一篇八百字作文！

接近天亮的时候，陈今阳打着呵欠站起来，伸手拍拍坐在电脑前面灵魂出窍的小崽子：“睡觉了啊，赶紧地。”

艾佳坐在电脑前面没动，双眼通红。

陈今阳摇了他一下，他也丝毫没有反应，像一座雕像一样坐在那里。

而此时，陈今阳已经气过了。作为普通的群众，看到中国大陆赛区代表战队在国际赛场上被黑了冠军，确实很气，但是一旦关掉了电脑，她是不会老惦记着的。

世界那么大，而每个人都有忙不完的自己的事情，往后提起，感慨一句“遗憾”或者是“X国黑幕真的不要脸”也就罢了，最多可能就是下一次看到YQNB重回世界赛场时，回忆起这一天的惆怅和遗憾，为他们呐喊加油的声音更大、更有力，仅此而已。

她不会因此食不下咽，更不会因此而影响自己的人生轨迹。

而此时的陈今阳，也是这么认为艾佳的：他可以很喜欢YQNB战队，但是此时此刻这副失魂落魄的模样，就有些夸张了。

“喂，回魂了啊，你还好吧……”

她小心翼翼地伸手戳戳少年的肩膀，而此时，艾佳放在桌子上的手机忽然响起。

YQNB- 胖仙仙啊：兄弟，心很累。

YQNB- 胖仙仙啊：气到昏头，真的，队员心态都崩了……杀千因为最后那个走位失误，非常自责，他一直说一直说，如果不是那么累又那么难受的话，他肯定不会贴脸走上去。看到他在那哭，真的难受。

YQNB- 胖仙仙啊：刚才从台上下来，杀千第一句话就是—我要退役。

YQNB- 胖仙仙啊：说实话，他也是老队员了，这一次确实可能是他最后一次参加世界赛……我们队现在中单位真的狂缺，你真的不要来试训一下吗？

YQNB- 胖仙仙啊：输了比赛不可怕，明年再来，怕就怕明年人都不齐了，YQNB 再也进不了世界赛。

陈今阳看着手机屏幕上那一行行往外跳的字，然后回过头看着艾佳，而此时，少年双眼盯着手机屏幕，陷入沉思。

她愣了一下，此时心里忽然觉得好像没了底，仓皇之中，她做出一个很幼稚的举动。她伸出手，盖住艾佳的手机屏幕，用有些不稳的担忧声音道：“喂？你不会真的想去打职业吧？你妈真的会打死你的！”

在陈今阳紧张的注视下，艾佳把她的手挪开，拿起手机认真地看看手机屏幕上 YQNB 战队经理发过来的消息，飞快地敲上“知道了”三个字。陈今阳伸手去抢手机，艾佳飞快地摁下发送键，信息发送出去，他“咔嚓”一声锁屏，把手机压在屁股下面。

陈今阳不依不饶伸手想去抢，艾佳就笑，笑着问她干吗摸他屁股，是不是想要流氓。看着这小崽子一副没心没肺的样子，陈今阳真心着急，很想问这个小崽子是不是疯了：“你怕不是个傻子，你知道什么？每年几百万个学生挤破脑袋想考都考不进 T 大水利土木工程，你考上了，却不读了，去打职业？！”

陈今阳越吼越大声，少年一脸紧张地伸手拽过她并捂住她的嘴，她瞪大了眼呜呜两声，那抓住她手腕的大手却完全没有要拿开的意思。

“你别嚷嚷那么大声。”艾佳压低了声音道，“我妈听见怎么办？”

陈今阳抬手掐他脸，他吃痛，终于放开她。她顺势推了他一把，急喘两口气：“儿子大学都不上了，要去打职业！你有胆子干，怎么没胆子让她知道？难道你还指望你妈等你退役才知道？”

“休学几年就完事了，拿个世界冠军回来继续上学呗——职业生涯很短的，有些人十五六岁就开始打了……”

“那你都快二十了，老年人跳跳广场舞就完事了，去凑什么热闹打电竞？”

“陆思诚二十二了都还在打。”

“你怎么不跟好的学？”

“你这语气真像我妈。”

陈今阳强忍住暴揍他一顿的冲动，生怕自己再在里这多待一秒都会窒息，她伸手拍了下他的额头，扔下一句“不跟你说，我回去睡觉”就转身离开，然而还没走开两步，忽然从身后伸来一只大手一把拽住她。

陈今阳拼命试图抽回自己的手，但没能成功，回过头，只见艾佳坐在电脑椅子上，那双漆黑的眼闪烁着光，似笑非笑又透着几分深入骨髓的认真：“你看到 YQNB 的经理说的了吗？杀千真的可能退役，他们真的很缺中单，而我现在的胸腔里就像是有一团火……那团火烧得我坐立不安。”

艾佳坐起来一些，同时抬起手，用手背叩叩胸口，目光变得涣散了，就好像又回到了让人觉得他如同坠入醒不来的噩梦的那一刻。

他长叹一口气，声音带着一丝丝迷茫：“是愤怒，是不甘心。就好像三个小时前，失魂落魄坐在 X 国首都竞技体育场的人是自己一样……奇怪的是，我之前明明还口口声声说，我再也不想打游戏了……”

陈今阳沉默了一下，然后问：“现在呢？”

“现在，闭上眼，我仿佛还能听见刚才体育场里那些人的声音……只想到 YQNB 去，希望有一天和今天的这些人一块儿去到世界赛场上，然后，那个奖杯，我们堂堂正正地把它拿回来。”

陈今阳顺着少年拉扯住自己手腕的力道弯下腰，看着他的眼睛：“如果最终你发现自己做不到呢？”

“我给自己五年期限。”

“五年到了以后？”

“我从来不是个爱钻牛角尖的人，五年到了，做不到，我就回来。”

“人一辈子，有几个五年可以拿去浪费？”

陈今阳的声音落下，房间内陷入了大约有十五秒的沉寂，然后她听见少年带着淡淡笑意的声音响起：“不能做自己想做的事，有几个五年都是浪费。”

陈今阳为艾佳的决定心惊肉跳了几天。

虽然她很快意识到这完全是一件“关我屁事”的事情，但是深刻的检讨并不妨碍她每天早上出门前，都要深吸一口气才拉开门，在看到家门口站着的那个熟悉身影时，长长地松一口气：幸好，还在。

而无论心中如何担忧艾佳，陈今阳到底也没敢开口问他“打职业”这件事，她沉默着，小心翼翼，就好像生怕惊醒一条睡梦中的龙。

转眼，十一月过了，秋意渐浓时，院子里的桂花谢了，终于迎来了十二月。

整整一个月，陈今阳每天都能在自家家门口看见艾佳，两人雷打不动地组团上课，日子这么平静地过去了。有时候，陈今阳甚至希望，是 YQNB 忽然醒悟过来不要他这个“老年人选手”了，这样他就能乖乖地回到正常的生活轨道上来。

咸鱼少女谣大大：你知道吧，有时候我都觉得你这个人古板得讨打，口口声声“为他好”，但是你晓得吧，并不是打职业电竞就没出路了。

陈小姑娘：他正儿八经一个大学生，打个什么职业电竞？

咸鱼少女谣大大：嗞，我说你这个人……都看了那么多场比赛了，BGA 职业联赛主持也做过了，怎么还是这套陈腐思想？

咸鱼少女谣大大：电竞能吃人啊？

陈小姑娘：我查过了，CK、ZGDX、YQNB 这种顶尖俱乐部，首发队员一个月最多八千块。你知道艾佳读的是什么专业吗？T 大的水利土木工程，本科毕业出去工作，第一年少于三十万不干。

陈小姑娘：他就是在瞎搞。

陈小姑娘：游戏，看看就得了，有哭有笑挺好的，青春调剂品。但是站在哪儿哭不是哭，站在哪儿笑不是笑，非得把自己的人生搭进去？

陈小姑娘：他这是给自己找事做，非要在按部就班的人生中搞出点惊天动地的事儿来！

咸鱼少女谣大大：就你打字快。

咸鱼少女谣大大：少年人总该有梦想的，惊天动地有什么不好？

陈小姑娘：你少站着说话不腰疼，做梦的时候都喊着“简阳你把电脑砸了啊，我要和你结婚”的人……

咸鱼少女谣大大：艾佳又是你什么人？

陈小姑娘：我学生。

咸鱼少女谣大大：哦。

咸鱼少女谣大大：你晓得你为什么明明长得好看又富有，却至今单身吗？就是因为嘴硬。

陈小姑娘：我为他好，你懂个屁。

咸鱼少女谣大大：我妈也天天跟我说这句。

咸鱼少女谣大大：我不说了。他要有一天真的去打职业，我觉得他妈也就是我们数学老师，能把他骨头拆了嚼吧嚼吧和着血吞下去，到时候肯定是一番惊天地、泣鬼神的恶战，麻烦您老千万不要说出“我觉得你妈也是为你好”这种话气死他。

咸鱼少女谣大大：虽然你非要气死他也跟我没啥关系。

咸鱼少女谣大大：越说越同情我们佳哥，你说说这么放飞自我的一灵魂，爹是医生，妈是老师，找个女人还是个上古蛮荒时代的古董花瓶……

陈今阳心想，这会儿要是童谣在她跟前，她能蹲下来撕了这小蹄子的嘴。

为什么蹲下来？因为童谣矮。

陈今阳放下手机，看着旁边趴在桌子上写卷子的艾佳，这半个月，他以一个星期一个单元的速度快速地学到了初三上半学期的内容。而陈今阳这么着急赶着他的学习进度也不是没有原因的——下周六，十二月十四号，就是大学英语四级考试了，一般大学都要求学生把这个玩意考过了，才发学位证。

陈今阳都怀疑，要不是艾佳遇上她这活菩萨，这辈子还能不能拿到他那本学位证。

“下周我把各种时态变化教你，再找几篇作文范文给你，然后周六你直接去考试，趁热打铁。”

“哎，我英语作文从来不写。”艾佳头也不抬，“背书多麻烦！”

陈今阳伸手捉住他的笔：“哎什么哎，考四级你作文空着还想过啊？大一把四级考了，以后你不学英语也没人说你。”

艾佳被捉了笔，转过头看陈今阳，眯起眼打了个呵欠。陈今阳放开笔后，他的笔尖在卷子上画了一道歪歪扭扭的弧线，发出“沙沙”的声音，少年含糊地应了声：“写写写，唉。”

陈今阳假装没有听见他那声无奈的叹息，坐直了，也拿起笔，找过一个干净的本子，开始从最简单的进行时备课。她备课就是把基本的内容教一下，之后，就在历年的四级真题和模拟题里面，找相关的题目抄下来，给艾佳做……通常出完一份题目，那几套四级模拟真题能被她来来回回翻个几遍。

做过的题目她就用荧光笔在试卷上标个小星星。

两人坐在书桌前面，各干各的，倒也相安无事。

过了一会儿，艾佳写卷子写到一半，遇见一个不会的，抬起头就想问，结果扭头就看见身边的人咬着下唇，低着头很认真抄卷子的样子，一缕头发柔软地垂在她耳边，伴随着她每个细小的动作轻轻飘动。

少年瞳眸之中目光闪烁，想了想，几乎不受控制地抬起手，用手里的笔戳了一下她的脸蛋，那张白皙的脸蛋陷下去，平日里好像总是挂着强势冷漠表情的脸少了一丝冷静。

艾佳“嗤”地笑出声。

陈今阳脸蛋上被戳了个小小的红印子，皱着眉转头看他：“又发什么神经你？”

“你怎么总是凶神恶煞的？聊会儿天啊，我写累了。”

“你才写了半张卷子。”

“聊下嘛，聊下。”艾佳说，“这几天我看你屋子的灯十二点还亮着，不是十一点前定要睡的美少女吗，这几天忙着做贼啊？”

“狗嘴里吐不出象牙。”陈今阳淡淡道，“你以为就你十二月要考试啊，我不要考六级吗？考完六级还有雅思，明年三月还有专八。”

雅思？艾佳脸上的笑容稍稍收敛，像是嗅着危险气息的大狗似的，他坐起来了一些：“雅思？又不出国，你考雅思干吗？”

“考了放那儿呗，万一哪天想出了呢？”陈今阳疑惑地抬起头打量了一下身边的少年，完了在桌子底下踢了他一脚，“你到底还写不写？不写我回去了，本来时间就紧，还在这聊上天了！”

“我下周才用时态的卷子呢，你这两天就别忙活了啊。”艾佳凑近陈今阳，盯着她的眼睛看了一会儿，“都有黑眼圈了。”

陈今阳看着那张近在咫尺的俊脸，眼睛里的认真和关心倒是真心实意的。

这两天陈今阳确实有睡眠不足的嫌疑，给艾佳补课完回家自己做一套卷子，关灯的时候经常都半夜一点多了。

此时此刻她眼睛底下挂着一点点不算显眼的淡淡乌青，但是说黑眼圈，也不至于。

她伸出一根手指顶着少年的额头：“你别管我。”

“我不管你谁管你？”艾佳用自己的头顶着她的指尖，“我得对你负责。”

陈今阳的心跳漏一拍，“嗖”地缩回自己的指尖，努力调整自己的表情，警告自己不要看上去很奇怪。

“我俩干吗了就要你对我负责？小崽子别耍臭流氓，把你的破四级过了，让我跟你爹妈有个交代就行，不然他们天天尽看我陪你打游戏了。”

“哎呀。”艾佳身子缩了回去，抬起手摸了摸脑门上面那个指痕，懒洋洋道，“知道了，不就是四级吗？会过的。”

“嗯。”

“你六级也加油哦。”

“闭着眼都能过，不劳你操心。”

身边的小崽子撇撇嘴，一脸自讨没趣地翻着眼睛趴回桌子上继续写卷子。

少年书写卷子的“沙沙”声又响了起来，房间里陷入一片静谧。

2013年的大学英语四级考试被定在12月14日，那一天正好是周六。

周五放学的时候，陈今阳路过学校商店，鬼使神差地走进去，挤在一堆大一的小孩中间排队买了两支2B铅笔，还有一个小巧的卷笔刀。

晚上坐在桌子前面把铅笔弄好，看了一眼，感觉好像太新，于是又扯了一张纸乱画了几下，然后给隔壁小崽子发了条微信：我去年考试的铅笔还在，你来拿不？

没有人回。

陈今阳看着放在桌子上的两支笔，撇撇嘴，心想：我这是干吗呢？

然后她上床睡觉了。

原本可以美滋滋在家睡个懒觉，陈今阳却早上六点就醒了，就因为她梦见了隔壁的小崽子考四级，放听力的时候他第一题没听懂，然后使劲儿琢磨，回过神来时，听力已经不知道放到第几题了，他只能一通乱写。

陈今阳睁开眼瞪着天花板，爬起来下楼买了早餐，回来的时候七点多，然后又给小崽子发了两条微信。

——起来了吗？去学校的路上听听听力材料，给自己制造一个熟悉的语言环境。

——考试加油，完了请你吃饭。

放下手机，她这才反应过来自己仿佛送儿子去高考的老母亲。

陈今阳自己都不知道自己在担心什么。

到了快考试的时候，小崽子还没回她短信，她觉得更加不对劲儿。女人的第六感通常准得很可怕，所以到接近考试结束的时间，她直接拎着包往考场方向杀去。

到的时候，正好考完铃声响起，陈今阳在艾佳他们考场楼下截住了小结巴和王磊，但是没看见艾佳。

小结巴看见陈今阳就想转头跑路，奈何陈今阳腿长，三两步追上他并把他一把拎回来："跑什么！你们老大呢？"

小结巴："拉……拉屎！"

陈今阳挑眉。

小结巴快被吓哭了："老大他他……他昨天的飞机去S市了，试……试训YQNB……啊——我……我什么都没说，小……小磊子，救……救我！"

陈今阳放开小结巴，愣怔在原地。

周围来来往往的都是刚从考场里走出来的学生，每个人脸上好像都挂着笑容，每一张笑脸仿佛都在嘲笑她。

她从未觉得如同现在这样，像个傻子。

艾佳原本真的没想过要缺席四级考试的，但是无奈的是，YQNB战队给艾佳的试训时间就是这周六，而且是中午十二点，和四级考试时间完美重合。

而且，YQNB战队经理小仙说得很明白，他们看过艾佳的比赛，觉得艾佳非常适合YQNB战队这种稳健运营风的打法，让他去，就是想要他去做首发的，所以他们这周六有一场和隔壁ZGDX的训练赛，希望艾佳过去，无论如何先打一场试试效果。

这是自从世界赛之后，小仙和YQNB的战队高层沟通了一个多月的结果。

原本队员加入战队，必须经过二队试训之后慢慢培训才打能首发，像这样让艾佳直接到一队的训练赛里打，小仙也尽了很大努力去开绿色通道，写了很多的申请报告，一层层批下来，才确定了这周周六的训练赛可以让艾佳直接过去用杀千的号打训练赛，艾佳不可能也不好意思拒绝。

所以，艾佳周五下午下了课就直接去了机场飞S市，也是因为心虚，他把手机关机了，从晚上七点踏上飞机的那一秒起，他就处于查无此人的状态。

第二天早上，当艾佳的同班同学从宿舍里走出来，拿着2B铅笔走向大学英语四级考试考场时，艾佳被YQNB战队去打比赛专用的大巴车从酒店接到基地。

艾佳坐在大巴车里，既紧张又兴奋，这里摸摸，那里看看，然后扭着脑袋看着从酒店一路过来的风景。车窗里，他看见他嘴角微微上扬，像个傻子似的。

艾佳这种“我在去打职业电竞的路上”的感觉在见到了 YQNB 战队首发的几个人之后，飙升到了最高点，然后又迅速跌落回正常值。

YQNB 战队的基地坐落在一栋大楼的二十七层，复式楼里，一楼是客厅、厨房，和放了七八台电脑的训练室，二楼是队员住宿的地方。

地方不大，严格来说住宿条件也不算特别好。

“你要是过来，我们俱乐部包住宿，虽然没有煮饭阿姨，但你们叫外卖还是方便的，每天有一定的报销三餐金额……”

大清早的，小仙带着艾佳到楼上转了一圈，顺便叫那些队员起床。艾佳眼睁睁看着第一间房中央的一张小破床上，YQNB 战队的队长兼辅助凉生（ID：书生）和上单应容（ID：容容）挤在一张床上，两人相互拥抱难舍难分，容容的毛腿还搭在凉生的腰上。

小仙：“对不起，有点辣眼睛，但我保证他们的性取向都很正常。”

小仙抓起门口的拖鞋扔过去，拖鞋正好落在凉生的肚子上，他“噢”了一声，一脸茫然地醒来，坐起来揉揉眼，看见站在门口面无表情的小仙和艾佳。

凉生打了个呵欠，把挂在自己腰上的毛腿推开，掀开衬衫挠挠肚皮：“谁啊？”

小仙：“起来了，带了个新中单过来试训。”

在赛场上，一直被所有人视为 YQNB 战队灵魂的队长大人翘起小拇指抠了抠眼角的眼屎，看了一眼艾佳，真诚评价：“长得还挺帅，过来和我睡吗？”

小仙：“你住口，我刚和人家保证过你们性取向正常！”

凉生发出一阵怪笑，这笑声惊动了房间里另外一张小床上的 ADC 位选手李佳暖（ID：小暖），他顶着鸡窝头，抱着被子翻身坐起来：“怎么了？什么情况？发生了什么事？”

然后目光与站在门口的艾佳对上，小暖沉默了一下：“谁？”

凉生：“新人试训。”

小暖“噢”了一声：“就之前说的那个 BGA 中路第三座防御塔。”

凉生：“马上是顶级职业联赛中路第三座防御塔了，鼓掌。”

两人齐刷刷“啪啪”鼓掌，容容翻了个身，用被子蒙住脑袋。

小仙：“你们知道自己看起来真的很像一群非法组织成员吗？”

凉生：“不知道。”

小仙面无表情地说：“那现在你们知道了。”

小仙“哐”地关上门，没有带艾佳去看另外两个房间，听说一个是打野选手瑞塔和战队教练木光一起住的，最里面那个大房杀千一个人住。

下楼的时候，艾佳还有些恍惚，他完全没想到，这些在职业联赛中已经算是顶尖选手的战队队员，这些粉丝眼里的职业圈大明星，居然就挤在这么一个丝毫不起眼的小破地方。

小仙好像还没觉得哪里不对，甚至笑嘻嘻地告诉艾佳，ZGDX 战队的基地就在他们隔壁那户，别看 ZGDX 赞助商那么有钱，他们的户型还比 YQNB 小一点。

下楼之后，小仙直接带艾佳去了训练室，指着其中一台电脑让艾佳一会儿训练赛就用它，然后告诉他这是杀千平时用的电脑。至于杀千现在是什么情况，小仙也不愿意多说，就是摇摇头叹了一口气，一言难尽的样子，只说杀千这个选手太看状态了，打职业这么多年，心态一崩就什么都没有了。

具体怎么样，艾佳也不好意思多问。

好在没过一会儿，其他队员陆陆续续下来了，大家都是刚洗了澡，神清气爽的样子。凉生穿着拖鞋下来跟艾佳打了个招呼，笑眯眯地说："傻愣着干吗，还不开电脑设置下游戏啊？老杀的键位设置有点'奇葩'的。"一副"大家都很熟，你随意"的样子。

在艾佳"嗯"了一声，心情放松了一点点，坐下来调试电脑的时候，凉生拿起撑衣杆，趴在窗户上，撅着屁股"砰砰"捅隔壁的窗户："隔壁的大兄弟！起床啦！"

没一会儿，隔壁的窗户打开了。

一个胖头胖脑的人探出来："来了来了……啊！书生，胖爷我的内裤叫你给弄下去了！"

凉生趴在窗户边笑嘻嘻地说："那么大的一件居然是内裤，我还以为背心呢！"

隔壁胖子骂骂咧咧，让他赔内裤。

基地大厅一副欢天喜地过大年的场景。

而这一天，直到 YQNB 早上发微博日常跟粉丝们问早安，还有粉丝在下面以泪洗面，让官博好好照顾队员，大家想看到他们的笑容，难为官博还一本正经地回答：没事，会好好安慰他们的，难过也就是这一下。

艾佳看了微博，一脸菜色。

小仙："怎么啦？"

艾佳："我看官方微博上，官博君那样说，还以为大家都还情绪低落。"

小仙："官博是我啊。"

小仙指着撅着屁股趴在窗口拿撑衣杆和隔壁辅助胖子打架的自家战队队长："你看，你看，就这样的能上台面？缺了心眼似的。不好好立个明媚忧伤人设，还不得被说是'无心输赢，毫无廉耻'，被粉丝骂死啊！"

这是艾佳第一次发现，打职业和自己想象的不太一样。

中午十一点左右，艾佳坐在杀千的位置替他打完了一场训练赛。

而整个过程，杀千没有出现，任凭楼下的人怎么大呼小叫，楼上房间的门都死死关着。在艾佳介绍他的英雄池（擅长的英雄种类）的时候，小仙两眼发光，就像是壁虎似的扒在他的电竞椅靠背上，台词从"这次不错"到"凉生你敢信吗，二十五分钟了，我们的中路一塔居然还没掉"，再到"艾佳爷爷你不来我们战队，明天我就吊死在你家门口”。

第四十二分钟的时候，训练赛赢了。

打完训练赛，每个人看向艾佳时，脸上的表情除了刚开始的“友好”，多了新的含义——ADC 小暖绕过了凉生，握住艾佳的手摇晃了一下：“你都不叫辅助，这种‘辅助属于 ADC 而不是队内第二打野’的意识好感人。”

隔壁 ZGDX 的胖子敲响了门，进来第一句话就是：“我来看看稳健得把我们中单明神逼得砸鼠标的大佬长啥样……哟，挺帅。”

呃，总的来说，试训很成功。

艾佳也挺满意自己的表现，还有队友。没良心地说一句，顶级职业联赛顶尖水平战队，和在 SADFISH 那时候的队友还是不一样，整盘训练赛节奏都很紧凑，每个人无论是操作还是思考能力都在平均水平以上……队内指挥不像以前只有艾佳一个人来，通常要打什么，就是大家一起商量，做好决定再去做，大概率避免了决策出错的情况。

而且作为指挥的凉生，大局观很好。

以前打比赛，经常是艾佳一个人孤单 carry，但是这一天，他仿佛在和擅长其他四个位置的自己并肩作战。

舒服。

打完训练赛站起来，在一片和谐的讨论刚才的训练赛细节的声音中，艾佳终于想起来要把手机开机，看看等一下回去的航班信息。在小仙忙着报告试训情况的时候，艾佳打开了自己的手机。

首先跳出来的是陈今阳的微信消息。艾佳看了一眼，发现那微信贯穿了昨晚到今天早上八点，而此时是中午十二点半，距离四级考试结束不到半个小时，陈今阳却再也没有发过信息。

艾佳越看越心惊。

然后手机振动，来自小结巴的几条短信送了进来。

——老大，女财神直接到考场抓人了！

——暴跳如雷。

——凉凉。

在 YQNB 其他的队员有说有笑的声音中，艾佳一下子站了起来，那动作大得把坐在他旁边的凉生吓了一跳：“怎么了？”

只见艾佳捏着手机，站在客厅，刚才那张还算放松的俊脸这会儿抽搐了一下：“我瞒着我女朋友过来试训的，刚才她去我考场门口堵人。”

YQNB 基地里安静了。

所有人看向艾佳的眼神，顿时都变得满是同情。

那句话怎么说的来着？

电子竞技，没有恋爱。

因为事情的发展过于惊悚，艾佳直接改了下午才回去的航班，跳起来就杀向机场。下午三点多，他终于回到自家楼下，三步并作两步冲上楼，屁滚尿流地敲响隔壁家的门，然而没有人应门。

敲门声惊天动地，反而把自家门给敲开了。一般高中数学课都在早上，所以今天下午没课的艾佳妈伸了个脑袋出来，一眼看到心急火燎的自家儿子站在别人家门口挠门，莫名其妙："你干吗像个傻子似的敲你陈奶奶的门？考个英语考得脑子都不好使了，自家门都找不到了？"

哪壶不开提哪壶。

"妈。"艾佳深吸一口气，"你看见隔壁小姐姐了吗？"

"看到啦，刚走……大概是十分钟前，她把你之前的英语资料和书带走了，说你考完四级以后就不需要这些东西……"

艾佳妈话还未落，艾佳已经一阵风似的刮出去！

十几级的台阶楼道，他长腿一迈，几步跨完，转眼消失在楼道！

艾佳妈"哎"了一声，再伸脑袋，就看见自家儿子人已经到了楼下院子门口，完完全全一副火烧屁股的模样。

而艾佳确实就是火烧屁股了。出了小区院子的门，他也不知道自己该去哪里，像是没头苍蝇似的绕着小区转了一圈，最后他在垃圾桶旁边发现了熟悉的东西——还是他心不在焉地走路的时候不小心踢到的。他微微眯起眼低头一看，发现是个黑灰格子的熊挂件，和陈今阳一直挂在包上的一模一样。现在它孤零零躺在路边，不知道为什么，他觉得那只熊凄惨的样子有点像自己。

艾佳弯腰捡起来看了一眼，发现熊身上的环扣好像断了，环扣处还有"Burberry（博柏利）"的烫金字样。

方圆几公里之内，会买这种价值四位数的挂件挂在包上的，大概也只有那一个人。

她来过这里啊。

艾佳顺手将熊揣进了裤兜里，站起来左右张望了一下，然后果然又在垃圾桶旁边发现了一大堆的英语复习资料。比手掌还厚的一沓手抄英语试卷，每一张试卷的每一个字母、每一个标点，甚至每一个选择题选项都是用圆珠笔写的，整整齐齐，干净工整，可以看出抄试卷的人做的时候多仔细、用心。填空的部分是铅笔写的龙飞凤舞又丑陋的字母，那是艾佳的字迹。

卷子有的写完了，有的还没有写完，这会儿全被扔在了垃圾桶旁边的废纸回收处。

除此之外，还有初中一到三年级的英语书，高中一到三年级的英语书。

翻一翻封面，大部分书的第一页都写了名字——陈今阳。

现在它们被扔掉了。

艾佳站在垃圾堆前面发了一会儿呆。如果说上午试训成功的心情是雀跃的，那么现在他整个人就像是被泡进了冰水里，一下子从那脑热的兴奋中清醒过来。

他沉默地弯下腰，开始将那些被扔掉的英语资料捡回来，先是英语书，用袖子擦掉上面的灰尘，然后是那些卷子，写过和没写过的，通通捡回来。

捡到一半的时候起了风，吹跑了两张放在最上面的手抄试卷，艾佳直起腰去捡，结果一抬头，就看见面无表情的陈今阳，也不知道她在那里站多久。

两人沉默对视，陈今阳撩了下头发，转身要走。

艾佳三两步追上去，想要伸手拽住她，奈何手里全是刚捡回来的英语资料，恨不得自己活生生长出第三只手来。相比起英语资料，还是活人比较重要，他弯腰把英语资料往马路牙子边一放，伸手拽住陈今阳："你等等。"

陈今阳转过头看着他，那目光冰冷得，像是在看陌生人。

艾佳被这目光看得浑身难受，这要是换了别人，他能把对方眼珠子挖出来，但是现在，他只能憋着，而且还要硬着头皮主动开口："你来找熊是不？"他掏了掏口袋，把那个小熊挂件掏出来，"在我这儿，刚才捡到的。"

陈今阳看了一眼他手掌心躺着的那个小熊挂件，没说话。

"那什么，我今天……"

"艾佳。"

"啊？"

陈今阳沉默了下，把自己的手臂从他的手里扯出来，淡淡道："这熊扔了吧，不要了。我想好了，我们应该不是一路人，你以后别和我说话了。"

有那么一秒，艾佳觉得陈今阳这个人可能就是为了弄死他而存在的。

如果说那一句轻飘飘的"你以后别和我说话了"还不够狠的话，那她伸手过来，把艾佳掌心那只小熊抓走，再扔进垃圾堆里的举动，让艾佳感觉像是自己的魂都被一起这么遗弃了似的。

陈今阳头也不回地走了。

艾佳站在原地眼睁睁看着她走开。过了良久，他垂下眼，转身回到垃圾桶旁边，在那堆散发着变质食物和各种腐烂蔬菜味儿的垃圾箱里徒手翻找，最后将那只熊找了出来。熊脸上不知道在哪个被扔掉的饭盒上蹭了油污，他拿手擦了一下，发现擦不掉，低低骂了一声，一脚踹翻了垃圾桶。

他站在垃圾桶前面沉默半晌，又默默地把垃圾桶扶起来，把那只熊放回口袋里，然后走到马路牙子旁边，弯腰将那些英语书和资料小心翼翼抱起来，腾出一只手拨通了一个电话："喂？小结巴，叫上王磊啊，来喝酒。"

小结巴和王磊大概猜到发生了什么事，五分钟后，艾佳那些狐朋狗友陆陆续续到了约定的地方，包括以前一起打游戏的SADFISH战队所有人。他们都知道艾佳今天上午去YQNB试训，这会儿正忐忑不安地等着结果。

到了约好的地方，筷子一看艾佳要死不活、双眼发直的样子，心里“咯噔”一下，立刻转头去看小结巴，两人开始挤眉弄眼。

筷子：试训结果很糟糕啊？

小结巴：怕不是这个原因哦！

筷子：那是因为啥？还能有比这更要紧的事？

小结巴：你那么有种你自己问。

小结巴：但是我个人建议你少说两句。

两人眉来眼去个半天，筷子也没整明白发生了什么事，挨着艾佳坐下了，拿起一瓶酒，犹豫了半天，选了个最敏感的话题：“女财神呢？”

小结巴抬起手“啪”地捂住脸。

王磊用“你已经死去”的眼神看着筷子。

在这种气氛下，筷子还感觉不到自己说错话那就是傻子了，他跳过了这个话题，假装刚才自己什么也没有问，吸了吸鼻子，说：“佳哥，你怎么一身垃圾桶味？”

艾佳看了他一眼，直接用牙咬开一瓶啤酒，“砰”的一声，啤酒瓶盖飞开，筷子却有种飞掉的是自己脑袋的错觉。

“我刚被人扔进垃圾桶里了。”艾佳说。

“谁啊，那么大胆。”筷子还以为艾佳在开玩笑，于是笑嘻嘻，“还能把你扔进垃圾桶里，那人还活着不？”

“她不仅活着，还放话以后再也不理我了。”艾佳想了想，认真地说，“所以被扔进垃圾桶里的，除了我的人，还有我的心。”

突如其来的文艺和琼瑶风让筷子的笑容僵在脸上，几秒后，他终于回过神来，不知所措地抬起头去看小结巴，小结巴回望他：都让你少说两句了。

空气有一瞬间的凝滞，甚至没有人敢开口问“你和女财神到底发生了什么”。好在这个时候，仙洋这个“二十四孝”哥哥带着他妹妹到了，他的妹妹身上还穿着T大附中初中部的校服，看着特别乖的一个小妹妹，坐下的时候有点儿拘谨。

她跟桌边的哥哥们挨个问好，最后一双乌黑的眼睛瞥了一眼艾佳，犹豫了一下，好像认出了这是传说中的“T大附中艾佳”，立刻收回视线，低头看菜单。

“老大，试训怎么样？”仙洋挨着艾佳坐下来。

“挺好的，YQNB的经理恨不得今天都不让我回来了。”说到这里，艾佳不知道想起了什么，嘲讽地勾了勾嘴角。

这是个好消息啊。

仙洋慢吞吞“哦”了一声，歪着脑袋看着对着酒瓶仰头狂吹的少年，然后在所有人都没来得及阻止他的情况下开口问：“那不是挺好的吗？那你这一副生无可恋的样子怎么回事？失恋啊？”

他就随口一问，引得桌子边的众人捶胸顿足。

小结巴和王磊一脸冷漠地看着他，筷子隔空点了点他，然后做了个抹脖子的动作。

仙洋莫名其妙："干吗你们？"

小结巴简直恨铁不成钢："你……你们没……没上过学，还没做过人啊？"

仙洋被骂得一头雾水。

桌边的气氛有一点紧张，直到艾佳抬起头，仿佛自我厌恶感达到巅峰值，自暴自弃地笑了声："行了，没多大事，干什么一副世界末日的样子你们？就是试训时间和四级考试时间冲突，我没去考四级，原本想发布成绩时直接说没过就行了，没想到女财神还是知道了。"艾佳的酒瓶子"砰"的一下落在破旧的桌子上，面无表情，那双黑色的眼睛有些吓人，"她去我家把所有的英语资料拿走了，扔进垃圾桶里……"

艾佳说着，瞥了一眼脚边那些英语资料，又自顾自笑了笑："我又给捡回来了。"

这话听着是没多大事，可一时间，也没人敢说话。

小结巴拿出手机开始给阿鱼发微信，因为他们真的不能第三次往艾佳胸口捅刀子了。静默之间，仙洋的妹妹小心翼翼拉了拉哥哥的衣袖："女财神是谁？"

"给这个英语水平还不如小学生的大学生补英语的人。"仙洋精确地形容陈今阳，想了想补充了一句，"女菩萨。"

"现在是女罗刹了。"艾佳干巴巴地说，嗓音沙哑、低沉得可怕，"她考试之前还在给我发微信，叫我去她那儿拿铅笔……我，手机关机了。"

众人同情地看着艾佳。

仙洋的妹妹看着艾佳这副死咸鱼的模样，也没那么怕了，想了一下，然后问："你因为别的事，四级考试不能去，为什么没跟她说啊？"

"说了她不弄死我？"

"那现在她也知道了呀。"仙洋的妹妹歪歪脑袋，"你现在看着和被弄死也没有太大……"

"区别"两个字在仙洋一把捂住她的嘴后活生生被迫咽回了肚子里，仙洋的妹妹睁大了眼，"呜呜"两声，然后挣扎着用双手把他哥的手拽下来："你让我把话说完嘛！我说你们男生就是喜欢自作聪明，有什么事总觉得自己能瞒天过海。如果真的有别的特别重要的事去做导致事情不能按照原计划进行，就要坦白地跟女生说啊！比起不能守约，明明欺骗才是更讨人厌的事！"

小姑娘一口气把话说话，声音柔软里透着坚定。

众人：听君一席话，胜读一年书。

在这一秒前，桌边的所有雄性生物都觉得他们佳哥就是有点倒霉，被发现没去考试而已，几乎每个人都觉得之前艾佳做得没错，多一事不如少一事，瞒着就完事了。而仙洋妹子的话，像一道雷劈在他们的耳边，好像是有点道理。

骗人真的很讨厌。

桌边几个大老爷们个个沉默不语，过了半晌，王磊笑着指着仙洋说："黄毛，白白多吃几年米，你妹比你明理多了。”

仙洋重点抓得完全不对，一脸紧张地看着他妹：“你怎么这么有经验？你不会恋爱了吧？”

仙洋的妹妹一脸莫名其妙：“什么啊，这有什么经验不经验的？女生都这样觉得，骗人很讨厌的。”

艾佳：“骗都骗了，现在是告诉我凉得有多透吗？”

艾佳的声音凉飕飕的，惊得小姑娘往仙洋身后躲了躲，她想了半天，才闷闷憋出来一句：“不，这种情况下，我觉得你还可以去真诚地道歉。”

艾佳：“她都让我别跟她说话了。”

仙洋的妹妹：“她让你别和她说话你就真不说了？”

艾佳：“不然？”

仙洋的妹妹：“我的天，你这样真的是凭自己的本事单身了。”

最后仙洋不得不叫一份盖浇饭堵住他妹的嘴，因为这个时候艾佳看上去已经开始怀疑人生了。

在他脚边的酒瓶子越堆越多，然而“她让我不要和她说话，那我到底要不要听话”这个世纪难题依然没有得到解决。最后，挂在墙上的钟指针指向九点半，艾佳解决了最后一瓶酒，把绿色的空酒瓶“砰”的一声砸在桌子上，站了起来。

“回去了。”

他垂下眼，睫毛遮去眼中所有情绪，只是用淡淡的语气跟桌边所有人宣布自己准备告辞，掏出几张钱放在桌边。当他意识到自己这个动作有点像陈今阳时，他抬起头“呵”地嗤笑了一声，迈开步伐走了出去。

桌边众人沉默，目送艾佳耷拉着肩膀，双手塞在口袋里，摇晃着离开。

小结巴想了想，做出了今日总结：“如……如果这个时候，非非……非要用什么台词形……形容我们佳……佳哥，那大概就是——‘你看那个人，好像一条狗啊。’”

接近晚上十点的时候，艾佳半醉半清醒地站在陈今阳家门口，瞪着那扇紧紧关着的门吹了五分钟凉风后，想起这会儿她应该是在上晚自习。

于是他默默转身，敲响了自家大门。

门被人从里面打开，艾佳妈第一时间发现儿子情绪不太对劲。

那高大的身影和她擦肩而过时，那扑鼻而来的酒味混合着垃圾桶味儿让她下意识皱眉，她伸手捉住他：“上哪儿去了你，像从垃圾堆里爬出来似的！你喝酒了？你怎么又喝酒？这些书你怎么又拿回来啦？”

艾佳低下头看了一眼怀里的英语书和卷子，还有放在最上面那个小熊挂件，扔下一句“你别管”，转身回到房间把自己关了起来。

艾佳妈站在门外面愣了一会儿，记忆中好像好久没有看见她儿子这副天都塌下来了的样子了，问他怎么了又不说。

“神经病哦？”

艾佳妈只好回到沙发旁边，继续叠刚收回来叠了一半的衣服，叠了两件后又忍不住竖起耳朵听，这时候才听到从艾佳的房间里好像传来流水的声音，大概是他在洗澡。

艾佳洗了个澡，那只小熊挂件也被他一起扔进浴缸里洗了个干干净净，用在它身上的沐浴液比用在他自己身上的还多……洗完之后，头发还在滴水，艾佳却走出来，先把那只小熊的金属用浴巾擦干，然后把它挂在了通风的地方，就好像那只小熊挂件等于他的命。

等艾佳从房间里走出来，艾佳妈已经叠好了一大堆的衣服，头也不抬地问：“你下午出去的时候，找到隔壁小姐姐了吗？”

话语一落，就听见正往厨房里走的脚步声一顿，然后艾佳含糊地“嗯”了一声，开始在厨房乒乒乓乓地翻东西。

“你们吵架啦？”艾佳妈头也不抬地问，“我看她来拿英语书的时候脸色好像不是很好的样子，你又干什么惹人家生气了？”

“你问那么多干吗？！”

厨房里，艾佳正翻箱倒柜找吃的，从早上起来，他就一口东西都还没吃过，飞机餐又吃不惯，只喝了两口水，下午和小结巴他们在一起喝酒，也是秉着要迅速把自己灌醉的目的在瞎喝。不幸的是，他都喝得快胃穿孔了，却总觉得自己反而越来越清醒：闭上眼，手掌心还是最后那一秒，陈今阳那柔软却有些凉的指尖从他掌心抓起熊无意间拂过时的触感。

像是抓在他心上了。

而人倒霉的时候，喝凉水都塞牙，艾佳翻遍了所有的锅碗瓢盆，到处空空如也。

“妈，家里没吃的啊？”艾佳问。

“你下午不接电话，你爸又加班，我怎么知道你们要不要吃饭？而且学生刚考完月考，我一大堆试卷等着批，哪有那个空闲，当然就没做啊！”艾佳妈理所当然道，“橱柜里有泡面，你要饿了自己煮。”

艾佳闻言，一边嘟囔着“我怎么活得跟孤儿似的，一口热饭都吃不到”，一边伸手从橱柜里拿下锅，接了水扔在灶台上，等水滚了打开泡面包装，一股油混合着防腐剂的味道冲入鼻腔，艾佳忽然一下子没了食欲。

如果这世界上有什么事情是最恐怖的，那大概就是，以前明明把各种外卖和方便面当家常便饭的艾佳突然发现自己好像被悄无声息地改造了，等到他反应过来哪里不对的时候，他发现自己的胃已经被养得习惯了各种健康食物——

白粥，馒头，豆浆，烤的面包，烤的各种甜点、小饼干。

被某人惯的。

那个把他惯得一身娇贵臭毛病，现在又走了，头也不回，并且以后再也不要和他讲话的某人。

如果说之前的半个小时内，艾佳只是隐隐约约有些难受，那么现在，因为这种无关紧要又莫名其妙的细节，那把高高悬在他心上的达摩克利斯之剑终于掉了下来。

一下子，那种虚无缥缈的、仿佛隔着什么的难受感不见了，整个人变得放空，仿佛彻底地被抽空了灵魂，那从天而坠的锋利宝剑穿透了他的心脏，那冰凉的感觉完美地传递到他的每一个毛孔、每一个细胞。

艾佳手中打开一半的泡面掉到锅上，发出惊天动地的声响，他双手撑在冰冷的灶台上，双眼有些发红。

——我说你们男生就是喜欢自作聪明，有什么事总觉得自己能瞒天过海。

“怎么啦？”客厅里传来艾佳妈的询问，伴随着拖鞋踩在地板上发出的声音，好像是她从客厅沙发上站起来往这边走。

——比起不能守约，明明欺骗才是更讨人厌的事！

艾佳沉默了半晌。

“妈，你刚才不是问隔壁小姐姐怎么了吗？”艾佳听见自己的声音沙哑得可怕，也平静得惊人，“她是生气了，因为早上的英语四级考试，我没去。我去S市了，因为有一个电竞俱乐部邀请我过去打职业，我去试训了。”

厨房外，客厅里陷入短暂的沉寂。

过了良久，艾佳听见他妈不确定地问：“你说什么？”

艾佳把自己说的话重复了一遍。

这一次，客厅里陷入长久的死寂。

与此同时，在T大外语系某个教室里。

陈今阳正在体验她打从读书以来最心不在焉的一个晚自习。通常来说，晚自习的环境总比白天艳阳高照的时候更能够让她集中自己的注意力去学点什么：她最高纪录是在晚自习的时候一口气背下五十个左右的单词，以及奥巴马任职演讲的第一部分。

然而现在，她就像是被人抽空了灵魂似的趴在桌子上，脑袋下面枕着做了三分之一就没再动笔的考试真题——字迹还有些凌乱。

脸蛋被桌子挤压得有点变形，她却似乎毫不在意这一点，手上拿着手机，正肆无忌惮地跟某人在微信里大吐苦水。

陈小姑娘：你说得没错，有时候我也觉得自己古板又执着。比如作为邻居，我隔壁家的小孩是去考英语四级还是跑去S市试训打职业到底跟我有什么关系？

陈小姑娘：而我，却因此暴跳如雷。

咸鱼少女谣大大：所以“他跑去S市试训打职业”这种事还是发生了？

咸鱼少女谣大大：我放下正在做的数学真题，以牺牲高二备考生宝贵的复习时间为代价告诉你，确实跟你没关系，just a neighbor，一个邻居，你这气得毫无道理也站不住脚，少女。

陈小姑娘："A neighbour"，别在关公面前耍大刀。顺便提醒一句，目前看来你该做的是英语试卷。

咸鱼少女谣大大：从你今晚讨人厌的程度来看，这个"丧味"确实浓郁到扑出屏幕了。

陈小姑娘：先把打职业这事到底合不合适放在一旁不说，他如果告诉我，他决定放弃考试去什么鬼地方职业试训，我可能会骂他一顿，最多担心那会不会是骗小孩的传销组织，但是不会以把自己吊死在他家门口的方式去阻止他。

咸鱼少女谣大大：那你气啥？

陈小姑娘：我气的只是自己像个傻子似的，直到今天早上八点我还以为他会乖乖坐在考场里，并叮嘱他在去学校的路上别忘记听听英语泛读资料，给自己创造一个良好的听力环境。

陈小姑娘：而他，手机关机。

咸鱼少女谣大大：噗！

咸鱼少女谣大大：所以他偷摸去的啊？

咸鱼少女谣大大：那就是另外一个问题了。我不劝你了，无论撒谎的初心是否出于"多一事不如少一事"这种无恶意的念头，至少在我这儿，撒谎即死罪。

陈小姑娘：呃……

咸鱼少女谣大大：看来你比我心软一些。

陈小姑娘：我让他以后不要和我说话了。

咸鱼少女谣大大：就这样？微信拉黑了吗？QQ拉黑了吗？来电设置黑名单了吗？短信拒接了吗？你跟奶奶说隔壁家的小子敲门死也不要给他开了吗？

陈小姑娘：我让他以后不要和我说话了！

咸鱼少女谣大大：真是心软啊，啧啧啧。

陈小姑娘：他也确实没跟我说过话了。

陈今阳把消息发送过去后，童谣那边沉默了几分钟，然后她才轻描淡写地发送来一句：那是他蠢，和你心软一点不冲突。

陈今阳放下手机，深吸一口气。

旁边埋头写卷子的老六听着声音，抬起头看着她："你怎么了啊？"

陈今阳扭过头，看着一脸天真的室友，忽然一种羡慕感油然而生。于是她一脸感慨地伸手摸摸老六的脑袋："好好学习，男人都不是好东西，非蠢即骗。"

老六一脸茫然。

下了晚自习，陈今阳随便收拾了一下东西就匆匆跳上了回奶奶家的车。坐在后座位上，陈今阳心不在焉地看着窗外的霓虹灯还有来往的学生。

“陈今阳。”在前面开车的人从后视镜里看她的侧脸，“你爸让我问你出国的事你考虑得怎么样了，如果你觉得可以，到时候我可以跟你一起。”

陈今阳默默把头扭了回来，从后视镜里与开车的男人对视，半晌后幽幽道：“文滨，我还以为我今晚已经把‘我很心烦’四个字写在脸上了。”

文滨没有说话。

陈今阳：“停车。”

车子停了下来，陈今阳毫不犹豫地开门下车，然后迅速地混入学生人群里，周围的人们只来得及看见某辆豪华轿车停下来，之后有个漂亮姑娘一脸不耐烦地走下来，理所当然地以为她是和男朋友吵架了。

有人因此而窃窃私语起来，但是陈今阳不在乎，她只是加快了脚下的步伐往T大教职员工宿舍方向走去。

在她渐行渐远后，那辆黑色轿车驾驶座的车窗缓缓打开。

路过的学生好奇往里面看，这就看见坐在驾驶座上的男人单手握着方向盘，另外一只手则拿出香烟叼在唇边，他垂下眼，打火机“咔嚓”一声燃起，火苗跳跃在他稍显冷漠的瞳眸里。

升起的白色烟雾让那抹匆匆离去的身影变得模糊，男人微微眯起眼，眼中的情绪也跟着变得模糊。过了良久，男人将吸了一半的香烟扔在地上。窗户重新关上，黑夜之中，黑色的豪华轿车无声地滑出去，安静地跟在少女离开的背影后，就隔着不远不近的距离。

而此时，埋头在前面走的陈今阳已经到了T大教职员工宿舍的院子附近，并没有发现身后默默跟着她一路到家门口的轿车。

她只是在靠近目的地的第一秒发现，今晚，T大教职员工宿舍好像不太太平。

因为住在陈今阳奶奶院子里的都是教师，所以平日里大家的生活都很有规律，通常陈今阳下晚自习回来十点左右，大部分人家里哪怕亮着灯也是悄无声息的，又或者偶尔路过哪家楼下，还能嗅到从排风扇里传来的沐浴液香味，这通常象征着某一家人刚刚洗漱完毕，快要睡觉了。

用艾佳的话来说：高中老师养的狗，都是生活作息无比正常的狗。

但是今晚不同，陈今阳一靠近院子，就听见哪家的狗在“嗷嗷”乱叫，连带着惊得其他家的小孩在“嘤嘤嘤”地哭,中间还夹杂着某个女人疯了似的歇斯底里的怒骂声。

院子里可以说非常热闹。

陈今阳抱着书站在楼下茫然地停了一会儿，最开始还以为是自己心情不好，所以过于敏感。

然后她抬起头，发现狗叫声是从她奶奶家楼上那户传来的，婴儿哭声是隔壁楼同一层发出的，而那女人歇斯底里的怒骂和咆哮声，则来自她家隔壁。

“你那么有本事！你就给我滚，然后再也不要回来！

“我就当从来没生下过你！好好的大学生不做，你要去打游戏！从小到大！你有没有哪一次，哪怕一次让父母满意过？！

“你打游戏能打一辈子吗？！三年后呢？五年后呢？当那个游戏再也没人玩、没人看的时候，你怎么办？！到时候你再看看，看看这个社会还容不容得下你！”

“哐”的一声，一个电脑主机箱就在陈今阳脚边四五米开外的地方从天而降，被摔得四分五裂！

陈今阳哆嗦了一下，连忙后退一步，然后紧接着被扔下来的是一个液晶显示屏，液晶显示屏脆弱的屏幕被摔得粉末飞溅，然后是鼠标、鼠标垫、音响、耳机，最后是一个键盘。

键盘掉在地上，许多按键因受到强烈的撞击弹飞，像炸开的黑色烟花。陈今阳站在一旁沉默了一下，然后弯腰在碎得七零八落的键盘旁边蹲下来，白皙的手指捡起一颗滚至自己脚边的键帽，指尖在上面蹭了蹭。

熟悉的触感。

几天前，少年欢天喜地地把它捧回家的时候，还牵着她的手摁在上面，让她感受那有弹力的触感，并一脸兴奋地问她：“怎么样，是不是和一般的键盘不一样？”

陈今阳当时怎么回答的来着？

好像是说，没觉得和五十块的有什么区别。

现在看来，陈今阳低着头看脚边这个被摔得稀巴烂的键盘，面无表情地心想，还真是没什么区别。

她站在键盘旁边深吸一口气，抱紧了怀里的书，一步步往楼上走，走到二楼楼梯拐角的时候，正好看见身形高大的少年被他妈一把从家里推搡出来的狼狈模样。他脚上还穿着拖鞋，好像是自己踩着了自己的鞋绊了下，背撞在身后的墙壁上，这才停下往后倒的趋势。

伴随着他妈的怒骂：“你滚吧！翅膀硬了，我和你爸管不了你！从小就是这样，说什么都像是我们要害你，什么都不听！不听就不听好了！谁也不欠你的！我和你爸把你养这么大，你就像是个讨债鬼，但是请你搞清楚，我和你爸，谁也不欠你的！”

因为这会儿站近了，才感受到现场版的威力，陈今阳从来没有见过隔壁艾佳妈用这么高的音调说话的样子，眼下，只见平日里那个对她总是和和气气的女人发丝有一丝丝凌乱，站在家门口，双目因为愤怒而睁得滚圆，浑身都在微微颤抖。

陈今阳沉默地把自己藏入拐角的阴影中，楼梯间陷入片刻的沉寂，只见艾佳妈瞪着站在门外的少年一会儿，又转身进去，随便抱了一堆刚刚叠好的衣服，走出来，一股脑劈头盖脸地扔到少年脑袋上，继续河东狮吼：“还想着你上大学就懂事了，就知道好好念书了，我和你爸总算熬出头了，现在你跟我说什么，你要休学！去打游戏！打游戏！你有没有哪怕一点点责任感？你原本可以好好做一个工程师，现在要打游戏？打游戏能对这个社会做出哪怕一丝丝的贡献吗？！你别以为赚钱多就行，没有地位，别人照样瞧不起你！”

艾佳低着头，将砸在自己脸上的衣服扯下来，抓在手上拿好，抬起头。黑夜之中，少年的瞳眸黑白分明，他安静地看着不远处那个姑且称作“家”的地方。他的母亲站在门边，高高在上，盛气凌人，就像平日里在教训自己的学生一样唯我独尊。

更里面客厅里，他父亲坐在沙发上抽烟，身上还穿着值班时候的白大褂，死死地皱着眉，低着头一言不发。

在他两三米开外的地方，传来他妈愤怒的咆哮声：“人活着是为了什么，不就是为了让人看得起，出去人家尊敬你？你现在不好好学习，将来什么都不会做，出去都抬不起头来！你看我那个同学，同学聚会从来不敢来，为什么？怕丢脸！一个月挣几千块钱，别的同学都是教授、总工了，他还在车间当工人！你再看看你爸，你看你爸现在出去，谁不是客客气气的？这就是社会地位！”

声音传入耳朵，一切的一切，就像是一场闹剧。

少年抓着手中的衣服，上面散发着淡淡的洗衣液香味，那味道钻入鼻中，不知道为何忽然引起他一阵胃部的抽搐和反胃，那强烈想要呕吐的冲动让他头疼欲裂。

“社会地位。”站在阴暗的角落里，少年忽然意味不明地嗤笑了一声，嗓音冷得像是夹杂着外面的北风，“从初中开始，就算逢年过节，永远都是叫外卖、吃外卖，放学回到家里，能吃上一口热饭都跟中彩票似的，这些，换来的就是你们口中的社会地位？”

他话语落下，空气忽然变得安静得可怕。

“那我呢？”少年手背青筋凸起，他嘴角紧抿，表情看上去冷漠又倔强，而这个时候，没有任何一个人能够从他脸上的表情看出，他是不是后悔将这些话说出口，“如果我也是你们追求社会地位路上的牺牲品，那这社会地位有什么值得你在这大声宣告？！”

少年把手中的衣服狠狠甩到地上，扬起走道间的尘土。

而站在家门口，原本在咆哮的女人像是忽然失去了声音。

外面狂风大作，好像空气之中失去了氧气成分，令人窒息的沉默笼罩着这古旧的楼梯间。

“对，是我的错。”站在门边的女人此时像是终于回过神来，她忽然换了一种平静、冰冷的声音说，“看来我一开始就不该管着你，考什么大学读什么书？你就该和那些只知道打游戏的人一起到角落里蹲着，发霉生蛆。”

她说完，退回了屋子里，那扇门“砰”地被关上了，阻隔了最后一丝丝从门里透出的光。

北风穿透整个走道，呼啸而过。

十二月，已经是初冬了，那风里也带着一丝丝彻骨寒冷的味道。

陈今阳站在角落里，不敢动。

“出来吧。”

在台阶往上，少年略显疲倦、沙哑的声音响起：“抱歉，教你看笑话了。”

少年顺着身后的墙滑落坐下，屈起一条腿，然后就定格，沉默如雕像。

陈今阳站在二楼拐角的走道里，出来也不是，转身离开也不是，只是大脑有些放空，然后发现自己平日里遇事还算从容淡定，此时此刻却真的有些不知道该怎么办。

生气？

那自然还是气的。

但是眼下哪怕是傻子也知道，好像不是为了一点儿鸡毛蒜皮的事儿跟人家算账的时候。

怎么办？

说点什么？

陈今阳手扶着楼梯扶手，一步分成三步走，这才磨磨蹭蹭地走到了三楼走廊上。她既然不知道说什么，那就什么都不说算了。

她倒是很想假装什么都没看见、什么都没听见，昂首挺胸走过去，掏出钥匙开门回家，奈何在她敏捷地抬脚，跨过路上少年横出来的长腿时，忽然听见从右下方传来“咕噜噜”的一阵五脏庙打鼓的声音。

只是一秒的停顿，垂在身体一侧的手就被另外一只有些凉的大手小心翼翼地拽了一下，陈今阳条件反射般地低下头，寒夜之中，对视上少年那双黑漆漆透着疲惫的眼。

“有吃的吗？我饿。”

少年那模样，真的非常弱小可怜。

有那么一秒，陈今阳怀疑艾佳是不是在跟她卖惨以求得原谅，但是好在她很快从这种自恋的态度里清醒过来——没有哪个脑子正常的人会以被暴跳如雷的母亲赶出家门这种方式卖惨换取隔壁邻居的原谅。

于是在犹豫了三十秒后，陈今阳叹了一口气，打开门，将靠在她家门口的少年从地上拖拽起来，拉到了自家沙发上，整个过程都是无声的。而进入温暖的屋子，周围一切安静下来，艾佳明显松了一口气。他动了动脖子看看四周：“陈奶奶呢？”

“她睡得早。”

陈今阳走进厨房，掀开锅盖，里面还有一碗卤牛肉，灶台上放着几个西红柿还有一把挂面，冰箱里还有鸡蛋。陈今阳拿出一个锅，接了水架在灶台上，等待水开的时候回到客厅。

艾佳抱着膝盖蜷缩在沙发上，目光跟随着她的移动而移动。

“我家那么吵，陈奶奶也睡得着啊？”艾佳半自嘲地说，“隔壁那栋楼的狗都惊动了。”

“我奶奶耳朵不好使，又不爱戴助听器。”陈今阳面无表情道，“也不知道这算不算因祸得福。”

说完，不等艾佳再说什么，陈今阳又回到厨房切西红柿，切好后扔进锅里，然后下面，打蛋，加盐，简单的鸡蛋面做起来不需要任何技术含量，她只看奶奶做过一次就会了。

最后切几片牛肉扔到面上，有荤有素，看着也挺像那么一回事。站在厨房里，陈今阳给了自己一个满意的微笑，洗了手，把面端出来放在饭桌上，然后就冲远处的少年扬扬下巴。其实不需要她做太多动作，在面香从厨房里飘出来的时候，艾佳已经站了起来。少年快速来到桌边坐下，拿起筷子，低头吃面。

他咀嚼时没有多少声音，整个吃东西的过程都安安静静，但是陈今阳一眼就看出来他是真的饿极了，毕竟那么烫的面，他随便吹两下就往嘴巴里塞。

陈今阳的手指随意搭在桌边，无声跳动了一下——这场景恐怕是有些可笑了，她本人第一次自己动手煮面，是煮给大概八个小时前，她才警告过永远不要和自己说话的人。

“咸吗？”陈今阳面无表情地问，“没做过饭，随便按心情放的盐。”

艾佳摇摇头，没说话。

面汤里蒸腾的水汽模糊了他的视线，陈今阳淡淡地一瞥，发现他眼圈微微泛红，眉头紧皱，低着头，就好像眼前的这碗面里下了毒，或者跟他有什么血海深仇。

陈今阳停顿了一下，然后说：“不好吃也别勉强……”

说着，她有些不好意思，敏感地想要伸手去抢，但是意外地，在她的手碰到碗边缘之前，少年就像是脑袋顶上长了眼睛似的不动声色挡开了她的手。然后她听见他头也不抬地淡淡道：“有口热的吃不错了，还挑什么挑。”

陈今阳想到少年刚才冲他妈嚷嚷“能吃上一口热饭都跟中彩票似的”之类的话，又无力地闭上了嘴，也不知道这算不算是她往人家伤口上撒盐，毕竟童谣一直说她情商不太高来着。

但是现在她觉得话题到了这种尴尬的地步，好像完全是艾佳自己提起的，她只是单纯地想问一句面好不好吃而已。

嗯，没错，是这样。

“你跟你妈说了今天的事？”

艾佳“嗯”了一声：“有人教育我不要跟女人撒谎。”艾佳抬起头意味深长地瞥了陈今阳一眼，“经过下午你的事，我觉得她说的有道理。”

陈今阳：“你怎么跟你妈说的？”

“能怎么说，就说我想这学期念完就休学去打职业。”艾佳说，“然后她就劈头盖脸地开始往我身上扔东西，扔光之后，没东西可扔了，就把我扔了出来。”

陈今阳憋了半天，是真的想说那句被童谣奉为死亡之句的“你妈也是为你好”。

结果憋了半天，她愣是忍住没说，反而是艾佳替她说了出来：“你是不是想说‘你妈也是为你好’啊？”

陈今阳这时候正捧着杯子喝水，闻言差点被水呛到。她放下杯子看向艾佳，后者脸上倒是挺平静的：“你脸上都写着，说不说出来都一样。”

此时，少年已经干净利落地把那一碗番茄鸡蛋面吃完了，心满意足地打了个嗝儿，还特别自觉地给自己倒了杯热水，咕噜咕噜喝了两口，这才感觉刚才身上那股寒气被彻底驱散了。

“这话你们其实用不着跟我说，我又不是傻子，那是我妈，她还能害我吗？”艾佳叹了口气，“但是有时候我觉得思想对不上号那也是没办法的事。我也有我想要做的事，那不一定就是正确的，但是我就想试试……”

陈今阳愣了一下：自己都不确定是不是正确，你还试什么试？

换了个坐姿，陈今阳歪着脑袋看坐在桌边的少年：“要是不成功呢？”

“不成功就算了呗，一步一脚印，自己走出来的，才是属于自己的人生。”

这随便的语气，搞得好像打游戏一样，还能随时删档重来？

陈今阳微微蹙眉：“不能理解你们这样的冒险主义者。”

“你之前也说了，人一辈子就这么些时间，浑浑噩噩、按部就班、无惊无喜地过也是过。”艾佳淡淡道，“孤注一掷，哪怕最后把自己坑得在大街上要饭，也是过。我只是希望几十年后，草席一卷，黄土一盖，闭上眼时还有那么一些值得回忆的东西。”

艾佳说完之后，刚才那双暗沉无光的眼睛亮了一下，脸上大概是因为有了一些联想而有了一点儿光。他脑海里想到的大概是很久以后，他身上穿着那一套印着 YQNB 电竞俱乐部标志的队服，坐在国际赛场上，很多人为他欢呼，很多人为他加油。

就像是一个确切存在、触手可及的梦想，也只是一步之遥。

而少年脸上的光彩稍微出现后，迅速地黯淡下去，在想象中的这一幕出现之前，眼下，在他眼前横着的是千难万险：“算了，你就当我胡扯，反正就那么回事。”

自我厌倦般地说完，艾佳低下头乖乖喝水。

却不知道他的话，尤其是最后一句特别像是老头子说的话，陈今阳听了，其实当下有点心动，但是同时也矛盾地不能苟同，就像是原本方向笔直的信念发生了一丝丝的偏转，只是好像也不太影响前进的大方向。

这貌似是接触到了她从来没有去想也没有要去触碰的禁忌领域，而她并不知道，在偏离正常轨道之后，会发生什么样不可控的后果。

这么些年来，她好好学习，认真花钱享乐，平安安稳地生活，等到以后毕业了，家里或许会给她安排工作，她也有可能因为自己的实力找到更好的，然后恋爱，结婚，养育下一代……说实话，她从来没有觉得有什么不对——毕竟她一直是这样的，做自己的乖乖女。别人眼中羡慕的对象，凡事顺风顺水。

她从来没有想过这样过完一辈子的话，会不会有什么遗憾的地方。

就像是老人说的，平凡可贵嘛！生活里，不用像电视剧里那样经历大风大浪，偶尔也能获得小小的幸福满足感，这样就很好。

所以她不太懂艾佳这类人的想法。于是此时此刻，她也只是坐在桌边沉默着听他说那些话语而已，感觉云里雾里的，好像听懂了，又好像没听懂。

这天晚上，艾佳是回学校宿舍里睡的。

陈今阳也不知道他回去之后睡着了没有，睡得好不好，总之令人意外的是，最后她失眠了，就像是中了可怕的魔咒。

她在床上翻来覆去睡不着，简直有点儿怀疑人生，最后实在是生气，干脆不睡了，拿起手机上网，结果还在某个十二点话题专栏里看到了这么一句话：最怕一生碌碌无为，还安慰自己平凡可贵。

陈今阳当场把手机扔到了床底。

陈今阳："叛逆是种传染病，最好的治疗方式是远离传染源。"

陈今阳："以及，自言自语是精神分裂症的初期病状。"

最后，躺在床上的少女心情万般复杂地拉起被子盖住了自己的脑袋。

第六章

以后赚钱了还你

后来，陈今阳有大概一周的时间没有再和艾佳联系，就好像那一晚少年被家里人扫地出门后，他在她的生活里也随之被扫地出门。

偶尔听谢苗嘴巴里提到筷子，再听谢苗嘴巴里的筷子的嘴巴里提到艾佳这个名字，陈今阳才勉强知道他的现状，好像就是这个人理所当然还活着，只是离死也不太远了。他家里断了他的一切经济来源，简单地说就是不给生活费了，而他这个时候还没有离开学校，只是在办理休学手续，听说他读完这个学期才走。

无论他此时签没签 YQNB 的职业邀请合同，他人没过去，肯定是没有工资可以拿。

其实听到这，陈今阳很想问“啊那他不是饿死了”，然而理智当前，陈今阳只是面无表情地“哦”一声表示知道了，之后就再也没有下文。

就像那晚的番茄鸡蛋面是她对他最后的道别馈赠。

正所谓按部就班的生活还要继续下去的嘛，一想到从此就离开了“叛逆感染源”，再也不用去神经兮兮想些有的没的，陈今阳在隐约的不爽之中，又矛盾地为此松一口气，如同战场的逃兵，在被大义洗脑心甘情愿付出生命之前，卑鄙地逃出生天。

然而这口气还没来得及松懈到完全使她放松身心，她所谓“按部就班的生活”就露出了它的爪牙。

那一天，陈今阳刚刚考完雅思的笔试部分，走出考场就接到了她妈的电话，她妈约她在学校附近的一家酒楼吃饭。

对此陈今阳有些莫名其妙，不就是考个雅思吗，考完还有庆功宴，这就有点隆重了啊。不过有饭吃谁不去呢，于是她屁颠屁颠地去了。

当她背着包走进她妈说好的包厢，这才发现好像哪里不太妙：桌边一大家子人，连三叔公、二婶这种亲戚都到了。她老爸坐在整张桌子的主位，身上还穿着上班时候的格子衬衫和西装裤，腰间皮带名牌 logo（标志）闪闪发亮，还是上次她出国玩时给带回来的。五十多岁的男人了，因为收拾得干干净净的，依然很有成熟男人的味道。

陈今阳扫了一眼桌边，然后在她爸的右边看见了滨文。

其实严格来说，滨文不算是她表哥，是她妈那边的某个亲戚的亲戚的哥哥的儿子，和陈今阳的老爸早些年一个村子出来的。现在陈今阳的老爸发达了，家里公司塞满了那个村子里的人。因为关系实在太复杂，所以男的一律被陈今阳叫表哥，女的一律被陈今阳叫表姐。

“你怎么也在啊？”

陈今阳在滨文旁边那个位子坐下来，顺口问。

“什么叫‘你怎么也在’？”陈今阳听见他爸的声音响起来，“你说话能不能客气点？还有，现在什么天气了，你还穿裙子，不冷的啊？”

陈今阳冲着自己面前的白瓷勺和碗翻了个白眼，然而她没想到的是，今晚以她为主题的“家宴”，只是刚刚开始。话题从她爸最近要跑加拿大投资一块地开始，她听得云里雾里，就知道面前的马蹄猪肚汤真的很好喝。她正低头安静喝她的汤，就听见她老爸说：“所以阳阳，你今天雅思考得怎么样？到时候我准备先让滨文过去替我把开始那些琐碎的事情办好，在你要读的学校附近买套房子，然后等你过去了，你们两个也有个照应。以后做得好了，我再提拔提拔滨文。他还是很能干的，你由他照顾，我很放心。”

陈今阳：“哦。嗯？”

陈今阳放下汤勺，一脸茫然地抬起头，这才发现整个桌子边的人都在看自己。她转过头看了一眼她老爸，又看了一眼坐在他老爸旁边，俨然一副二把手状，淡然垂眼看着自己的滨文。

陈今阳：“到底谁说我要出国？”

陈今阳爸：“你不出国，一直在国内，能有什么提升？出去一年开开眼界，别人想去都去不了。”

陈今阳的勺子掉碗里，汤飞溅在她袖子上。

陈今阳爸一脸嫌弃：“你看你这么邋遢，除了滨文，我都想不到还有谁能照顾你。”

陈今阳目瞪口呆，都来不及用纸巾擦擦袖子，转头看看滨文又看看她爸，终于反应迟钝地意识到这是一场鸿门宴：“爸，滨文是我表哥。”

“你少乱攀亲戚，他算你哪门子的表哥？”

“我才想说你少乱点鸳鸯谱，什么年代了还要搞这套不清不楚的。”陈今阳头疼地说，“我不出国，我也不恋爱……要恋爱也不是他这个类型啊！”

少女的指尖指向身边“面瘫男”的脸，后者手里正拿着一张不知道从哪里变出来的湿纸巾要给她擦袖子，闻言动作一顿，掀起眼皮子看向她。

“我这个人已经有个很枯燥的灵魂了，”陈今阳说，“再来个枯燥的灵魂，也并不会有负负得正的效果。”

对于陈今阳的话，她爸明显不能苟同："对你好就行了，你还讲什么灵魂，偶像剧看多了啊？这件事暂时不谈，出国的事没得商量啊，都跟你老师沟通好了，出国对你没有一点坏处！"

"你早说要送我出去，那我还拼了命在那高考？"

"高考这是必不可少的人生经历，早就告诉你能出国，你还好好读书？"

"我已经在好好读书了，我不出国。"

"非出不可，这事轮不到你任性。"

这一瞬间肾上腺素飙升，陈今阳一把拽过挂在椅子上的背包站起来，旁边滨文想要伸手拽她，被她用力一甩强行甩回了椅子上。陈今阳夺门而出的时候，还听见她老爸在后面自信满满地说："让她去，看她任性到几时。"

陈今阳以一个响亮的摔门声作为对她老爸自信满满的回应。

陈今阳连蹦带跳，逃也似的离开那个酒楼。

心中的愤怒让她迈开腿一路狂奔，直到她在某个拐角，猛地一头扎进某个人的怀里，那人高大的身躯被她撞了一下，也只是"哎"了一声，摇晃一下，手中啃了一半的馒头飞了出去，掉在地上，滚了一圈。

反而是陈今阳差点儿被他弹飞出去，还好那人大发慈悲伸手拽住了她。

陈今阳一阵狂喘，站定了，嘟囔了一句"不好意思，谢谢啊"。她目光扫过那个滚在旁边街道中央的大白馒头，然后发现她都站稳了，那扣在她手腕上的大手也没有拿开。

她愣了愣，随后便听见少年略微沙哑的熟悉嗓音在她脑袋顶上响起："跑那么快干吗？后面有鬼在追你啊？"

陈今阳抬起头，看见了某个从她生命中无声无息消失了一周的少年。此时寒冬腊月，他穿着件看着不太厚的卫衣，脚上穿着他被扫地出门那晚穿的拖鞋，正弯着腰一脸探究地看着她。

陈今阳："你这是……"

艾佳："啊？"

陈今阳："要饭正好要到这条街？"

原谅陈今阳产生了不美好的联想，实在是艾佳此时此刻的打扮让人没办法不联想到这个。现在这种天气，很难想象还有人穿着秋天的衣裤和拖鞋在大街上乱走。

顺便一提，艾佳的拖鞋是毛绒独角兽模样的，少女风的白色羊羔绒和粉色的毛现在脏得看不出它原本的样子。陈今阳知道它是那双拖鞋，只是因为她见过它干净时候的样子。

现在艾佳看上去比要饭的还惨。要饭的过冬都能去救济站要双棉鞋过冬，而艾佳，堂堂T大本科生，去那儿蹭鞋穿恐怕只能让人拿扫帚打出来。

“你妈把你赶出来得这么彻底？”陈今阳微微蹙眉，“鞋都不施舍给你一双？”

“可能是因为这一次她下定了决心要给我一个教训。”艾佳耸耸肩，看上去并不算特别在意，“有什么办法？”

在艾佳感叹没办法的时候，陈今阳的目光落在街道上的馒头上，与此同时一辆车经过，那个馒头被压成了脏兮兮的大饼。

陈今阳瞳孔微微收缩，不知道为什么心里有些不舒服。艾佳则是欲言又止的模样，其实他一天也就吃两个馒头，换了别人把他半天的伙食撞在地上，他大概能把对方的脑袋拧下来。

两人站在街道的拐角处，相对无言。

最后是陈今阳打破了沉默：“请你吃饭去吧。”她摸了下肚子，“刚才跑出来之前，我就喝了两口汤，而且我把你馒头撞飞了，难道你还准备抠起来往嘴里放吗？”

艾佳转过头瞥了她一眼，看她一脸认真加理所当然的样子，想拒绝来着，但是犹豫再三，还是叹了口气：“走吧。”不为一口吃的，只是他都一周没敢找她说话了。

看不到也就算了，现在看她出现在自己面前那副生动形象的样子，他怎么都想多看两眼。

陈今阳迟钝地“哦”了一声，两人转身，随便找了个学校附近的小店。

这会儿刚刚七点多，店里果然坐满了穿校服的小姑娘，还有几个男生，其中一个黄毛的脑袋特别显眼，他正坐在一个小姑娘旁边盯着她吃饭，还不停地强调：“你能不能多吃点，像小鸡啄米似的，勺子数米呢？扒啊扒的，牛肉盖浇饭，你以为鹤顶红盖浇饭吗？”

那公鸭似的嗓门儿盖过了大多数学生说话的声音。

陈今阳站在艾佳身后好奇地伸了个脑袋出来看，然后正好里面的黄毛抬起头，仙洋第一眼先看见了艾佳，兴高采烈道：“佳哥！今儿街上捡钱了啊，吃得起饭了？”

仙洋话语一落，整个小小的、拥挤的、热闹的小饭店都陷入片刻的宁静。鉴于艾佳刚刚从 T 大附中毕业没多久，大多数的 T 大附中学生都知道他这号人，纷纷转过头来，于是就看见双手插在薄薄的卫衣兜里，面无表情地站在门口的少年，脚上还穿着一双脏兮兮的拖鞋。

从他脸上那阎王爷似的冷酷表情来看，怕是苍蝇都要被吓得不敢飞进来。

片刻令人窒息的沉默后，陈今阳在艾佳身后推了他一把：“走呀。”

艾佳沉默地走进店里，然后在仙洋那个桌子旁坐下来。

仙洋的妹妹抬起头飞快地看了一眼艾佳，又看了一眼陈今阳，然后低下头继续用勺子数她的米。倒是看见了陈今阳的仙洋挺高兴：“女财神，你总算理我们佳哥了！这几天你不知道他多惨，爹不疼、娘不爱的，你也不理他。我听小结巴说，他们学院的小姑娘都想拿着箱子给他募捐了。”

艾佳：“你少放屁啊。”

“真的。”仙洋一脸认真，“我听小结巴说，你们班有几个女生特心疼你，恨不得塞钱给你天天买馒头那家包子店老板，让他偷偷给你把馒头换成豆沙馅的！”

艾佳：“老子不爱吃甜的。”

仙洋：“你爱不爱吃甜的关人家爱心捐款小姑娘什么事？”

艾佳淡定地假装自己什么都没听见，管老板娘要了两份孜然牛肉茄子盖浇饭，其中一份牛肉要做得香一点，因为他记得陈今阳不喜欢吃新鲜肉味，猪肉、羊肉一般碰都不碰。

还有，这家盖浇饭用的砂锅，艾佳让老板娘选个煮得久的砂锅饭，因为陈今阳喜欢吃那种锅巴。

他以前补习英语，经常和她一起搭伙吃饭，她那些臭毛病他比谁都清楚。

而当艾佳和老板娘交流的时候，仙洋还在特别开心地絮叨：“女财神，你是不知道，这几天他天天吃馒头，我都看不下去了，叫他出来吃饭他也不来，真的不懂为什么非要把自己逼得那么惨。去打职业啊，又不是上梁山……”

仙洋：“不过现在好了，女财神，还好有你，好不容易你今天出现了才叫动他，这天天吃馒头，人都要吃傻吧？我听佳哥说你之前说再也不理他了，真的假的？”

陈今阳换了只手支着下巴：“哦，他跟你们说的啊？”

艾佳转过头：“我那天喝多了。”

仙洋：“你别乱说话，你那天没喝多，是个人都知道你清醒着呢。”

仙洋的话说到一半，被自己的怪叫声堵回去，他转过头看着自家妹子：“你干吗？”

小姑娘翻了个白眼，把自己面前的饭往他鼻子底下一塞：“你吃吧，我吃不下了，吃饭的时候别说话。”

仙洋看上去还有话要说，陈今阳也笑眯眯地看着他，直到仙洋他妹受不了，叫了老板过来打包，打完包后拖着她哥，翻着白眼走了。

于是饭送上来的时候，桌子边只剩下了陈今阳和艾佳。陈今阳低下头，拿了勺子挖了一下面前的饭，被炒成泥状的茄子和牛肉混合在一起，汤汁浸在白米饭里，勺子一挖，浓郁的香味随着奶白色的蒸汽升腾起来。

“你吃几天馒头了？”

艾佳看了陈今阳一眼，用眼神表示这个问题他不想回答。

“天天吃馒头，不怕长不高啊？我听说你这个年纪的男生还能长个呢，别放弃啊，勇闯一米九。”陈今阳抓着砂锅把手，一边熟练地从底下挖锅巴，一边心不在焉地说，“还甩锅给我，我是让你别和我说话，但是我说了你要是凑上来我会把你打走吗？”

艾佳盯着陈今阳挖锅巴，盯了一会儿，突然抬头，答非所问：“你袖子怎么了？”

陈今阳一愣，翻起袖子一看，发现是刚才在酒店喝汤，勺子掉碗里溅起的油花，她都忘记这回事了。

她下意识地抬起袖子闻闻，还有一股马蹄猪肚汤的味道。

艾佳："还闻。你还挺邋遢。"

陈今阳面无表情地放下袖子："我就邋遢这一回。你知道我刚才经历了什么？"

接着，她用淡定的语气把她爹怎么安排她出国，怎么要给她在温哥华学校附近买房子，顺便替她把保姆和男朋友这件事都安排妥当的事儿说了一遍……整件事在艾佳听来就是：她爸要让她出国留学，还要在房价极高的温哥华给她买房子，气死她了。

艾佳全程面瘫着听她在那儿真情实感地抱怨，只是听到最后滨文的事的时候，他的脸上出现了一丝波动："你不是说那个人是你家司机，还是你表哥吗？"

"出三代了，远房亲戚。"陈今阳一脸茫然，"虽然我也觉得我爸脑子不好使了。"

"那你怎么说？"

"我不和那么没意思的男人在一起。"陈今阳想也不想地回答，"见他的鬼去，不可能妥协。所以我跑出来了，然后遇见你了，最后我们坐在这儿。我放弃了一桌子山珍海味，和你挤在这儿吃盖浇饭。"

"按照电视剧的套路，此时你爸该冻结你的银行卡，实行经济制裁了。"

"不可能的。"陈今阳淡淡道，"四十八小时内，他的手机没有收到任何副卡刷卡通知，慌起来的人应该是他。"

"我身上还有几百块现金。"陈今阳说，"刚才仙洋在嘚瑟的时候，为了防止自己跳起来打死他，我抽空给我奶奶发了条短信，说我离家出走了。"

说完她不说话了，低下头，继续挖她的锅巴。

正当她挖得开心的时候，她突然听见坐在对面的少年很有创意地淡淡提议："从家里搬回学校住不算离家出走，要走就走远点，要不你和我私奔得了。"

陈今阳挖锅巴的动作一顿，抬起头看向他。

少年淡定地把自己碗里的锅巴挖出来放到她的碗里："吃吧，我还没碰过，干净。"就好像他什么都没说过一样。

吃完饭，陈今阳没地方去，刚刚宣布离家出走，不可能回家，晚自习也不想去，于是和脚踩拖鞋的"流浪汉"艾佳满大街溜达。

她走在前面，"流浪汉"一步一步地跟在后面，天气越来越冷，空气之中隐约有了一丝丝湿意。

两人逛着逛着，就走到学校四五条街开外的商场。此时周围繁华了一些，街道上人来人往，到处都是穿着棉衣或者戴围巾的人，很多人都是刚刚下班的样子，来去匆匆，看上去没有谁关心和自己擦肩而过的人是谁，他的脸上是悲是喜还是麻木，他今天经历了什么。

街边，商场里播放着吵死人的广告音乐，喊着今年冬季新品限时折扣，羽绒服、棉鞋、跑鞋全场五折——其实这些都是去年留下来的滞销品，款式难看，尺码不全，要是平日，陈今阳连看都不会看一眼。

当街上的路灯亮起，陈今阳歪过脑袋，看着路旁边咖啡店的橱窗里映出的身后的少年。脚上踩着破鞋的高大少年双手塞在卫衣口袋里，一言不发地跟在她的身后，像个守护神，又像个大变态。

嘴角翘了翘，她忽然停住脚步，转过身。

艾佳见她突然停下，迈出去的一步生生收了回来，目光扫过面前姑娘那张笑吟吟的脸，无奈地问：“又想干什么？”

陈今阳低头看了一眼艾佳的脚，拖鞋外的脚跟这会儿已经被冻得通红。她翻了翻包，掏出她的钱包，从里面抽出几张百元人民币数了数，一共八张。

“给你买双鞋吧。”陈今阳伸手拽了一下艾佳，“哪怕是做乞丐也要做个体面的乞丐。”

艾佳嘴角抽搐了一下：“我不冷。”说完打了个喷嚏。

艾佳尴尬地抬起头，陈今阳面无表情地看着他。

陈今阳：“都说给你买鞋了，还装什么可怜？适可而止啊，差不多得了。”

艾佳：“一会儿回宿舍打点开水泡脚就不冷了。”

陈今阳：“你这和卖火柴的小女孩划根火柴，在火光里看到火鸡就不饿了有什么区别？”

艾佳：“打点开水又不要钱。”

陈今阳：“怎么，这是要逼我流出同情的眼泪才开心吗？”

艾佳：“哎呀，我不用女人的钱。”

陈今阳：“那今晚盖浇饭你怎么不跟我抢着买单？”

艾佳：“因为你说你请客。”

艾佳看站在自己面前的姑娘一副不容商量的模样，再坚持下去好像反而显得自己矫情，于是干脆伸手一把抓过她背上那个看起来死沉死沉的包拎在手里，又打了个喷嚏，完了嘟囔道：“买吧买吧，以后赚钱还你。”

陈今阳走在前面，大步流星，理都没理他。

半个小时后，两人从商场出来，艾佳脚上多了一双深灰色的雪地靴，脖子上多了一条围巾，没有棉衣，因为八百块钱就够买这些。

陈今阳数了数钱包里还剩下的一百三十二块钱，正盘算这点钱够她离家出走几天，突然，从天而降的一点冰粒落在她的手背上。

陈今阳愣了愣，抬起头，这才发现下雪了。

街道上，原本匆忙的路人好像都在同一时间感觉到了似的，不少人停下脚步，像傻瓜似的抬起头，感慨道：“下雪了啊，今年的雪下得可真早，又要有流浪汉被冻死了吧？”

陈今阳转过头盯着艾佳，眼中闪烁着戏谑的光芒。

她搓了搓手，正想说什么，这个时候，踩着三轮车卖油桶烤红薯的大爷经过了。

虽然被家里人强调了无数次这玩意一点不健康，但是在这种下雪天，烤红薯的香味儿可以达到精神污染的祸害程度。

陈今阳的眼珠子跟着那油桶转了一段距离，然后她听见身后少年的声音响起来："现在看上去像卖火柴的小女孩的人好像是你啊。想吃啊？"

"你晓得今年烤红薯涨价了吗？一个五六块。"陈今阳深吸一口气，"我只有一百三十二块了。"

陈今阳面无表情，准备目送卖红薯的大爷离去，然而就在这个时候，身后的少年从她身后跑出来，跑到那个大爷身边把他拦下来，然后在油桶上放着的几个红薯里挑了个小的，称斤，掏钱。

三分钟后，热腾腾的烤红薯被放到了陈今阳的手上。红薯被烤得焦香的味钻入鼻中，掰开红薯，里面的黄心湿软，香气扑鼻。

"吃吧，吃吧。哎呀。"艾佳叹息，"盯着看的样子也太可怜了。"

陈今阳咬了一口红薯，然后头也不抬地问："你准备带我私奔去哪儿啊？"

这边艾佳还在嘀咕"大不了明天一人饭盆里蹭一口，吃百家饭"，听了她这轻描淡写的提问，就像是突然被人卡着脖子一样安静下来。

他转过头看陈今阳。

陈今阳正透过烤红薯的蒸腾热气看着他。

雪花落在她的头上，很快又消融了。

"昆山，去吗？"艾佳盯着她的眼睛。

陈今阳垂下头，又咬了一口红薯，好像烫着了，皱皱眉，伸长了脖子冲着漫天雪花吹了一口热气，完了才迟迟答道："昆山？没去过，好的呀。"

她甚至没问去昆山干吗，任性又随意的样子。

这一天是 2013 年 12 月 21 日。

被誉为"电子竞技奥运会"的国际电子竞技大赛（International Cyber Games，ICG）将在两天后，于中国昆山落下它长达十三年举办电竞比赛的帷幕。

而《征战联盟》为最近三年来的常驻项目，也将在两天后的昆山，于中国大陆赛区代表队 YQNB 战队和 X 国赛区代表队 ZE 战队之中，产生它的最后一届冠军。

当陈今阳知道艾佳要带自己"私奔"去看一场未来东家的电竞比赛的时候，她的内心平静且没有一丝的波澜，大概就是早就做好了心理准备甚至为此松了口气：很好，这就是住在她家隔壁的小崽子，一切尽在掌握中。

"怎么去来着？我看了下机票，从 T 市到昆山没有直达飞机，一路倒腾至少要一千多块一个人。"

两人肩并肩往回走的时候，已经过了晚自习时间。因为这会儿大家都是离家出走的人，所以他们都在往宿舍方向走。陈今阳和艾佳不一样，她很有先见之明地并没有把所有的东西都搬回家，事实上她在学校还有一套备用的护肤品和化妆品，以及三双鞋和三套应季的衣服，就好像她早就知道自己有一天会离家出走一样，而这些东西则能够帮助她成为一个“体面的流浪汉”。

可能她还会在哪件大衣或者化妆包里掏出几张人民币，顺便避免了她蹲在路边试图把被轮胎压过的馒头往嘴里放。

艾佳对于她略带嘲笑的说法嗤之以鼻：“除了你，没有人敢把我的馒头撞飞。”

陈今阳撩了下头发，语气轻松：“我也不是故意的，这你也要怪我？”

艾佳不理她了，自顾自掏出手机，像是在跟谁说话。陈今阳看见他在微信里给某个人发了一连串兔斯基磕头的表情，于是微微蹙眉，伸手扒他的手，伸脑袋去看：“你在跟谁说话？”

冷不丁凑过来的毛茸茸脑袋，还带着熟悉的那种淡淡橘子香让艾佳手上一顿，然后他下意识地把手机翻过来让她看：“我跟小仙说一声，多买张去昆山的机票，不过比赛的票，他说我说太晚了，俱乐部内部的票都差不多送出去了，不能保证咱们能有前排票。”

陈今阳“哦”了一声。

艾佳看了她一眼：“我觉得你应该也不在意这个。”

“坐得再近，也不能帮助我知道台上的人都在干什么。”陈今阳摆摆手，表示她确实不怎么在意这个，“你这样管俱乐部多要个蹭吃蹭住的名额不好吧，等我离家出走结束，把钱还给你，你跟你们俱乐部经理说一声。”

“嗯。”

“‘嗯’又是什么？”

“我说可以从我以后工资里扣啊。”艾佳“啦”了一声，“不然还能怎么说？”

“你这还没开始领工资呢，已经欠了一屁股外债了。”陈今阳意有所指地扯了下艾佳脖子上的围巾，“倒是真的像那些被生活所迫，走投无路才去打游戏的小孩了。”

艾佳把围巾抢回去：“我现在就是走投无路。”

陈今阳看着艾佳重新整理围巾，想了想，说：“你真和YQNB签好合同了？五年？”

艾佳“嗯”了一声。

“休学最多三年。”陈今阳提醒，“我听他们说你上完这学期就走？”

“筷子告诉你的？其实刚开始是这么打算，但是后来小仙也不忍心看见一代大学生陨落，影响多不好。小仙说，刚开始我只是练习生，平时打一下训练赛的话完全不用在基地住，我可以念完大一，确定首发了再过去。”艾佳转过头扫了一眼陈今阳，“然后打三年首发，一般选手打不了五年完整的首发，到第四年的时候，职业病啊什么的，俱乐部就会开始找人替补准备接班了，到时候就回来读书呗。”

艾佳把自己的计划说完，停顿了一下，然后继续说：“比如杀神，其实也就打了两年，这次ICG打完，他大概就有退役的想法了。”

“才两年？退役之后他干吗去？”

“直播。”艾佳说，“俱乐部开工资才八千块，但是我听他们说，这种明星选手退役直播，可能有百来万的签约费。”

陈今阳闻言有些震惊：“那谁都不是傻子，这样谁还愿意打职业啊？”

艾佳：“反正赚多少钱都是没有社会地位的人，还不如去追求自己的梦想，取悦一下自己。比如打职业，想着有朝一日跟X国队大战三百回合，支配得他们瑟瑟发抖，虽然我觉得未来三年内都很难实现。”

陈今阳认真想了一下艾佳这番话，半晌后佩服道：“我觉得你有点说服我了。”

艾佳看上去一点也不得意地“哼”了一声：“我小学时是我们学校辩论队校队年终最佳小辩手，得过市区辩论赛第一的。”

这个时候，陈今阳还对这个圈子处于一种很模糊的认知，而艾佳嘴巴里的“退役”二字，似乎又显得太过于轻描淡写。她只是稍微地琢磨了一下，简单有了一个“打职业电竞真的好穷”的概念。

剩下的事，她甚至来不及多想。

第二天，陈今阳大清早拖着行李箱和艾佳在学校门口集合。神奇的是，在陈今阳拿了个大包还带了个箱子的情况下，艾佳两手空空，连个挎包都没带。

陈今阳：“是我误会了？”

艾佳：“干吗？”

陈今阳：“你昨天有脸说我邋遢？内裤好歹带一条吧？”

艾佳：“队友带了一次性的，蹭他的用啊。”

陈今阳：“……”

两人坐上了前往S市的飞机，并成功地和YQNB俱乐部的人会合。

这是陈今阳第一次看到YQNB电子竞技俱乐部《征战联盟》分部的队员，连带着教练、数据分析师还有其他负责琐碎事务的工作人员，一共十个人，每个人看上去都挺好的——除了穿着队服，里面套了件卫衣，这会儿卫衣帽子戴着遮住半张脸，好像在听耳机的一个男生。

陈今阳看了他一眼，然后从他下巴的弧度认出好像是YQNB的现任首发中单杀千。

相比起别的小孩吵吵闹闹，这位大神好像不太喜欢理人的样子。

相比之下，YQNB的队长凉生话就很多——他就是艾佳口中那个会带一次性内裤让艾佳蹭的队友。在机场集合，过完安检等登机的时候，不顾小仙在旁边冷笑，他还拿着手机，挂在自拍杆上在开直播。听小仙的意思是，队员的签约合同金里有一部分是直播平台出的，所以每一名队员都必须在规定的直播平台直播够一定的时间。一般按照规定，职业选手每月直播时间不得超过四十五个小时，但是他们通常情况下四十五个小时都做不到，所以每次到了月底，就经常瞎开直播混时间，恨不得吃饭拉屎都开一下直播。

最过分的听说还有直播睡觉的。

而凉生就属于抓紧一切时间混直播时长的选手，这会儿正跟直播间粉丝聊得不亦乐乎："是是是，在机场了，准备去昆山。紧张？不紧张，S3都输过的人，还有什么输不起……"

小仙："凉生！"

凉生："哎呀，小仙在瞪我了！快点扯开话题！扔点礼物，给你们看下我们的新中单，甲级联赛上来的，叫艾佳……哎，你们听过啊？可以可以。什么？他以前也在悲鱼直播过，只是直播间被封了？因为挑战超级管理员？谢谢'想和你CQY'的一把大宝剑，这就给你们看新中单！"

凉生转身，把手机伸到艾佳鼻子下面，艾佳也是开过直播的人，淡定得很，抬起头对着镜头笑了一下，招了一下手。凉生又把手机收回去："是不是很高？真人更高。"

弹幕很捧场。

——反正比你高一个头。

——哈哈哈哈哈哈哈，如果他没有一米八五，那你说自己一米七五显然就是臭不要脸！

——ICG加油！我在昆山等你们！

——666666666（网络中表示"好""厉害"等意思的流行语），新中单有点帅！

——我只看到新中单旁边的妹子，真好看！YQNB发财了，请得起这么好看的妹子工作人员！

…………

凉生："帅吗？我也觉得帅，但是人家有女朋友了哎。漂亮妹子是新中单的女朋友，不是工作人员。S3冠军奖金没拿到，所以YQNB也没有发财，还是你们熟悉的质朴的我们，工作人员也还是你们熟悉的丑丑怪小仙。"

小仙："你再这样，我现在就打电话给老板告状你混直播时间！"

凉生："啊，恼羞成怒了你们看，都怪你们。"

又一阵弹幕飘过。

与此同时，陈今阳问艾佳："女朋友？"

艾佳："什么？"

陈今阳："你们队长好像在乱讲话。"

艾佳"哦"了一声，一脸淡然："我没听见啊，他说什么？"

陈今阳盯着艾佳看了半天，看他一脸真诚，想了想，然后别开头："算了。"

凉生被小仙威胁了一轮后，已经拿着手机走远了一些。在弹幕一堆"哈哈哈哈哈"里，凉生假装什么都没发生，说："新中单很聪明，晓得电子竞技没有恋爱，打职业前先安排好终身大事，我当初就是因为没那么聪明，至今单身……"

陈今阳扯艾佳："听到没有？"

艾佳："什么啊？"

艾佳持续装傻，装得很逼真。

可惜不远处的凉生并没有停下来："我跟你们讲，新中单来我们这边试训那天超级搞笑。我们和隔壁战队打完训练赛，隔壁胖子正伸长了脖子老王八似的想看我们新中单是谁，结果他突然就跳起来了，小脸煞白，火烧屁股似的跟我们说，他来试训是偷偷来的，结果被女朋友知道了，他急着要回去跪搓衣板，哈哈哈！"

凉生肆意的笑声中，艾佳想找个地方躲起来。

凉生："超搞笑！"

艾佳："队长哦，你是想搞死谁？"

陈今阳转过身打断了艾佳的话："还有这种故事？那天除了我，还有第二个人对你暴跳如雷？"

艾佳："有啊，你不是看到了吗？我妈。"

艾佳脸上的淡定最终被陈今阳亲手打破，话语刚落，陈今阳就伸手扯他的围巾上的活结。艾佳被勒得面色泛白，挣扎着掰她的手指。陈今阳一点儿没有撒手的意思："少给我装大象！谁是你女朋友啊！要不要脸！"

"哎。"艾佳挣扎着握住她的手，"哎，不然我怎么说啊？因为我来打职业，我隔壁邻居生气了，所以我要回家？！"

旁边艾佳正和陈今阳闹得鸡飞狗跳，俱乐部经理小仙连连摇头："凉生这条狗，自己单身就算了，新队友还没热乎，就想坑害得人家不得善终，真的是队伍毒瘤。"

这边，凉生假装没有听见小仙在骂自己，抓紧登机前的最后一秒混时间，笑眯眯地看弹幕。

——原来小姐姐是新中单女朋友？

——没关系，你可以有男朋友。

嘻嘻哈哈的弹幕中，忽然飘过这么一条：新中单，那杀神去哪儿？转会？退役？

凉生的直播间其实观众也不算特别多，这是一个普遍现象，就是职业选手直播，通常中单位和 ADC 位选手的观众会多一些。

而在这个年代，看直播的一般都是想学技术的男粉丝，男生人人有一股"我能 carry"的谜之自信，又不爱打辅助位，所以连带着看打辅助位选手直播的也不太多。

于是，这条问 YQNB 现役中单下落的弹幕变得不那么好无视。

"总是各有各的去处，别问。"

凉生微微收敛笑意。

——退役吧？现在直播不比打职业赚钱？杀千也不是傻子，反正都打成那样了，还不如趁着有人气退役直播咯。

又一条弹幕出现。

"我都说了，人各有志，人家想去哪儿去哪儿。"凉生眼珠子在眼眶里动了动，

“房管呢？带节奏的封了，哪来那么多话？”

这边气氛一下子冷下来，连拽着艾佳围巾企图勒死他的陈今阳都跟着愣了一下。在众人纷纷回过头看向凉生时，一直坐在角落里从头到尾都没说话的杀千也摘下了一边耳机：“怎么了？”

凉生放下手机，笑了一下：“没事，就是你家粉丝关心你接下来干吗去。”

“哦。”

杀千眨眨眼，伸手揽过凉生的肩膀——陈今阳发誓，这是她来到这群人里第一次看到这位大神和队友互动，难为他还很亲密的模样。

“接下来可能就先直播，不过不管我去哪儿，生是 YQNB 的人，死是 YQNB 的鬼，大家可以放心！我是不可能去别的队伍打比赛的！”

杀千说完，放开了凉生的手机，后者看了他一眼，显得有些尴尬的样子，清了清嗓子才对直播间的观众说：“你们也听见了？少说两句，一天不带节奏不能呼吸啊？”

陈今阳眨眨眼，总觉得现场气氛有点尴尬，但是好像又说不出来尴尬在哪里。人家说的话明明很有战队归属感，粉丝应该听了很感动才对。

陈今阳低下头和艾佳互换了一个眼神，艾佳说：“YQNB 里好像直播间人气最高的就是杀千了。”

“以前是技术好，直播效果好，所以爱看的人多，只是‘喷子’（指在网络上辱骂他人的人）也很多。”小仙补了一句，“S3 最后那一个团战你们看了吧？ S3 刚结束那几天，他开直播，直播间都是刷屏让他退役的。”

陈今阳想了一下那画面，微微蹙眉：“那看着不是很难受？”

“又不是神仙，看着当然难受，刚开始他连续几天没直播。”小仙淡淡道，“后来有一天，他突然又好了，笑对直播间。”

“然后呢？”陈今阳问。

小仙抬起头，看了一眼重新戴上耳机坐在一旁，恢复了面无表情状态的杀千，想了想，说：“只是从那一天开始，他再也没有跟我们打过一场训练赛。”

一时间，陈今阳也不知道该说什么好。

“有些人刚开始确实是想打职业、想赢比赛的。只是打职业不一定只是打职业那么简单的一件事而已，随之而来的有很多事……有些人选择咬着牙扛，有些人就心态崩了，其实是很简单的选择题。”

小仙叹了口气，意味深长地伸手拍了拍艾佳的肩膀。

陈今阳看了一眼艾佳，艾佳一脸冷淡外加缺心眼的样子。

陈今阳用手肘捅了他一下：“看见没？害怕不害怕？万一有一天你也被人这样指着鼻子骂……”

“爱骂骂，大老爷们被骂怕什么！”艾佳伸手，将陈今阳卫衣的帽子掀起来盖在她的脑袋上，在她“哎哟”一声抗议声中，勾了下嘴角，“不对我身边的人说三道四就行。”

陈今阳捂着脑袋，掀开帽子转过头看他。

“比如……”

“比如？”

“谁敢骂你，老子就骂死他们。”艾佳淡淡道。

陈今阳盯着艾佳那张脸。

他垂着眼，说得一点都不像开玩笑，看着还有点凶。

心跳快了那么一秒，陈今阳眨眨眼，过了半晌从喉咙里挤出一个字：“哦。”

想了想，她清清嗓子又补充道：“我就是你隔壁邻居，你打不好比赛，人家要骂也是骂你，偶像行为邻居买单？”

“你不买单，你别脸红啊。”艾佳紧绷的脸色稍稍放松，转过头上下打量了一下陈今阳，然后伸手指指了一下她的耳垂，“看看，红成这样。”

陈今阳“嗞”了一声，抓住他的手指拽了一下，他微微眯起眼拽了一下自己的手指，可能没怎么使劲儿，拽也没拽出来。在他嘴角的弧度变得更明显之前，陈今阳放开了他，然后狠狠地瞪了他一眼。

小仙在旁边看得直摇头，一扭脑袋发现凉生、小暖、容容，还有瑞塔都眼睛放光地看着这边，忍不住翻了个白眼：“别看了，知道了，你们都是凭本事单身。”

之后没过多久就登机了。

坐在飞机上，陈今阳听小仙给他们讲这次对手的情况。

X 国 ZE 战队是这次 BCK 夏季赛的季军。夏季赛结束的时候，原本他们很有实力，可以冲击 S3 的 BCK 赛区代表名额，但是因为在最后的资格战里发挥没有那么出色，二比三惜败给了另外一支 BCK 赛区战队，没能参与以 X 国为东道主的 S3 世界总决赛。

到这里的时候，陈今阳举起飞机上的杂志，小心翼翼地打了第一个呵欠。

“这支队伍是非常传统、非常典型的 X 国队伍。知道什么概念吗？运营，就是杀死敌人于无形，让敌人打着打着就发现自己打不过了。他们的队伍核心就是打野选手 HOOHI，这个选手我认为说他是 BCK 第一打野也不为过，真的很会抓机会‘反蹲（即预判敌方的埋伏，提前埋伏敌方）’。说真的，我觉得这两年 BCK 赛区和我们赛区的风格越来越不一样了，他们那种以退为进的打法其实很克制我们，因为我们一直把这个游戏当作打架游戏在玩。”小仙皱着眉，“尤其是我们队。”

“这叫赛区风格。”凉生补充，“打架是我们的赛区风格，什么时候不打架了还叫中国大陆赛区？”

小仙站起来拎住打野选手瑞塔的耳朵：“瑞塔你这次打 ZE 战队，gank 的时候一定要小心，让线上做好了视野或者在对方打野暴露位置的情况下你才来……”

此时陈今阳抓起杂志，沉默地打了第二个呵欠，然后身子往下滑了点，脑袋不轻不重地靠在身边艾佳的肩膀上——如果被人知道她人生的第一次离家出走就是现在这个状态……

好了，这件事显然将会被老娘带进棺材里。陈今阳面无表情地想。她死也不会承认现在有点后悔大清早从床上爬起来坐飞机，听着听不懂的对话，急着去看一场看不懂的比赛。

陈今阳昏昏欲睡。

艾佳转头看了她一眼，面无表情地抽走她手里的杂志。她伸手想抢回来，但没抢到，“啧”了一声表达自己的不满。

直到坐在她后面一排的容容说：“说到BCK那边，陆思诚明年春季赛回来了啊，有消息说去哪个战队了吗？”

陈今阳睁开了眼，来了点精神。

艾佳把她的行为看在眼里，皱皱眉。

“不知道，我听说隔壁战队特别有兴趣。你也晓得，陆思诚有个亲弟弟这个赛季在他们那儿打中单替补。”小仙摸摸下巴，“这种明星选手，长得帅，实力强，又吸引粉丝，估计挺贵的啊，隔壁砸锅卖铁省下来那点钱是有去处了，我们这边都没去报价，陆思诚这种电竞奢侈品……”

小暖：“喂，顺便提醒一下，本队ADC，我，还没死。”

小仙拍拍他的肩膀：“不像我们小暖，物美价廉。”

小暖吐血。

容容：“那陆思诚回来的话，岂不是住我们隔壁啊？蓬荜生辉，陆思诚住我们隔壁哎！”

陈今阳坐了起来。

艾佳把手里的杂志拍回她脸上，然后伸手把她摁下去。她不服气地掰他的手：“怎么了，我是陆思诚的粉丝，关心一下‘哥哥’回国动态有什么不对！这是我上飞机到现在听到的最有趣的话题了！让我参与下！”

艾佳没说话，持续板着脸用手掐着那张异常激动的小脸强行扭回去，顺便凉飕飕地附赠三个字：“参个屁。”

“怎么了？！”

“你少吃着碗里的看着锅里的。”

“我吃着哪个碗了？”

“我。”

陈今阳瞪着艾佳，艾佳一脸平静地回视她。半晌后，陈今阳也不反驳这个“碗不碗”的问题，只是沉默了一下后认真地问：“那我现在吐回碗里，再把锅端走还来得及不？”

艾佳冷笑一声作为回答，要不是飞机窗户打不开，显然现在他已经打开窗户把陈今阳塞出去，附赠一套象征着一路顺风的降落伞。

怪不得小结巴他们把他当魔王看，阴阳怪气冷笑的时候还真有点吓人。

酸味熏天的不只YQNB中单预备人员，凉生在旁边想了一下，也酸溜溜地说：“便宜隔壁胖子了。到时候大概是哭号着抱着人家的大腿‘上分（指游戏玩家通过游戏胜利为自己提高段位和赛事积分的行为）’，而我，只能和物美价廉选手抱着在钻一和大师间瑟瑟发抖。”

小暖怒道：“我也不要你！你和路人双宿双飞去！”

凉生：“你看，说你你还恼羞成怒。你不心虚，你恼羞成怒个屁？”

小仙：“都别吵了，你们俩加起来不如半个陆思诚值钱。”

凉生：“你太不会说话了，被你伤透了心，目测ICG要被人家ZE三比零了。”

晚上七点多。

几经周折到了昆山，陈今阳一落地，刚在等行李，就接到了她爹的电话。她老爸每天都要在这个时候给她打个电话，哪怕她人在国外旅游，这习惯也雷打不动。

陈今阳犹豫了一下，接了。

那边上来就问她手机怎么关机了。

“刚才在飞机上，当然关机……为什么在飞机上，我不是跟奶奶说了离家出走吗？我在昆山。”

陈今阳的一句话把YQNB俱乐部所有在等行李的队员的目光都吸引了过来，而她背对着大家，对此浑然不觉：“我是没刷卡，我这两天都没刷卡，我离家出走为什么还要用你的卡？你见过离家出走还要住希尔顿大酒店的？不知道今晚睡哪儿，随便找个桥洞将就下，跟要饭的挤挤。”

众人面面相觑。

凉生凑过去挤挤艾佳：“这是上演的哪出？”

都是离家出走，这边的爹妈急着打电话问人钱够不够用、怎么不刷卡，而他家，别说电话了，外面下雪呢，他妈棉衣都不给他拿一件。艾佳盯着陈今阳的背影看了三秒，薄唇一扯：“公主落难记？”

凉生：“作为男人，你晓得你这个收破烂的把公主从城堡里骗出来，就必须要有让她哪怕是在天涯海角也能继续做公主的觉悟吧？”

艾佳：“晓得。”

凉生满意地点点头：“那就好，我不喜欢渣男当我的队友，人品很重要。”

这时候陈今阳气哼哼地挂了电话，转过身看着艾佳，见他盯着自己，挑眉问：“看什么？”

“今晚希尔顿没有，但是有快捷酒店。”艾佳说，“谁告诉你你要去桥洞底下和要饭的挤挤了？”

“我就随便吓唬下我爸。”陈今阳不耐烦地撩了下头发，“他暂时不提点鸳鸯谱的事了，然后在他还不死心再提出国这件事之前，我抢先把电话给挂了。”

“哦。”艾佳点点头，“我跟我妈说我上完大一才去打职业，想说看在这分儿上，下雪了好歹给我件棉袄穿穿，然而她只是迅如疾风地给了我一个冷笑，之后就挂了电话。你们女人在挂电话这件事上经过专业培训吗？”

陈今阳上前，踮起脚给了艾佳一个同情的爱的抱抱，一切尽在不言中。

ICG的比赛是十一月YQNB从世界赛归来之后开始进行的比赛，说是电竞奥运会，其实国内的关注度并不是那么高。CK和ZGDX等传统强队因为面临队员调整的问题，根本没有报名，在当时的情况下，YQNB相对阵容稳定，顶了这个空缺，在十二月一路杀进决赛。

ICG这个比赛，神奇就神奇在哪怕是亚军都没有一毛钱奖金。YQNB《征战联盟》分部痛失S3冠军奖金，原本就是希望来ICG稍微创个收，然而让他们没想到的是，这个创收，创得好像也不是很轻松。

根据小仙的说法，其实YQNB队伍整体的气势也很低迷，虽然ICG进了决赛，但是从预选赛一路上来，他们就暴露了一些问题，好像突然不会打比赛了，整个队伍打得像盘散沙，和那些平日里根本没怎么放在眼里的队伍打得磕磕绊绊，过程并不算特别顺利。至少，从比赛展现的实力来看，他们并不像一个S3惜败，错过总决赛冠军的队伍。

他们能走到决赛，全靠队伍的每个队员线上实力强撑着一口气，要从整体看，不要说什么世界顶尖队伍，最多是职业联赛中流队水平。

这些话是小仙当天晚上入住酒店后，找艾佳闲聊的时候说的。当时两人靠在酒店窗台上吸烟，并不知道，他们说话的时候，陈今阳就在隔壁房间窗台边听英语资料，顺便听到了这个壁脚。

至于队伍状态低迷，具体是什么原因，小仙也没有说。陈今阳只听见隔壁两人沉默了很久，最后小仙感慨了一句：“食之无味，弃之可惜。”

也不知道他到底在说谁，陈今阳当时猜了半天，却没想到第二天自己亲眼见证了谜底。

第二天傍晚进行ICG《征战联盟》项目的总决赛。

就像谢苗说的那样，这两年《征战联盟》的热度正飞快飙升，但是因为国内的电竞行业发展速度并不能跟上它实际的热度，所以ICG现场的观赛体验并不是很好。比赛开始的时候，在那个露天的临时搭起来的比赛台前，黑压压一片，站着的、坐着的，到处是人。

陈今阳原本是想站在台子下面看完比赛拉倒的，但是看着那人群，她又犯了人群恐惧症，干脆死皮赖脸地跟艾佳在后台蹲着，随便找个破烂的塑料板凳，和教练组用赛事方提供的电视机一起看比赛的实况转播。

然后就看见 YQNB 战队连续两局在四十分钟之内被 ZE 战队吊起来打，YQNB 战队的中单位置成了人家 ZE 战队的突破口，一言不合就是三四人包中越塔杀人。

晚上九点半，YQNB 战队对战 ZE 战队的成绩是零比二。

讲个笑话，S3 亚军，抗衡 X 国的顶尖战队 TAT 战队的 YQNB 战队，时隔两个月，像是被鬼上身一样在 ICG 被 X 国非绝对一线的队伍吊打，没人接受得了这突如其来的转变。

YQNB 战队官方微博下面，不管是粉丝还是路人，都快把微博挤爆了。

——不是我说，杀千现在真的菜。

——看看你们都打的什么东西！

——YQNB 战队怎么了？

——心态都崩了吧。我是杀千粉丝，说真的，他不想打就退役好了，直播一下乐呵呵的也挺好……真的这么耗下去也没意思，唉！

——无脑开团，无脑上——我都不明白你明知道对面肯定要来抓你，还在压线是怎么回事，选个蛇人你不尿，菜得我想挖了自己的狗眼……

——一人血书，求贵队中单退役！

——我看出来了，中单本来就不想赢。本来 S3 遇见那种事，真的不想“喷”YQNB 战队任何一个队员了，说真的，很心疼。

——S3 最后那场团战，杀千走位失误就失误吧，我们也知道太累了才这样。但是现在呢？粉丝给予的宽容和理解好像都浪费了，S3 已经过去两个月了，YQNB 却越打越差，我们的中路杀神杀千像是死在了 S3 的最后一个团战里。

——这不是我认识的 YQNB，你们到底怎么了？

——说什么明年再来，啧，你们这样能进 S4 我把头剁下来好不好？

——混就完事了，我把话放在这儿，YQNB 战队早晚保级。

…………

诸如此类说法，层出不穷。

陈今阳看了一下，有骂脏话的，有真情实感劝杀千退役的。

陈今阳看得直皱眉：哪有劝自己喜欢的选手退役去直播混日子的？还一口一个“为你好”。

陈今阳正皱着眉翻微博，这时候休息室外面一阵骚动，打完第二场比赛的 YQNB 战队首发队员都回来了。此时此刻，和在来的路上嘻嘻哈哈的状态不一样，每个人的脸色都不太好看，尤其是队长凉生，走进来先狂灌了大半瓶子水，想说什么，看了一眼小仙，犹豫了一下，还是闭上了嘴。

队员坐在椅子上，谁也没说话，也没人商讨下一局该怎么打，整个休息室就沉浸在一种令人难受的死寂里。

陈今阳伸手拉扯了一下艾佳的袖子，艾佳面无表情地转过头，陈今阳冲着杀千那边努努嘴。艾佳顺着她的指示转过头去，这才发现，休息室内，上单容容、打野瑞塔、辅助凉生和 ADC 小暖，每个人都各自占据一个角落沉默、发呆。

而中单杀千，他坐在一把椅子上，手里拿着手机，手机屏幕的光芒照在他的脸上，他眼中没有一丝情绪，犹如一潭死水。

陈今阳坐在杀千右后方，飞快瞥了一眼他手机的屏幕，发现他在看 YQNB 官方微博下面的评论，一条条地看过去，一个字都不说。

陈今阳微微蹙眉，抬脚踢了一下艾佳。

艾佳一脸无奈，抬脚踢了一下凉生。

凉生反应过来了，站起来，走到杀千面前，一把抽走了他的手机，嘟囔了一声“别看了”。杀千抬起头看向他，他勉强地笑了一下，然后提高声音，用尽量放松的语气说：“没事啊，老杀！你上两局被那么抓，神仙也躲不过的嘛！他们那么喜欢抓你就让他们抓呗，下把你自己尿着点，别压线，我视野多做中路，让瑞塔也好好照顾一下中路，到时候你肯定不会……”

“算了吧，随便打下行了，反正都是打不过的。”男人低沉的声音打断了凉生的话语。

整个休息室瞬间陷入短暂的沉寂。

小仙原本在本子上写写画画搞上两局的复盘，这会儿放下笔直起腰；容容原本正低声和小暖说刚才最后一次团战应该怎么开，这会儿闭上了嘴；站在饮水机旁的工作人员弯腰的动作一顿，然后震惊地直起腰；而凉生，嘴角挂着的勉强的笑容从他的脸上消失了。

杀千拿过手机，放入口袋，站起来，目光平静地从整个休息室看着自己的人身上一一扫过，然后用那种与在直播的时候完全相反的冷漠语气道：“我觉得官方微博下面那些粉丝说得对，我累了，你们也累了吧？赶紧打完三局就行了，反正赢不了的啊。ZE 还真的蛮强的，天生克我们。”

死寂的空气之中，陈今阳嗅到一股“丧味”迅速在休息室弥漫开来，所有人脸上的表情都在迅速向杀千靠拢，就像是有什么人打开了潘多拉魔盒，放出了可怕的瘟疫，那瘟疫迅速蔓延给整个队伍。

这一秒，陈今阳忽然明白那晚小仙说的“食之无味，弃之可惜”是什么意思。难以想象，有生之年，她居然有幸亲眼看着一个人的意志力被彻底摧毁的模样。

以如此形象生动的方式失去了争强好胜之心，失去了廉耻心，失去了感知，失去了自我，最后，失去了一切。

陈今阳站在原地，在这样的情况下，她想说些什么，但是视线在周围扫了一圈，她不太意外地反应过来她是个完完全全的外人。她不了解电竞，不了解这个圈子，也不了解 YQNB 战队，所以此时此刻，她能做的，就是闭上自己的嘴。

气氛令人难受。

好在在一切爆发之前，艾佳悄悄把陈今阳拉出了休息室。

到了外面，北风吹过，陈今阳浑浑噩噩的脑袋稍微清醒了一点。奇怪的是，明明她刚刚还觉得外面北风凉飕飕的，这会儿却贪婪地呼吸着这冰凉的空气，像是一条离水太久的鱼。

艾佳拉着陈今阳往前走，陈今阳被他的大手拽着，也不反抗，只是略有些跟不上他的脚步，磕磕绊绊，还要冒着咬着自己舌头的危险提问："你怎么出来啦？"

艾佳大步流星往前走，抽空回头像是看病人似的看了一眼陈今阳，问："你想留在里面？"

陈今阳摇摇头，想了想，又道："可是你人都在这儿了，如果杀千不想打了，你不能替他上吗？不是都和俱乐部签了合同了吗？哪怕是临阵磨枪揣着上，也比早早就扔了枪把白旗挂在脑袋上，还要劝队友也放下武器不要抵抗的人好啊！"

艾佳放慢了脚步，这一次他再回头看陈今阳时，眼神要比刚才温和一些："哪那么容易说上就上？但凡正规比赛，所有的首发、替补队员名单都要提前上交的，我不在那个名单里。YQNB 中单位在此之前也一直没有替补，因为至少今年夏季赛季后赛之前，杀千的表现都相当不错且稳定。"

陈今阳没话说了。

此时他们两人已经到了观众席旁边不远处。

放眼看去，乌压压的一片，到处是人，栏杆外面站着的、坐着的，挤得一只苍蝇都飞不过去。这么冷的天，所有人都仰着脑袋，眼巴巴地看着正前方的大屏幕。比赛台上穿着短裙的主持人小姐姐拼了老命想要活跃气氛，但是台下的人都沮丧得犹如一潭死水。

陈今阳嘴角抽了抽，心想要是她是这个主持人，拼命在台上蹦跶却得不到一点回应，她非疯了不可。

而此时台下观众那副被北风吹乱了头发，却面无表情地抬着头看着台上或者低着头玩手机，超级麻木的样子，也很让人心疼。

不不不，这么说起来，YQNB 战队队员也很惨。

大家都很惨。

陈今阳拉扯了一下艾佳的袖子："没位置了，挤不进去，第三局不看了啊？"

"再烂的电视剧，都看完前面一百集了，最后十集捏着鼻子也要看完吧？"艾佳否认了陈今阳的说法，然后冲某个方向扬了扬下巴，"那边还有雅座。"

陈今阳顺着他下巴指的方向看去，啥也没看到，就看到场外圈停着一辆大卡车，卡车集装箱上面坐了一两个伸长了脖子的人，正一脸认真地看着赛场内的大屏幕。

这就有点突破人类认知底线了。

陈今阳抱着最后一丝希望问："哪儿？"

艾佳："卡车上。你今天没穿裙子真是特别机智的选择。"

"你这夸奖让我想穿越回去，杀掉出门前最后一秒把裙子换成牛仔裤的自己。那车那么高，怎么爬上去？"

艾佳拽着还在喋喋不休，满脸写着拒绝的陈今阳绕到了卡车后面，这时候陈今阳看到卡车后面居然有一个固定在集装箱上面的铁梯子。

黑暗之中，大概是听见了陈今阳和艾佳的拉扯，从卡车上面"嗖"地伸了个脑袋出来："哇，大兄弟，带女朋友来看比赛还不买票啊？"

陈今阳一脸嘲讽地看向艾佳，一时间都忘记反驳"女朋友"这件事，毕竟她听了一路，现在已经形成了抗体。此时她只是挺高兴地忙着嘲笑艾佳，他不自然地用食指挠挠鼻尖："这不是反应迟了，没买到票嘛。"

集装箱上的那两个人大概是认识的，嘻嘻哈哈地挪了点位置出来。

陈今阳看着艾佳像是猴儿似的蹿了上去，这时候他完美展现了自己天天翻墙翘课去网吧练就的扎实功底，一只手抓着倒数第二格楼梯，脚下一蹬，借着楼梯中间那个格一使劲儿……陈今阳眨眨眼，少年已经身手敏捷地将自己甩上了那个集装箱。

稍微站稳，他转过身，撅着屁股蹲在集装箱上边，伸手拍拍集装箱边缘，对脚下抬头仰望自己的姑娘说："上来。"

陈今阳想摇头来着，但是当她抬起头，却发现眼前星空正好，群星璀璨，高处蹲在那儿俯视自己的少年双眼发亮，嘴角微微翘起，像在催促，又像在微笑。陈今阳咬咬唇，认真想了想，似乎就是从那天小巷子偶遇，所谓"狗熊救美"开始，一切都脱离了她原本认定的轨道。

反应过来的时候，她好像已经干了太多荒谬的事情。

陈今阳微微眯起眼，这时候，蹲在集装箱上的少年还在叨叨着什么"快上来呀""第三局开始 ban&pick 了哦"。

星光之下，他微卷的发被北风吹得有点乱，大手垂下来在她眼前晃呀晃，像猴子捞月一样傻。

等到陈今阳反应过来的时候，她已经顺着铁楼梯往上爬，手掌心摸到了凹凸不平大概是锈迹的东西，动作不是特别灵敏。好在到最后一节时，集装箱上的少年伸出强而有力的手臂将她拽上了卡车顶。坐稳在集装箱上，她抬起头看了看远处的大屏幕。

还真是此处风景独好。

陈今阳盘腿坐稳了，伸长脖子微微眯起眼，努力地去看不远处大屏幕上的情况，此时身边，艾佳与她肩并肩坐着，身上熟悉的味道笼罩着她。

后面同"雅座"的"路人甲"与"路人乙"大兄弟一阵调侃："哦，可以啊兄弟，忽然觉得你们这样也有点浪漫的。"

"路人乙"："爬集装箱肩并肩看比赛哦。"

"路人甲"："你发现没有，我们俩也肩并肩坐在集装箱上看比赛。"

"路人乙"："恶心谁？信不信踹你下去？"

身后两人叽叽喳喳，陈今阳听着觉得好笑，又不好意思笑，只好清清嗓子把紧绷的下巴缩进围巾里，看着好像是被冻得缩了下脖子似的。

"冷吗？"艾佳问。

陈今阳摇摇头，半晌后转过头看了一眼艾佳的侧脸，发现他压根没在看自己，于是无声地将脖子上的围巾拉高了一点："不冷。"

"不怕高吧？"艾佳又问。

"怕不怕都上来了，刚才在车子下面你怎么不问？"陈今阳瞥了他一眼，很是不买他这马后炮装好人的账。

"怕冷我给你挡挡风，怕高一会儿闭眼一跳，我在下面接着你啊。"艾佳目不转睛地盯着不远处的大屏幕，停顿了一下，又懒洋洋道，"哎呀，你看杀千，首先禁掉了自己最拿手的月光女神，他是真的一点不想玩了。"

陈今阳抬头看去，看到内场观众席一阵骚动。

骚动之中，杀千面无表情地坐在那里，像是完全不在意自己干了什么。

在他身后，YQNB 队伍教练气得好像蒙了，一甩手中记录 ban&pick 情况的小本本，伸手直接扯了杀千的耳机冲他大吼大叫起来。旁边凉生好像吓了一跳，摘了耳机跳起来拉住教练。五米开外，X 国 ZE 战队五人齐刷刷扭过脑袋，一脸茫然，显然没闹明白这是什么操作。

台上顿时乱成一团，就像是买票看比赛附赠看少年青春热血剧一样，一群血气方刚的年轻人在那里瞎闹。

陈今阳头疼地叹了一口气。

这时候身后那两个同"雅座"的大兄弟也是无语至极，在那儿叹息。

"路人甲"："这个杀千真的有毒，这么搞一手无声抗议给谁看啊！"

"路人乙"："真的，我都想上去揍他了。YQNB 早在夏季赛季后赛就应该搞个自由人来当替补的！"

"路人甲"："听说杀千在建队那天就在 YQNB 打了啊，YQNB 相信杀千的能力，谁知道他崩得那么快，严格来讲也就是 S2 一年加 S3 春季赛亮眼过吧，今年夏季赛时我就不看好他。"

"路人乙"："这次 ICG 目测三比零。YQNB 战队回去还不放弃杀千，我真的要给他们基地寄刀片。"

"路人甲"还没来得及说话，这时候忽然听见坐在他们前方的男女中，身材高大的少年忽然插嘴说了句："杀千应该退役了。"

"路人甲"："啊？"

艾佳回过头，看着身后的两个路人，想了想，翘起嘴角，露出一个神秘的笑容："你们不知道 YQNB 签了新中单啊？"

“路人甲”：“真的啊？”

艾佳：“真的啊。”

“路人甲”：“又没官方宣布，你怎么知道啊？”

艾佳又是神秘一笑，充满了优越感地扔下一句“我就是知道”，然后把自己的脑袋转了回去。身后，“路人甲”来了兴趣，抓着艾佳一顿狂问：“兄弟，你 YQNB 工作人员啊？不对啊，工作人员也不用爬车顶了。你怎么知道 YQNB 招了新中单啊？新中单谁啊？新人还是别的队转过来的？厉害不？啥时候上？”一连串夺命发问。

艾佳就拣了自己想回答的那个回答，陈今阳看着他认真点点头：“新中单，很强。”

以后真的打首发了，官方微博照片一挂，到时候人家回想一下今晚卡车顶上的对话，怕不是要笑掉大牙。

卡车顶上的一阵八卦交流中，ban&pick 结束了，杀千好整以暇地坐在自己的位子上，像是丝毫没有受到粉丝嘘声的影响。

2013 年，ICG《征战联盟》项目冠军争夺战拉开帷幕。

YQNB 战队对战 ZE 战队决胜局。

YQNB 战队的表现不出意外地让人失望了，杀千就像是上两局吃过的苦头没有一丝一毫往心里去一样，拿个扑克大师疯狂压线，三级被对方打野抓掉“一血”。

如果不是他补刀还算稳，被抓了“一血”还基本跟对面的中单补刀持平，陈今阳都要怀疑他可能是在用脚打比赛。现在看来，他还是在用手的，基本操作都在，甚至叫人挑不出毛病，只不过什么战术啊脑子啊什么的，好像都落在了遥远的 S 市基地里。

五分半，整个战局场面基本持平，YQNB 下路依靠个人比较强势的线上能力，稍微有一点优势。直到中单扑克六级，第一次开大招飞下。

此时 ZE 战队打野就在下路草丛伺机而动，而且凉生还在那里放了视野。扑克的大招传送盘出现在下路的时候，不仅凉生和小暖一脸疑惑，连 ZE 战队的下路组合也是一阵骚动：他们在观察了一会儿凉生和小暖的走位后，立刻意识到对方在草里放了眼，正打信号让打野回去补装备，放弃本次 gank 呢，扑克下来了！

仿佛天降大礼，在扑克落地的一瞬间，对方女猎人的夹子已经摆好，扑克落下的同时走位踩在夹子上！

同时 ZE 战队打野蜘蛛公主出草丛，结茧晕眩扑克，接上女猎人夹子硬控，再 Q 技能命中造成伤害，W 技能召唤小蜘蛛，配合 ADC 和辅助的爆发伤害，直接击杀扑克！

此时，哪怕是隔着天那么远，坐在卡车集装箱上的人也能听见凉生在叫“退退退”“卖我卖我卖我”。很快，原本想上来救一下杀千的凉生也战死沙场，对方下路 ADC 拿到“双杀”。五分钟前凉生和小暖小心翼翼维持的优势瞬间荡然无存！

“啊！气死我了！”

“我真的想一拳捶爆杀千的狗头！”

卡车集装箱上面“路人甲”“路人乙”一顿捶胸顿足，不远处比赛台下，观众也是嘘声一片。

陈今阳小心翼翼地看向艾佳，发现艾佳盘着腿面无表情地看着不远处的大屏幕，目光比现在十二月的寒风还要冰冷刺骨。陈今阳无声挪了挪自己的屁股，远离这个大冰块，低下头看了一眼微博。

YQNB 官方微博下，小仙大概也是万分无语，只是发了个“QAQ”的表情。

下面的粉丝回复：我的 YQNB 好像病了，病入膏肓，谁来救救它？ QAQ

扎心。

又是粉丝和官方微博抱在一起痛哭流涕的时间。

这场比赛，就像第二场比赛结束之后休息室里杀千说的那样，所有人都看到了他“想早点回家”的操作，开头怒送两个击杀，完美帮助对手建立中、下两条路的优势。而这个版本里，APCARRY（中单）和 ADCARRY（ADC）还被称作是“真正的双 C”，上单最多就是个巩固游戏局面的角色，在被杀千带崩最重要的两路之后，剩下一个和对面实力五五开的上单容容，也只能笑看队伍走向灭亡。

不是说前期送了两个击杀，这场比赛就没得玩了，而是一开始，就有人不想赢。

就像那个粉丝说的，YQNB 病了，病入膏肓。

第三十五分钟，在台下观众一片死寂中，ZE 战队杀上了 YQNB 战队的高地。

与此同时，陈今阳和艾佳身后的“路人甲”和“路人乙”窸窸窣窣地爬起来，嘟囔着“不看了不看了”，骂骂咧咧地往卡车下面爬。

艾佳坐着没动。

他只是平静地看着 ZE 战队摧毁了 YQNB 一座又一座防御塔、高地水晶……在背景解说无奈的呐喊声中，YQNB 溃不成军。

输比赛，也分输得丑不丑。

很显然，见多识广如今日解说，好像也没见过打得这么丑的比赛。比赛接近尾声，最后的团战里，辅助凉生率先被秒，ZE 战队乘胜追击，开始拆 YQNB 的门牙塔，解说咆哮着：“YQNB！不要放弃啊！‘双 C’还在，我们还有机会！”

然后在众目睽睽之下，只见“YQNB-KILL1000 退出游戏”的提示出现在大屏幕中央。那一秒，解说就像是被人突然卡住了脖子一样失去声音。

大屏幕中，人们只看见 YQNB 的中单突然就不动了，三秒内被迅速集火，英雄头像灰掉。

众人沉默。

ZE 战队推掉了 YQNB 战队的主水晶，胜利的背景音乐声响起，ZE 战队五人摘掉耳机，跳起来欢呼拥抱。而台下，无语万分的中国大陆赛区粉丝、YQNB 战队粉丝给予无奈的象征性掌声。陈今阳站得高，清楚地看见已经有人陆续退场，一个粉丝在离开的时候，默默地在垃圾桶旁边站了几秒，然后弯腰，把写着“杀神加油！你最棒！”的灯牌放在了垃圾桶的旁边。

陈今阳看得胃部一阵不适，拽了一下艾佳卫衣的帽子，指给他看。

艾佳转过头看了一眼，“哦”了一声。

此时卡车集装箱上只剩下陈今阳和艾佳两个人。

陈今阳转向艾佳，背对着月光，一只手还揪着他的卫衣帽子，她听见自己平静的声音响起来：“想好了吗？打职业的路好像就是这个样子，并不是你想象的那样站在聚光灯下捧起奖杯，受人膜拜。”

艾佳抬起头看着陈今阳，发现她抱着膝盖蹲在自己身边，歪着脑袋一脸认真地看着自己：“如果有朝一日你也会变成这样，那你现在就放弃。”

艾佳沉默了一会儿，然后用略微沙哑的声音说：“不会。”他听见自己的声音几乎要被吹散在寒风里。

陈今阳撇撇嘴，放开了少年的卫衣帽子，小心翼翼地摸索着要往楼梯下爬。

在她蹲在集装箱边缘，伸出一只脚试探性地找落脚点的时候，她突然感觉到原本坐在那里发呆的少年凑近了些。黑暗之中，他捉住了她的手，突然提议：“要不你看着我？”

挂在集装箱边，一只手被少年握在手中，陈今阳抬起头，就露出一双眼睛：“啊？”

艾佳的身形压低了些许，凑近陈今阳，陈今阳几乎可以感受到他呼出的气息。

“看着我，别让我成为那样的人啊。”

“啊？”

“我说，”他停顿了一下，“和我交往好不好？”

陈今阳挂在梯子上，见了鬼似的瞪着蹲在集装箱边缘的少年。看他面沉如水，她不禁怀疑这时候她要是说“不好”，他很有可能会把她扔下去。

所以犹豫再三后，陈今阳做出了特别有创意的回答：“我们不早就是这种关系了吗？都私奔了啊！”

陈今阳这么干净利落、毫不反抗的回答反而让艾佳愣了一下。

他像个傻子似的趴在集装箱旁边拽着陈今阳的手，盯着她那一脸轻松的样子看了半天，最后眼中闪烁着“不信任”的光：“为谨防你事后要赖，我先确认下，我们俩对于‘交往’这个词的理解是一回事吧？”

“你以为我会怎么解释？”

“‘人际交往’‘正常往来’‘邻居之间的交流与往来关系’。”

“我如果说我就是这样理解的，你是不是要像刀疤把木法沙扔下悬崖一样把我扔下去？”

“那是谁？”

“迪士尼动画《狮子王》男主角小狮子的狮子叔叔和狮子爹。”陈今阳说，“中间有一段就是男主角的狮子爹挂在悬崖边，狮子叔叔抓着狮子爹的爪子，然后撒手把它扔下去了，就像现在，一模一样。”

“你能不能正经点？”

艾佳快被她整疯了，刚才他还紧张得说话都有点儿哆嗦，现在他是真的想把她扔下去。

奈何挂在楼梯上的人镇定自若：“我挺认真的啊，我说‘好’你没听出来啊？还话那么多问来问去，是不是这个时候我回答‘不好’你才觉得舒坦？”

艾佳：“真的扔你下去了啊！”

陈今阳沉默了一下，然后问：“我觉得自己表现得挺识时务的，你凭什么扔我？”

最后艾佳一脸无奈地拉着陈今阳的手，另外一只手用手机打着光，小心翼翼地看着陈今阳爬下集装箱落在地上，这才三两下干净利落地从集装箱上爬下来，稳稳地落在陈今阳跟前。此时两人站在集装箱车的背面，另一边是正在退场的愤怒的观众。

艾佳双手插在卫衣口袋里，微微弯下腰凑近陈今阳。当少年的鼻息靠近，陈今阳微微转过脸，而后听见少年低沉的声音在自己的耳边响起：“喂，难道现在只有我觉得有点紧张吗？”

陈今阳腹诽：在你问出这个问题之前，我真没觉得有什么好紧张的，但是现在我也不确定了。

“你能不能少说两句？这种时候无声胜有声，懂吗？”

“是吗？”

艾佳随口答道，明显心不在焉，那样子仿佛正在痛苦地纠结想要做点什么。陈今阳微微蹙眉看着艾佳，看着他那张富有少年气息的俊脸无限靠近，觉得大概知道他想干什么了，犹豫了三秒，没有躲开。

黑暗之中，她非常庆幸艾佳大概压根看不清楚她的脸，周围风很大、很冷，这样的话他就听不见她如擂鼓般的心跳声，也不会发现她的脸颊微微发烫。

当他逐渐靠近，陈今阳怀疑他的鼻尖就要碰到她的脸蛋时，她屏住呼吸，下意识地抓紧了手中的包。

“呜呜呜，他怎么这样！他为什么退游戏？我可以接受他心态崩了，不想打职业了，甚至同情他！但是我不能接受的是他搞自己的队友！提前退游戏！”带着抽泣的尖锐女声传入耳朵，陈今阳浑身一哆嗦，等到反应过来的时候已经被艾佳拉到了更阴暗的地方躲好！

两人紧紧相靠缩在卡车投下的阴影中，陈今阳背靠着卡车集装箱，面前是艾佳的胸膛，少年微微垂着头，唇瓣就在她的耳边。

她几乎可以感觉到他强而有力的心跳。

陈今阳轻轻拍了艾佳一下，示意他放松：他的身体现在紧绷得像是一块钢铁压在她身上，她都要喘不上来气了。感觉那石头似的坚硬的肌肉在自己的掌心放松，陈今阳这才转过脑袋，看向声源方向，定睛一看才发现是刚才把灯牌放在垃圾桶边的小姑娘，难以置信的是电子竞技还真的有真情实感的妹子粉丝存在。几个人有男有女，三五成群，好像是一起来的，中间那个妹子这会儿泣不成声。

其他同行人脸色都不太好看，勉强拍着她的肩膀在安慰她，气氛好像不太对劲。

不过陈今阳完全能够轻松解读，根据任何由团体组成的主体拥有的粉丝圈普遍现象，并不是一个队伍的粉丝总是能融洽相处的，通常情况下，他们只有拥有共同外敌的时候才会一致对外。

而在更多的日常活动里，如果有哪项活动发生了不太好的事情，导致了不太好的结果，并且是某些肉眼可见的内部问题导致不好的结果时，比如队伍里有一个人出现明显的拖后腿现象，那么这个团体的粉丝似乎也不在意先内部大撕一阵。

他们会立刻翻脸，指着自己喜欢的这个团体里拖后腿的成员以及他的粉丝破口大骂。

比如现在，陈今阳明显看到那个哭得很伤心的妹子身后，一男一女在翻白眼，其中女生小声嘟囔："其他队友才想哭呢，提前退游戏真是闻所未闻，认真对待每一场比赛的队友还欠他的不成？"

"就是，不想赢不如上替补。上次凉生直播的时候不是说队伍里新买了个中单吗，我还以为他会上呢。他人呢，不是也来 ICG 了吗？第三局开局情况挺好的，换个人不去下路送，估计也不至于被打成三比零。"男生顺着她的话说。

那个扔灯牌的妹子正哭得上不来气，另外一个在安慰她的妹子听到身后同伴说的话，似乎有些尴尬，匆匆道别后，把她拉开了。

不远处，一伙人分散开，刚才那一男一女还站在那儿，认真地讨论如果换了新中单会不会有让二追三的可能。这种时候，在他们的眼中，在 YQNB 连一场比赛都没打过，也基本没有什么资料的艾佳，忽然就好像变成了救世主，光芒万丈的样子。

说到最后，他们成功地给自己洗脑了，仿佛艾佳上了，YQNB 一定能让二追三赢下 ICG 似的。

陈今阳听到这里，觉得这些人实在是有点搞笑，鼻尖顶着就在此处的"救世主"宽阔的肩膀开始闷笑。

艾佳知道陈今阳在笑什么，因为他听那两个所谓的 YQNB 的粉丝在那里真情实感地吹自己，他也觉得很尴尬。陈今阳埋在他肩头"噗噗噗"地笑得浑身颤抖，他气急败坏地伸手揽住她的腰，不让她笑，也不让她乱动。她挣了一下，他的手臂收得更紧。

然而这说不准是对谁的折磨，艾佳只感觉到她的腰线贴着自己的手臂，她用的橘子味香水味道钻入鼻中。

"哎！"陈今阳趴在他的肩膀上，说话的时候声音柔软轻慢，"这些人对你真有信心啊！要是你上了以后，他们发现你打得比杀千还烂，那可怎么办？"

黑暗之中，艾佳瞪着陈今阳。

此时陈今阳又惊讶地发现，在周围这么暗的情况下，他的眼睛还能这么亮呢！

于是她又笑起来，笑眯眯地说："哦，好啦，别瞪我，开玩笑的，至少你不会提前退游戏。"

她说着忍不住伸手去摸他的眼睫毛，睫毛因为她的触碰轻轻颤抖，小刷子似的，带来些许瘙痒。她刚摸了一下，手腕便被大手一把扣住，身体被压在身后的卡车集装箱上，艾佳嗓音低沉地警告她："你别乱动啊。"

陈今阳抬着头望着他，眼中有淡淡笑意。

那笑就像是一片羽毛轻飘飘从少年心头扫过。

他视线下垂，从她唇瓣上扫过，脑海之中似万马奔腾，叫嚣着，还有电闪雷鸣。少年喉结滚动，低下头，带着杀气，像狼似的恶狠狠亲了一下怀中人那还带着笑意的眼睛。黑暗中，少年无奈道："你怎么不是男的啊？你要是男的，我真的非打死你不可。"

晚上，回酒店的车上，气氛有点压抑，刚开始几乎没有人说话。

之后小仙从第一排开始，一个个抢队员手机，卸载贴吧，卸载QQ以及微博，删干净了才把手机还给队员，附赠一句："明早我还要检查，你们都老实点，别找骂——注意这里的找骂有双重意思，被我骂，还有被'喷子'骂。"

没有人反抗他，因为每个人都丧得像一条死狗。

杀千坐在最后一排，低着头不说话。陈今阳发现也没有人走上去问他为什么最后退游戏之类的问题，等小仙走到他面前，看着好像是犹豫了下是不是要管他要手机，想了想好像要不要都一样，叹了一口气，什么也没说，就伸手拍拍他的肩膀，然后掉头走回车子最前面。

倒是路过艾佳的时候，小仙脚步停顿了一下，然后猛的一个倒退，上下打量了一圈艾佳，阴森森道："这位替补同志，请问您浪笑什么呢，一副春天来了的模样？"

艾佳条件反射般地摸了下自己的脸，抬起头一脸无辜地看着小仙："我没有啊，你别乱讲话。"

小仙："开下手机前置摄像头自己照照，车里太暗，我再给你打个光？你朋友都看着比你悲伤！"

艾佳立刻转头去看陈今阳，陈今阳一脸无辜地回望他。

艾佳又"嗖"地把脑袋扭回来："我妈从小就说，我这人长得喜庆，哪怕悲伤的时候好像都在嘴角上扬，其实我很悲伤了。"

小仙一脸"你当我傻子"的表情："第三场比赛开始，众人虔诚向上帝祈祷的时候，你去哪儿了？"

"休息室里气氛过于沉闷，我就跑了。"艾佳耸耸肩，"我为了看第三场比赛爬外面卡车上去了，赤子之心，天地可鉴！"

小仙"噢"了一声："那还好我们结束得快，车顶风得多大啊，着凉怎么办？"

这是迁怒，而且是类似于撒泼打滚的那种迁怒。

艾佳看着小仙，正在认真考虑要不要干脆认了自己的罪行，让濒临疯狂的战队经理撒撒气，这时候凉生站起来把这位看谁都想跳起来干一架的战队经理拖了回去，充满爱怜地看了艾佳一眼，说："不好意思，恶犬没拴好。"

完了他推小仙一把："输了呼吸都是错的？人家上都没上，一整晚键盘都没摸一下，也连带有罪吗？你少在这儿恶意揣测人心，离间队友情意！"

"我路过时，他真的在对着前面的椅子靠背美滋滋地傻笑啊！"战队经理特委屈道，"一副坠入爱河的模样！"

"你输比赛，月老庙也该断了香火？"

"我不！"

"我也不！"队长的声音提高一个八度，"你给我坐下！"

车头处，战队经理和队长还在吵架，给原本安静到有些压抑的车内带来了一丝丝活力。

艾佳双手抱着前排座椅靠背，转过头看着旁边的陈今阳。她原本坐在那儿目视前方，不知道在想什么，直到感觉到自己的脚被踢了一下，她才转过头，然后就看见身边的少年满脸浪笑。

前排，小仙还在和凉生为艾佳到底笑没笑争得不可开交，小仙已经明显落入下风，正被队长逼着来道歉。

"您队伍输比赛了，这位替补同志。"

"哦。"

"您这满脸浪笑，能不能控制一下自己的情绪？"

"输就输了，下次赢回来啊。"艾佳眨眨眼，忍不住放开了座椅靠背，伸手碰了下陈今阳的脸，"今天的事，你一点不开心的吗？你怎么一脸平静啊？你应该也很开心啊！说好的'少女情怀总是诗'呢？"

噼里啪啦一连串的问题。

"你自己就很好地完成'唐诗三百首'了，不差我这一首少女心之诗。"陈今阳伸手捏着艾佳的下巴，把他的脸扳回去正对前方，"小仙来了，现在，请做一个悲伤的表情。"

到了酒店。

小仙因为输了比赛忧伤得睡不着。

凉生因为输了比赛忧伤得睡不着。

艾佳因为与女财神牵手成功高兴得睡不着。

于是三个人凑到了阳台上，窸窸窣窣开始聊天，聊今天的比赛，聊网上的"喷子"，聊垃圾桶旁被丢弃的应援灯牌，聊杀千何去何从，聊 YQNB 何去何从。

三人一人手中一支烟，把整个阳台弄得乌烟瘴气，原本是正儿八经地聊以后干脆学X国队伍搞运营的可能性，聊到后面扯七扯八，一不小心话题就走远了。小仙叼着烟，踢了一脚坐在中间的艾佳："你今天到底在傻乐什么啊？平均三句话浪笑一次，完全超越了首发选手'爆炸'，替补选手上位应有的喜悦程度，你要当爸爸了？"

凉生摘下烟屁股，"噗"地笑了。

艾佳咬着烟屁股，微微眯起眼，仿佛瞬间陷入美好回忆："第三局快要结束，杀神退游戏的时候，我和她坐在车顶上，她告诉我，如果以后我也会成为这样的人，就干脆不要打职业了。"

小仙愣了愣，"哦"了一声，沉思。

凉生点点头："她说得对啊。"

"所以我问她，要不要来看着我，确保我不犯错。"艾佳想了想，"还有要不要和我交往。"

说着，少年嘴角开始疯狂上扬："她答应了，和我交往！"

小仙和凉生听呆了。

小仙震惊道："什么情况哟，你觉得YQNB输掉比赛的背景乐特别美妙，适合当你表白的背景乐？"

艾佳低下头嘿嘿笑："一个冲动，就说出来了。你敢信？爬上那个破卡车之前我还是'单身狗'，爬下来的时候我就是有女朋友的人了。"

凉生："不是啊，这位替补同志，我看你那女朋友，姑且算是女朋友，怎么一脸平静啊，完全不像是坠入爱河？你确定你这个所谓的'交往'，在她眼里和你眼里是一个意思？"

不确定。

艾佳脸上笑容僵硬。

陈今阳好像从头到尾都没有正面回答他这个问题。

于是少年脸上的浪笑微微收敛，他弹了弹烟屁股，挑了挑眉，像是告诉别人，也像是告诉自己，斩钉截铁道："但是后来，我亲她了！"

太过于投入剧情的小仙跟着松了一口气："哦，亲了啊，那还行。"

凉生："亲嘴吗？"

艾佳："不是，亲眼睛。"

在小仙的沉默中，凉生也摁灭了手里头的香烟，然后忽然弯腰探过身子，在艾佳脸上"吧唧"亲了一口！

凉生："亲脸算个毛啊！西方国家晚上睡觉之前的晚安吻都能比这激烈！现在我也亲你了，你有什么特殊感觉吗？"

艾佳手里燃烧的一截香烟灰掉在地上，他慢吞吞地转过头看着凉生，突然觉得自己乐观不起来了，脸上笑容逐渐消失。

亲脸压根不算什么的，比西方晚安吻还含蓄。

她甚至没有对着他多笑几分钟，一脸冷静，完全不像恋爱中的少女。

他内心的不安来势汹汹，淹没了理智。

而此时此刻，看着恍然大悟然后瞬间陷入痛苦沉默的艾佳，还有旁边一脸“哎哟，你这纯情少年到底懂不懂”的表情的凉生，YQNB 战队经理目瞪口呆。

与此同时，在隔壁房间里，陈今阳已经梳洗完毕爬上床。

闺密聊天时间。

陈小姑娘：跟你说件事。

咸鱼少女谣大大：你说。

陈小姑娘：那个，你觉得《小姐与流浪汉》这个动画片萌不萌？

咸鱼少女谣大大：两条狗嘲面条然后亲到一起去那个吗？还行吧，小时候挺喜欢看的，长大以后纠结于犬品种不同，它们相爱生下来的孩子可能不太好看这件事……怎么了？

陈小姑娘：这动画片给了你什么启发？

童谣沉默了三十秒，正当陈今阳以为童谣是在认真地思考时，手机屏幕亮起，来电显示“瓜娃子”。

陈今阳犹豫了一下，接通电话，电话那边响起来的声音带着微微的喘息，声音的主人似乎正在极力压抑自己的兴奋，她“喂”了一声，然后直奔主题：“你和艾佳在一起了啊？”

一个激动，陈今阳差点把手机扔出去。

电话那边的人停不下来，像个机关枪似的说：“早就觉得你俩有猫腻。艾佳是谁啊，小学毕业之后就没学过英语的人，你想想从初中到高中得有多少人妄图劝他从良都铩羽而归，否则北 DQ 华还不是任他挑？上个大学就开窍知道学英语啦？还不就是想谈恋爱！你要是德语系的，这会儿他该上蹿下跳说德语了，理由可能是他爱德国足球爱得深沉，古藤塔克（Guten Tag，德语的‘你好’）。”

伴随着一阵女疯子似的癫狂笑声，电话那头的童谣被自己逗得乐不可支，听着那动静好像是她在床上打滚：“你们学霸就是喜欢学霸，他套路很正确，三百六十个赞。”

陈今阳一脸嫌弃地把手机拿得离自己远了点，就好像担心这份疯狂会通过电话网络传染似的。而现在，她终于在童谣噼里啪啦的絮叨中找到了强势插嘴的机会：“从小到大学校里总是学习好的孩子比较受欢迎，也算套路？”

“那不一定。我注意到你高中时代情人节也没收到过巧克力，情书长什么样你知道吗？你猜男生写情书会不会遵从书信格式，开头用个‘你好’？”

“不用。”

“然而他们用，这位仙女。”电话那头，童谣得意地喷了喷鼻息，表示扬眉吐气，

“顺便一问，你可以选择不回答，但我还是要问：你俩到哪步了？”

“我们的交往商议发生在一辆卡车上，达成共识之后，从卡车上爬下来的时候，他亲了下我的脸。”

对面一阵谜之沉默，童谣憋了半天才挤出一句：“卡车上？怎么跑卡车上去了？你俩挺会玩。”

十七八岁的小姑娘，八卦之心总是热烈如火。 艾佳可是T大附中名人，而自己的闺密和他谈恋爱，说出去都觉得有面子啊，仿佛有了这层关系，数学成绩凭空就能猛提三十分，那些个总待在学校门口的小混混也不叫事儿了！

童谣可激动了。

然而在这份激动的衬托下，就连陈今阳都怀疑自己是不是太冷淡。她就想找个人说一声自己好像是谈恋爱了这件事，然而被分享八卦的人上蹿下跳，好像比她还激动。

她本人倒是挺平静的。

就好像她刚开始挂在卡车集装箱上时说的那样，一切显得那么顺理成章，就好像她心里已经默认了他们俩早就在一起了一样。

他靠近的时候，她也会心跳加速、面红耳赤，小心翼翼地嗅着他身上的味道，并且获得安全感。

陈今阳却发现自己不知道该怎么回应。

说实在的，她自己都有些迷茫了。

“我也不知道怎么了，明明心里也是挺高兴的，但是好像跟他一对比起来，就觉得自己根本不够高兴。”陈今阳抓着电话，趴在床上郁闷道，“我这才刚刚谈恋爱吧，就这状态好像哪里不对，不是说刚恋爱的一个月之内，双方都恨不得变成一个人过日子才开心吗，我怎么没有？”

“你怎么没有？”

“该不会是我其实不喜欢他吧？”陈今阳微微蹙眉，“是我误会了？”

电话那边的人沉默了几秒。

童谣斩钉截铁道：“你喜欢他。”

陈今阳“哦”了一声，爬起来，坐直了身体：“那现在我应该怎么办来着？”她在床上滚了一圈，然后钻进被窝里。

“放手。”电话那头的人冷酷地说，“让自己随波逐流，哪怕真的被淹死。”

陈今阳不知道所谓的“放手，让自己淹死”是个什么状态。

然而她也没脸去找第二个人商讨这件事，被童谣一阵疯狂嘲讽挂了电话之后，她才反应过来这一晚的女高中生同志好像非常嚣张。她们的角色好像调了个位置，陈今阳从高高在上的嘲讽者变成了那个被教育得瑟瑟发抖的小白痴。

而对此，她哑口无言，甚至在表面疯狂反抗的同时，心中不受控制地暗暗赞同：童谣说得对。

这着实令人不快。

而令人更加不快的是，第二天，艾佳这小崽子不知道吃错了什么药，看到她后，脸上的笑有些微妙，目光闪躲。对此，她的第一反应是：我今天用错口红色号了？

第二反应是：昨天晚上我和童谣打电话的内容难道被他听见了？不然他干吗突然这样？

这就非常莫名其妙了。

强行憋着胸腔之中的恶气，陈今阳不动声色，从酒店一路憋到了机场，其间艾佳还是坐在她身边，只是说话的时候有些心不在焉。她明显嗅到了不对劲儿，甚至有点心虚。

但是心虚她就会任由艾佳躲闪自己的目光吗？

不。

她一向是喜欢恶人先告状的那个。

"你昨晚做什么对不起我的事了？"坐在候机厅，陈今阳假装随口问。

发现身边的人沉默了，陈今阳心中"咯噔"一下，有些惊讶地转过头看着艾佳，难以置信，难道两人在一起的第一天晚上，严格地说是两个小时之后，他就干坏事了？

就算是所谓"男人的劣根性"也不能这么劣吧？！

"他没干吗。"艾佳沉默，反而是坐在陈今阳右手边的凉生，一边低头玩手机，一边头也不抬地轻描淡写道，"就是被我亲了一口，然后开始怀疑人生。"

坐在凉生右边的小仙弯下腰，一脸严肃："是真的，亲眼所见，并长了针眼。"

"然后这位替补选手发现自己的性取向发生了微妙的转变？"陈今阳转头看向自己左手边，艾佳沉默不语，双眼发直，仿佛陷入冥思。

就在这时，他突然在她脸上亲了一下。

陈今阳一脸茫然地转过头看着他，少年垂眼，嗓音微微沙哑："大'直男'，我。"

他目光闪烁，看似有些紧张。

陈今阳抬起手摸摸自己的脸，看了艾佳一眼，忍住了没骂他神经病。

然后她发现自己的沉默好像成功地取悦到了这小崽子，因为他盯着她几秒后，又笑了起来，就那种萨摩耶似的笑，笑得她浑身鸡皮疙瘩都冒起来了，只好低下头玩手机去。艾佳坐在她旁边，很是乖巧的样子。

陈今阳并不知道，其实在 YQNB 的战队群里，跟过年一样热闹。

魔法少女艾佳：啊——我亲她了，你们看到没！她没反抗，这是不是意味着她想嫁给我，想和我过一辈子？！

凉生：……

小暖：……

容容：……

瑞塔：……

小仙：完了，签回来个疯子，心疼自己。

后来，在陈今阳保持着各种微妙的情绪的状态中，她和艾佳回到了T市，很快又投入按部就班的生活中。这意味着陈今阳终于有空认认真真地在“我喜欢他”和“我其实不喜欢他”中间好好纠结一会儿。

另外，陈今阳在坚持了三天“离家出走”“拒绝一切资金贿赂”的套路之后，第四天接到了她老爸日常问候之外的电话。电话里陈先生像是终于妥协，表示出国的事可以迟一些再谈，让她先安心考完该考的英语等级资格之类的考试，并叮嘱她好好吃饭，不许胡闹。

陈今阳挂了电话，去银行查了一下银行卡余额，里面多了十万块钱，她对这结果还算满意。

她把这事儿告诉她的小男朋友，她的小男朋友在沉默了一节课的时间后，告诉她，她这是“恃爱行凶”。

陈今阳想了一下，只好回答他：长这么大，除了学习，我就擅长这个。

艾佳表示无言以对，并且在微信里腻腻歪歪了一会儿，然后两人约好了下课之后一起去吃饭。

陈今阳看着他那些“一会儿你过来还是我过去”“算了，我过去吧，怕累着你”“你这节课思修啊，要不我现在去你教室跟你挤挤”“我也思修，思修在哪儿上不是上”……她情不自禁微笑了一会儿，然后又皱起眉。

她又不知道该回什么了，最后只好回一个“老实在教室待着，我这边先下课，我去你们那儿找你”，言辞略微严肃，小崽子蔫巴巴地回了个“哦”，隔着屏幕好像都能感觉到他狗耳朵耷拉下来的样子。

陈今阳胃部又是一阵翻滚，开始坐立不安起来，于是在苦苦支撑到离第二节课下课还有十分钟的时候，她干脆动手开始收拾桌子上的东西，弯腰准备从后门开溜。

坐在门口的谢苗莫名其妙：“你干吗去？”

陈今阳弯着腰往外挪的步伐一顿：“吃饭。”

谢苗挑眉：“这么饿？”

陈今阳：“嗯。”然后抱着书跑路。

十分钟后，她戴着耳机，一边听英语资料，一边在水利土木工程学院大门口转圈圈，满脑子都是“恋爱怎么这么难”“我到底喜不喜欢他”“我要是不喜欢他，他岂不是太可怜了”。

然后下课铃响了，陆续有学生往外走。

陈今阳暴躁地发现这会儿她烦得听英语资料都不管用了，认真考虑要不回去干脆下一段《心经》。

此时周围逐渐热闹起来，陈今阳也不想傻子似的站在门口，于是混入别的院系学生人群逆着人流走。她正一边伸着脖子找人群里的小崽子，一边努力回想艾佳的思修课是在哪个阶梯教室上的，这时候，听到她的正前方几十米开外有个清脆的女声叫了声“艾佳”。

陈今阳下意识地脚步一顿，顺着那个声源方向抬头一看，果然在一栋教室的楼梯最上层看见一个熟悉的身影。原本少年正拎着书包，小拇指钩着装着啃了一半的馒头的塑料袋，手里抓着手机，一边低着头不知道在摁什么，一边往下走，这会儿被叫住，他茫然地回头。

从再上面一层楼梯，一个留着齐肩发的女生飞快地跑下来。她跑得很急，也不知道是这个原因还是别的什么原因，那白皙的面颊微微泛红。她伸手将一袋不知道买来后小心翼翼捂在包里捂了多久的包子塞给艾佳：“这个拿着，豆沙和肉的，你别天天吃馒头呀！”

她的动作有些局促，看着好像很紧张的样子，周围的人开始起哄，那个女生就很可爱地“哎呀”了一声，让他们不许笑。

艾佳一脸茫然地拎着那袋包子，直到那个女生满脸通红地跑开，他也没反应过来发生了什么。

陈今阳面无表情地看着这一切，然后她摘下自己的耳机，直接塞回包里。

沉默了三秒后，她转身，大步流星地往外走，每一步都像是从海里爬出来的哥斯拉踩在东京街道，也像是她正穿着钉鞋，而脚下一步步重踏的，是艾佳的脸。

但是对艾佳来说，陈今阳身上就像是装了某种雷达，而他现在表现得就像是收到了雷达信号，别问几十米开外的他是怎么感觉到的，总之在所有人反应过来之前，他们看见眼前的少年眼睛一亮，伸长了脖子开始东张西望！

然后他的双眼对准某个方向狠狠地盯了一会儿，在所有人没反应过来他在看什么的时候，少年发出欢快的鼻音，三步并作两步跳下了台阶，向着那个方向跑去，非常像嗅到了主人气味开始兴奋刨地的大狗。

“他怎么了？”刚才围观艾佳的人群里，一个跟他同班的同学一脸茫然，“收到个豆沙包就那么高兴？”

“你天天吃馒头，忽然收到豆沙包也会高兴的吧？”王磊无语道。

小结巴显然有别的见解，只见他鄙夷地扫视一圈周围的人，然后鼻孔放大，露出一个不可一世的表情，这才慢吞吞发表他的看法：“都……都是傻子！是……是女……女财神来来……来了！”

众人齐刷刷地又转头目送艾佳，这才发现哪怕是在人群里也显得挺扎眼的高大少年已经凭借着自己的腿长优势赶上了另外一个腰杆挺直甚至有些僵硬的背影。人群之中，他微微弯下腰不知道说了什么，然后像是多动症似的伸手去碰对方的头发，被无情躲开，少年的手在半空中停顿住，抓了抓，握成拳，然后又慢慢松开。

王磊：“刚才那个握拳的动作，是这家伙想捶人吗？”

小结巴：“江山易改，本……本性难移。”

王磊：“我猜他不敢。”

小结巴转过头用看智障的眼神看了一眼王磊：“他当……当然不……不敢，不……不服，只……只能憋着！”

王磊伸长了脖子，像是老王八。“我怎么觉得女财神不怎么愿意搭理咱们老大？”他疑惑地问。

小结巴：“我……我还以为，这是显而易见的……的事。”

元旦文艺会演的学生会海报前两天就贴在学院布告栏上了，这是距离他们最近的一个校园活动，所以陈今阳今天会出现在这里，除了找艾佳，不会有第二个目的。

但是现在她明明进来了，却在没有找到艾佳的情况下转身要走，这说明在这个寻找、等待艾佳的过程中发生了什么让她不太愉快的事。

是什么呢？

小结巴目光停留在被艾佳下意识捏在手里的两个包子和半个馒头上，沉默。

而此时，完全没反应过来咋回事的王磊看着渐行渐远的两个人，“啧啧”两声。

这时候艾佳和陈今阳已经快要到学院门口了，艾佳看上去有点郁闷，举起手中的豆沙包无意识地往嘴里塞，并开始东张西望，可能是试图分散自己的注意力，不要沉陷在那诡异僵硬的气氛里。

在艾佳忙着狼吞虎咽时，站在高处的人们清楚地看见，原本一直正视前方的陈今阳忽然转过头，飞快地看了艾佳一眼，然后在他重新把注意力从路边的一只野猫身上收回来的时候，陈今阳恢复了冷漠的表情，也不动声色地收回了自己的目光。

“完了。”小结巴斩钉截铁地说，“凉了。”

在场百分之九十五的人都不知道什么凉了、哪里凉了，只是满脸问号。

学院门口。

艾佳正拼命地往嘴巴里塞手里的东西，事实上他压根不知道自己塞进嘴巴里的是什么馅儿的，甚至不知道那是什么东西，走神程度，仿佛这个时候给他一瓶鹤顶红，他也会礼貌地道谢，然后仰头一饮而尽。

“你怎么来了又往外走啊？”艾佳问身边的人，颇有没话找话说的意思。

只见身边的人目视前方，目光坚定，沉默了一会儿后回答他：“人太多了，看不到你。”

“你可以就站在楼梯口。”艾佳说，“这样我走出来的时候肯定可以一眼看见你。”

陈今阳没说话，气氛又有点冷下来。

从追上陈今阳至他们走到学院大门口的五分钟里，艾佳曾经不下十次地想问“你怎么了”，并且话已经到了嘴边，但是最后还是生硬地咽下去，主要是一扭脑袋看见身边人那微蹙的眉心，他就㞞了。

“你今天是不是心情不好啊？”艾佳只能含蓄地问。

问完之后，他感觉到身边的人转过头看了他一眼，然后在他意料之外，她忽然伸出食指在他嘴角碰了一下，那忽然靠近的橘子香水味让他有点儿恍惚，他隐约想起在哪里看过小姑娘喷香水都喷在手腕上。

他双目放空地看着陈今阳，只见她低头拿了湿纸巾擦擦手，对着他勾起唇笑了一下：“豆沙。”

这笑容，如三尺寒冰。

艾佳不得不夹紧尾巴，紧张地盯着陈今阳，看她把湿纸巾扔进垃圾桶。说实在的，上次的教训造成的心理阴影实在太大，至今她也没说弃考的事儿，所以艾佳对她“扔垃圾”这个动作几乎形成了条件反射。

他看见她扔垃圾就害怕，总觉得被塞进垃圾桶的是自己。

陈今阳扔了垃圾，昂首挺胸继续抬脚往前走。艾佳看她一脸冷漠，嘴角抽搐了一下，只想叫“救命”，但是鉴于叫了也白叫，不会有人来救自己，他只能深深叹一口气，双手塞进外套口袋里，乖乖跟在她身后。

此时两人已经走出学校的大门，来到学校外面的商业街上。现在是下午六点多，周围不只有T大的学生，还有隔壁T大附中下课出来吃晚饭的中学生。

艾佳，谁都认识，平日里嚣张跋扈，恨不得在这条街上横着走，今天这样一脸凝重加纠结，像是被谁欺负还不敢反抗的模样，还真少见。

于是肉眼可见的范围内，周围的人开始窸窸窣窣地交头接耳。

“那不是艾佳吗？”

“干吗啊，一副霜打茄子的蔫巴模样？走在前面那个是谁？”

“不认识。”

“这姐姐看着是学霸啊，还背着书包呢！”

“女朋友？他换女朋友啦？”

“换？他以前有过女朋友啊？”

“不清楚，但是总有女的喜欢在他们那群人周围晃来晃去，虽然看着也都不是什么特别正经的。”

“哦，艾佳换口味了？”

人们议论纷纷，讨论到后面话题有点偏，原本艾佳听他们编派自己倒是无所谓，直到注意到他们的话题转向走在他前面的人，而且涉及的领域越来越危险。

艾佳脚下一顿，双手从口袋里抽出来，转过头冷漠地看了一眼身后那两个叽叽喳喳停不下来的小姑娘，那凶残的眼神吓得她们呼吸一窒，居然尖叫一声跑开了。

艾佳无语地撇撇嘴，心里默默评价了一句“没劲”，正琢磨要不一会儿去隔壁街转悠两圈，找人打一架泄下心中那股邪火，一转头，就看见陈今阳已经站在马路边。

他愣了一下，正想问他们今晚是不是去街对面吃饭，紧接着就看着陈今阳迈出步子，与此同时，让他心脏差点停跳的是，大约二十米开外，一辆垃圾车正保持着不慢的速度驶来，然而那个目视前方的人像是眼瞎了似的。

艾佳发誓这辈子估计也不会有那么快的反应了——在那辆垃圾车驶来前，他几乎是有些狼狈地往前大跨一步，把路边的人一把拽进自己怀里！

那垃圾车几乎是擦着陈今阳的脚尖驶过，陈今阳甚至来不及后怕，鼻尖就撞到了少年结实的胸膛上，与此同时她听见一阵急刹车的声音，随即垃圾车上的司机开了窗户，一阵暴躁咒骂！

“怎么回事？！走路不看路啊？！”

凶悍的声音在脑袋顶响起，陈今阳茫然地抬起头，对视上少年那双因为紧张而瞳孔缩聚的眼，他的手扣着她的手腕，力道大得仿佛恨不得将她的手拧断。

艾佳被吓出一身冷汗，都快把衣服打湿，这会儿心脏还在怦怦乱跳。他狠狠皱着眉，低头看着面前这张着嘴不知道在想什么的姑娘，一瞬间恨不得把她掐死一了百了！

他低头一看，她还是皱着眉一脸茫然的样子，于是气不打一处来，终于捡回了刚才不知道落在哪个地方的勇气：“你想哪个男人想得那么入迷，我跟你说话不理算了，过个马路车都不看？”

陈今阳就听见有个声音在自己耳边嗡嗡地响，然后少年用不怎么温柔的力道将她拖到了路边一棵树下，好像中间还向周围的人咆哮：“看什么看！滚！”

周围的人一哄而散，方圆五米之内空无一人。

而陈今阳却并不害怕，她只是抬起头，看着这会儿正忙着教育她走路不看路的少年，没头没脑地问了一句：“你为什么接过她的包子？”

“要不是我反应快，这会儿你已经在车轮子底下……什么？”

艾佳一愣。

然后他看见愤怒一瞬间取代了刚才的茫然和麻木出现在面前的人脸上，他甚至来不及欣喜她丰富的表情变化，就听见她提高了声音：“你还把它吃了！”

下一秒，艾佳条件反射般地张开双臂，接住迎面砸过来的书包。那书包沉得像是里面放了砖头似的，砸得艾佳踉跄了一步，他猛地从刚才的愤怒状态清醒过来，目瞪口呆又有些迷惘地看着他气得跳脚的女朋友！

“那么喜欢吃包子你就吃一辈子包子好了！一包子几毛钱就把你收买了！众目睽睽之下笑得像朵花似的，你要不要脸？！老娘改明儿把那一车包子全买了，你一个不落全给我吃了，撑死你！我让你下辈子都不想看见包子！”

一连串语无伦次的尖锐痛斥噼里啪啦砸下来，刺得艾佳脑仁突突狂跳。

包子？

什么包子？

哦，就刚才那个女的塞过来的包子？

就为这个？

气了一路？

气成这样？

有那么一秒，艾佳气得想把她抱起来随便找个地方扔了拉倒，但是一抬头见她一脸苦大仇深地瞪着自己，呼哧呼哧的，胸口起伏，一副气坏了的样子，于是最后“把她抱起来扔出去”这个动作只做到了前五个字。艾佳将面前的人一把抱入怀中，想生气又忍不住笑，伸手摸摸她的脑袋：“不就两个包子吗，气成这样？”

“破包子我买不起吗，你要去吃人家的！不许摸我的头！不许笑！”

“我都不记得那个女生叫什么名字……”

“不记得叫什么名字你吃她东西就不犯法了吗？”

“犯犯犯……犯！”艾佳转过头，顺势在怀中人侧脸上亲了一下，“下次人家递给我金砖都不敢接了，我刚才真没反应过来。”

“迟了。”陈今阳用力抹了把脸，冷漠地说，“我刚才想明白了一件事，我不喜欢你。”

说完，她推开艾佳，一把抢过她还抓在手里的书包就要转身走，刚走出去两步，就被身后的一股巨大力道捉着拎回去。她拍了下少年的大手，没拍掉，反而换来他略带威胁的声音：“你说什么？”

陈今阳拧巴了一下，推他。

随后她只感觉到那压在自己肩膀上的大手加重了力道，少年警告：“别乱动啊，揍你了。”

陈今阳逃避似的低下头，随后脑袋被一股大力扳起来，她被迫看向少年的脸，后者用略微粗糙的手指刮了下她的脸，随即露出一个轻蔑的表情：“不喜欢我？我吃个别的女人送的包子，你就要往垃圾车轮子底下滚，你不喜欢我？骗鬼啊？”

陈今阳僵住了，倒吸一口凉气，为眼前人的厚脸皮。

但是她也只是见了鬼似的瞪着艾佳，没有反驳——少年的话提醒了她，刚才她确确实实是被气到发蒙了。

她都不记得上一次这么气是什么时候了，好像是三四年前，她老爸要送走她姐的时候？

啊啊，扯远了。

艾佳说得没错，她如果不喜欢他，怎么可能生气呢？现在看来，好像反而是她比自己想象中更喜欢他啊！

陈今阳愣怔中，脸一阵白一阵红，直到脸被没轻没重地掐了一把，艾佳放开她：“下次别乱说话，脾气好也有底线的，更何况我脾气还不怎么好。”

陈今阳瞥了他一眼，看他眉目淡然，说话的时候好像是在笑，其实眼睛里也有几分认真。

这副样子，难得正经，这种眼神，陈今阳记忆中好像只在他打游戏的时候见过，专注又较真的模样，就好像每一句话、每一个指令，都让人不由自主地想要遵循。

于是，她的心跳没来由地停跳半拍之后，又开始加速。

陈今阳被他看得浑身不自在，嘟囔着抬起手将他的脸扳开，后者碎碎念：“跟你说话呢，听到没有啊？动手动脚的。”身体和语言里的不耐烦完全相反，他伸手将她放在他脸上的手捉住，握在掌心，然后再也没放开。

街边有几个穿高中生校服的小姑娘在偷看他们。

陈今阳抬起头，然后发现她小闺密童谣就站在人来人往的街对面，笑眯眯地看着她。两人目光交汇，童谣笑着抬起“爪子”，兴奋地跟她挥了挥。在童谣身后，另外一个少年一脸不耐烦地叼着根冰棒，门神似的站在她身后，替她挡开路过的人群，时不时低下头用无奈的眼神扫一眼站在自己跟前的小姑娘。

“你看，人家谈恋爱都比你懂。”少年懒洋洋的声音在身后响起。

陈今阳一点就炸，转过头瞪他：“你会谈恋爱？恋爱高手？”

这时候还逞强说“是”的都是傻子，求生欲让艾佳立刻摇头。陈今阳却并不准备就这么放过他：“高中生都知道有女朋友了不能吃别的小姑娘给的东西，你现在滚过去问问那个小崽子，冰棍是不是别的女生给买的！”

艾佳上下打量了一下陈今阳，抓住重点，“谁是我女朋友？”

陈今阳下巴骄傲地一扬，在他又露出那种萨摩耶似的笑容时，抬脚踢了他一下。

艾佳哼了一声，却没有放开她的手，反而把人拎过来，欢天喜地地又在她的鼻尖亲了一下，仿佛终于得到了心心念念的玩具，正爱不释手。

街对面。

“那是艾佳吗？”叼着冰棍的少年问，“那个艾佳？”

“是。”

“好好一个鬼见愁，怎么一恋爱像个傻子似的。挥够了没有？你以为演日剧啊？人家都没理你。”

“你懂什么！”

“你也像个傻子。”

晚上吃完饭，原本是正常的晚自习时间，只是在折返回校园的路上，陈今阳发现艾佳明显放慢了步伐，恨不得一步掰成两步走，到了学校门口的时候，开始平均三秒看一次陈今阳，就差在脸上写着：要不翘了晚自习吧？

“怎么了？”陈今阳看着他。

艾佳捏了一下她的手：“要不翘了晚自习吧？”

“今天是十二月二十九日，马上期末考试了，这位同学，拿不出个好看的成绩单，你是准备今年在大马路上过年吗？”陈今阳转过头问他。

艾佳犹豫了一下，显然没考虑到这茬。大一晚自习一直是点名的，最近被家里赶出来，艾佳也没地方好去，就坐在教室里蹭暖气，倒是一节课都没落下。

整个T大教职员工圈子就那么大，艾佳也不是很确定他如果继续逃课的话，相关的坏话会不会传到他妈耳朵里。那些老师的悠闲程度超乎了他的想象，这一点是在他被赶出家门的当周，专业课老师拿了件自家儿子的棉袄给他时，他才发现的。

“我听说你们晚自习现在自愿上了。”艾佳拉扯了一下陈今阳的衣袖，做贼似的问，“要不你来我们教室看书？”

陈今阳原本想拒绝的，但是想了一下，又答应了，然后把书包往艾佳怀里一塞，就站在马路边，从书包里掏出一支口红开始补妆。

艾佳是“直男”，但不是色盲，他完全看得出，现在陈今阳往嘴巴上抹的口红不是下午下课后来找他时涂的那个色，血红血红的。

就像变魔法，这正红往唇上一抹，陈今阳整个人瞬间变得唇红齿白，很有攻击性。

化妆什么的，太神奇了。

艾佳挑起眉，盯着陈今阳的脸看了一会儿，下意识地抓紧了自己手里的书包：“这位同学，你嘴上的口红告诉我事情没那么简单。”

“下午给你包子那女的你们班的吧？”陈今阳撩了撩头发，对着身边小店的玻璃橱窗整理了一下，让它变得没那么随意，“我得去会会她。鉴于你比较迟钝，为避免下一次再被你气得心肌梗死，还是让敌人知难而退比较科学。”

艾佳：“不必了吧，我都不知道她叫什么名字。”

陈今阳整理头发的动作一顿，直起腰从艾佳手里抢过自己的书包，瞥了他一眼：“我爸上山下乡插队，在正式认识村口村花也就是我妈之前，也不知道她的名字，但这不妨碍他们现在有了我和我姐，我妈还没给我爸送过包子呢。”

“能不能忘记包子这件事？求你了。”

“不能。”陈今阳瞥了身边少年一眼，斩钉截铁道，“我现在都在想，要不要明天把包子摊的包子都买了，看着你把它们一个个都吃下去，吃到你这辈子都不想看见包子。”

“你是魔鬼吗？”

“我是啊，你自己画的召唤阵，现在想退货也来不及了。”陈今阳勾起红唇，“没听过一句话吗，请神容易送神难。”

艾佳深深地叹了一口气。

十分钟后，他拉着陈今阳来到了他天天上晚自习的那个教室。

两人踏入教室的第一秒，小结巴和王磊他们开始兴奋地吹口哨。很多艾佳他们班的人都回头看过来，看见被艾佳扯进教室的陌生面孔，先是一愣，然后纷纷露出暧昧的笑容：“哟，可以啊，艾佳。”

“这不是隔壁英语系大二学姐吗？”

“你又认识？”

“哦，前两天校学生会来我们这边贴元旦文艺会演的海报，我老乡想管她要电话号码，结果人家有男朋友啦。嗨呀，男朋友就是艾佳啊？”

“佳哥，无声无息干了一番惊天动地的大事业啊！”

艾佳拉着陈今阳在教室最后一排的位子坐下来，脸上忍不住全是“人逢喜事精神爽”的笑，听到老乡的故事时，他笑容收敛了一点：“都别看了啊，没见过别人家的媳妇儿啊？”

最后几个字艾佳加重了语气。

说来也巧，正好这个时候，下午送艾佳包子的那个小姑娘从前门走进来，听到艾佳的声音，原本还跟几个女同学推推挤挤一脸羞涩，结果听到艾佳话语里最后那几个字，她明显一愣，抬起头，看向艾佳身边的陈今阳。

陈今阳等的就是这个，她一只手托腮，指尖在脸上弹动了一下，冲那小姑娘友善地嫣然一笑。

那小姑娘看着还带着高中生的青涩，难怪一个包子都得捂一个下午才有勇气递出去。她被陈今阳挑衅的笑容气得脸色都白了，随便找了个教室前排的角落缩进去，然后还用手指戳了戳坐在自己前面那排的人：“艾佳旁边那个，是他女朋友吗？”

“是啊。”那个大兄弟同情地说，“今天下午之前，我都以为艾佳是‘单身狗’，这会儿忽然冒出来个女朋友。”

陈今阳心中叹了口气，有点爽快地感觉到自己似乎又摧残了祖国未来的花朵。

“看过东野圭吾的《恶意》吗？”

“看过，怎么了？”

“你脸上写着这两个字。”

“我没想杀了你，也没想杀了她。”陈今阳轻描淡写地说。

此时艾佳在她旁边，伸手替她把她的英语书、卷子还有笔袋拿出来，顺便用两根手指捏着她的下巴把她的脸扳回来面向自己：“所以首长，敌人知难而退了吗？”

“退。”陈今阳一副兴高采烈的样子，道，“从南极退到北极，以后再也没人给你送豆沙包了。”

艾佳看她那么乐呵，放开她的下巴，拍拍她的脑袋，然后自顾自地从书桌里掏了一本书开始看，看了两眼就翻到后面的题目那儿开始做。陈今阳瞥了一眼他手里的书——《工程力学》。

陈今阳有朋友进了大学以后学的工程造价专业也有这个科目，听她说难到让人死去活来，她从大一开始年年挂科，挂到大四毕业，最后恨不得抱着老师的大腿哭着磕头才勉强给过。

“难吗？”陈今阳小声问艾佳。

只见他眉头微微颤动，稍稍抬起，然后淡淡道：“不难。”

这一句话，说得理所当然且镇定自若，略微低沉的声音，就像是小奶猫用它的爪子在人的心脏上轻轻踩了一爪。

陈今阳盯着艾佳的侧脸看了半天，心想：男生想要撩妹子，就得好好学习！学神光环，比几条破洞裤子都值钱！

内心在咆哮着，陈今阳眨眨眼，表面假装淡定地“哦”了一声，然后见艾佳好像做题的时候没准备理自己，她又把脑袋缩了回去。

陈今阳还是第一次坐在理科教室里上自习，有点新鲜。

她自己缩到一边，听了两段听力之后，又忍不住伸脑袋去看艾佳在干吗。只见他这时候已经解完了第一道题，开始征战下一道，此时他正用笔画受力分析图，简单的一个题目被他画出八个方向的受力符号。

陈今阳看得有趣，干脆把脑袋搭在他放在桌面的胳膊肘上，想了想，又问了一遍：“难吗？”

艾佳掀起眼皮子看了她一眼，这次眼睛里带着点儿笑意。下巴搁在他胳膊肘上的少女眨巴着眼看着他，一脸认真。

艾佳没把她轰走，就让她把沉甸甸的脑袋放在自己的手臂上，偏开脑袋继续做自己的题目。

陈今阳到底不是理科选手，看艾佳认真地算了一会儿，她就认识一点基础公式，实在是看不懂。周围有小结巴和王磊在争论某道题时强行压低嗓门儿说话的声音。

那窸窸窣窣的声音外加教室里的暖意，很有强力催眠的效果，所以没多久陈今阳就困了，眼皮子一搭一搭的。

艾佳做完第二道题，纳闷怎么身边的人没声音了，转过头才发现原来她把脑袋靠在他的胳膊上睡着了。

这也能睡？

艾佳看着陈今阳，睡梦之中她的睫毛伴随着匀长的呼吸微微颤动，教室的白炽灯下，艾佳甚至能清楚地看见她脸上的细小绒毛，她唇瓣的下边缘触碰到了艾佳的胳膊，在他的衣服上留下一点点不起眼的口红印。艾佳手动了动，她立着的脑袋就歪了下去，无意识地蹭了蹭，睡得更安稳了。

艾佳凑近了陈今阳，小声地“喂”了一声。陈今阳只是睫毛颤抖，没有睁开眼。于是，艾佳就固定在了这个彼此可以交换鼻息的距离，垂眼看着她。

晚上。

躺在宿舍床上，艾佳烙大饼似的翻过来倒过去，这时候上铺传来王磊同志的一声叹息：“佳哥，有句话我不晓得当问不当问。今天晚自习，我和小结巴去跟你问题目的时候，你是不是正准备对女财神干点什么啊？”

小结巴原本捂在被窝里打游戏，一听这话，也掀开被子冒出头，手机屏幕照得他的脸闪闪发亮，他也瞅着艾佳。

宿舍里其他床位的人也跟着坐了起来，一副有八卦可以听的样子。

艾佳“嗞”了一声，翻身坐起来，恨不得掐死这俩人：“知道我想干吗，你们还过来？！”

王磊在那儿嘿嘿笑，完了耐心跟他解释：“你吃过螃蟹吗？螃蟹贼能爬墙，所以必须捆得牢牢的，它才不会从桶边缘翻出去！但是如果把一堆螃蟹放在一起，就不用捆了——因为一只螃蟹爬上去，另外一只就会把它拉下来；一只螃蟹爬上去，另外一只又会把它拉下来；爬啊爬，拉啊拉……”

艾佳转过身踹了一脚王磊的床，对方的床“嘎吱嘎吱”一阵乱响。少年郁闷地把被子往脑袋上一盖，丧气地倒回床上，绝望之中掏出手机，像个傻子似的开始“百度”：约会什么情况下可以接吻？

——男生言语最好要幽默一点、坏一点，而不是一开口就问“我们打个啵啵行不”，那样多半会被拒绝。建议先从言语上挑逗她接吻的兴趣，比如看着她的眼睛，表达对她的喜欢……

艾佳：什么鬼！

按照百度的说法，他随时随地都可以亲她！

不是说百度什么都知道吗，怎么随便一个提问就把它难倒了？！

小结巴：“老……老大，你在……在干吗？”

艾佳阴沉道：“‘百度’，看怎么样才能亲到她。”

小结巴：“喀！”

王磊听了这话又开始笑：“你们刚在一起多久，着什么急？”

艾佳：“干你屁事！我今天差点就成功了！”

王磊：“女财神都睡着了，你偷偷来也算成功啊？”

艾佳：“算。”

艾佳掖了掖被子，把冰凉的手夹在大腿中间暖了暖，然后继续抓着手机往下滑，认认真真看攻略，然而百度上说的都是废话。

丧气地扔了手机，把被子拉到下巴处，少年在被窝里蜷起身子，打了个战，闭上眼，仿佛还能嗅到她口红的淡淡香味。

几天后元旦放假，一个学期接近尾声，三天假期之后回来就是期末考试，所以一下子周围平日里认真、不认真学习的，全部紧绷了起来。

每个学生宿舍里都少了打游戏时大呼小叫的声音，人们只会为 F（C）是否等于 F（A）、小滑块 A 到底受几个方向的摩擦力争得面红耳赤，一时间，学习气氛浓烈。

这恰巧是艾佳最受不了的气氛。如果每个人都表现得像他那个学霸女朋友一样，那他为什么不去见见本尊呢？至少赏心悦目。

于是，在一宿舍的人为了结构力学拔光头发，发际线都上升了几个毫米，只求结构力学能考六十分保平安的时候，艾佳把书上的题目都做了一遍，然后就扔下书，跑到隔壁英语系当旁听生去了。当然，就他这初中英语水平，人家讲什么他也听不懂，还美其名曰："明年六月我还要考完四级才去打电竞呢。"

但是鉴于他的理由过于冠冕堂皇，陈今阳也没心思反驳他"你在我们课上学不到四级那么简单的内容"，任由他大摇大摆地在自己旁边坐下来。

多数情况下都是艾佳趴在桌子上看陈今阳上课，看她记笔记，在她闲下来的时候伸手去捉她的手，把她的手抓过来握在掌心，看她单手记笔记，此时少年会面无表情地琢磨如果在上课的时候偷亲她，她是会尖叫着一巴掌拍过来，还是会逆来顺受。

后面这种可能性让艾佳热血沸腾，跃跃欲试。

偶尔陈今阳被老师叫起来念课文，他发现自己还挺喜欢听她念课文的，看她站得挺直，双手捧着厚重的课本，一个词一个句子地念着，就好像最讨厌的英语都变得没那么讨厌了。他满脑子都是她那张一张一合的嘴，仿佛那是世上和英语最相配的东西。

艾佳觉得自己简直走火入魔了，淫魔的那个魔。

"你期末考试到底复习好了没有啊？我今天看阅读老师都快把你当我们班学生，叫你起来读课文了。"

这天，陈今阳刚下英语阅读课，下午后两节都没有课，她得去学生会宣传部办公室做点儿元旦文艺会演的道具。外语系有个《孟姜女哭长城》的英语话剧，偏偏外语系学生会最近有别的任务，所以制作道具的任务理所当然地落在了校学生会的头上。他们要得还颇急。

陈今阳对此倒是没什么怨言，就是切几块泡沫用颜料涂成假砖头而已。

艾佳理所当然地跟在她身后，听到她的提问，含糊地应道："反正课本里的我都会了。"

"我还以为上过高中的人都知道课本上教的是ABC，试卷上考的是请列举十个ABC之后第十五个字母开头的单词。"

"大学不这样，大学返璞归真，课本上ABC，考卷就是ABC。"艾佳十分坚定。

"大年三十晚上提醒我给你留口年夜饭，无家可归就够惨的了，更别提还得饿着肚子。"

"你就不能拿着漂亮的成绩单休学？免得人家说你智商不够，读不下去才休学的。明年你具体几月去S市？"往楼顶学生会办公室爬的路上，陈今阳抱着书包漫不经心地问，"我爸还不放弃让我出国的事，正好你去打职业，我也出国算了，反正也不能天天见面，T市和S市，还是温哥华和S市，又有什么区别？"

"你出国啊？"艾佳立刻像是嗅到了兔子气息的猎犬。

“嗯啊。”

“那个滨文去吗？”

“反正去我也不跟他住在一起。”

“你以为说这话我就放心了吗？”艾佳脸上露出警惕的表情。

“你先好好回答我的问题。”

“明年春季赛我不打，先以训练生身份和他们磨合，夏季赛他们会把我的ID报上去，夏季赛后半段，我考完期末考试就去S市，彻底全职跟着俱乐部吃喝拉撒，可能再上两局试试手，正式首发该S5春季赛了。”艾佳掰着手指数得很认真，“当然，如果现在那个替补打得特别好，我也有可能直接被摁在冷板凳上。”

但是那是不可能的。艾佳在心里略微自信地补充了一句。

而此时，陈今阳听得有点迷糊，就勉强听明白明年一整年艾佳都不打首发，就夏季赛可能会上一两场练练手。“YQNB找到中单替补了吗？”她勉强抓到一个重点。

“嗯，以前二队的，跟着首发打过几次训练赛，反正以配合度来说，现在他倒是比我好一些。”艾佳说，想了想又强调，“而且他心理健康，不会散播‘瘟疫’。”

说到散播“瘟疫”，陈今阳想起了不太好的往事。

从ICG回来之后，在铺天盖地的讨伐声中，几乎是他们刚到S市的那天，YQNB的“瘟疫之源”中单杀千就在微博宣布自己退役。

一时间谩骂的、挽留的、与那些谩骂的人据理力争的人蜂拥而至，但是杀千头也不回，去了直播平台，成为全职主播。

接下来，无论是为了来直播间骂他一句还是为了别的什么，总之他的直播间还挺火爆的，每天收直播间小礼物收到手软，不算签约费，有时候他两天就能赚到打职业一个月的钱。

这件事是杀千自己在直播的时候说的。此话一出，圈内多少有些震动，一方面是惊讶于原来退役选手能赚那么多，另一方面是担忧退役选手能赚那么多的事儿被说出来，很多人从此无心职业，毕竟直播时间自由，还没成绩压力，最重要的是，赚得也多。

“财不外露，我至今不太明白杀千在直播间说自己的收益干什么。”陈今阳说，最妙的是，“财不外露”这四个字她说得理直气壮。

“他故意的。”对于杀千的行为，艾佳斩钉截铁道，“当整个职业圈生态简单且范围不太大的时候，每个处于顶端的人都能用自己的方式影响一个圈子，这是杀千的报复。”

他报复的方式就是，他走了，也要以最纯粹的利益，打乱一些意志不那么坚定的选手的初心。

电竞就这几年高光期，这游戏也不知道能火几年，不趁机赚钱，光是为了梦想，退役之后该何去何从？

所以很多人选择了向现实低头。杀千退役后，在新的一轮转会期到来时，又陆续有几个老选手退役转去直播。有些队伍甚至因为他们的离开面临青黄不接的尴尬局面，而这种事，却并没有太多人在意。他们退役了，成群结队，互相拉着“双排”或者“三排”，互蹭人气，以前在不同战队，基本一年说不上十句话，这会儿好得称兄道弟，一口一个“兄弟”。

很快地，在他们这些本身自带大票粉丝的退役选手的影响下，职业主播也成为电竞圈子里的一个热门分类。

难以置信这大概只是一周之内发生的事情，有人对此嗤之以鼻，但更多的人选择了理解。能为“梦想”坚持下来的人都难能可贵，值得尊敬，但“梦想”并不能当饭吃，所以当他们之中有人选择放弃时，其他人也不该跳出来对那些人进行道德绑架。

听到这里，陈今阳想了想，突然道：“你还记得我们正式在一起那天我说的话不？”

“嗯？”

“哪怕知道无可奈何，既然你决定抛弃一切去打电竞，就说明你爱它。我至今无法认同你的行为，却妥协着睁一只眼，闭一只眼，也是因为你爱它。”

陈今阳低着头，用钥匙打开办公室的门，半只脚踏进小小的学生会办公室里，有未干颜料的味道扑鼻而来，她转过身，用平静的眼神看着身后的少年：“要做就好好做，不要成为散播‘瘟疫’的那个人。你用了几乎一切的东西，甚至赌上了人生去换来的机会，如果有一天你决定亲自毁了它，只会教人看不起。”

陈今阳的嗓音平静，就像是在说再平常不过的话，只是末尾“教人看不起”这几个字，莫名地教人觉得过于冷酷。

艾佳微微愣怔，看上去仿佛不知道自己该对陈今阳说出的哪句话感到震惊。她一直都是一个很认真的人，甚至要求周围的人也认真对待一切，不知道这样的固执是好是坏，却让她成了迄今为止第一个认真告诉他，既然决定要打职业，就去好好打的人。

那一瞬间，好像内心有什么东西变得柔软，又有什么变得更加坚定。

一直以来，他的选择饱受非议，父母反对，老师不解，无止境地试探与说服，就连朋友也对他的选择保持沉默，他几乎变得疲倦而麻木，直到现在，终于有一个人站出来对他说：要好好做，否则看不起你。

他当然会好好去做的，他想打电竞，想在这个舞台上证明自己。

嘴角无法抑制地上扬，艾佳看着陈今阳，伸手将门边的她抓进怀里，像是大狗熊抱住了蜂蜜罐子，他笑道：“我知道了，会好好打的。”

陈今阳在他怀里哼唧了一声。

艾佳看了看四周，没人，于是做贼似的趴在她耳边小声问：“我能不能亲你啊？”

“你不是天天都在动手动脚？”

“嘴。”

“不行。”

“哦。”

“你是弱智吗？这种问题也问得出口？”

“对不起。”艾佳怯怯地说，“我只是忽然觉得可以这么一问，万一你答应了呢？”

短暂的对话之后，两人蹲在小小的办公室里做道具，陈今阳调颜料，艾佳就负责把那些大泡沫用美工刀割成砖头的形状。

两人背靠背各干各的。

艾佳当然不会错过这种闲聊时间，百度上说了，想亲她，就多夸她，多拍马屁。

“完美小姐陈今阳，我有个问题想问你。”艾佳撅着屁股，整整齐齐割下一块“砖”，“你说你长得好看，家里有钱，爹疼娘爱奶奶宝贝，学习又好又自觉，做事认真，你这人还有什么缺点吗？这样会不会觉得人生丝毫没有缺憾啊？”

“瞧你这话说得，我不是有你这么一个不省心的男朋友吗？”

陈今阳的声音听上去漫不经心。

艾佳“唑”了一声转过身，就看见她正拿着个小刷子，在一个已经见底的颜料瓶里拼命试图戳点颜料下来，只是红棕色的颜料瓶都被她的羽毛笔刷成透明的了，而在她的脚边，还有十几块“砖头”等着上色。

“现在再加一条，格外勤俭节约。”艾佳挑眉，“别折腾了，去开瓶新的啊。”

陈今阳只好放下颜料瓶，站起来到柜子里翻找，找了半天都没有发现对应色号的库存。

“你可以让人买上来。”艾佳支着，“问问有没有人有空。”

“学校附近的文具店里没有颜料卖。”陈今阳掀起眼皮子扫了他一眼，又看了一下脚下的“砖头”，“这些破玩意系里明天要验收。”

艾佳站起来：“我去买？”

陈今阳想了一下，摇摇头，说：“不用。”然后转身去打了个电话。

艾佳竖着耳朵听，听见陈今阳“喂”了一声以后就指挥手机那边的人：“到陈圆的画室里拿瓶赭石色颜料送到我办公室来。”然后就挂了电话。

“画室？你家有人会画画？”艾佳问。

“嗯。”

陈今阳抿抿唇，又微微蹙眉，看上去不太想回答这个问题。

半个小时后，门外传来脚步声，然后略带喘息的声音响起，随即门被人从外面推开，一个身穿呢子长裙、白色羽绒服的女生出现在门口。她看着脸色苍白，另外一只手里还抱着一个纸袋子，大概可以看出纸袋子里面放的是几瓶颜料。

艾佳原本以为这是学生会的哪位干部，结果这时候却诧异地发现陈今阳愣在那里不动了。她抬着头，见了鬼似的瞪着站在门口的那个女生，然后站了起来，头一次显得有些无措地在把手她的牛仔裤上蹭了蹭，问：“你怎么来了？”

那个女生跨过门槛而入。

艾佳注意到，从头到尾，她看都没看自己一眼，只是径直走到陈今阳面前，放下手中的纸袋："你要东西直接跟我说，你知道我很烦人家随便进我画室，何必叫滨文来找骂？"

女生的声音很小，但是带着难以掩饰的厌烦。

陈今阳没搭话，空气变得有些冷。

这时候这女生走近了，艾佳惊讶地发现，她的五官几乎和陈今阳是一个模子刻出来的。

更令人惊讶的是，这女生放下东西后，既不问陈今阳要来干吗，也不跟她多寒暄两句，只是显得有些僵硬地转身往外走。

陈今阳像是这会儿才从震惊中清醒过来，紧张地跟在她身后，换上了家乡话："你跟哪个来的？一会儿怎么回去？"

"滨文开车送我来的。"那女生只是立在门边，低着头低声回答，"回去了，别跟上来。"

陈今阳立刻停住脚步。

那一个指令一个动作，看得艾佳都挑起了眉。

三分钟后，他看见她伸长了脖子有些焦虑地看了看门外，像是确定那个女生走了，这才打了个电话和电话那头大概是滨文的人说："喂，她下去了，你看着点儿。"一副老母鸡护小鸡崽子的架势。

艾佳看得目瞪口呆。

陈今阳挂了电话，有些不安地在办公室里转了一圈，直到她手机亮起，显示来自滨文的消息：接到她了，立刻回去。

陈今阳这才松了一口气，一屁股直接坐在了办公室的地上。她伸手拽过那个纸袋子，里面放了一大堆颜料，白的、红的、紫的，就是没有她要的赭石色。

陈今阳长叹一口气，感慨自己白白担惊受怕了，与此同时，听见艾佳在身边问："那是谁啊？一出现就把你吓得魂不守舍的样子。"

陈今阳沉默了大概三十秒，然后才用稍显冷漠的声音说："她是我姐，陈圆，同父同母，大我三岁。上一次她走出自己的画室大概是一个月以前，当时她手里举着一把……算了，你不会想听她当时在干吗的。"

"你刚才不是问我人生是不是丝毫没有缺憾吗？"陈今阳盯着门口刚才那个女生消失的方向淡淡道，"事实上，是有的，而你刚才亲眼见到了她。"

"什么？"

"人生的缺憾。"

此时，艾佳还完全不知道陈今阳说的话是什么意思。

他只是隐约猜到，自己这马屁可能拍到了马腿上。

艾佳不敢问陈今阳太多陈圆的事，因为她看上去也不是很想谈。

转眼到了元旦假期，陈今阳要回家，但是回家之前要接她奶奶。对于这种说法，艾佳严重怀疑，因为陈今阳在所谓的“接奶奶”那天，把艾佳一起拉了回去。

艾佳老大不情愿，开始是双手插着兜，到了院门口，他伸出了一条胳膊，抱着院子门口的栏杆不撒手。

陈今阳拽了两下没拽动，看着固执地抱着栏杆的少年：“你家养了两只老虎，能吃了你？”

“我离开家多久了？他们一个电话没给我打过，就我爸发了两条短信，是前两天降温，问我冷不冷。这不是废话吗？”艾佳面无表情道，“想想都生气。”

陈今阳上前，抱着艾佳的脑袋捧着他的脸“吧唧”亲了一口，原本一脸坚决的少年愣了一下，她抱着他的脖子说：“你抱抱我啊。”

艾佳刚开始经得住诱惑，只用一条胳膊环着她的腰，后来当她用鼻尖蹭他的时候，他的另外一只手臂终于忍不住也缠绕上来，然后在他没来得及利用这个恰到好处的姿势把剧情向前推进之前，她“嗖”地脱离了他的怀抱，顺便将他拉进院子大门。

艾佳：“你怎么那么讨厌呢？”

陈今阳：“我就这么讨厌。”

十分钟后，陈今阳拿出钥匙打开大门，走了进去。

艾佳想跟在她身后进去，被一把推出来，然后那扇门“啪”地关上了，干净利落。

艾佳在空荡荡的走廊里站了一会儿，看向旁边那扇门，熟悉又陌生的样子。熟悉是因为他看这扇门看了十九年；陌生，则是因为他上一次被从门里赶出来时，耳边的咆哮记忆太深刻，以至于，他始终抬不起手去敲。

回宿舍去给小结巴他们讲题？

艾佳双手塞进口袋里，面无表情地想。

他正想要转身，这时候，旁边陈奶奶家的窗户打开了，一颗毛茸茸的脑袋探了出来，陈今阳趴在窗户上，面无表情地看着他，脸上仿佛写着两个字：你敢？

艾佳“啧”了一声。陈今阳微微蹙眉，想了想后轻轻道：“家里人始终都是要在一起的，别幼稚。”

艾佳无奈地瞥了她一眼，很想顶嘴说“谁说的”，但是见她态度比较坚决，也不好再说什么，犹豫了一下后转过身，正想敲门，门从里面被打开了，艾佳保持着敲门的姿势和他爸打了个照面，两个人都愣住了。

客厅里传来高中女生讨论题目叽叽喳喳的声音，艾佳的目光下滑，扫过他爸手上拎着的一堆看着准备扔掉的外卖盒，想了想，说：“就吃这个？”

艾佳率先打破僵局。

艾佳声音不太大，他听见里面他妈问了句“谁啊？又是我学生吗”。艾佳他爸犹豫了一下，关上门走出来的一瞬间，艾佳听见旁边的窗子也关上了，于是走廊上只剩下他和他爸父子二人。

“你又没说你要回来，我们俩不就随便对付一下了。”艾佳他爸上下打量艾佳，

“我上次给你发短信，你怎么不回？”

他语气很平常，就好像他天天早上都能看见艾佳背着书包从家里出门，这会儿两人又在晚上正巧碰面了似的。

“得了吧，我回来你们也一样让我吃这个。”艾佳轻笑了一下，“至于短信，外边儿都快零下了，你们把我赶走的时候没给钱也没给衣裳，你问我冷不冷，我能说什么啊？不冷？喝口学校食堂的免费热水就不冷了？”

“你签了打游戏的合同，人家没给你钱啊？别是被骗了吧？”艾佳他爸放下垃圾，上下打量艾佳，看他没缺胳膊少腿，脸上的表情缓和了些，“你妈这次非要给你个教训，我琢磨着你这是不像话，也不至于一点钱也没有，就没管……”

“现在快过年了，哪个公司不是在做财务结算？签约费过完年才能给。我吃了大半个月的馒头，宿舍舍友给我捐了瓶老干妈辣酱。”

艾佳语气里满是委屈，说完，只听见他爸叹了口气：“你别怪你妈，她还不是为你好？把你赶走以后，她整宿整宿睡不着觉！头发都白了！你说你怎么就那么不听话，好好的大学不读，非要去打什么游戏！那是正常人干的事吗？”

艾佳站在那里没说话，双手插兜，看着他爸。

艾佳他爸又叹了一口气，在艾佳的注视下与他对视了一眼，那一眼，仿佛艾佳他爸也瞬间老了十岁。艾佳盯着他老爸眼镜片之下遮都遮不住的眼角皱纹，恍惚地想到陈今阳发现眼角一条细纹都能对着镜子大呼小叫半天。

艾佳心里拧巴了一下。

“有什么话先进屋，外头冷。”

艾佳他爸大手一挥，要将艾佳轰回屋里。艾佳往前走了两步，推开门，半只脚踏进屋子，突然回头不死心似的问了句：“那你们同意我去打电竞了？”

艾佳爸看他的眼神像是恨不得把他塞回他妈肚子里：“别得寸进尺，你想气死谁？”

“哦。”

然后这一天，艾佳直到晚上也没从那扇门里走出来。

陈今阳趴在窗户后面，竖着耳朵听了半天。直到傍晚，隔壁厨房响起了炒菜的声音，她才松了一口气，跌坐回沙发上，给自己煮了一包泡面。

她奶奶其实早就被接回她家了，现在奶奶家里就她一个人。

第七章

心有猛虎，细嗅蔷薇

十二月三十一日这天，给“中二病”男朋友安顿好了去处，陈今阳也回到自己家里。她的家在距离市中心大概二十分钟车程的地方，是家里公司作为开发商开发的小区内的别墅。

小区路边种满了法国梧桐，到了秋天非常漂亮，是哪怕在T市也非常有名的别墅小区。

每一栋别墅的造型都不一样，陈今阳记得她爸当初请来了很有名的设计师来做这件事，然后在他们家给自己留的那栋别墅，有个很大的玻璃屋，采光充足，里面挂着白色的轻纱窗帘，远远看去，隐约可以看见玻璃屋里还摆着十几个画架，偶尔有人在里面走动。

那是陈今阳的亲姐姐，陈圆的画室。

画室同时也是陈圆的房间，因为画室里面有床也有浴室，还有书桌什么的。

陈圆小时候心脏不太好，所以总是被小心翼翼地照顾着，不让跑，不让跳，后来小朋友之间不知道怎么流传出“陈圆是玻璃人，一碰就碎”的说法。这说法看着未免可笑，但是小孩子们深信不疑，都不愿意跟陈圆玩了，陈圆只好自己和自己玩，然后变得越来越孤僻。

等到二十来岁的时候，她好像已经习惯了足不出户，有时候在画室里，一关就是大半个月，甚至一个月。上一次家里人试图叫她出来吃饭，滨文去敲的门，她举着一把不知道从哪里搞来的菜刀，追着滨文冲到了走廊，吓坏了所有人，然后她又若无其事地回到画室了。

那把菜刀现在都还在她的手里，没人敢问她要。

那天陈今阳不在家，只是晚上回家后听爸妈说起这件事，她整个人都有点蒙，心里想的是：你们给我编故事吧？

只是在那之后，陈今阳家里来来往往的医生上门给陈圆看病，证明了陈今阳她爹妈真的没在编故事，至于看出的病嘛，无非就是一大堆的精神疾病，狂躁症、攻击性人格障碍什么的。

当时陈今阳她爸就想把陈圆送到医院去，陈今阳屁滚尿流地拦了下来。

她并不知道这算不算好事。深受各种小说和电视剧影响，她总是觉得精神病院里对病人其实并不是那么好，她不想让姐姐到那种地方去，并且为此和父母大吵一架。

就好像关在画室里的陈圆能听到陈今阳和老爸据理力争这件事似的，从那之后，她基本只有和陈今阳说话才和颜悦色，看陈今阳身边的所有人都不爽。

上一次陈圆突然出现在校学生会办公室，完完全全吓坏了陈今阳，她很怕陈圆扑上来用不知道从哪儿搞出的菜刀照着艾佳的脑袋就砍，也害怕陈圆在回去的路上一个不高兴勒死滨文。

陈今阳都不知道陈圆这是出了什么问题，但是陈圆变成这样以后，她知道家里有的亲戚私底下笑话她有个“疯子姐姐”。但是陈今阳无所谓，这反而更加坚定了陈今阳对于“一家人总该是要在一起”的概念，几乎到了偏执的程度。

这会儿陈今阳回到家，放下行李。

跨年这天，她在T市的堂哥堂弟、表姐表妹都到齐了，都聚集在大厅里聊天看电视，见陈今阳回来，都给她打招呼。

“陈圆还在画室？”陈今阳随口问。

当时气氛有点儿冷，叫人觉得不舒服。

“圆圆还在里面，你别去打扰她。”陈今阳她妈端着果盘走出来，这是一位四十来岁，很有气质也挺开朗的中年女性，“等下她拿菜刀砍你。”

“妈。”陈今阳对她妈不怎么符合气氛的幽默敬谢不敏，“陈圆好多了啊，她前两天还去学校给我送了颜料。”

“我都不知道她出门了。”陈今阳她妈一下子收起笑容，“她自己去的？”

“和滨文。”

“滨文还活着吗？”

“妈！”

“阳阳，我和你说了，最好还是让圆圆到医院去。”陈今阳妈把她拉到一边，“老让她在家里憋着也不好，去医院有病就治。你不要以为医院不好，其实医院挺好的，我和你爸亲自去看过的……”

“我还以为我们讨论过这个问题了，陈圆也不愿意去医院，你们总不能因为她一次过激行为就紧张到这地步吧？”陈今阳听见自己的声音有些冷，“可以换个话题吗？”

陈今阳她妈不说话了，叹了口气，走到一旁。

陈今阳把行李放回自己的房间。晚饭时间，陈圆没有出现在桌子旁，是保姆替她将每样菜都夹了些端过去的，众人好像早就习以为常。

陈今阳蹙眉。

晚饭过后，长辈们打牌，其他人要么在院子里放烟花，要么各自抱着手机在沙发上玩。陈今阳回房间从行李箱里掏出几瓶颜料，然后就跑去敲画室的门。陈今阳知道她敲画室门的时候，客厅里整个儿都安静了下来，直到画室门“咔嚓”一声被打开，陈圆冷漠的脸出现在门缝后面。

“我可以进去吗？”陈今阳眨眨眼，“上次你送来的颜料没用完，我又拿回来了，你看，有些还没开封。”

陈圆让开让陈今阳进去了。陈圆的房间里充满了颜料的味道，窗户边摆着十几个画架，上面有的是白纸，有的已经画了作品——有的是花，有的是几个苹果，有的是几棵树。画架旁边摆着几个蔫掉的苹果和落了灰的陶瓷茶具，陈今阳不知道陈圆画过它们没有。

小崽子：干吗呢？

陈小姑娘：参观我姐的画室。

小崽子：你那个阴森森的姐？戴钢盔进的画室吗？

陈小姑娘：你好好说话。

小崽子：报告一声，我有在家好好吃饭了，小结巴让我出去跨年啊，能去吗？

陈小姑娘：别折腾到明天早上回就行。

陈小姑娘：没有其他乱七八糟的人吧，比如KTV“公主”什么的，被我知道了，打断你的狗腿！

小崽子：KTV“公主”没有，你要是来的话，真正的公主倒是会有一个。

陈今阳看着这小崽子骚话连篇，忍不住笑，笑着笑着，听见陈圆在她旁边幽幽道：“你跟谁说话啊，笑得那么开心？”

陈今阳立刻收起手机，说没事。

今晚陈圆还是穿着长裙和一件羊绒毛衣，事实上在有地暖的屋子里，这样穿会有点热，不过陈今阳也没有对她指手画脚，只是随便坐在她的床上，看着她一个个打开颜料检查，之后就摆放回她放颜料的架子上，转身说：“颜料都没用。”

“我要赭石色。”陈今阳说，“滨文没跟你说吧，你没拿那个色来，其他的颜色办公室都有。”

陈圆背对着陈今阳：“他说了，我故意没拿。”

她站起来，用轻得像是猫的脚步走近陈今阳，站在床边，居高临下。陈今阳不自觉往后挪了挪，此时，她听见陈圆说：“其实我就是想出去走走。”

陈今阳松了一口气，心想陈圆果然没什么大事啊，老爸老妈大惊小怪的。她正想搭话，这个时候，陈圆忽然又说：“爸爸上周在医院住院单上签字了，他们要把我送到精神科去，我得趁着最后的机会出去走走，不然以后就被关起来了。”

陈今阳气息一凝。

“怎么可能？你又没什么事，情绪一直很稳定的。”

陈今阳说着，手往后挪了挪，这时候忽然碰到一个冰冷、锋利的东西，她的手背被刺了一下，刺痛让她条件反射般地缩回手。她转身掀开陈圆床上的枕头，发现枕头下面是一把菜刀。

陈今阳倒吸一口凉气。

“怎么可能？他们从来没放弃这个！你以为老爸三番五次强调一定要把你送出国是为了什么？他们那么着急把你送出国，就是因为你不愿意让他们把我送去医院！”陈圆不顾陈今阳满脸震惊，扑上来，抱住陈今阳，“我没病，阳阳，我好得很，你让他们别送我去那里，好不好？”

陈今阳的手背还在哗哗流血。

她僵硬地被她的姐姐抱着，脑子里一片混乱，像是被人卡住了喉咙，根本问不出一个普普通通的问题。可是，哪个正常的女生会在自己的枕头底下放一把菜刀？

陈今阳最后都不知道自己是怎么走出陈圆的画室的。

她冲到家里的院子里，失魂落魄，手背的血蹭得她裙子上到处都是，好在晚上没人发现，刚才放烟花的那些表弟表妹也回屋子去了。

陈今阳在院子里坐到接近十二点，等天上又开始下雪，一片雪花落在她的鼻尖，她打了个寒战，这才回过神来。

这时候手机响了，艾佳那边听着有点儿吵，像是在KTV，小崽子欢快的声音响起来：“喂？你在哪儿呢？家里吗？还没睡吧？要不要出来和我们跨年啊？”

陈今阳想说话，但是发现自己开口就剩下哆嗦，她用略微干涩的声音说：“出不去，你们玩吧。”

艾佳沉默了一下。

很快地，陈今阳注意到他那边响起开门关门声后，一下子安静了下来，可能是他躲进了厕所或者走出了KTV包厢，然后陈今阳听见电话那头少年低沉的声音响起，他问：“你怎么了？”

陈今阳张了张口，完全不知道从哪里说起。

我姐可能真的疯了？

我爸妈要把我姐送精神病院？

我还以为她就是性格有点儿孤僻，没想到她在枕头下面放菜刀？

陈今阳觉得自己都快疯了。

她都没力气回答艾佳的话，也不知道到底是冷得哆嗦还是什么，一个字都说不出来，直到她听见艾佳那边传来跑起来的喘息声，他问她家在哪里，她这才艰难地报了地址。

大约二十分钟后，陈今阳听见小区院子里响起摩托车熄火的声音，她站起来，靠近家里院子的栅栏，一眼就看见少年摘了安全头盔从车上跳下来。车不是艾佳的，不知道管谁借的。

看着路灯下站在院子里的少女面色苍白，艾佳扔了头盔，二话不说冲了上来。陈今阳还没来得及找回自己的理智给他开门，他已经猴子似的爬过半人高的栏杆，稳稳地落在了陈今阳家院子的草地上。

他脚踩在积雪上发出“沙沙”的声音，上前不管不顾先解开了衣服拉链，然后拉过人一把塞进自己怀里。他感觉自己像抱着一根冰棍似的，他跟着哆嗦了一下，下巴放在她头顶：“你怎么了？问你又不说！大元旦的，你电话里失魂落魄得像家里房子给烧了似的，你想吓死我？”

陈今阳只管摇头，一扫平日里的淡定和冷静，这会儿她面色苍白，像是抓住救命稻草似的抓着他的衣领，拼命往他怀里挤。

艾佳垂下目光，原本只是随意扫了一眼，然后目光一顿，一把抓住她的手：“你手怎么了？这么大个口子！你爸打你了？啊？因为你和我在一起，他不高兴？”分分钟脑补出了一场《罗密欧与朱丽叶》的剧情。

艾佳快急死了，已经脑补牵着陈今阳先偷身份证跑路，再偷户口本结婚，这才听见怀里人哆哆嗦嗦地说：“我姐好像真的疯了，我爸妈要把她送走。”

一个正常人，一个好好的正常人，忽然就疯了。

陈圆被送走以后，她是不是就没有姐姐了？

乱七八糟的疑问钻入脑子，让陈今阳头痛欲裂。

她只能拼命地往艾佳身上蹭，就像是企图蹭走他身上的最后一丝温暖。直到艾佳被她推得抵在栏杆上，她靠在他的胸膛之上仰起脸，黑夜之中，路灯之下，双眼直直地看着他。

飞雪之下，她目光闪烁，发丝凌乱，脆弱得像是一碰就要碎掉。

艾佳低下头，咬住她的唇瓣，像是要将她吞噬，也像是要将她的恐惧夺走。他粗重的呼吸喷洒在她的鼻尖，舌尖撬开她哆嗦的齿关，仿佛要将她拆吃入腹。

艾佳觉得自己还是死了算了，因为他根本没办法放开怀里的人。

等两人稍微分开，陈今阳微微喘息着抬眼看向艾佳，后者抬起手蹭蹭她的脸，嗓音微微沙哑道：“脸都冻红了。”

陈今阳此时气息还不稳，她瞥了一眼艾佳，抿抿还带着水光的唇瓣，嘴唇被艾佳啃得变成了好看的玫瑰色。她缓缓道：“我脸红吗？不一定是因为冷。”

这一次，连艾佳的脸也有点儿发热，但是他不确定自己脸红了没有，他希望没有，毕竟男生这么容易就脸红的话，实在是显得有点儿傻。

艾佳拽着陈今阳躲到了画室外面的一个角落里，两人肩并肩蹲在那里迎来了十二点，也迎来了 2014 年。

当远处有烟花和人们的欢呼声响起的时候，院子里雪在静静地下着，这份宁静与外面的喧闹比起来，就像是两个世界。

“新年快乐。”艾佳说。

陈今阳动了动，低低地“嗯”了一声，说：“新年快乐。”虽然那声音听上去并不怎么快乐。

艾佳的大手放在陈今阳的脑袋上，摩挲时发出“沙沙”的声响：“你姐到底怎么回事，把你吓成这样？你刚才说你爸妈要把她送走？”

“我在她枕头底下发现一把菜刀，之前他们跟我说她拿菜刀追过滨文，我还不相信。”陈今阳慢吞吞道，“陈圆告诉我，我爸那么执着要把我送出国，就因为我拦着他们不让他们把她送去医院。”

“我还以为是你爸不同意咱俩在一起。”艾佳松了口气。

陈今阳转过头，说到这个问题，她用特别冷静的眼神瞥了他一眼：“他都不知道我有男朋友，所以那是你以后才需要考虑的事。你最好在这之前至少拿个联赛冠军，我好歹可以跟他说，我是跟电竞运动员在一起了。”

“不然呢？”

“臭打游戏的社会闲散人员。”

“你好好说话，俱乐部里给交五险一金的，我们是正式合同工。”黑暗中，艾佳轻笑一声，伸手把蹲在自己旁边的姑娘的脑袋捞过来摁在自己的肩膀上，“你干什么不让你姐去医院啊？有病就治，又不是送去住院就不能出来了，病好了不就出来了吗？”——现在留在外面多危险。

艾佳识相地把后面半句话吞咽回了肚子里，转过头看陈今阳，她一脸迷茫的样子，似乎有些不知道接下来该怎么办。生活对陈今阳来说就像是一块块乐高积木，按部就班地垒起了一座高高的塔，直到有一天，其中的一块忽然被抽走，高塔摇摇欲坠，站在顶端的她恐慌极了，拼命试图将这一块积木塞回原位。

但是现在她发现自己完全无能为力。

这种突如其来的恐慌让她手足无措。

“有时候我很不耐烦我爸妈安排好的一切，出国，让我以后做翻译，或者是把我姐送去医院……”

艾佳想了想陈今阳对于出国和以后做翻译的态度，提起来就是“我不要”三个字。

但是她天天都在练习听力，别人戴着耳机听音乐，她听的奥巴马就职演讲，所以那明明就是她喜欢甚至想要做的。

“和你爸妈好好谈谈，不要觉得他们把你姐送到医院就是抛弃她，你也不会因此失去你的姐姐。”艾佳拍拍陈今阳的脑袋，“你几天前还在劝我理解父母，怎么到自己身上那劲儿就拧不过来啦？”

“出国对你来说是好事，别太抗拒这个。”艾佳说，“你英语那么好，以后当个翻译也不算浪费，用不着因为一点固执就拒绝它，你的人生是你的。”

陈今阳绞着手指，一瞬间觉得自己想不开，一瞬间又觉得自己想开了，张张嘴还想反驳，这时候又听见艾佳幽幽地来了句：“你耳机里听的什么时候从《奥巴马就职演讲》变成周杰伦《12新作》，再来反驳我。”

陈今阳想了想，拉了拉艾佳的袖子：“抱歉，这种时候把你叫过来跟你分享这种负能量。”

“说什么话，我是你男朋友，你以为是拿来摆着看的吗？”艾佳挺了挺胸膛，并拍了拍，“这里，随时有你的位置。”

陈今阳嗤笑一声，正想说什么，这个时候，不远处的豪宅大门被人推开，陈今阳听见她妈妈叫了声“阳阳”，她赶紧应了一声，从角落里站起来。

“你在那儿蹲着干吗？”

“屋子里头开地暖，我觉得有点闷，出来走下。”陈今阳说，“我这就来了。”

陈今阳她妈应了声，又关上门。

陈今阳整理了一下身上的衣服和头发，往外走了一步。走到暖色的庭院灯下，她回头看了一眼，少年还蹲在阴暗的角落里一动不动，只是那双眼睛异常明亮地看着她。

“走吧走吧，我看你进屋再走。”艾佳用轻松的语气说，“现在回去还赶得上他们第二摊，说好去王磊家里打牌。”

艾佳话语刚落，就看到陈今阳忽然转身靠近，投下的阴影将他笼罩时，她弯下腰将柔软的唇落在蹲在角落里的少年的唇上。

“新年快乐。”她再一次说，声音里稍微夹杂了一点轻松。

“嗯。”他看着她微笑起来，“新年快乐。”

陈今阳回到屋子里，家里年轻人还在客厅打牌，中年人聚集到地下室唱歌，上了年纪的都去睡了。

灯光晃得她微微眯起眼，似乎感觉有些刺眼，她抬起手遮了一下，然后看见她妈靠在门边，欲言又止的样子。

陈今阳想了想说：“今晚我和陈圆睡吧。”

陈今阳她妈沉默了一下，点点头，然后在陈今阳转身的时候说了一句：“有病就治，治好了随时回家，你们姐妹不要觉得这是太大的事，最后伤着自己。”

陈今阳轻轻“嗯”了一声。

“阳阳，还有出国的事……”

“陈圆说了，你们想让我出国以后就把她送去医院。”陈今阳转身，看着她妈微微蹙眉，一副有点震惊，不知道如何回答的样子，又有些心软，“其实不用这样，好好说就行了，我其实也不是那么反感出国。”

“啊？就这么一会儿的工夫你又想通啦？哎哟，你爸之前担心得要死。”

“有人告诉我，如果我要说服自己不喜欢英语，以后不想做翻译，先得把手机里存的《奥巴马就职演讲》换成周杰伦专辑，我觉得他说得有道理。”陈今阳撩了下头发，“就这么着呗，皆大欢喜，有什么不好？”

陈今阳她妈看上去感动得恨不得给陈今阳口中的那个人上炷香，想了一下又问：“那圆圆的事，你也不反对了啊？”

陈今阳脚下停顿了一下，没有回答这个问题，只是径直走向陈圆的画室，推开门，走了进去。

陈圆就抱着膝盖坐在几个画架后面，长发散落满肩，当陈今阳挨着她坐下的时候，她直视前方，淡淡地说：“男朋友不错。”

陈今阳吓了一跳，然后想到刚才她和艾佳缩在画室外面的角落里，干了什么怕是被看得清清楚楚，甚至如果隔音不太好的话……

“陈圆，你那天干吗举着菜刀砍滨文？”

“看他不爽。”陈圆淡定道，“画着画，老是叫我吃饭，烦不烦？而且我看着他那张好像能海纳百川容忍一切的脸就更烦了，脾气上来了，就这么干了。你手还流血吗？要不要拿个创可贴？”

她的语气听上去漫不经心。

“不流血了。”陈今阳吸吸鼻子，“你那天把家里人吓坏了。”

陈圆沉默。

“我也吓坏了。”陈今阳说，“你为什么把菜刀放在枕头下面？”

“想放就放了，那地方怪顺手的。”陈圆耸耸肩，依然用没多少情绪起伏的声音道，“如果有什么人进来想要加害于我，哪怕是晚上我也可以……”

“你知道在家里很安全。”陈今阳站了起来，却没有走开。

陈圆抱着膝盖，原本下巴放在膝盖上，这会儿她的脸微微低下来，盯着陈今阳的脚趾，面无表情地听陈今阳说：“可能我们都太敏感了，我爸要送我出国也好，要送你去医院也好。我学英语，需要一个纯英语环境进行深造；你情绪不稳定，也需要去医院开点药吃吃，稳定一下情绪……”

陈圆低低笑了一声。

陈今阳的声音戛然而止。

陈圆抬起头，目光冷漠地看着她：“一个月前你还在为了不让我去医院和爸爸妈妈据理力争，现在怎么啦，换说法啦？你男朋友告诉你的？他们怎么都见不得我好呢？”陈圆站起来，抬起脚，踢倒了一个画架，“我好好在这儿，招谁惹谁了？”

画架倒在地上发出“轰隆”巨响，外面走廊响起脚步声，陈今阳听见她们的妈妈在外面先叫了一声“圆圆”，然后又叫了几声“阳阳”。陈今阳看了一眼陈圆，她似乎整个人都紧绷起来，像是奓毛的猫，陈今阳只好着急地对外面吼：“我们没事！你们别进来！”

外面钥匙乱响着插入钥匙孔的声音突然消失。

而此时此刻，陈圆的眼珠子在眼眶里骨碌碌地滚了一圈，她呼吸变得急促了一些，显得有些焦虑地在屋子里打转。她目光放空了，语速越来越快，声音越来越含糊：“我坐在那儿，为什么要抽走我的椅子？我摔得好疼。我写完了作业，为什么要撕坏我的课本？我身上没有味道，他们为什么老是在我一靠近的时候就捏着鼻子跑开？老师？妈妈？明明是他们欺负我！为什么你们要送我去医院？！送他们去呀！”

画架和窗纱纠缠在一起，陈今阳连续后退，而陈圆伸手，掀翻了一盘颜料。哗啦一声，颜料飞溅，弄脏了画室的白色窗纱，还有陈圆的衣服。灯光下，她的面色苍白得见不到一丝血色。

“所有人都见不得我好，包括你那个男朋友，下次见到他，我砍死……”

陈圆的话最后被飞奔上来拥抱她的怀抱堵在喉咙里。

陈今阳死死地抱着她，眼眶发酸，却没有哭，只是听见自己用沙哑的声音说：“这里没有人欺负你，陈圆，你毕业好久好久了，现在，你看看你周围，这么大的画室，爸爸妈妈很有钱，你衣食无忧，那些人肯定过得都不如你。”

陈圆挣扎了一下。

那怒瞪的双眼忽然放松下来，她犹豫了一下，抬起手，抱住陈今阳的腰。隔了很久很久，陈今阳才听见她靠在自己耳边轻轻道：“你知道，其实我过得一点也不好。”

“又是新的一年了，陈圆。”陈今阳收紧了手上的力道，“以前好不好没有关系，今后我们都要努力变好。”

窗外，不知谁家放了烟火，绚烂的烟火照亮了一小部分天空。

这一晚陈今阳就躺在陈圆的床上，脑袋下枕着那把割伤她的菜刀，陈圆就在距离她大概一分米或者更近的地方难得地安睡。

黑暗之中，她抱着手机，和艾佳互道晚安，且好心地没有在艾佳兴高采烈告诉她他打牌赢了二十块钱，够吃好多天馒头时，转告他陈圆表示下次见到他准备砍死他这件事。

小崽子：和你姐聊天愉快？

陈小姑娘：还成。

小崽子：去医院的事？

陈小姑娘：有待商榷。

小崽子：至少她没有一说起这件事就要砍死你。

陈小姑娘：是的。

——因为她觉得该被砍死的人是给我洗脑成功的你。

陈小姑娘：晚安。

小崽子：这就晚安啦？

小崽子：不对啊，我怎么觉得你那么心虚？你不会跟你姐说我坏话以达成共识开启的话题吧？比如男人都是狗东西之类的！

陈小姑娘：没有的事，你也太看得起自己了。

是的没错，她就是心虚。

小崽子：哼！

黑暗中，陈今阳勾起嘴角，心中的焦虑稍被抚平。她闭上眼，让自己坠入夜的黑暗，祈祷在一把菜刀之上得到一夜安眠。

2014 年终于还是来了。

几场大雪之后，整个 T 市银装素裹，成了另外的样子，很快人们深刻意识到自己已经迎来新的一年，而新年，就是要有新气象。

当陈今阳争分夺秒地为了几千块钱国家奖学金在准备自己的期末考试的时候，电竞圈传来八卦，人们心目中的 ADC 之神陆思诚归国，并且与 ZGDX 战队签约，成为新赛季的首发队员，实实在在的加强。

官宣那天，ZGDX 官方微博都被挤爆了，转发好几万，人们兴奋得像是大年三十提前到来了！

YQNB 作为隔壁邻居，毫无疑问成了 ZGDX 新阵容的试金石——而相对于本赛季 ADC 位超级加强之后，组成人们口中“豪华战舰”的 ZGDX 战队，YQNB 的中单位置杀千退役后，新的二队挑上来的中单只能用差强人意来形容，中规中矩，但是绝对称不上加强。

再加上队员状态持续低迷，所以被有陆思诚加入的 ZGDX 战队在训练赛中吊起来打——而在此之前，两个队伍实力五五开，训练赛里甚至是 YQNB 更胜一筹。

而春季赛开始前，和 ZGDX 战队的训练赛连败，让战队经理小仙在年终总结的时候说出了“新的 S4 春季赛，YQNB 的首要任务就是保级”这种话。

当时并没有太多的人相信，以为这只是 YQNB 战队在例行谦虚。直到 S4 春季赛开赛，那时候各大高校已经放寒假，《征战联盟》中国大陆赛区顶级职业联赛的 S4 新赛季春季赛也拉开帷幕。

揭幕赛，ZGDX 战队对战 YQNB 战队，开赛之前，人们摩拳擦掌，翘首以盼，期待着精彩的对决。

艾佳也是这样。

很早地，他就从俱乐部搞到了票，拖着陈今阳来到 S 市。比赛开始之前，他们就坐在了最靠前的位置。这是中国大陆赛区第一次在 S 市举办正式的春季赛，一切仿佛都是崭新的开始。

租用的场地并不是特别好，前方比赛台是那种临时搭建的架子，周围用黑色的布围起来，有一些探照灯。

队员休息室是一个简陋的小破屋子，连卫生间都不是独立的，观众和选手用一个卫生间——规模看上去和 ICG 那时候不相上下，相比之下，就连打 BGA 的网吧，好歹选手还有个专用厕所！

还有，比赛观赛票也都免费的，所有的粉丝都被专门的车接到比赛场地，一到地方，由工作人员指引着去自己所支持的战队那半区坐下。

陈今阳看着隔壁 ZGDX 战队蓝白相间的椅子逐渐坐满了人，前排还坐了几个带着灯牌、一脸兴奋的小姑娘。

陈今阳想了想，拉扯了一下艾佳："我怎么觉得我应该坐到那边去？"

艾佳一脸天真地问："为什么啊？那是人家 ZGDX 粉丝的位置。"

"你看那些小姑娘，她们坐在那里，是为了陆思诚。"陈今阳指指隔壁的姑娘们，淡定道，"我也是小姑娘。"

艾佳："你坐在这里，是因为你男人，我，是 YQNB 饮水机管理员。"

陈今阳："你开心就行。"

两人的对话停止在这里。比赛开始之后，他每一次想跟陈今阳说话，都不幸地发现自己面对的都是她的后脑勺——她跷着二郎腿，一只手支着脑袋，整个人转向右边。

YQNB 战队在左边。

直播比赛的大屏幕在正前方。

右边，只有 ZGDX 战队的 AD。

这是艾佳今日的第一个不幸。

而今日第二个不幸属于全体现场观众。整个比赛，因为网络问题、线路问题、外设问题，打得磕磕绊绊，第一场打完之后，已经过去两个小时，在第二场开场之前，又干等了一个小时。

在 ZGDX 战队先赢一局的情况下，艾佳跑了几次后台确认情况，都是设备在调试、网络在调整。当他第五次回到观众席时，现场的所有人已经在那儿干坐了三个小时。

比赛五点开始的，观众基本都是第一次现场观赛，经验不足，没几个人带口粮，所以现在所有的人都只有一个状态：饥寒交迫。

然后，被称作顶级职业联赛发展历史上最具戏剧性的一幕，后来被人们津津乐道的一幕出现了。这一幕开始于艾佳第六次往返于休息室和观赛场地之间，回到座位上，艾佳发现自家媳妇儿不见了！

艾佳心中一惊，还以为陈今阳被活生生饿跑了，赶紧伸长了脖子看四周，然后就在比赛台右下侧长长的队伍里，看见了正和 ZGDX 战队那几个小姑娘粉丝相谈甚欢的自家媳妇儿。

艾佳凑过去，捉住了陈今阳："你干啥呢？"

陈今阳转过头看了一眼艾佳，面不改色，指了指队伍最前端："ZGDX 战队给粉丝发盒饭啊，听说是陆思诚怕粉丝饿着，第一场打到一半，中间调试时让工作人员订的餐。"

小姑娘粉丝甲："我们诚哥啊！"

小姑娘粉丝乙："就为了今天这口饭，我爱诚哥一辈子！"

陈今阳伸手拍艾佳的爪子：“综上所述，现在我是ZGDX粉丝了，你快撒手，咱俩不熟。”

艾佳恨不得把她拽起来拖走：“你再说一遍？一口饭就把你收买了？！”

陈今阳面无表情道：“我都快饿死了，人类生来就是为五斗米折腰的，你快放手。”

YQNB-饮水机管理员艾佳：@YQNB小仙 ZGDX给粉丝发饭了！我们为什么没有？

YQNB-小仙：什么？！

YQNB-小仙：你快去排队啊，趁着这些人还不怎么认识你，能蹭一口蹭一口！

YQNB-小仙：我也好饿啊，容我去跟隔壁战队经理小瑞卖个萌，看在大家隔着一堵墙同居那么久的分儿上，也不知道他能不能赏我一份盒饭。

YQNB-饮水机管理员艾佳：……

今日的第三个不幸属于YQNB电子竞技俱乐部全体，因为他们没能拥有一个视金钱如粪土的男神级别队员。

事实上诚哥还是有良心的，盒饭虽然说是分发给ZGDX粉丝，但是其实数量够在场绝大多数观众每人分到一份。是的，在沉甸甸、热乎乎的盒饭到手的那一刻，陈今阳嘴里的“陆思诚”变成了“诚哥”。

多么亲切，优质偶像无误了，电竞界素质标杆。

现场气氛和谐，陈今阳拿着盒饭跟黑着脸的艾佳与ZGDX战队粉丝挥手道别。大家都有说有笑，虽然现场环境又冷又简陋，但是并没有太多的人抱怨，好像每个人都挺开心今晚能坐在一起，体验这种难得的经历。

这时候大概谁也想不到，几年之后，伴随着电竞产业的发展，粉丝群体日益庞大，队伍粉丝会掐得鸡飞狗跳，争吵内容上至比赛时是否打法过于激进，下至打完比赛队员握手姿势是否敷衍、眼神是否飘忽不够尊敬。

粉丝互掐，队员被带着也情绪微妙。

于是人们再也没有机会看到像这一日这样这么其乐融融的画面——两队的粉丝排着队，乐呵呵地交流看比赛心得，没有敌视，也没有针锋相对。YQNB的粉丝们发挥了臭不要脸的精神，往发盒饭的小哥哥面前一站，笑眯眯地说：“我是联赛粉丝，我要吃饭。”

拿了盒饭，他们再心安理得地坐回YQNB粉丝区的位子上，从此之后，就为这口饭，哪怕他们不是ZGDX的粉丝，也会是他们的“好感路人”。

大家都是因为喜爱电竞才在这里齐聚一堂，目的单纯而美好。

以至于陈今阳捧着盒饭和艾佳往回走时，真情实感地说：“电竞粉丝真可爱。”

艾佳心不在焉地哼了一声：“是，骗饭吃的你也很可爱。”

当前和谐之下，有饭吃，人们都挺开心。

只有后台，心胸狭隘的 YQNB 战队经理的手帕都快咬碎：“隔壁战队那群人，这样偷鸡摸狗地勾搭我们战队的粉丝，把电竞圈当娱乐圈吗？！钩心斗角！其心可诛！”

没有人理他，因为大家都忙着低头扒饭。

只有凉生大扒两口饭以后抬起头冷嘲热讽了一句：“别叨叨了，这时候你应该坐下来安静地给我们俱乐部高层写封信，告诉他们队员差点活活饿死在比赛场上，并且在比赛还没有结束的时候就先吃了人家的饭，吃人嘴软，气势上瞬间矮了一大截……”

小仙：“这不是你们一会儿被他们二比零的理由，世界亚军们。”

凉生：“你以为拿这个就可以嘲讽到我们？不可能的。你不知道吗，亚军就是最大的输家，对于这点我们早就看透了。”

小仙：“我也看透了。”

凉生：“看透啥？”

小仙“嗖”地把脑袋从休息室门开的那条缝隙里缩回来，不再试图用自己灼热的目光去谴责任何一个坐在 YQNB 战队粉丝区椅子上吃 ZGDX 家“嗟来之食”的粉丝，只是苦大仇深地盯着凉生：“上梁不正下梁歪，你们的粉丝果然随你们，大家都臭不要脸。”

凉生：“粉丝行为，偶像不买单。”

小仙冷笑：“呵呵。”

而此时，陈今阳坐在后台休息室的角落里，很是新鲜地掀开了饭盒。当一股饭菜的香味扑鼻而来时，她开始念：“白菜、豆腐、肉圆子，天啊，这是牛肉吗？”声音里透着惊喜。

艾佳坐在她对面，抱臂面无表情地看着她，就好像她才是那个八百年没吃过饭，只靠馒头过日子的穷鬼。啧啧，就两片指甲盖大的牛肉，高兴成这样？眼睛都亮成灯泡了。

他正在心里寻死觅活，这时候却看见陈今阳掰开筷子，夹起一大片肉递到自己嘴边：“啊——”

艾佳身体后仰躲了一下，陈今阳不依不饶地伸长了手臂跟着他的脑袋：“你不饿啊？怎么可能不饿，不是都过饭点了吗？今天连馒头都没吃。张嘴，不想长高高了是不是？”

YQNB 战队上单容容听了这话，原本被饭塞得腮帮子鼓得像是仓鼠似的，此时“噗”了一下，差点把饭喷出来。艰难地把一口饭咽下去后，他指着艾佳：“还长高高，当窜天猴去啊？！”

艾佳“哎”了一声想反驳他，结果嘴刚张开就被陈今阳抓住机会把那片肉塞进去了。艾佳嘴里含着肉，吐也不是，吞也不是，就瞪大眼谴责般地看着陈今阳。

“吞下去。”

——不吞。

“吞下去！”

——就不吞！

“三岁小孩啊，还含饭，丢人不丢人你！”陈今阳扔了筷子，从包里拿出湿纸巾给他擦擦嘴，“吃吧吃吧，知道你饿了，倔什么倔。”

艾佳确实是饿了，其实刚开始还可以硬撑着，但是当一片肉被强行塞进嘴里时，就好像身上所有刚才被他强行镇压陷入冬眠状态的饥饿神经都在一瞬间被激活。

现在它们在跳老年迪斯科，叫嚣着：饿啊饿啊饿啊饿啊！

“不能随便吃嗟来之食。”艾佳说。

“有出息！我都想给你加工资了！”小仙给艾佳比了个大拇指，同时低头扒了一口“嗟来之食”。

“天天吃馒头也不是什么有骨气的表现啊，何必作践自己。”陈今阳捧起盒饭也吃了一口，扒了片青菜，又拣了一个肉丸子塞艾佳嘴巴里。

“干吗吃馒头？”小仙疑惑地问。

陈今阳转过头颇为惊讶地看了他一眼，这时候她感觉到艾佳在桌子底下紧张地踢了她一脚。她立刻明白了怎么回事，把脸扭回来，看艾佳一副不好意思的模样，心中叹了口气，说：“这小伙子读名牌大学读了一半，闹着休学来打电竞，不出意料地被他的重点高中重点班数学老师妈妈和市三甲医院医生爸爸扫地出门，断了生活费。看到他脚上的鞋了吗？我献爱心捐的。在我把他捡回家之前，他天天就穿着拖鞋在零下几度的天气里到处走，顿顿馒头加老干妈。”

“哎呀。”艾佳微微眯起眼，看着陈今阳道，“你今晚话很多啊。”

“暗示俱乐部快给你发工资，不然开春后他们会发现自己签回来一具尸体，死因是饥寒交迫。”陈今阳现在一点儿也不怕艾佳那凶残的眼神，把饭盒往他手里一塞，撩了下头发，“快吃。”

艾佳翻了个白眼，捧过盒饭，低头扒了两口，然后发现周围有点安静，扭头一看，整个休息室的人都用复杂的目光看着他，就连小仙都收起刚才脸上的玩笑之色，目光闪烁，迟疑了半天，然后慢吞吞道：“哎，艾佳，怎么这样，你都没和我说，我以为……”

艾佳叼着筷子，有些不好意思：“又没多大事，你别听她瞎说，我真要饿死了还不得跟你们说啊。”

小仙停顿了一下，搓了搓手，说：“今天打完比赛，我上报伙食问题的时候顺便把你的情况跟领导说一下，看看能不能把签约费提前给你。小姐姐说得是啊，大学生休学跑来打电竞呢！”

不可无视的是，目前的环境里，愿意来打职业电竞的，更多是高中就辍学，本身学习不太好，或者家庭条件比较艰难的孩子。他们来打电竞，与其说是梦想支撑着他们踏入这行，不如说更多的人先是为了饱腹而来到这里，然后逐渐地在电竞行业找到了自己的梦想。

至少现在 YQNB 战队首发五人，或多或少都是这样的。

抛下原本稳定、前途光明的生活，毅然决然一脚踏入这个圈子的人，实在是屈指可数。

他们当然不会为他起立鼓掌，或者是发表一篇煽情的公关文来吹嘘一番电竞行业的繁荣昌盛、生机勃勃，只是此时此刻他们确实被触动，甚至有一丝丝感动。

2014 年，电竞行业刚刚起步。

转会，合约费，队员挂牌购买与贩售，直播，比赛奖金，很多事情刚刚具备雏形。

有很多人，在这个时候离开了职业舞台，成为游戏主播，赚到了人生中第一桶金；有很多人，因为病痛，或者队友转会，队不成队，带着一声叹息和不甘，被迫退役；但也有更多的人，在这个时候懵懵懂懂地一头撞进这个圈子，他们两手空空，好像放弃了过往拥有的所有，他们站在这里，就像是当年三井寿流着眼泪跟安西教练说“教练，我想打篮球”一样简单真诚。他们有各自对于电竞的梦想，他们只不过是想打职业。

所以哪怕这时候，这个圈子看上去还不那么好，他们依然义无反顾，奋不顾身。

“饮水机管理员同志，我觉得我更爱你了。”凉生叼着筷子说，“现在你不只是看上去高大帅气，仿佛灵魂都英俊了起来呢！”

艾佳夹着一筷子青菜塞进陈今阳嘴巴里，回头冲凉生苦笑了一下：这英俊来得不容易。

吃完饭大概又过了十五分钟，每个人都心满意足地打着饱嗝的时候，前面的工作人员来通知，可以继续打比赛了。

众人站起来，队员准备比赛，陈今阳他们回到观众席。

严格意义上来说，这是陈今阳看的第一场职业联赛现场比赛。

并不像看 BGA 那样，她能看懂哪个选手用哪个英雄释放了哪个技能，就算看懂了大部分的比赛。因为在 BGA，大多数情况下就是打架、推塔，一局游戏谁打赢了团战，谁就能拿到资源，就能胜利。

而国内的顶级职业联赛，并不是那么简单的事。

她听着坐在右手边的解说大哥从 ban&pick 环节开始就说得头头是道，比如他们不再单纯地说，某个英雄可以克制另外一个英雄，所以在某队选了 A 的情况下，另一队会选 B，他们同时还对选手非常了解。

解说 A：“现在我们可以看到蓝色方的 YQNB 会进行首选。目前打野英雄孤僧是被放出来了的，而我们都知道这个英雄是最近 ZGDX 战队打野选手老 K 最喜欢使用的英雄。”

解说 B：“那我觉得 YQNB 首选肯定是孤僧，这个要么就得禁掉，反正肯定不会放给老 K，特别是在 YQNB 先输一局的情况下，我相信 YQNB 的教练组更不会冒险乱放英雄。”

然后解说B话语一落，果然YQNB就选了打野英雄孤僧，在现场观众哗然，解说连连感叹“我就知道”的声音里，他们直接锁定。于是陈今阳就觉得：哇，顶级职业联赛就连解说也很厉害啊，预言家一样！

而接下来的比赛，陈今阳则回归了看S3时的状态，全程听艾佳在旁边做友情解说。

“其实陆思诚和教皇两人虽然互为替补位，但是奇怪的是他们两人的打法都是相似的，比较激进。通常情况下，X国的赛区风格就是不那么喜欢打团战，选手更讲究个人线上能力，比如TAT战队，全队都是以退为进的打法，如果前期爆发击杀，那肯定就是下路——”

艾佳话语刚落，现场，ZGDX战队粉丝那边爆发出一阵欢呼，而YQNB战队粉丝这边则一阵沮丧的呻吟，就因为在五秒前，ZGDX下路二人组趁着一轮兵线推进，成功击杀YQNB的ADC小暖，拿到了“一血”，还让小暖丢掉了一大堆兵的经验和钱！

“乌鸦嘴。”陈今阳冷静地评价。

艾佳：“我不说话了好吧？”

虽然艾佳不说话了，但今天对YQNB粉丝来说，注定观赛体验并不是那么好。他们因为打野拿到了孤僧，拟定了偏前期的阵容，也就是说，他们必须在前二十分钟确立绝对的胜势，才有可能拿下比赛。

但是除了陆思诚和小胖这个下路组合，ZGDX战队剩下三人就犹如泥鳅，抓都抓不住，YQNB打野瑞塔几次去线上试图抓人都无功而返，他们就好像商量好了似的，尿起来，以退为进，一点点拖延时间，稳中求胜。

比赛进行到第十八分钟，场上击杀比是三比二，YQNB靠着第十五分钟的一次五人抓下路勉强拿了对方下路二人组和打野的击杀。但是与此同时，YQNB的中路和上路一下子空了下来，给了对方极大的发育机会，一次看似成功的击杀之后，原本的经济差距却并没有缩小多少。

陈今阳看得出现在YQNB战队打得非常难受和压抑，就像是一拳打在棉花上一样。

这种感觉，似曾相识。

陈今阳正琢磨，这时候就听见两名解说也说起了差不多的话题。

解说A：“看得出这一局YQNB打得非常难受啊！ZGDX好像商量好了似的：我知道你是前期阵容，我就不跟你打团战！”

解说B：“据我所知，以前ZGDX和YQNB的比赛可是见面就打，鲜血四溅，今天这是怎么啦？”

解说A：“哈哈，我注意到，ZGDX现在的指挥是诚哥，你看到没有，他的嘴巴一直在动。”

台下观众一阵哄笑。

解说A：“啊，现在ZGDX转到中路，推掉了中路二塔，两队经济差距到了三千金，现在ZGDX手里握有四座外塔，和绝大多数野区主控权，想到了什么没有？”

解说B：“这把游戏我看过！”

是的，眼下ZGDX的打法，完完全全就是S3总决赛时，X国战队TAT战队最擅长的打法：苟住前期，决不打架，运营、发育，后期反打，一次团战拿下比赛！

梦回S3。

现场YQNB战队每个人的脸色都不好看，并不是说TAT战队这样打，他们一定打不过，毕竟S3也是差点儿赢了的。

他们现在兵败如山倒，也是因为从二队提上来的中单选手爱杀的个人实力并不如杀千，配合度也不如他，所以，还想要用以前那种强抓来打擅长运营的队伍，很难。

最后，比赛到第三十七分钟的时候，YQNB输了团战，丢了大龙。

比赛到第四十二分钟，YQNB被ZGDX压进了高地，然后凉生孤注一掷冒险开团，开团失败，在辅助的图标暗下来的那一秒，几乎所有人都知道，今天的比赛就要结束了。

零比二，输得相当干净利落。

现场萦绕着一丝丝惆怅的气氛，当陈今阳被艾佳拉起来的时候，她听见身后的解说在讨论。

解说A：“S3虽然结束了，但是我们可以看出YQNB的状态还并没有完全调整……”

解说B：“不不不，你不能否认的是，今天这个揭幕赛，实在是ZGDX战队给了我们很大的惊喜。新的队员加入之后，他所带来的全新的打法……”

解说A：“在S3，我们遗憾失去了得到S系（世界总决赛）冠军奖杯的机会，但是今年，作为一个全新的赛季，我觉得我们赛区应该有更多的东西值得去思考。相比起S2的初期，BCK赛区已经在短短的S3一年之内迅速地找到了自己赛区的特色打法，并拿下了S3赛季成为最后的胜利者，这是不是提示着我们，将来在冠军争夺的道路上，我们职业联赛最大的竞争对手可能已经出现了……”

解说B：“在别人都在进步的时候，止步不前意味着退步，希望职业联赛各大战队，也能够通过今天的比赛获得一些新的思路。怎么打？怎么赢？今年刚刚开始，一切都还来得及。”

“通常情况下，解说很少试图对赛区做总结，然后给个警告什么的。”

“哦，这说明什么？”

“BCK赛区真的已经崛起。”

这时候陈今阳和艾佳正站在一旁，等待着一脸疲惫的YQNB队员收拾外设，然后跟俱乐部的车一起回去。

听了解说的话，陈今阳依然冷静评价：“这解说也是乌鸦嘴，不同于你，他们更过分，这一下子涉及整个赛区，和这一个赛季。”

“自己打不好就别赖解说了，解说多无辜。”艾佳反驳。

YQNB战队队员陆续下台。

陈今阳正准备跟着艾佳走人，这时候，她看见一个身穿短裙、手里握着一张卡片和话筒的长卷发小姑娘，踩着高跟鞋急急忙忙往台上走，和他们擦肩而过。

“那谁啊？”陈今阳拉扯一了下艾佳的袖子。

艾佳这才反应过来有女人从自己身边走过，回头瞥了一眼：“联赛主持人。”

“联赛也有主持人啊？”

“BGA都有，你凭什么看不起顶级职业联赛？别看了，看脚下。”艾佳掐着陈今阳的下巴，把她的脸扳回来，“那女的没你好看。”

“真的啊？”

陈今阳抬头看艾佳，女人对别人称赞自己美貌这件事的认真程度是：礼貌奉承是不存在的，他夸老娘好看一定是因为老娘真的好看。

“真的，你貌美如花。”

“那貌美如花的我也去面试当联赛主持人好不好？”

“不好。”

“为什么啊？”

艾佳勾了勾唇，抬手把身边那个毛茸茸的脑袋往自己怀里一带，像个小痞子似的懒洋洋道：“因为你的如花美貌不能给人家看，只能给我一个人看。”

新赛季的揭幕赛被二比零，大家心情都很不好，这注定了回基地的大巴上大家都有点沉默。

但他们还是坚强地一起用手机看完了陆思诚归国后的首次赛后采访视频——并指望在他的采访里找到一点儿ZGDX崛起秘诀的蛛丝马迹。

此时陆思诚和女主持人已经并肩坐在了比赛台上，在刚刚结束的第二场比赛里，陆思诚的女猎人以七击杀、零死亡、三助攻的战绩取得了MVP，获得了这个被采访的机会。

当然也不排除官方就是想采访他的可能，毕竟谁都不是傻子，他回国的时候引发了一场圈内的小型地震，今晚来现场围观的观众起码一半是为了他来的，官方不会错过这个机会，观众也是。

此时已经是晚上十点多，陈今阳有点困倦地靠在艾佳怀里。看着那个外面零下几度的天气还穿着抹胸小礼服采访的主持人小姑娘，她拉了拉身上的羽绒服，怀疑自己是不是老了。

“恭喜ZGDX，恭喜我们诚哥，顺利拿下了2014年春季赛的开门红。”主持人说，“我们诚哥的回国，想必也是大家期盼已久的事情了，请问诚哥有什么想对你的粉丝、对ZGDX粉丝说的吗？”

下面的粉丝有些激动，哪怕是从手机里也可以清楚地听见有人在尖叫他的名字。

陆思诚接过了主持人的话筒，看上去并不算非常热情地说：“想说的不太多，谢谢大家的支持和喜欢吧，没想到在国内也有人喜欢，还是比较开心的。”

艾佳“啧”了一声，不满道：“这个老男人居然说不知道国内有人喜欢他？他不上网啊？随便打开微博和贴吧，到处都是那些路人双眼冒着星星叫他名字的蠢样。”

陈今阳抬起头看着他。

艾佳：“看什么看？”

陈今阳懒洋洋道：“继续啊，我就想知道你能酸成什么样，然后以后嘲笑你花样也能多一些。你知道‘吃馒头’用多了有点过时。”

艾佳伸手，不客气地摁了一下怀中人的脑袋，愤怒地闭上了自己的狗嘴，然后低下头继续看采访。此时主持人笑了起来，转身对台下聚集的观众说：“听见了吗，诚哥说谢谢你们。”

下面的观众开始“嗷嗷”乱叫，然后一个大兄弟特别搞笑地咆哮了一句“不用谢，应该的，谢谢诚哥的盒饭”，然后台下“轰”的一下乱糟糟地笑开了。台上握着话筒的陆思诚嘴角抽搐了一下，露出了一个不太明显的笑容。

陈今阳：“帅气，有钱，以及这男人面瘫的模样符合一切少女言情小说里男主该有的模样。”

艾佳：“关视频了。”

陈今阳：“别别别。”

挂在他们身后座椅靠背上的凉生：“别别别，我这个月手机没流量了，承担不起用自己的手机看完整个采访的伤害。”

艾佳以绝对的威严说：“要么闭嘴，要么关视频。”

“好好好，闭嘴，闭嘴。”

陈今阳伸手安抚地拍拍他的肩膀，示意他继续看采访，并决定在采访结束之前绝对不再张口发表任何意见，而整个采访目前到这里都还算是正常的部分。

“看来这是一场互相感谢的美好答谢宴。”女主持人歪了歪脑袋，转头看向陆思诚，勾起嘴角，用甜美的笑容问，“那我们注意到，今天的 ZGDX 干净利落地拿下了这场比赛的胜利，面对 YQNB，历史上 ZGDX 向来是输多赢少，今天取得了突破，而且下路二人组的表现也异常突出，请问诚哥是否觉得这与你的回归有一定的关系呢？”

主持人话语一落，下面的粉丝安静了一会儿。

陈今阳听见身后趴在座椅靠背上的凉生发出愤怒的倒吸气声，似乎觉得自己被冒犯得不轻，而隔壁座的小暖也不舒服地抿抿唇：“采访就采访，鞭尸我们干吗？暗示 YQNB 下路被打爆？”

一般采访，主持人不会明示或者暗示选手评价对手的表现，因为接受采访的都是胜利方队员，他们应该对失败一方表现出尊重。

而此时此刻，陆思诚看上去也觉得这个问题提得不是很妥当，他甚至低下头，意味深长地看了女主持人一眼，想了想后说：“并不是我本人加入 ZGDX 就会使得这个队伍产生质的飞跃，这是一个团队游戏，相比起个人能力，更加讲究团体的配合。我想我们今天赢下了比赛，首先是双方都是待磨合的新阵容，所以相互抓配合失误的机会就比较大，而相比之下我们队伍今天的失误稍微小一些，其次也是因为我们运用了过往职业联赛并不会经常运用的战术，算是出奇制胜。”

非常不错的回答，既提出了 YQNB 已经不是过去那个拿下 S3 亚军的稳定老阵容，又说了 ZGDX 也是新阵容，大家只是在相互抓错而已。

在一方做得不够好的情况下，那就顺便说一下自己做得也不是那么好，只是因为类似于“运气”的关系而取得胜利，让人听得心情稍微愉悦一些。

此时陈今阳看上去很有说话的欲望，比如敲着黑板说这就叫情商，连她这个并不是很有情商的人都感觉到了情商的存在，这很能说明问题。

而前一秒感觉被冒犯的下路组看上去也变得舒服了很多。凉生嘟囔着：“我都打开淘宝搜索红油漆准备下单了，还选的顺丰次日达，争取明天就把‘还我尊严’四个字写在隔壁战队大门上。”

陈今阳扶额。

凉生冷静道：“现在我取消了订单。”

而在凉生的感慨中，主持人似乎不准备放过陆思诚。

她很快地抛出下一个让人窒息的问题：“诚哥的意思是，你把 BCK 的战术带回了我们的职业联赛，请问这样的行为是被允许的吗？请问你认为这样是否算泄密？这是否对你的老东家 TAT 战队有些不公平呢？”

主持人的问题真是叫人发蒙。

无论是现场还是整个 YQNB 的大巴车内都陷入一阵令人难过的寂静，在小仙嘟囔着“这叫什么疯问题”时，台下也隐约地响起了粉丝抗议的声音。陈今阳仔细听了一下，好像是有人大声提醒陆思诚如果不想回答这个问题可以不用回答。

而陆思诚只是淡定地重新接过了话筒，这一次他甚至没有去看那个主持人一眼，只是自顾自地在众人忧虑的目光下回答：“首先我是个中国人，在作为练习生加入 BCK 的时候，他们就应该清楚地知道我总有一天会回到中国职业联赛。

“而我在 TAT 战队的一切是靠我亲手打出来的，甚至是在那样严格的环境下，我必须比 X 国人付出更多的努力才能够证明自己。如今我回到中国职业联赛，仅仅是因为我和 TAT 电子竞技俱乐部的合同结束了，友好而和平地结束了合作关系。

“今天偏向于运营游戏的打法，确实是 BCK 赛区的风格，同时也是 TAT 战队在 S3 总决赛上展现出来的一种战术。而任何的战术只要创造出来，在正规比赛上使用过，就不再是秘密，而是一样可供全球赛区共同学习的经验，所以并不存在什么行为允许或者是泄密，也不存在所谓的公平或者不公平。”

陆思诚回答完毕之后，给予他的是台下响亮的掌声。

艾佳他们在看的是录制视频，弹幕部分就像是直播时哪个队员做出了精彩操作似的被刷了一堆“666666”，当然也有个别人不买账。

有人说“头一次见把泄密说得这么冠冕堂皇的”“心疼TAT战队，养了个白眼狼。转头就卖队友”，阴阳怪气的，不过好在这些评论就三四条，很快就被别人刷的“666”覆盖了过去。

而此时，大概是台下的嘘声太大，陆思诚脸上的冷漠也过于明显，主持人显得有点儿狼狈地结束了这次的采访，最后胡乱说了个结束语就把陆思诚放走了。

她自己也是匆匆离开了舞台。

YQNB战队经理小仙感慨：“我是不晓得隔壁经理小瑞怎么想，要是用这种问题来采访我们的队员，我怀疑自己可能这会儿已经举着菜刀，把刀刃面向导播组了。”

“你可以现在发微信采访他有没有这么做。”艾佳懒洋洋地说着，关上了手机。

“不知道那些提供问题的人怎么想的，这种问题也敢往上提？”小仙“啧啧”两声，“那女主持人也是一脸兴奋，不知道自己提的问题很可怕吗？”

凉生：“要么是傻，要么是故意的。”

“应该是故意的吧。”陈今阳稍微坐起来了一些，眨眨眼看着坐在前面一排的小仙，“怎么，你以为因为有提词卡，所以这些问题就都是别人提供给主持人，主持人只用照着念吗？”

“难道不是？”小仙愣了一下，“我没注意过这个，一直以为这些问题都是媒体提的，然后导播组整合一下再交给女主持人。”

“媒体提问？三个问题里最多只有一个是这种。一般这种问题确实是通过了审核才往上放的，但是那只是一部分。”陈今阳“啧啧”摇头，同情地说，“剩下的问题其实都是主持人自己想的。”

众人沉默，看上去对这个事实有些震惊。难以想象他们已经在职业联赛打了整整两年，他们对职业联赛的认识，却只停留在他们需要知道的那部分而已。

“不是，你怎么知道啊？”小仙问。

“我做过BGA的主持，那时候他们告诉我都是这样的。”陈今阳面无表情地说，“相信我，我和你们一样震惊，当时心想的是：如果哪个主持人讨厌或者特别喜欢一个选手，想要给他带点儿话题和节奏，那可真是太方便了。”

小仙想了想，然后脸上露出“细思恐极”的表情，看样子似乎是想到了今晚这女主持可能来者不善，她甚至有可能是TAT战队的粉丝，对于陆思诚回国这件事，她并不满意。

要么就是她喜欢陆思诚到失去了理智，想要做点什么令他印象深刻。

艾佳听了陈今阳的话，拿出手机想要搜一下那个女主持人的微博，结果发现自己压根没注意人家的名字。

陈今阳看艾佳的手悬空在手机屏幕上，要下不下的，扯了一下他的袖子，问：“你干吗？”

“想去看看这个女主持人的微博被陆思诚或者ZGDX甚至是YQNB的粉丝挤爆了没有。原本是想以同情的心态围观，”艾佳面无表情道，“现在是以幸灾乐祸的心态围观，顺便也许可以给‘喷’得最得力的那个点个赞。”

“然后呢？”

“我不记得她的名字。”艾佳老实道。

陈今阳脸上露出一个有点满意的表情：“怎么不记得了？”

“今天和这个女主持最近的接触就是她和我们擦肩而过上台准备采访的时候，而那时候我恰好整个人的注意力都在你的身上。”

陈今阳隐约地微笑起来。

她想告诉艾佳女主持人的名牌就挂在腰上，叫“樱花”，.但是想了想，最后还是决定闭上嘴假装自己什么都不知道，伸手戳了戳艾佳：“现在对我之前说的那个提议动心了吗？”

艾佳瞥了她一眼：“什么提议？”

陈今阳：“与其担心自己哪天像个傻子似的被不安好心的主持人带节奏，坐在台上采访着你的是你亲爱的女朋友这件事不是更令人安心？”

“并不是所有的主持人都是今天那个女疯子那样，其他人明明都做得很好。”艾佳瞥了陈今阳一眼，“把你放在台上这件事才令人感觉不到丝毫的安心。”

“为什么？”

——因为你情商真的也蛮低的，再加上偶尔智商也跟着掉线，万一哪天脑子不开窍又提出那种“五级的时候为什么不用R技能”的蠢问题，我上哪儿给你救驾去？那可是全国直播啊，到时候一人一口唾沫，能把你淹死。

想想都害怕。

艾佳伸手摸了摸他亲爱的女朋友的头，仁慈地说：“我说了，你这样的仙女，适合在家供着，不适合出去抛头露面。”

陈今阳认真上下打量了一下艾佳：“你是怕我给你丢人吧？”

“别瞎说。”艾佳义正词严，“那么多摄像头三百六十度无死角地照着，我怕我掩饰不住自己对你的爱意，万一露馅怎么办？”

“那我们分手之后我再去做主持人。”

“那我就是掩饰不住对你的恨意了，一样有故事得很。”

晚上，酒店房间内。

陈今阳的微信闪烁着收到了一系列的截图，隔壁的某人发来了一系列的贴吧言论截图。

——今天的主持人小姐姐是不是脑残了？问的什么问题？

——除了长得好看，一无是处，说话也说不利索，看见她笑我都想吐！

——我都替陆思诚尴尬，亏他还能那么礼貌地把所有问题都回答完。希望官方注意一下影响，好歹是个大赛区，希望有点格调。

一系列的言语攻击夹杂着不堪入目的文字骚扰，让陈今阳原本对那个女主持人还有一点讨厌的心立刻变为茫然。

陈小姑娘：哪儿来的截图，说话那么脏？

小崽子：你就别去凑热闹了，反正你知道做主持人犯一点点错可能就会被人家 diss（攻击）到地老天荒这件事就对了。

陈小姑娘：……

小崽子：所以老实在家待着，读你的书，别整那些有的没的。

陈小姑娘：是你拽着我做主持、看比赛、满世界乱跑，让我半只脚踏进这个圈子，现在我想干脆两个脚都站进来算了，你为什么又着急忙慌地把我推出去？

陈小姑娘：我不怕被人家骂。

对方沉默了大概三十秒，然后发过来言简意赅的两个字：我怕。

连多余的解释都没有。

这强硬又显得有点变态的保护欲。

陈今阳对着手机屏幕翻了下白眼，默默地对着手机做了个鬼脸，自言自语“老娘懒得跟你说”，想了想，切出聊天框，找到她老爸的微信。

陈小姑娘：爸！

CWM：干什么？几点了还不睡？

陈小姑娘：我研究生不读英语了啊，去读播音主持好不好？！

CWM：不好。

目前生命中最重要的两个男人对她的心血来潮表现出的态度令人震惊地一致且统一表现出了对此连一句话都懒得多说的坚决反对，她气得差点把手机扔楼下去。

在陈今阳为了艾佳和她爸的坚决态度抓狂的时候，隔壁房间，艾佳正发出他的第三百次叹息。

隔壁床上，放松地趴在小仙床上的凉生像是懒狗似的翻了个身，懒洋洋地说：“我还以为该叹气的是我，这个春季赛揭幕赛跟人家打了零比二的人。以前隔壁战队辅助小胖叫我爸爸，刚才他发短信，开口就是‘儿啊睡了吗’。”

凉生：“瞧瞧贴吧怎么说我的，‘在今年之前，YQNB 书生号称下路拴条狗都能赢，现在，他就是那条狗’，哈哈哈，无情。”

艾佳：“你还去看贴吧？”

小仙闻言才想起来这次忘记了没收他们的手机，他伸手想抢凉生的手机。凉生把手机压自己屁股下面：“贴吧一天瞎说，但是偶尔也有大神的，百分之一的概率也好，我就想看看 ZGDX 为什么赢。”

小仙："因为你们S3总决赛被BCK运营打法捶烂，然后S4春季赛重温噩梦，这还用问？"

凉生翻了个身，把小仙的床蹭得乱七八糟，吧唧了一下嘴："那我们也去买个X国人。"

"好啊，就买个X国辅助吧，你去当一条真正的流浪狗。"

小仙笑得一脸灿烂，伸手从凉生屁股底下掏出他的手机看了一眼，发现其实还好，骂YQNB下路组合的不太多，基本都是在吹ZGDX的新打法非常有BCK的风格，陆思诚带回来的东西不简单，这个赛季ZGDX成绩恐怕要不同凡响之类的。总之就是陆思诚果然贵有贵的好，不服憋着。

倒是骂YQNB新中单的帖子有不少。

官方微博下面也是一样的画风。

首战不利，小仙正琢磨要不要给小中单做下心理教育，就见凉生坐起来一脸不满地看着自己，明显是对"买个X国辅助"这话强烈不满。小仙脸上的灿烂笑容没有丝毫的收敛："看什么？"

凉生不服气地伸脚踹他："你给我教皇！我也能打爆陆思诚加小胖！你倒是给！"

小仙被他踹得摇晃："给不起啊，你把你的工资都给人家，人家都不一定愿意来，而且你把一样的话跟小暖说说？"

提到现任，拒绝被挑拨现在下路"夫妻"关系的凉生一脸抗拒地闭上了自己的狗嘴。

成功解决掉了一个，小仙转向艾佳，准备解决另外一个："你呢？这位饮水机管理员同志，你又为什么叹气？"

"我媳妇儿不知道中了什么邪，估计是被今天这主持人雷着了，居然起了想要来当职业联赛的主持人的心思。"艾佳愁眉不展，"就她这样，当什么主持人！"

"不是挺好的吗？"小仙淡定道，"夫妻二人在一个圈子有话题啊！八支战队四十个首发，把你自己删了还剩三十九个，天天把被子一盖，讲人家的坏话加八卦，一个月都不带重样的。"

凉生："哈哈哈！"

小仙："特别是凉生这种狗，够你讲两天。"

"就她这样的，当什么主持人？你知道我怎么认识她的吗？"艾佳认真回忆了一下，"那天我在网吧，看着一群人在围观一个进了游戏走路怎么走都没闹明白的小姑娘，出于怜悯，我上去教她怎么走路。她学会走路的第二秒，上淘宝买了个一千二百八十八的琴师龙年限定皮肤，宣布找到了游戏的乐趣。"

凉生笑嘻嘻道："赚了，现在那皮肤可不止一千二百八十八。"

艾佳转过头面无表情地看着他："等到她哪天真的有机会采访你，试图跟你在台子上聊琴师皮肤的时候，希望你还能笑得这么开心。"

艾佳还把后来"五级怎么不放R技能"的故事也讲了一下，并着重渲染了知道自己犯错之后陈今阳如何沮丧，前提是，那一次艾佳完美救场，压根没人骂她，她都像是天塌下来了似的。

到了顶级职业联赛赛场上，那可是全国同步直播，真要有什么岔子，她还不得去跳楼啊？

艾佳说着说着，自己都越说越害怕：“你说这主持人她能做吗？再加上网上那些‘吃瓜人’，咱们大老爷们都知道输了比赛删贴吧、删QQ，今天那主持人就是蠢了点……”

凉生犹豫了一下，然后问：“你晓得你把你家媳妇儿形容成了活在象牙塔里的公主这件事吧？”

艾佳“哦”了一声，看上去一点不想反驳这件事，理所当然道：“她就是啊。”

小仙和凉生翻了个白眼。

艾佳揉了下脸：“我一直在努力给她灌输‘电竞很不错’的正面印象，当然我知道她不可能永远意识不到这个圈子确实有不好的一面，但是如果可以，我至少希望她不是用自己的亲身经历去了解那些不好的事。”

凉生和小仙交换了一个眼神，凉生问：“恋爱中的少年都是这么恶心的吗？”

小仙摇摇头：“我觉得虽然手法智障，但是颇有‘星星之火，可以燎原’的壮志。如果说为职业联赛归来的你诚哥是天边的月亮，那我们饮水机管理员同志，至少也是天边最闪亮的那颗星……”

凉生发出一阵短暂的呕吐声。

小仙踹了他一脚：“真的，难道不是非常感人？大老爷们绣花，容易吗？心有猛虎，细嗅蔷薇！就你这样的，永远当不了猛虎！”

凉生短暂嗤笑，相当能屈能伸：“那我就当蔷薇。”

小仙不理他，意味深长地伸手拍了拍艾佳的肩膀。

于是凉生在旁边凉飕飕道：“本队长记得曾经提醒饮水机管理员同志，把公主从城堡里偷偷带出来，就要有劈荆棘、斩恶龙，让她在哪儿都是公主的觉悟。现在看来，我们饮水机管理员同志把这点贯彻实施得特别彻底。”

小仙鼓掌。

艾佳又叹了口气，愁眉苦脸地倒回床上：“我是觉得今天那个主持人也就一般讨厌。一个主持人能影响什么？”

小仙：“一个主持人能影响什么？”

艾佳：“是啊，能影响什么？这被骂的规模，都快赶上揭幕赛零比二的YQNB了。”

凉生：“我提议这就申请修改大名单，把这个人的名字一起挂出去，下次，要被骂一起被骂。”

小仙：“我看行。”

也许陈今阳说得实在是有点对，比如艾佳确实是乌鸦嘴什么的，在他刚刚质疑完

“一个主持人的采访再烂能影响什么”之后，几乎是立刻，他的疑惑就得到了一个实实在在的回答。

春季赛开始后两周左右，《征战联盟》顶级职业联赛也进入春节休赛期。之前陈今阳忙着处理她姐过完春节就去医院的事，并没有空理会艾佳的死活，而艾佳也不急着回家面对他爹妈给彼此添堵，琢磨了一下，干脆溜达去了S市，住在YQNB战队基地。

正好杀千退役搬走之后，他以前住的房间空了下来，那房间是基地最大的房间，原本凉生和小暖摩拳擦掌准备搬进去，奈何这两人拖延症发作，没等他们抬一抬自己的懒屁股从这个房挪到那个房，艾佳来了，并捡了个现成的便宜。

最后，那个大房间变成艾佳和新中单爱杀的窝，艾佳得以近距离围观一个饱受人们诟病的新手的心态是怎么样一步步走向崩溃的。

其实无论是排位赛还是训练赛，爱杀作为临时顶上来的选手都做得非常不错，YQNB在这种情况下，大部分的训练赛居然是赢的（虽然依然被ZGDX摁在地板上摩擦），而且，爱杀偶尔还能carry一下。

但是正式比赛上，不知道怎么的，他就是表现得不如人意。

在YQNB春季赛第四场比赛，也是年前的最后一局比赛中，YQNB战队对战老牌战队红箭，第一局爱杀上来就送“一血”，后来是凉生带着小暖在下路力挽狂澜拿双杀，强行下路carry起来才拿下比赛。

第一场比赛结束，官方微博下的评论就炸了。

——真的不懂YQNB的管理层在想什么，这么菜的中单你们也用！

——没杀千的本事就别拿扑克，我们职业联赛的招牌英雄被你玩成这样，丢人！

——一区随便一个钻石中单玩家都可以和你们中单掰手腕，你们这也算世界顶级战队？

——我求你们了，换中单！

——上次那个主持人说什么ZGDX下路太强，不好意思，我看就是YQNB中路太菜，才被人二比零带走。

——哇，不是买了个BGA中单吗？求你们了，如果他还没死，请把他抬上来。

…………

新赛季，《征战联盟》开了一个“超凡大师”以上，全服胜点前两百名才有的称谓，叫“最强王者”。艾佳之前忙着期末考试，外加偶尔凉生和他双排轮着掉链子俯冲钻石，他目前还在一区超凡大师分段苦苦挣扎。

而爱杀，早就王者五百多点，排名全服第二十三位。

这些人闹着把艾佳抬上来实在是有点说不过去。

艾佳看着这些评论，恨不得撸袖子上去让他们赶紧闭嘴，然后这个时候，第二场比赛开始了。爱杀的表现居然还不如第一场，他整个人仿佛完全不在状态，辣眼睛的操作比比皆是。最可怕的一次莫过于扑克飞下路，原本是帮下路抓，结果对面ADC

丝血逃回防御塔下。他也不知道哪根筋不对了，在凉生指挥着“撤撤撤”的时候，忽然一个闪现进了对方的防御塔，然后被防御塔打了一下，残血被对方 ADC 收掉。

艾佳在台下看得抓心挠肝，平板电脑上，直播平台完完全全被“闪现送塔”“这个中单开始了”“本场 MVP：红箭－爱杀”“笑死我了，真的秀”等弹幕刷屏。

艾佳庆幸此时比赛中的队员看不到弹幕。

然而随后他又不幸地发现，第二场比赛这一次闪现送击杀后，爱杀心态崩了，节奏乱得一塌糊涂，根本没发挥出他平日水平的一半，操作如同行尸走肉。

最后，虽然 YQNB 二比一拿下了红箭，但是第二局完完全全是因为中单犯错输掉，一时间，爱杀简直成了路人嘲笑、YQNB 粉丝们憎恨的对象。

回到基地，爱杀沉默地回到房间。

凉生看着那扇被紧紧关起的房门，叹息：“YQNB 的中单难道是受了什么不得了的诅咒哇，怎么个个都委委屈屈地当起了背锅侠？”

艾佳：“你这么说，我很害怕。”

凉生：“别害怕，你连队长的房间都敢抢，你还有什么不敢的？”

第二天，大部分队员回家过年，基地里就没剩下几个人。

作为基地留守人员，被凉生冷嘲热讽时时刻刻提醒抢房间之恨，艾佳也不嫌弃，做好了一个新队员该做的一切：没事就带着他们的队长上分。

打排位赛艾佳还是稳的，看在分的面子上，终于让队长在这晚半夜一点多，美滋滋地在中路 carry 的情况下躺赢了一把。凉生转身，主动问艾佳吃不吃肯德基宅急送，达成了碎冰行动。艾佳一点没跟他客气，要了四对鸡翅、一个汉堡。

“你多久没吃肉了？”凉生一边下单一边心疼。

“反正肯德基这种高档餐厅是真的吃不起。”艾佳坐在电脑前面面不改色。

凉生叹了口气，嘟囔了一声“暗示俱乐部拖欠工资，下回你让老板给你买肯德基”，然后又抬起头：“年前大出血了，还有谁要吃夜宵……哎，小杀，吃吗？”

此时爱杀满脸阴沉地坐在自己的电脑前面，没理他。

凉生看了他一眼，转过头看着自己旁边的艾佳，很害怕地用口型说：咋了这是？

艾佳摇摇头，表示他哪知道。

两个人站起来，门神似的整整齐齐站在爱杀身后，发现他正打排位，然后和他的队友吵起来了。

原来这把爱杀又选了扑克，玩得有点坑，二十多分钟零击杀、四死亡、二助攻的战绩，然后就被队友疯狂攻击了。

ZGDX－律：中路玩得什么东西，不会玩中单就让位，跟我抢什么中，拿个扑克玩成这样！

ZGDX－律：当然，我也不会玩扑克，但我排位也不拿出来坑人。

ZGDX-律：正如我知道自己打得菜，不会闹着要当首发，跑去职业联赛上坑队友。

ZGDX-律：你打得那么菜，到底为什么要硬上啊？老老实实当替补不好吗？人贵在有自知之明啊兄弟！

艾佳嘴角抽了抽："谁？"

凉生："隔壁替补中单，陆岳，就之前提到过的陆思诚的亲弟弟，刺头一个。"

艾佳："替补何必难为替补？"

凉生："现在爱杀是首发了，你可以理解为嫉妒。"

YQNB-爱杀：说够了没？

ZGDX-律：我这把被你坑下大师了！

ZGDX-律：倒了八辈子霉遇见你，正如你队友一般，不过他们更惨，要天天面对你，输掉比赛还被主持人甩锅到下路！

凉生："他还要带我下场。"

艾佳想笑又不敢笑，只能拍拍一脸无辜的凉生的肩膀。

ZGDX-律：那主持人你给塞了钱啊，那么埋汰你们队伍下路给你洗白？毕竟现在整个赛区谁不知道，YQNB的中单就是个名副其实的突破口！

ZGDX-律：好可怜哦，就因为你，YQNB才被ZGDX打爆。

于是，那个主持人的话，间接地成了压死爱杀的最后一根稻草。

在艾佳和凉生谁也没来得及做出反应的时候，爱杀已经怒红了眼，他甚至没有再打字跟隔壁替补中单多废话一句，把鼠标一砸，以迅雷不及掩耳之势扑向门口！

艾佳"哎呀"了一声，想伸手拉他都没拉住，愣是看着他冲出了房间，去到隔壁战队门前狠狠踹了一脚："滚出来！"

那响声，惊天动地。

没一会儿，隔壁的小崽子也活力四射地拉开门，在他身后的ZGDX辅助胖子尖叫着"陆岳你干啥"的时候，他扑了出来，迅速和爱杀扭打成一团！

凉生在旁边看呆了。

最后还是艾佳率先反应过来，一个箭步上前，凭借身高优势和多年来的打架经验，三下五除二地分开了两个扭打在一起的小崽子。艾佳嘟囔着"差不多得了啊，夜深人静的"，架着爱杀的胳膊将他往后拖，陆岳还挥着拳头想往上扑！

爱杀一偏脑袋，陆岳的拳头从艾佳的下巴擦了过去，小崽子拳头还挺硬，艾佳差点咬着自己的舌头，他"嘶"了一声，瞪着隔壁战队小崽子警告："你别碰着我啊，再来一下试试？哥脾气不那么好。"

直到隔壁战队的首发中单听见动静跟着走出来，一把拎住陆岳的领子，将他往后拖了一下，这闹腾的两人才彻底分开。

艾佳也拎着爱杀被抓得乱七八糟的衣领把他往门里一塞，下巴疼得突突跳，平白无故挨了这么一下，心里那个火，简直没处撒。

这时候口袋里手机响了，艾佳看都没看，接通后凶巴巴地“喂”了一声，咆哮道：“干吗？打架呢，有屁快放！”

电话那头的人因为震惊安静了三秒，然后一个比他还凶的女声响起来：“你再说一遍你在干吗？！”

艾佳：见鬼！

公主对骑士拔出了她的剑。

“小崽子！说话！心虚啊？你去S市之前怎么说的？绝对不惹是生非！现在你在干吗？！”

可能是陈今阳愤怒的声音直接突破了电话应有的隔音效果，在旁边试图安抚爱杀的凉生都听见了，他转过头看着举着手机，一脸“我已死亡”表情的艾佳，咯咯笑了下：“看来你也是被猛虎嗅的蔷薇。”

艾佳瞥了凉生一眼，拒绝再听他老母鸡似的笑，抓着手机闪到一旁，用强行镇定下来的声音说：“我说错了，是我队友刚才和隔壁战队的起了争执，两个小孩打起来了，我是劝架的那个。”

陈今阳停顿了三秒，然后冷静地说：“我不信。”

艾佳真的想掐死她再自己去跳楼，他深吸一口气，努力让自己的声音听上去非常无辜：“真的。”

“开视频，让我看看你，现在。”陈今阳说，“如果你是劝架的那个，那你现在应该毫发无损。你最好现在照照镜子看下脸上是不是完整的，每一根发丝是不是都在它们应该在的地方，否则你就是在撒谎，罪加一等。”

她说完“啪”地挂了电话。

艾佳听话地抓着手机冲去厕所照了镜子，然后发现他的下颚泛着瘀青，这和他因为想到了别的事立刻开始泛青的脸色交相辉映。

他的手机开始振动，这表示陈今阳已经发起视频邀请，他不敢接，转身冲回客厅，问坐在沙发上试图教育爱杀的凉生：“蔷薇，不抱希望地问一句，你有粉底液吗？”

凉生用看弱智的眼神看了艾佳一眼。

艾佳叹了口气，伸手接了视频，在陈今阳说什么之前，抢先说：“你知道如果两条狗疯狂地咬在一起，在没有牵引绳的情况下，主人去拉架的话，也有可能被误伤这件事吧，况且两个打架的小孩都快一米八了。”

艾佳说着把手机转过去，让陈今阳看坐在沙发上的爱杀。

陈今阳微微眯起眼，盯着艾佳看了半天，然后才慢吞吞地问：“怎么回事？”

艾佳把来龙去脉说了一遍，一脸无奈，现在他也很想把那个满嘴跑火车的女主持人揍一顿。其实隔壁战队替补中单会这么说，也是因为那之后大家要嘲笑爱杀也会拿这个说事儿。

什么“YQNB下路组合替中单背锅好冤枉”之类的，这种话比直接骂爱杀还教他难受。

现在这件事简直成了爱杀的心结似的。

艾佳在给陈今阳讲故事的时候，基地门又被敲响了，凉生去打开门一看，发现是隔壁首发中单明神押着陆岳来道歉。陆岳皱着眉头一脸不情愿，往那里一站，不情不愿地跟爱杀说：“不好意思啊，掉段了心情不好，乱说的。”

他看上去很不服气，因为语气恶劣又被明神狠狠拍了一下后脑勺，他“嘫”了一声，瞪了明神一眼。

隔壁首发中单看着年纪不小了，像是整个队伍里最沉稳的那个，他手腕上还缠着绷带，见陆岳瞪自己，他又伸手摁了一下陆岳的脑袋：“看什么看？”

陆岳“嘫”了一声，被他摁得一个踉跄：“你手不是不舒服吗？！还那么用力！”

“我手断了正好，你去打首发，用你的英雄勺（英雄池，指选手会使用、擅长使用的英雄种类集合，当某个选手擅长的英雄特别少时，会被嘲讽‘英雄碗’或者‘英雄勺’），别人禁掉个卡萨和沙漠之王，就把我们中单禁掉了，快乐不？”

“你在人家基地说这个干吗？”

“你还知道丢人！你在排位赛大肆嘲讽人家的时候怎么不想想人家？”

陆岳不说话了，看上去有点不甘心屈服于隔壁首发中单。而此时，隔壁战队辅助小胖跟在后面，难得没有嬉皮笑脸，而是一脸沉重，听到陆岳那个鬼语气，忍不住说了句：“一天到晚像个刺头似的，沉稳点能死啊？这脾气，早晚搞出大事。”

陆岳回过头凶狠地瞪着他：“就游戏里说两句怎么了？”

小胖：“怎么了？这不打起来了？”

陆岳看着还想说什么，凉生插嘴：“得了得了，都是小孩，闹一下很正常，没受伤就行。哎，说句话，人跟你道歉呢？”他说着，踢了一脚爱杀。

爱杀看了陆岳一眼，站起来，十分有创意地扔下一句“省省吧，黄鼠狼给鸡拜年”，然后转身回房间，把门摔得震天响。

“谁是黄鼠狼？还有好几天才过年呢，拜什么年，会不会数数啊！”

陆岳僵着脸，让人毫不怀疑要不是这会儿人都在，他可能会选择再跟爱杀干一架。

艾佳皱眉，不耐烦道：“差不多得了，在这儿撒什么野啊！”

陆岳瞥了艾佳一眼，艾佳比他高了大半个脑袋，这会儿冷冰冰地与他对视了几秒，他收回了目光，看着有点被压迫住的不爽。

但是他也没回嘴了。

在场众人都是一脸尴尬。

一时间没人说话，直到艾佳手机里围观了整个过程的陈今阳问了句：“怎么都不说话？”

突然冒出来一个女声，众人齐刷刷把脑袋转向声源方向。艾佳对陈今阳这热心“吃瓜群众”也是无话好说，再次在心里骂道：就你这样的还想当主持人，职业联赛八支队伍的节奏能被你带成《黄河大合唱》。

艾佳对着陆岳那凶恶的眼神闪烁了一下，然后捂着手机开溜了，一个箭步冲到阳台，跟电话那边的人说："你也听见了，没骗你啊，别'磨刀霍霍向猪羊'的，吓唬谁呢你！"

"过年了，杀猪宰羊不是很正常？我那是懒得跟你计较，人家打架，你往上凑什么凑？"

"条件反射。"艾佳随口答。

陈今阳挑起眉。

求生欲让艾佳又条件反射般地补充："我这人就这样，路见不平，拔刀相助。想一下咱俩正式见面第一天，要是我装瞎子淡定路过，我们的故事还没开始就已经落下帷幕了。"

"你在外面别惹事。"陈今阳说，"不然这故事刚开始就烂尾也不是不可能。"

艾佳一脸哀愁。

现在陈今阳看着是穿着睡衣坐在床上，明显是爬上床了准备睡觉之前给艾佳打个电话，没想到艾佳这边还来了这么一段插曲，跟艾佳说了这么一会儿话，她已经打了好几个呵欠。

艾佳应了一声，一边小心翼翼观察陈今阳的脸，发现她最近可能忙得睡不好，都有黑眼圈了，一边嘟囔着"你怎么和我妈似的"，想了想又不带多少情绪地说："哦不对，我妈现在不管我死活。"

陈今阳盯着艾佳的脸，看他下巴瘀青还满脸自嘲，那样子可爱又可怜，沉默了一下后，用冷静的语气说："忽然觉得有点想你了。"

陈今阳看似随意的一句话，让艾佳瞬间热血沸腾，一时间浑身的细胞好像都活过来了，集体起立唱赞歌，还要强行假装认真地说："你这话要是一个月前坐在你奶奶家床上说，我现在可能已经挂在你窗户上了。"

"我现在就在奶奶家。"陈今阳笑了，"正经点，我认真的。"

艾佳很正经地说："没人告诉你我不认真，现在让我抱你，我能把你腰勒断。"

陈今阳轻笑了一声："搞得好像你抱得到似的。对了，我今天跑完医院，才给我姐定下来，明天还要带她去体检做治疗方案什么的。你什么时候回家啊？"

艾佳"哦"了一声，慢悠悠地最小化屏幕，打开支付宝，一边查看机票一边随口说："明天回。"

陈今阳看着有点儿高兴，又不太相信："怎么可能？我还以为你大年二十九才回。"

——本来确实不可能，但因为你说想我了，所以没有什么不可能。我恨不得坐今晚半夜的飞机回去，然后在第一缕太阳照进你的窗之前，在树上的鸟吵醒你之前，在楼下卖豆腐脑的早餐摊子支起来之前，坐在你床头的窗沿上，跟你说："早安。"

艾佳："怎么不可能？我在心里都为你念完一首诗了。"

陈今阳：“淫诗吗？”

艾佳：“你就这么想我？”

陈今阳：“我才几天没看到你，你就打架去了，你指望你有什么好形象？”

艾佳简直想要对月长叹：“这话题能不能结束了我的姑奶奶！隔壁那个小崽子比我们队小崽子看着凶，要是我不出手，非把人给打坏不可，难道我站在旁边看吗？我们队长是真的站在旁边看了，但是我不怪他，他要是上了，最多落下一个二挑一双双被人暴揍的下场。”

“你还挺自豪镇压住你们隔壁战队的小崽子。”

“狼族总能嗅到同类气息的。”艾佳淡淡道，“他那叫有自知之明。”

陈今阳嘟囔了一声“哈士奇”。

与此同时，艾佳已经完成了买机票的过程，他淡定地看着自己买下的早上七点那趟航班的机票，估算着要去机场的时间，然后催促陈今阳早点睡。

陈今阳不疑有他，应了一声就去睡了，睡之前警告艾佳赶紧去给下巴擦擦药，因为下巴有伤，他看着更像流氓了。

这天晚上陈今阳睡得还挺踏实。

可能是因为白天奔波于医院实在是累了，和艾佳互道晚安之后，她脑袋沾着枕头就睡着了，且一夜无梦。

第二天，她破天荒地睡到了十点闹钟响。闹钟响的时候，她伸出手迷迷糊糊地想要去把闹钟关掉再睡一会儿，胡乱拍了几下，她没觉得自己拍到闹钟了，但是闹钟的声音还是停了。

她有些困惑地愣了一下，手在床头捞了两下，闹钟没捞到，反而碰到了一只大手。陈今阳拍到那温热的手背时，整个人都被吓蒙了，一下子从被窝里钻出来，感觉到自己的床旁边果然陷下去一大块：就像活生生多了个人似的！

她正想要放声尖叫，这时候旁边伸出来一只大手，捂着她的嘴将她连人带被子一把稳稳地抱住，他的手臂死死地抱着她的腰，腿也搭上来，像是八爪鱼似的摁住她。熟悉的气息钻入鼻中，陈今阳听见有人趴在她耳边说：“嘘，是我。”

少年的嗓音还带着清晨特有的沙哑。

陈今阳猛地愣了一下，狂跳的心还没恢复正常跳动频率，还差点儿以为自己睡糊涂了，睡出了幻觉。

直到捂在她嘴上的大手慢吞吞挪开，少年像是一头毛茸茸的大型犬蹭到她耳边，亲了一口，喜滋滋道：“我回来啦！”

陈今阳推开他，飞快地跑去洗漱，然后回到床边。艾佳又把她拉回被窝里。

“偶像包袱那么重。”艾佳嘟囔。

陈今阳抬起头，看着少年拥有漂亮弧线的下颚，那上面还带着一小块瘀青。

陈今阳眨眨眼，从被窝里伸出手，摁了那小块瘀青一下。

少年“嗞”的一声，皱着眉缩回自己的脖子。陈今阳这才觉得很神奇似的瞪大了眼：“你真回来了？什么时候？怎么进来的？”

艾佳抱着她，只知道笑，不回答她的问题，只是歪了歪脑袋，微微眯起眼问：“外面有点冷，我能不能也进被窝啊？”

哦，还知道问。

这会儿陈今阳心里被这惊喜惊得还没回过神来，看他这乖小狗的模样，心软地拍拍被窝。

在他伸手掀被子蹭进陈今阳暖烘烘的被窝时，陈今阳看见了书桌前半打开的窗户，阳光从外面倾泻而入，此时是上午十点过几分钟，楼下小区里已经隐约响起了吃完早餐买菜回家的街坊邻居的对话。

陈今阳伸手拧住艾佳的脸：“你爬窗户？”

艾佳懒洋洋地说：“早就告诉你要装防盗窗了。”

陈今阳拧得更用力了：“我说了，方圆十里之内就你像流氓，也只有你爬我窗户。”

“别别，疼。”艾佳说着，伸手在被窝里抱住陈今阳，结实的手臂隔着薄薄的睡裙固定在她的腰间，他低下头，埋在她的颈脖处深吸一口气，心满意足地说，“看，抱到了。”

陈今阳隐约想起昨晚，艾佳说想抱她时，她随口嘲笑“搞得好像你抱得到似的”什么的。

她低下头看着钻在她被窝里的人，然后也不知道是谁先开始的，他们的唇碰到了一起。

门被人从外面敲响。

“阳阳，起来吃早点没啦？你爸爸打电话给我，说你等下还要送圆圆去医院体检。”

陈今阳猛地倒吸一口凉气，小脸一阵泛白，之后又迅速涨红，她把脑袋钻出被窝“哦”了一声，应道：“我起来啦，等一下。”

屋外响起老人从房门边走开的脚步声。

“万一我奶奶听见怎么办？”

“你不是说你奶奶不爱戴助听器？”

“这是你乱来的原因吗？”

“不是。”艾佳理直气壮道，“昨天你说你想我才是。”

对于艾佳这个满分的回答，陈今阳慷慨地回报他一个有力的怀抱，怀中的躯体并不柔软，却鲜活有力，透过他的胸腔，她能感受到他心脏有力的跳动。

那样的热情是实实在在的，让她也跟着不由自主地产生了共鸣。

这是她的。

他是她的。

都是她的。

陈今阳曾经在某本书里看过这样一句话：恋爱的过程固然是辛苦的，自我怀疑，考验忠诚，忍受分隔两地，上刀山，下油锅……但是，它值得。

“在一起多久了，嗯？”艾佳抱着她，用像是梦呓一样的声音说，“我盼了多久，才盼来一句：想你了。”

陈今阳亲了下他的耳朵：“开心？”

“开心。”艾佳微微眯起眼，甜蜜地说，“说说看你是怎么良心发现的？”

这个问题，陈今阳回答不上来。

她只是记得这两天忙得好像行尸走肉，天天起早贪黑地打听医院、疗养院、精神康复中心，忙得顾不上去查期末考试成绩，想不起世界上还有艾佳这号人，忘记了自己还有一个男朋友。

直到昨天，她到一家精神康复中心以家属的身份和医生谈了谈，医生详细地问了陈圆的状况。主要是问陈圆是否出现幻觉、妄想症；是否给家庭带来沉重负担；是否出现孤僻、暴力、精神紧绷或对镜独笑等情况；是否语序凌乱，词不达意。

陈今阳发现陈圆能对号入座百分之八十，比如精神紧绷什么的，对镜独笑是没有的，但是她经常能对着自己的画自言自语好一会儿，而且她的枕头底下有一把菜刀，表哥因为叫她吃饭，还曾被她举着菜刀追到走廊。

于是医生建议尽早安排入院治疗，当时陈今阳只知道自己心中最后一丝丝渺茫的希望也破灭了。

后来她跟着医生参观了整个精神康复中心的设施和活动娱乐室。在那里，她看到了一个十七八岁的少年，他身穿蓝白条纹病服，蹲在一把椅子上，在他面前的桌子上放着一个键盘和一个鼠标，当然，仅此而已，那只是一个键盘和一个鼠标。

但是少年很紧张地在摁着键盘和鼠标，当医生靠近他的时候，他并没有察觉，只是当医生弯腰问他在干吗的时候，他一边紧紧地盯着面前空旷的桌子，一边用紧绷的声音说：“全服首杀成就！全服首杀成就……”

少年的声音响彻休息室。

医生直起腰看向陈今阳，耸耸肩：“听说是为了打游戏，三天三夜没睡觉，就变成这样啦，送来医院的时候嗓子都喊哑了……”

“所以他真的是‘首杀’吗？”

“据我所知，他被送进医院三天后，那个游戏的这个副本的 Boss 首杀才被另外一个专业团队拿走。”

陈今阳不由得一阵唏嘘。

“我们的病人只有不具攻击性的才被允许使用公共休息室，情节轻的甚至有自由走动的权利，很正规，很安全。”

陈今阳盯着这个小孩，然后并没有告诉医生，她觉得没有什么不妥，只是看着这个抱着鼠标、键盘不撒手的小孩，她不幸地想起了自己那个天天蹲在电脑前喊着“我有 TP，我有 TP，开大龙，开大龙”的男朋友。

听说恋爱中的人，看谁都像自己的恋人，包括路边的一条狗，包括路边的电线杆子，也包括精神康复中心的一名病人。只是陈今阳并不是很确定艾佳知道了这件事之后，是不是还能这么开心，所以在这个紧要关头，她选择乖乖闭上自己的嘴。

正好这个时候，紧紧贴着她的少年肚子咕咕叫了起来，她如释重负地舒了一口气，伸手拍拍压在她身上的小崽子的脸：“起来，然后从正门进来，吃饭。”

艾佳“哦”了一声，不情不愿地爬起来。他一让开，陈今阳就跟着爬起来。他跳下床，然后在陈今阳低着头找拖鞋的时候，他伸手捏着她的下巴将她的脸扳起来，又亲了一下。

“别闹。”陈今阳默默皱起眉，“找拖鞋呢。”

艾佳长臂一伸，替陈今阳把一对毛绒拖鞋从床下面捞出来，然后抓起她的一只脚，给她往脚上套。

见自己的脚踝被那大手捏在手中，陈今阳脸微微泛红，想要把脚往回缩，艾佳“啧”了一声，不轻不重地拍了下她的脚背，然后将她的脚固定在自己的怀中，捂了一会儿，确定她不乱动了，才掏出来，给她把鞋穿好。

之后不等陈今阳说什么，少年已经像是猴子似的翻出了窗户。

陈今阳双脚落地，显得有些着急地走到窗边，还没等她那句“慢点”说出口，少年已经从二楼防盗网上轻轻一跃，轻盈又敏捷地落在了地面上。

仿佛是感觉到了陈今阳的目光，他抬起头，兴高采烈地跟她招招手。

陈今阳缩回了脑袋，在梳妆台前面随便擦了下护肤品，梳了梳头发，手里正抓着梳子，这时候她听见家门被敲响了。她梳头发的动作一顿，在奶奶慢悠悠地问“大清早的谁呀”时，她看见镜子里的自己不自觉地勾起嘴角。

放下梳子，她拉开自己房间的门，探出半个身子，一眼就看见在她家玄关逆光而立的少年。

“哟，是艾佳！好久不见了哦，我还以为你回老家了呢！”

“陈奶奶！”

小崽子的声音活力四射，把老人哄得贼高兴，拉着他要他进来吃早餐。

陈今阳站在自己房间门口看着她奶奶替她完成了一切的邀请和寒暄，只是在艾佳被拉扯着路过她，走向餐桌的时候，她靠在门边懒洋洋地笑着说：“咦，同学，好久不见。”声音里透着戏谑。

艾佳转过头，仗着身高优势，在陈奶奶看不见的角度，冲着陈今阳咧嘴笑，用嘴型说：我身上还有你被窝的味道。

三分钟后。

陈今阳和艾佳规规矩矩地一人占据桌子一角，各自喝粥。

陈奶奶处理好中午的菜之后回房拿 iPad 看电视剧去了，陈今阳低头捧着粥碗喝得认真，她的面前放着茄子、青菜等配粥的菜。她一边喝粥一边在心里盘算要不要告诉陈圆，去精神康复中心的话最好表现得不要那么有攻击性，不然将失去和“首杀团长”共处一室的机会。

陈今阳正想得出神，这时候神速喝完一碗粥的艾佳放下碗，搬着板凳凑到了陈今阳的身边，用手肘捅了捅她：“我还是想听听关于你想念我的细节描述。”

陈今阳翻了个白眼。

艾佳：“我坐清早的航班回家，马不停蹄，在你起床之前把自己的脑袋放在了你的枕头旁边，这点奖励还该有吧？”

陈今阳：“没有特别具体的过程。”她用筷子夹起一根豆腐乳炒空心菜，“看到这根青菜了吗？哪怕是看见这个，我脑子里都会浮现出你天天吃馒头饿得一脸发绿的样子。”

艾佳：“噢。”

艾佳的声音听上去就好像是他听见了什么甜蜜的情话，陈今阳面无表情地转过头，然后发现这家伙还真的是一脸甜蜜。

他信了，信自己是一盘豆腐乳炒空心菜。

交往这么久，这是继陈今阳以为“我好像不喜欢他”的误会之后，她第二次觉得有点对不起她亲爱的男朋友。

在经过了深冬的寒冷之后，终于在春节过后有了第一场春雷。整个 T 市的冰雪都在消融，天寒地冻，冷得人们根本不想从被窝里伸出一根手指的时候，新的学期开始了。

校园内一片生机勃勃，归校的学生们脸上红扑扑的，带着寒假回老家被奶奶爷爷养出来的赘肉，发誓这个学期一定要好好学习。

过了正月十五，S4 的职业联赛休赛期也结束了，各个战队基本已经在年前完成了第一轮组内循环赛和跨组循环赛，准备进入第二轮小组循环赛。

顶级职业联赛中，八支战队抽签被分为两组，每组四支战队。

三盘两胜制，首轮小组组内循环，然后跨组循环，最后再回到小组组内第二轮循环，每个小组前两名进入季后赛，三、四名参与保级赛。

YQNB、ZGDX、HW 以及 DQ 四支战队一起被分到了 A 组，CK、岚、红箭、里德尔人四支战队被分到了 B 组。结果已经很明显了，A 组是名副其实的死亡之组。

只有每组头两名才能进入季后赛，ZGDX 在首轮组内循环外加跨组循环赛只输给 CK 一局的情况下，以六胜一负的战绩稳居 A 组第一，YQNB 战队和 DQ 战队均四胜三负，为了第二的名额抢得头破血流。

这一天，YQNB战队再次回到小组循环赛，将在当天晚上七点，第二次迎战ZGDX战队。

因为现在处于和DQ战队的最后抢分阶段，每一个小分对于YQNB战队都显得至关重要，所以无论是首发队员们，还是远在T市只能用手机观赛的饮水机管理员同志，都异常紧张。

紧张到什么程度呢？

陈今阳不知道YQNB战队首发队员们怎么想，她只知道饮水机管理员同志连晚餐都没办法好好吃了。六点半，他守在外语系学院门口上蹿下跳，像蚱蜢似的，思考能力令人抓狂。

陈今阳："晚上吃什么啊？"

"随便。"艾佳目视前方，"我不饿。"

陈今阳："我想吃小馄饨。"

艾佳声音飘忽："随便，你吃什么我吃什么，过年我妈捏着鼻子给了我压岁钱。"

陈今阳："小馄饨你吃得饱吗？一会儿要不要给你再叫个盖浇饭？"

艾佳"哦"了一声，然后出了学校大门就要往对面走，然而小馄饨店就在学校旁边。陈今阳一把拉扯住少年羽绒服的帽子，挑起眉："去哪儿？"

艾佳一脸莫名其妙地低头："不是吃盖浇饭？"

陈今阳面无表情地把她亲爱的男朋友往旁边馄饨店里一塞，没好气地说："我吃这个！"

艾佳抬起头看了一眼店铺招牌，然后十分无辜地回头看身后的女人："你想吃啥就吃啥，想吃小馄饨你就说，我还能说不啊？凶什么凶……要几个？二十五个够不？"

他一边说一边往外掏钱，陈今阳想拿手里的包砸他的头。

两人好不容易在桌边坐下，等馄饨的时候正好七点过五分，艾佳终于能够安心掏出手机，全身心地投入他的比赛直播里。

比赛还没开始。

进入直播平台，陈今阳听见两名解说在介绍今天参赛双方的阵容。

解说A："我们注意到年前的ZGDX战队状态非常地好，只是一比二惜败给了CK战队。速星这位老牌ADC选手在打法上完全不尿，CHESSMAN的打法让CK战队以微弱优势取胜。"

解说B："哎，我过年的时候看了采访——根据ZGDX战队经理的说法，ZGDX战队的战术已经基本确立，'我们一点也不藏着，明明白白地告诉你，我们就是学BCK，我们就是打运营。'"

解说A："而这种打法其实挺克制现在线上能力并不那么突出的YQNB战队的……当然也不是说YQNB战队就不行了还是怎么的，我的意思是，至少从年前的状态看，现在YQNB战队队员的情况真的不好，至少中单并没有发挥出他本身的水准。"

解说 B：“是的，普遍低迷——所以今天这场比赛对双方来说至关重要。YQNB 赢了，他们就能重拾信心，树立昔日生猛打法。ZGDX 赢了，这支战队将会用新阵容实力告诉我们：假以时日，等待他们磨合完毕，他们将完全地确定自己在职业联赛的霸主地位。”

解说 A：“被你这么一说，我十分期待了啊！”

解说 B：“是的！我也非常期待，想知道过年之后，YQNB 战队是否能够找回 S3 总决赛的凶狠画风！”

解说们嘻嘻哈哈时，馄饨端上来了。

陈今阳拿了勺子放到艾佳的碗里，用筷子敲敲他的手机：“比赛还没开始呢，赶紧放下手机多吃两口。”

她感觉自己像带了个网瘾儿子似的。

艾佳应了一声，正想放下手机，这时候忽然某个解说发出一惊一乍的声音！

陈今阳被他吓得差点咬了自己的舌头，皱起眉放下勺子，在桌子底下踢了艾佳一脚：“干吗啊？”

艾佳把手机声音调大。

于是陈今阳就听见比赛现场一片哗然。

解说 A：“天哪，意想不到的事情出现了，ZGDX 这是怎么了！他们今天上交的首发大名单中单是律选手！”

现场一阵尖叫。

解说 B：“哈哈哈，人们都说上阵父子兵，我们 ZGDX 队这是上阵兄弟兵。早在陆思诚转会来到 ZGDX 时，我们就在期待着陆家兄弟齐登场的画面！”

解说 A：“难道是 ZGDX 战队知道隔壁战队在和 DQ 战队抢分，准备放水？ DQ 战队站起来表示：‘不要搞我啊兄弟！’”

解说 A：“开个玩笑，刚才后台传来的消息——ZGDX 换人的原因是首发中单明神腱鞘炎复发了。这几天 S 市真的是又湿润又冷，是这些选手小毛病的高发期……”

接下来就是解说在吧啦吧啦说职业选手的伤病问题，好像尤其是中单和 ADC 选手因为高强度的补兵训练，容易引发腱鞘炎或者相关神经病痛。

陈今阳瞥了一眼艾佳的手腕，有时候他会戴护腕，陈今阳还以为他是要去打篮球才戴的。

“ZGDX 战队替补中单什么来头？”陈今阳淡淡道，“解说怎么这么激动？”

“陆思诚的亲弟弟，ID 是‘律’，叫陆岳。”艾佳撇撇嘴，“就那天晚上你看见过的那个，和我们中单打架的小刺头。”

陈今阳认真回想了一下，努力将艾佳说的人和记忆中一张已经模糊了的脸对上号。

她想了想，然后捧着自己的碗凑到了艾佳旁边，跟他排排坐，下巴放到了他的肩膀上看他的手机，看着现场转播摄像头依次扫过在场的选手。镜头也不知道是不是故意的，扫向陆岳之后，又扫向爱杀。陆岳面无表情地坐在那里，也不说话，和旁边的辅助胖子形成鲜明对比；爱杀则一脸厌恶，但是好歹愿意和队友说话，只是时不时地拉扯一下自己的耳机，小动作暴露了他的烦躁。

陈今阳笑得眯起眼，还唯恐天下不乱般地问：“他俩不会在台上就打起来吧？”

艾佳看着，好像觉得这种事不是不可能发生，想了想道：“希望不要。”

这俩小破孩掐架的事没几个人知道，大家都默契地给捂了下来，毕竟爆出去对谁都没好处。

但是这是现场直播，这两人之间剑拔弩张的气氛，隔着屏幕都快溢出来了。

这让艾佳觉得有点儿不安。

然后很快地，他的不安成了现实。陆岳是个完全保守型的选手，爱杀则要凶猛得多，他主动、快攻，而且也许是内心的仇恨使得他今天头脑清醒，操作在线，游戏进行到五分半，他抢先到六级！

伴随着场内一阵爆炸性的欢呼，场内响起“first blood”的系统提示音，爱杀越塔击杀陆岳，闪现出塔，顺利拿到第一滴血！

没等艾佳的一句“nice”尾音落地，这时候，只看见一堆小兵推进ZGDX防御塔下，爱杀操作着角色，跟着兵线进塔，踩在陆岳操作角色的尸体上，开始跳舞。（游戏中，玩家可以利用组合键操作英雄完成特定小动作或者发出语音）

嘲讽？

全场观众哗然。

又过了一会儿，爱杀回城，站在泉水里停顿了几秒。

接下来无论是看直播的观众，还是在现场观赛的人们，都清清楚楚地看见比赛画面右下角对话框中跳出一行字。

YQNB-LOVERKILL：丧钟为谁而鸣？呵呵。

现场的气氛就好像凝固了似的。

在爱杀打完那一行字以后，一时间，比赛台上没有人说话，YQNB战队的另外四个人一脸震惊地转过头看着他们队的中单，脸上就差明明白白地写着：兄弟，你在搞什么？

ZGDX那边，除了小胖脸色难看，剩下的三人闹事的当天晚上并没有在场，并且显然事后也没有人告诉过他们发生了什么，于是陆思诚被眼前的一幕弄得有些蒙。他挑了挑眉，伸手轻轻调整了一下耳机，破天荒地把注意力从面前的电脑上挪开，稍稍弯下腰，在队伍语音频道里问陆岳：“对面中单什么意思？”

陆岳没有回答，与此同时，游戏也像是被人摁下了暂停，一时间，居然没有人动。

小胖双手离开键盘，吧唧一下捂住脸：“陆岳，这是在比赛，你要冷静点！”

但是如果能冷静一点那就不是陆岳了。

只看见他从面沉如水至脸色微微泛白，最后额角的一根青筋猛地暴起，他磨了磨后槽牙，ZGDX 战队剩余四人以及后台导播都能听见他磨牙的声音，心惊肉跳，而他一动不动地坐在那里。

解说们则一脸茫然。

解说 A：“现在这是什么情况？”

解说 B：“看着像是爱杀和律的私人恩怨？”

解说 A：“讲道理，这两个队伍不是住得相邻吗？私人恩怨怎么没私下解决？所以现在怎么办？没有人叫暂停，可是场上居然也没有人动？”

解说 B：“要是我就趁机去对面偷个蓝 buff。”

解说 A：“哈哈哈……”

解说 B：“别笑，我说真的。解说职业联赛两年，我还没遇见过这种情况，所以现在裁判组看下要不要喊个暂停，要么插播下广告？虽然现场气氛很紧绷，但是现在干坐着，不仅现场观众，这里我和小 A 也很尴尬……”

解说说到“偷蓝 buff”的时候引起一阵窃笑，现场那紧绷的气氛才稍微缓和一点，然后很快地，因为场上爱杀和陆岳的矛盾，那死亡气息又回到了比赛现场。

陈今阳觉得电竞圈真奇妙，往那台上一坐，除了打游戏之外，还会有各种各样的奇葩事情发生。

“就这么完了？ Come on，you can do it better！（来吧，你可以做得更好！）”

陈今阳伸长了脖子看艾佳手里的手机，他扭过头瞪了她一眼。陈今阳做了个鬼脸，表示她就是看热闹不嫌事儿大的“吃瓜群众”，她看着爱杀在那打字，内心毫无波动。

YQNB-LOVERKILL：“自知之明”四个字还给你。

YQNB-LOVERKILL：哦，差点忘记了，你还是替补，毕竟明神手伤才轮得到你。

YQNB-LOVERKILL：不知道哪来的自信骂我骂得那么欢，相比起一个春季赛积分，一局排位掉的分又算什么？

YQNB-LOVERKILL：噢，差点忘记了，你们队伍分多，还是可以被你糟蹋下的，别有心理负担。

然后大概十几秒后，陈今阳判断今天跋山涉水去看比赛的那些现场观众绝对物超所值了，因为在爱杀打完最后一行字，让陆岳“别有心理负担”之后，陆岳跳了起来，摔了自己的耳机和键盘！

现场的观众开始惊叫！

惊叫声中，陆岳扑向了 YQNB 战队那边，那动作之快，坐在他旁边的小胖和老 K 只来得及伸手摸到他的衣角！

陆思诚跟着站了起来，看上去吃惊过于愤怒。他快步跟着走向 YQNB 那边，然而为时已晚。爱杀摘了耳机，和陆岳打成一团，两个人谁也不让谁。陆岳把爱杀摁在桌子上，用凉生的耳机砸爱杀的脑袋。爱杀踹陆岳的膝盖，在陆岳快要摔倒的时候，一把将自己的键盘拽起来拍向陆岳的脸。陆岳被拍出鼻血，鼻梁剧痛，摸了把鼻子，看自己一手鼻血，面色大变，骂着脏话爬起来，对着爱杀的胸口就是一脚。爱杀转身去拿电脑屏幕……

其间夹杂着粉丝的尖叫、询问声，还有两个解说“哎哟”“哎哟”“别打了”“快拦一下”“有话好好说”“导播插下广告”的咆哮声。

陆思诚看起来完全拉不住陆岳，陆岳被他拽着，像是蚱蜢似的，拼命往前蹦跶，一张小脸气得煞白，拼了命地骂爱杀“有病”“今天非打死你不可”。

陆思诚气急了，伸手一把重重拍了陆岳脑袋一下，然后捂住他的嘴把他往椅子上塞，看起来恨不得把他脑袋拧下来！

与此同时，爱杀也被摁在椅子上了，凉生他们几个七手八脚地把他摁住，旁边是断掉的键盘、东倒西歪的椅子，还有掉在地上的耳机，一片狼藉。

然后，插播广告了。

弹幕：我不要看广告，让我看顶级职业联赛春季赛真人格斗版！

其实陈今阳也是这么想的。

只是人不在现场，也不知道现在现场怎么样了。陈今阳挑挑眉，抬手将勺子塞进艾佳的手里：“闹剧告一段落，你先吃饭吧饮水机管理员同志。”

“这样搞最少也是禁赛，也不知道队里准备好替补了没有。”

艾佳低下头，狼吞虎咽地把自己那碗馄饨吃完，完事了擦擦嘴，看陈今阳用小勺子在那儿撇油花，就指甲盖大点儿的馄饨，她吃得慢吞吞的。他犹豫了一下，想了想后问：“你刚才看见了没有？”

陈今阳：“嗯，怎么了？”

艾佳：“陆思诚都摁不住陆岳。”

陈今阳“嗯”了一声，不为所动：“那陆岳激动得像只发狂的土拨鼠似的，谁摁得住他？”

艾佳像是就等着她这句话呢，她问完之后，他几乎立刻就回答：“我啊。”

陈今阳放下勺子，转过头看向艾佳，脸上写着：请开始你的表演。

于是艾佳咧开嘴笑了一下：“那天晚上我一个眼神他就安静了，你看，术业有专攻吧。以后别成天崇拜别的男人，放原始社会，陆思诚那样的只能坐在家里钻木取火，打猎还得我这样的来。你知道这意味着什么不？意味着在原始社会，当陆思诚的女人要饿肚子，跟着我，能把你吃撑。”

陈今阳第一次见把“头脑简单，四肢发达”说得这么自豪且清新脱俗的。

“朋友，现在是公元2014年，事实就是，当陆思诚给整个比赛场地的粉丝买盒饭分发的时候，你还在角落里抱着馒头发抖。”

“你为什么就不能发掘一点我的优点？”

“你有什么优点？”陈今阳随口问，然后手就被拉走，摁在了艾佳硬邦邦的胸膛之上。

艾佳摁住胸前这只小手不让它缩回去，甚至不顾陈今阳露出“你干啥”的恶心眼神，挺了挺胸膛：“男子气概、广阔的胸襟和强劲的臂弯。”

陈今阳手底下的肌肉，伴随着他的呼吸起伏。

周围来吃馄饨的隔壁高中生小妹妹三五成群，时不时转过头飞快地看他们一眼，然后小脑袋一凑，窃窃私语，小声说话，大声笑。

讨厌。

陈今阳感觉到自己的心跳频率有了变化，她修长的手指在艾佳胸口抓了一下，温度从脖子根逐渐蔓延至耳根，她强迫自己用冷静的声音说：“这也是我至今没把你踹了的原因，但是你再这么不顾场合地耍流氓，你强劲得堪比施瓦辛格，我也要把你塞到路边的车轮子底下。”

艾佳放开手，陈今阳“嗖”地把手缩回来，藏在袖子里，只用另外一只手重新抓起勺子，低下头假装认真又冷酷地吃她的馄饨。

吃完了晚饭，陈今阳没去上晚自习，和艾佳坐到学校图书馆，戴上耳机，蹭Wi-Fi继续看比赛。

他们到图书馆的时候，比赛正好刚刚开始，现场已经被收拾得干干净净。而比赛开始之前，在已经压惊完毕的解说闲聊中，陈今阳得知，赛事举办官方和两个俱乐部已经对此事迅速地做出了回应。YQNB俱乐部的人先联系了艾佳，让他安排好行程，接下来的三周比赛日，直接飞S市作为紧急替补替爱杀上场打比赛。

艾佳这边刚答应下来，YQNB官方微博就发出了通知。

YQNB电子竞技俱乐部各位粉丝：

你们好。

本日，在S4的顶级职业联赛春季赛第二轮小组循环赛，与ZGDX电子竞技俱乐部对战的过程中，我俱乐部队员董月（ID：YQNB-LOVERKILL）因日前在一次排位赛训练中与ZGDX队员沟通不当发生争执，事后并未引以为戒，导致矛盾加深，以至于在今日比赛中，LOVERKILL选手做出过激的挑衅行为，最后双方产生言语肢体冲突，造成了无法挽回的严重后果。

本俱乐部深表歉意，并对该队员进行以下处罚。

一、禁赛。勒令禁止该队员出席接下来三周的常规小组赛比赛，责其思过，望早日改正。

二、罚薪。扣除该队员三个月工资以及全部奖金。

对于矛盾初次爆发当日，在场队员兼队长凉生（ID：YQNB-STUDENT）并未及时处理和上报此事，责其检讨改正，并扣除该队员一个月工资以及奖金。

望俱乐部其他工作人员引以为戒，为营造电子竞技事业良好风气共尽其力。

ZGDX 的官方发的也是差不多的东西，陆岳一样禁赛三个星期。只是相比起 YQNB 官方微博下面的粉丝一脸茫然，ZGDX 官方微博下面的粉丝回复的花样则多了一些。

——可以，明神又要被抬上来。

——明神表示：又到我啦？

——这次一换一不亏，我们好歹还有个半残疾人明神能勉强用一下，YQNB 好像没人可以用了吧？

——都是战术。

——笑死我了这两个人，小混混就是小混混。

…………

最后的那条“小混混就是小混混”的评论过于扎心，甚至很有可能扎到了赛事举办方的心，于是在两个俱乐部发完微博后，赛事举办方也跟着发了一条：

为加强队员道德素质水平，培养青少年核心价值观，发展健康、文明、有序的电子竞技风气。

我方将于 2014 年 2 月 15 日正式更新《征战联盟》职业联赛赛事规则 10“选手竞技行为”条例，新增 1019 条例：比赛期间，禁止双方队员使用公共聊天频道与对方选手进行任何形式的沟通与交流。

对于今日两位队员造成的不良影响，官方会在稍后商讨后公布相关处罚条例以及最终惩罚。

望各大俱乐部引以为戒，杜绝歪风，为电子竞技健康发展贡献一份力量。

以上，赛事规则说加就加。

意思就是说，从今天开始，但凡《征战联盟》职业联赛的比赛，大家都不可以在公共频道打字了，哪怕你跟对面的人抛个友善的媚眼也算犯罪。

一时间，人们在微博、贴吧、QQ 群里奔走相告，且大多数的讨论都以“哈哈哈”结束。

陈今阳和艾佳也被官方这操作秀得眼花缭乱。

众人在震惊之中等到了 YQNB 和 ZGDX 的重新开赛，YQNB 这边作为主动挑衅方，被罚两个 ban 位，ZGDX 这边作为应战方，被罚一个 ban 位。

ZGDX 这边陆岳没在，明神替上，他手上还缠着绷带，坐在电脑前面一脸无奈。

YQNB 这边上的还是爱杀，主要是艾佳远在天边，他们实在是没有第二个人可以抬上来。好在明神和爱杀是没有什么矛盾冲突的，除了明神哪怕手痛也可以把爱杀摁在地板上摩擦这一点之外，一切都好。

最终 YQNB 不出意外地再一次被 ZGDX 二比零带走。

比赛结束，坐在台下的大家都一脸意犹未尽的表情，具体在对什么意犹未尽并不能说得很准，只是在 YQNB 基地水晶被推爆的那瞬间，放在以往，观众席上已经会有一些人站起来往外走，但是今天，大家都没动。

就像是刚看完一部大片，所有人都在耐心地等待片尾曲之后的“彩蛋”。

然后皇天不负有心人，“彩蛋”真的来了。

在众人殷切的目光注视中，原本双方队员都已经站起来，凉生和隔壁战队辅助交换了个类似许仙和白素贞在雷峰塔下的无奈眼神，气氛有些尴尬地正要往回走，这时候官方工作人员及时出现，把两个队伍十个人叫住了！

所有人都收回了想要回休息室的步伐！

只见那个工作人员手里拿着一个小本本，跑到 ZGDX 那边说了什么，又一路小跑到 YQNB 那边说了什么，然后扔下了台上对视了几秒的双方队伍十人，自己跑路了。

激动人心的时刻即将到来，台下的人们屏住呼吸。

在他们期盼的目光中，他们看见 ZGDX 战队上单老猫一脸尴尬地挠挠头，拍拍屁股上并不存在的灰尘，迈开步伐向着 YQNB 那边走去，然后和书生、小暖、爱杀、瑞塔以及容容一一鞠躬握手。

然后是打野老 K、中单明神、ADC 陆思诚，最后到辅助小胖。

YQNB 的人则乖乖站在那里，树桩子似的跟 ZGDX 战队的五人一一握手。握手完毕，ZGDX 战队五人来到比赛台中间，一字展开，小胖喊“一二三”，五人齐齐弯腰，对着下面的观众鞠躬道谢。

下面的粉丝一阵尖叫骚动，纷纷表示：这个“彩蛋”，好喜欢！

这一天，应该被历史铭记。

职业联赛在直播打架之后，一天之内发展出了两条赛事新规则：

一、比赛期间所有队员禁止在游戏公共聊天框打字说话；

二、比赛结束后，由曾经的“自由行为”改为“强制行为”，胜利方必须主动到失败方身边，双方十名队员轮番握手向对手致意，胜利方再回到比赛台中央向粉丝鞠躬鸣谢。

“这两条规则大概是要被用到《征战联盟》职业联赛解散的那天了。”

“挺好的。”艾佳说，“人生不就是这点追求，到一个地方，在史书上留下属于自己的壮丽的一笔。哪怕不是冠军，也可以是别的，比如帮助祖国电竞业向着文明更进一步什么的，也很光荣了。我怎么觉得我仿佛看见了新的出路？”

第八章

英　雄　不　问　出　处

艾佳的首秀来得太突然，他甚至来不及去剪个帅气的发型。

隔天，陈今阳坐在艾佳的床上看他收拾行李准备去S市，这一天是周四，而YQNB在周末还有一场比赛。

回想起他们俩刚才进门的时候，艾佳他妈只跟自己打了招呼，至于身后一边嘟囔着“怎么开春了还这么冷”一边弯腰脱鞋，之后满地找拖鞋的少年，艾佳他妈选择了无视，陈今阳觉得略尴尬。

此时坐在艾佳房间里，看着他把一个像是专门用来放键盘和鼠标等物的双肩包打开，把自己习惯用的鼠标和键盘放进外设包里，然后在屋子里走来走去，陈今阳隐约感觉到了一丝丝的不安。

这不安来得莫名其妙。

陈今阳低头看看手里的课本，不知道什么时候从哪里随手拿起来的，就好像书本在手上能让她觉得踏实似的。她转身看了看艾佳明显还有空位的背包，举起手中的书：“这个要带去吗？”

艾佳转头一看，封面上“结构力学”四个字异常夺目。

艾佳露出个无奈的表情：“明天下午的飞机，上午上完专业课以后才走。我就去三天，除了明天的‘思修’老师，甚至不会有人发现我离开了学校，当然，如果‘思修’老师不点名，就连他都不会知道这件事。”

陈今阳一脸不自然地放下书。

在艾佳随手把两件衬衫和牛仔裤扔进包里的时候，陈今阳走到了书桌前，放下了《结构力学》，指尖在少年堆放在桌面上的那些手抄英语试卷上扫过。她知道艾佳把它们全部从垃圾桶里捡了回来，也不嫌弃脏，宝贝一样地放在干净的书桌上。

陈今阳心不在焉地翻了翻试卷，头也不抬地问：“你上个学期期末考试怎么样？”

艾佳停顿了一下，然后简单地回答，“还不错，没挂科。”

“这么自觉？”

“因为我得防着有今天这一天。”艾佳说，“我等了一个寒假你都没问，如果你早一个星期问，可能我会兴高采烈地要求你对此做出奖励，比如周末放弃你的听力题，陪我去看个电影什么的。”

陈今阳仔细想了一下，她和艾佳在一起的这段时间，好像确实没有干过“看电影”这么休闲的事。

说来好笑，没这么干的主要原因是贫穷，直到过完春节，艾佳拿到了他的签约金，他才有了一个想要约她出去正经约会的计划。

想到这，陈今阳的心简直软化成了一摊水。

但是她并没有表现出来，只是伸出手冲着不远处的少年招招手：“你过来。”

艾佳稍微收敛刚才提到“约会”时不太正经的笑容，不明所以地走到陈今阳的面前，低头看着靠在书桌边上的人，认真地问她：“怎么了？”

陈今阳看着面前的少年，他背着光，看着她的时候那双眼睛却尤其明亮。她伸出双臂挂在他的脖子上，微微踮起脚，主动地吻住他。

艾佳明显愣了一下，但是很快反应过来并掌握了主动权，他的大手落在陈今阳的腰间，然后弯了弯自己的腰，无声地加深了这个吻。

他抱起怀中人，将她轻轻地放在桌子上。他们就像是变成了原始的小动物，互相蹭着对方的脖子或者是鼻尖，疯狂地试图以最大面积和对方贴在一起。

“怎么了？”这会儿他的额头碰着她的，嗓音略微低哑地问，“有事？”

“之前总觉得好像我们之间的时间还很多。”陈今阳亲他的脸颊，“结果忽然你就要去打职业了，然后你提醒了我，我们甚至连一场电影都还没来得及看。”

她小声嘟囔，像是在埋怨，但是埋怨的对象绝对不是他。

艾佳“哧哧”笑了起来，这时候陈今阳坐在桌子上，双手还挂在他的脖子上，于是她将他拉向自己，咬了一口他的唇瓣：“笑什么！我认真的。”

“我下周一下午就回来了。”

“周末又要走。”

“爱杀只是禁赛三周而已，下周打完以后，下下周不一定有季后赛赛程，这话被小仙听见也许会被打出屎来。”

陈今阳发出含糊的抗议声，微微蹙眉，看上去并没有完全被说服，但是也没有那么不安了。

看见她神游严重，艾佳只好抓紧机会继续占便宜，他的大手安抚似的放在她的背上，他亲吻她的鼻尖：“现在走反而觉得物超所值了，至少在此之前我都不知道原来你这么放不下我……”

陈今阳心想：那巧了，我也不知道，没看我这会儿一脸惊慌失措吗？

她叹了口气，抱住艾佳脖子的手下滑，转而抱住他的腰，将自己整个人都塞进他的怀里："去了就好好打，别怕丢人，也别丢人。不许打架，注意形象，女粉丝……算了，你这种人哪来的女粉丝。"

"听着比我还担心我自己。"艾佳顺势抱住她，"其实我确实是有点紧张，万一发挥得不尽如人意怎么办？我都没打过顶级职业联赛，甚至没打过甲级联赛，只是在BGA称王称霸。"

"别总觉得自己能拯救世界。"陈今阳伸手捏了下他的背，"YQNB甚至都没有给过你一个正式的官宣，不会有太多人对你抱有希望。"

"但是我把自己看作是希望之光。我是吗？"

"不是。"

"我会有很多粉丝吗？"

"不会。"

"你会来吗？"

"不来。"

"你不来别后悔，也许有一天我会看见有粉丝带着灯牌去看我，ICG上那种，演唱会专用的。"

"你想得美。"

艾佳笑了起来，靠着她的胸膛震动，他伸手将她耳前一缕发别至耳后："你就不能说点好听的？大战之前，正常的女人都希望自己的丈夫发光发热、大富大贵、人模狗样。"

"大富大贵我有，我就喜欢你像条狗的样子。"陈今阳理直气壮道，"你可千万别发光发热，和明星谈恋爱要被骂的。"

"你忘记以前我说过的话了？谁都不能欺负你。"

艾佳嘟囔着，再一次地含住怀中人的唇瓣，这一次两人交换了一个温暖又绵长的吻。陈今阳仿佛把自己的所有不安化作叹息，直到它们一丝丝缓慢地消散于夜色之中。

桌边，年轻的男女拥抱着用甜蜜又柔软的话语，试图安抚彼此的情绪。

桌子上，艾佳随手搁置的手机屏幕亮起，显示着一则微博的推送。

是YQNB电子竞技俱乐部发的公告：

晚上好。

鉴于上场比赛的一场意外事故，我们的首发中单面临禁赛三周惩罚。遗憾的是在此之前，赛季初提交官方的YQNB战队大名单上并没有报备任何替补人员。

面临首发成员不齐，无法参赛的情况，俱乐部管理层与官方进行了积极的沟通与协商，最终获得了启用紧急替补名额的权利。我们将会启用刚从甲级联赛签下的新人艾佳@YQNB-AICO作为中单位的紧急替补。

虽然艾佳的联赛实战经验相比之下并不那么丰富，但是其稳固的打法、成熟的大局观，以及游戏理解，让俱乐部将其视为重点培养的新人。

祝他在未来三周甚至更长久的未来里，不负众望，与 YQNB 电子竞技俱乐部《征战联盟》战队齐头并进，共创佳绩！

周日那天来得似乎比想象中还要快。

艾佳早早就跟着 YQNB 俱乐部的大巴车到了比赛场地，他坐在休息室里，一脸深沉地听着队长凉生讨论他们这一次的对手——DQ 战队。

其实也不算是讨论对手，毕竟这个问题在过去的两天里已经说了无数遍，这会儿凉生在唠叨："这把输了我们就去保级了，大哥们，保级，S3 亚军队伍，S4 春季赛保级，你们自己掂量掂量这是啥概念！"

凉生指着外面说："现在意识到这个窘境的我们的粉丝都情真意切地在问，YQNB 怎么了，YQNB 是不是吃了耗子药。我昨晚想了一宿也没想明白自己是怎么了，然后现在我都觉得我可能确实吃了耗子药。"

"冷静点。"ADC 小暖说，"你叨得我脑仁疼。"

凉生冷酷地说："我都疼了一个月了，欢迎来到我的世界。"

艾佳不自在地动了动，但身上的队服限制了他的动作。官方规定，队员上台的时候身上一定要穿队服，现在他身上这一身并不是很合身，因为这不是他的队服。

本来今年他就没准备上的，大名单都没上，队里自然不会给他做队服，两天的时间去做一件也来不及了，这个年代又没有"卖队服"的说法，所以现在他身上穿的这件是队伍里身高最高的打野选手瑞塔的替换队服。

队服后面"瑞塔"的字样被一块用马克笔写着"艾佳"字样的布条蒙住，透明胶带把布条子固定在队服上。看得出写字的人拼了老命试图让自己的字体靠近队服上面队员名字的字体，但艾佳并不觉得他成功了。

"难受不？"凉生溜达到艾佳旁边，弯腰问他，"上台就可以脱下来了，谁让你长那么高。"

"不难受。"艾佳懒洋洋道，"开心得很，我也有队服穿了。"

凉生露出了今天象征意义上的第一个笑容："乐观点，没有人一上来就能在顶级职业联赛传统豪门俱乐部打首发的，你捡漏。"

"不跪下道谢应该没关系吧？"

艾佳一边说着一边打开了微博，看了一眼今天赛事预告下面的留言，果不其然，百分之八十都是关于他的。

——这中单我记得，之前 STUDENT 直播的时候就提到过他，他还跟着去了 ICG 的，之前我还琢磨怎么还不把他抬上来！

——终于换中单了。

——这个新人到底什么来头，之前听都没听过，一直放着不用，该不会是比爱杀还差吧？！

——不可能有人菜得过爱杀了。

——楼上的，至少爱杀打架厉害呀。

艾佳心道：我打架也很厉害的。只是如果我展现给你们看我的实力的话，很有可能会被某人殴打，所以你们大概这辈子都不会有机会知道我打架厉害，你们会以为我是一个暖男。

艾佳正内心奔放，这时候忽然看见一条微博。

YQNB是我的命：都别猜了，我知道这个艾佳，之前打BGA的，打法就是以稳健出名，用几个防御型的英雄用得很不错，只是他的队伍打上了甲级联赛之后就被打散重组了，后来他就来了YQNB，所以理论上他只打过BGA。你们自己看着办吧。

艾佳："啊。"

凉生："怎么了？"

艾佳："好讨厌，我被起底了，有人揭穿我只打过BGA的事情，还让我们的粉丝看着办。"

凉生："没事，这个他们拿手。放眼职业联盟，再也不会有比我们的粉丝更会'看着办'的战队粉丝了。"

来自四面八方的粉丝回复这个"YQNB是我的命"，众人以一连串的问号和省略号表达了他们的无语之情。更有心态不那么好的老哥回复说：BGA的人都拿来用，YQNB真的是破烂回收站啊！

作为被形容为"破烂"的人，艾佳自己都不知道应该心疼谁。

于是他切出微博，打开微信，找到那个被自己备注为"我家小姐姐"的人，诉苦。

YQNB-AICO：嘤嘤嘤，他们起底我，还没开始比赛就说我只打过BGA！讨厌！没听过"英雄不问出处"这句话吗？！他们看不起BGA！

我家小姐姐：这不是你打滚耍赖、临阵脱逃的理由。

YQNB-AICO：我不跑。比赛马上开始了，别做卷子了，你打开直播了吗？

我家小姐姐：你怎么知道我在做卷子啊？

我家小姐姐：打开了，打开了。哎哟你今天真的黏黏糊糊的，想用苍蝇拍拍死你。

YQNB-AICO：看我赢。

YQNB-AICO：看你的骑士为你冲锋陷阵，打下这片江山！

我家小姐姐：你可拉倒吧。

我家小姐姐：输赢关我屁事。

艾佳翻着白眼，正想回些什么，这时候战队经理小仙从外面探了个脑袋进来，催促他们准备得差不多就可以上了。

"来来来，加油啊！最后抢分阶段，人家都在得分，我们现在一分都不能丢！"

队长凉生站起来鼓掌，为大家做战前动员，大家都围了上去，像是一群猩猩似的围着“嗷嗷”乱叫了一会儿。其间艾佳的心率直线攀升，这让他看上去反应迟钝。他觉得这是因为队服实在是不太合身了。

等队员们排着队往外走，走在休息室通往比赛台的走廊上，艾佳看见了前方比赛台上那刺目的灯光，还有几米开外黑压压的人群。

那是他向往的。他觉得自己好像都快飞起来了。

走到比赛台上，他听见 YQNB 战队粉丝那边爆出一阵欢呼声和掌声，他强行催眠这是在欢迎他这个只打过 BGA 的人，然后匆匆扫了一眼 YQNB 粉丝那边，在前方看见一块好大的应援灯牌，长度盖住了第一排所有观众的腿，壮观，很有排场。

灯牌还没亮，看不清上面的字。

艾佳也没多看，麻木着脸跟在凉生后面，在比赛台左边五台电脑中间的位置坐下来。一瞬间，就好像所有的欢呼、窃窃私语都被隔绝在了电脑的后面。

他挪了挪屁股，飘浮感没有了，感觉前所未有地踏实。

确认过眼神，这把椅子是他的，写了他的名字，他就该坐在这里。

艾佳深吸一口气，戴上耳机，耳机里传来了队友七嘴八舌的赛前闲聊。

凉生：“有粉丝带灯牌来了，我近视，看不清楚写了啥。”

容容：“在我们的粉丝区，肯定是写了给我们加油打气的话。”

小暖：“你们以为灯牌便宜吗？这么大一块灯牌！估计要上万块了！上万块啊！”

凉生：“上万块！给我多好！”

艾佳：“够我媳妇儿买半拉包。”

凉生：“好了，知道你身为 BGA 中单也有媳妇了，下一个。”

瑞塔：“我们也有土豪粉丝了，喜极而泣还来得及吗？我想站起来，拿手机拍照给我妈看，会不会被嘲笑啊？”

凉生：“啊！灯牌亮了，虽然我近视，但是我看到了‘YQNB 加油’，是我们的粉丝没错了！不是 DQ 战队的坐错边！”

小暖：“确实不是，你看上面还写了我们 BGA 中单的名字。”

艾佳：“啊？”

凉生：“啊？”

与此同时，现场直播摄像机很给面子地给了那个奢侈灯牌一个特写，正好此时艾佳回过头看身后的大屏幕，于是清楚地看见灯牌上面写着：YQNB 加油！ YQNB-AICO 加油！勇往直前，无畏人言！

五颜六色的字体，闪瞎了艾佳的狗眼，而坐在灯牌后面，号称在家写卷子的漂亮姑娘这会儿妆容精致，穿着高跟鞋、小裙子，正跷着二郎腿，一脸高冷地低着头在玩手机。

直到她身边的一个短发小姑娘用手肘捅了她一下，说了什么，她这才抬起头。看见大屏幕上的自己，她微微眯起眼，一脸冷静，片刻后，她展颜一笑，对着镜头挥挥手。

现场的宅男们兴奋地狼嚎起来。

那一秒，YQNB-AICO本人认为，从今往后，他的命都是陈今阳的了。

“看见你男朋友了吗？他在看你，然后他看上去快哭了。”短发姑娘面无表情地说，“我真诚地希望T大附中没有人心血来潮想到看顶级职业联赛春季赛，这样他们就不必回忆起在过去很长的一段时间里被一个傻子统治整个校园的屈辱往事。”

陈今阳对台上的少年温柔地回以微笑，然后淡淡地说：“爱情使人愚蠢，记住这个，小姑娘。”

童谣用手撑住自己的额头，并不懂自己放弃大好周末跑来坐这儿到底是图什么，就为了看她的闺密心血来潮秀恩爱啊？

“这个灯牌花了你多少钱？”

“半个包。”

“这么大张旗鼓地搞来干啥啊？不知道的还以为我们跑来S市听哪个明星的演唱会呢。”

童谣摸了摸这个灯牌，若有所思。刚才为了把它弄进来，她们拜托了不少YQNB的粉丝一起帮忙，现在大概全世界都知道新中单有个土豪女粉丝了，或者说，他们中间大部分人都猜到了陈今阳和艾佳的关系。

因为电竞圈的女粉丝并不是那么多，而一个刚从BGA打上来的新队员，他的粉丝基础大概是零，这种人拥有女粉丝的可能性，无限趋近于零。

童谣不是很懂陈今阳这样高调的原因是什么。因为简阳的关系，她还算清楚电竞圈，大部分的电竞选手的女朋友如果本身不是这个圈子里的人，都会选择比较低调的处理办法，主要是这圈子有点儿乱吧。

选手有时候比赛发挥不好，总会有一堆没逻辑、没思想的人怪他们，怪他们平日里不好好练习，怪他们在休息时间打别的游戏，甚至怪他们谈恋爱。虽然这话说出来他们自己大概都觉得没道理，但是人们总是对此乐此不疲。

所以大多数电竞选手的女朋友都处于“神隐”状态。

对于童谣的疑问，陈今阳的回答思路清晰：“我男朋友是来打职业的，我恰巧知道他的技术水平不错，而今天，他是因原先的中单成绩不理想且犯下大错，以临时‘顶包’的救世主身份从天而降来的，你知道这意味着什么吗？”

童谣：“啊？”

陈今阳目视前方，用冷静的声音说：“这意味着这些人至少一开始就用非常宽容的目光来看待他，一旦他今天打得稍微亮眼哪怕一点点，他的粉丝就会呈倍数增长。”

“噢，然后呢？”童谣有点迷糊。

“你有没有注意他长得也还不错？”

“是啊。”

“听说T大附中很多小姑娘喜欢他。”

“是啊。”

“以前他干了什么啊，不就是打架、惹是生非、写检讨，外加宇宙级别偏科？这样都有一大堆小姑娘喜欢，如果有朝一日他真的成了电竞明星，他家的门槛还不得被人踏平了啊？”

陈今阳伸手拍了拍面前的这个板子：“所以我一开始就要告诉那些未来可能会出现的小姑娘我的存在。这块板子，就是我挂在他脖子上的狗牌，任何有素质的姑娘，看见一条挂着精致项圈的大型犬，哪怕觉得这条大型犬再漂亮，也该知道此宠有主，不能随便摸。”

童谣想了想，然后恍然大悟，不禁感慨：你们成年人真会玩。

“万一他以后不红咋整？”

“我刚才搬广告牌进来的时候，至少三次听到有大兄弟讨论YQNB的新中单长得挺帅……”陈今阳说，“所以他怎么可能不红？你看看那个陆思诚，红得快和周董肩并肩了，还不是因为那张脸。”

童谣好奇了一下“红得快和周董肩并肩”的男人，这得帅成什么样才行啊，于是管陈今阳要照片。陈今阳随便在微博搜了一下就搜到了陆思诚的一张动图，动图里，他戴着耳机低着头坐在那里，根本看不清楚长相。

然而就在童谣想要收回目光时，动图里大概是男人的队友说了什么，那个男人抬起头来，漫不经心地往侧面某个方向看了一眼，可能是在看准备和人家干架的队友。

这懒洋洋的一眼，好像有点刻薄的样子。

童谣“噢”了一声，觉得这面相不太友善，当他队友估计压力很大。她想了想，跳过了这个男人的话题，问了另一个相比之下她比较关心的事：“你就不怕以后艾佳打比赛打不好，那些人骂他是因为有女朋友，没办法集中精神训练什么的，然后转头来不分青红皂白地给你找麻烦？”

“我和他在一起的时候，他还不是严格意义上的职业选手。”陈今阳慢吞吞道，“我看过他穿着拖鞋走在冬天零下几度大街上的模样。”

童谣有些噎住，转头看着陈今阳，看着她目光闪烁着自信的光芒，嘴角勾起一抹冷酷的笑容：“有什么事，只知道盲目甩锅给女人的都是废物，我为什么要在意那些废物说什么？”

童谣：“现在站起来给你鼓掌好像有点突兀，我低调一点在心里给你点个赞，你应该没有意见吧？”

陈今阳：“没有。”

童谣盯着闺密那冷艳高贵的侧颜：“我真是爱死了你这副‘全世界除了我都是笨蛋’的盲目自信模样，不得不说有时候它真的很有效，至少你刚才那套理论让我无力反驳。”

陈今阳扬了扬下巴，看上去愉快地接受了这堆来自童谣的疯狂赞美。

而此时在她们的正前方，几米开外的地方，双方已经完成了第一局比赛的ban&pick环节，正式进入游戏。

艾佳拿到了他喜欢的冰晶鸟，这个当年打BGA的时候，熟悉他的对手绝对不会随便放出来的英雄。

比赛开始，双方队伍很有礼貌地轮流加油。

大概是新队员的出现让大家都很兴奋的缘故，今天YQNB这边的加油声尤其热烈响亮……而兴奋的不止观众，解说也很兴奋。

解说A：“这可能就是天降奇兵的好处——我们完全不知道今天登场的YQNB替补中单的英雄池，这意味着你不能针对他做点什么。”

解说B：“没错，现在DQ战队肯定是不知道，但是我们可以看到，拿到了冰晶鸟的艾佳选手显得挺高兴，噢我们导播给了个镜头，真贴心。”

解说A看了一眼大屏幕：“他确实很高兴。”

观众席响起一阵哄笑声。

解说A：“我不意外地发现YQNB战队的新中单还长得挺帅，这提醒我们职业选手注意锻炼身体，没事儿打打篮球很重要，身强体壮看着比较符合体育精神。”

解说B：“人家可是首秀就有灯牌的男人。你看到那块灯牌了吗？太大了——我解说职业联赛这些年都没见过这么大的灯牌，太有排场了。”

这次是YQNB战队粉丝这边笑得开心了些，看来被夸“有排场”的他们觉得很舒服。

今天DQ战队中单拿到了版本强势英雄魔灵。这是一个前期也比较吃装备的英雄，需要认真地补兵发育，所以这一场比赛开始的时候，就注定了中路可能会比较和平。

通常职业选手在确保配合灵活性比较高的情况下，玩魔灵会选择主升Q技能，因为今天面对的是一只冰晶鸟，所以DQ战队的中单加点方式是主Q副W，主要是消耗对手，稳中求胜。

而艾佳这边，拿到了冰晶鸟之后，他果然选择自己擅长的打法，尿着，安静发育。且因为以前很少参与训练赛，所以他全程和队友的交流非常多。

开始双方几乎是镜像一样地和平补兵。

三级的时候，艾佳注意到对方的魔灵走位有点儿不自觉地靠前，甚至有几次都隐约要越过自己的兵线往他们这边压。这种走位几乎是选手的下意识动作，隔着屏幕，艾佳却愣是嗅到了空气里的不同，于是问队友：“他们打野刚才在哪儿啊？”

“下半野区蓝buff开局，现在可能还在河道附近。”凉生回答。

“那他可能在中路草里，瑞塔你要不要来？说不定可以反蹲。”艾佳说。

瑞塔：“你怎么知道啊？”

艾佳：“我闻着味儿了。”

众人沉默了片刻。

凉生："一只鸟哪来的嗅觉？"

艾佳："看不起 BGA 的鸟？"

瑞塔半信半疑，正好此时他在上半野区靠近中路河道的地方，琢磨着过去蹲一蹲也不是什么大问题，就干脆钻进去等着了。果不其然，在瑞塔等待不到五秒之后，只见对方中单忽然一个走位，离开了自家兵线范围，看似非常勇敢地跟艾佳磨血！

而此时他们才不到四级，魔灵这个英雄并没有太强力的强控制技能，正巧冰晶鸟是对方主动攻击时打反手非常强的英雄。

"看到没有？！来了来了来了！"

艾佳正叫着，对方的打野挖掘大师冲出草丛将他顶起，想要配合魔灵击杀他。艾佳非常冷静，落地之后一个闪现躲开后续技能，Q 技能眩晕减速魔灵，再配合瑞塔打野猪猪女侠控制，冰晶鸟再用 E 技能触发双倍伤害（该英雄的被动技能，如果目标已被 Q 或者 R 技能减速，E 技能会对目标造成双倍伤害），击杀魔灵！

First blood！

完美配合！

完美反蹲！

现场 DQ 战队粉丝为他们的中单无法勾引敌人上当的并不优秀的演技而发出痛苦呻吟的时候，YQNB 战队粉丝区爆发出雷鸣般的掌声！

陈今阳一边啪啪地鼓掌，一边侧身弯腰对旁边的小姑娘说："看，我就知道，只要是比赛，他总会有高光的时刻！"

童谣抬起头，看见台上少年笑容灿烂，双目在灯光之下异常明亮，自信的笑容让他看上去异常耀眼，和在学校总被教务处主任拎着耳朵去学习时的衰样并不相同。

"只要是比赛，他总有高光时刻。"

陈今阳这话说得那么自然而理直气壮，并不是来源于她那盲目的自信，而是因为她真的就是知道，会有这样的结果。

放在一年前，谁敢跟童谣说她那个打开电脑只会玩扫雷的闺密，会坐在职业电竞比赛现场为谁欢呼，她大概会给他一巴掌，就因为他胡说八道。但是现在她亲眼看到了。

或许陈今阳自己都不知道，她可能爱惨了自家男朋友那副意气风发的样子，也享受坐在比赛台下，为他精彩的操作欢呼鼓掌的一刻。

是爱情了。

童谣羡慕地想。

此时，YQNB 顺利拿下第一滴血，然后这个精彩的反蹲、中野联动配合得来的一血，大概比它实际收益的四百块金币象征更多更丰富的东西，就仿佛给 YQNB 队员们带来了无穷的自信，整个队伍的士气都上来了！

"瑞塔，你刚才猪猪女侠那连续控制，让我很想录下来，我觉得我都快哭了。"

队伍语音频道里，凉生半真半调侃道，“S3 总决赛到现在快半年了，我终于看到了我们打野睡醒了的操作！”

“冰晶鸟的 Q 给得好啊，算我从草里走到攻击范围内的时间算得刚刚好，我正好出来接控！”瑞塔嘿嘿笑着，“可以了 BGA 中单，哪怕是偶然预判也别告诉我，刚才这操作很‘职业联赛’！”

艾佳：“我有一句话想带给全世界。”

凉生：“啥？”

艾佳：“BGA 不是下等人的比赛！下一次，请禁我的冰晶鸟，给予一点应有的尊重！”

众人再次沉默了片刻。

艾佳嗓门挺大，至少此时比赛台下，坐在前排的观众都听见了，大家愣了一下，然后笑炸！

陈今阳抬起手捂住眼，童谣用手肘捅她：“怎么样，还爱得动吗？”

陈今阳：“我不认识他。”

大屏幕中，比赛还在继续。

YQNB 战队成功击杀对方中单，下路二人组迅速清兵线，在凉生的指挥下，配合中单和打野利落地转头拿第一条小龙资源，等 DQ 战队中单回到线上，艾佳也从打小龙的队伍中退出，往线上走，正好赶上与对方中单正常对线。

五秒后，电脑系统提示 YQNB 战队拿下本场比赛第一条小龙资源。

解说 A：“这个时候吹会不会被骂？”

解说 B：“但是我真的有句话很想说，初生牛犊不怕虎。”

解说 A：“在这一局开局短短五分钟的时间里，说实在的，我的心情从一开始的忐忑，到猜疑，到激动，到平静——鬼才知道我经历了什么。”

解说 B：“而我们都知道，那个熟悉的 YQNB，习惯于打快攻，杀人、拿龙、推塔的 YQNB 好像回来了！”

解说 A：“现在我们看大屏幕下方，根据官方统计数据，在过去的几周比赛里，YQNB 战队的‘一血’率是百分之二十，这是一个接近于全联盟垫底的数据。”

解说 B：“这说明曾经有相当长的一段时间，YQNB 战队可能在地图迷失了方向，这支职业联赛的老牌劲旅，失去了一些他们擅长的东西，踌躇不前……他们真的十分需要一个不怕背锅、敢拼敢打的人带他们走出来，这个人可以不讲资历，甚至不讲他来自哪里……”

解说 A：“庆幸他们找到了这样一个人！”

解说 A：“我真的很高兴今天能够在比赛里再次看见他们这种行云流水的配合——每个人都知道自己在什么时候应该干什么，然后去做好自己该做的事……”

解说B："这种打法才叫人看得见希望！"

在两名解说一唱一和之中，YQNB的粉丝们也热血沸腾地开始叫起了"YQNB加油"的口号，他们很多人从自己的座位上站了起来，欢迎他们爱的队伍终于迎来令人熟悉的节奏。第二十五分钟，比赛再一次迎来高潮！

当时手握四千经济领先的YQNB战队，"四一分推"，上单容容在下路二塔处，成功调虎离山骗掉了对方上单的传送，然后转头立刻传送中路大龙坑！

与此同时，YQNB队伍剩余四人也迅速往大龙靠近，最先靠近的容容直接开龙！

几乎是立刻反应过来的DQ战队也开始往大龙坑赶，然而此时，作为DQ战队前排"肉盾"的上单还远在大半个地图之外，没有传送，没有办法第一时间赶到战场！

解说A："能拿大龙吗？！"

解说B："能吗？！能吗？！"

只见在敌方"双C"和辅助、打野赶到的第一秒，艾佳的冰晶鸟直接放冰墙有效切割对方战场，敌方的ADC和中单一下子被隔绝在了冰墙的这边，而辅助奶妈和打野则在墙的另一边！

与此同时，大龙还有半血，YQNB双C对准敌方ADC疯狂输出，一轮爆发直接击杀！

解说A："DQ战队ADC死了！"

解说B："哎呀，辅助甚至没来得及'奶'（指为队友回复生命值）一口！他被拦在冰墙的另外一边了！很绝望！"

解说A："这个冰晶鸟的墙放得真的刁钻，现在打野下不来你发现没有？冰晶鸟还有Q，猪猪女侠的技能也都捏着，下面一万个控制在等着DQ的打野。"

解说B："大龙还剩三百滴血……只剩一百五十滴了，DQ战队下龙坑了，能抢到吗？！"

冰晶鸟在DQ战队打野下龙坑瞬间触发Q技能减速，猪猪女侠惩戒大龙，下一秒，YQNB战队每个队员身上都冒出"300金"字样！

当解说还忙着或遗憾或兴奋地叹息"没抢着"之时，台下观众的欢呼声几乎要将赛场四面围着的黑布掀起来！

平静的夜空仿佛因此而被撕裂！

电子竞技的魅力就在于此，当你坐在台下，仰望着近在咫尺的进行比赛的少年们，你甚至可以听见他们的指挥在咆哮或者欢呼，能够非常近距离又直观地感受到他们所感受到的。

抬起头看着大屏幕，YQNB的粉丝们看着选手们进入自己熟悉的节奏后，以行云流水的操作推进游戏，就觉得仿佛已经看见了比赛的结局。

YQNB一定会赢！

他们甚至不记得上一次对这支队伍有这种信心是什么时候的事情了，他们等待了整整一个赛季，这支队伍始终昏昏沉沉，哪怕是赢了比赛，也没有哪一次堪称精彩，就是感觉赢得勉强，好像打谁都会输，打谁都会战战兢兢。

而今天他们觉得酣畅淋漓！

第一场比赛结束，DQ战队的基地水晶被推爆的一瞬间，人们看见坐在YQNB比赛台上的五名少年欢呼雀跃，有的跳起来摘下耳机，一脸兴奋地拉扯身边的队友，那笑容仿佛有感染力。

在场的YQNB粉丝们被他们的笑容感染，坐在位子上，抬着头望着大屏幕，也跟着傻笑起来！

他们看见今天第一次上场的新中单摘下耳机，笑得一脸轻松，和旁边的辅助兼队长凉生击掌。

他侧着脸，嘴角勾起，英俊而年轻的脸上全是自信，神采飞扬。

中场休息时间。

观众上厕所的上厕所，聊天的聊天。

陈今阳打开微博，这才发现，现场不知道是哪位大神成功地抓拍了刚才赢比赛的一瞬间，艾佳转头跟凉生击掌的侧颜。照片上，英俊少年的侧脸下颚弧度完美，薄唇微微勾起，鼻梁高挺，微微垂下的睫毛又浓密又翘，眼中仿佛有星光。

这张照片被官方微博转发：我们的新中单！

微博迅速被转发好几百，评论几乎上千！

童谣凑过来看陈今阳手里的手机，真诚评价："照得不错，比本人还帅咋回事？"

陈今阳侧过脸看了她一眼，然后点开评论区，开始面无表情地用毫无起伏的声音念评论：

"我宣布，YQNB从今天开始有女粉丝了，那就是我。"

"新中单好帅哟。"

"我关注新中单了，爱杀可以多休息几天。"

"你们看，这个男人的眼里星光璀璨。"

陈今阳的视线离开手机屏幕："就没有一个好心人告诉她们，男人是我的！星光也是我的！"

童谣："我好心提醒一下，没恶意的——你刚刚还说你不认识他。"

陈今阳"啪"的一下把手机扣在自己的大腿上，满脸愤慨。

童谣："人家过一下嘴瘾，又摸不着，你较什么劲儿？"

陈今阳轻蔑地扫了小姑娘一眼："你懂什么是爱情？"

童谣微微眯起眼嘲笑："照镜子不？气成河豚了。"

"下次做个灯牌，上面写：艾佳是我男朋友。"

"你该去明星演唱会现场看一看，就会发现如果按照灯牌上的内容较真，一场演唱会下来，歌手们需要成为好几万人的男朋友。放弃吧，人家只会觉得你是个疯狂意淫男神的女粉丝。”

第一场比赛之后，“YQNB- 艾佳 AICO”这个微博号的粉丝数从原本的三四千瞬间变成了三四万，一时间，各种赞美、掌声、小花花疯狂涌入，情况和陈今阳之前猜测的应有的发展一模一样。

然后第二场比赛开始了，DQ 战队上来首禁冰晶鸟，现场一片哗然！

在 YQNB 五人中间位置，艾佳戴着耳机，看似轻松地靠在座椅靠背上，看见游戏画面上出现的“小插曲”，甚至没有露出一个惊讶的表情，只是淡淡地笑了，就像他早就知道会是这样。

这个有点张狂而不知收敛的笑容，足够俘获全天下姑娘们的少女心，一点儿也不夸张。

“这个时候，我猜你可能是全世界仅有的两个不想让艾佳继续赢下去的人之一。”童谣撑着下巴，看着自己学校的昔日校霸风生水起、人模狗样，“另外一个是被人要求‘最好禁赛一辈子，再也不要回来’的爱杀选手。”

“别说这么蠢的话，朋友。”陈今阳坐在那儿，淡定自若地盯着台上闪闪发亮的少年，“事实就是我挺喜欢看他现在这个样子的，比起他脚上穿着拖鞋坐在我家门口的地上……呃，总之，无论他耀眼成了什么样，他都是我的，明白这个道理不？所以我当然希望他变得更好。”

童谣歪着脑袋看陈今阳：“哪怕有人会来跟你抢他？”

陈今阳看上去不太高兴地弹了弹手指：“抢得走再说，一般的男人那么容易动摇，是因为他们在接触了花花世界之后总觉得自己找到了更好的。比如外面的小姑娘更会打扮，更年轻貌美，更善解人意，或者拥有更富有、更能够助他一臂之力的家庭背景。”

“啊？”

“我不一样。”陈今阳面无表情道。

“什么？”童谣一脸茫然。

陈今阳毫不犹豫地说：“我一开始就是最好的，他要是想找到一个比我更好的，恐怕要把范围从‘地球’扩大到‘银河系’。”

童谣有时候觉得，她的这位闺密同志的自信程度可能已经突破了她曾经认知的范围，大概也是“突破了地球范围”的那种概念。

而今天她听到了非常多歪七扭八的爱情观，但她仔细思考了一下，发现除了被秀一脸恩爱，陈今阳的观点恐怕对她以后的恋爱道路没有丝毫帮助。

“我觉得我还是说明一下，我原本是想劝你放宽心的。”童谣皱起眉，干巴巴道，“现在我发现你不仅心很宽，而且你的观点让我觉得浑身难受起来了。”

“你难受个什么劲儿？”

“简阳看着也对电竞圈挺感兴趣的。”童谣用手抠着面前灯牌的边缘，眉头皱得更紧，“然后，我不认为他如果真的成了职业选手，我也能像你一样这么自信地觉得他会永远属于我。”

“如果他搞事，就打断他的狗腿。”陈今阳冷酷地说。

“是啊。”童谣有些烦躁地把头发弄得有点儿乱，“不然还能怎么样？”

“然后让自己变得更好，天天去他面前闲逛，期待着总有一天他会发现还是你好，哭着求你回来。”陈今阳摸摸闺密的“狗头”，“然后你只管不理他就行。”

“怎么在他的面前闲逛？等他成为职业选手，然后我也去学着打游戏加入一个战队，最后打爆他的‘狗头’吗？”

陈今阳心想：当然是变得更好看。而且你们不是邻居吗，在他面前闲逛有什么难度？也去打职业？老娘说了什么让这小姑娘生出这么清奇的想法？

“想法不错。”陈今阳尽量让自己看上去没有在讽刺，然后委婉提醒，“或者是让自己变得优雅又优秀。”

“不，对游戏佬来说，对他们打击比较大的显然是在游戏里被摁在地上摩擦。”

陈今阳沉默着。

“干吗不说话？”

“等一下，我在努力克制自己，怕一开口会对我们的友谊造成伤害。”

之前热烈的聊天气氛冷却下来，而此时童谣已经陷入各种奇怪的幻想不能自拔。

到了最后，当想象到简阳真的加入某个战队然后勾搭到了什么漂亮的小姐姐，她简直怒火中烧，掏出手机。

咸鱼少女谣大大：哼！

简阳：怎么了？

咸鱼少女谣大大：不想和你说话。

简阳：什么鬼？别整天莫名其妙的，祖宗。

简阳：正常点，求你，给你跪下了。

咸鱼少女谣大大：哼！

简阳：到底什么事？

咸鱼少女谣大大：你走。

简阳：你别来劲。

第二场比赛里，艾佳拿到了莫娜。

这个偶尔也可以当作辅助的英雄在S3整整一年都被人们遗忘在了仓库的角落里，今天由艾佳拿出来，无论是对手还是艾佳的队友都比较惊讶。

而比赛开始几分钟后，人们马上意识到这是一个非常适合YQNB新中单的英雄，因为这个英雄需要前期抗压偷发育，而这对本来就不太喜欢主动找事杀人的艾佳来说，似乎是再好不过的事。

五分半时，双方下路爆发了一次小规模团战，YQNB 下路组合在拿到了前期比较不具有攻击性的辅助精灵璐璐的情况下被压制，身为中单的艾佳却看都没有往下路看一眼，稳稳发育。

解说 A：“我们可以看到，YQNB 下路二人组被压回了防御塔下，可能接下来的日子会比较难过……而打野在上半野区的情况下，中单却并没有支援下路的意思，这是一个打法偏稳重的选手。”

解说 B：“他确实是。我刚才在休息的时候打听到了关于这名神秘的中单选手一些消息，听说他是打 BGA 上来的，以前在 BGA 的时候，有过逆风局比赛三十五分钟中路一塔才掉的传奇经历。”

解说 A：“这不可能！”

解说 B：“这名选手大概是对防御塔有着异常执着的迷恋——风里雨里，防御塔下等你。”

解说 A：“哈哈哈哈！”

解说 A：“这可能是 YQNB 的战术，毕竟确实不能无脑上。”

解说 B：“也亏得 STUDENT 忍得住。他是 YQNB 的指挥，在这个时候他可能必须克制住心中呼救的原始本能，然后叫中单：‘别管我，别救我，好好补刀！’”

现场观众一阵乱笑。

解说 A：“然后我们发现，YQNB 在下路被压制的情况下，领先了接近三四百块的经济，这个经济基本来自中单——你们看，莫娜压了对面二十五个刀，这很恐怖。”

解说 B：“八分钟二十五个刀，这真的很恐怖，这说明了这名选手基本功至少是扎实的。”

第八分钟，艾佳稳稳压了对面中单二十五个补刀。这悄无声息的压刀，刚开始几乎没有人注意到，直到解说提起。

然后又过了两分钟，双方围绕中路一塔展开了第一次团战，然后人们发现，一直在中路悄无声息发育的莫娜，团战里 Q 技能命中了对方 ADC，然后 ADC 三分之二血就没有了。人们甚至没有反应过来发生了什么，莫娜 E 技能开盾上前走进人群释放 R、W 技能，瞬间带走对方残血 ADC，消耗后排其他英雄血量后，在被集火的一瞬间，己方辅助精灵璐璐发动 R 技能，将莫娜变大并给他加血，弹飞敌人，打断集火！

莫娜丝血闪现回人群，瞬间被己方“肉盾”形成的铜墙铁壁牢牢保护着！

解说 A：“配合可以！”

解说 B：“有了！”

莫娜在第一次团战，犹如猛虎出山，帮助 YQNB 建立了顺风局该有的优势！

而正如解说所说、观众所看见的那样，今天的 YQNB 状态不错，在两局都在前期确定优势的情况下，他们没有在野区“迷路”，也没有在线上迷失自己，两局比赛都顺利地把优势转化为胜势，均在四十分钟前，干净利落地拿下比赛！

早就说了，现在A组YQNB战队和DQ战队的分数咬得很紧，于是这一场和DQ战队的比赛，成了YQNB进入季后赛至关重要的一场比赛！

YQNB顺利拿下，二比零！

在最后推掉DQ战队基地的时候，在DQ战队粉丝绝望的沉默中，许多YQNB粉丝直接跳了起来，为自己爱的战队队员欢呼起来！

YQNB战队队员们也满脸笑容地站起来，摘掉耳机，先是艾佳转身和打野相互拥抱，然后凉生在后面不甘寂寞，也要抱抱。凉生拽着艾佳的衣服把他拽进自己怀里，疯狂拥抱外加拍打他的背！

结果因为太激动，他直接把艾佳背后用透明胶贴着的名字布条拽了下来！

听见背后“刺啦”一声，艾佳脸上笑容逐渐消失。

艾佳“哎哟”了一声，想象了一下此时在后台的小仙可能想把他脑袋拧下来，顿时脸色大变。凉生连忙伸手试图给艾佳把那个破布条粘回去。导播很坏地给了“YQNB-AICO”布条迎风飘荡的一幕一个特写。

观众刚开始愣了一下，还没反应过来，直到解说说了句“那是啥啊”，目睹了这一切的所有人瞬间笑炸裂！

“哈哈哈……”解说A大笑，“看在首秀可能会拿到MVP的情况下，能不能请YQNB的管理层当个人？给这位紧急替补发一件队服吧！”

解说B也笑得很欢乐：“你意思是如果发挥不好，他就要穿着这件用透明胶粘着自己名字的衣服打一辈子比赛？这不好吧？”

在解说们的嘲笑声中，YQNB战队队员排着队，以上单容容打头，像是小学生似的走到DQ战队那边和他们一一握手。DQ战队队员原本脸色不太好，但是在凉生跟他们每个人都握手顺势单手揽过他们的肩膀与他们拥抱，并安抚似的拍拍他们的背后，他们的脸上又有了一点点腼腆的笑意。

气氛很好，很和谐。

至少台下的观众看得如痴如醉。

解说A：“说实话我蛮喜欢看这一幕的。”

解说B：“这种赛后‘彩蛋’的感觉很好。”

解说A：“还有，看着队员握手的时候，我总有一种很舒服的感觉——就是大战的时候再怎么针锋相对，赛后握手，一笑泯恩仇，就很有爱。”

解说B：“想出这个点子的人绝对是个天才，我要是赛事举办方，我肯定给这个人加工资。”

队员一一握手完毕。

YQNB五个人上前，鞠躬，向台下的粉丝挥手致谢外加道别。灯光之下，人们可以清楚地看见YQNB的紧急替补中单对准了YQNB前排粉丝的方向，扬起一抹灿烂的笑容，一只手摇晃得像是大型犬的狗尾巴，快要把胳膊都甩脱臼似的！

“新中单在跟我们招手啊！你们看他的虎牙，有点可爱！”

身后有个大兄弟大惊小怪地叫，声音里充满了惊喜。

童谣转过头看向陈今阳，然后毫不意外地看见她高高地仰着下巴，嘴角翘起，像一只骄傲又欠打的老孔雀。

她甚至都没举起手回应一下艾佳，搞得好像她才是高高在上的明星，台上站的是她的小粉丝。

赛后采访。

众望所归，MVP给了为团队创造优势的艾佳选手。

当DQ战队的粉丝们有序退场的时候，陈今阳还在忙着收那个巨大的灯牌。她抓紧时间发了一条微信联系YQNB战队经理小仙，让他派个工作人员把这板子扛回基地，下回还能用。在她低着头忙碌的时候，在她前方几米开外，艾佳在女主持人樱花的带领下走向MVP席位。路过陈今阳时，他伸长了脖子，老王八似的往台下望，可惜陈今阳背对着他在和童谣说话，根本没注意到。

“怎么了？”樱花回过头，微笑着问艾佳。

艾佳把自己的目光收回，转过头，此时在灯光之下看清楚了这个女主持就是带了一轮好节奏让爱杀和陆岳大干一架的万恶之源，脸上的柔和收敛了些，显得有些冷漠地摇摇头。

樱花不知道为什么眼前的少年气场忽然从春风和暖变得有些冷硬，也有点儿尴尬，于是没有再说话，转身继续往前走。

两人在采访区站稳，耳麦里，导播那边示意准备开始采访。樱花深吸一口气，然后说道：“恭喜YQNB，恭喜艾佳选手，顺利拿下今天的比赛！”

艾佳接过话筒，点点头说：“谢谢。”

他说话的时候眼睛礼貌地看着樱花，然后在话落的同时，不着痕迹地挪开，面对镜头。

台下，陈今阳听见了艾佳的声音，放下灯牌直起身，一脸茫然地看向采访区：“他怎么跑去采访了？”

童谣：“MVP。”

陈今阳：“哦！”

而此时台上，樱花注意到了艾佳对她显得有些冷漠这点，脸色瞬间僵硬了，然后迅速恢复正常：“请问艾佳选手，首秀拿下MVP，并为队伍拿下至关重要的一分，此刻心情怎么样？”

“当然是很好的。”艾佳笑了一下，嗓音低沉，“上之前有点紧张，因为之前只打过BGA，还要被队友笑‘BGA中单’什么的（台下观众笑），更何况本来是个饮水机管理员，没怎么打过训练赛配合，怕发挥不好拖累队伍。”

童谣一脸惊恐：“台上这个成熟稳重的老哥是谁？他在学校的时候表现得可不那么像个人，不然情人节收到的巧克力怕是得用卡车拉回去。”

陈今阳嘴角抽搐了一下：“全国直播，装也要装一下吧？”

“看来我们的新中单还是有点腼腆的。”

一阵令人窒息的沉默里，只听见艾佳不要脸地说：“是的。”

小可爱、“萌新”、腼腆小哥哥的人设就这么立好了。

“我们注意到艾佳选手说，之前并没有和YQNB的队友打过训练赛，今天中路那次团战，Q、E、R、W四个技能无缝衔接然后接住精灵璐璐的R技能，闪现回人群的配合非常完美，请问是巧合还是……”

“基本操作。”艾佳说，“凉生是个英雄池比较深的选手，据我所知，版本用得上的辅助他每天都有在练。精灵璐璐给大招那次应该是条件反射的行为了，实际上都不能算是配合。”

“看来艾佳选手对队友的评价也是很高的。”

“毕竟那是我选择的队友，他们也选择相信我。”

“评价完队友之后再来说说YQNB的粉丝。刚才第一场结束之后，我专门到YQNB官方微博看了下，发现大家对新中单期望值很高，同时也赞美了我们新中单的颜值啊，大家都闹着要做新中单的女粉丝。请问有什么想说的吗？”

“就……谢谢大家，会努力好好表现的。”

“就这样？”

艾佳转过头疑惑地看了樱花一眼：不然呢？

樱花笑了一声，意识到眼前这个人真的很难采访，怎么撩都撩不动，于是只好打圆场：“我们新中单人气这么高，以后YQNB官方微博可以考虑卖周边、送签名照什么的……”

话还没落，就听见艾佳在旁边说：“别吧，我女朋友知道非把我狗腿打断不可。”仿佛要证明自己不是在开玩笑，艾佳非常不安地往某个方向瞥了一眼。

樱花干笑：“艾佳选手非常干脆地承认了自己有女朋友的事，看来女粉丝们要失望了。”

艾佳不懂这有啥好失望的，一脸莫名其妙地看着樱花，整个采访现场难堪得堪比车祸现场。

此时，陈今阳忙着把收好的灯牌交给YQNB的工作人员，转过身被童谣疯狂地拉扯袖子：“你家大型犬自己把项圈捡起来套脖子上了。”

陈今阳一点也不惊讶。

毕竟养熟了的宠物都是这样的，撒丫子向着美好自由狂奔之后，总是会来一个绝地急刹车，然后转身探头探脑地看一眼“铲屎官”跟上来没有，如果没有，那它就负责回头，叼着牵引绳，主动去找主人。

艾佳职业联赛首秀非常成功。

至少大家都记住了这个 BGA 来的中单是如何凭借“初生牛犊不怕虎”的精神盘活了 YQNB 这个队伍的。关于 YQNB-AICO 这个人的资料被送到了各大电竞战队数据分析师的手里，有人断言他只是 YQNB 的一个奇招，下周开始他将不那么顺利。

然而谁在乎呢？

艾佳首秀之后的第二周。

这一天，陈今阳推开陈圆画室的门，试图将她的一些画具收拾出来，给她送到精神康复中心去。

陈圆走之后，再也没有人来打理过这个地方，冬天的地暖让地上放着的一盒颜料完全干掉了，每一个格子里的颜料都处于龟裂的状态。陈今阳充满了渴望地看了一眼她带进来的垃圾桶，然后这个时候医生的话在她耳边响起：如果可以的话，请尽量带她原本熟悉的东西，有助于减轻她的焦躁。

多么令人绝望的建议。

于是，陈今阳坐在她姐画画的小板凳上，把手机放在一旁，一边耐着性子用画画工具把那些干掉的颜料从一个个格子里抠出来，一边跟手机那边的艾佳聊天。

“你现在在哪儿？”

“去机场路上。”电话那边少年道，“最后两天常规赛，站好最后一班岗，都赢下来的话，我们很有可能顺利挺进季后赛的。”

“YQNB 是 S3 亚军，你们现在却为季后赛名额发愁，粉丝听到怕是要吊死在你们俱乐部门口。”

“不用粉丝来，小仙已经这么做了。”少年轻笑。

“被你牢牢摁在替补席的爱杀选手怎么样？”

“消沉，但是我觉得我激发了他的斗志。”艾佳声音轻飘飘地说，“昨天他国服胜点登顶了，国服第一。”

陈今阳“噢”了一声，没觉得有什么特别了不起的，她只是觉得外面的太阳照进来有点儿热，脱掉了外套。

其间她无意间看见了垂落在画室玻璃屋外的爬藤植物。上一次她走进这个画室的时候，它们还是一根根的枯枝烂叶，被覆盖在白雪之下，好像已经完全死去。而现在它们不仅抽出了新芽，绿色的叶子甚至已经铺展开来，阳光之下，绿意盎然，生机勃勃。

陈今阳忽然意识到，冬天彻彻底底地过去了。春天已然到来，而春天是一个很容易让人感觉不到的季节，很快，当天气一天天热下去，就要到夏天。夏天到来——意味着这个学期结束，艾佳将会去 S 市；意味着陈今阳将会接受家里安排到加拿大去留学一年；意味着他们不得已的分开。

意识到这些让陈今阳整颗心往下沉了沉，哪怕早就做好了这样的心理准备，但真的意识到自己需要面对这件事的时候，她还是发现自己对这个其实并没有做好心理准备，总觉得好像来得太快了。

想到这里，陈今阳抬起手把耳边垂落的头发别至耳后，假装用云淡风轻的语气说："同学，你抬起头看看窗外，草长莺飞啊，春天来了。"

"嗯，万物发春。"艾佳漫不经心地用不正经的声音说，"你呢？你想我了吗？"

"昨天我把交换生的申请发出了，这几天就会有结果。"陈今阳避而不答，直接选择另外一个话题，"你猜我会去哪所大学？"

电话那边的人沉默了。

过了良久，艾佳收起了调侃的语气，严肃地说："我猜你现在是想要让我不痛快。"

陈今阳轻笑了起来："猜对了。"

笑够了，稍微敛声，陈今阳还是保持着嘴角勾起的轻笑模样："就是一不小心想到夏天来临的时候要和你分开，就特别不痛快……然后一想到这一切都是你闹着要去打职业引起的，总不能让我一个人默默地不痛快，所以想把此时此刻的心情跟你分享一下。"

艾佳无奈地叹了口气，一下子沮丧得像一条死狗："还有三个月呢。"

"才三个月。"

"够做很多事了。"

"你可能需要被提醒一下，我们在一起也三四个月了，连正儿八经的一场电影都没去看过。"

"陈今阳！"

"好啦好啦。"陈今阳换上息事宁人的语气说，"我只是想提醒你，这个学期好好学习，天天向上，别顶着难看得要命的成绩休学，说出去多难听。"

"你肯定不是想说这个。"

"是的。"陈今阳懒洋洋道，"我真正想说的是，分开以后我会想你的，甚至有可能因为相思病犯病死去，但是即便知道会如此，我们还是会分开。"

电话那边艾佳简直被她说得快发疯了，他发出一声痛苦的哼声："要人老命，咱们能换个话题吗？一个小时前你才目送我上机场大巴车，我觉得我现在就想你了。"

"不能。"

"你是 HW 战队派来的卧底吗——拼了老命想让 YQNB 的紧急替补扔下一切不管不顾地跑向你，然后 YQNB 就会因为凑不够首发队员阵容弃权。"

"不，我就是想你了。"陈今阳坚定地说。

艾佳发出忍无可忍的声音，听上去又甜蜜又煎熬。

陈今阳微微眯起眼："看，事实证明，偶尔我也是会说情话的。"

"那你是真的想我不？"

陈今阳停下手中的活儿，瞪着面前的手机屏幕，她觉得答案是肯定的，她从来不撒没有意义的谎话。

沉默片刻后，她听见自己无辜的声音响起："你自己都说了，一个小时前我才刚刚目送你上机场大巴车。"

对方陷入前所未有的长时间的愤怒夹杂着尴尬的沉默，陈今阳恶趣味地勾起嘴角，偶尔戏耍他这种娱乐活动让人愉悦。

"还好你现在不在，你要是在我面前，我都不知道应该把你抓过来打一顿还是抓过来亲一下，然后让你别担心。"

陈今阳发出清晰且毫无歉意的笑声。

此时她正忙着把最上面一个格子的柠檬黄碎块抠出来，然后把终于弄得比较干净的色盘扔进身边干净的水桶里过了一道水。

这个时候艾佳大概到了机场，那边一阵骚动，大概是少年跳下了机场大巴，和陈今阳又说了几句话后简单道别，结束了通话。

陈今阳挂了电话，发现自己的心情一瞬间好像又变得还不错。还有三个月，与其在这纠结三个月后的分别，不如趁着现在好好享受在一起的时间。

陈今阳说服了自己，脸上的紧绷消失得无影无踪。她站起来，想要到架子上拿新的颜料重新填满这些色盘，再给陈圆带去精神康复中心，结果刚站起来，就发现画室门边站了个人。

陈今阳开始吓了一跳，但是她很快反应过来门边站着的是滨文，且不知道已经在画室门口站了多久，又听到了多少。

于是她停顿了一下："滨文，怎么是你？"

这种有点儿热度的天，男人身上的西装还是那样一丝不苟，他站在门边，半个身子隐藏在阴影之中。他伸手推了推鼻梁上的眼镜："奶奶打电话叫我来接你，说你一会儿要去精神康复中心给陈圆送东西，我送你。"

陈今阳看了一眼外面炙热的阳光，没有拒绝，点点头："行。"

滨文把手塞进口袋里，看似漫不经心："刚才你打电话的那个人是谁啊？"

陈今阳眨眨眼，一下子没反应过来他在问什么，记忆中，眼前的男人总是沉默寡言，别说是问这种私人的问题，他连话都不太多。

正当陈今阳踌躇怎么回答刚才的问题，滨文又问："你谈恋爱了？"

这种充满上个世纪气息的提问画风，让人完全不想回答。

于是陈今阳沉默，拿下几个颜料，按照从浅到深，白红黄蓝绿棕黑的顺序一个个往格子里面填颜料，头也不抬，颇为认真。

大约十分钟过去之后，她感觉到滨文走进来，站在她身后，问："他能照顾你？"

陈今阳手中的颜料勺停顿了一下，然后，她在颜料边缘敲了敲："滨文，你在我眼里就是司机和八竿子打不着的表哥。"陈今阳淡淡道，"你用不着因为我爸一时脑抽的想法，有一些不切实际的想法。无论你怎么想的，那都不可能发生。”

“你知道我想什么？”

陈今阳皱眉，不耐烦地将手中的颜料勺子扔回颜料盒里，站起来，转身看着站在自己面前的男人，目光在他那张还算清秀的脸上扫过，说：“你现在好好干，以后一样可以得到你想要的，我爸认可你的能力，所以你并不需要通过我得到什么。”

有那么一瞬间，陈今阳看见面前男人那张万年不变的棺材板脸上出现了一丝丝的裂痕，但是很快地，他收敛了起来，恢复了淡定。

他摘下眼镜，假装擦拭上面的灰尘，头也不抬地问：“怎么说？”

“陈圆到最后也没说那天到底发生了什么。”陈今阳轻飘飘地说，“但是我觉得她应该不会无缘无故地拿着菜刀追杀一个仅仅是邀请她出来吃饭的人。”

滨文沉默。

陈今阳弯下腰，把陈圆的颜料盒用一块湿润的海绵盖好，然后盖上盖子，重新站直，伸手拿过了滨文手里的眼镜，替他戴上，然后淡淡道：“你确实应该好好戴着眼镜，免得眼睛里那些个野心的光闪瞎人眼睛。”

镜片后面，男人的目光一派平静，他看着她：“那天我进来的时候，陈圆在画架旁边睡着了，我只是想叫醒她，她以为我要干什么。”

陈今阳：“噢。”

滨文皱眉：“我也不是什么人都要的。”

陈今阳笑了：“那我还得夸奖你目光不错？”

滨文：“你去加拿大的话，我总在的。”

陈今阳面无表情地应了声：“我有男朋友了，且暂时对他非常满意。”

陈今阳的话让滨文陷入沉默。

沉默象征着对话结束。

陈今阳拿着颜料盒，还有一把排笔，昂首挺胸与他擦肩而过。

隔天是周五。

YQNB 战队大战 HW 战队，二比一顺利拿下比赛。

周六。

DQ 战队大战 HW 战队，一比二输掉比赛。

YQNB 战队确认以小组第二的成绩进入季后赛，战队上下一片欢腾，深感这名额来之不易。季后赛第一场他们遇见的就是老牌劲旅红箭战队，这也是艾佳会在本赛季完成的最后一场比赛。

小仙虽然嘴巴上不说，但是看上去好像十分后悔答应艾佳让他读完大一再来跟队打比赛这件事。对此，艾佳只能说，别慌，夏季赛很快就会来临，那直接关乎 S 赛出线权的，才是重头戏。

此时是四月中下旬，微信朋友圈里卖私房甜品的人们都吆喝起红豆馅儿和肉松馅儿的青团。

这天晚上，艾佳坐在房间里直播，陈今阳靠在他背后，在一个摄像头照不到的角度玩着手机。

在顶级联赛露脸之后，艾佳的直播间热闹了起来，而无论是人多得有些拥挤的今日还是有些冷清的过去，小粽子毛总是勤勤恳恳地送着大宝剑，让艾佳再一次地买到了他喜欢的那一个键盘。

小粽子毛成了艾佳直播间唯一的管理员，每天听着艾佳大呼小叫的："管理员呢！把那个带爱杀节奏的封了，笑人家菜，不如先上个一区王者再来？"

就好像他有很多个管理员似的。

只是令艾佳满意的是，他直播间管理员并不多，但是至少每次他直播，小粽子毛都会在，他深信不疑这是真爱他的技术粉。

这不，在艾佳迎来了新的一次排位胜利顺利拿下一些胜点后，小粽子毛又给了他一把大宝剑，顺便说了句晚安。艾佳兴高采烈地在直播间表达感谢，并礼貌地回答"晚安兄弟"，然后乐颠颠下直播。

一转头，他发现陈今阳正靠在自己身后蔫蔫地玩手机，看微信，正向卖蛋糕的下单豆沙青团，看似已经沉迷于购物这项活动很久了。

艾佳一个转身，陈今阳顺势向后滑，然后掉进他的怀里。

艾佳稳稳一把抱住她，下巴搁在她的肩膀上，盯着她飞快地转账给卖蛋糕的，半晌后不满道："你怎么就知道吃？除了要抓我小辫子的时候，你从来不看我直播。"

"你人就在我身后，背贴着背，"陈今阳嗤笑，"我看什么直播？"

"那等我们以后不在一起了呢？"艾佳问，问完觉得自己这个问题有点歧义，于是补充，"我是说，这个夏天以后！"

陈今阳茫然地眨眨眼："什么意思？你是在试图告诉我，这个夏天以后，我远在加拿大时，忽然发现我想念我亲爱的男朋友了，就必须乖乖打开悲鱼直播，然后才能看到你？！"

说到最后，陈今阳的声音都尖锐得有点变调了："要不要还给你发几条'666'啊？"

陈今阳从艾佳怀里坐起来，一双眼瞪得老大，以至于艾佳没怎么费力就能从她眼中看到"how dare you（你怎么敢）"这三个简单易懂的单词。

艾佳原本觉得他这个建议是没太大毛病的，因为他闲着没事干的时候确实也就是直播玩。

但是现在他觉得这个建议可能有问题了，他甚至来不及多想其中的问题在哪里，赶紧把陈今阳一把捞过来抱在怀里："我只是想占用你全部的时间而已，哪怕你跟我背靠着背，我也希望你的眼睛里只有我。"

"你倒是说说看，如果我想念我男人的时候只能打开直播间和众多粉丝挤挤，那我和你那些女粉丝有什么不同啊？”

“我没有女粉丝。”

“我们都知道重点不在这上面。”

“我会给你一个房管！”

陈今阳脸上的表情已经代替她说明了一切。

艾佳这才真的绝望地感受到所谓“女人难伺候”是一件多么形象立体的事：“我是说如果我在开直播的时候没有立刻看到手机上你说想我，至少你可以上直播平台叫我滚下机跟你跨洋约会……”艾佳亲吻陈今阳紧绷的嘴角，“你来注册个号，我给你房管，这样你说话我随时都能看见。”

他说话语气软得恨不得变成史莱姆。

如果有尾巴的话，那他的尾巴都快摇掉下来了。

好在这样服软外加狡辩是有用的，陈今阳看着没那么气了，她伸手拽了一下艾佳那微自然卷的软发，叹了口气，往他怀里蹭了蹭，双手抱着他的腰，抱怨：“下次再说让我想你时就去看你直播这种蠢话试试，非让你众望所归恢复黄金单身不可。哎呀，这就快五月了，今年怎么过得这么快？”

“大概是因为有我。”艾佳哧哧地笑，“出国的东西都准备好了吗？一切顺利吗？”

“还行。”

“听着有点犹豫。”

“我那个八竿子打不着的表哥，呃，很坚定地要跟着去。”

艾佳脸上的笑容立刻收敛，这一次神经紧绷的人从陈今阳变成了他，他伸手把陈今阳从自己怀中稍稍扶起来，一脸严肃地看着她。

陈今阳举手申明：“我告诉他我有男朋友啦，还强调了下目前非常满意并不准备换掉这个，和你这个在我想你的时候只知道使唤我去看你直播的没良心的王八蛋并不一样。”

“都说给你房管了。”

“你还挺委屈。”陈今阳面无表情道，“当个房管能干吗？”

“说话的时候前面有房管标志，还可以禁言别人，还有……”

艾佳数了两下，然后自己都数不下去了，那副完全陷入迷茫和怀疑的表情让陈今阳难得温柔地没有嘲笑他。

最后作为男人，艾佳决定用行动盖过这次尴尬。

两人换到床边，他让陈今阳坐在自己的大腿上稍稍低下头与他接吻，短时间内房间里充满了令人面红耳赤的越来越粗重的喘息声。

艾佳红着眼将陈今阳摁进自己床上那团柔软的被子里时，动作太大，撞翻了桌边的一大摞课本！

这响声惊醒了陈今阳，她伸手压住还想往上蹭的少年：“嘘，嘘。”

“又不是马，”艾佳仿佛满脸黑线，“你嘘两声就能停下来？”

“小崽子想干吗？”

“你知道我想干吗。”

艾佳瞪着她，像是准备把自己的舌头咬下来似的，眼神异常凶狠：“不行，想着你要和那个谁一起去国外一年，我感觉像是把腊肉挂老虎嘴边似的，你总不能一年都不让我睡一个好觉！”说到最后，语气里都带上了委屈。

陈今阳心想：我一想到过完暑假的夏季赛，往比赛台下面看去全部是举着写有你的名字的灯牌的女粉丝，我也睡不了好觉。

她伸手抱住艾佳的脖子，深深地叹了口气：“这问题解决不了。”

“能解决。”艾佳侧了侧头，冰凉的唇贴在她的颈脖处，“防贼惦记的最好方式就是，把能拿走的都拿走。”

没等陈今阳明白他什么意思，他撑起来一些，结实的胳膊就撑在陈今阳头边，用自己的胸膛和床铺形成铜墙铁壁将她禁锢，他低下头，望入她的双眼，淡淡道：“就看你给不给。”

此时，面前的少年眼中闪烁着的是丝毫不加掩饰的占有欲，像饿了一个月的狼，仿佛能把人生吞活剥似的。

陈今阳要是再不懂他在说什么，怕就是个傻子了，虽然她现在宁愿自己是个傻子。

陈今阳不得不伸出手，一把盖住男人的脸，用柔软的手指覆盖住他那双亮得教人害怕的眼睛，她难得用上了柔和的声音：“我和滨文什么事也没有，你能不能冷静点，别吃点醋就一飞冲天，拽都拽不住？”

“我没有，算了，我就是吃醋，怎么了？”

艾佳挪动自己的脸，把自己的眼睛解放出来。他让陈今阳的指尖扫过自己的鼻子、面颊，最后他让她的手搭在自己的鼻尖，仿佛带着叹息，他小心翼翼地亲吻她的掌心。

“一想到在我离你那么远的时候，还有另外一个男人随时可能会在你身边，我觉得我都快嫉妒得发狂了。如果你肚子痛，恰好需要一只手给你捂捂怎么办？”

“用热水袋。”

对于她的回答，他用轻咬来惩罚她。

陈今阳轻笑，伸手捏他的鼻子：“小流氓。”

这个称呼似乎更好地提醒了艾佳刚才他说了什么或者企图做什么，他终于发出一声更清醒的叹息。

他像是支撑不住了似的轰然倒塌在陈今阳的身上，脸埋在她的颈脖间，像条大型犬一样蹭蹭，沮丧地说：“我是希望自己真的流氓一点，拿出对小结巴他们的三分之一的凶残与三分之一的魄力，现在你只有哭着喊不要的份儿了。”

“但我现在敢做的，也就是像这样跟你要耍嘴皮子。”艾佳干巴巴地补充，似乎无奈地接受了自己如此窝囊的表现。

陈今阳没有立刻回答他。

她能感觉到压在自己身上的家伙有多沉、有多热——他就好像完全放松了似的压在她身上，隔着日渐变薄的布料，她几乎能感觉到他肌肉的走向与分布。

这让她意识到，他并没有在开玩笑。

至少有那么一秒，他是真情实感地想要她。

这让她心跳加速，仿佛她动动唇，心脏就要顺着喉咙跳出来一样。

这很正常。

她努力告诉自己，艾佳的反应完全正常。在意识到自己的领域可能会被人家侵占之后，第一反应就是跳出来在每一个他能看见的地方撒泡尿圈地盘，同时顺便让对方照照自己，这没什么好大惊小怪的。

“什么‘小流氓’……我是个生理需求正常的男人。”在拼命说服自己的过程中，陈今阳听见少年郁闷地说，“你不能总把我当小孩，我才比你小一岁而已。”听上去好像委屈坏了。

这样的委屈，让本来就有点儿紧张的陈今阳没来由地有点儿窒息了，身子在他的压迫下往下滑了滑，等到她的脑袋和他的平行，她这才停下来，稍稍仰起头看着他的眼睛：“你生气了啊？”

艾佳盯着她看了一会儿，然后慢吞吞摇头：“没有。”

陈今阳眨眨眼：“真的？”

艾佳有些惊讶：“你居然觉得我会为这种事跟你生气，在你心里我就是这种形象？嗯？得不到糖就赖地打滚的小孩？好了，我现在倒是真的有点生气了。”

为了避免弄巧成拙，陈今阳连忙伸手去捂他的嘴，想想不对，于是又把手拿开，以自己的唇瓣代替手指，去蹭少年变黑的脸上每一个她够得到的地方。她带着一半真诚，一半息事宁人的语气说：“我没把你当小孩。”

她脑子有点儿混乱，试图解释：“我以前也没跟人家这样过，童谣说我情商比较低，不知不觉就得罪人了，所以我怕我说了什么惹你不高兴。”她想到哪儿说哪儿，然后声音逐渐变低，“但是我觉得我们应该循序渐进。”

艾佳一脸茫然。

“循序渐进什么鬼？”

“先告白。”

“我都快把‘想你’当口头禅了。”

“牵手。”

“你现在整个人都在我怀里。”

“逛街。”

“你给我买的雪地靴还摆在玄关，你想去看看它吗？”

“吃饭。”

“隔壁T大附中的小崽子在晚餐时间看见我都知道挪挪屁股挤出两个坑，哪怕他们只看见我一个人出现在饭店门口。”艾佳轻笑了一声，手臂懒洋洋地揽住她的腰，“你到底想说什么啊？”

陈今阳长吁一口气，她发现，她说一句话，艾佳就有一万句等着她，最糟糕的是，她完全没有办法反驳他所说的那些事实。

“其实，我有点紧张。”陈今阳诚实地说。

平时走路的时候鼻孔都和地面呈四十五度角的人，外语系的骄傲，老师心中的宝贝疙瘩，同学眼中的完美女财神，此时此刻在他的怀里，这么老老实实地服软，承认说她紧张，是一件多么难得的事情！

艾佳在心里叹息一声，说不清楚是感慨还是高兴，或者是别的什么。

他稍稍收紧了搭在陈今阳腰间的手臂，然后手臂下滑，在她低低的惊呼声中将她往上一提。两人虽然还是躺在床上，但是此时陈今阳却变成了趴在艾佳身上的姿势，他的手臂就搭在她的腰上，另外一只手臂放松地摊开，垂在床边。

“就听你的，循序渐进。”

略微沙哑、低沉的嗓音响起，昏暗的光线当中，少年半奁着眼睑，盯着她的脸，双目闪烁着教人琢磨不透的光。

陈今阳感觉到他坐起来了一些，同时手臂滑落，从她的腰往下滑了点，他的大手落在她的臀部，然后轻轻地扫过她的裙摆。

他定住不动了，垂着眼问她：“讨厌吗？”

陈今阳双手撑在他的肩头，看了他一眼，沉默地摇摇头。

下一秒，他的手指就落在了她裙摆之下的皮肤上。

长期握鼠标让他的大拇指腹和食指都长了一层薄薄的茧，那粗糙的薄茧碰到大腿上细嫩的皮肤，让陈今阳背部下意识地紧绷了起来，皮肤就好像快要燃烧起来。

她低下头，与他对视时，惊讶地发现他脸上还是没有太多多余的表情，就好像此时此刻浑身热得快要着火的人不是他，他板着脸，显得冷酷又坚定。

而陈今阳完全僵在那里，一动都不敢动，因为她知道，哪怕此时她坚持不住让自己的腰软一点点，往下沉，他的手都有可能继续上移。

那已经是完全不能再上移的位置了。

现在他的手已经离奇消失在了她的裙摆之下。

陈今阳的思绪完全游离大脑之外，她听见自己的心跳犹如擂鼓，一下子对周围的一切好像都变得敏感了起来，她听见艾佳房门外传来拖鞋踩在地面发出的声音，还有人开始交谈。

“儿子在干吗？”中年男人问。

“学英语。”中年女人显得有点儿别扭地回答，“都不要读书了反而还晓得学英语？他是不是有病？”

“你看你，能不能说点好听的……”

两人的对话声靠近，然后似乎是中年女人强行把她想进屋察看的丈夫拉走了，那声音又变小了些。

陈今阳紧张得一身是汗。

当门外的对话声越来越接近时，她瞪圆了眼，仿佛每一个毛孔都在尖叫，她甚至微微颤抖，低下头，第一次用闪烁的目光看着被她压在身下的人，而后者只是微微抿着薄唇，固执地一动不动。

他的手甚至悄无声息地上移了几毫米，他大拇指的一小片皮肤甚至已经碰到了紧绷的棉布边缘。

他能感觉到她的大腿肌肉在他手下因为主人紧张的情绪变得紧绷，直到房门外的人终于走开，他又神奇地感觉到那片皮肤在手下恢复了放松的状态。

“很紧张？”他看着她，用轻描淡写的语气问。

陈今阳一个字都答不上来，也就是这么一秒，她意识到，无论外表装得多像大型犬，眼前的人，本质还是一头不折不扣的小狼崽子。

她瞪着他。

他掀了掀嘴角，然后，那放在她裙摆下的大手拿开了。

陈今阳的大脑空白了那么三秒。

第四秒，她长出一口气，找回了自己的理智，意识到刚才被拿捏得彻底，她自尊心受挫，挑起眉，抬起手不轻不重地在他下巴上拍了一巴掌。艾佳却完全没有反应，只是忽然轻笑了一声，抬起原本垂在床边的另外一只手，忽然猛地扣住她的后脑勺压向自己，狠狠地吻住她。

所谓循序渐进。

第二天早上。

让水利土木学院土木工程三班全体成员目瞪口呆的一幕出现了。早自习上，某个一万年都不会出现一次的家伙拿着一本专业书，淡定地在早读铃响之前踏进了教室。

然后在众目睽睽之下，他大摇大摆地自顾自找了个角落坐下来，并且没有开始玩手机或者干别的什么，他只是以防某人召唤一样把手机放在手边一个确定随时可以注意到的地方，之后便摊开了手中那本本学期翻都没有翻开过的专业书，看书，写题。

一连串动作犹如行云流水。

周围鸦雀无声。

直到早自习快下课，完全无心学习，一心挂念教室中奇观的王磊伸长了脖子看了一眼身后坐着的那位大神手里已经翻了一小半的书，终于忍无可忍地说：“还没学到这儿呢我的哥，你这是预习？”

少年哗啦啦翻书做题的动作一顿。

他“哦”了一声，脸上的表情僵了一下，然后把书猛地往回翻了几页，定格在某页，飞快地扫了一下，这才一脸镇定地抬起头，理所当然地跟坐在他前面快被吓出心脏病的好友说：“这个公式书上说得不太明白啊，王磊，这周五专业课笔记借我看下。”

王磊用“救命”的眼神看向小结巴，小结巴紧抿着唇摇摇头，王磊脸上换上了绝望的表情：“佳哥，我的神仙哥哥，你要那个干吗？”

艾佳一脸“你是不是傻”的嫌弃表情看着他：“周五 YQNB 打 HW 的比赛你不是看了吗？你以为坐在S市打比赛的人是我的影分身，而我本人正坐在教室里上课？”

王磊：“我想问的是，翘课就翘课了，你要课堂笔记干啥？”

艾佳：“学习。”

他长叹一口气，扔开了笔，长腿一伸向后靠去，满脸阴郁地上下打量了一下周围均一脸好奇地看着自己的同学：“你们有没有听过一句话，茨威格说的，‘那时候她还太年轻，不知道所有命运赠送的礼物，早已在暗中标好了价格。’”

教室里鸦雀无声。

艾佳竖起一根手指：“我的现状。”

众人一言不发。

艾佳：“这个学期的期末考试总分年级前三一定有一个位置是我的，如果我是第四，那第三名肯定不能活着看见第二天的太阳，你们看着办吧。”

艾佳的宣言比较霸气，以至于一时间周围的人都忘记这个时候自己应该说点儿什么表示表示立场与忠心，于是……

“整个年级四个班一百三十七来号人，你不能把你前面的一百三十六个都杀了。”王磊轻飘飘地说，“不管命运女神昨晚跟你做了什么不得了的交易，我建议你最好还是去讨价还价一下。”

众人以沉默表达了自己对王磊同志的敬意。

然后在艾佳跳起来把他们大卸八块之前，他们热热闹闹地一哄而散。

艾佳“啪”的一下合起面前的书，面对空荡荡的教室陷入沉思。昨天晚上，他确确实实和某位女神做了一点儿不得了的交易。

昨晚亲完之后，陈今阳说：“从小我爸就教育我，太容易得到的东西通常不容易被人珍惜，而这个定律在男人那里出现的概率至少是调查显示结果的三倍以上。”

艾佳腹诽：没有人去调查那么奇怪的东西，你爸骗你。

陈今阳伸出手捏捏艾佳的鼻尖，嗓音因为刚才的接吻还带着一丝丝的甜腻：“我爸说了，如果有一天我决定谈恋爱，任何事都不能让对方太容易得逞。”

艾佳腹诽：我猜你爸只是单纯不想让你谈恋爱。

“如果他因为没有耐心，中途恼羞成怒宣告退场，那就说明他本身就不是那个配得上拥有我的家伙。”

艾佳心想，好样的，这下连后路都被堵上了，什么“性别歧视”“仗爱行凶”“男女平等”“别以为你是女人我就不敢硬来”等各种理由通通用不上了，贼船已上，这个时候但凡说一个“不”字，“半途而废的懦夫”这顶大帽子就会结结实实地扣下来。

艾佳：“我猜我是你的初恋。”

陈今阳答得毫不犹豫，似乎没有觉得这是什么问题：“你是啊，怎么了？”

艾佳脸上顿时露出一个放心又揪心的表情：“现在我怀疑很有可能是因为你‘中二’病暴发想要叛逆一下，我这么个偶然路过的‘路人甲’才有机可乘顶了个位置，毕竟在你愿意自己开窗之前，苍蝇是飞不进来的。”

“确实，一开窗，就飞进来你这么个极品害虫。”陈今阳像是一只猫似的趴在他的肩头，“我连选择的机会都没有。”

艾佳伸出手抱着她的腰：“所以呢，这么一大堆长篇大论之后，你又想出了什么好主意来折腾我？”

陈今阳偏过头，用自己的鼻尖蹭他。

艾佳一动不动地瞪着天花板，脾气很好地随便她蹭。他感觉到她温热的鼻息扑打在他的面颊之上，那带着淡淡香气的气息却仿佛成了世界上最奇妙的高温水蒸气，让他的大脑都沸腾了起来。

他听见她在耳边慢吞吞道：“之前一直在说了，如果决定了要休学，那就走得风风光光、漂漂亮亮，让所有企图说你‘读不下去才休学’的家伙闭上自己的狗嘴，带着‘T大优秀生’的光环去你的电竞圈子……”

艾佳目光闪烁了一下，转过头，与她鼻尖对着鼻尖：“嗯？”

“试试考下全科总分年级前三。”陈今阳抬起指尖点了点他的鼻尖，“你要什么我都给你。”

——你要什么我都给你。

世界上不会再有比这更诱人的条件了……

那个会一脸嫌弃地抱着大灯牌去他的比赛现场替他加油的女人，那个会认真关心他的学习成绩和名声的女人……已经把他吃得死死的了。

娶不回家，他会后悔一辈子。

这就是为什么今天，艾佳会大清早抱着他的专业书坐在教室里，无论是为了那一句“你要什么我都给你”还是纯粹地不想让她失望。

艾佳长长地叹了口气，捂住了脸。

T大可不是T大附中，外地的学生考进来的个个都是顶尖学霸，这就意味着这些人语数英生物化样样拔尖，而且智商也不低。

现在已经不是艾佳凭借着自己那点儿小聪明挂着“偏科之王”的名号能骗吃骗喝的年代，上个学期艾佳的专业课一顿恶补之后成绩确实不错，但是剩下的大学英语还有其他乱七八糟的课程，也就刚好及格。

他的专业成绩在专业前十，但是总成绩在专业八十名开外，全科总分前三，感觉像痴人说梦。

扔开面前的专业书，艾佳再次发出一声叹息，趴在桌子上。

这时候手机响了。

我家小姐姐：下早读了，你的课表显示你第一节课没课，出来，我在你们院门口，去吃早餐。

YQNB-AICO：然后呢？

我家小姐姐：去自习室约会，开启美好的一天。

YQNB-AICO：随口一问。先说明一下，没别的意思，就是因为好奇随口一问！如果我确实努力了并没有达到你的期望值，那么一切是不是就完全没有讨价还价的余地了？

YQNB-AICO：王磊提醒我世界上还有“讨价还价”这件事，你可以去骂他，虽然他完全不知道发生了什么。

我家小姐姐：实在不行就算了呗。

YQNB-AICO：你什么时候这么好说话了？

我家小姐姐：那你都努力了还不行，不就是因为智商不够？我自己选的男人，我还能赖你这个吗？

YQNB-AICO：你还真是理直气壮地格外疼惜自己。

YQNB-AICO：那我想象的那件事……

我家小姐姐：总会发生的。

艾佳先是无精打采地瞥了一眼屏幕，然后像个弹簧一样弹坐起来。

我家小姐姐：比如新婚之夜。

YQNB-AICO：……

他甚至还没有到法定结婚年龄。

艾佳又摔回了桌子上，真想把手机里那个教人又爱又恨的女人扔到楼下花坛里去。

就这样，艾佳决定向“恶势力”低头。

著名小混混艾佳一下子变成了一个爱学习的人，认真到了在上“思修”课的时候，他抱着那本像砖头的书坐到了阶梯教室的前三排，在思修老师眼皮子底下面无表情地在书本上用彩色笔做着五颜六色的标记。

“你……你从哪儿搞……搞来这些娘们兮兮的荧光笔？”小结巴充满了困惑。

“我媳妇儿的。”艾佳用水性笔龙飞凤舞地在一道紫色荧光标记旁边记下一些老师提到的可能是考点的概要后，头也不抬地说，“别吵我，走开。”

小结巴回头看向坐在后面一排的王磊，王磊压低声音问：“怎么样？”

小结巴：“疯……疯得特……特彻底。”

王磊：“男人为了‘吃口肉’，真是命都不要了。”

小结巴不理他，又戳了下艾佳的背：“你……你今晚飞机啊，飞 S 市，季后赛准备，记得吧？”

艾佳“啪”的一下合上书，面无表情道：“记得。”

晚上。

S 市，YQNB 基地。

艾佳晚上九点到了基地，一群人正热热闹闹聚集在一起，训练的训练，开会的开会。艾佳进屋的时候，除了凉生，队伍其他的三个首发都坐在电脑前在打排位赛。

凉生、小仙，还有战队数据分析师及教练坐在旁边的沙发上，正抱着一台电脑指指点点，复盘比赛录像……艾佳放下行李和小仙打了个招呼，听小仙的意思是，和 DQ 战队约了十二点的训练赛。

没错，半夜十二点。

反正大家也都没睡，反正各自打排位也有点儿无聊，还不如一群人嚷嚷着打训练赛提神。

艾佳听了这安排也没太大意见，应了一声后放下行李，打开电脑，上线，练了几个英雄热热手之后，就站起来拎着自己的背包跑到茶几旁边。

在开会的几个人正商量着季后赛第一场遇见的对手红箭怎么打。职业联赛常规赛使用 BO3 赛制，而季后赛则统一使用 BO5 赛制。别小看三盘两胜和五盘三胜的区别，多出两场比赛，打法也有很多不同。

有些队伍或许在 BO3 的表现比较一般，但是一到 BO5，就能表现出自己惊人的毅力和体力。五盘三胜制度，最高要求队员在长达四到七个小时的时间内精神高度集中，这对于队员的体力和精神力都是极大的挑战。

而红箭作为老牌战队，对这点好像特别擅长，他们依靠着强大的团队执行能力作为卖点，哪怕是五盘游戏打满到最后，大家都因为疲倦有些操作变形，但只要指挥的脑子还清醒，他们就能在正确的时候做出正确的事情，然后顺利拿下比赛。

“我是习惯了，S3 那么搞都过来了，想想当时的精神压力，当时真的以为自己会死在比赛台上。”提起几个月前的遗憾，凉生语气之中已经带着往事随风的平淡，“所以你们要担心，就担心一下没见过世面的人吧，比如临时抬上来的饮水机管理员同志。”

于是，当艾佳整个脑袋都快钻进自己的书包里在那儿翻找东西时，茶几边上所有人都转过脑袋看着他。

艾佳像是仓鼠似的把脑袋从书包里拔出来，头发凌乱，一脸茫然：“干吗？”

傻子哟。

小仙绝望地叹了口气。

在看见艾佳从书包里拿出一本厚重的英语书，外加一沓英语试卷的时候，他目瞪口呆，就瞪着眼看着艾佳又从包里摸出一支笔，把英语书拖过来，翻到前面几页，又对照着书的目录翻到相应位置，然后开始在卷子上面写写画画。

小仙："请问这位先生，您这是干吗？"

艾佳正对着一个完形填空题愁眉不展，头也不抬："我在学习……If I were you，I 什么什么 to the film last night？从句虚拟过去什么鬼？ Will go？ Will going to？"

凉生："什么？"

小仙："基地里好久没有这么富有国际文化氛围了，同志，你干啥呢？"

艾佳拎起书："学习啊。训练赛十二点才开始，我抓紧时间做套卷子。"

"我们队伍的中单位置是受了什么诅咒啊？非死即疯！"小仙捶胸口，"被'喷子''喷'死了个杀千，现在好端端的替补也疯了，这可怎么办哟？"

"别傻了。"艾佳一脸淡定，"最后一个学期了，我就随便学习学习，考个好成绩，给我女朋友一个交代。"

凉生看着像被吓着了："什么时候交女朋友还要期末考试成绩过关啦？挂科就要被分手吗？国家规定的？学渣不配拥有对象？"

艾佳伸手打他的头："少废话，所以这题选什么？"

小仙："你问他们？认真的？不如现在由我队队长亲自跟你解释一下本队队员的基本英语水平。书生！"

凉生："到！"

小仙："'好好学习，天天向上'怎么说？"

凉生："Good good xuexi，day day xiangshang!"

艾佳惊呆了。

"和你心中拥有的诗和远方的梦不同，我们不一样。"凉生一脸真诚，"我是发现我真的不懂书上写的是啥、老师在教啥、同桌在讨论啥，所以才勉为其难来专职打游戏。"

艾佳默默地收回目光。

凉生指着他："震惊得说不出话来。"

艾佳："鉴于三秒前发现了世界上居然存在十岁以上比我英语还差的人，还不让我震惊下？"

凉生嘻嘻笑，恬不知耻。

小仙："还闹着让俱乐部买外援，买了你们准备装聋哑人交流吗？指挥全靠一个确认过的眼神？倒是真的很省事，至少以后基地不用那么吵了。"

凉生："我也是很认真地自学了一段时间的英语的，不然国际服跟人家吵架都吵不过，人家外国人噼里啪啦气势磅礴骂人时，打拼音一个字一个字往外蹦就显得太蠢了。”

自尊使人学习，使人进步。

严格来说，艾佳也是这样，毕竟男性自尊也是自尊。

在众人嘲笑的目光中，艾佳默默发誓，到时候他要把成绩单贴在床头，让总分前三的成绩单成为黑夜里最亮的那颗星。

艾佳跟小仙他们说了几句废话之后，又转身埋头写他的卷子去了。

凉生伸脑袋看他写了一会儿，淡淡评价道：“你这样光写没用，语言这玩意讲究的就是词汇量。”

“现在你又成专家了？”艾佳头也不抬地嘲笑，“说好的因为智商不够才辍学成为电竞少年呢？”

“注意你说话的语气，饮水机管理员，要对队长充满尊重，虽然我也不知道这个队长除了跑腿当保姆之外还有什么用，不过我怎么记得凉生外语还可以？”小仙说，“上次我还看见你在国际服跟 OP 战队的辅助相谈甚欢？”

OP 战队是 X 国的战队，很强。

在过去的几年里，OP 战队几乎是 X 国那边唯一可以和 TAT 战队相抗衡的队伍。只是今年有所不同，今年 X 国那边杀出来了两支崭新的战队，一支叫“Queen（皇后）”，一支叫“Mad Hatter（疯帽子）”。这两支队伍在 BCK 春季赛表现不凡，小组赛曾经把 TAT 战队斩下马不说，更是在季后赛拿下了第三和第四名的好成绩，这让其他赛区的人们也开始注意到他们。

现在 OP 战队和 TAT 战队在 BCK 赛区依然很有地位，中国大陆赛区战队想和他们约一场训练赛简直比登天还难，这种情况在 S3X 国赛区夺冠之后更加严重。

“他夸我操作好，我夸他视野棒。”凉生耸耸肩，“商业互吹一下，不要见怪。”

“能约训练赛吗？”小仙直奔主题，一脸向往。

“他们那边队员说的肯定不算，所以问他没用。”凉生摇摇头，“X 国赛区教练和战队经理拥有绝对话语权，我听 OP 战队辅助说，他们的 ban&pick 想拿什么英雄，如果被教练拒绝的话，他们是不敢提第二次的，非常不民主。”

小仙沉默了一下，然后面无表情地“哦”了一声：“不管你信不信，我现在有点羡慕 X 国战队的管理层了。”

凉生脸皮厚，笑嘻嘻道：“我们也听你的呀！”

“你们只听你们想听的那部分。”小仙脸上露出嘲讽的表情，“你说 X 国这两年成绩如此突飞猛进，连新队伍都可以迅速融入联赛并拿到好成绩，跟这种成熟的企业化管理有没有关系？”

“啥玩意？”艾佳插嘴。

“上班打卡，下班喊报告，听管理层的话，军事化训练。”小仙说，“我听说隔壁战队诚哥来以后，好像就有宵禁制度了，十点以后不让出门乱搞。啧啧，看看人家这赛季的成绩！”

“我们成绩差是因为菜。”凉生姿态懒散，“你可别乱甩锅。”

艾佳：“别什么都想学X国赛区，要有本赛区特色。”

小仙：“什么是赛区特色？纪律散漫？你看，这有个坐在基地写英语试卷的，那几个还在用基地电脑玩《连连看》！基地是用来训练的地方！茶几是用来开战术会议的！电脑是用来打《征战联盟》的！”

不远处容容奓毛：“我刚打完一局呢！中场休息玩一下《连连看》怎么了？！”

近在咫尺的艾佳头也不抬：“我下半年才正式上岗呢，又不发月薪的，现在是义薄云天无私奉献时间，用下茶几怎么了？我趴地上写啊？”

小仙：“你看！说两句还顶嘴！”

可惜并没有人想理他。

十几二十岁的少年正是最难管教的时候，而电竞圈就像是把这些“不服管教”的“尖子生”全部聚集在了同一屋檐下，战队经理就是班主任，被气得七窍生烟是常有的事。

电竞圈内当然鱼龙混杂，啥人都有，乖宝宝出现的概率无限接近于零，但是拿放大镜仔细看一看，就会发现这些被人们看作是“不乖的小孩”的少年，其实各自有自己的想法，一脚踏入这个圈子的理由各式各样，但是最终不过是为了证明自己存在的价值而已。

小仙看着基地里的小鬼们，叹了口气，做了个没头没尾的总结：“虽然你们不乖，但是我还是很爱你们。”

基地四面八方响起一阵嘘声。

艾佳淡定地把手里的英语书翻过一页，眼珠子都没转动一下。

容容新开了一局排位赛，在确认匹配完毕的同时毫不犹豫地关掉了正打到一半的《连连看》，头也不抬地说：“你少恶心人啊，并不会痛哭流涕跟你道歉的。”

小仙响亮地“哼”了一声。

凉生笑眯眯道：“按你这么说，今年S4奖杯可能还是X国赛区的。”

小仙皱皱鼻子：“真是这样的话，我们就该开始检讨自己了——”

凉生：“反正我看BCK的比赛风格和我们完全不一样，是骡子是马，拉出来遛遛才知道，实在不行，明年给基地门边装个打卡器呗？”

小仙：“今年才过一半，你已经准备好明年再来了？真想把你扔楼下去。”

凉生：“嘻嘻。”

凉生：“反正BCK今年的Queen和Mad Hatter真的都很强，今年他们夏季赛估计会有更好的成绩，甚至是S赛的好成绩。”

小仙：“闭上你的狗嘴。”

凉生：“……”

周末。

艾佳“带领”YQNB三比二成功拿下红箭战队，顺利挺进春季赛决赛。鉴于赛季初接受采访的时候，战队经理只是很绝望地表示这个赛季“先保级”，此时超额完成任务，举队上下一片欢腾，老板大笔一挥，在艾佳还没正式“上岗”的时候，就给他下半年的工资每个月先加了三百块钱。

艾佳对这个结果非常满意，并认为这是好人有好报。

与此同时，隔壁ZGDX二比三输给了老牌劲旅CK战队。从ZGDX众人的表现来看，他们倒是不太失望，磨合期总是要有的，他们的重点完全放在了夏季赛。

最后，S4的顶级职业联赛春季赛决赛将会在YQNB战队和CK战队之间展开。YQNB春季赛一路战战兢兢走来，几乎天天被人骂“梦游”“失了三魂六魄”，最后居然进了春季赛决赛，这已经算是一份不错的答卷。

作为临时救场的人，艾佳这短暂三周的表现可圈可点，吸粉无数，就好像真的是他把濒死的YQNB救回来，一手送进春季赛决赛似的。

官方宣布了春季赛决赛的阵容，人们没有在大名单上看见艾佳，都特别激动外加失望，但是这也是没有办法的事：艾佳本来就不在春季赛阵容大名单上，他只能以紧急替补的身份出现，当爱杀禁赛结束，他必须收拾包袱滚蛋。

——换中单，打回原形？决赛怕不是要被CK三比零……

——CK战队捡了个大便宜哦！

——话不能这么说，速星（CK战队ADC）最近状态也不算特别好，打ZGDX下路被摁着摩擦，要不是诚哥和ZGDX的配合还没完全成熟……还有CK战队打野，这个春季赛结束以后，CK战队搞不好要大换血噢！

——换血也好，有那个打卡上班型打野在，CK战队总是不上不下的……你看看人家YQNB，一咬牙一跺脚换了个中单，立刻起死回生。然而现在YQNB的中单又换回来啦，仿佛又要躺回棺材里。

网上各种说法都有，艾佳最初看了也觉得这是捧高踩低，过分地把他吹上天了，略微不安。

艾佳想要转头关心一下爱杀的情况，劝他稳住心态，不在乎那么多反而可能发挥得好一点，但是没来得及开口又刹住车，关键时刻意识到自己现在的立场比较微妙，似乎不那么适合去做那个劝解的人。

于是他把网一关，干脆什么也不关心，让自己变成了不折不扣的书呆子。现在在他面前最值得关心的大挑战显然不是春季赛决赛，而是他这个学期的期末考试。

伴随着梅雨天气的逼近，T市连续好多天都见不到好天气，艾佳大多数时候都是打着呵欠坐在自习室里，一脸厌倦地翻自己面前的教科书。

唯一让他开心的是，通常在自习室的某个角落里，他总能找到自己的女朋友，陈今阳会在他凑到自己身边的时候，把摆满了桌子的书收拾几本挪出点空位，这时候他就能心满意足地挨着她坐下来，然后在他学习的时候，她就坐在旁边写几套卷子或者做做听力题目什么的。

两人没有特意提出过约会这件事，但是又好像天天在约会。

艾佳享受这种状态，他压根不要求天天有什么惊天动地的浪漫事情发生，他就是想和陈今阳待在一起，随便做什么都行，哪怕是安静地坐在那里学习。

当然，偶尔他想和陈今阳说话的时候，他也会随便从书上找一个问题来提问，比如："suggest 引导的从句为什么要用虚拟语气？"

少年举着书，抬手拽下身边人的耳机，脑袋凑过去放在她的手肘上，懒洋洋地问。

少了一边耳机，少年慵懒的声音在耳边响起，陈今阳低下头看了艾佳一眼，对视上他带着浅浅笑意的瞳眸。她犹豫了一下后，一本正经地回答："看表达的方式场合。当 suggest 表达'建议'的时候，就用虚拟语气，后面接 that 从句，谓语 should 加动词原形……"

陈今阳停顿了一下。

艾佳恍然大悟："噢！"

陈今阳："我还没说完。suggest 表达'意指'时，后面接陈述语句。例子不讲了，反正你听不懂，我只是想把这个知识点讲完而已，强迫症。"

艾佳沉默了一下，把脑袋从她手肘上移开，面无表情地说："你真讨厌，我只是意识到自己有十几分钟没和你说话了而已。"

"小学生都知道一节课四十分钟要保持安静的状态，随便找自己的同桌说话那叫开小差。"

"你不是我同桌，你是我媳妇儿。"艾佳一脸甜蜜地反驳，"我和你说话天经地义，更何况我都认真学习十几分钟了，需要表扬。"

艾佳并不在意自己这句话把自己说得仿佛是多动症儿童。

陈今阳正想说些什么，就在这个时候，她余光一扫，忽然看见在他们不远处，有几个小姑娘在那推推搡搡，像是几只不安分的小鸟似的盯着他们这边叽叽喳喳，又满脸兴奋。

陈今阳面无表情地伸手把另外一边耳机也摘下来的时候，她们中间的一个似乎鼓足了勇气，走了过来，然后满脸通红地问："是……是艾佳吗？YQNB 那个？"

听见有人叫自己名字，艾佳这才把自己的目光从陈今阳脸上收回去，笑容稍微收敛了一点。他转过头去看了一眼站在自己身后的小姑娘，停顿了一下，慢吞吞点点头："我是，有事吗？"

一阵不安分的躁动。

那姑娘深吸一口气："我很喜欢 YQNB 战队的！这几周还看了你打比赛的直播！你很厉害啊！知道你是我们学校的，我还不敢信！"

艾佳很有耐心地等着她讲重点。

“我可不可以要你的签名啊？”那姑娘像是充满期待似的踮了踮脚，问。

艾佳点点头，然后在她递过来的一个粉色的本子上龙飞凤舞地签下了自己的游戏ID。那个姑娘满脸高兴地看着他签完，拿回本子，又问：“我在一区也有号，有空一起打游戏？”

艾佳心里莫名其妙：我跟你打什么游戏，又不认识。

但是迟疑了两秒，他还是礼貌地点点头，说：“可以啊，我偶尔会去网吧，遇见的话一起打。”

于是那小姑娘高兴得快飞起来了，连连点头后，带着兴奋转身走掉了。

艾佳回头，一眼就看见坐在旁边的陈今阳不知道什么时候已经摆正了自己的身体，正慢吞吞地戴上耳机。

刚才发生的“偶遇粉丝”事件就像是插曲，艾佳根本没有放在心上。送走了那几个小姑娘，他立刻把身子转回来，看着她写了一会儿试卷，继续绞尽脑汁地找话题跟她搭话。没想到几分钟后，她却忽然摘下了耳机：“你说我去找个家教兼职怎么样？”

艾佳：“什么？”

陈今阳：“上星期我奶奶说隔壁楼李婶的小孙子明年高考，英语成绩上不去。”

艾佳：“小孙子？”

陈今阳试图强调重点：“准高考生，英语成绩上不去。”

艾佳：“不行。”

陈今阳：“为什么？”

艾佳想说，他脑子还没坏，清楚记得自己是靠着什么死皮赖脸地接近她，然后顺利把她哄回家的，他可不能让一样的事情再发生一遍。

艾佳：“不行就是不行。”

脸上之前的懒散和愉快表情全部不见了，他伸出手，捏住陈今阳的下巴往自己这边拉扯了一下，然后在周围人都沉浸在学习里，完全没注意到这边发生什么的时候，凑过去，嗓音低哑：“不许你教别人英语。”

艾佳：“你想气死谁？”

陈今阳盯着他看了一会儿，然后慢吞吞道：“那你就可以教女粉丝打游戏？我倒是没那么容易气死，但是我有法子在我觉得不高兴的时候，先把你气死。”陈今阳推开艾佳的脑袋，“你自己看着办，电竞巨星。”

艾佳在某方面是比较迟钝的，但是这并不代表他蠢。

在陈今阳擦擦嘴转过身，重新坐好开始写她的听力题时，他盯着她的侧脸看了半天，她挺翘的鼻尖和小扇子似的睫毛，伴随着她每做完一道听力题轻轻颤抖，那一下下颤动的睫毛像是扫在他心上似的。

终于，艾佳并不准备就这么傻乎乎坐在这里盯着陈今阳看一天，伸手把她的耳机拽下来，凑近了她问：“你吃醋了？”

陈今阳的眼睫毛抬了抬，然后又落回了原位，她看上去没准备理他。

然后艾佳伸出手，很讨人嫌地抽走了她手里的笔，将她轻轻扳过来面朝自己，眨眨眼，又问了一遍：“你是不是不喜欢我跟别的女人打游戏？”

陈今阳嘲讽地掀了掀嘴角，意思是：你在问什么废话？

艾佳这次换用双手捧着她的脸，坐直了身体，郑重其事地说：“我就是随口答应她们的。我都个把月没去网吧了，要么就是去基地准备比赛，要么就是窝在自习室里跟你一起学习，哪有空去网吧打游戏！”

“那你答应她们？”

“随口说一下而已。”

“下次直接拒绝掉，别搞这些有的没的。”陈今阳淡淡道，“不然总有人天天心里惦记着和你打游戏，烦不烦？”

艾佳脸上露出一个“受教”的表情，那虚心接受的模样让人没办法继续冲这张无辜的脸发脾气。

陈今阳叹了口气，觉得自己就好像是在玩什么无聊的养成游戏，男主角开场就是一张教人无从下手的白纸，全靠后期塑造和再教育，才能稍微像个人。

想到这，她感慨万分地伸手拍了拍艾佳的手，示意他没事了，继续看自己的书。

正当她想调整一下手机里的听力题进度，调回她刚才被打断之前的进度时，她突然听见艾佳在她身边叹息了一声：“如果你也喜欢打游戏就好了，那样我可以天天带你打游戏，别人甚至找不到理由来打搅我，因为我可以理直气壮地告诉他们——对不起，我在和我的女朋友‘双排’。”

这句话捅了马蜂窝。

陈今阳手里捏着的钢笔一顿，她看见笔尖因为她这个动作而在面前的试卷上滴落了一大滴墨水。

艾佳的话并没有抱怨或者恶意，她知道他只是忽然心生感慨，但就是一瞬间变得非常不舒服。

她微微蹙眉，然后松开，放下手中的笔，抬起头看向面前的少年，然后她听见自己平静的声音在自习室里响起，不高不低，甚至是温和的：“我对打游戏这件事毫无兴趣，会关注电竞圈也仅仅是因为你喜欢，才没有以前那么抵触，我以为在你问我要不要和你在一起的时候，你至少搞清楚了这件事才开口的。”

艾佳陷入沉默。

这沉默让陈今阳心中的不舒服瞬间变成了某种比较强烈的烦躁。

她几乎是无法控制自己地微微皱起了眉，然后发现自己根本没办法控制乱跑的思绪，一直埋藏在心中的不安的种子生根发芽。

在艾佳终于成功进入电竞圈，并且无法抑制地成为一部分人的偶像，甚至算是公众人物的时候，在那些粉丝围绕上来的时候，在他们因为打游戏这件事暴露的兴趣不同步的时候，他是不是在某一刻意识到，他们可能根本不是一类人，也不该走在一条道上？

放在桌面上的手指微微弯曲，手指因为压在桌面上而微微泛白，陈今阳忽然有些后悔自己为什么把话说得那么明白，毕竟她已经在做这件事了。

去看比赛，去关注圈内动态，去搞明白 YQNB 战队隔壁的 ZGDX 战队是怎样的，住了什么人，这个赛季有什么人员变动这种琐碎的事。

其实这些跟她没多大关系，她会关注，只是因为她不希望在艾佳提起的时候，她只能回给他一个迷茫的眼神，然后听他无奈地说“算了，反正你也不懂”。

但是这一天，终于还是不幸地来了。

陈今阳上下打量着面前像是有些困惑，又像是在认真思考什么的少年。仿佛是感觉到了面前人的目光，他抬起头看了陈今阳一眼：“其实我没想那么多，我跟你表白，只是因为我喜欢你而已。”

对视上艾佳的双眼，陈今阳眼中闪烁着复杂的光，最终她笑了笑，对这个答案不知道回应什么好。

她只是伸手摸摸艾佳的头，然后转身站起来，开始收拾自己的东西。

她把桌面上的书和笔还有卷子等物连同手机一起胡乱扫进包里，然后背起包，不容挽留地转身走出自习室。她的手机甚至还在播放听力，她也并没有把它关上，这足够看出此时她有多么心烦意乱。

而艾佳，自始至终保持着一个姿势沉默地坐在位子上，脑袋上被陈今阳最后摸过的地方有两撮头发立在那里。等他眨眨眼，稍微变换了一下姿势，茫然地看了看四周，他甚至只来得及看见陈今阳在十几米开外的自习室门口飘扬而起的裙角，并且那抹裙角也很快伴随着主人坚定的步伐消失在他的视线里。

艾佳坐在原地，虽然脑海中有千军万马在咆哮着提醒他这个时候应该追上去，但是他没去。

“不学无术的街头小混混”和“品学兼优的千金小姐”之间本来就存在一些矛盾，这矛盾来得迅如疾风，艾佳甚至没来得及抓住其中的重点，就已经看到了一个惨烈的结局。

正所谓赛场得意，情场失意。

艾佳花了很多天去思考，陈今阳在一瞬间爆发出来的不安的情绪到底来源于哪里。

之后整整一个星期，艾佳基本没有机会和陈今阳见面，两人也并没有吵架，只是在微信上维持着“早安”“晚安”“你在干吗”“直播”“噢”这种简单且要死不活的对话。

艾佳不知道陈今阳怎么样，反正他觉得自己确实是快死了。

他只能眼巴巴地在微信上假装没事人一样地骗陈今阳“我在直播”，其实本人正坐在阶梯教室最后一排盯着她认真上课的背影出神。

我家小姐姐：怎么这时候直播啊？

YQNB-AICO：嗯，反正没事干呗，上课又不想去，只好干点喜欢的事。

干点喜欢的事。

艾佳盯着手机微信发呆，然后绝望地发现自己好像真的爱上了这个有点变态的躲猫猫游戏，悄悄摸摸地摸进阶梯教室后门落座那一瞬间的兴奋，甚至一度压过了打开《征战联盟》游戏客户端的快乐。

也许这是一个有力的证据，可以证明相比起游戏，他更喜欢自己的媳妇儿。

绝望中的少年如此嘲讽自己。

然后在周末的时候，终于有一件事成功分散了他的注意力，那就是春季赛总决赛YQNB 战队一比三输给了 CK 战队。

虽然其实比赛就是顺其自然地输掉了，打不过就是打不过，但是大部分粉丝还是稳稳地戴着有色眼镜，固执地认为 YQNB 战队被 CK 战队暴打的原因是中单没有上艾佳，然后部分爱杀的粉丝开始跟 YQNB 战队的粉丝吵了起来，他们认为这压根不是中单的问题。

而很可惜，他们是对的。

艾佳的微博下面一大堆人问他什么时候正式首发，还有另外一大堆人恶意满满地问他现在是不是很得意，这让他变得尤其难过。他不是很明白，一个战队的粉丝为什么非要相互嘲讽谩骂。原本他和爱杀关系不错，因为睡一间房，还经常讨论某个英雄的打法或者训练赛的细节，现在搞得爱杀都不太愿意和他说话了。

小仙提起这事儿只知道唉声叹气。

一怒之下，艾佳把微博删了，眼不见为净。

然后艾佳发现，所有的事兜兜转转回到了原点，他意识到，好像转眼之间，全世界他在意的人都不愿意搭理自己了。

正应了那句歌词：我曾经拥有这一切，转眼都飘散如烟。

这份令人抓狂的静默保持到了五月底，真正接近期末考试的时候。

为了出国的事，陈今阳越发忙碌起来，白天的事多，忙起来脚不沾地，半夜的时候躺下来，除了疲惫，也越发觉得绝望。

有时候上课的时候她问艾佳在干吗，他回答她他在直播。她知道其实他压根没有在直播，因为他开直播都会有直播提醒推送，而她的手机安安静静。

陈今阳没有揭穿艾佳，艾佳也就这么糊弄过去了，这更是加强了陈今阳心中的无力感。

仿佛一直以来都是她在努力迁就他，去做他想要做的事，去了解他感兴趣的世界，他做错了什么，她来指出，他来改正，两人看似一直配合无间，但是其实问题一直存在，是她在拼命粉饰太平。

而那天他在自习室里一句“你要是也喜欢打游戏就好了”之类的感慨，就像是惊醒了睡梦中人的惊魂铃，让她意识到这样下去根本不行，于是她心生惶恐，被恐惧淹没。

于是这一次，她决定不再主动。

她在耐心地等待着，也不知道是在等待他重新出现，还是在等待这段感情悲惨地自然死亡。

等待的日子长达十天左右，其间连宿舍的姑娘们都看出陈今阳状态不对。

宿舍老六和老二谢苗一左一右小心翼翼地在她旁边落座，老六伸手戳了戳她的手臂，直奔主题：“你看上去不太好。”

陈今阳：“多谢提醒，我上一秒刚准备掏出镜子认真研究一下自己到底好不好这个问题。”

谢苗和老六交换了一个“你看她真的不太好”的眼神。

谢苗犹豫了一下，问：“怎么回事？发生了什么？”

陈今阳：“没什么。”

还没等老六说话，陈今阳就淡淡继续道：“只是最近有人忽然开始感叹我不会打游戏这件事，我正在进行自我检讨。”

谢苗：“艾佳吗？”

陈今阳眨眨眼。

“不用震惊，因为筷子也抱怨过我打游戏太菜。你看，我会打游戏，类似的问题在我这儿依然没有得到解决。”谢苗一脸嘲讽，“男人都是傻子，他们永远抓不住重点，跟他们计较这个，你永远气不完。”

陈今阳转过头，打从大一军训以来到现在快两年了，她头一次用有点崇拜的眼神看了一眼谢苗。

“秘诀就是别迁就他们。”谢苗说，“你迁就不完。”

陈今阳稀里糊涂，但是她忽然意识到身边还是有这么一个情况类似的人可以当作参照物来商讨一下的。她稍微松了一口气，并且自责之前一直忽略了这个，实在是智商下线得太厉害。但是还没等她就这个问题仔细问问谢苗，就下课了。

陈今阳长吁一口气，站起来拍拍谢苗的肩膀：“晚上我再详细问你。”

谢苗点点头，一脸严肃。这一秒，陈今阳还挺感激自己当年没有一怒之下和这位亲爱的室友鱼死网破，这不，待人和善的好处就来了。

你永远不知道下一秒要用的人是谁。

她把书胡乱塞进书包，收拾好了书包背上，一边思考晚上应该怎么跟谢苗说自己的情况，一边低着头跟在挤在教室门口的人群后面准备离开。当她走出教室门的时候，手腕被人从旁边一把扣住。

陈今阳吓了一跳，抬起头发现失踪了十天的少年这会儿面无表情地斜靠在教室门边，不知道已经站在这里等待了多久。

噢，说曹操，曹操到。

此时，少年的气场有点儿吓人，周围一群大二的学生纷纷回过头好奇地看了一眼他们并且自动远离他们，以至于原本拥挤的教室门口方圆一米之内形成了一个小小的空地。

陈今阳抽了一下自己的手，没抽回来。

反而是少年意识到她的举动之后微微蹙眉，然后加重了手上的力道。

他盯着她的眼睛，言简意赅道："谈谈。"

陈今阳看着他那要吃人似的表情，犹豫了一下，表示：谈谈就谈谈咯，你吓唬谁？

于是两人一前一后沉默地上了天台——学生会宣传部办公室的那个，平时鬼都没有，正是谈话的好去处。

上了天台，艾佳靠在栏杆边点燃了一根烟。

星火点点之中，陈今阳凑过去，趴在栏杆上认真地看了一会儿他的侧脸，那高挺的鼻梁和弧度完美的下颚弧线，依然英俊得像艺术馆里的石膏雕像，冰冷，生人勿近。

他微微蹙眉的样子看得陈今阳有些暴躁。

陈今阳伸手从他手里抽走烟，扔在自己的脚下并踩灭："想说什么？"

"解决问题。"艾佳用冷静得近乎淡漠的语气说，"今天就两个结果，要么解决问题，要么我从这儿跳下去。"

他说得还挺认真。

陈今阳甚至被他逗笑了。

"我觉得这个问题解决不了，永远也别指望我在以'打游戏'为前提的情况下坐在电脑前面超过一个小时。你知道我的，哪怕是看比赛，我也得给自己找点别的乐子作为'彩蛋'。"陈今阳真诚地说。

艾佳脸上出现了几秒的茫然，随后他意识到，陈今阳嘴里的所谓"彩蛋"大概指的是"你们看比赛，我看打比赛的人"这种事。

陈今阳在旁边警惕地补充了一句："而且我个人认为你从这里跳下去也不是一个太好的选择。"

艾佳摸了摸口袋，只摸出一个空的烟盒。他看了一眼被陈今阳踩灭的烟，此时有种特别想把它捡起来放嘴里的冲动。

他微微蹙眉："我知道打游戏的问题只是一个借口，你不用混淆视听。"

"对，先不谈我会不会打游戏这个问题，就算会，我也不会打得和你一样好。"陈今阳收起脸上的调侃之色，面无表情地抱起手臂，"而且我注意到你打排位的时候，你骂你的队友菜，而那些人至少和你是一个分段的。"

"所以我那天就只是随便说说。"

"你不是在抱怨我不会打游戏，艾佳。"陈今阳淡淡道，"你只是在遗憾我们不是一路人，这个就是问题所在。”

艾佳微微眯起眼，脸上表情有些僵硬。

“你说你喜欢我才跟我表白，但是两个人在一起，除了喜欢，还需要更多的东西来支撑这段感情吧。”陈今阳用平静的声音说，“你参与的比赛，你加入的战队，任何相关的一切我都从未缺席，因为我知道，这样我才可以在你跟我抱怨‘爱杀又被甩锅了’的时候，不至于茫然地瞪着一双眼睛问你爱杀是谁，尽管其实我真的一点都不在意他是谁。”

陈今阳停顿了一下，片刻后道：“但是如果有一天我决定不再追着你满世界跑，或者说是我不能再追着你满世界跑，等某一天你发现你说什么我都听不懂，那你是不是也会像遗憾我不会打游戏那样，遗憾地叹一口气，然后转身离开？”

艾佳想说“不会”，他就在这里，哪儿也不去。

“《征战联盟》有女职业选手吗？”

“顶级职业联赛没有。”

“我还想说有的话，建议你去找一个。”

“找一个？找谁？你说这话是想吵架还是怎么的？”艾佳稍微提高了声音，那双深色的瞳眸之中瞬间闪过狠厉，他皱着眉瞪着陈今阳，“你就这么跟你男朋友说话的？不会谈恋爱麻烦你上网‘百度’一下！”

“关键词是什么？”

“你输什么关键词，百度也不会让你建议自己的男朋友去找别的女人！”最后几个字艾佳几乎是吼出来的。他抬脚狠狠地踢了一下天台的水管，水管发出“嗡”的一声巨响，掉下来几块大块的锈！

他被她气得快跳起来。

苍天在上！他自己都不记得上一次这么抓狂又无奈是什么时候的事了！

而陈今阳，只是抱着手臂站在几步开外的地方冷眼看他发疯。此时太阳落山，一阵夜风吹来，她不着痕迹地哆嗦了一下。

然后她眼前一暗，只见上一秒还在发火的少年阴沉着脸三两步走到她的跟前，脱下自己的外套，以像准备把她套上麻袋拖出去殴打的方式狠狠将外套套在她的身上，还有着少年体温的外套瞬间驱走了那一丝丝凉意。陈今阳抬头看了艾佳一眼，只是看了他一眼。

下一秒，她便被他粗鲁地扣住手腕拽进怀里，他一把抱住她，像是准备让她溺死在自己怀中一般！

他大手压着她的脑袋，她靠在他的胸膛，几乎可以听见他强而有力的心跳。她抬起头，只见少年狠狠地皱着眉，眉心紧得几乎可以夹死苍蝇。

“我不找别人，我只要你，你在我犯心脏病之前赶紧闭上嘴，少说气人的话！”

他说话间，仿佛是在证明自己没开玩笑，放在她腰间的结实胳膊收紧，紧到她有一瞬间近乎窒息，发出一声短促的喘息。

“你听不懂我说什么，不知道我在做什么，都没关系。我不用你紧紧跟在我身后，你可以去你想去的任何地方，做你想做的任何事情……”在陈今阳的沉默之中，少年的声音带着一丝丝的颤抖，“我就问你一个问题，你喜欢我吗？”

陈今阳的手原本在他的肩膀上搭着，听到这个问题，她指尖不自觉地颤抖了一下。

像是感觉到了她一瞬间微妙的变化，艾佳近乎惶恐地越发用力地抱紧她，强壮的手臂勒得她腰都有些发疼。

随后他感觉怀中的人放松下来，那原本搭在他肩膀上的双手滑落，来到他的腰上。她犹豫了一下，然后反手抱住他，鼻尖顶着他的肩膀，闷闷地“嗯”了一声。几秒后，她低声道：“喜欢。”

艾佳长叹一口气，也如一根紧绷的弦瞬间放松。

他抬起手拍拍陈今阳的头，微微弯下腰将下巴搭在她的肩膀上，把头埋入她的卷发嗅着她发间淡淡的洗发水味。陈今阳动了动，他摁住她，不想让她看见自己眼圈发红的蠢样。

他亲吻她的头发，嗓音低哑：“我只要你。”就像是受了极大的委屈。

“我只是害怕而已。”陈今阳伸手蹭了蹭他的背，“等我出国……我就不能再追着你，到比赛现场去看你；不能站在你面前，瞪着你让你拒绝所有粉丝的示好；因为时差，我甚至不一定能每一次都准时地看你的比赛……”

“你这像是粉丝才做的事。我找女朋友，又不是找艾佳全国后援会会长。”少年无奈地哧哧笑着，胸腔震动，“你晓得不晓得这些东西，又有什么关系？”

陈今阳沉默，心想：你说得倒是云淡风轻。

“我妈还不让我打比赛呢，”艾佳撇撇嘴，“我也没闹着不让她当我妈了。”

“别假装自己这么明事理，男人总希望自己在女人的眼里是高大伟岸的，总有一天你会抱怨我不知道欣赏你的闪光点。”

“你不知道可以问，我有耐心来告诉你我有多牛。”他摸摸她的头发，“只要你张口问，别不理我。你看，我都知道在你不理我的时候随便找个英语题目来发问，哪怕你知道我压根不关心提问的答案，不也还是兴高采烈地给我解答吗？”

陈今阳觉得自己有点被说服了。

“如果等我出国以后，我发现你只是说的比唱的好听怎么办？”陈今阳捉住他的一缕头发，绕在指尖，“你如果开始不耐烦每天跟我没有共同话题，想要找个什么都懂的电竞解语花怎么办？”

“照你这样说，全世界的人都只能和同行谈恋爱。”

“跨国异地恋，我焦虑不是很正常吗？我俩之间总得有点什么我觉得哪怕中间隔着五大洋也不能拆散我们的东西。”陈今阳说完，总觉得好像哪里不太对劲。

果不其然，话语刚落，她就感觉少年稍稍将她从自己的怀里推开，他抬手，用微凉的指尖捏住她的下巴，往上扳了扳，直到她被迫对视上他的双眸。

此时艾佳还是保持着皱眉的模样，他认认真真地打量了她一会儿，而后，张嘴，试探性地问：“你是在暗示你走之前，我应该让你怀上我的孩子？”

少年问得如此认真，以至于陈今阳甚至没办法抬起手给他一巴掌。

两人对视几秒，直到又一阵冰冷的风吹过，陈今阳脸上就像是被那晚风吹裂了，她咬了咬后槽牙：“你想得真美。”

艾佳长松一口气，赶紧把她的脑袋压回自己怀里：“我当然很想要个孩子，不过不是现在。我一年就那么点签约费，养你都养不起，等我涨工资倒是可以考虑要一个。哦对了，我老板因为我之前的表现答应给我一个月涨三百块你晓得不……”

陈今阳听着他在自己头顶自顾自地碎碎念，说着什么“等我涨工资可以考虑要一个孩子”这种疯话。他到底为什么觉得如果他们有个儿子，她就能相信他不会离开她这件事啦？

他自说自话，说得这么开心是怎么回事来着？

陈今阳沉默着。

过了一会儿，艾佳也安静下来。

良久后，他小心翼翼，试探性地问了句：“那我们和好了吗？”

陈今阳叹了口气。

艾佳的心都揪起来了。

“我不想再天天坐在教室后面偷看你了。”少年郁闷地嘟囔，“我想坐到你身边去。”

“你什么时候坐在教室后面偷看我啦？”

“每一天。微信里我跟你说我在直播的时候。”

“什么？”

“我说我在干我喜欢的事，记得吗？”他小声地说，而后话语一顿，片刻之后才认真道，“不是直播，是看你上课。”

陈今阳想说：你怕不是个傻子。

但是仔细一想，她忽然觉得傻子真情实感地说起情话，也许才是世界上最可怕的事，他甚至没有什么套路，就像一马平川的大草原，抬起头，周遭一望无际。

而她置身其中。

第九章

YQNB-AICO

自打那天从天台下来，各自回家后，两人似乎又恢复了一开始的和平与和谐。

艾佳也没有刻意地在跟陈今阳闲聊的时候避开电竞相关的话题，他们该聊什么聊什么，天南海北，有一句没一句。

陈今阳没觉得哪里不好，正巧此时顶级职业联赛春季赛结束，在六月中旬夏季赛开始之前有短暂的休赛期，艾佳有很长一段时间可以潜心投入他的期末考试里。她也没有再提关于出国之后的安全感问题，她很怕再提，艾佳再问她是不是想要一个孩子。

是的，事后再仔细回想，陈今阳惶恐地发现自己并没有明确地说“我不是想要孩子”这几个字，于是她很担心艾佳的智商能不能撑住。

这晚，陈今阳下了晚自习回家，洗完澡坐在桌子前面做了半套听力题，等头发干透才准备去睡觉，刚站起来，放在桌子上的手机振动了一下。

小崽子：睡啦？

陈小姑娘：没有。

小崽子：别睡，我快到了！

陈小姑娘：你快到哪儿了？我家？快十一点了，宿舍关门了你睡哪儿？你家门口？你妈说不定会看在怀胎十月的分儿上赏你块狗垫……

小崽子：王磊开车，一会儿回宿舍来得及。你等着，我就到了！

陈小姑娘：你到底在哪儿？

小崽子：刚下机场高速。

陈今阳一头雾水。

于是她放弃上床睡觉，披了一件外套，坐在镜子前面用美容仪捣鼓了一下自己的脸蛋。当她做到最后一步，正“啪啪”往脸上抹睡眠面膜时，她忽然听见楼下一阵“呜呜”的摩托车引擎声，有一束灯光亮起。

她伸脑袋看了一眼，一眼就看见一辆眼熟的摩托车停在院子门口，从后座上跳下来一个修长的身影，那人摘下安全头盔，扔给前面的人，然后迈开长腿，三步并作两步地往这边冲刺过来。

来到她的窗下，那抹身影轻轻一跃，以她极其熟悉的身手一路攀爬。等到她反应过来时，少年熟悉的气息已经到了她的跟前。站在二楼雨棚上，双手撑着陈今阳窗沿的少年俯身在呆立于窗前的她唇上落下一吻，唇瓣微凉。

陈今阳眨眨眼回过神来，稍微后退了一步，站在窗外的少年两手一撑，轻车熟路跳进窗户。陈今阳看得眼角抽搐了一下，心里开始认真考虑装防盗窗这件事。

“这么晚了你干吗？”陈今阳问艾佳，“你怎么从机场过来？你又去S市了？”

艾佳答了一声“没有”，一边拉身上外套的拉链，一边又伸脑袋过来亲了她一口。陈今阳躲避不及，正想说“你别企图蒙混过关”，这时候艾佳把外套拉链拉开了，陈今阳猛地一眼看见一团雪白的毛茸茸的玩意儿掉在自己的被子上，“噗”的一声，毛团爬起来，甩甩脑袋。

陈今阳瞪圆了眼，一下子所有的话都堵在喉咙里。她看看四只爪子踩在自己被子上，哼哧哼哧往前爬了几步，“喵喵”叫的毛团子，然后僵硬地转过头，看着正低头从自己身上各个口袋里变魔术似的往外掏猫罐头、猫粮的少年。

“这几天给它吃这个，说是小猫不好立刻换粮，要过渡，晚点我让猫舍的人加你微信告诉你……”

在艾佳的碎碎念中，陈今阳回过神来，瞪圆了眼：“一只猫！”

她拎起睡裙裙摆，小心翼翼地凑到床边看着那只在她被子上滚来滚去的毛团子。

那猫浑身雪白，眼睛那儿有两块浅浅的淡咖啡色，但是并不明显，眼睛倒是挺蓝的，她伸出一根手指，它居然就很大胆地眯起眼凑过来蹭了蹭！

“你去哪儿搞了只猫？”陈今阳挠挠猫下巴，头也不回地问，“给我的？”声音里透着兴奋，都变得有些尖锐。

“给你的，给你的，我的命都是你的，一只猫算什么。”身后少年凑上来，将她连人带猫一起端起来拖进自己怀里，“网上买的，一般要排队排好久，它这一窝只剩它和它弟弟两个现货。”

“中华田园猫还要排队？”

陈今阳转过头，难得主动亲了艾佳一下，像是每一个收到了自家男人送的喜欢的礼物的女人应该表现出来的模样。

“这猫两万多，你别乱来。”

陈今阳撸猫脑袋的手一顿，脸上露出一个有眼不识泰山的表情，拎起猫爪爪认真看了一眼：“两万？”

“实际上已经接近三万，长大就好看了。”

“没有长得丑的猫。”

“这个长大特别好看。”

“你怕不是被人骗了。”

“求你去‘百度’一下布偶猫小时候的照片。”

“你不能一有什么不耐烦解释的就让我去百度。”

“只要你别天天提傻问题。”

艾佳又抱着陈今阳蹭了一会儿,直到楼下某个摩托车司机不耐烦地摁了一下喇叭,他这才恋恋不舍地把陈今阳连带她的猫一块儿放床上。他抬起她的下巴，双眼带着笑意：“喜欢吗？”

“喜欢。”

艾佳“嗯”了一声，低下头亲吻她勾起的嘴角，含混道：“我也喜欢你。”

显然，这只陷在陈今阳被子里站都站不稳，攻击力为零的毛团子成了艾佳在关键时刻献祭出的亚瑟王之剑。

他终于在这一晚突破了陈今阳的心房，用一只贵到不可能更贵的布偶猫，击碎了她别别扭扭的不安。

艾佳记忆中，他曾翻窗无数次，今晚却是他和陈今阳在一起快半年以来，陈今阳第一次用这么深情又温柔的眼神目送他离去，具体到肢体语言——在艾佳爬出窗户的时候，陈今阳站在窗边，一只手抱着猫，另外一只手打开手机电筒给他照明，并叮嘱他“慢点，小心脚下”。

“怎么了？”

“没什么。”

那一刻艾佳意识到，男人，在平淡的生活之中确确实实需要学会偶尔给女人一点惊喜，这样世界会变得更加美好。

艾佳顺着防盗网往下爬的时候，还听见陈今阳站在窗边奶声奶气地叫“咪咪”，那软绵绵的声音听得他脚一软，差点从二楼摔下去。

然后引来三楼窗边姑娘“嘭”的一声倒吸气声，带着嫌弃的声音在头顶响起：“你慢点儿，脖子给你摔断了！”

艾佳腹诽：差别待遇。

陈今阳目送艾佳爬上王磊的车，摩托车被重新发动发出嗡鸣声，少年抬起手对她挥了挥，绝尘而去。

直到彻底听不见引擎轰鸣声，陈今阳才收回目光，关上窗，拉上窗帘。她低下头，正好跟怀中的小猫对视上，这个时候她才发现，相比起一般的中华田园猫，它的耳朵里面也是和眼睛旁那两块浅咖啡色差不多的颜色，可爱得要人老命！

将小猫放在床上，陈今阳抓起手机一阵疯狂地照，上一秒还觉得这是一只有点儿瘦小的中华田园猫，这一秒就觉得它简直三百六十度无死角地貌美如花。她把照片拼成九宫格发到朋友圈，再把照片单独发给每一个这个时候可能还没有睡并且会理会她的人。

然后陈今阳把手机一扔，找了个小篮子，用自己的羊绒围巾给小猫铺了个床，放在墙角阴暗处，拿出浅口茶杯，倒了一点温开水放在篮子旁边，再把杯托洗干净，倒一点艾佳带来的猫粮和猫罐头。

小猫被放下之后就乖乖地趴在窝里，打了个呵欠钻进围巾里去了。陈今阳不知道它是从哪里航空运输送过来的，只是它看上去确实累坏了的样子。

等陈今阳蹲在篮子边，小心翼翼地安静看着小猫睡着了，她这才松了一口气，自己也爬回床上拿起手机。微信里理所当然地炸了锅，九宫格猫咪美图下面，在陈今阳忙活着给猫做窝的时候，已经有了长长一串留言点赞。

首先是大概已经回到宿舍的艾佳。

小崽子：要对它好！

小崽子：要对我和对它一样好！

还有各路好友。

咸鱼少女谣大大：你哪来的布偶猫？！

宿舍老六：哪来的猫！

谢苗：哪来的中华田园猫？！

宿舍老三：你在你家楼下捡了一只猫？

宿舍老四：你的爱心终于不再浪费在愚蠢的人类身上了……

小仙：这丑猫我队饮水机管理员送的吗？注意我不是挑拨离间，我还以为他拿了十几万的签约费，起码也要送只品种猫！

凉生：我和小仙讨论了下，我们一致认为这猫是菜市场买的，十块一只那种。

下面省略艾佳和小仙、凉生据理力争，类似“你才是菜市场买来的猫”之类大约二十几条消息，直到后面艾佳告诉他们这猫接近三万，凉生的反应和陈今阳是完全一致的。

凉生回复小崽子：三万？中华田园猫？好了，知道你被骗了，别叫那么大声，丢人。

最后是来自家里人的。

CWM（爹）：哪捡的猫？洗干净了吗就往床上放？

60后仙女（妈）：这猫挺好看的。

还有各路表妹表弟、堂弟堂妹的点赞和询问若干。陈圆手机估计被没收了，并没有出现。

陈今阳很满意地发现大家都在夸它是一只貌美如花的中华田园猫，并且他们帮她想好了关于“这猫哪来的”借口：捡来的。

她甚至不用费心思撒谎什么的，只需要保持沉默。

陈小姑娘：我朋友圈留言有五六十条，你是为数不多看出来它是布偶猫的人。

咸鱼少女谣大大：因为我关注布偶猫好久了，打滚耍赖求我妈给我买，你这抬一抬眉毛就得到了人家心爱物，还一副云淡风轻的样子，让我好恨哪！

陈小姑娘：艾佳给的。

咸鱼少女谣大大：真的吗？艾佳？我认识的那个艾佳？会送猫哄小姑娘开心？是世界末日了还是哥斯拉和奥特曼结婚了？！

陈今阳看了一眼趴在窝里睡得“呼呼”打呼噜的小猫，勾了勾嘴角，就好像透过它脑袋上那一小撮翘起来的毛，想到了一路将它小心翼翼揣怀里送来的少年。

陈小姑娘：在此之前跟他大吵了一架。

陈小姑娘：你知道他最近有点红，今年看《征战联盟》职业比赛的人比去年明显变多了，他走在大马路上都有人凑上来跟他搭话，这让我很没有安全感。

陈小姑娘：你也知道我马上就要出国了，于是就此问题大“作”特“作”一番，让他深刻感觉到我没有安全感这件事……

陈小姑娘：我们一致认为我们之间需要什么东西成为我们超远距离异地恋的催化剂和黏合剂，然后，就有了它。

咸鱼少女谣大大：这话说得，何不要个孩子算了？养大一点管你叫妈妈，管他叫爸爸，那黏合剂效果更上一层楼。

陈小姑娘：你有时候脑子里装的糨糊真的和那些“直男”傻子五五开。

咸鱼少女谣大大：我不承认。

咸鱼少女谣大大：我的少女心思甚至活络了。

陈小姑娘：噢对，这猫这一窝还有个现货没人要呢，少女。

咸鱼少女谣大大：暗示我抓紧时间和简阳吵架？

咸鱼少女谣大大：然而我俩天天抬头不见低头见，鉴于今年高二，这情况至少还能维持一年，我要是跟他说我没安全感，他可能会嘲笑整整一个暑假直到高三开学。

咸鱼少女谣大大：更重要的是，他是个零花钱比我还少的穷光蛋。

陈小姑娘：那你可以现在跑去你亲妈的床上，抱着她的脖子撒娇，“妈妈我长牙了，求一只三万块的猫，我能照顾好它，我给它铲屎。”

咸鱼少女谣大大：过几个月我十八了我的姐姐，十八岁青春少女长哪门子的牙？

陈小姑娘：智齿。

咸鱼少女谣大大：水土不服就服你。

陈今阳拿着手机，在床上翻了个身，小闺密嫉妒得满床打滚的现状让她的虚荣心得到了极大的满足，聊天的时候，她甚至会神经质地爬起来凑到床边去看早就睡着了的小猫，看它那小肚子缓缓起伏，耳朵轻轻抖动。

陈今阳趴在床头瞪大眼看着它睡觉，床板都快被她掰碎了：世界上不会有人觉得猫不好看的。

陈今阳“百度”了一下布偶猫适合用的物品，然后上淘宝疯狂购物，猫爬架、猫砂、猫厕所、猫奶粉、营养膏、小零食、小玩具，所有东西通通照着最高规格来，买完再留言要求卖家顺丰加急，仿佛生怕猫在她的LV羊绒围巾里感到委屈。

陈今阳花了半个小时，在淘宝花了接近半只猫的钱给它添置各类物品。看着淘宝页面里瞬间多出三十多个未发货订单，亢奋过度的陈今阳这才稍微冷静下来。

她钻进被窝，打了个呵欠，终于有空理一理今晚的最佳男主角。

陈小姑娘：给猫咪取个名字！

小崽子：如果你决定一直用今晚叫“咪咪”的那种声音叫它，那我不介意你干脆管它叫“艾佳”。

陈小姑娘：……

小崽子：怎么样？

陈小姑娘：咱能保持英俊姿态过夜，别迫不及待地表现得像个变态吗？

小崽子：……

陈小姑娘：叫阿毛好了。

小崽子：这是一只接近三万块的猫，你至少给它一个像城里猫的名字。

陈小姑娘：贱名好养活，你懂个屁，就叫阿毛。

小崽子：……

陈今阳有了阿毛的第三天，童谣通过打滚耍赖的方式把阿毛的弟弟也抱了回来，取了个名字，叫大饼。

艾佳对于这对姐妹的取名品味持保留意见，陈今阳认为他这时候压根不懂“土到深处就是洋”这门功课。

后来，当阿毛已经能够爬上那个几乎和屋子一样高的豪华猫爬架的第三层时，夏天已经悄然到来。

临近期末考试的那段时间，艾佳一天比一天暴躁，每天抱着书又开启了他的书呆子模式。陈今阳觉得这家伙咬着笔、皱着眉思考的样子英俊无比，于是那段时间大多数情况下，陈今阳和艾佳就像是身份互换了一样，陈今阳负责一只手支着脑袋举着手机对准身边的少年录像，而艾佳则是低头奋笔疾书的那个。

而艾佳觉得手机辐射严重影响了他的发挥。

“你手机放下。”

“不放。”

“放下。”

“我不。”

少年“啧”了一声，伸手要抢手机。陈今阳笑嘻嘻地把手机往身后一藏，在艾佳张牙舞爪地扑上来时，她主动投入他的怀中，抱着他的腰在他唇上落下一个轻柔的吻。

艾佳愣了愣，然后在她想要往后退时，将她抓回来在她唇上啃了一口。看周围没人注意到他们，他压低了声音小声问：“你是不是后悔当初承诺我的事了？”

“我后悔的事儿多了去啦。”陈今阳靠在少年怀中懒洋洋地说，“具体可以从答应和你在一起开始算起，你说的是哪件事？”

艾佳面无表情地掐了一把她的脸。

陈今阳拍开他的手。

“期末考试那个。”艾佳的声音低得像是蚊子嗡鸣，他清了清嗓子，声音听上去没那么有底气的样子，“前三，为所欲为。”

陈今阳从他怀里抬起头：“能别说得这么富有成人色彩吗？”

“这本来就是很有成人色彩的一件事。”

见他如此胸有成竹，陈今阳都有些不明白他为什么这么有信心，难道是因为他去年考试成绩就很好？去年他可没怎么看书啊，而最近他像是掉进书里似的玩命地看！

“考完再说。”陈今阳越想越不对劲儿，嘟囔着推了少年一把，“都是童谣天天给我灌输你是个破烂学渣的思想，现在看来，缺乏实地考察，随随便便听信谣言这种蠢事似乎做不得。”

艾佳咧开嘴，送给她一个意味深长的笑容。

六月，顶级职业联赛夏季赛开赛，YQNB 电子竞技俱乐部《征战联盟》分部提交给赛事官方的大名单上，出现了“YQNB-AICO”的名字，小仙通知艾佳，随时准备去 S 市拍夏季赛战队宣传定妆照。

六月中旬，艾佳完成了他所有的期末考试，也暂时告别了他的大学生活。

六月下旬，暑假如约而至。

陈今阳开始忙碌着出国的最后阶段各项琐碎的事情。大学期末考试成绩没那么快公布，她暂时把和艾佳那个“年级前三”的约定忘记得一干二净，偶尔空闲下来，她只忙着抱着阿毛去跟它的大饼弟弟玩耍。

这一天陈今阳用航空箱拎着阿毛去找童谣，结果摁响了童谣家院子的门铃后，童谣的妈妈探了个脑袋出来，看见陈今阳还挺热情地打了个招呼，完了告诉陈今阳，童谣在隔壁那个小子家里。

陈今阳心想，这年头的少男少女真是肆无忌惮，丝毫不遮遮掩掩。

把猫从航空箱里抱出来，她转身摁响了隔壁那个院子的门。这一次来开门的是简阳的妈妈，对方看着站门外抱着猫的姑娘，爽快地告诉她，童谣和简阳在卧室。

此时陈今阳的眉毛都快飞进发际线里了。她堂堂一个快要大三的学生，至今都不敢想象有一天她爸能笑眯眯地告诉外人“我女儿和一个男生在卧室里”。

抱着猫进了简阳家，陈今阳按照简阳妈妈的指引上了二楼，然后在走廊这边老远就听见小屁孩们在那大呼小叫：“简阳你到底来不来 gank 中路！不来你即将失去你的宝宝！”

“对面在小龙没看见啊，来什么来，别吵，看我抢龙！”

“你抢不到的。”

“你在说什么鬼话，你以为你在和谁说话！”

陈今阳抱着猫走向声源，来到一个房门半打开的房间前，然后一眼就看见了此时此刻背对着她并排坐在电脑前面的少男少女，两人身上穿戴整齐，双双痴迷地盯着面前的电脑，在他们面前的电脑上，是同一款游戏不同的游戏画面。

《征战联盟》。

陈今阳觉得这游戏可谓无孔不入，抢了她的男朋友，现在好像还要抢她的闺密。

陈今阳抱着猫，站在他们俩身后看了一会儿。

作为一个刚刚接触这个游戏没多久的小姑娘，童谣好像打得还不错。

她和艾佳打的还是一个位置，中单。

只是大概因为并不是什么排位赛，她用的英雄似乎比艾佳用的花哨得多。

陈今阳站累了，干脆自己找了一把椅子坐下来，安静撸猫，直到两个小屁孩大呼小叫地打完了一局游戏，童谣不经意地转头，然后被坐在她身后身穿红裙、披头散发低头撸猫的女人吓得差点心肌梗死！

“吓死我了！”童谣捂着胸口惊呼。

简阳满脸不耐烦地转过头，正想问她大惊小怪什么劲儿，然后也被吓了个够呛。

童谣回过神来，瞪大眼看着陈今阳：“你什么时候来的？！”

“在你叫他去 gank 的时候。”陈今阳面无表情地说，然后满意地看见她的小闺密的小“竹马”嘴角猛地抽搐了一下，脸上露出个后知后觉后悔的表情，和艾佳蠢起来时简直一模一样。

实在是应了那句话：天下的乌鸦一般黑。

童谣回家抱来了大饼，两只“失散”一个多月的猫兄弟得以重聚，很快就鸡飞狗跳地打成了一团——阿毛伸着爪子拼了老命地去挠大饼，大饼弓着背张大嘴拼了老命地去吓唬阿毛，一副丝毫不兄友弟恭的模样。

猫舍的人说，就是因为别人想买猫的时候，给买家看录像，别的猫都安安静静貌美如花，只有这两只猫长得暂时不那么出彩就算了，还永远都在打架，这么神经病的猫卖不出去才是正常的。

两只猫忙着打闹的时候，陈今阳和童谣、简阳在那儿聊了一会儿天。他们能聊到一起的话题并不太多，主要是带上了简阳，那唯一的交集就剩下《征战联盟》了。

陈今阳伸出手指戳了戳童谣的手臂：“你怎么也跟着玩这个游戏了？”

“闲着没事干。”童谣耸耸肩，“简阳又像个吸血鬼似的，太阳太大不肯出门，外面人太多不肯出门，天气太热不肯出门，KTV 太吵，电影院太闹，大街上没空调……怎么办？那就只好游戏里逛逛游戏地图啦！你让我一个蓝 buff，我给你一个击杀，好像也还挺浪漫！”

陈今阳想起她和艾佳几乎也没去看过电影，不过她在努力改变这个问题，而不是像童谣，一副随遇而安、甘之如饴的模样。

“你不能这么宠着你的小‘竹马’，男人都是不知感恩的狗东西，你退一步，他们压根不会感恩你的宽容，只会顺杆子往上爬，骑到你脖子上，然后吵架的时候还理直气壮地反驳你：‘你不满意怎么不早说，我以为你不说就是没意见！’”

陈今阳皱着眉，继续戳童谣的胳膊：“你懂不懂？懂不懂？”

童谣被陈今阳戳得龇牙咧嘴，笑得没心没肺地往简阳身后躲。简阳伸出手护着她，同时挑高了眉：“友情提醒一下，我还坐在这儿，‘训男经’麻烦停一停。”

简阳停顿了一下，出于男性尊严，他盯着陈今阳上下打量了一圈，然后掀起嘴角露出一个略带嘲讽的表情：“而且我打赌，艾佳也不会比我做得好。”

“至少我和他打游戏的时候，我让他来救我，他不会跟我说‘等等，让我打完这条龙’。”陈今阳面无表情地扬起下巴。

简阳瞬间感觉到原本躲在自己身后的少女拧了拧他的背，似乎是提醒他，陈今阳说得有道理，他就不要在这傻乎乎地挑衅，做无谓的挣扎了。

“我听过你们俩的故事。”简阳嗤笑一声，“好像是你在BGA主持的时候犯了什么弱智的错误，然后艾佳给你救了个场是吧？倒是很有骑士精神，是我能想到你们俩可能认识的场景中最浪漫的一个，毕竟他身上可取长处不多。”

陈今阳斜瞥简阳一眼：“吃饱了没事干攻击我男朋友？”

简阳：“我怎么攻击他了？”

陈今阳：“你说他不会比你做得好，这已经算是严重的人身攻击了，小子。”

简阳：“可是他真的不会比我做得好太多啊——你知道YQNB战队过两天好像要发布夏季赛定妆照的事吗？”

说到“YQNB战队”和“定妆照”的时候，简阳的语气里充满了羡慕。陈今阳努力在自己的记忆里搜索了这件事，没有注意到。童谣倒是转过头看了简阳一眼，犹豫了一下，但是最终还是没说话。

这时陈今阳想起艾佳好像隐约跟她提起这件事，如果不出意外的话，他应该是这两天就会去一趟S市，拍那个见鬼的定妆照。她依稀记得少年跟自己说这件事的时候一脸兴高采烈的样子，他由衷地为自己能拥有一件背后写着他游戏ID的队服而开心。

“我知道。”陈今阳淡淡道，“小崽子为这事高兴得上蹿下跳的，像是第二天要去春游的小学生。”

简阳低下头在自己的手机上捣鼓了一下，然后把手机递给陈今阳，于是陈今阳就看见艾佳在大概两个小时前发了一条新微博。

YQNB-AICO：准备到基地照夏季赛定妆照！

陈今阳挑了挑眉毛，她记得前段时间春季赛刚刚结束时，艾佳因为爱杀的事儿把微博删了，倒是不知道什么时候下回来的。这条微博下面几十个粉丝捧臭脚，无非是感慨“终于来了”“等你很久”“期待”之类的，只是有那么一条留言吸引了陈今阳的注意。

AICO的小迷妹：加油！我见过颜值最高的职业选手。

对于这条留言，艾佳居然被吹嘘得自信心爆炸似的进行了回复。

陈今阳嘴角抽搐了一下："我先申明下这个小迷妹不是我。我没瞎，陆思诚不比艾佳差，我说不出这种违背良心的话。"

童谣转过头看着简阳的脸，然后点点头："最惨的是，你两个都不如。"

童谣放开简阳，又转向陈今阳："我听说艾佳直播间也有个超级'迷妹'，叫小粽子毛的，天天给他砸大宝剑，打得好砸以示鼓励，打得菜被人骂的时候砸得更凶，美其名曰'安慰'，他天天在直播间'我的小毛毛''我的毛'地叫……"

陈今阳："噢，这回倒真的是我了。"

童谣像是听到了什么不得了的消息。

陈今阳："这么有情商的事，一听就是我干的。"

童谣愣了一下，犹豫道："艾佳好像都不晓得是你啊。"

陈今阳："你懂什么，这才叫浪漫。"

陈今阳靠在茶几边，伸手招过阿毛，毛茸茸的猫跳进她怀里张着嘴喵喵叫。陈今阳抬手漫不经心地给它摘去嘴边从大饼身上薅下来的毛。

她至今记得那天晚上，她站在床边，屋子里只开了一盏昏黄的台灯。

星光之下，少年从院子外的摩托车上跳下，爬上她的窗户，双手撑在窗沿亲吻她的嘴角。

他的身上还带着外面夜风的气息，黑夜和星光却好像都融进了那双带着浅浅笑意的黑色眼睛里。

"是浪漫啊。"陈今阳摸着阿毛的脑袋，笑眯眯地说，"世界上恐怕再也不会有比这更浪漫的事了。"

童谣和简阳对视一眼，纷纷从对方的眼中看见了困惑。

简阳："可是他和女粉丝互动呢？"

陈今阳："对，一码归一码。我们浪漫过，但是这不代表我们总在浪漫，比如现在，就是残酷的问责时间了。"

陈今阳抱着猫，像是老佛爷似的歪在那儿，拿出了手机，跑到艾佳的微博上把他和粉丝"良好互动"的一幕截图，然后微信发给艾佳。

陈小姑娘：哇，女粉丝噢！

小崽子：就随便互动下。

陈小姑娘：不是童谣隔壁家那个小子告诉我，我都不知道你发微博了。不是不玩这破玩意了吗？

小崽子：小仙让我上的，顺便弄个认证什么的。我倒是觉得没必要，有一个微博就像是活靶子，给那些个想骂人的人一个去处。话说回来，你那个小闺密的男朋友怎么知道我啊？

陈小姑娘：你们 T 大附中到处都是你的传说。

小崽子：那他还敢告我状？是现在的小孩太飘还是我已走太久，江湖传闻我握不住刀？

陈小姑娘：……

小崽子：你什么时候回来？过几天去 S 市了，我想多在你身边赖一会儿。

陈小姑娘：一会儿。

有了艾佳这句话，接近傍晚的时候，陈今阳婉拒了简阳妈妈留她吃晚饭的邀请，把阿毛往航空箱里一塞，像个急着回家给丈夫煮饭的小媳妇儿一样走得十分坚决。

大饼在最后时刻终于不和阿毛打架了，翘着尾巴喵喵叫着追着航空箱，一路追到院子里，兄弟情深得像偶像剧，直到童谣把它一把抱起来，它还伸着爪子想往航空箱上扑。

童谣抓着大饼，教育猫："你俩能不能别到要分开的时候才想着之前应该亲热一点？虚情假意！"

陈今阳看了童谣一眼。

简阳靠在院子门口，看着拎着航空箱的陈今阳，想了想，忽然用平淡的语气道："回去问问你家那个，YQNB 还要不要打野呗，电一王者二十九名，我觉得我比他们的打野强。"

陈今阳听简阳半真半假的语气，有些惊讶地抬起头看向他。

与此同时，抱着猫的童谣也抬脚踢他小腿："你疯啦？"

陈今阳看着简阳身后的别墅，脑子里不由自主地浮现了艾佳穿着脏兮兮的毛绒拖鞋，站在零下几度街头啃馒头的样子。她微微蹙眉，难得正经地和简阳说了句人话："相比起老老实实参加高考，这条路不好走，没下定百分之百的决心，别来浪费时间。"

站在院子门边，少年不置可否，轻轻嗤笑了一声。

大约半个小时后，陈今阳赶在日落之前回到了奶奶家。

站在院子里就看见艾佳家里的门开着，陈今阳心中微动，一路跑上楼，以为艾佳会站在楼梯口之类的地方迎接自己，结果发现并没有。奶奶家隔壁的门开着，门口有一个倒着的行李箱，可能是被扔出来的，这会儿门里一阵扑面而来的低气压和冷空气。

陈今阳站门口停顿了一下，然后可能是阿毛"喵喵"叫的声音穿透力太大，几秒后，愣是把它爹给叫出来了。

少年高大的身影出现在玄关，他探了个身子出来跟陈今阳对视上。陈今阳注意到少年面色不太好，满脸严肃，眼中还闪烁着尚未来得及收敛的疲惫和冷漠。

陈今阳微微蹙眉，此时艾佳的目光在她脸上溜了一圈，神色稍软，用口型对她说：你先进去。

陈今阳无声地点点头，打开奶奶家的门，进屋的同时，在她身后，少年无声地把那个行李箱拖进门，然后“砰”的一声关上门。

在他关门的瞬间，他身后的客厅里似乎传来中年女人的声音，说的什么，陈今阳没听清。

门口的行李箱提醒了陈今阳，艾佳这一次离开，大概就是真的要走了，从此之后他会在S市定居下来，只有春季赛和夏季赛结束之后的短暂休赛期，才有可能再回T市。

艾佳短暂的“离家出走”回家之后，和他妈一直处于有些尴尬的状态，看在他期末考试之前一副书呆子样的分上，他妈好不容易愿意跟他说两句话。

现在，最尖锐的问题最终还是被摆到明面上了。

陈今阳回家放了猫，阿毛瞬间蹿进自动铲屎机里解决生理问题，然后又去喝水啃猫粮，等它在猫爬架上安顿下来，屋内陷入宁静，陈今阳握着手机在沙发上发了好一会儿呆。

直到她手机振动。

小崽子：我改明天早上的机票，凌晨走。

陈今阳心里“咯噔”一下，下意识地握紧了手里的手机，咬了咬下唇。

陈小姑娘：就走？这么快？

小崽子：嗯。

艾佳看上去好像也无力解释太多。

于是陈今阳放下手机，因为实在是不知道回复什么好。

晚上。

他们俩手牵手到学校附近那家很好吃的盖浇饭店吃了饭。艾佳照例把自己砂锅里的锅巴都翻出来给陈今阳，但是她吃得不太多，整个吃饭的过程中也显得有些沉默。

因为放了暑假，平日里晚餐时间总是人声鼎沸的小餐馆里也显得有些冷清，气氛压抑到令人窒息。

吃过晚饭，两人在小区院子里坐了一会儿，陈今阳抱着艾佳的腰坐在他腿上，就像是恨不得把自己整个人塞进他怀里。艾佳靠在柱子上，一只手搭在她的腰间，这时候两人有了一些交流。艾佳说他下个赛季主要是跟着打训练赛磨合，并不是首发，没有陈今阳想象的那么忙，他们可以经常开视频聊天。

然后他让陈今阳到了国外老实点，因为听说加拿大的富二代以及帅哥有点多，比这更恐怖的是，他们之中甚至大多数是富二代帅哥。所以他决定每晚九点和十一点查岗，视频确认陈今阳在这个时间乖乖待在自己的房间里。

陈今阳听到这终于笑了，她把脑袋从艾佳肩膀上抬起来，用一根手指挑起他的下巴：“所以，这位同学，你期末考试到底考了多少名？”

艾佳：“杀了前面四十五个人，我就是第三。”

陈今阳：“噢。”

艾佳："但我专业成绩真的是正好第三，不用杀人。"

陈今阳："噢。"

晚上十点半，蚊子终于打败了陈今阳的爱情，她挠着腿，宣布准备回家。艾佳"嗯"了一声，用比较微妙的语气说他还要回家收拾行李。

于是两人各回各家，各找各妈。

两人到了三楼，各自掏出钥匙开门的时候，陈今阳回头看了一眼艾佳的背影，怎么看都觉得他薄情又冷漠，心中有一种想要伸手把他拽过来暴打一顿的冲动。

好在这时候门开了，坐在沙发上抱着阿毛看电视的奶奶叫了声"阳阳"，陈今阳下意识地应了一声，那股暴虐气息瞬间化为别的什么，心颤了一下，就像是被人狠狠地拧了一把。

她关上门，洗澡，上床，可是翻来覆去睡不着。

半夜一点，窗户框被小石子打了一下，发出"啪嗒"一声轻响，陈今阳瞬间翻身坐起来，下床，开台灯。

她走到窗台前，推开窗，低头就看见坐在二楼雨棚上，背靠着她窗台的少年。听见她开窗的声音，他扔了手里的一把小石子，抬起头，看着面无表情地望着他的她。

"我不想杀光那四十五个人，可是，我想你。"

——还没来得及道别，我好像就有点想你了。

他想她？

好巧，她也正在想他。

陈今阳用了一秒考虑，自己应该无情地关上窗，还是应该伸出手给坐在窗下发呆的少年，只是在这方面她的智商向来不太够用，而她留给自己的时间又太少，所以在做出决定之前，她已经脱口说道："你坐在这儿多久了？"

艾佳皱了皱眉："有一会儿了，我爸上夜班，我跟他一起出来的，待家里我都快窒息了。"

他的声音又低又沉，听不出太多的情绪，只是透着无奈。停顿了一下，他又补充道："与其在家里坐立不安，我不如来你窗子底下坐着，守着你睡觉，只是没想到你也没睡。"

"你怎么知道我没睡？"

"听见你翻身的声音了。"

陈今阳回头看了一眼，她在奶奶家的床还是小时候爸爸妈妈去外地经商时，她睡的那一张。那个时候，这床还是新床，夏天她的爷爷会坐在床边给她打扇子，敲床板，吓唬她"小偷来了"，她就会咯咯笑着闭上眼钻进被窝。

爷爷去世，这张床却还留着，是有些年头了，睡在上面翻身的时候会发出"嘎吱"

的响声。

陈今阳趴在窗边，没有说话，她在猜想艾佳是不是知道她今晚睡不着的原因，而今晚或许他们会来一场比她想象中更正式的道别。

陈今阳胡思乱想，一只手去拽坐在窗下的少年的头发，指尖扫过他的头发，无意识地蹭过他的额头。直到陈今阳感觉自己的手被他轻轻握住，她低下头，对视上他的眼睛。少年与她对视几秒，无言。过了良久，他微微皱着眉慢吞吞地说："对不起。"

陈今阳微微一愣，一下子没反应过来他为什么道歉，任由他牵着自己的手，眨眨眼，似乎在等待着他的下文。

"我知道我突然提前走，你一点心理准备都没有，对此也不怎么高兴，别否认。"

陈今阳还没来得及开口虚伪地否认一下，艾佳就继续自顾自认真地说："今天晚上你都没怎么用正眼看过我，在楼下小区里坐着的时候却愿意死死地贴着我坐，我就知道你肯定是心里不高兴，闹着别扭，又舍不得我走，舍不得到你甚至舍不得责备我。"

完全正确。

那句"舍不得我走，舍不得到你甚至舍不得责备我"，简直比陈今阳自己分析得还要透彻，她今晚为这别扭的感觉困惑一晚上了呢，原来是这样。

陈今阳吃惊地看着艾佳，如果不是现在气氛不允许，她简直想拿手机录个像，发给简阳那个小子，让他看看她陈今阳的男朋友有多像话！

大概是陈今阳此时震惊的表情太生动，这侧面提醒了艾佳平日里他究竟是有多不像话。少年看着那张迷茫又呆滞的脸，叹了口气。

然后他爬了起来，像曾经很多次做过的那样，双手撑在窗沿上，亲吻她的唇瓣，小心翼翼地，仿佛带着愧疚和遗憾。

他将她捞入自己的怀抱，死死地抱住："我不想走了。"

"嗯。"陈今阳懒洋洋地拍拍他的背，"差不多得了，这话多假？我又不是傻子。"

艾佳觉得这话半真半假，他又不是石头里蹦出来的，天生没有心，下午家里鸡飞狗跳已经让他觉得十分难过，而现在，除却难过，他又多出了几分不舍。

艾佳抱着陈今阳坐回床上，那张老旧的床发出"吱呀"一声响，吵醒了睡在猫窝里的阿毛。阿毛迷迷糊糊地从小爪子里抬起毛有些乱的脑袋，轻轻"喵"了一声，没有人理它。

少年叹息着将脸埋入少女的颈脖，细细嗅着她身上沐浴乳的香味，他的气息喷洒在她的脖子上，带来一阵令人心跳加速的温度。

角落里，布偶猫瞪着眼看了一会儿，见在床边的人并没有谁要理会自己，打了个呵欠，重新睡下。

此时窗外忽然风起，夹杂着水汽的风吹入窗户，陈今阳摆在窗前的参考书被风翻了几页，纸张"哗哗"作响。

"好像要下雨了。"

少年“嗯”了一声，揽在她腰间的手臂越发收紧，仿佛要将她生生揉进自己的怀抱中。

直到天边一道闷雷，然后大雨倾盆而下，在那一声闷雷当中，陈今阳被压着向后倒，陷入柔软的床铺。

她的长发披散在身后，犹如海藻刺激着艾佳的眼球，他情不自禁地捞起她一缕发亲吻，然后拉过她的手，亲吻她的指尖。

陈今阳眉眼之间紧张里沾染上了一丝丝模糊的暧昧，她神情稍稍放松了一些，试图从他手里抽回自己被亲吻得有些发痒的指尖：“外面雨好大，你行李放哪儿了？”

“楼下。”

“楼下？！”

“几件衣服，谁要谁拿走。”少年嗓音低沉而沙哑，“其他东西到了基地再买，走得急，什么也没准备。”

“可是外面雨好大，你箱子防水吗？”

艾佳撑起身子，无奈地看着身下陷入白色被子里的少女：“现在是关心这个的时候吗？”

显然不是。

陈今阳只是想随便找点话题分散他的注意力而已，因为此时此刻他的气息越发灼热，连带着她好像也跟着要燃烧起来了。

然后艾佳就撒手了。

凌晨三点四十分。

窗外，淅淅沥沥的雨下起来就没完没了。

陈今阳的背紧紧地贴着少年温热而结实的胸膛，打了个呵欠。她强打起精神瞥了一眼墙上的挂钟：“最多还在这儿赖个半个小时，你就该去机场了。”

少年陷入沉默。

陈今阳拍了拍他的手背，然后又打了个呵欠，之前那种让她躺在床上翻来覆去睡不着的感觉不见了，此时窝在他怀里，感受着他的体温、他的气息，她觉得很踏实。

陈今阳闭上眼被艾佳抱着老实地睡了一会儿，然后睡梦之中感觉到他蹑手蹑脚爬起来，窸窸窣窣的一系列动作后，陈今阳感觉到少年趴在床边看了她一会儿，她睡眼蒙眬地伸出手摸摸他的脸：“去吧。”

艾佳抓过她的手，在她手掌心落下一吻，然后翻窗离去。

迷迷糊糊中，陈今阳仿佛听见了楼下传来行李箱滚轮滚过院子地面的声音，她分不清是在现实中，还是压根只是在梦里。

外面的雨不知道什么时候停了。

这个夏天的夜晚，她为之寝食难安的离别终于还是到来，比想象中难受得多，也比想象中容易得多。

第二天早上，陈今阳睡到七点半自然醒，看了一眼闹钟，觉得自己早自习要迟到了，从床上翻身坐起来，又狼狈地跌回枕头上。

她愁眉苦脸，这才在疼痛之中清醒过来，已经放暑假了。

她摸到手机拿起来，看到了她亲爱的男朋友从早上六点多开始就不时发来的报告。

——到机场了。

——拿好登机牌了，你睡死过去了吧？

——过安检啦。

——想你了。

——登机，准备起飞了。

陈今阳放下手机，又带着复杂的心情慢吞吞地从床上坐起来，转身进了浴室里，泡了个澡。

她出来的时候看了一下钟，早上八点半。门外奶奶跟她说早餐放在桌子上了，她应了一声，随后听见开门又关门的声音，客厅里一下子安静下来。

陈今阳很有耐心地穿上衣服，然后跷着二郎腿坐在梳妆台前，把遮瑕膏抹在自己的脖子上，直到放在旁边的手机屏幕再次亮起。

咸鱼少女谣大大：我看了 YQNB 的官方微博，艾佳今天就去 S 市啦？

陈小姑娘：嗯。

咸鱼少女谣大大：那你怎么样哦，心情紧绷还是低落？要不要我陪你出去看场电影转移一下注意力？

陈小姑娘：我男朋友只是到坐飞机不到三个小时的隔壁 S 市打职业而已，我们并没有因此一言不合就闹分手，我为啥要低落？！

陈今阳打完字，发现自己情绪还真有些低落，类似于睁开眼没看见想看到的人，然后浑身上下像是散了架似的疼。

这些零碎的事闹得她心情不太美丽。

当然也有可能纯粹就是起床气。

陈今阳烦躁地把遮瑕膏往桌子上一扔，没有了吃早餐的心情。看外面一夜暴雨之后天空碧蓝如洗，阳光倾洒而入，她皱皱眉，爬回床上，准备睡个回笼觉，睡之前调戏一下闺密。

陈小姑娘：我看你隔壁的小子也不是个安生的货色，万一真的有队伍对他抛出橄榄枝，你做好他抛弃你屁颠屁颠就去的准备。

陈小姑娘：鉴于他说自己电一区王者前排，我建议你最好不要把我的话当玩笑，免得事情发生的时候你暴跳如雷。

陈小姑娘：过来人表示，当男人决定做什么的时候，你压根阻止不了，减少无谓的生气与挣扎是最好的选择。

咸鱼少女谣大大：大清早在胡言乱语什么？

陈小姑娘：我怕你受伤。

童谣隔着屏幕也能感觉到陈今阳溢出屏幕的淡定。

咸鱼少女谣大大：啧。

陈小姑娘：顺便问一句。

陈小姑娘：隔壁那小子没对你动手动脚吧？

陈今阳的疑问发出后，她耐心等待回复。

殊不知，远在千米之外，坐在早餐铺里，短发小姑娘盯着手机三秒，然后脑袋一歪把一口豆浆“噗”地喷了出去。

坐在她对面的少年挑起眉，一脸嫌弃地捧着自己的豆浆碗和小笼包躲开。小姑娘一顿抱歉，手忙脚乱地找纸巾擦嘴，简阳伸手，用手里的纸巾擦了擦她的嘴角：“干什么你，吃早餐能不能好好吃，又在和谁说话？”

“阿毛她娘。”

“她大清早的跟你说什么？”简阳怀疑地盯着她，“你又在脸红什么？”

童谣：“我没有。”

简阳扔下一句“求你照个镜子”，然后低下头吃自己的早餐。而在他的对面，童谣盯着他有些乱的发顶看了一会儿，也不知道想到了什么，直到看得他的发顶都快烧起来，她扔了小笼包，双手抱着手机迅速打字。

咸鱼少女谣大大：你和祖国的花朵说什么呢！

咸鱼少女谣大大：没有！

而对面的人依然显得很淡定，甚至似乎为此松了口气。

陈小姑娘：哦，没有就好。

陈小姑娘：你们还小呢，别乱来。

童谣瞪着手机屏幕，聊天框里跳出来的字信息量大得让她脑内疯狂报警。她庆幸此时她嘴巴里没有什么东西再让她往外喷了，虽然她现在其实想要掀了整个桌子。

“艾佳那个狗东西！”童谣憋了半天，最后气愤地憋出这么一句。

“反正人都走了，还不是随便你骂。”简阳懒洋洋地掀起眼皮子扫了一眼坐在自己对面的小姑娘，似乎也不准备问她突如其来的怒火到底从何而来，他只是忙着嘲笑她，“噢，人刚走你胆子就大啦？敢这么咆哮着骂他了？你们平时提到他都不敢大声说他的名字，搞得他像T大附中伏地魔似的。”

简阳吞下最后一口包子，拿起纸巾擦了擦嘴，也拿出了自己的手机，登录上微博看了看，正好刷到了YQNB某工作人员在私人微博发了一条微博说接到艾佳，还配了一张照片。

照片上少年拖着行李箱，肩宽腰窄，头发有一丝丝乱，他歪着脑袋，面无表情地看着身边的车流，身后的阳光将他的轮廓映照成一抹剪影。

“这家伙看上去好像一夜没睡，做贼去啦？”

简阳话语一落，发现坐在对面的童谣猛地抬起头瞪着自己。

简阳莫名其妙：“干吗你？一惊一乍的？”

鉴于一惊一乍的理由实在是难以启齿，童谣无力地抹了一把脸：“没事。”

简阳：“你说我让他给我引荐引荐打职业的事……”

童谣有气无力地瞥了他一眼：“你再多说一个字，我一会儿就跟你妈告状去，说你不好好学习，想要辍学去打游戏。”

简阳无语地闭上嘴，完全不知道自己哪里又招惹她了。

童谣郁闷地瞥了简阳一眼。

她放下手机后，简阳伸长了脖子看她的手机，然后指了指她的手机说：“她还没停下。”

童谣拿起手机，然后就看见陈今阳发过来的一条消息。

陈小姑娘：如果有一天，简阳决定要去打职业，他走的那天请务必锁好门窗。

童谣觉得自己已经从三言两语之中收集到太多不必要的信息……

真的难受。

她甚至不能像正常的小闺密一样拎着艾佳的衣领让他对陈今阳好一点，脑补一下少年面无表情时。那双看向别人时的深色瞳眸，她只觉得一阵恶寒。

她恨铁不成钢：陈今阳怎么就招惹上那个恶霸了呢?

真教人心碎。

同时，S 市。

艾佳出了机场，跟来接机的工作人员姑娘上了车。她自称是队内的什么后勤助理，叫瞳瞳，剩下的艾佳根本没听清楚。他只是拎着行李爬上车，坐在后排，想要趁着去基地的时间睡一会儿。

现在让他兴奋的人都不在他身边了，他一下子就觉得熬夜不睡的报应来了，整个人走在路上好像都能闭眼睡着似的，加上陈今阳没有回他信息，他理所当然以为她也还在睡。

因为睡眠不足，艾佳就想睡觉，奈何那个助理小姑娘上了车就跟他搭话：“那么早的飞机很辛苦吧？一会儿到基地你可以先睡。昨天小仙听说你要来，就帮你把床收拾好了，还好之前就做了准备，早一个星期前就重新买好了床，你不用再跟爱杀挤了。”

——不用跟爱杀睡了？我跟他现在还尴尬着，不睡一张床岂不是失去缓解尴尬的机会了？

艾佳愣了一下，但是也没表现出自己强烈希望和另外一个雄性生物共享一张床的样子，麻木地点点头，礼貌而生疏：“麻烦你们了。”

“麻烦什么呀，以后大家都是一家人了。”自称瞳瞳的妹子坐在艾佳旁边，转过身看着他，“你刚才下飞机发微博了吗？”

“没有。”艾佳疑惑地看了她一眼，然后耐着性子回答，“我不是很喜欢玩那个。”

瞳瞳“啊”了一声，显得特别理所当然地说：“跟粉丝交代一声啊。昨晚他们知道你要来，可期待了呢，都在说什么等你一个赛季啦，要不是因为你没上春季赛，冠军肯定是我们的，现在你终于来了什么的。”

艾佳下意识地皱了皱眉。

瞳瞳看他皱眉，也不觉得自己说错了什么，只当他搞不明白情况，笑着说：“现在你在我们队也有人气了啊，别老当自己还是个路人。”

“我下个赛季不打首发。”艾佳说，“小仙说，我过来先跟一个赛季训练赛。”

瞳瞳盯着他看了一会儿，笑了：“可是我们都很期待你上。”

“爱杀现在还是电一王者前十，我昨天刚刚上大师。”此时艾佳语气听上去不那么耐烦，“训练赛也没打几把，队友之间磨合都没有，季后赛打红箭那两场就是配合没默契输了的——所以，怎么着也轮不到我。”

“好歹也是三比二赢了。”瞳瞳不以为然地耸耸肩，“好过上爱杀一比三输给CK战队，CK战队他们那个打野哦……啧，总之CK战队现在到处在找打野。”

艾佳脸上的不耐烦变得比之前更加明显了，直接沉默，懒得搭话。

“不是首发也没关系，粉丝期待你上嘛，看见你在这个赛季大名单里，他们不知道多高兴的。”瞳瞳继续道，“所以你到S市最好发个微博通知他们一声，大家都会很高兴。”

艾佳向后靠了靠：“不用了。”

瞳瞳脸上的笑容僵了一下：“怎么？”

艾佳闭上眼，懒洋洋地说：“我女朋友不喜欢我天天跟粉丝互动来互动去。”

瞳瞳“哦”了一声，顺口说：“这么不懂事的吗？”

艾佳瞬间睁开眼，坐起来，看了她一眼。

这一眼寒气逼人，她下意识地往后缩了缩，有些仓皇地扔下一句“队员和粉丝互动是维持人气的正常手段啊，你不做，俱乐部也会要求的”。

之后，仿佛受不了艾佳面无表情看着她时那种压迫感，她坐到前面去了，并且接下来也保持安静，不再试图跟艾佳搭话。

大概一个多小时后到了基地，这时候上午十点半左右。

基地的人还没醒。

艾佳拖着行李箱直接回到了之前他和爱杀的那个房间，爱杀正蒙头大睡，艾佳轻手轻脚地放了行李，转身去浴室洗了个澡。

艾佳走出来的时候，爱杀好像听见了动静，掀起盖在脑袋上的被子，抬起头睡眼蒙眬地看了一眼站在窗边的少年，只见他背着光站在那儿，浑身只穿了一条裤衩，水珠顺着他结实的背部肌肉滑落。

爱杀翻了个身："刺眼，拉窗帘。"

艾佳伸手把窗帘拉上，爱杀抓着被子，瞪着天花板："怎么这么早就过来了？"

"被我妈赶出来的。"艾佳说，"不然还晚两天。"

爱杀"噢"了一声，不说话了，又翻了个身睡觉去了。

房间里的气氛变得没有最开始那么紧绷。艾佳站在床边盯着爱杀的背影，心想如果他回答"迫不及待来打比赛"，这会儿是不是就已经被他的室友扔到窗外了……想着想着，一阵困倦席卷而来。

他掀开被子，爬上床，没一会儿，也陷入沉睡。

理论上，这是艾佳正式加入 YQNB 的第一天。

他睡了个安稳觉。

感觉被人推了几下，艾佳不耐烦地睁开一只眼，然后就看见蹲在他床头的凉生。

艾佳："你应该知道，哪怕是醒来的第一眼看见你，我也不会给你一个早安吻这件事吧？"

凉生面无表情："哦，好失望。"

艾佳："脸拿开点。"

凉生退开了一些，艾佳把被子掀过脑袋，正要继续睡，这时候凉生好像反应过来自己是干吗来的了，他伸出手，一把拽住艾佳："你别睡了，赶紧起来！"

"不起，你根本不知道昨晚我经历了什么。"艾佳打了个呵欠。

"不起是吧？"凉生凉飕飕道，"你是不是想再花三万块给你家那只三万块的丑猫配个媳妇儿？"

艾佳掀被子的动作一顿，稍微侧过身挑眉看着凉生。

凉生显然是后来不知道从哪儿打听来了关于阿毛的来龙去脉，完完全全搞明白了"艾佳与粉丝互动程度超标，后院着火，重金买猫救场"的趣闻……

这会儿他拿着自己的手机，往艾佳手里一塞，叹了口气："我让她删她不删，你自己去吧。"

艾佳莫名其妙地接过凉生的手机，看了一眼，然后直接一个鲤鱼打挺从床上跳了起来。只见手机的微博界面显示，一个他完全不认识的微博号，在他完全不知道的时间，发了一条他完全没得到通知的微博，微博里，他刚从机场走出来，拎着行李箱站在路边，没有看镜头。

微博配字：给期待我队 AICO 已久的粉丝们，女朋友视角！

微博早上九点多发出来，到下午三点半，转发一千多条，热热闹闹！

评论里"帅""已保存""设为手机屏幕""我队中单嗷嗷""妈妈，我有男朋友了"等危险字眼层出不穷。

女朋友视角？

谁女朋友？

艾佳只感觉到一阵脑壳疼。

他把凉生手机扔回去，手忙脚乱地翻出自己的手机。

打开微信，发现陈今阳那边毫无反应，艾佳心里“咯噔”一下，然后手抖地先发了一个句号过去。确定自己没有被拉黑，艾佳松了一口气。

然后在凉生“你能不能有点出息”的嘟囔声中，他颤颤巍巍点进了陈今阳的朋友圈，一眼就在最新发的那条朋友圈里。看见了某个他觉得碍眼的男人的侧颜照片——男人身上还是西装革履，照相的时候好像是在开车，照片配字：给期待我家司机已久的粉丝们，女朋友视角！

艾佳倒吸一口凉气，气得头皮发麻。

凉生看艾佳这副快要断气的模样，扒着艾佳的手，凑上来看了一眼，然后扫了一眼发表时间，淡定地说：“哦，我们都看不见这条朋友圈啊！估计是分组可见，只有你一个人的组，你女朋友会玩。”

艾佳一时间没有顾得上回答凉生，因为他正忙着疯狂倒吸气维持自己的生命。

挺英俊的一个小伙子，活生生气成了河马。

呃，脸更像河豚。

凉生同情地看着艾佳。在凉生眼里，艾佳找的那个女朋友显然已经成了某种女魔头之类的存在，遇见任何事，她最先想到的居然并不是找她的男朋友一哭二闹三上吊要说法、做教育，而是转头干一样的事，以其人之道，还治其人之身！

俗话说得好啊，再多的大道理，磨破了嘴皮子地说，也不能让谁过好这一生。

再惊天动地的怒火，扯破了嗓子地咆哮表达愤怒，还不如让另外一个人切身地体验一下其中滋味，更形象生动。

啧啧，这样的姑娘，思维逻辑实在是清晰到无可挑剔，简直万里挑一。

“哎哟，你还好吧，气得小脸发白。”

凉生见他们的新中单在落地第一天，刚刚睡了一觉起来就火烧屁股，实在很惨，这会儿好像被一条仅他可见的朋友圈气得快要昏厥过去，也实在是有点可怜。凉生想了想，开口道：“你家小姐姐估计也就是为了气气你才发的这么一条朋友圈，喀，你也不用气得这么走心，这么真情实感吧？”

“她朋友圈怎么可以出现别的男人的照片！”在凉生的叨叨中，总算回过神来的艾佳暴躁地扔了手机，“她连我的照片都没发过！”

此时，凉生看向艾佳的眼神更为同情：“我知道这很气人，但是你们要为这个吵架就不值得了。你听我说啊，我之前就说瞳瞳这条微博不太妥，搞什么女朋友视角，要被你女朋友看见可怎么办，那个瞳瞳不听我的啊，她说什么现在就是流行这么玩，好多明星还主动去录这样‘女朋友视角’的视频发给粉丝作为福利，所以她发这个也算是粉丝福利。”

凉生噼里啪啦说了一大堆，主要就是想甩锅给那个工作人员，有些工作人员趁着来基地的机会偷拍队员发自己的私人微博蹭粉丝这种事也不是一次两次了。

凉生有一次抠脚的照片被照下来发出去，被那些粉丝和黑粉“哈哈哈哈”转发了好几百条就算了，还被做成表情包。当然他不是特别在意这种事，但是谁愿意一打开自己的 QQ 粉丝群，就看见自己翻着白眼抠脚的丑照表情包刷屏啊！

想到这，凉生心中简直有千言万语的感慨，最终却只是化作一声无奈的叹息。他拍了拍艾佳的肩膀：“欢迎来到职业选手的世界，忍者神龟又添新成员，兄弟。”

艾佳拍开他的手，那双深色的瞳眸这会儿被气得又黑又亮，犹如冬日三尺寒冰，活灵活现！

凉生心中“咯噔”一声，还以为艾佳要跟陈今阳大战三百回合实现“电子竞技没有恋爱”的诅咒，在来到战队第一天就闹个分手恢复单身什么的，却没想到，此时艾佳一个转身，直接推开门走了出去！

愣了三秒，凉生着急忙慌地跟了上去，生怕艾佳一怒之下拆了基地。

这会儿是下午，基地里人最多的时候，夜猫子队员全部起床了，该上班的工作人员也各就各位做着手头上的活儿。听见艾佳“噔噔噔”下楼犹如哥斯拉登陆东京湾的巨响，大多数人都抽空抬起头看了他一眼，甚至包括坐在电脑前面正打排位的爱杀。

只见艾佳面色铁青，下了楼看也不看队员训练区，而是转头三步并作两步往后勤工作人员区域走，然后站在那儿环视一圈，最后目光停在某个沙发角落里的身影上。

凉生一个箭步上前拉艾佳的袖子，没拉住，反而差点被他带着往前劈出个一字马，整个人踉跄了一下，被迫松开了他家中单的衣袖，摇摇晃晃被旁边凑上来的小仙扶住：“你又在卖什么蠢？你不是叫中单起床吗？他干吗看上去那么气？你用什么方式叫人家起床的？”

死亡四连问。

凉生只来得及摇头叹气。

而此时，艾佳来到了那个毫不知情，正低着头欢快玩手机的女工作人员面前，抿了抿唇，没说话。

空气有些凝固，周围不少听见动静的工作人员抬起头，先是莫名其妙地看看艾佳，又看看艾佳正瞪视的人，然后智商正常的人纷纷一脸了然，摆好姿势准备看戏。

对此毫不知情的瞳瞳正低头刷微博，看了一眼这半天涨的几百个粉丝，还有“求更多队员生活小段子”“求我们容容的照片”“求更多新中单”之类的粉丝私信，她勾了勾嘴角，准备一个个回应。

这时候，她终于迟钝地感觉到周围气氛不太对。

“怎么了？”

她显得有些茫然地抬起头，对视上一双深若寒潭的眸子，她抓着手机的手指不由自主地跳动了一下，微微皱眉。

“艾佳？你怎么了？”她轻轻问。

艾佳看上去完全懒得跟她废话：“微博，删了。”

“什么微博？”瞳瞳脸上露出一个茫然的表情，片刻之后像是反应过来了，“哦，你说那个微博，不用删吧，没有人说不好啊或者怎么的。本来就是给粉丝发福利什么的，有些人就乐意看这种，大家都挺高兴的。”

凉生在艾佳身后嘟囔了一声：“你看，我就说。”

艾佳皱起眉：“大家都挺高兴，你怎么不问我高兴不高兴？”

瞳瞳看着艾佳，像是挺无奈的：“我也没有把你照很丑或者怎么样吧？”

“是这问题？我没告诉过你我有女朋友？”艾佳挑了挑眉，那样子看上去恨不得把人生吞活剥，一时间基地里没打游戏的都站起来围了过来，“你没经过我允许随便发照片就算了，配字什么意思？”

“女朋友视角？你是不是误会什么啦？”瞳瞳有些无语地笑了，“你去网上搜一下好不好，这个不是我说我是你女朋友，而是这是女朋友角度拍的照片！就像很多网红，拍一张抓着男朋友手臂的照片，只是送给粉丝的福利，很多明星也会这么拍小视频或者照片。”

“哦，奇了怪了。”艾佳点点头，面无表情地说，“我还以为我是来打职业的，是我走错门了还是我会错意了，打比赛赢比赛还不够，还得卖身取悦粉丝？！”

“什么卖身取悦粉丝！”瞳瞳也站了起来，“你说话不要那么难听！你去搜搜看是不是也有别的电竞俱乐部这么玩，人家的粉丝涨得嗖嗖快！我们也不能只是原地踏步吧？！看看这个赛季的微博评论和回复量吧，粉丝都快跑光了！”

“一口一个粉丝，粉丝是你爹啊？”

“怎么说话的！大家都是拿工资做事，你怎么觉得自己高人一等啦？”

“我好像没拿这份卖身钱吧？”

“好好好，你没拿，俱乐部维持运营不依靠粉丝基础拿赞助、拿投资，难道依靠你们打比赛赢奖金吗？那也要你们赢比赛才是，你们赢了吗？！”

瞳瞳一句话，把现场所有现役队员外加教练组得罪得干干净净，虽然她说的话并不是完全没道理，勉强算是“话糙理不糙”，但是这也太糙了！

“所以现在是随便什么阿猫阿狗都能对战队成绩指指点点？！”

在艾佳近乎咆哮的时候，凉生和小仙一左一右蹿上来架住他，而此时少年抬脚踹了一脚茶几，茶几发出“嘎”的一声巨响，异常刺耳！

桌子上原本放着的果盘翻倒，几个放在那儿没人吃的梨和苹果啪啪掉了一地。

没人敢说话，大家只是大眼瞪小眼。

小仙和凉生只觉得自己好像抱着一头牛——这艾佳力气也忒大了！

“那么喜欢粉丝经营搞什么电竞俱乐部，改名叫‘YQNB传媒公司’不是更好？！成绩不重要，你不如请几个长得好看的小鲜肉来天天给你搔首弄姿！找我们一群起床连脸都懒得洗又拿不到冠军的网瘾少年在这浪费俱乐部的钱干什么？”

艾佳声音越来越高。

此时，那个瞳瞳接不上话了，像是一股气堵在胸口，她狠狠地瞪着艾佳，又委屈又可怜的模样，双眼泛红。

然而艾佳却明显是个不晓得什么怜香惜玉的，原本他只是因为这女的乱发微博给他找事有点儿恼火，现在他因为她在这里大放厥词简直暴跳如雷！

“一人少说两句。”

“你哪个部门的，怎么说话的？”

“我怎么不记得后勤宣传的能对我们战队成绩指手画脚了……”

“那么想看冠军去 CK 啊，我帮你问问他们经理招人不？”

都是十几岁的少年，本来春季赛都结束了，没拿到冠军，大家都很遗憾，但是这事儿过去也就过去了，现在冷不丁听到这些冷嘲热讽的话，说不恼火那是假的。

现场除了小仙还说两句安抚的话，其他人看着都恨不得扑上来把这女工作人员掐死。她跟艾佳吵一半不吵了，往那里一坐，低着头不说话。

艾佳冷冰冰看她一眼，没有丝毫心软的迹象，弯腰伸手一把抢过她的手机，点开微博，利落地把她发的那条微博删了，又把她手机扔回她腿上。

力道不小，瞳瞳被砸得哆嗦了一下，随后听见冷漠而低沉的声音在她头顶响起：“我是来打职业的。想扮小丑，去哪儿不行？”

扔下这么一句话，艾佳挣脱开小仙和凉生，在众目睽睽之下头也不回地上了楼。

当二楼惊天动地的摔门声响起，坐在沙发上的女人开始泣不成声，一时间，整个基地一楼都是她“嘤嘤嘤”的哭声。

众人面面相觑，不知道如何是好。

最后是容容一声“啊我游戏开了”，众人恍然大悟，各自找理由走开——于是到最后，十来个大老爷们，愣是没一个人上前去递个纸巾。

小仙犹豫了一下，看看坐在那里哭的妹子，又看看楼上那扇紧闭的大门，叹了口气，抬脚往楼上走。

小仙推开艾佳房门，艾佳正倚靠在床边抽烟，像是雕像似的望着窗外，手中的烟都快烧着手了都不知道。

他另外一只手握着手机。

小仙把他手机抽出来看，屏幕上开着和陈小姑娘的对话框，相比起早上那一连串的卖萌，刚刚被少年发出去的只有两句话。

YQNB-AICO：微博是在我不知情的情况下发的，我让她删了。

YQNB-AICO：你那个也给我快点删了，听见没？

小仙不晓得所谓的“你那个”是哪个，他张了张嘴，刚想教育艾佳这么硬邦邦地和女朋友讲话可能是要凉得硬邦邦的，但是一想到刚才艾佳在楼下和那个女工作人员说话的态度，这简直算是如沐春风了，于是又默默地闭上了嘴。

几分钟沉默后，艾佳“咝”了一声，抖了一下被烟草烫着的手指。

“那个女人说的话……”小仙犹豫道。

“要不是看她是个女的，我早就把她的脑袋摁在马桶里让她漱漱口了。”艾佳在窗台上摁灭了烟头，用平静的语气道，“我长这么大，除了我妈和我女人，没人敢那么和我说话。”

小仙原本以为捡回来的是条“小奶狗”中单，没想到原来是条和隔壁替补中单不相上下的狼。

作为今天第一百零八次在艾佳面前发出叹息的人，小仙无语道：“你生气归生气，但是那个女人说的话不是完全没道理。电竞俱乐部运营靠赞助商和投资商，那些人来赞助，来投资，看的还不是战队的粉丝人气？你没有人气，就什么都没有，必要的运营肯定是要有的……”

“但是不能本末倒置。”

“什么？”

“少搞这种花里胡哨的东西，打出成绩比什么都来得强。”艾佳皱眉，“一个春季赛冠军，CK 官方微博长了几万粉，为什么？我也没听说他们哪个队员突然整容成了柏原崇。”

小仙想了一下，好像也是。

现在职业联赛的八支战队，人气方面看得过去的不过就是 YQNB-CK 两支战队，下来稍微能感觉到有粉丝存在的是 ZGDX 还有红箭、DQ 战队这些。

ZGDX 这个赛季人气飙升，隐约有要追上 CK 和 YQNB 的势头，赞助费收到手软，人们都说是陆思诚带来的粉丝，现在想想，未必不跟他们这个赛季成绩肉眼可见地变好有关系。

而剩下的战队，经常搞些花里胡哨的东西，送点队员写真签名照，发发战队内部日常照片什么的，虽然也有受众，但是到底还是邪魔外道，根本不成气候。

小仙拍拍艾佳的肩膀，艾佳抬起头扫了他一眼：“我先说好了，以后这别拿这种事搞我。我来就是想打职业，不是来当明星的，再有下次，我还继续骂。”

“行了行了，哎呀，你们都是祖宗。”

小仙再一次由衷感慨本队中单都是神经病的现实，在艾佳终于软化一点，掏出烟盒塞进他手里时，他抽出来一根，不点燃，只是叼在嘴边，含糊道：“正常的宣传你还是要配合一下的。”

“我知道。”

“这种不三不四的事，以后我尽量给你们拦着。”小仙微微眯起眼，“虽然我不觉得照几张照片就能影响你们拿联赛冠军。”

“你确定不影响？”艾佳把自己的手机往小仙手里一塞，“今天，我原本能美滋滋睡到晚上，然后起来跟队友‘双排’打训练，现在就因为那乌七八糟的一条微博，我女朋友‘原地爆炸’，我时刻惦记着要不要再飞回T市给她下跪磕头。”

艾佳面无表情道：“职业选手也是人，有七情六欲的。看看爱杀一个国服登顶王者在比赛的时候发挥成什么鸟样，还不能正视我们也是人甚至还是玻璃心这个事实吗？麻烦把我们当人看。”

好了，现在又变成了爱杀。

有理有据，令人信服，是吧？

小仙：“我发现你今天格外能言善辩，分分钟可以骂哭或者说服任何人。”

艾佳莫名其妙：“我骂哭谁了我？”

小仙也学着他面无表情地推开了刚才被摔上的卧室门。艾佳侧耳倾听了一下，发现是刚才那个女人在楼下哭。

“哦。”他丝毫不为所动，冷漠地说，“她也算？她活该。”

这是艾佳正式入职电竞行业的第一课。

他选择吊打老师。

小仙跟艾佳谈了一会儿，确定他不会一个激动从楼上跳下去结束自己年轻的生命后，放心地转身下楼去给他收拾烂摊子了，也许还会进行一些职业规划方面的思考什么的。

比如如果他不想以后总是给队员擦屁股、收拾烂摊子，那么他最好不要那么懒，试图对每一件事睁一只眼，闭一只眼，他得主动起来，在事情变成烂摊子之前，解决或者制止。

带着无限思考的小仙离开后，屋子里陷入安静。

艾佳强行冷静了片刻，才重新拿起手机，看了一眼自己刚才盛怒之下给自己的女朋友发的两条语气硬邦邦、凉飕飕的消息。他手指悬空在手机上方，停顿了一下，点了下已经发出的信息，然后绝望且毫不意外地发现已经过了可以撤回的有效时间。

试想如果自己是个妹子，男朋友走了，两个小时后，自己从一个路人甲（性别女）的微博看到亲爱的男朋友的照片，号称女朋友视角，而此时，作为真正的女朋友，自己还不明真相地躺在床上……艾佳有点儿窒息。

现在他很想把手机扔到楼下去，然后过两个小时可怜兮兮地告诉陈今阳自己被盗号了。如果陈今阳是傻子的话，她可能会信。

可惜她不是。

艾佳捏着手机，像一头困兽一样在房间里转来转去，这个时候他的房间门被人推开了，凉生和面无表情的爱杀扛着一个巨大的折叠板子冲了进来。

艾佳转圈圈的步伐一顿，瞥了一眼那个折叠板子，问：“这是什么？”

凉生打开折叠板，艾佳看见了自己的游戏ID，愣了下，这时候听见凉生说：“怕你气坏了，所以把这板子带上来给你，之前你那个邪恶的女朋友给你做的灯牌，还记得吗？”

艾佳：“记得。”

他岂止记得。

艾佳见了鬼似的盯着那个板子，现在排山倒海的愧疚几乎要把他吞噬。

如果他是陈今阳，他甚至不会留着自己过马上就要到来的七夕。

艾佳瞪着灯牌，凉生盯着艾佳，过了良久，队长耿直地说：“你看上去像快哭了？”

“我就是。”艾佳干巴巴地回答，“如果你们不介意的话，我想和这一块可能象征着‘分手快乐’的板子独处一会儿。”

爱杀：“什么？他赶我们走吗？这玩意挺重的，扛上来我差点扭了腰，我还以为我至少会得到一句谢……”

爱杀话还没说完，就被他们亲爱的队长面无表情地摁着脑袋押出房间，房间门再一次“砰”地被人关上了。

当房间内再一次恢复了最开始的宁静，艾佳来到灯牌旁边，把它靠在墙上，打开，在边缘摸索了一圈找到了开关，然后“咔嚓”一下打开开关，原本昏暗的房间被五颜六色的光芒照亮。

艾佳挨着这块灯牌靠着墙坐下来，长长地叹了口气。

YQNB-AICO：上面两句话人工撤回。

YQNB-AICO：刚和那个发微博的女人大吵一架，情绪还处于暴躁阶段，如果她不是女人，我真的会动手，可惜现在只能憋着，但是我不应该把气撒在你身上，抱歉。

YQNB-AICO：虽然你那条朋友圈也确实要气死我了，不排除这个原因。

YQNB-AICO：看在我这么深刻检讨的分儿上，留用察看到过完今年七夕好不好？

连续几条微信发出去，艾佳的心里可以说丝毫没有底。

在陈今阳回复他之前，他心里已经把各种可能收到的回复演练了一遍，并已经锁好了门窗，防止任何冲动性的意外发生。

然后是漫长的等待。

直到陈今阳那边直接发起了视频通话请求，艾佳直接从地上弹了起来。他余光扫到镜子里的自己面色发白，如果刚才他是以这副见鬼的模样和那个女工作人员吵架，至少绝对不可能吓哭人家。

艾佳摁下了同意接通视频的按键，在他“咕噜”一声吞咽下一口唾液并且拼命试图让自己看上去比较冷静时，他看见手机屏幕亮了起来，然后那张即使刚刚分别此时也能让他万分想念的脸蛋出现在手机里。

陈今阳好像是坐在陈圆的画室里，艾佳认识那个落地窗帘和墙外的爬藤植物，那植物生机勃勃。

陈今阳微微眯起眼看着手机那边的少年：“同学，容我提醒一下，你现在的表情看上去就好像完全没想到这辈子还能再见到我一样惊讶。”

艾佳：这么明显?

艾佳显得有点儿傻乎乎地摸了摸脸，没说话。

陈今阳叹了口气，轻轻地说：“朋友圈删掉了。”

艾佳坐直了一些，因为心虚脑子一抽，语无伦次：“其实没关系，如果你喜欢也可以留着……”

剩下的话被陈今阳的一个瞪视瞪了回去，意识到自己说了什么鬼话，他补充了一句“不对，其实我不是那个意思”，语气听上去可怜巴巴的。

他忐忑不安地等待着发落，却看见手机那边，陈今阳上下打量了他一圈之后，缓缓道：“你给我的留言我看见了……”

艾佳有点紧张地皱起眉。

“其实我觉得你的语气问题不大。”

艾佳愣了一下，还以为自己的耳朵出了什么毛病，以至于他不得不问了一句：“你说什么？”

“我说我觉得你的语气问题不大。”陈今阳也跟着皱眉，用上了有点儿紧绷和暴躁的语气，“那条微博不是你发的，而你也毫不知情，你只是被偷拍了而已，我不应该发一条那样的朋友圈来气你的。凉生说你被气得够呛，然后把一腔怒火撒在了那个倒霉蛋工作人员的头上。当然她不是无辜的，所以她活该。但是你好像是无辜的，所以在这件事上我处理有问题，我得跟你道歉，而不是你跟我道歉，就这样。”

陈今阳一股脑说完自己要说的，然后看上去有些别扭地闭上嘴。很显然相比起艾佳这种把检讨书当周记写，天天都在对不起国家、对不起父母、对不起学校的人，在陈今阳的人生字典里，向别人道歉这种事并不经常出现。

她甚至不怎么说这么长的句子，以至于有些语无伦次。

因为太过于震惊，艾佳像个外国友人似的，拼了老命在陈今阳话落后过了二十几秒才艰难地理解了她说的话。

艾佳眨眨眼，眼前事情的魔幻发展，让他几乎要以为自己是不是压根还没醒过来。

此时此刻，在手机屏幕那边，陈今阳靠着一个空画架，阳光透过她身后的爬藤植物叶子缝隙倾洒而入，照在她的肩膀上。

于是，她整个人像是沐浴在光里。

此时她脸上的表情看上去有些纠结，她正咬着自己的下唇，皱着眉，看着手机。

“以后不这样了。”她轻轻地说，“我应该接受你的人设有所变化的事实。你正从一个网瘾小子变成职业电竞选手，更多的人会看见你，这并不是什么不好的事。”

艾佳确定现在自己看向陈今阳的眼神里不仅没有责备，还充满了爱意，如果他有尾巴，那尾巴也已经生生被他摇掉了。

“我想象了一万种接通视频后你会跟我说的话，并想到了一万零一种哄你开心，让你不要甩了我的方法。”艾佳赞叹，“但是你现在这样说，我有点应付不来了。”

“思想觉悟很高，是不是？”陈今阳看着有点儿轻松地撩了下头发，“因为发完朋友圈以后我一直在想这件事，并且越想越不对劲，我还在担心你冲我发脾气时我该怎么办，然后你气势汹汹的微信果然就来了……我还为此松了一口气，至少一切都在按照我想象过的剧本走。现在你那边气氛尴尬吗？”

“还可以。”

“以后我会对你和粉丝互动这件事睁一只眼，闭一只眼。”陈今阳微微蹙眉，“你不用那么在意我的想法。”

艾佳没有立刻回答这个问题，求生欲让他冷静地思考这是不是一个陷阱题。

然而大概是他迟疑的表情有点儿明显，陈今阳看了他一眼后挑起眉：“我说真的，只要你不要在公开场合被问到有没有女朋友时，厚着脸皮说你没有。”

“不会有人问这种问题。”

“以我目前看到的现状，”陈今阳停顿了一下，“你这个说法，我持保留意见。”

“谁问我这个，我就把你身份证号背给他听，以证明我有女朋友，且不是我幻想出来的，公安局查有此人。”

“最好是，否则真的会打断你的狗腿。”

“是什么让你突然这么好说话？”

“大概是因为思想在进步的显然不止你一个。”

“这进步恐怕是宇宙大爆炸级别的，你居然让我和粉丝说话了！”

“至少现在，我心里头绝对没有表面表现给你看的那么宽容。”陈今阳瞥了艾佳一眼，“你最好不要得寸进尺，我现在把你当明星在养了，你最好真的做到像个明星一样耀眼，而不是明明是只土拨鼠，还养了一身明星的臭毛病。”

“知道了。”

“当然还是要离心术不正的一切人物、活动、行为远一点。顺便问一句，你知道‘正常粉丝互动’和‘聊骚’之间的根本区别吧？”

“我觉得我知道，‘亲亲’‘抱抱’‘么么哒’，正常粉丝互动；‘抱歉我不用微信’‘QQ 不加陌生人’，谢绝聊骚。”

电话那边，陈今阳脸上露出了一个勉强放心的表情。

于是，关于“公众人物应有尺度”这个以前总让他们俩争执不下、吵了无数遍的话题，就这样以一个双方各退一步的方式圆满解决。

陈今阳从来不是一个拖泥带水的人，谢绝在感情这件事上黏黏糊糊、犹豫不决。

她总是拼命地试图搞清楚自己要什么，并去搞清楚周围的人要什么，然后，试图协调它们。

就好像人们在放风筝的时候，如果太过于固执地死拽着手中的线，那它总会有不幸崩断或者割伤手的一天。何不尝试着在起风的时候，稍微放开手中的线轴？当人们扬起头感叹“那个风筝飞得好高”的时候，至少她还能确定，风筝这头的线还牢牢握在她的手中。

它属于她。

并且只属于她。

第十章

YQNB战队中单

陈今阳的宽容让艾佳如释重负，他得以欢快地回到他的职业海洋里去畅游。

就像他说的一样，他一天最多只有一局训练赛，然后是七八个小时和队友“双排”磨合的训练，剩下大把的时间可以用来和陈今阳腻歪。

他甚至看上去比上学的时候更加闲。

陈今阳觉得自己好像真的在手机里养了一只电子宠物，当她觉得自己需要找它的时候，只需要拿起手机，点开App，发送一句什么，最长不超过五分钟，就能得到回应。

直到S4的职业联赛夏季赛开赛的一周前那个周末，她惊恐地发现自己整整一个下午的时间找不到自己的男朋友了。

陈今阳有点想发飙，但是又不得不提醒自己关于“明星男友守则”上的一切。耐着性子等待了一个下午，她终于在朋友圈看见名为“YQNB经理小仙”的家伙发了一条微信朋友圈——照片中央，一堆刚刚换好队服的少年凑在一起，不知道是在聊天还是在干吗，小仙的配字是：小崽子们的夏季赛定妆照。

然后当天晚上，陈今阳就在YQNB的官方微博看见了夏季赛大名单上的所有队员的定妆照。YQNB的夏季赛队服是橘色、黑色和白色三色相间的短袖，下半身黑色长裤，穿在少年们身上显得腿挺长，也像某些中学万人嫌弃的运动服。

有粉丝的评价为证——

YQNB是我的命：哇，你们这什么屎一样的配色，和我高中时候的运动服五五开！能不能放过我的眼睛！你们这是仗爱行凶！

而更多人的重点显然没放在丑陋的夏季赛队服上。官方微博九宫格里，最中间的那张照片几乎夺去了百分之八十的人的注意力。其他队员都是单人照，中间那张照片却出现了两个人，两名身穿队服的少年一前一后，抱着手臂，面朝镜头。

站在前面的少年衣袖、背后印着“YQNB-LOVERKILL”，他冲着镜头扬起下巴，摆出一个高傲的姿态，光照在他的脸上，他半垂着眼，站在光明之中。

后面高半个身位的地方，另外一名少年的队服的衣袖、背后印着“YQNB-AICO”，他低着头，整个人陷入阴影，仿佛是前面那个少年身后强大的影子。

中单位，就这样以二人合照的方式出现。

山的海边那群菜鸟：等下，官博你别走！中间这张图疯狂暗示我们什么？

AICO的小粉丝：好消息——我看见了我们艾佳；坏消息—别告诉我下赛季还是轮换！

白书提灯凉生：爱杀的亲爹是你们管理层里的谁？打成那样，夏季赛还要继续用？

大手子：我来分析一下，这张定妆照，爱杀在明，艾佳在暗，疯狂暗示我们，下个赛季不仅是两个中单同时启用，而且艾佳可能还是做替补的那个。

××王者：楼上的分析让我一阵心惊肉跳。

Wanda陈小姑娘：楼上的这么有空在这鸡飞狗跳，不如动动你们可爱的小手指去查一查。这个暑假以来爱杀国服一区登顶三次，现在是一区王者十五名；艾佳国服一区一直在大师与王者之间徘徊，今天早上又光荣掉到大师。在这种情况下，你告诉我，你要是战队教练，你用谁？

陈今阳发誓自己只是说了她知道的，并且十分不理解那些人到底在惊讶什么。他们这样把艾佳架那么高，使得艾佳天天诚惶诚恐、坐立不安，实在是有些坑人。

所以，在百分之八十的人都在质疑俱乐部的选择时，她选择跳出来说一个只要长了眼睛的人都不能忽视的真相。然而，让她万万没想到的是，晚上她洗完澡随手拿起手机打开微博，震惊地发现自己的微博评论栏被人回复了三十条，而在此之前，她的微博一直处于单机游戏状态。

陈今阳点开评论，然后冷静地发现，与其说是“被人回复了三十条评论”，不如说是“被人‘喷’了三十条”。

——我姑且当您是在开玩笑。

——爱杀也有粉丝？

——打个排位厉害就代表一切了？上个赛季比赛看过？

——不知道你在想什么，哪怕是光看脸，艾佳也甩爱杀三条街吧？

——Excuse me？

陈今阳对着这些评论沉默了三十秒，然后迟钝地反应过来自己莫名其妙就变成了爱杀的粉丝。

她无语至极，默默把这一连串狂‘喷’截图发给了她亲爱的男朋友，五分钟后，得到了她亲爱的男朋友的回复。

YQNB-AICO：……

YQNB-AICO：哈哈哈！

最后是一段风凉话。

YQNB-AICO：让你背叛你的男朋友，总有正义的网友制裁你，活该！

“我只是说了你自己说过的话而已！”陈今阳发起视频通话，接通后冲着手机那边的人咆哮，“他们凭什么‘喷’我！这话是他们热爱的艾佳选手本人说的！”

“艾佳选手并没有在公开场合发表这番讲话。现在你懂了做新闻媒体工作人员的苦处了？第一手新闻信息的缺失可能会令传播者饱受非议。”

手机那边，少年把手机架在电脑屏幕上，让陈今阳能够看到他的脸，至于他自己，则盯着电脑屏幕，还在继续手上的游戏。两人开启视频的时候，他正在和凉生“双排”，挣扎着试图重回王者分段。

爱杀不在旁边，昨天照完定妆照回来，他就一直“单排”直到今天下午，所以吃完晚饭后他就已经上楼睡了。

于是艾佳说起话来也比较肆无忌惮。

这会儿，听到了艾佳漫不经心、毫无亏欠的发言，陈今阳挑了挑眉：“那我觉得你可以找个机会去说一说，当众承认一下自己菜什么的，那些人的注意力就会转移到你的身上，至少可以有效降低爱杀被‘喷’的概率。比如当人们闹着爱杀太菜，要换你上的时候，爱杀的脑残粉，区区不才在下，就可以理直气壮地反驳你的脑残粉：是艾佳自己承认自己菜的！”

陈今阳的话通过手机功放传递到基地每个角落，旁边其他队友已经不客气地笑了起来。

“你只是想这么‘喷’回去而已。”艾佳聪明地说，“跟爱杀一点关系都没有，你才不是他的脑残粉。”

“你的粉丝说我是，但凡反驳他们观点的，一定是爱杀的脑残粉。天啊，说到这，我发现我怎么这么喜欢这种简单粗暴的立场划分方式？”陈今阳满脸嘲讽地说，“至少现在我是你的路人黑了。”

艾佳仿佛满脸黑线。

陈今阳的话让他的队友们笑得更大声了，与此同时，他在游戏里击杀了对面的中单，凉生大吼一句“nice”，然而没人知道这句“nice”到底是送给谁的。

关于陈今阳的提议，艾佳倒是有抽空认真地想一想。在她满嘴胡话里，至少有一点她还真的说得没错，如果艾佳能在什么公开的场合诚实地承认一下爱杀的实力和自己五五开甚至在自己之上，那针对他们的流言蜚语会少很多。

那样爱杀在夏季赛的表现也能更漂亮一点。

这是肯定的，爱杀绝对是那种比较在意流言蜚语的小孩。

于是，出于某种慈爱的心态，在这方面脸皮比城墙还厚的艾佳认真地考虑了一下陈今阳说的话的可行性。可惜，最后，男人的自尊心让他放弃了这个计划：没有男人愿意在公开场合承认自己不行，至于承认自己不行之后还要强调自己没有另外一个男人厉害，这绝对是对自己的公开处刑。

“我没这个机会去公开发表看法。”艾佳委婉地说，“你知道我直播间不怎么火，也没几个人看，你以为我是杀千吗，开个直播随随便便就是几百万人气，仿佛全世界中小学生在晚上七点开始都会准时抛下家庭作业打开手机收看他的直播。”

陈今阳：“酸。”

“杀千的直播间人是很多。”凉生说，“但是根据我的观察，近期内他一个字也没提到过爱杀。”

杀千，要不是艾佳偶然酸不溜丢地提起一嘴，此时此刻坐在基地里的人们都快忘记这个名字了。虽然他们每次打开直播平台，总能在最高人气直播间的那个光荣榜上看到他，但是他离开之后，私下很少有找队伍里的人说话。

听说他曾经在直播间里评价过 YQNB 的现状，那是在 YQNB 出乎众人意料地闯入职业联赛春季赛总决赛的时候的事了。

哪怕明明大家心知肚明杀千离开 YQNB 并不是因为什么令人愉快的事情，杀千的粉丝好像还是挺喜欢看他提起 YQNB 这个老东家战队的，本着一种“看热闹不嫌事儿大”的心理。

整个训练室因为提起杀千这号人，气氛显得有些微妙。容容冷笑了一声，不屑道：“我对他的印象停留在 ICG，他说‘打不过了，别打了’那会儿。”

艾佳眼珠子在眼眶里滚了一圈，不怎么心动地说：“可以让小仙给杀千塞几千块钱，看看他能不能为爱杀说两句，好歹是接班人。”

这次换凉生响亮地冷笑了一声。

艾佳打开直播平台看了一眼首页，杀千的几百万人气直播间就挂在前三。艾佳说：“等我直播间人气突破一百万了，我就站在世界中心呼喊，‘我不上是因为菜，别指望我。’”

陈今阳：“你是说下辈子吗？”

艾佳还没来得及接话，在他身后，凉生就懒洋洋地接过了话头：“不，不用等那一天，夏季赛正式开始之前，每个队员都有一次录个短 VCR 作为战队夏季赛宣传视频的机会呢。”

一阵诡异的沉默。

电话那头令人难受的笑声响起来，陈今阳无情嘲笑：“发现自己站在悬崖边上了，是不是？”

“没门。”艾佳豁出去似的，轻飘飘地说，“这事做完，对我有什么好处啊？”

“不知道。”陈今阳诚实地说，“可能是有朝一日他们发现你没有他们想象中那么厉害的时候，会把你的自白挖出来，然后发现你早就说过你很菜……”

“再然后给他们提供一轮新的嘲笑素材？”

“会吗？”

“如果我有菜到人神共愤的那一天，他们不会因为我早就承认过我菜这件事儿而停止‘喷’我。”

“这么社会的？”

“是的，所以，我不干。”

艾佳傲娇地抿起了自己的唇，看似专心致志地投入面前的游戏，宛如网瘾少年。陈今阳盯着他看了一会儿后，愤怒地指责他，难道他就这么眼睁睁地看着她被他的粉丝们狂“喷”，对此他做出的回应除了“哈哈哈”就只剩下风凉话。

身后凉生插嘴：“这听上去有点渣。”

陈今阳冷哼一声：“何止是有点？”

艾佳想脱袜子堵住凉生的嘴，事实上游戏里，他正准备往下路走，去 gank 一次，帮助这把不那么顺利的下路建立优势。闻言他脚下刹车，淡定地在河道打了个螃蟹野怪，就扭头头也不回地回到自己的中路。

可惜鉴于他扭头扭得有点生硬，凉生看出来了，问：“你原本是不是准备来下路 gank 的？”

“不，我本来就准备只打个螃蟹。”艾佳面不改色地说。

凉生噎住半晌，而后骂了一句：“渣渣。”

艾佳没有理会他的队长，只是感觉到手机屏幕那边的目光快要在他的脸上烧出两个洞，这个是他不能无视的，所以他叹了口气，无奈道：“你去把你那条评论删了不就完事了？”

陈今阳皱眉：“为什么要删？”

她说的是实话啊，删什么删？

艾佳无奈道：“一是因为你不想被‘喷’；二是因为他们不会听人讲道理，哪怕他们意识到你说的可能是真的；三是他们不是我的粉丝，只是因为讨厌爱杀才暂时成为我的粉丝，等有一天我做了什么不合他们心意的事，也许他们就有了一个统一的定位：YQNB 战队中单一生黑。”

凉生再次插嘴：“在这样的情况下，他们可能很快就会因此进化成 YQNB 战队黑，粉转黑什么的，那就很可怕了。‘你们中单为什么总是那么多故事？’‘YQNB 战队的故事好像一直都是几代中单在做贡献？’”

艾佳说：“隔壁战队中单故事也不少，噢，不对，那应该叫‘事故’。”

在他们一唱一和的过程里，陈今阳已经完全被说服，并干净利落地滚上微博删掉了自己的评论。

然后世界清静了。

有时候“直男”处理事情的方式看似随便得让人发狂，但是当你勉为其难地按照他们说的做了，你会惊喜地发现那很有效。一味地歧视是不对的，哪怕陈今阳其实一开始就压根没抱着艾佳真的能解决问题的态度在冲他咆哮。

权当惊喜，没什么不好。

这一年的职业联赛夏季赛在七月一日正式开始。

整个联盟八支队伍，春季赛里，里德尔人以垫底成绩降级，甲级联赛队伍黑曜战队直升顶级职业联赛。

今年的抽签分组情况A组是ZGDX、HW、岚、红箭，B组是CK、YQNB、黑曜、DQ战队。

可能是抽签那天，凉生终于记得洗手，YQNB战队终于逃离了死亡之组的诅咒。虽然CK战队实在是一个棘手的存在，但是从训练赛情况来看，他们的打野状态很不好，并不是想象中那样不可战胜。

鉴于揭幕赛永远都是王牌对王牌才有看头，今年YQNB又和CK分到了一个组，揭幕赛几乎没什么悬念地落在了这一对春季赛总决赛的老冤家头上。

比赛那天，陈今阳特地丢开了卷子，打开直播平台。

比赛开始前，果然像凉生说的那样有队员的采访VCR，每个人说了一句话，算是对新赛季的美好展望什么的。等啊等，陈今阳终于看见她家的小崽子乖乖地坐在一把椅子上，头上有一撮呆毛翘起来，他脸上带着一丝丝和善虚假的笑意，对着镜头说自己和队友的磨合还不够，所以还在努力参与训练赛和自己训练，希望有朝一日能够跟上队伍的脚步，做得更好，也希望YQNB战队在今年顺利冲进S系赛事。

屏幕里，少年笑容清晰，带着一点点羞涩，嗓音低沉而富有磁性，荷尔蒙气息扑面而来，人模狗样，和T大附中伏地魔形象相差甚远，反而像是有文化的重点大学学生投笔从戎什么的。

直播画面瞬间被“有点帅”和“奶狗”之类的弹幕刷屏。

艾佳的小片段过去后，陈今阳放下iPad，等待游戏开始的时候看了一眼朋友圈，然后果然YQNB战队的经理同志没有让她失望。

小仙截图了播放到艾佳时的画面，然后配字：本世纪最大骗局。

陈今阳乐不可支，问小仙要了这段视频，动了一下手，给艾佳他亲妈的邮箱发了一份。

然后比赛开始了。

弹幕在大家看见YQNB战队中单位上坐着的是爱杀时又迎来了一轮高潮，而明明看不到弹幕，爱杀却依然显得很紧张似的，面色苍白地坐在那里，手里捏着个暖宝宝，双眼发直。

事实证明他确实很紧张。

CK战队在游戏里对他展开了惨无人道的针对，第一场比赛开始不到三分钟，CK战队的打野、辅助就来到中路，对他进行了第一次gank。他明显没反应过来，想要交闪后撤时已经来不及，技能还捏在手里就被击杀，贡献第一滴血。

解说A：“哎呀！”

解说B：“可惜了！爱杀是有闪的啊，如果他反应快点，是可以躲掉的啊！”

解说A：“可能还是有点紧张，只能这么解释……死得实在是不应该，选手们应该在进入比赛的第一时间就赶紧调整好自己的心态，集中注意力。”

在解说的叹息之中，CK战队的粉丝们欢呼雀跃，而YQNB粉丝这边相对安静，甚至有那么一点嘘声……气氛不太好的样子。

此时他们还能耐着性子往下看，哪怕第一场比赛输了，他们也憋着没说什么。

直到第二场比赛开始。

爱杀拿了个中单精灵璐璐，七分钟，在下路河道被CK战队ADC偶遇，一轮互换血，爱杀操作没有问题，眼看着换血就要换赢时，对面打野来了，血并不多也绝对不具备一打二能力的爱杀果断后撤回到中路草丛旁边。到这里他的选择都没有什么问题，但是问题在于，在对方打野出现的第三秒，YQNB的打野瑞塔也出现了，他使用技能果断顶起对方打野、ADC二人组，给了爱杀后撤的时间。

很快瑞塔被对方二人包围，此时瑞塔已经没有硬控制技能。

但是对方ADC和打野二人组状态也不好，瑞塔仗着自己刚刚入场还是满血，跟他们对拼了一轮。

人们眼睁睁地看着瑞塔的血线哗哗往下掉，开始试图在屏幕上寻找YQNB的支援。

于是他们很快地发现，此时此刻距离战场最近的就是刚刚走掉的精灵璐璐，而就在瑞塔被二打一逐渐落入下风的时候，精灵璐璐却梦游似的，在草丛附近徘徊了三圈，像是在拼命纠结到底要不要重新进场！

最后，在他的犹豫之中，瑞塔被击杀。

CK战队再一次拿到第一滴血。

陈今阳有些茫然地眨眨眼。她不懂游戏，也不是很明白刚才手上捏着可以击飞、增加血量和攻击力的保命大招的精灵璐璐为啥在那儿晃来晃去。

她不知道是当时比赛队伍语音里，爱杀和他的队友说了什么，还是他们的指挥让他不要上，总之在比赛直播间里，铺天盖地的弹幕几乎把整个游戏画面都遮盖住了。

第二场比赛输掉之后，导播镜头给了爱杀，少年面色苍白地坐在自己的位子上发呆，然后他抬手捂住了自己的脸。

直到旁边，凉生拍拍他的肩膀，示意CK战队的队员过来握手了，他才放下手，看上去显得茫然又沮丧。

YQNB再次在CK战队头上败北，粉丝们气坏了。

——揭幕赛被二比零是贵队传统？

——这个中单真的是惹不起！惹不起！

——把艾佳抬上来，求你们！

尽管粉丝们上蹿下跳，用丰富的语言表达了自己对管理层和教练组脑回路的不满，在第二周，他们发现YQNB战队的首发阵容名单还是：容容，瑞塔，爱杀，小暖，书生。

艾佳依然是替补。

粉丝万分不理解这到底是为什么。

按照联赛的不成文规定，队伍之间的训练赛成果都是保密的，无论是训练赛使用的阵容还是训练赛结果，都是保密项目。

所以粉丝们当然不知道，其实爱杀在训练赛表现很好，就像他在排位赛训练里，把偶遇的别的队伍的中单打爆一次又一次一样。

而他在比赛里就像是魔怔了似的，笨手笨脚，永远发挥不到训练赛里哪怕三分之一的本事。教练组相当无奈，每次想要放弃，但是看着爱杀在训练赛和平日训练里的表现，又舍不得放弃，本来他甚至可以做顶级职业联赛里中单的T1（第一梯队）强力中单的。

这么个好苗子就这么放弃实在是舍不得。

于是教练组给了爱杀一次又一次的机会，而爱杀本人也在越来越大的质疑声中越发急躁，直到七月下旬，YQNB战队小组赛成绩惨不忍睹，官方微博下面天天都是粉丝“上吊现场”，人们恨得牙痒痒的，恨不得给基地寄刀片。

在这种情况下，第一轮小组赛结束了。

夏季赛成绩直接影响到当年S系赛事名额，没有人能够在这种时候开玩笑……每个战队最多会用第一轮小组赛来尝试、磨合阵容。

然后从第二轮小组赛（跨组赛）开始，将会是残酷的抢分过程。

YQNB当然也不例外。

在第一轮小组赛坚持上爱杀，这名选手丝毫没有达到期望的效果，反而惹来铺天盖地的质疑和抗议声后，俱乐部高层再也顶不住粉丝和外界的质疑，不得不对爱杀下了最后通牒：第二轮跨组赛，如果爱杀还是这种表现，无论训练赛表现如何，换艾佳上。

对此决定，还处于实习期的艾佳表示：说好的S5春季赛才正式首发呢？

正当艾佳无比茫然的时候，在某个聚集了各种电竞粉丝、战队管理层、职业选手的电竞贴吧里，突然冒出来这么一个帖子。

帖子标题：给老哥们爆料一下YQNB中单位现状。具体内容如下：

楼主：

英雄莫问出处，别问楼主是谁。

看各位最近在那儿激烈地讨论关于YQNB战队中单位的问题，楼主只想告诉你们，别猜啦，不是爱杀选手是管理层亲戚，真正有皇亲国戚血统的恰巧不是爱杀，而是你们嘴巴里的艾佳。

爱杀本来就是管理层的一步棋！

你们有没有发现，哪怕是个夏季赛一场比赛都没上过的板凳选手，最近YQNB粉丝连带着路人却都把艾佳当神一样吹起来啦？

ZGDX有陆思诚，YQNB当然也要创造一个自己的明星咯！

其实艾佳和队友的磨合根本不行，他本来就是BGA上来的选手，上个春季赛亮眼了几把都是因为顶级职业联赛的人根本不熟悉他的英雄池和打法，被当奇兵才有奇效，其实本人实力根本没你们想象的厉害，不然现在YQNB都快触底了，管理层干吗还不上他？其实都是故意的，艾佳实力不行，要怎么造星呢？你们看看去年春季赛他的救世主姿态就懂了，当然是帮助触底队伍走出困境啊！

对这种选手，粉丝的态度也相对宽容。

到时候艾佳上了，哪怕输一两局，只要赢一局，那偶像效应就来了，他们就是要捧这个新中单，懂了吗？

至于为什么要选艾佳捧，这小伙子长得还是挺帅的，又高，不选他选其他歪瓜裂枣吗？

你们可以不相信楼主说的，楼主一句话放在这儿，第二轮小组赛最多不超过一半，再让爱杀输两场比赛，YQNB必定会换艾佳，到时候欢迎挖坟！

么么哒！

一时间，一石激起千层浪。

2楼：

我亲戚系列，楼主的亲爸爸猫在YQNB战队老板床底下偷听来的消息，大家快拿纸笔记下来哦！

3楼：

两嘴皮子一碰，张嘴就来？

4楼：

讲实话我有点相信了，仔细一想，最近吹艾佳确实有点过了，你们去复盘之前春季赛艾佳上的那几把，其实输赢跟他关系不算太大，只是不功不过啊……

5楼：

哈哈哈，爱杀你上大号！

艾佳不管是不是BGA，是不是大明星，人家就是比你稳啊，怎么了？！

至少他不送啊！

6楼：

爱信不信，一直没让艾佳上场的原因是爱杀训练赛无敌，基本杀穿过每一个战队的中单。

艾佳还在和队伍磨合，这两天还在和凉生“双排”，这个你们自己都可以查到战绩。

是的没错，爱杀杀穿每一个中单！这话说出来我都觉得好笑，所以反而显得可信度很高的样子。

7楼：

如果是真的，那也太“社会”了吧，都想要心疼一下爱杀了。

8楼：

楼上心疼啥呢？爱杀菜不是事实？

9楼：

同意楼上，别洗了，菜猪被献祭还不是因为光吃不干活长太胖招来杀身之祸？

10楼：

哈哈哈楼主脑洞开太大了，要造星不如买一手陆岳，中单位，长得也还可以，还可以和陆思诚炒一炒兄弟组合？

11楼：

陆岳像个瘟鸡似的，一言不合基地都给你拆喽，谁敢买啊？

12楼：

所以证据呢？楼主和YQNB中单位多大仇？

帖子一出，迅速出现好几百回复，“吃瓜群众”各抒己见，有骂YQNB管理层把电竞圈当娱乐圈的，有骂艾佳“心机婊”的，有骂爱杀自己给自己找理由洗白的，还有骂楼主带节奏的。

剩下的各自找了个位置坐下，就等着什么时候楼主的话应验。

爱杀继续输的话，两周之内必上艾佳？

坐等看戏。

“这话说得真是有意思了，谁都知道第二轮小组赛开始，大家都在抢分，不练阵容，打比赛就为了赢！这时候如果爱杀还是调整不过来，不上艾佳难道上楼主吗？！”

基地里，小仙拿着手机用每个人都能听见的声音咆哮：“谁啊！最好别真的是我们内部人员，被我逮着，老子不仅开了你，还要告到你内裤都没得穿！”

整个基地里只剩下小仙的咆哮声。

艾佳把手机摆正了一些，看看手机里正挑着眉陷入沉默的女朋友，然后掏了掏耳朵，懒洋洋地说：“攻敌要攻心，这楼主带得一手好节奏，怕不是就等着看你在这儿大吼大叫，所以冷静点。”

坐在艾佳旁边的爱杀换了个坐姿。

艾佳扭过脑袋看着他，一脸轻松地问：“你又怎么啦？又不是第一天被骂菜，现在被骂‘电竞绿茶婊’的人好像是我啊，我才是那个要试图说服自己接受新标签的人。”

对于艾佳的肆无忌惮，爱杀扭过脑袋瞪了他一眼，不过与此同时，前一秒脸上的紧绷也稍微放松一些。

“不是‘绿茶婊’，是‘心机婊’。”电话视频里，陈今阳纠正。

"有什么区别？"艾佳看上去满不在乎地问。

"'绿茶婊'至少表面上看上去像个'人畜无害'的好人。"

"难道我不是吗？我注意到那天小仙发的朋友圈截图里，一群人'嗷嗷'地叫我'小奶狗'，这难道不就是'人畜无害'又可爱的意思？"

陈今阳深吸一口气，异地恋的好处就这么显示出来了，如果艾佳在她面前，她可能会忍不住打爆他那不知道在得意扬扬地摇晃个什么劲儿的脑袋："你确定你要跟我争论这个？关于你是'绿茶婊'还是'心机婊'的问题？"

艾佳愣了一下，然后"噢"了一声，脸上露出迟钝又茫然的表情，片刻之后他才皱起眉："我不是，我没这么做，他们凭什么这么说我？"

视频那边，陈今阳绝望地叹了口气，搞不懂她从哪个下水道里捡来的男朋友。

而这个时候，突然觉得委屈的艾佳转过头向爱杀发难了："那个楼主是你的粉丝吧，你的粉丝为了挺你肆无忌惮了都，我大门不出，二门不迈，躺着也中枪啊！你好意思吗你？！"

这些天因为外面的风言风语，大家都以为艾佳和爱杀的关系有点儿微妙，事实上就连爱杀本人都是这么认为的，所以他基本不太和艾佳说比赛的事情，平时也就聊下英雄出装或者符文套路之类的，或者"今晚吃什么"这种废话。

直到现在被光明正大地问"你好意思吗你"，爱杀在困惑之中，奇妙地发现那种荡漾于胸襟的别扭感居然消失了。

就好像一直遮遮掩掩的事情，一下子被干脆地揭开来，痛也是痛，但是痛中带着难以言喻的爽快。

他看向艾佳，挑起眉："我能怎么办？"

艾佳抿起唇，在桌子底下踹他的小腿："什么你能怎么办？别输不就完事了！"

"两嘴皮子一碰说不输就不输的话，我现在已经是S系冠军了！有什么用！我在比赛的时候连死都不敢死一下。"

"就死一下怎么了？你不死，他们就不'喷'你了？怕什么，都已经这样了，你还能被骂得更惨吗？"

看着爱杀瞬间陷入沉思的脸，艾佳看上去对自己的理论非常满意，他又用拖鞋前端去踹爱杀的小腿："是不是很有道理？"

爱杀缩回腿，盘坐在椅子上，深深地看了艾佳一眼，然后背过身自己打自己的排位赛去了。

小仙趴在爱杀的椅子靠背上，看热闹不嫌事儿大般地道："别害羞，你不是第一个被他的歪理说得想要去重新审视职业规划与人生的人，大学生就是有文化是不是？这年头流氓不可怕，就怕流氓是大学生，那才叫恐怖。"

凉生："以后战队招人限高中学历以下，一个队里有一个有文化的就够了，脆弱的脑子经不起两股文化的激烈冲撞。"

小仙："别说得那么大义凛然，你从来没用过你的脑子，怎知它脆弱？"

凉生："我不用是因为我知道它脆弱，怕伤着它，怎么啦？"

小仙不理凉生了，把自己的脑袋扭回来，伸出手戳戳爱杀的背，一脸惋惜加责备："你看，你的每一个队友都这么不要脸，你为什么却是个玻璃心呢？"

爱杀被他戳得摇晃了一下，却头也不回，看都没看他一眼，哼也没哼一声，宛如尸体。

关于爱杀的话题暂时告一段落，没有人知道他是怎么想的。

而作为 YQNB 的"管理层亲戚""未来之星"，艾佳老老实实坐在自己的位子上打排位打到十二点，其间不停地受到来自匹配到的队友们的恶意或者善意的嘲笑。

骑着猪妹上王者：艾佳，听说你夏季赛未赛先火，一时风头无两，碾压陆思诚。

YQNB-AICO：你这么说，陆思诚知道吗？

骑着猪妹上王者：他不知道，因为据我所知，诚哥不打国服。

艾佳茅塞顿开，打完这一局后，抱着小仙的腿让他给自己弄了个国际服的账号，然后决定从明天开始去打国际服——那个别人说什么他都听不懂的美好世界。

当陈今阳在手机那边打第七个呵欠的时候，艾佳终于准备关机上楼睡觉。半夜十二点，除了怕被投诉不能大声喧哗，这个时候基本算得上是基地最热闹的时候。凉生张罗着吃夜宵，隔壁的辅助胖子敲响了门，准备过来蹭夜宵。

他一进门看到艾佳上楼，就问："这就睡了啊？"

艾佳应了一声，往上走的时候听见隔壁胖子辅助跟凉生说他们今天的训练赛，打的 X 国"Mad Hatter"战队，就那两个 BCK 新星之一，ZGDX 战队说句不好听的被吊起来打，用胖子的说法："强到让人想要劈叉，BCK 赛区夏季赛，马上就要风起云涌。"

然后 S4 很有可能变成 BCK 赛区的秋季赛。

"他们去年拿过冠军了。"凉生责备地说，"总不能今年又是他们。"

"这玩意从来不讲究'轮着来'，破杯子就在那儿，长得甚至不怎么好看，想要就得自己去拿。"胖子面色不好看，"我们的配合也没完全打好——你别看我们现在队伍三条线个人能力都很强，仿佛宇宙战舰，但其实明神是发育派的，和诚哥一样吃资源，你不知道我们队的打野天天饿到只能去对方野区找吃的。"

"没毛病。"凉生笑着说，"吃哪儿的野怪不是吃？"

胖子叹了口气，愁云惨淡。

凉生跟着叹了口气，家家有本难念的经。

听到这里，艾佳就回了房间。他并不在意 X 国赛区现在如何，他只知道 YQNB 战队按照现在的节奏打下去，今年 X 国赛区强不强很可能跟他们没有多大关系。毕竟进不去 S 系的队伍，到时候不过也就是个看热闹的"吃瓜群众"而已。

艾佳关上门，然后听见手上手机里一直保持着安静状态的女人慢吞吞地说："你看上去好像真的对这件事有点烦恼。"

“我还以为你睡着了。”

“还没有。”陈今阳看上去靠在床上，膝盖上放着一本英语书，她让艾佳看了一眼她在看的书，并且在对方翻了个白眼的时候把手机屏幕转回来对着自己的脸，“那个人可能确实是你基地的人，就算是个人都知道，再这么下去，YQNB 肯定要换中单，但是他的语气也未免太肯定了……”

“高明的谎言一般掺杂着一半的真相。”艾佳烦躁地说，“等 YQNB 真的换人，那些人就会理所当然地想到那个帖子。说实话，这跟我有什么关系？他们也知道我夏季赛一场没上！”

“那人想搞你咯。最近得罪谁了？”

“没有。”艾佳想也不想一口回绝，然后停顿了一下，脸上露出迟疑的表情，“除了上次微博发我照片的那个。”

“这都不是重点，重点是你准备怎么解决这件事。”

“我不知道，我不能摁着爱杀的脑袋让他赢比赛，如果我能这么干并且有用的话，我早这么干了……”艾佳倒在床上，郁闷道，“如果 YQNB 不幸这个赛季保级了而且保级失败，我将成为历史上第一个一场职业联赛都没来得及打就滚去甲级联赛的选手。”

“你打过啊，春季赛不是打了好几把吗？”

艾佳翻身坐起来瞪着陈今阳，后者拽了拽被子，拉到下巴，这让她的头发小幅度地飞扬了起来。艾佳盯着，有些着迷。

于是他脸上的瞪视很快就走了形，变成了说不清道不明的表情，直到陈今阳说：“你不能摁着爱杀的脑袋让他赢，但是你可以减少他的压力，之前我就提议过你怎么做了。”

“做不来。”艾佳幼稚地说，“那个很丢脸。”

“你可以在 VCR 里大方承认自己和队伍的磨合不够好，只需要再加一句只是暂时不如爱杀。”

“别提 VCR 了，事后我看了自己的录像，为什么当时都没有一个好心人来告诉我，我脸上的表情看上去虚伪得可怕？”

“我怎么觉得挺好的。”陈今阳看了艾佳一眼，“我们都觉得挺好的啊，干净又大方，一点不虚伪。”

艾佳有点飘飘然，但是他很快抓住了重点：“‘我们’？”

“我管小仙要了视频的剪辑，给阿姨发了一份。”陈今阳轻描淡写道，“她总有权利知道自己的儿子在干什么，邮件她接收到了，我注意附件她也有下载。”

“你把我的视频发给我妈了？”

艾佳抬起手捂着胃，庆幸这个时候他晚餐已经消化得差不多，他完全没什么好吐的了：“我妈可能会当场砸了自己的电脑。”

“这两天我在你家楼下没看见电脑。”陈今阳说，“放轻松点，你觉得我多管闲事了吗？”陈今阳脸上露出一个稍微显得心虚的表情，她歪了歪脑袋，问艾佳。

艾佳盯着她，看着她微微偏右的脑袋，显然她并没有觉得自己在卖乖，但是这会儿艾佳却觉得她可爱得要人老命。

“不算。”

所以他含蓄地做出了这个回答，而不是冲她大吼大叫，或者撒泼打滚让她必须穿越回一个月以前杀掉那个准备发邮件的自己。

“那我下次不发了。”陈今阳抿抿唇，好像听出了艾佳话语里的勉强，“这确实不关我的事，只是我个人每一次看到你的行李被孤零零扔在门外就觉得难受，就好像被扔到门外的人是你一样。”

“我确实是这样的，被扔到门外，我妈就是以扔掉我的心态，扔掉那个行李箱的，你的脑补一点也没错。”

“那天晚上你穿着拖鞋坐在楼梯口发呆的样子深入人心。”陈今阳皱起眉，“再看到一次，我可能就想嫁给你了。”

“女士，你不可以因为莫名其妙的怜悯之心嫁给一个男人。”

“我还以为你会高兴听到这句话。”

“但是现在我不在你身边，没办法装可怜，反而你家司机倒是看上去很有演技的样子——所以收起你对一切雄性生物不必要的怜悯，他们好得很，好到哪怕是零下二十度穿着拖鞋也能健康地活下去！”

到这里，话题已经偏离了太多。

跟陈今阳互道晚安之后，艾佳躺在床上，心烦意乱，一会儿想想爱杀，一会儿想想贴吧，最后所有的问题回归了现实——他穿着电竞职业战队的队服，坐在镜头跟前，像个傻子似的对镜头说了一些傻子才会说的话。

然后这段视频被发给了他妈。

他妈搞不好在看到他身上的队服的一瞬间就把眼镜摘了下来，要么就是直接伸手扣上了电脑？

想到这儿，艾佳终于一个鲤鱼打挺翻身坐起来，然后摸出手机，点开微信，联系了他老爸。

YQNB-AICO：爸！

老艾：干吗？

YQNB-AICO：我妈最近还好吗？

老艾：在我旁边看韩剧。你想问候不知道自己问？

YQNB-AICO：不敢。

YQNB-AICO：我听说有人把我打比赛之前录的赛前视频发给我妈了，所以我想确定一下……

老艾：哦。

老艾：我也看了那个视频，除了队服丑，也没什么，别担心。

老艾：你妈啥也没说。

艾佳对着屏幕“噢”了一声，半晌后反应过来他爸听不见，有些烦躁地揉了揉头发，和他老爸道了晚安就翻身睡了，说不上是松了一口气，还是感慨一切在意料之中。

艾佳拉扯着被子蒙住脑袋，叹了口气，劝自己不要奢求太多。

八月初。

伴随着天气越来越炎热，整个中国大陆地区都进入盛夏，腥风血雨的职业联赛夏季赛第二轮循环赛开始了。

又是 YQNB 战队的比赛日，阵容还是前面一周的阵容，在今日首发阵容出现的第一秒，人们开始涌入官方微博日常问候管理层祖宗十八代。

然后大约五分钟后，人们意外地发现，YQNB 战队赛前采访的 VCR 内容又变了。

凉生：“战队状态低迷，但是我们空前团结，没有影响关系，每个人都在鼓励队友，告诉自己也告诉他们，还可以的，还能赢！”

小暖：“希望节奏少一点，给队员一些宽容（笑），呃，虽然知道说了也白说，随便吧。”

两段视频放过后，原本吵闹的比赛现场稍微安静了一点。

爱杀：“就，有点疲惫吧。我的状态不好，是我的问题，想要努力调整，也确实在这么做了。队友们对我很宽容，大道理也听过很多，哪怕依然过不好这一生，但是至少不希望自己的职业生涯以这样遗憾的方式结束。说实话有点绝望，但是又不能不咬着牙坚持。哪怕我自己都有点不知道要坚持给谁看。”

短片里，接受采访的少年无奈地笑了笑。

屏幕上的光变得亮了一点，打在了坐在第一排仰头看着大屏幕的粉丝们的脸上，他们的脸上带着前所未有的认真和沉重，夹杂在众多小哥中间，为数不多的几个妹子不自觉地捏紧了手里的加油牌。

瑞塔：“巅峰去过，低谷来过，没什么好遗憾的。”

容容：“尽人事，听天命。别为我们可惜什么，也别责怪什么，成绩是我们自己打出来的，五个人，一起。”

VCR 最后，是被人们期待的少年。

他坐在椅子上，整个人前倾，双臂撑在膝盖上，手掌支撑着自己的脑袋。

脑袋上的呆毛不见了，这让少年看上去比上一次要成熟稳重得多。他沉默了长达大概三秒，这才慢吞吞抬起头眨眨眼，对着镜头说：“夏季赛的每一分都很重要，比赛上谁都是大家商讨过后的结果。没有必要说一个人打得不好，另外一个人被雪藏，这些都是不存在的。爱杀选手首发，只是因为他暂时确实比我打得好，仅此而已。无论大家相信不相信，这件事都很简单，这就是事实。刻薄的流言蜚语可以少一点。其实想想也知道，坐在这个赛场上，没有谁不想赢。”

少年的声音低缓平和，并将这种令人不自觉平稳下来的情绪传递到了赛场上每个角落。

当时爱杀正坐在自己的椅子上，看似心不在焉地摆弄自己的耳机。因为VCR是分开录的，事后大家也没说过自己说了什么，他事先对队友们录制的内容一无所知，却没想到大家的话听上去意外地统一。

团结。

也许情绪向来是真的可以感染别人的东西，这一天的赛场上，场下粉丝们呐喊着YQNB加油的声音格外响亮。

YQNB战队对战HW战队，在线上支持率只有百分之三十五的情况下，二比零干净利落地带走联盟中上游队伍，A组积分暂列第二的HW战队，拿到了本赛季除了打甲级联赛升班马黑曜战队外的第二个胜场。

爱杀拿了两把MVP。

就像是神灵护体一样，意识到位，操作精确，走位精致，智商在线，让观众不得不怀疑，这个结果，要么是HW战队在打假赛，要么就是YQNB战队之前一直在打假赛，准备把整个B组抬起来。

“吃瓜群众”：A组臭鱼烂虾被爱杀摁在地上摩擦！

大多数人并不明白，YQNB战队曾经因为那些流言蜚语遗憾地失去过一个队友，提起杀千，他们或许感慨、心痛、愤怒或者愧疚。

他们清楚地知道杀千到底是为了什么离开职业舞台。

于是这一天，当类似的事情再次发生，他们只是不约而同地做出了同一个选择，站出来，拒绝再失去。

比赛结束，YQNB战队首发五人肩并着肩来到比赛台前跟观众鞠躬致意。

坐在台下的饮水机管理员同志只关心一件事。

YQNB-AICO：今天的视频你发给我妈了吗？

陈小姑娘：要发？

YQNB-AICO：我还让造型师给我搞了点发胶。

YQNB-AICO：建议发一下。

陈小姑娘：……

晚上，YQNB取得了本赛季里程碑式的胜利，基地里欢天喜地，气氛轻松。

爱杀被众人道德绑架，为晚餐买单，好在他看上去完全被胜利冲昏了脑袋，对着三百多块钱的麻辣烫外卖买单买得毫无怨言，像个十足的傻瓜。

吃饭的时候，不知道是谁吃撑了没事干，用开着的电脑进了杀千的直播间，众人猛地听见杀千的声音在基地里响起来时还愣了一下，转过头，才发现是直播。

“还挺让人怀念的，是不是？”凉生嘟囔。

艾佳捧着晚饭挪到电脑跟前，弯腰一眼就看见杀千的直播间被刷屏，众人纷纷问他对今天 YQNB 大战 HW 赢得胜利有什么看法。

看热闹不嫌事儿大。

类似的弹幕杀不尽也封不完，刚开始杀千还能假装没看见，到最后人们执着的程度令人发指，他只能无奈地说：“对今天 YQNB 战队取得胜利有什么看法？恭喜他们，希望他们一直保持这个状态，走出低谷。爱杀是个不错的选手，个人能力很强。”

杀千话语一落，弹幕就开始刷。

——为什么退役？

——你比爱杀更强！

——复出吧，这话我讲一万遍也不会腻！

对于这些弹幕，杀千只是淡然一笑，不置可否。

艾佳指着电脑屏幕里的杀千：“小仙，你给了杀千多少钱广告费？”

“一毛钱没给。”小仙端着碗凑过来看了一眼，继续低头扒饭，淡定道，“那些人都这样说了，杀千还能说什么，不抬爱杀一手，难道还说‘对，我也觉得他菜，还不如我上’？”

不远处爱杀的声音传来：“吃着我的饭，还要讲这种话，你给我吐出来。”

小仙耸耸肩，有恃无恐。

“我退役是因为觉得自己年纪大了，是时候给新生力量让位。老人让位，新人接上，总会有一段时间战队整体水平下滑，这很正常，你们应该淡定接受，而不是出了事就让老队员复出，没有新鲜血液怎么行？”

杀千的声音成了 YQNB 战队基地下饭的背景音：“宽容点，顶级职业联赛只是刚起步，大家也应该乐观点……至于我，开一下直播打一下游戏，每天都很开心，我觉得没什么不好，人各有志嘛。我真的很喜欢《征战联盟》，但是我不喜欢被人指着鼻子骂或者指手画脚。职业选手压力很大，所以不是只要打游戏打得好就能去打职业。”

杀千的声音听上去很真诚。

他认认真真地给粉丝分析了一下“打职业”和“打游戏”的区别，他说他曾经被骂到那段时间看到游戏客户端就想吐，而鉴于他爱这款游戏，这成为一件令人别扭又难受的事。

所以他选择离开。

因为人生一辈子其实并不太长，掐头去尾，能任性做自己喜欢的事不过那几年，勉强自己或者是强迫自己，那太不应该了。

今晚看谁都像人生导师。

艾佳捧着碗站在电脑跟前有些感慨，其实他对杀千的印象并不算太好，这个人情商过高，他说的话总让人觉得，在开口之前，他总是知道粉丝喜欢听哪些，恰到好处的讨好，偶尔还带着几分真诚。

这样的人谈起“洒脱人生”未免让人觉得奇怪，艾佳踢了一下已经在电脑前面坐下的小仙：“要不换个频道，随便找个房间听女主播唱歌也好。”

小仙回头看了他一眼，拿起手机，进入朋友圈开始写日记：本队“小奶狗”，入队的第二周，建议关掉某《征战联盟》前职业选手直播间，改听女主播唱歌……

“你敢发出去，我就敢死给你看。”艾佳面无表情地说。

小仙抬起头，轻蔑加挑衅地看了他一眼。

这时候，杀千的直播间画风又变了，人们开始询问杀千为什么心态暴躁，直到问题方向得到了统一。

——当初你走的时候，队友说了什么？

——他们如果像今天这样挽留你，你还会走吗？

回答此类问题一不小心就可能让战队陷入“YQNB 无情无义，逼迫杀千退役”的舆论局面，所以杀千也沉默了许久。

直到新的一局游戏开始，杀千点进了新的匹配游戏，他这才恢复那种他惯有的云淡风轻的姿态，笑了一下。

“我不知道如果我被挽留我会怎么样，你们都知道这件事根本没有所谓的‘如果’。我只说一句，去年的时候，我们都还太年轻，对于梦想和追求，还没有来得及有一个详细的定义。而现在 YQNB 的队员们好像是找到了这个定义，恭喜他们。”

虽然这个寻找的过程也许是踩在他的尸体上，但他不在意，并且无比真诚地说一句“恭喜”，只叹息自己生不逢时。

杀千语落，之后再也没有提到过这个问题。

艾佳低下头，看着举着筷子坐在电脑前面定格的小仙，战队经理沉默地盯着直播间里的前队友，筷子上的肉掉回了碗里都不知道。

“你觉得他的话有多少真实成分？”艾佳问。

“杀千自私，玻璃心，但他不是魔鬼。”小仙放下筷子，用平淡无起伏的声音，模棱两可地回答，“而哪怕是魔鬼，这一生也会讲两句实话，不是吗？”

当所有人都以为“造星计划”这个风波就这么过去了的时候，唯独有一个人觉得这事儿还没完，那个人就是陈今阳。

一想到有一条毒蛇潜伏在艾佳身边，随时等着咬艾佳一口，她就觉得浑身难受。在她的字典里，“得过且过”这种事根本不存在。

她回到贴吧去看了一眼，发现帖子还飘在首页，发帖者似乎丝毫不畏惧自己被狠狠打脸嘲笑这件事，并试图跟每一个嘲笑他的人狡辩：官方立刻做出行动是因为什么，还不就因为看到了我发的帖子，欲盖弥彰罢了！

陈今阳冷笑一声，注册了一个贴吧号上去回复：为了打你的脸，一直连败的爱杀说赢就赢了，楼主的脸可真值钱！甚至在职业选手眼里，比S系入围名额更加值钱呢！之前被活生生骂了一个月，没关系！被楼主嘲笑了几天，非常有关系！楼主可真是主宰世界，要不你嘲讽一下职业联赛，看看大家能不能一个激动拿下S4呗？

留言一出，底下类似“23333”“hhhhh”（“233”“hhh”是表示笑声的网络语）“不给活路”的回复比比皆是，而楼主无视了陈今阳，继续蹦跶，一口一个自己是YQNB内部人员，爱杀再怎么样都是暂时上，S5一定会换艾佳首发。

就像是小学时班上喜欢告状的小朋友，哪怕他打的小报告都不是凭空捏造的，大家也会给他取个“告状婆”的外号，然后孤立他。

没有人喜欢天天活在人们的监视下。

而这楼主乐于编派艾佳，连他“排位的时候把脚放在桌子上，坐没坐相”这种事都往贴吧爆料。人们一边骂着“楼主有毒”，一边看得津津有味，顺便吐槽艾佳坐没坐相，装得倒是人模狗样。

爆料到最后，连带着小仙也开始对这件事恨得牙痒痒，在询问了艾佳并得知他确实有一天打排位的时候坐没坐相后，先把他骂了一顿，然后发誓要找出那个搞事的人。

艾佳对他这伟大的梦想不置可否。训练室隔壁就是俱乐部各种宣传、助理、运营工作人员的工位，两块地儿中间一扇门都没有，每天队员在训练室里打了几个嗝儿、放了几个屁，他们都清楚得很。

想要抓住那个“YQNB战地记者”，犹如大海捞针。

艾佳确实比较怀疑那几个整天凑在一起嘀嘀咕咕的女人，其中就有那个瞳瞳，但是空口无凭，这事儿就这么卡了壳。

艾佳跟陈今阳说这件事，完全是当笑话讲的——这几天小仙解决了爱杀的事后有用不完的闲时间，整天像个福尔摩斯似的盯着办公区。

但是没有用。

那个楼主甚至特别得意地在下班时间更新帖子嘲笑：楼主被战队经理盯上了，他天天想着捉出楼主是谁，可怕！

一副引以为荣的样子。

“我要是知道那楼主是谁，我能拧断他脖子。”

“不是有几个犯罪嫌疑人了吗？”

“没证据。”

“那就都杀了。”陈今阳轻描淡写地说，“宁错杀一百，不放过一人。”

艾佳没说话。

“我资料准备得差不多了啊。”视频那边，陈今阳像是不太在意贴吧的事儿，自顾自地换了个新话题说，“八月底走，我买的S市直飞机票，八月十五日之前我就到S市来。”

艾佳一愣："来干吗？"

陈今阳瞥了他一眼："临走前想见一下我男朋友怎么了？"

艾佳"噢"了一声，一下子没反应过来，顺口答了一句"没怎么"，然后他发现陈今阳挑着眉看着自己，明显不满意他的反应。艾佳愣了一会儿，这才认真思考了一下刚才他们的对话过程。

十秒后。

他满脸通红，从床上跳了起来，然后又猛地坐了回去，就像是捧起什么世界珍宝似的捧起自己的手机，瞪大眼问陈今阳："真的吗？"

"我订的酒店就在你基地旁边，训练赛不忙可以过来。"鉴于艾佳"鲤鱼跃龙门""猛虎下山"的动作过于标准，陈今阳看上去稍微舒服了些，"嗯，你跟小仙申请一下偶尔外出，还有，十五号来接我一下呗，我又不认识路。"

艾佳抬起手捏了捏耳朵，心想这就是传说中的"耙耳朵"吧，一边嫌弃自己一边忍不住点头如小鸡啄米："那晚点小仙下班之前我偷摸跟他请假。"

"别呀！"陈今阳眨眨眼，"你就站在客厅，用昭告天下的音量说这事儿。"

艾佳表示不懂。

"不是想找到那个驻扎在你们基地的'爆料狗'吗？"陈今阳淡淡道，"这么好的机会怎么能放过？"

两天后，下午四点，基地人最多的时候，艾佳站在楼梯上，清了清嗓门儿，跟小仙请假，说自己的女朋友要来S市了，能不能请半天假去接她，免得她迷路。

在整个基地的人茫然的目光中，小仙乐颠颠地答应了。

凉生还奇怪接女朋友算什么惊天动地的大事，还带请假的，转头试图跟小仙说他也想请半天假，理由是他想上街溜达一下，看看能不能捡个女朋友。

小仙给了他后脑勺一巴掌，然后转身扣了艾佳两天的工资，基地众人窃笑不止，心理平衡了。

艾佳稍微抗议了一下之后，就从楼梯上走下来，双手插兜里，看着像是对要去接女朋友搞得被扣工资这件事分外不高兴。他晃悠进茶水间，翻箱倒柜地找咖啡时，还听见身后有工作人员打趣儿："哟，佳哥的女朋友宝贝了，下了飞机去哪儿直接打车不行呀，还非要你去接！"

"可不是吗！"艾佳探了个脑袋出来，"烦都烦死了呀！她说她不喜欢坐出租车！"

外面工作人员安静了一下，有个人"哇"了一声，也不知道是嘲笑还是叹息。

艾佳在茶水间赖了一会儿，走进来一个广告部的姑娘，她拿了自己的杯子放了一个茶包，看了一眼坐在茶水间跷着二郎腿的艾佳："佳哥，不坐出租车你怎么去接女朋友啊？你又没车。"

"不知道。"艾佳哼哼道，"骑自行车去吧。"

那妹子“哦”了一声，用“你是不是疯了”的眼神扫了他一眼：“你知道S市机场离我们多远不？”

艾佳笑嘻嘻的。

那妹子离开后，过了大概半个小时，三四个外宣部的工作人员进来了，看了一眼艾佳，问了和上个妹子同样的问题，大家一副对艾佳的矫情女朋友能整什么幺蛾子很感兴趣的样子。

这一次艾佳认真地告诉他们，当然是绑架小仙开车，假都批了，还不送佛送到西？

那群人面面相觑，交换了个同情小仙的眼神，感慨“队员都是爸爸”，又成群结队出去了。

第三拨进来了两个人，其中一个是瞳瞳。

艾佳低着头好像没看到她们，直到他余光扫到瞳瞳用手捅了捅其中一个妹子，那妹子冲了咖啡，捧着咖啡杯靠在料理台旁边，状似漫不经心地问：“佳哥，你对女朋友真好呀，你又没车，自己打车去机场接女朋友，然后再一起打车回来吗？”

艾佳闻言，抬起头，瞥了一眼正低着头给自己的杯子里加蜂蜜的瞳瞳，淡淡道：“你们是今天第N批问我这个问题的人了，这么有兴趣，刚才干吗不在客厅一起问了算了？”

那妹子尴尬地笑了一。私下八卦就行了，谁愿意在所有同事面前做出那种把鼻子伸人家跟前管闲事的事啊？

“第N次回答这个问题，你要不一会儿出去把答案昭告天下，免得一会儿我重复一百遍。我不打车，战队不是有保姆车吗？”艾佳放下杯子，“麻烦司机跑一趟就完事了，保姆车还宽敞。”

那个提问的妹子闭上嘴，看上去明显不准备真的按照艾佳说的那样昭告天下，这有什么好昭告天下的？

此时，瞳瞳往蜂蜜里倒了点温水，头也不抬：“那是基地的车哎。”

艾佳面无表情：“用一下怎么了？明天又没比赛。”

瞳瞳抬起头看了他一眼，片刻之后，人畜无害似的笑了笑：“也是，佳哥对女朋友可好了，我们都知道的。”

艾佳也冲她假笑了一下，往后一靠，做出个放松又慵懒的姿态，同时架起二郎腿抖了抖，一副玩世不恭的模样。

和瞳瞳一起进来的那个妹子盯着艾佳看了一会儿，看着还有话要说，这时候却被瞳瞳扯了一下，瞳瞳小声地说了句“想想我上次”，然后两人灰溜溜地离开了茶水间。她们头也没回，所以没看到她们身后少年盯着她们背影时。无声勾起的嘴角。

晚上。

贴吧那个爆料帖再次更新。

楼主：

楼主回来了，这次跟你们爆料一个不算料但是让人“啧啧啧”的八卦吧。

今天早上，我们的巨星选手站在楼梯上理直气壮地跟经理请假半天，理由是要去机场接他那个不知道什么情况的女朋友。别问我他女朋友为什么作为中国人在国内机场还要人接，听说是不愿意独自一人坐出租车，大概是巨星的女朋友，怕被绑架吧！

然后最神奇的事情来了，我们的巨星选手没有驾照没有车，怎么去接女朋友呢？

对于这个问题，他大摇大摆地告诉了所有困惑的小伙伴：他要借基地战队的保姆车，以及司机大哥，去机场接自己的女朋友。

哇，你们自己感受一下，反正楼主被雷死了！

顺便问一下巨星同志：你给司机大哥加班费了吗？

童年时，你也许听过望月鳝的故事。

古时候有个农户，以卖鳝鱼为生。

有一次农夫捕鳝归来，将整整一水缸的鳝鱼摆在院子里。此日恰逢十五月圆，农夫携妻子在院中纳凉，此时却看见水缸里居然有一条鳝鱼抬起了头，向着圆月摇晃！

农夫大惊，没想到自己居然捕捉到了传说中的望月鳝。望月鳝外表和普通土黄鳝完全一致，只是从小以飞虫走兽尸体为食，久而久之体内形成剧毒，误食有生命危险。

农夫上前想要去将望月鳝从水缸里捉出来摔死，却没想到那狡猾的鳝鱼迅速缩回了脑袋，混入其他鳝鱼里！

农夫又气又恼，却完全没有办法，但是为了对买鳝鱼的人负责，也只能将这一整缸鳝鱼全部放生。然而就在他准备动手时，他的妻子阻止了他，并让他找到家中两个水缸，将一整缸鳝鱼一分为二，分别饲养。

第二天晚上，望月鳝在左边的水缸中扬起头颅，农夫保留右边水缸的普通鳝鱼，再次将左边水缸里的鳝鱼一分为二。

以此类推。

水缸里的鳝鱼逐渐被分开、减少，直至一共还剩两条鳝鱼被分别放入不同水缸，那条望月鳝终于无所遁形，在最后一次对月仰起头颅时，被农夫一把抓住，狠狠摔死在地上。

望月鳝死于太自信地觉得自己掩饰得完美，可以将人耍得团团转，却忘记了这世界上永远讲究一个道理：孙悟空翻不出如来的五指山，你阿爸永远都是你阿爸。

而瞳瞳，就是那条扬扬得意，自以为隐藏得很好，还要去愚蠢地主动挑衅艾佳的望月鳝。

帖子内容一发出，在不明真相的路人忙着骂艾佳不像话的时候，早就已经默默在旁边围观了一切的小仙暴跳如雷！

当时是晚上十点。

所有的普通工作人员都已经下班回家，所以能够围观到他们脸色铁青的战队经理的人只有艾佳他们这些战队队员，他们见识到了一个电竞俱乐部经理应该有的魅力。

只见小仙赤着脚丫子站在沙发上，一只脚踩在沙发靠背上，摆出一个英勇的姿势，以前所未有的强硬姿态对着电话那边的俱乐部高管咆哮："我必须要一个解释！真正的小混混们都肯乖乖听话，息事宁人，一个后勤工作人员凭什么跑出来带队员的节奏！我不管！我不听！我不干！明天我必须要那个女的给我们磕头认错，我还要告她，解雇她！什么我冷静一下！我不冷静！我和她只能留一个，你们看着办！"

小仙说完，"啪"地挂了电话。

他一抬头，发现整个训练室里，所有人，不管在打游戏的还是没在打游戏的，都保持着转过身，或趴或挂或靠在座椅后背的姿势，挑高了眉看着自己。

小仙脸上凶神恶煞的表情尚未收敛："看什么看？！"

容容："第一次意识到'战队经理'可能并不是'战队吉祥物''战队摆设'的同义词。"

小暖："你先从沙发上下来。"

凉生："我个人认为，万一明天管理层提议小仙滚蛋，那就是神作了，毕竟从长相和年龄来说，更有可能有一个高管老爸或者高管情人的人是那个女的。"

小仙忙着弯腰捡枕头砸凉生的空当，爱杀踢了一脚艾佳的小腿，这仿佛已经成为两位中单开始交谈之前正常的呼唤，"请注意我要开始说话了"以及"喂"之类各种提醒词的替代品。看艾佳转过身，爱杀挑起眉："这就抓到贴吧黑你的那个人的真实身份了？你和小仙到底搞了什么名堂抓着她的？"

"谎称我女朋友要来S市，闹着让我去接机。接机方式千千万，每来一个人问，我都换一个说法，所以那楼主爆料的时候，说的一定是我亲口告诉他的那个定制版。"艾佳在沙发上坐下来，跷着二郎腿，懒洋洋地说。

爱杀用全新的眼神打量艾佳："你看上去并没有那么老奸巨猾。"

艾佳："人是会进步的。"

小暖："我不这么认为。"

艾佳："我女朋友教我的，以前她就用这种方法讲秘密给朋友听，每个人都拥有不同的版本，如果有人泄密，那就意味着这个人要倒霉了。对于她自己，她觉得这样没什么不好，至少她可以一边测试朋友的忠诚度，一边享受传递八卦带来的乐趣。"

"她不能这样！"小暖瞪大了眼。

"不，她能。"凉生怜爱地说，"我依然坚持我们的饮水机管理员同志的女朋友是个恶魔的事实，如果她要来基地，通知我，我好躲得远远的。"

"她不来基地，也看都不会看你一眼。"艾佳无奈地对凉生说。

“美杜莎之眼。”凉生冷静地说，“还是别看我了，毕竟看一眼就会死亡。所以她到底来不来 S 市？”

艾佳耸耸肩膀。

此时是半夜一点，整个基地显得很是热闹。

小仙骚扰到了每一个愿意接他电话，听他说话的管理层，并且对那些大半夜熬夜且不把手机调到勿扰模式的可怜人进行了一番惨无人道的惩罚，直到最后他自己都吼累了，才气喘吁吁地在沙发上坐下来。

“这就完啦？”凉生意犹未尽地说，“我还以为至少你会打个电话给那个搞事情的女人。”

“我不打。”坐在沙发上，战队经理露出一个冷酷的笑容，“我等着明天早上给她一个‘惊喜’。”

第二天早上。

大概是为了看戏，大家都起得很早。

按照凉生的话来说，哪怕是比赛日他们都没有起这么早过。顶着黑眼圈，队员们聚集在客厅吃他们一年都难得吃一次的早餐。

今天早上刚刚得到“我是要来见你”这个喜人消息的艾佳此时也捧着一碗馄饨，加入了看热闹的队伍，并幼稚地期待着那个瞳瞳踏入基地大门的一瞬间。

然后大概是九点过十几分钟的时候，他们终于等到了他们要等的人。并不知道接下来要面对什么的瞳瞳看上去心情很不错，大概是因为某些她以为没人知道的事情。她和昨天那个在茶水间一起对艾佳进行“采访”的妹子有说有笑地走进基地，还没来得及站稳，就听见客厅的动静。

转头一看，发现人齐得像闹鬼，她挑了挑眉，然后很快地露出一个笑容：“都起这么早呀？”

没有人回答她，正当她感到困惑时，小仙从厨房里走出来，看了她们一眼，放下手中的牛奶：“李瞳，蒋璐，你们俩过来下。”

凉生歪了歪身子，凑到艾佳耳边：“我觉得他想说的应该是‘过来，给朕跪下’。”

小仙在沙发上坐下，摸了摸烟盒，然后想到基地大厅禁烟，他微微眯起眼把烟盒抓在手中，抬起头看了一眼站在他面前不知道发生了什么又有点儿紧张的小姑娘，屈指敲了敲茶几：“贴吧那个帖子你们俩谁发的？”

当时，她们俩的脸色肉眼可见地变了。

“没有啊！什么帖子？”

两人几乎异口同声，然后扭过脑袋对视一眼，交换了一个微妙的眼神。昨天主动和艾佳搭话，名叫蒋璐的姑娘不安地拉扯了一下瞳瞳的衣袖，她压根不看贴吧。

“抓都抓到了，就别在这和我演戏了啊，有意思吗？”小仙淡淡道，“我记得你们的员工合同里有保密条款的吧？包括对训练赛相关事项、战队情况，还有队员隐私等各项的保密，你们是不是觉得你们入职时候签下来的合同是闹着玩的？！”

小仙的声音到了后面突然拔高，吓得面前两个人一哆嗦。在小仙身后，艾佳把一个馄饨塞进嘴巴里，咀嚼了两下吞咽下去，然后说：“隔壁都听见你在吼了，小点声。”

小仙根本没理他，“噌”的一下从沙发上站起来：“平时你们在自己的私人微博发点基地照片、队员训练照片什么的，马赛克都不打，我都不说你们了，是不是就因为太放松啦，你们就觉得这事压根无所谓？自己战队的工作人员跑去贴吧发帖子带战队队员节奏，搞得队伍里乌烟瘴气。”

瞳瞳死死地抿着唇，蒋璐看上去都快哭了：“仙哥，我们没有发帖子啊，我都不知道你在说什么……”

小仙背着手，看着她们俩，也是看着她们身后所有的工作人员，面无表情地说：“尿什么？别让我看不起你们！昨天乐颠颠在贴吧一口一个‘电竞巨星’嘲讽队员的时候怎么那么得意？看着贴吧那些不明真相的人跟着‘哈哈哈’很有快感是吧？很满足是吧？觉得自己简直机智又幽默，恨不得要出道了是吧？”

基地里鸦雀无声。

小仙把捏在手里的烟盒都快捏烂了：“我该怎么说你们！说实话，我是真的想弄死你们！发那么一个帖子，除了满足一下内心变态的八卦欲，你们还得到了什么？生活中很多不如意，所以你们就要把自己的快乐建立在别人的痛苦之上？！”

在小仙的说话声中，蒋璐哆哆嗦嗦地拿出手机，然后问了一下帖子在哪里，要么她就是真的不知道，要么就是演技一流。

瞳瞳垂手站在她身边，从刚开始的困惑到有些害怕到现在面无表情。

蒋璐低头看帖子的时候，她这才开口说话：“我知道你说的哪个帖子，但是我不觉得那帖子里有说什么能让仙哥你把锅甩我们身上——”

“你还狡辩！”

小仙简直像是河东狮吼了：“那帖子里说什么了？！艾佳昨天说要去接女朋友的事你们是不是知道？！以前爆料说队里决定实在不行提前上艾佳的事情往外放就算了，艾佳女朋友的事我们都是下午才知道的，当天晚上就上了贴吧，你们难道想告诉我是别人在 YQNB 基地装了监视器？啊？！当我傻子？！”

这下连好多工作人员都站起来了，他们围过来，看着这边的情况，有些人交头接耳，然后拿起手机，显而易见是得到指路以后找帖子围观去了。

“我没说有人在基地放监视器。”瞳瞳说，“我真的不知道怎么了。为什么最近艾佳出了什么事，你们都要找我麻烦？莫名其妙的，昨天艾佳请假要去接女朋友的事整个基地的队员和工作人员都听见了，你凭什么就说是我们俩做的啊？”

她一边说着，一边一把抽出蒋璐手里的手机，声音变得尖锐：“别看了！”

就在这个空气紧绷得好像随时都会让人断气的时候，人群后面忽然响起一声嗤笑。

众人一愣，回过头，一眼就看见这会儿蹲在餐桌边的艾佳正低着头冲自己面前的碗笑。似乎是感觉到众人的目光汇聚过来，他抬起头，脸上笑容不变，懒洋洋地说：“继续装。”

瞳瞳的脸色由白泛青：“你什么意思？”

艾佳掀了掀眼皮子：“我都有点欣赏你了，上次被我撕完，委委屈屈，一副我大老爷们欺负小姑娘的模样，转头就上贴吧带节奏，现在又开始装无辜是吧？你还挺理直气壮。”

被艾佳那冰冷的目光上下打量着，就好像一桶冷水从头浇灌而下，一股凉气从脚底往上蹿，邪性得很。

瞳瞳身体僵硬了一下，眨眨眼，没说话。

艾佳隔空用手里的筷子点了点她，淡淡道：“你该庆幸我说了不对女人动手。”

他说完，“啪”地把筷子放在碗上，伴随着那清脆的响声，蒋璐感觉贴着她站的人明显抖了一下，像是畏惧什么，向后缩了缩。

不远处，艾佳用纸巾抹抹嘴，垂下眼宣布：“吃饱了。”

坐在艾佳身边的凉生捧着碗，往小暖身上靠了靠。

小暖一脸嫌弃地推开他。

“艾佳，你要讲道理。”瞳瞳用微微不稳的声音说，“上一次闹不愉快，是我们沟通没做好，那条微博也删掉了，所幸事后也没有造成太大的影响，但是这次的事也赖在我头上，这合适吗？基地里人这么多，大家都知道你要去接女朋友，你们就赖在我头上说是我发的帖子？凭什么？我也是有脾气的吧？”

艾佳扫了她一眼，那眼神就像是在看“路人甲”，然后压根没理她。

小仙适时接过话茬：“帖子里说得挺清楚的，艾佳准备借战队保姆车去接女朋友。”

“他本来就是，怎么了？”

此时，背对着员工区的瞳瞳没看见其他部门的同事脸上瞬间露出的疑惑的表情，她只是自顾自信地说：“昨天我和蒋璐到茶水间，确实因为八卦多问了一嘴艾佳他准备怎么去接女朋友，然后他告诉我们借战队保姆车和司机去，那又怎么了？我们问了，别人也问了，我们出来的时候还听见广告部的人在那儿互相怂恿也去问一下艾佳这件事呢！”

瞳瞳说着，似乎觉得自己越发理直气壮，扬了扬下巴。

就在这时，她听见身后有人“咦”了一声，她回头，却看见广告部的一个妹子一脸疑惑。那妹子与瞳瞳对视了一秒，眨眨眼小心翼翼地说：“可是佳哥告诉我们他坐地铁去接他女朋友。”

广告部的另外一个妹子震惊地看了一眼自己的同事：“不对吧？佳哥说他骑自行车去呀！我还觉得他疯了呢！”

此时外宣部的人插话：“什么鬼，你们记错了吧？我昨天在茶水间问佳哥，他说他使唤小仙去接机啊！”

此时，众人脸上露出恍然大悟的表情，然后不约而同地把目光投向了瞳瞳，那些目光包含同情、不屑和震惊。

“真是她啊？”

“啧，不然呢？我们听到的可不是‘动用战队保姆车’版本。”

“怎么还发帖子挂自己战队的队员啊……”

“外宣部这几天为了这件事都快烦死了。”

“还有这种事？”

“是的，实不相瞒，外宣部的我们还为此加班了，劳民伤财的。”

“等着赔钱吧，有病。”

窸窸窣窣的讨论声响起。

与此同时，只见站在那里的瞳瞳，先前脸上的自信表情消失得无影无踪，那张小脸由白转红再转青，变化多姿多彩。她猛地转过脑袋瞪着艾佳，仿佛苦大仇深似的。

她身体微微颤抖着，双手握拳，指甲狠狠地扎进掌心。

这时候，坐在不远处餐桌后面，原本一直一脸不屑地看戏的艾佳，忽然冲着她露出一个假笑：“套路方案千千万，你喜欢的样子我都有。”

最后的结果让大家非常满意，蒋璐是无辜的，在搞清楚到底发生了什么之后，把自己的手机从瞳瞳的手里抢了回来，瞪大眼看着她，就好像第一天认识她一样，然后扔下一句“你不该这样”，就颤抖着回到了自己的座位上，失魂落魄。

当时，整个基地鸦雀无声。

小仙面无表情地指挥容容去给蒋璐冲了一杯热的红糖水，蒋璐明显受宠若惊，毕竟只要是头脑清醒的都清楚，在这个训练基地里谁才是主角。

容容对着蒋璐露齿一笑时，她苍白的脸顿时变得通红。

而瞳瞳则没有那么幸运。

很快，高层来了人，事实证明瞳瞳既不是哪个高管的亲戚，也不是哪个高管的情人，她被干净利落地辞退了，甚至还有可能面临诉讼。因为她一边在贴吧带节奏，外宣部一边在同样的地方替她擦屁股，这些擦屁股的草纸钱（公关费），很有可能会被写进诉讼状里，要求她全部承担。

同时她还需要赔偿一大笔违约金，泄密、违反合同条款、损害他人名誉权，一大串罪名，林林总总凑在一起，也许是一个庞大的数字，庞大到一个刚毕业的小姑娘看见可能会晕过去，或者她的家里人会打断她的腿。

一切尘埃落定。

这场“杀鸡儆猴”的戏码终于落下帷幕。

看着所有回到自己电脑旁边做事的人，个个面色严肃，醉心于工作的模样，艾佳并不怀疑大概三年内 YQNB 电竞俱乐部《征战联盟》分部再也不会出现叛徒。

而小仙觉得这理所当然："不要以为在网上披着马甲就能乱说话，如果想要抓，别人永远都能抓到你。"

小仙说这句话的时候，几乎所有的人都意识到所谓的"别人"就是艾佳那个偶尔露面，从不晓得什么叫作低调，占有欲也有点强的女朋友。

艾佳看见凉生颤颤悠悠地把陈今阳的微信备注改成"女恶魔"，转头就去打了小报告。

他为此得到了来自他亲爱的女朋友的一朵小红花，还有凉生的怒吼："艾佳！你这个小叛徒！小狗腿！以后我的饰品眼就是烂在身上，也不会有一颗落在中路河道！你等着瞧好了！"

下午两点左右，那个帖子的楼主在楼里道歉，承认自己在胡说八道。

下午三点半，帖子被删除，人们为此猜测那个楼主可能是被公关了，也可能是被抓住了。众说纷纭，但是很快地，伴随着新的比赛日到来，这件事就被人们抛在脑后了。

晚上艾佳请基地所有人吃了三百多块钱的麻辣烫，本来是非常美好的一天，直到十一点他去倒垃圾，发现隔壁战队包括战队经理在内全体出动，违反门禁，一问他们去哪，说是去吃火锅，陆思诚请客。

艾佳好奇，这么晚了，难道是去吃海底捞那么高贵的东西？

小胖解释说他们不是吃海底捞，那个火锅叫洋房火锅。

洋房火锅是什么东西呢？出于好奇，艾佳回到基地后掏出手机在大众点评查了一下，发现原来人家真的不是海底捞，右上角"1180 元 / 人"的字样闪瞎了他的狗眼。

想到今晚三百多块钱十个人吃得兴高采烈的麻辣烫，艾佳放下手机，摇晃小仙的肩膀："我们搬基地吧。"

小仙："你都霸占最大的房间了，还有什么不满意？"

艾佳："不是，是因为在 ZGDX 旁边，影响我幸福指数。"

小仙："说什么狗话？"

艾佳："本来我今天觉得自己吃了三百多块的麻辣烫，简直是贵族生活，但是我刚才看见隔壁战队组队去吃火锅了，一盘牛肉三百八十八元。"

小仙眉毛都没抬一下："人家夏季赛迄今为止只输一场，你怎么不看着人家的好地方？你什么时候也那么厉害，我也让你吃三百八十八元一盘的牛肉！"

艾佳无话可说。今天早上小仙在他眼里还像是真正的神仙一样神通广大，他甚至想改口叫"大仙"，但是现在，小仙在他眼里又变成了和他老妈一个级别的存在：令他吃不饱、穿不暖，且会拎着他的耳朵咆哮"你看看隔壁小姐姐"。

唯一有些遗憾的是，作为对老妈最有力的回击，艾佳选择娶了"隔壁小姐姐"，但是他不能娶隔壁小胖。

他只能憋着。

YQNB-AICO：你吃过一盘牛肉三百八十八元的火锅不？

陈小姑娘：洋房火锅？吃过，其实挺一般的。

YQNB-AICO：对话结束了。

YQNB-AICO：从今以后我们不是好朋友了，我要找其他和我一样穷的小朋友玩！

陈小姑娘：哦，那你可能要回幼儿园找了。

陈小姑娘：去吧。

YQNB-AICO：你接哏接得这么毫不犹豫是怎么回事？

陈小姑娘：因为爱。

YQNB-AICO：讨厌，就你会说话。

YQNB-AICO：我们和好吧，我们还是最好的朋友。

陈小姑娘：……

八月中下旬，因为爱杀状态回暖，YQNB 战队夏季赛成绩也有所回暖，第二轮小组赛输了一场给 ZGDX 之后，其他的比赛都顺利赢了下来。

更令人感到乐观的是，CK 战队从跨组赛开始，打野选手好像接过了爱杀手里名叫“衰神接力棒”的东西，成绩惨不忍睹。

但是这就不是艾佳能够操心的事儿了，他终于盼到了他亲爱的女朋友拎着行李箱来 S 市的那一天。

陈今阳到的那天是周五，艾佳还在打训练赛，那场比赛他就像是被鬼上身了似的疯狂越塔杀人，杀到 DQ 战队中单疯狂公屏给他打字。

DQ- 阿鸾：兄弟？

DQ- 阿鸾：要被你杀退役了。

YQNB-AICO：……

YQNB-STUDENT：别焦虑，本队中单平时不这样，今天只是突然变泰迪。

DQ- 阿鸾：这么恐怖的？

打字的时候，艾佳又杀了他一次，站在他的“尸体”上打了个“是”字，并在心里真诚地祝福他没有被他们的教练把脑袋拧下来。

第一局训练赛打了三十五分钟就结束了，一共两局训练赛，第二局换爱杀上，艾佳跳起来上楼洗了个澡，换了身新衣服就屁颠屁颠准备出门。

他坐在玄关换鞋子的时候，听见小仙和凉生在他背后大声地嘲笑他，并且讨人厌地笑作一团。但他一点也不在乎，甚至头也不回，像是美猴王跟前的猴小兵似的冲出基地！

陈今阳就像她之前说的那样，住在了艾佳基地附近的酒店，因为事先留了资料，艾佳管前台要了一张房卡直接刷卡进房门，刚踏进房门就听见浴室里的水声。

艾佳看了一眼已经被打开随便扔到一旁的行李箱，打开的洗漱包还有随手扔在床上的短裤和衬衫，用了一秒反应过来浴室里面发生了什么，一瞬间觉得自己大概是要死了。他站在原地一动也不敢动，就仿佛他一动，世界就会被打碎，不再像现在一样令人激动。

所以艾佳就这样僵硬地站在门口保持着一个姿势大概有一个世纪那么长的时间，直到浴室里的水声消失。

陈今阳穿着浴袍从浴室里走出来——谢谢玉皇大帝，她还记得穿浴袍。

只是站在门口的少年还是吓了她一跳，她抬起头的瞬间尖叫了一声，后退一步。艾佳看见她睫毛上颤抖着的水珠滴落在她的鼻尖，再滑到下巴上。

他倒吸一口凉气，前所未有地敏捷地一步向前捉住她的手臂防止她跌倒，沐浴乳的清香扑鼻而来的同时，她包着头发的毛巾掉落，湿润的头发带来更浓郁的香味，扫在他的胳膊上。

艾佳觉得自己可能正在目睹一场谋杀，而他是被谋杀的那个人。

而相比之下，陈今阳冷静得多。她在出浴室的第二秒就搞明白她的男朋友“提前下班”并刷卡进了房间这件事，于是她在被捉住胳膊的第一时间就借着他的力道顺势窝在他怀里，甚至抬起手揽住他的脖子，抬起头用鼻尖蹭蹭他的：“我好想你。”

她的声音懒洋洋的，带着笑意。

此时此刻，她的头发凌乱，脸上也湿漉漉的，浑身散发着让人崩溃的热气，艾佳的所有注意力都放在了她微微翘起的嘴角，还有因为刚才的动作有些松开的浴衣上。

他沉默。

他抬起手拍拍怀中人的腰，后者非常配合地小小跳跃了一下，他胳膊一使劲儿，就让她坐在自己结实的胳膊上，顺势低下头亲了一下他已经想亲很久的那勾起的嘴角。他望着她带着笑的眼睛：“进酒店不挂挂锁，你是不是想死啊？”

他嗓音沙哑，努力地要做出有气势教育人的样子，实际上却一点都不凶。

“当别人说‘我想你’，这种时候回答‘我也想你’就完事了。”

这时候，陈今阳的手机响了，她下意识伸手去拿。

艾佳一把摁住她的胳膊：“挂了！”

陈今阳拍开他的爪子，拿过手机看了一眼，然后又看了一眼艾佳。艾佳挑起眉：“别告诉我是你家司机，有本事你接试试，你猜他会听见什么？”

陈今阳白了他一眼，骂了句“大尾巴狼”，这才说：“是童谣，她一般没事不打电话，都是发微信……”

“小姑娘能有什么事？”

艾佳想抢她手机，她躲了过去，在他被气得直倒吸气的时候，她趴在床上接了电话：“喂？童谣？……有话好好说，你怎么了？我怎么觉得你听上去要哭了？”

艾佳一听，也来了兴趣，他把脑袋凑过去，贴近陈今阳手里的手机，然后就听见电话那边，一个小姑娘用特别茫然、特别无助的声音说：“简阳被 CK 战队邀请了，他说开学他不念高三，他要去打职业。”

房间里陷入短暂的安静。

陈今阳握着手机，满脑子都是“什么鬼”“我是乌鸦嘴”“这年头打职业的泛滥成灾了啊”“职业选手是春天的柳絮吗，怎么哪哪都是”。

愣了半天，感觉自己的手背被粗糙的指尖蹭了一下，她抬起头看向艾佳，后者冲着她勾起嘴角，不正经地一笑：“让她晚上关好门窗。”

如此严肃的场合……

陈今阳面无表情地抽过身下的枕头，扭腰以无比艰难的姿势摁在那张不正经的笑脸上。

时间回到六个小时以前。

这一天是八月二十日，早上阳光明媚，睁开眼推开窗甚至可以听见窗外有鸟叫的声音，童谣的一天便是以这个美好的场景作为开始的。

她照常爬起来晨跑、洗澡、吃早餐，然后在嘴角或许还留着一丝丝牛奶香味的情况下心满意足地回到了自己的房间。她看见自己的电脑还开着，电脑桌面上是一些零散的 word 文件、复习资料课件。

还有《征战联盟》。

看到那个蓝色的游戏图标，她自然而然地联想到了住在她家隔壁的那个小崽子。在闺密陈今阳教人跌破眼镜地找了个小混混或者说是混混头子当男朋友之前，她一直觉得这小崽子是世界上最不靠谱的人。

关上电脑，童谣的视线滑到了桌面上，那里摊着几张写了一半的试卷，那是 T 大附中高二学生的暑假作业。她站在原地瞪着那几张卷子犹豫了五秒，暑假就要结束了，她有预感简阳的暑假作业可能甚至还没从书包里拿出来。

所以她把卷子收拾了一下，抱着已经写好的或者没写好的一大堆试卷，叼着一袋酸奶，手里拎着她的笔袋，摁响了隔壁院子的门铃。

门很快被人从里面打开，童谣看了一眼明显还没睡醒的简阳，用肩膀把他撞开挤进门。在她昂首挺胸往前走的时候，简阳跟在她后面挠着头抱怨：“大清早的，干吗啊？我昨晚排位到三点，现在看到游戏想吐了啊，不打游戏。”

童谣此时已经进了屋子，她听见身后门被关上的声音，还有简阳在懒懒散散地打呵欠的声音。

她转过身，看着身后打呵欠打了一半的少年，笑道：“今天不打游戏，我们来写暑假作业吧？”

她说着，看着简阳打了一半的呵欠有些尴尬地停顿下来，少年放下手，眨眨眼看着她，反应迟钝似的“噢”了一声，然后扔下一句“你等等”就转身进了浴室。

童谣怀疑简阳根本没听懂自己在说什么，她还是有点了解他的。

童谣也不生气，在客厅里坐下，放下笔袋，拉开拉链，从里面拿出来另外一袋酸奶放在手边，然后耐心地听着浴室里水声响起。

十分钟后，简阳走出来，站在童谣面前欲言又止。此时并未想那么多的童谣将手里的那袋还有点冰的酸奶递给他："科学研究发现，不吃早餐的家伙平均寿命比其他人少五岁，按照你现在的年纪和不吃早餐的日子来算，你可能要比其他人少活个一两岁，不过不用那么沮丧，'亡羊补牢'这个成语就是放在这个时候用的。"

简阳接过酸奶，没有用吸管，而是直接在袋子上咬开了一个口子，猛喝一大口后，他伸出手将童谣从沙发上拉起来："所以你刚才说什么来着？"

他身上还带着的凉水凉意传递到童谣身上。

此时童谣还在弯腰忙着收拾她刚才暂时放在桌面上的那些卷子。"我说，暑假作业。"童谣耐心地回复，同时扬起下巴，像个好学生应该有的样子教训加警告，"你不会想又等开学让我来帮你写作业吧？我跟你讲，这次我肯定不会心软……"

简阳拉着她往屋里走。

童谣一只手抱着试卷和笔袋，任由他拉着自己，指尖弯曲了一下，蹭了蹭他的掌心。简阳感觉到了，回过头看她。

她不要脸地冲他笑，白皙的面颊之上染上一抹好看的粉色。

此时两人走进屋子，童谣脸上的笑容甚至还来不及收敛，一低头就看见了简阳房间正中央打开的行李箱。事实上他的房间看上去仿佛刚遭了贼，衣柜打开，抽屉半开，边沿挂着几条不老实跑出来的内裤和袜子，夏天的衣服散落在床上，还有一些则被收进了行李箱里。

童谣眨眨眼，没闹明白这是什么意思。她莫名其妙地转过身，上下打量了简阳一圈，问："这是干吗？你要出门？快开学了吧，你作业不管了吗？别拖拖拉拉浪到开学了又哭唧唧地求我帮你写……"

童谣的话没来得及说完就被简阳平静地打断："童谣。"

简阳放开了她的手。

童谣的指尖下意识地弯曲了一下，就像在试图捉住什么，随即她又不动声色地缩回手。

"什么？"

就像是预料到接下来会发生一些不那么愉快的事，她猛地闭上嘴，然后无声地瞪着简阳：抓在手中的笔袋和试卷被她死死地抱在胸前，这就像是她手中唯一能抓住的盾牌，即将为她在面对接下来可能发生的一切状况之时提供生存的可能。

然后童谣发现她可能又错了。

这些暑假作业就像它们本身物理意义上一样脆弱不堪，它们并没有像她期望的一样在应该有的场合保护好自己的主人，至少当简阳说出"我可能不回学校了，有职业联赛战队邀请我去试训"时，她觉得自己的脸色大概一瞬间变得无法掩饰地难看。

他要走，离开T市，到S市去，那个不算太远但也绝对不近的城市，坐飞机来回至少折腾一整天。

马上高三了，她根本不可能去看他，哪怕周末都不行。

他们不能一起上学、放学，假装不太熟地走出校门，然后逛遍学校附近的大街小巷。

晚自习下课没有人再在教室门口等候她，她也不会再有需要去等候的人。

童谣的大脑一片空白，然后她发现自己根本没有办法应对这个场面，她神色紧绷地盯着简阳：“你就这么决定了？你妈同意？”

“她没说反对。”简阳想伸手摸她的头发，她侧身躲过了，“本来哪怕读了高三我也不一定有好的去处，去打职业至少还能年薪几十万。”

童谣恨不得一脑袋撞晕自己，然后假装自己今天压根没有起床。

“年薪几十万就满意了？退役之后呢？游戏倒闭了呢？打得不好根本上不了首发呢？”童谣死死地咬了一下自己的下唇，她瞪大了眼，用责备的眼神看着简阳，声音也不太稳，“还有，我呢？”

少年在某一瞬间看上去动摇了。

童谣猛地扔了手里的卷子，她感觉到自己的眼眶在发热，这导致她不得不稍微提高音量，让自己的声音听上去没在颤抖：“我呢？！”

她看上去几乎暴怒了。

嗯，不是看上去，她就是暴怒了。

简阳沉默，没说话。

此时她再也不能很好地掩饰自己的颤抖，怀里抱着的卷子和笔袋稀里哗啦掉在他们俩中间的地面上，笔袋砸在她自己的脚背上。

“别瞪我。”少年用前所未有低沉的，仿佛也带着湿润气息的声音无奈道，“我保证以后和现在没有任何不同，我向你保证。”

童谣死死地拽着面前少年卫衣的下摆，就像是手里拽着的是他的脑袋。

然后她推开了简阳，弯下腰捡自己那些散落一地的试卷。简阳犹豫了一下，蹲下来陪童谣一起捡，在他试图把那些留有熟悉字迹的试卷递给童谣时，童谣并不是那么客气地把卷子一把夺了过去，然后她还是不听话地瞪了他一眼，夺门而出。

或者说是落荒而逃。

童谣把自己关在房间里哭了好一会儿，然后算了一下陈今阳也差不多该下飞机了，于是委委屈屈地给她打了电话。

“一点前兆都没有，他突然就开始收拾行李！突然就决定要去S市！突然就决定不读了！突然就决定要去打什么职业电竞！”童谣在电话里的声音像是一把刀子，血淋淋的，“他还大言不惭地跟我保证什么都不会变。谁说的什么都不会变？”

童谣因为过于气愤，电话里声音听上去特别狰狞，像老巫婆一样。

“是没什么不同，你们总要分开的。”陈今阳微微蹙眉，想要劝童谣，“你成绩不烂，至少肯定能考个大学，阿姨也考虑过送你出国……难道你还指望以后和简阳读一所大学吗？清醒点，你们只是提早一年分开了而已！而且T市和S市没有哪怕一秒钟的时差，中间只是几个小时航程！而不是隔着整整一个太平洋！”

说到最后，陈今阳都有点儿愤恨不平了，因为她突然想起自己这会儿为什么出现在S市。

她才是要跟男朋友相隔万里的那个人，区区S市和T市的距离，这小姑娘在这哭哭啼啼个什么劲啊！

电话那边，童谣好像被她说得有点蒙。

“问她关好窗没有。”艾佳从后面凑过来，靠在陈今阳旁边懒洋洋地蹭了蹭，嗓音沙哑。

童谣这才反应过来艾佳也在，随后想到陈今阳和艾佳感情看似稳定这件事，居然还真有被莫名其妙地安慰到。殊不知这会儿陈今阳捏紧了手机，看了一眼艾佳，伸手推开了他的脸：“你隔壁的小崽子没有借着要走的借口，可怜兮兮地跟你讨要什么吧？红着眼圈卖着萌，口口声声说自己还没走，可是现在就想你了……”

艾佳清了清嗓音，撞了她一下。

陈今阳停顿了一下，无声地倒吸一口凉气后，嘴角抽搐：“如果他说了，一个标点符号都不要信，小姑娘。”

陈今阳操碎了心。

尽管她知道自己根本就是个反面教材，而罪魁祸首此时此刻正埋在她的头发里哧哧闷笑，温热的鼻息尽数喷洒在她的颈脖上。

电话那边的童谣陷入沉默。

陈今阳在挂了电话和艾佳胡闹了一会儿后，在艾佳的抗议之中订了飞回T市的机票，赶在天黑之前，又像是个神经病似的回到了T市。

她两手空空，这让她能够张开双臂给她亲爱的闺密一个拥抱。

看着童谣就像是刚出壳的小鸡崽一样向着自己拍打着不丰满的羽翼狂奔过来，陈今阳一肚子的怨言都狠狠地憋了回去。她弯下腰将这小矮子搂进自己怀里，揉揉对方的短发：“哎哟，可委屈坏了。”

童谣的嘴巴噘得像是小鸭子。

“你怎么没拿行李？”

“因为下一趟飞往S市的航班三个小时后起飞，而我男朋友在S市独守空房，并且我觉得他可能要开始讨厌你了。”

童谣抱紧了陈今阳的腰。

这让陈今阳想到了陈圆。那一晚，她们也是在像这样的拥抱之后，做出了一些大概对于人生还算重要的决定，去医院接受治疗，还有出国。

拥抱是个神奇的玩意儿，它只是一个简单的动作，却真的有温度，能够让人下定决心踏上新的旅途。

它就像是一个起点，又像是一个终点，每个人都有资格站在那儿好好地哭上一会儿，然后擦擦眼泪继续前进。

“想到简阳要走我就害怕。”

“我希望艾佳也是这么想的，鉴于我走得还要远一点。”陈今阳用干巴巴的幽默回应。

童谣在陈今阳的怀里发出一声暴躁的抽泣声，陈今阳抬起手就像是给宠物顺毛似的又摸摸她的头发：“好了，好了，有什么大不了的，不就是一个男人吗？这世界上还有比两条腿的男人更好找的生物吗？有了咱就要，没有就拉倒呗！”

“你对艾佳可不是这么想的。”

“事实上我就是这么想的。”陈今阳给童谣顺着气，“一把沙子抓太紧，反而很快就漏光了。”

“你今天大道理真多。”

“因为你看上去像是仰着脖子冲我闹着要鸡汤！”

靠在陈今阳怀中的少女破涕为笑。

陈今阳面无表情地摸摸她脑门上被蹭得乱七八糟的刘海：“行了，别哭了啊……多大点事。不就是一个渣男吗，看把你吓得。船到桥头自然直，生活不可能永远扇你巴掌。会变好的，我保证。”

陈今阳花了两个小时坐在安检口的长椅上跟童谣聊天，说艾佳，说简阳，然后两人双双感慨自己造了什么孽，拼了老命靠谱地活着却遇见这么不靠谱的人。

可能是因为她们住得比较近，所以老天爷投放的时候偷懒给她们用了同款人生剧本。

“我发现你说你和艾佳在一起的时候，我劝你想开点、乐观点，完全就是站着说话不腰疼……”童谣絮絮叨叨，“一样的事情发生在我自己的身上，我完全想不开，当年你经历过的恐惧完全复制了过来——他高中都没有念完，以后不打职业了怎么办？去哪里？做什么？游戏倒闭了怎么办？”

她放在膝盖上的手握紧，皱皱眉继续道：“如果我是在看一本青春励志小说，我会觉得这是男主人公放弃一切孤注一掷地去争取自己的梦想，热情、激情……但是放在现实中，我发现我一点不想让他这样做，太冒险了，而且没有回头的路。”

陈今阳拍了拍童谣的背，沉默不语。她安慰不了童谣，因为她的看法其实和她的小闺密相同……尽管那群小崽子有自己的看法。

“艾佳说，他给自己五年的时间去争取，去做自己想要做的事……我问他人的一辈子又有几个五年可以拿来浪费，他说，如果不能做喜欢的事，拥有几个五年，都是浪费。”

童谣扭过脑袋：“然后你给了他五年，也只给他这五年。”

陈今阳觉得跟童谣在一起，她恐怕要把智商稍微调高一个档次。相比之下，她的小闺密抓重点能力比艾佳强了不知道多少倍，甚至让她觉得有点儿尴尬。

“我不可能答应他走上一条不回头的路，如果没有退路，那就不要出发。”陈今阳换上了稍显冷酷的声音说，“人生从来没有孤注一掷，我不接受我身边的人像个鸡血上头的傻子，做出任何可能无法挽回的决定。”

童谣：“我还以为我坐在这儿是听你劝劝我，毕竟你……”——是过来人。

“我劝不了你。简阳不是艾佳，他们虽然都是傻子，但是显然不一样，我不能用我那一套来劝你。我信任的只是艾佳，不是简阳。而且艾佳他妈现在还拒绝跟他说话。”陈今阳踢了踢脚，“他不是暑假开始没多久就提前去了S市吗？还不就是因为被他妈第二次扫地出门！”

“简阳他妈倒是没怎么反对。”

“那小子倒是挺幸运，艾佳他妈有点……”

“那是我数学老师，我懂。上次她在教室暴跳如雷问我同桌，凭什么认为晚上家里停电就可以不写当天的家庭作业，然后用黑板擦砸裂了三厘米厚的讲台玻璃，我同桌吓得快尿裤子了。我们当然都很喜欢她，但是这不妨碍有时候我们也觉得她固执到有点不讲道理。”

一阵令人难受的沉默。

“老师那也是为了艾佳好。”童谣幽幽地说。

“我小学的时候总是在被逼着学习的时候发誓，以后我有了小孩，绝对不逼着他好好学习。”陈今阳玩着自己的手指，低头心不在焉道，“但是长大以后我想法变了，并且意识到我妈之所以让我好好学习，只是因为她的人生经历告诉她，好好学习确实有用罢了……她想告诉我这个道理，但是我小时候并不懂也不耐烦听，还喜欢用个别不好好学习也出人头地的例子去反驳。”

“尽管其实我们知道那只是少数人，就像在《征战联盟》电竞职业圈，每一年站在世界巅峰的，就那么五个——”陈今阳嘲讽地挑了挑眉，“全球范围内，就五个……那么问题来了，打这游戏的全球加起来有没有几千万甚至上亿？”

“这例子我听着都觉得绝望，我觉得我可以拿去用一用，再劝一下简阳？”童谣嘟囔道，“听你这么一对比，每年高考生几千万，好歹北DQ华每年计划招生加起来都有好几百呢！”

很久之后，陈今阳抬起手，像是摸自家的阿毛似的摸童谣的脑袋：“走一步看一步吧，至于现在，一切还没发生，你想那么多干什么？”

“你好像随时都在提醒我逃跑，就那么看不顺眼简阳吗？”

“我又没在他面前说。”

“他知道的话会伤心的。”

“你乖乖闭上嘴，他怎么可能知道？”陈今阳用怜爱的语气半哄半威胁，“我对他没什么感觉，只是怕你傻乎乎的，陷得太深。”

“在某方面我可能比你绝情得多，你嘴硬心软，我心狠手辣。”

童谣摆摆手，脸上的表情稍微放松了点，当她提到自己“心狠手辣”的时候，脸上的表情看上去并不是在开玩笑……这样陈今阳多少有点儿放心。

最后童谣接受了陈今阳“走一步看一步”的说法，带着一脸迟疑回去了。

陈今阳重新坐飞机回到酒店的时候已经是晚上十一点。她累得手都抬不起来，推开门，欣慰地发现艾佳还乖乖地坐在床上抱着被子看电视，等她。

此时听见了陈今阳开门的声音，少年稍微从床上坐起来了一些，他的黑色卷发在床上蹭得有些乱，再加上睡眼惺忪的模样，看上去“人畜无害”。

陈今阳站在床边，拎过他的领子在他唇边亲了一下。艾佳舔了舔唇回味了一下，抱着被子抱怨：“你怎么才回来？我都无聊困了。”

他声音软绵绵的。

陈今阳永远不知道，曾经在某个早上，他坐在餐桌边，一脸嘲讽地对着另外一个女人嗤笑时的样子有多刻薄。

反正这会儿陈今阳完全被他萌倒了。她凑过去又亲了他一下，这一次被他捉住手腕拖上了床。他低下头像是狗似的在她的颈脖之间嗅嗅，外面的高温带来的薄汗让她身上的香水变成了另外的味道。

这让艾佳想起了他和陈今阳第一次相遇的那个小巷子。

他舔了舔唇，为这突然回忆起来的事兴奋了起来。

“和那个小姑娘谈得怎么样？你说服她接受一个我未来的同行了吗？”

“我没有说服她，因为我知道你有多不靠谱，而且我也不能保证你未来的同行是不是比你更不靠谱。”

艾佳在陈今阳的颈间蹭蹭，不满地抗议：“我怎么不靠谱了？在你离开的这段时间，我老老实实待在这儿，并且并没有因为无聊跑到别的地方去！”

“所以现在是怎样，让我给你发朵小红花？”

她伸出双手抱着他的腰，他满足地叹息了一声，把她拖进被子里，然后拽过被子盖住她：房间里开了空调，她刚从要热死人的室外进来，直接吹冷气可能会感冒。

陈今阳意识到今天好像全世界都处在不安的状态当中。即将孤身前往陌生国家，与男朋友相距千里的人是她，而艾佳留在了他熟悉的环境里，正走在成为电竞明星的路上，他前途明亮，闪闪发光，一大堆的女人可能正挤破脑袋在淘宝上蹿下跳地给他定制一万个写着“艾佳我爱你”的灯牌。想到这儿，陈今阳有点想骂人。

“你出国了，那我们的阿毛呢？怎么办？”

“我走那天直接跟机走，手续都办好了。”

“希望它能做好替爸爸监视妈妈的工作，在它妈妈试图跟一个职业为司机的‘路人甲’男人说话的时候，就打电话给我告状。”

“而你山高皇帝远，除了气死，什么都做不了。”

“你说什么？我现在就要被你气死了，严重警告一次！”

“随便说说而已。”

艾佳看着陈今阳，看上去是在认真思考是掐死她还是亲吻她……

过了很久，艾佳脸上的表情软化下来。

他扑倒陈今阳，两人在床上滚作一团。

“我只是想告诉你，其实我也感觉很不安。”

“你应该的，如果被我看见有一万个女人举着你的加油灯牌坐在 YQNB 战队粉丝区，而你冲她们微笑的话。”

“我认真的。”

“我也很认真。”

“我在其中找平衡很久了！”艾佳提高声音，“我又不能阻止别人喜欢我。如果我真的打得很好的话，我就会有很多粉丝！”

“你当然可以有很多粉丝。”陈今阳玩够了，拍拍他的背，“只要你不冲他们微笑，我说过，你甚至可以在微博和他们‘亲亲’‘抱抱’‘么么哒’。”

“我们也会不安的。”艾佳低下头亲吻她，说话有些含混，“无论是你那个小闺密身边的小男生，还是我。不要老觉得只有你们才会觉得不安，我们也会不安的。”

“好吧。”

陈今阳觉得舒服一点了。

其实她今天一直觉得别扭，就是不爽为什么每当遇到这种事时，上蹿下跳的都是女人？

而回来的路上，她也因为憋着这个想法，准备找个理由大“作”特“作”一番。

没想到艾佳的求生意识这么强烈，在她找到一个理由大“作”特“作”一番之前，他已经把问题的重点主动提了出来。

所以，他们也会不安？

可以，那倒是很公平了。

“保持这份不安，同学。”陈今阳用高高在上的语气说，“这可能可以让你少犯点弱智的错，争取在我这儿存活下来，直到有一天陈家豪宅的大门也许会为你开启。”

“好的。”

艾佳俯身去亲吻陈今阳的嘴角。

— 第一册完 —